國立臺灣大學中國文學研究所主編

# 宋代文學與思想

臺靜農題

臺灣學生書局印行

# 弁　言

有宋一代，在我國歷史上是一個相當特殊的時代，不是因爲它具有像漢、唐一樣的強盛國力，而是因爲它在整個中國文化——無論是文學、藝術、思想、宗教等各方面——的發展上，都有集前此之大成並開後世之新猷的關鍵地位。多少年來，國內學術界對宋代學術的研究，無庸諱言的，除了史學外，是沒有受到應該有的重視。國立臺灣大學中國文學系的教授們，有見於此，特別在系務會議上提案，並通過成立籌備委員會，積極籌辦全國性宋代學術會議。

會議主題，經研商後定爲「宋代文學與思想」；舉行的時間定於民國七十八年一月二十至二十二日。在邀請函發出後，獲得非常熱烈的回應，這正說明了學術界對這次會議的重視。應邀宣讀論文的有二十四位學者，其中十六位探討的是宋代文學各方面的課題，另外八位則對宋代理學家及思想發表評論。思想部分的論文正是文學部分論文的一半，使議程的安排更見自然。

會議於七十八年一月二十日上午九時在臺灣大學思亮館國際會議廳揭幕，臺灣大學文學院院長朱炎教授代表孫震校長致賀詞，本人忝爲臺灣大學中國文學系系主任兼研究所所長，以大會會長身分致開幕詞，大會更特別請到名重士林的鄭因百（騫）教授作專題演講，因百先生以「宋代在中國文化史上的定位」爲題，爲從事宋代學術研究的學者們，指出了應有的方向，也提供了寶貴的意見。

會議按原定議程順利的完成，我們要感謝學者們的熱烈參與，臺灣大學孫校長、教育部、文建會在經費上的支持與贊助，而學生書局慨然應允印行論文集，也使我們感佩。爲便利學者們各取所需充分利用，以發揮它在學術研究上的參考價値，論文集依文學與思想兩個主題編輯，其排列先後則各按發表的次第爲序。全書編定，蒙臺靜農教授賜題書名，並此敬致謝忱。

黃啓方　謹識

中華民國七十八年五月

# 宋代在中國文化史上的定位

鄭騫

我今天要說的只是本會的開場白，算不了什麼演講，我也不敢說我有資格來作演講。不過既已答應了本會主持人，不能不來獻拙。如果名之爲演講，總要有個題目，這個題目，姑且定爲：「宋代在中國文化史上的定位」。

唐宋兩朝，是中國過去文化的中堅部份。中國文化自周朝以後，歷經秦漢魏晉南北朝，逐步發展，到唐宋才算發展完成，告一段落。從南宋末年再往後，又都是從唐宋出來的。也就是說，上古以至中古，文化的各方面都到唐宋作結束。就像一個大湖，上游的水，都注入這個湖；下游的水，也都是由這個湖流出去的。而到了宋朝，這個湖才完全滙聚成功，唐時還未完備。可是現在好像有一種風氣：不是往上研究周秦，就是往下研究近代。我覺得這個情形，不算太好，應當把工作集中在我們文化集中的時代，也就是唐宋兩朝。而宋朝是這個大湖最後滙聚成形的時代，所以其重要性至少是不下於唐。

研究上古及中古文化，根據的資料，只有少數幾部古籍，材料並不太多、不太複雜，也比較少矛盾。而宋朝人的著作可以說至少有一半現在都看得到，所以我的老師陳援庵先生（垣）曾說：研究宋代的最大困難就是材料太多，不容易整理，不容易鑒別，不容易找出共同的點來。同一件事情，某書這樣說，另外一本書又是一種說法，幾乎莫衷一是。所以研究宋朝，先要養成一個很敏銳、很寬弘的思路，才能剪裁、去取，挑選適當材料，把它述說出來。就以二十四史中的宋史爲例，其所根據的好多都是當時私人家庭的行狀、墓誌銘之類。行狀跟墓誌銘完全說實話的很少，多半都是隱惡揚善，誇大舖張。這樣，它的眞實性就要打折扣了。還有，宋朝人對人對事常有偏見，說好，就說得特別好，成了完人；說壞，就變成十惡不赦。後人受其影響，其人其事的眞相，就不容易辨別了。這是在歷史方面。而在思想方面，我雖然不懂，大致也知道一點。像程朱、陸王，理學的兩大派，在宋朝是爭得很厲害的；而文學家與理學家的衝突也很厲害。像蘇東坡跟程伊川他們兩位，就勢同水火。當時有所謂洛黨和蜀黨，程伊川是洛陽人，代表洛黨；蘇東坡是代表蜀黨，因爲他是四川人。他們兩個人，就互相嘲駡。程伊川因爲是理學家的關係，比較含蓄，駡得還輕一點；而東坡就甚至駡程伊川爲「奸邪小人」。這正是一個衝突、矛盾、複雜的時代，而那麼多的材料都存在，一定要對當時的文化各部門有完整的認識，才能搞對它。所以我們現在有志於宋代研究的人，首先要讓自己把時代、歷史、思想都弄通了，然後才能有正確的論述。

我的本行是文學，現在要說說文學方面的問題。宋詩跟唐詩是兩派。明朝人特別不喜歡宋詩，都喜歡唐詩。因此我們現在要研討宋詩，一定要把若干個大家的集子全都看過才行，選本不合用。因爲近代的宋詩選本，承明人選本而來，都是以唐詩爲標準的。它們只選像唐詩的，而不選不像唐詩的。讀了半天都是唐朝人的面目，而不是宋朝人的面目。所以現在讀宋詩，一定要多讀全集。不是說每個人的全集都要讀，沒有那麼多時間，也沒有必要；可是幾個大家的集子一定要全讀，散文及詞，也是如此。

關於資料方面，有一部書，大家常用的，就是《宋人軼事彙編》。這部書是很出名的，研究宋代的人，幾乎沒有不用它作參考書。可是這本書有個很大的毛病，就是「不實不盡」。因爲它所引用的材料，雖注明是從那部書上抄來的，但打開原書一對，有些地方刪節了（不盡），甚至有些地方改動了（不實）。所以說《宋人軼事彙編》這部書雖然大家都用，也不能不用，可是只能拿它當「線索」。它說某一段從什麼地方抄來的，你就一定要把原書打開來看看，是不是眞是那樣子。我也指導過幾篇關於宋代學術的博士論文，發現好幾件例子，就是引用《宋人軼事彙編》的，結果全不對了。這部書有它的毛病，請大家一定要注意。

有幾個小問題，是研究宋史必要知道的。頭一個是「西北」。宋朝人常提到西北，如「男兒西北有神州」，是劉後村、劉克莊的詞。還有辛稼軒，他的《稼軒新居上梁文》，有一句說「稼軒居士，生長西北，仕宦東南」。有人就根據這個話，說辛稼軒是在陝西生長的，其實，稼軒根本沒到過陝西。這樣的誤會很多，很多人以爲宋朝的西北就是現在我們所謂的西北。不知，宋朝所謂西北，不是西北角，而是西邊同北邊，連山東都算西北。稼軒是生長山東的，照宋人的習慣，自也可以說生長西北。他祖先是狄道人，在今甘肅，然而那是祖籍，不是生長之地。所以宋朝人的文章裏邊提到西北，一定是西邊同北邊。西邊是陝西、甘肅這一帶；北邊是山東、山西，甚至連河南的北部，也算是西北。

其次是「京師」。宋朝人說的京師，不是杭州或臨安。他們說到杭州或臨安，都說行在，或者行都，絕不說京都，或者京師。南宋人說的京都或京師，都是開封府，已經丟掉了的那個老京都。我也見過有些論文，把好多應當說是杭州的事情說成開封的事情，開封的事情說成杭州的事情。因爲他們不懂宋朝所謂京師是那裏。北宋人說京師，一定是開封，南宋人說京師，還是開封，不是臨安。這兩個很小而關係很大，常犯的錯誤，我願意借這個機會，跟大家提出。

還有關於金朝，很多人都有一種錯覺，認為金朝在宋之後，都是這麼說：宋、遼、金。實際上，遼跟北宋差不多是同時的。金則完全跟南宋同時並立。金朝的起來，是在宋徽宗時，卽北宋的末年。但那個時候，金還不成一個朝代，不成一個國家。宋南渡以後，金朝才正式成立。因此說，金朝跟南宋是同時並立的。還有，金朝的亡，在南宋亡以前四十五年，因此金朝跟南宋，不過一南一北而已，只是地域上的不同，沒有時間的先後。這也是一個很多人常犯的毛病，說是金朝在宋朝之後。譬如元好問，他是金末的人，而他的生存，是在宋光宗到宋理宗這一時期。這個也是大家要注意的一點。

北宋是從西曆九百六十年（宋太祖建隆元年），到一一二六（宋欽宗靖康元年），共一百六十六年。南宋是從一一二七起，這一年有兩個年號，四月以前是欽宗靖康二年，四月以後，徽宗欽宗已被俘擄到北方去了，五月初，康王卽後來的高宗在南方卽位，改為建炎元年。所以這一年有兩個年號。歷史上常有這種當年改元的，前半年是某一年號，後半年又是另一年號。這種跨時代的情形要注意。因為有人寫建炎元年如何如何，有人寫靖康二年如何如何，實在就是一年。南宋是一一二七到一二七九，共一百五十二年。有些人以為到一二七六。到底算一二七九，還是一二七六？這是史家一個爭論的問題。因為一二七六是丙子年，也就是元朝軍隊進了臨安，謝太后帶他的兒子德祐皇帝投降的那一年。所以舊派的歷史家，把這一年算作宋亡之年，因為皇帝已經投降了，太后投降了，京城也被佔領了。可是新的歷史家把它延長三年，到了崖山之師覆滅，宋朝完全亡了，是一二七九年，差三年。這三年像什麼呢？就像電風扇一樣，已經按下開關，電源已經沒有了，可是電扇還在那兒轉。這三年，就是電扇的餘轉。因爲編歷史的是漢族人，同情南宋，他們願意這個漢人的朝代多享有幾年，所以算到一二七九。

南宋一百五十二年加上北宋一百六十六年，共三百一十八年。在此以前，周朝有八百年。而這八百年，有春秋戰國兩個時期，根本不是統一國家。文化也是「百家爭鳴」。除去周以外，漢朝最長，東漢西漢共四百零六年，其次就是宋朝。唐朝只有二百八十九年。所以，宋朝是中國歷史上第三個年代長的朝代。

宋朝經濟很發達，而軍事很衰弱。搞歷史的人有句成語，叫「宋鼻涕」，說宋朝跟鼻涕一樣，被人甩來甩去的，軟弱無能。其所以如此，就是因爲經濟發達，軍隊不行。宋朝經濟發達，因爲它的經濟重心，往東挪、往南挪。在唐朝，京城長安、洛陽，都是靠西北，那一帶，不是個發展經濟的地方。中國經濟的命脈，是在東南，而宋都開封離東南很近。一有錢就沒本事了，人皆如此，有錢必惜命。而同時宋太祖是軍閥出身，陳橋兵變而登帝位，他怕別人也像他一樣，有了軍隊爲基礎，就會篡位，於是有所謂「杯酒釋兵權」。從此以後，大家都是顧錢而不顧權了，軍事力量也就衰弱下來。

北宋亡國之快速，出乎金人意想之外。他們從幽燕南下，長驅直入，很快就把東京開封攻下來，這都是軍力積弱的結果。

我們對宋代的了解是：商業繁榮，交通發達，而國勢兵力不振。所以，有人對我說：讀宋詞的聲調好像是受了氣，委委屈屈的。我就說：「宋鼻涕」，當然受氣。然而宋代的文化表面雖然軟弱，內含的力量卻很堅強。宋亡以後，其文化的影響始終沒有消逝。元朝統一中國只有八十九年，在這八十九年裏頭，文化還是宋文化，也就是中國文化。中國文化可貴之處，就在其表面上看似軟弱，而內含堅強，有所謂韌性。我很懂這道理，因爲我自己就是這樣。我從六十幾歲身體就不行了，可是，到現在八十幾歲，還是能夠支持下去，就是我相信自己有韌性。

此講稿由臺灣大學中文系鄭吉雄助教根據現場錄音帶整理筆記。我看過後，稍加删潤；仍有若干囉嗦重複之處，未及細改。讀者諒之！　鄭　騫附識

# 《宋代文學與思想》目錄

## 乙編、思想類

# 甲編：文學類

# 宋代福建的樂舞雜技和戲劇

曾永義

## 引言

根據民國五十一年的調查統計，我國有四百六十多個劇種，其中偶戲近百種，戲曲三百六十餘種❶，大多數是百年來新興的劇種，只有福建的莆仙戲保留許多宋金雜劇院本的遺規和面貌，福建泉州的梨園戲也幾乎使宋元南戲宛然可睹❷；也就是說福建的莆仙戲和梨園戲，簡直就是宋代戲曲的活標本。因此乃引起筆者從文獻上探討宋代福建樂舞雜技和戲劇的興趣，一方面藉此了解宋代有「海濱鄒魯」❸之稱的福建，其表演藝術的情況；一方面也藉此對於今日尚流傳的古老藝術，略作追本溯源的工夫。

## 一、福建的移民與開發

福建僻處我國東南海隅，雖然周禮有「職方氏」掌理「七閩」，戰國時越王無疆子孫建立了「閩越」小國❹，但仍屬蠻夷之邦。秦始皇統一天下，始設閩中郡；其後東漢獻帝建安元年（一九六）置南平縣，建安十年（二〇五）置建陽縣，建安十二年（二〇七）置浦城縣，建安十五年（二一〇）置閩侯縣，魏陳留王景元元年（二六〇）置邵武、將樂、東安三縣，晉武帝太康元年（二八〇）置溫麻縣，又崇安縣也發現西漢古城址，則秦漢以後，永嘉晉室南渡以前，福建已陸續有中原移民。❺但士族入閩，使閩中文化發達，則誠如彭韶「八閩通志序」所云：

自漢武徙其民於江淮，永嘉板蕩，乃有衣冠而南；王氏割據，復有文從而南；及宋氏都杭，諸名家又益南矣！華俗由是丕變。

也就是說閩中文化的發達，是經由三次歷史變故而促成的：其一是晉永嘉之亂，唐杜佑「通典」卷一八二云：

永嘉之後，帝室東遷，衣冠避難，多所萃止。藝文儒術，斯之為盛。今雖閭閻賤品，處力役之際，吟旅不輟，蓋因顏謝徐庾之風扇焉。

又陳壽祺「重纂福建通志」卷五十六「風俗」引唐「十道志」云：

清源郡（即今福建仙遊），秦漢土地。……晉南渡，衣冠族多萃其地。

又宋陳振孫「直齋書錄解題」卷八引唐林諝「閩中記」云：

永嘉之亂，中原仕族，林黃陳鄭四姓先入閩。

又明何喬遠「閩書」卷一五二「畜德志」上云：

晉永嘉二年，中州板蕩，衣冠始入閩者八族，所謂林黃陳鄭詹丘何胡是也。

其二是唐末王審知入閩，明何喬遠「閩書」卷一五二「畜德志」上云：

王氏父子據有全閩，雖號不知書，然一時浮光世族，多與之俱南；其後頗折節下士，開學館，以育才為意，故閩之風聲氣習，浸與上國爭列。

所云「王氏父子」即指王審知、王延翰。又歐陽修「五代史記」卷六十八「閩世家」云：

審知雖起盜賊，而為人儉約，好禮下士。王倓，唐相溥之子；楊沂，唐相涉從弟；徐寅，唐時知名進士；皆依審知仕宦。又建學四門，以教閩士之秀者。

其三是宋代靖康之難，「福建通紀」卷五引「中興小紀」云：

建炎初，詔西外宗司居高郵軍，南外宗司居鎮江府；及渡江以來，遷徙不常，是年西外宗居福州，南外宗居泉州，其後兩宗學各置敎官如諸州例云。

又引「續通鑑」謂南外宗正曾經「自鎭江募海舟載宗子及婦女三百四十餘人至泉州避兵」。就因爲歷史上的這三次變故，使中原衣冠士族，乃至於宗室王孫紛紛入閩避難，終於定居而爲閩人，帶動了閩中文化的發展。到了宋室南渡以後，可以說是閩中文化最昌盛的時代。宋光宗紹熙元年（一一九〇）朱熹知漳州，於是而又有所謂「閩學」，其他如蔡沈、眞德秀、蔡元定、劉克莊、胡安國諸人都是著名的儒者❻，閩中至此眞正成爲「海濱鄒魯」了。

成爲「海濱鄒魯」的閩中，又因爲有「泉州」這樣一個國際商埠，更增加了它的繁榮，五代史記卷六十八「閩世家」云：

（審知）招徠海中蠻夷商賈。海上黃崎，波濤為阻，一夕風雨雷電震擊，開以為港。閩人以為審知德政所致，號為甘棠港。

又宋史卷一六八「食貨市舶」云：

（神宗）熙寧五年（一〇七二），詔發運使薛向曰：東南之利，舶商居其一。比言者，請置司泉州，其創法講求。

又成於宋理宗寶慶二年（一二二六）的諸蕃志「外國傳」云：

大食在泉之西北，去泉州最遠。（大食國傳）

自泉州舟行，順風月餘日可到。（眞臘國傳）

自泉州至本國，順風舟行二十餘程。（占城國傳）

在泉之正南。（三佛齊國傳）

于泉州丙巳方，王冬月發船。（闍婆國傳）

又成於宋度宗咸淳十年（一二七四）的「夢粱錄」卷十二云：

若有出洋，即從自泉州港口，至岱嶼門，便可放洋過洋，泛往外國也。

由以上可見：所謂「甘棠港」雖迹近神話，但可證泉州在五代王審知據閩時已開港，而在北宋神宗時始置市舶司，到了南宋末理、度宗時泉州已成爲國際大商港，也因此當時外國與中國間的距離和方位，皆以泉州爲基準。元初馬可波羅由陸路來中國，歸國時則由泉州揚帆，他在遊記裏稱泉州爲 Zayton，他說：

在這座城市 Zayton 港，交通着帶來了香料及其他所有種類之貴重貨物的全部印度船隻。這裏又是南中國一切商賈輻輳，由此輸入的貨物、寶石、真珠數量之多令人驚嘆。通過這裏把這些分配到南中國全境。我起誓，為供給耶穌教國，有一艘胡椒船進入亞里山大及其他港口，則有百艘乃至以上的胡椒船來這個 Zayton 港。因而，這裏是世界二大貿易港之一。

馬可波羅所說的泉州港雖屬元初，但實與宋末銜接，由此當可概見泉州在宋代的情況。閩中在宋代既是「海濱鄒魯」，又有泉州這樣的世界性貿易大港，則其樂舞雜技和戲劇的繁盛也就很自然了。

## 二、宋代福建的樂舞

有關宋代福建樂舞的情況，可由以下資料來觀察：

1. 宋史卷一三〇樂志第八十三樂五云：

(紹興)十有三年，郊祀。詔以祐陵深弓劍之藏，長樂遂晨昏之養，昭答神天，就臨安行在所修建圜壇，於是有司言：大禮排設備樂，宮架樂辦一料外，登歌樂依在京夏祭例，合用兩料。其樂器，登歌則用編鐘、磬各一架；柷；敔二；搏拊鼓二；琴五色，自一二三五七至九弦各二；瑟四；塤、篪、簫笄二；巢笙、和笙各四；笄七星、九曜、閏餘匏各一；麾幡一。宮架則用編鐘、編磬各十二架；柷敔二；琴五色，各十；瑟二十六；巢笙及簫笄一十四；七星、九曜、閏餘匏、笙各一；竽笙十，塤一十二，篪一十八，篴二十，晉鼓一，建鼓四，麾幡一。乃從太常，下之兩浙、江南、福建州郡；又下之廣東西、荊湖南北，刮取舊管大樂，上於行都。有闕則下軍器所製造，增修雅飾，而樂器寢備矣。

因爲金人攻入北宋國都汴京，宮廷樂器皆已散失；南渡後，於紹興十三年（一一四三），爲在臨安修建圜壇郊祀祭天，必須大排禮樂，只好派官員到福建與兩浙、兩廣、兩湖等地訪求樂器，充作宮廷雅樂之用。福建既爲訪求之地，則可見亦有雅樂。

2. 宋祝穆「方輿勝覽」云：

幔亭峰在大王峰後。古記云：秦始皇二年八月十五日，武夷君與皇太姥、魏王子騫輩，置酒會鄉人於峰頂。召男女二千餘人虹橋跨空，魚貫而上；設彩屋幔亭可數百間，飾以明珠寶玉。中設一床，謂之玉皇座；西為太姥、魏真人座；東為武夷君座。悉施紅雲裀、紫霞褥，金盂貯花，異香氳靄。初鄉人至幔亭外，聞鼓聲。少頃，空中有贊者呼鄉人為「曾孫」，使男女分東西，依次進拜畢。真人抗聲言：「汝等曾孫各安好。」遂命男女以東西坐。又亭之東西，有青綾幬幄，內各設床，陳樂器。又聞贊者命鼓師張安陵打引鼓，趙元奇拍副鼓，劉小禽坎鈴鼓，曾小童擺蹬鼓，高智滿振曹鼓，高子春持短鼓，管師鮑公希吹橫笛，二板師何鳳兒拊節鼓；於是東幄奏「賓雲左仙」之曲。次命弦師董嬌娘彈坎篌，謝英妃撫長琴，呂荷香蘽圓鼓，管師黃次姑噪篳篥，秀淡鳴洞簫，宋小娥運居巢，金師羅妙容揮鐃鈸，於是西幄奏「賓雲右仙」之曲。乃命行酒，其食品皆非人世所有；酒數行，命歌師彭令昭唱「人間可哀」之曲。

曲云：「天上人間兮會何稀？日落西山兮夕鳥飛，百年一瞬兮事與願違。天宮咫尺兮恨不相隨。」

「幔亭峰」位於福建武夷山九曲溪的第一曲，是武夷三十六峰中的一座名峰。祝氏所述雖然是根據「古記」所記的一段神話，但神話莫不規模人間。也因此，文中所記的引鼓、副鼓、鈴鼓、鼗鼓、曹鼓、短鼓和橫笛、節板、坎篌、長琴、圓鼓、篳篥、鐃鈸等樂器，以及「賓雲左仙」、「賓雲右仙」、「人間可哀」等樂曲，還有許多男女樂師的名字，雖然對研究古代樂舞和藝人是很重要的資料，但它們所反映的也應當是福建的樂舞現象，而祝穆旣爲宋人，則所記也應當和當時有某種程度的關係。

3.清陳與祚仙遊縣志卷三十六「摭遺」引黃仲昭「舊志」云：

陳洪進據泉、漳二州，有沙門行雲者，謂人曰：「陳氏當有王侯之象，去此五年，戎馬千萬衆，前歌後舞入此城。」……王師入城，作笳鼓為樂，悉如其言。

陳洪進於宋太宗太平興國三年（九七八）四月，以獻漳泉二州故，封爲武陵節度使。可見宋初漳泉一帶，盛行歌舞，而且還有笳鼓。

4.宋眞德秀西山文鈔卷六「謝黃南劍樂語啓」云：

伏以申命泉山，再續十六年之舊。經行劍水，適逢二千石之賢。平時素切星風之瞻，一見遽諧膠漆之好；羅羞水館，極旣醉旣飽之歡。諭意伶工陳善頌喜禱之語，顧惟不敏，豈所克堪。

眞德秀於宋理宗紹定六年（一二三三）第二次知泉州時，途經劍水（今福建南平），當時知州黃某設宴，並聽了歌舞藝人演唱樂曲。由此可以看出宋代官府以樂侑酒的情況。

5. 宋陳起南宋羣賢小集中興羣公吟稿戊集卷七華谷嚴坦叔「觀北來倡優詩」云：

見說中原極可哀，更無飛鳥下蒿萊；吾儂尚笑倡優拙，欲喚新翻歌舞來。

嚴坦叔卽嚴粲，字坦叔，一字明卿，福建邵武人。官淸湘令。右錄之詩當是嚴氏家居時看到「北來倡優」所發的感慨，這也說明南渡時北方歌舞藝人已有避難福建的。

6. 宋林光朝艾軒集卷一「閏月九日登越王臺次韻經略敷文所寄詩」云：

閒陪小隊出山椒，為有吳歌雜楚謠；縱道菊花如昨日，要看湯餅作三朝。……

越王臺在福建莆田縣。林光朝，字謙之，莆田人，宋孝宗隆興元年（一一六三）進士，詩中所敍爲林氏在家鄉莆田所看到的民間歌舞，而旣云「吳歌雜楚謠」，則流行於今江蘇一帶的所謂「吳歌」和湖北一帶的所謂「楚謠」，也在宋代流入了福建的莆田。

7. 宋劉克莊後村先生大全集卷二十三神君歌十首之六云：

村樂殊音節，蠻謳久雅馴；老儒無酌獻，歌此送相迎。

劉克莊，字潛夫，號後村，莆田人。宋理宗淳祐初（一二四一）特賜同進士出身，官至龍圖閣直學士，晚年致仕家居。右詩所詠爲迎神賽會，所云「村樂」爲民間音樂，有別於「雅樂」；所云「蠻謳」指南方之俗曲。由此可見當時迎神賽會，充滿民樂俗曲的情況。後村自稱「老儒」，當爲其致仕家居時所作。

8. 宋劉克莊後村大全集卷二十六「砑鼓」云：

本子流傳自柳營，着行線彩鬪鮮明。似從傀儡家□出，又說熙河帥教成。邊地烽烟差向里，中州燈火尚承平。何嘗夜奪崑崙隘，真為君王奏凱聲。

9. 宋彭乘「續墨客揮犀」卷七云：

王子醇初平熙河，邊陲寧靜，講武之暇，因教軍士為訝鼓戲，數年間遂盛行於世。其舉動舞裝之狀，與優人之詞，皆子醇初製也。或云：「子醇初與西人對陣，兵未交，子醇命軍士百餘人，裝為訝鼓隊，繞出軍前，虜見皆愕眙，進兵奮擊，大破之。」

10. 宋黎靖德編「朱子語類」卷一百三十九云：

如舞訝鼓，其間男子、婦人、僧道、雜色，無所不有，但都是假的。

以上三條資料，後村所云「砑鼓」，彭乘與朱子語類均作「訝鼓」，按楊慎「升庵全集」卷四十六「迓鼓」條云：

宋語錄：「今之古文，如舞迓鼓。」人多不解為何語。按元人樂府有「村里迓鼓」之名。宋人樂苑有「衙鼓格圖」，官衙嚴鼓之節也。「衙」訛為「迓」。

則「砑鼓」、「訝鼓」與「迓鼓」三者音同字異，當亦即「衙鼓」。蓋「衙鼓」本為官府嚴鼓之節，王子醇帥熙河時始製為軍中之戲，有化妝，有身段，有致語，但由「裝為訝鼓隊」與「舞訝鼓」之語觀之，當屬百戲中之「樂舞」。

11. 永樂大典戲文三種之張協狀元第八出有四支「福州歌」，第二十三出有一支「福清歌」，錄之如下：

(淨)〔福州歌〕伊奪擔去，我底行貨，都是川裏買來底。我妻我兒，家裏望消息。(合)雪兒又飛，今夜兩人在那裏睡。

(末)〔同前〕它來打你，你不肯和順，好言告它去。使槍使棒，一心逞雄威。(合)擔兒把去，今夜兩人在那裏睡。

(淨)〔同前〕朔風又起，擔兒裏，紙被襖兒盡劫去。手兒腳兒，渾身悄如冰。(合)

雪兒又飛，今夜兩人在那裏睡。

（末）〔同前〕你莫打渠，苦必苦，厮打你每早先輸。你腰我腰，沒錢又無米。（合）

擔兒把去，今夜兩人在那裏睡。

〔福清歌〕自離故鄉，尋思斷腸，兩個月得共鸞凰。許多時守空房，到如今依舊恁，似我不嫁郎。燕銜泥，尋舊壘，骨自成雙。

「張協狀元」戲文錢南揚「宋元南戲百一錄」考定爲南宋作品，其中已有「福州歌」和「福清歌」兩個曲牌，福州歌和福清歌顯然就是流行於福建福州和福清一帶的俗曲小調，而既被南戲所吸收，也可見福建與南戲有密切的關係。

12.宋梁克家三山志卷四十土俗類二「上元」云：

綵山：州向譙門設立，巍峨突兀，中架棚台，集俳優倡妓，大合樂其上。渡江後，停寢。紹興九年，張丞相浚為帥，復作，自是不廢。

觀燈：舊例，太守以三日會監司，命僚屬招郡寄居者，置酒臨賞。既夕，太守以燈炬千百，羣伎雜戲，迎往一大刹中，以覽勝。州人士女，却立跂望，排衆爭睹以為樂。本州司理王子獻詩：「春燈絕勝百花芳，元夕紛華盛福唐；銀燭燒空排麗景，鰲山聳處現祥光。管弦喧夜千秋歲，羅綺填街百和香。欲識使君行樂意，姑循前哲事祈禳。」又司理方孝能詩：「街頭如畫火山紅，酒面生鱗錦障風；佳客醉醒春色裏，新妝歌舞月明中。……」

「三山」即福州之古稱。梁克家，字叔子，晉江人，宋高宗紹興三十年（一一六〇）狀元，孝宗淳熙六年（一一七九）出知福州。由右錄「綵山」中的「中架棚台，集俳優娼妓，大合樂其上」和「觀燈」中的「羣伎雜戲」、「管弦喧夜」、「新妝歌舞」諸語，可見宋代的福州，歌舞雜技乃至戲劇已經很盛行。

由以上所列舉的十二條資料，可知宋代福建的樂舞相當盛行，有雅樂和各式各樣的樂器，有鼗鼓的表演，有迎神賽會的村樂俗曲，有俗曲小調「福州歌」和「福清歌」，官府宴會以歌舞侑酒，北方的歌舞藝人南下福建，而吳歌楚謠甚至於宮廷中的「小兒隊舞」也傳入莆田了。「小兒隊舞」見劉後村詩，詳下文。

在宋代福建這樣盛行的樂舞中，起碼有一種音樂還流傳到今天，那就是被稱爲南音、南曲、南樂、南管、五音、絃管或郎君樂的一種古老音樂。筆者曾有「南管中古樂與古劇的成分」一文❼，從曲牌結構、套曲結構、宮調板眼三方面論述南管含有很濃厚的唐宋大曲成分。其後筆者所指導的臺大中文研究所學生沈冬小姐，更以「南管音樂體製及歷史初探」作爲她的碩士論文，進一步研究，獲得有關南管音樂「古老性」的結論有以下六條：

㈠「絲竹相和，執節者歌」的演出形式可溯自六朝清商樂。

㈡「絲先竹後」的樂曲形式淵源自唐樂。

㈢「打撩」按拍之法，脫胎於唐代羯鼓演奏技法。

㈣琵琶、洞簫、二絃、五木拍板、響盞等樂器仍存唐宋舊製。

㈤琵琶維持橫彈，以彈「相」爲主，指法板拙；拍板雙手捧擊，皆爲宋元以前演奏方式。

㈥譜樂具有唐宋大曲規模。

如此說來，所謂「南管」，甚至於可以說就是唐宋音樂的「活標本」了。

## 三、宋代福建的雜技

上文所引宋人梁克家三山志，已經說到宋代福州的「雜技」很盛行，其次由以下資料，也可以看出宋代福建雜技的種類和情況。

1.劉克莊後村先生大全集卷二十一「即事三首」之一云：

抽簪脱袴滿城忙，大半人多在戲場。膈膊鷄猶金爪距，勃跳狙亦袞衣裳。湘累無奈衆人醉，魯蜡曾令一國狂。空巷冶游惟病叟，半窗淡月伴昏黃。

右詩爲宋理宗寶祐三年（一二五五）所作，時劉後村領提舉明道宮閒職，退居莆田。詩中所云「膈膊鷄猶金爪距」，韓愈「鬪鷄聯句」云：「膈膊戰聲喧」，膈膊爲鷄的鼓翼聲；淮南子原道：「鷄有鈎箴芒距」，金爪距謂鷄爪如金鈎一般的鋭利；則所詠爲「鬪鷄」。詩中又云「勃跳狙亦袞衣裳」，謂旋轉跳躍之猿猴尚且穿着官吏的禮服，則所詠爲「弄猢猻」；「狙」，原刊本作「徂」，當爲「狙」之誤。後村「神君歌十首」之四，另有「狙裹周公服」之語，卷四十三「再和」亦有「狙公加之章甫飾」之語，皆詠猴戲。

2.劉克莊後村大全集卷二十一「又三首」之一云：

冠蓋幢幢有許忙，直從墟市到毬場。寶珠似得于佗冢，卉服疑來自越裳。鬢雪難勾小兒隊，眼花休發少年狂。幾時游女歸蠶織，勿學施朱與約黃。

後村此詩所詠有雜技之「毬場」，爲打毬之場所，打毬卽古代蹴踘之戲，類似現代的足球比賽；由「冠蓋幢幢」之語看來，打毬似爲官吏所好之遊戲。詩中所詠另有「小兒隊」，宋代敎坊樂舞有「小兒隊」，每隊七十二人，有男童隊與女童隊之分。小兒隊入場歌舞必須由參軍色竹竿子勾引和遣放，故詩云「勾小兒隊」。見宋史樂志十七、孟元老東京夢華錄卷九「宰執親王宗室百官入內上壽」條。看來莆田一地也已流入宮廷的樂舞。

3. 後村大全集卷二十三「繩技」云：

公卿黠似雙環女，權位危於百尺竿；身在半天貪進步，脚離實地駭傍觀。愈悲登華高難下，載却尋橦險不安。誰與貴人銘座右，等閒記着退朝看。

此詩藉「繩技」以諷身在高位的貴人。「繩技」略如今之走鋼絲；詩中所詠又有「尋橦」，橦爲旗竿，尋橦卽爬竿。

由後村大全集所記載的資料，我們可以考察到宋代福建的雜技，起碼有鬪鷄、弄猢猻、打毬、繩技和尋橦。而眞德秀西山文鈔卷七「再守泉州勸農文」云：

莫喜飲酒，飲多失事；莫喜賭博，好賭壞人；莫習魔敎，莫信邪師，莫貪浪游，莫看百戲。

所云「百戲」實爲歌舞雜技乃至戲劇之總稱，則宋代福建之雜技，當不止後村所記數種而已。

## 四、宋代福建的戲劇

上文所引錄梁克家「三山志」有「集俳優倡妓，大合樂」於「棚台」之語，因而可見宋代福州戲劇已經很昌盛。又由以下資料，亦可見福建戲劇之盛行，及其所涵括之劇種。

1. 清薛凝度主修「雲霄廳志」卷四十六「藝文六」引宋陳淳「朱子守漳實迹記」云：

朱先生守臨漳，未至之始，闔郡吏民得於所素，竦然望之如神明，俗之淫蕩於優戲者在悉屛戢奔遁，及下班莅政，究嚴合宜，不事小惠。

2. 清沈定均主修「漳州府志」卷三十八「民風」「宋郡守朱子諭俗文」云：

約束城市鄉村，不得以禳災祈福為名，斂掠財物，裝弄傀儡。

3. 宋陳淳「北溪文集」卷二十七「上傅寺丞論淫戲」云：

> 某竊以此邦陋俗，當秋收之後，優人互湊諸鄉保作淫戲，號「乞冬」。羣不逞少年，遂結集浮浪無賴數十輩，共相唱率，號曰「戲頭」。逐家聚斂錢物，豢優人作戲，或弄傀儡，築棚於居民叢萃之地，四通八達之郊，以廣會觀者；至市廛近地，四門之外，亦爭為之，不顧忌。今秋自七八月以來，鄉下諸村，正當其時，此風在在滋熾。其名若曰戲樂，其實所關利害甚大：一、無故剝民膏為妄費；二、荒民本業事游觀；三、鼓簧人家子弟，玩物喪恭謹之志；四、誘惑深閨婦女，出外動邪僻之思；五、貪夫萌搶奪之奸；六、後生逞鬪毆之忿；七、曠夫怨女邂逅為淫奔之醜；八、州縣二庭紛紛起獄訟之繁，甚至有假托報私仇，擊殺人無所憚者。其胎殃產禍如此，若漠然不之禁，則人心波流風靡，無由而止，豈不為仁人君子德政之累。謹具申聞，欲望臺判，按榜市曹，明示約束；並貼四縣，各依指揮，散榜諸鄉保甲嚴止絕。如此，則民志可定，而民財可紓；民風可厚，而民訟可簡。閤郡四境，皆實被賢侯安靜和平之福，甚大幸也。

朱先生卽朱熹，字元晦，原籍婺源（今江西婺源縣），寄籍福建建陽縣。宋高宗紹興十八年（一一四八）進士，累官煥章閣待制，光宗紹熙元年（一一九〇）知漳州，三年後去任。陳淳，字安卿，號北溪，福建龍溪人，朱熹知漳州時，嘗從之學。寧宗嘉定十一年（一二一八）特奏名，授安溪主簿，不就。傅寺丞卽傅伯成，字景初，原籍濟源（今屬河南省），遷居福建泉州。少從朱熹學，孝宗隆興元年（一一六三）進士，寧宗慶元三年（一一九七）知漳州，歷官大理寺丞。由右引三段資料，可見朱熹和他的門弟子都非常反對戲劇，但由「俗之淫蕩於優戲」、「優人互湊諸鄉保作淫戲」諸語，以及所描述城鄉熱烈演戲的情形，可見朱熹和傅伯成守漳時，漳州一帶眞是演戲成風。其中所說到的劇種，除「傀儡戲」明言外，均但云「優戲」或「優人作戲」，此優戲當指宋雜劇和南戲而言。

4. 後村大全集卷十「田舍卽事十首」之九：

兒女相携看市優，縱談楚漢割鴻溝；山河不暇為渠惜，聽到虞姬直是愁。

5. 後村大全集卷二十一「聞祥應廟優戲甚盛二首」：

空巷無人盡出嬉，燭光過似放燈時；山中一老眠初覺，棚上諸君鬧未知。游女歸來尋墜珥，鄰翁看罷感牽絲；可憐樸散非渠罪，薄俗如今幾偃師。

巫祝讙言歲事詳，叢祠十里鼓簫忙；衣冠優孟名孫□，……□□閔氏成妒婦，幻教移滿作□□……□□必區區笑郭郎。

6. 同上卷二十二「無題二首」：

郭郎線斷事都休，卸了衣冠返沐猴；棚上偃師何處去，誤他棚上幾人愁。

棚空衆散足凄涼，昨日人趨似堵墻，兒女不知時事變，相呼入市看新場。

7.同上卷四十三「觀社行用實之韻」：

吾家世南折簡呼，有目曷不見子都。牽衣況復幼吾幼，閉戶大似愚公愚。鮮妝袨服出空巷，鈿車綉轂來塞塗。展烏絲欄擁小玉，設錦步障盛綠珠。爾時病叟亦隨喜，携添丁郎便了奴。非惟兒童竟嗤笑，更被傀儡旁揶揄。平生不識琥珀枕，況敢擊碎珊瑚株。□言香火□埒霍，漸覺風俗侔徽衢。一國若狂孰醉醒，宋玉奚必譏登徒。殺牛欲賽西鄰祭，若狗翻哂東門儒。恍然墮在化人境，又似跳入仙翁壺。麟台學士固窮者，歲晚與婦爭禪襦。獨余太乙舊藜杖，夜窗耿耿供清臚。平明踐淖行百里，輕快勿假靈壽扶。安石出山不免耳，德公入州破戒無。矧君口素銜清議，紛紛謅子慭斧誅。如齊而觀竊未喻，或曰有心擊磬乎。君如精金豈易鑠，十年風雪快饕虛。粵人自昔尚巫鬼，魯俗何曾廢儺較。渠能七步追險韻，聊復一吸空罰爵。北風清塵宿泥乾，西日漏光陰雪駁。邊頭刁斗幸小休，棚上鼓笛姑同樂。苦吟久無玊（當作王）官采，盡言深恐朋友數。君豪盛氣欲回瀾，吾衰袖手觀返壑。茘蕉堪薦神送迎，葵棗勿妨農烹剝。剛腸憤發論尤健，枵腹冥搜詩轉惡。先持一事試靈君，敢問何年相玉樸。

以上四條資料所錄諸詩，皆爲劉克莊致仕家居時所作，可以看出當時莆仙一帶戲劇的盛況，使男女雜沓，舉國若狂。其中「觀社行」一詩，更描寫了當日里社賽會，展演各種民俗技藝的情形。所云「實之」即王邁之字，王邁號臞軒，福建仙遊人。宋寧宗嘉定十年（一二一七）進士，歷漳州通判，知邵武軍，提點廣東刑獄。劉克莊此詩，題稱「用實之韻」，前後凡五和。其中「再和」一首尚有「陌頭俠少行歌呼。方演東晉談西都。哇淫奇響蕩衆志，瀾翻辨吻矜羣愚。狙公加之章甫飾，鳩盤謬以脂粉塗。荒唐夸父走棄杖，恍惚象罔行索珠。效牽酷肖渥涯馬，獻寶遠致崑崙奴」諸語關涉賽會中戲劇的搬演。又王邁臞軒集有十六卷本收入四庫全書，惟未見劉克莊所唱和之原作。乾隆仙遊縣志藝文志雖著錄有王邁臞軒文集二十七卷，卻未見傳本。從後村諸詩來觀察：「縱談楚漢割鴻溝」的市優和「衣冠優孟名孫□」的表演，都應當是宋代雜劇和戲文。其次所云「偃師」，相傳爲周穆王時工匠，作木人，能歌舞；見列子湯問❽；又所云「郭郎」，見段安節樂府雜錄「傀儡子」條與顏氏家訓書證篇❾，都顯然指傀儡戲的演出而言；再由「鄰翁看罷感牽絲」❿與「郭郎線斷事都休」二語觀之，則此傀儡當係懸絲傀儡。

8. 宋梁克家三山志卷四十「歲時」：

> 驅儺：鄉人儺，古有之。今州人以為「打夜狐」。曾師建云：「南史載：曹景宗為人好樂，在揚州日，至臘月則使人邪呼逐除，遍往人家乞酒食以為戲。迄今閩俗迺曰『打夜狐』。」蓋唐敬宗夜捕狐狸為樂，謂之「打夜狐」。閩俗豈以作邪呼逐除之戲，與夜捕狐狸之戲同，故云；抑亦作邪呼之語，訛而為「打夜狐」歟？

按孟元老東京夢華錄卷十「十二月」條云：

> 自入此月，即有貧者三數人為一火，裝婦人神鬼，敲鑼擊鼓，巡門乞錢，俗呼為「打

夜胡」，亦驅祟之道也。

所云「打夜胡」應卽是「打夜狐」。則這種歲暮的驅祟之戲，不止閩中一地成爲習俗，卽北宋汴京亦然。

9.宋周密齊東野語卷二十一「溫公重望」條：

宣和間，徽宗與蔡攸輩在禁中，自為優戲。上作參軍趨出，攸戲上曰：「陛下好個神宗皇帝！」上以杖鞭之曰：「你也好個司馬丞相！」

10.宋史卷四七二列傳二三一「奸臣二」云：

攸……與王黼得預宮中秘戲，或侍曲宴，則短衫窄褲，塗抹青紅，雜倡優侏儒，多道市井淫媟詼浪語，以蠱帝心。

以上二條記蔡攸在宮中演戲。蔡攸，字居安，蔡京長子，福建仙遊人。宋徽宗崇寧初（一一〇二）賜進士出身，封英國公，領樞密院，出入宮禁，常侍曲宴。蓄有家樂，後被劾，貶回仙遊家居。蔡攸在宮中所演的戲，顯然就是唐參軍戲的嫡系、居宋教坊十三部「正色」之「正雜劇」。蔡攸既能在宮中躬踐排場，則其被劾家居，很可能將家樂攜帶返鄉，因之，宋雜劇亦可能流入閩中。有關參軍戲及其演化，筆者已有專文論述。⑪

縱觀文獻上所見宋代福建之劇種，有宗教劇「打夜狐」，偶戲「懸絲傀儡」，雜劇和南戲。其中懸絲傀儡流傳至今，其藝術聞名中外；[12]而福建莆仙戲今日的演出形式，若與周密「武林舊事」、陶宗儀「輟耕錄」所記宋金雜劇院本的體製和爨弄情況比對，乃至於與南戲「張協狀元」、元人高安道般涉哨遍散套「嗓淡行院」參較，都不難看出莆仙戲保留許多宋金雜劇的遺規和面貌，譬如開臺的鑼鼓、打和，收場後的斷送、打散，尤其正戲的「艷段」、「正雜劇」、「雜扮」，以及「淨」腳之稱「靚粧」等都是顯而易見的具體證據。[13]而福建梨園戲的劇本，以前認爲明嘉靖丙寅年（一五六六）重刊的「五色潮泉荔鏡記戲文」是最古老的傳本，近年發現了道光間手抄本「朱文」，證明竟是南宋戲文傳下的「海內孤本」[14]；「宋人詞益以里巷歌謠」[15]是南戲的特點，現在梨園戲的劇詞也具有同樣的風格；又梨園戲的主要曲調是流行泉州、厦門一帶的「南曲」（又名絃管、南音，在臺灣叫南管），「南曲」三十六大套，除佛道兩套外，所有曲文都跟梨園劇本相同，多是仿照宋元詞曲體裁而雜用方言，並保留了相當數量的古詞調名，至於泉州當地的民歌、山歌之類，也被採入「南曲」之內，編爲各種滾調，如此以宋元詞曲與地方民歌相融合的「南曲」，就成爲梨園戲內容極其豐富的樂曲。可見梨園戲是以南戲爲基礎再吸收民歌小調所形成的地方戲劇；也因此，它的南戲面目宛然可睹。[16]

宋代的傀儡戲、雜劇、南戲，在今日的福建尚能保存流傳，則福建簡直就是我國民族戲劇的巨大動態博物館，是很值得我們好好珍惜的。

## 結語

總上所論，福建因爲晉代永嘉之亂、唐末王審知入閩和宋室南遷三次歷史大變動，中原士族與宗室南下避難，使得福建在南宋成爲「海濱鄒魯」，泉州更成爲世界貿易大港，不止人文薈萃，經濟亦發達，從而形成樂舞雜技和戲劇滋生競陳的溫床。我們從文獻上能考述到的有各式各樣的雅樂器，官府中的衙鼓，迎神賽會的村樂俗曲，被南戲吸收的福州歌、福清歌，吳歌楚謠，小兒隊舞，和鬪鷄、弄猢猻、打毬、繩技等雜技，以及打夜狐、傀儡戲、雜劇、南戲等劇種。而最可注意的是，今日福建的音樂戲劇中，其南管、傀儡戲、莆仙戲、梨園戲，都保存很具體的宋人規模，其在民族的藝術文化上自然有極其崇高的意義和價值，我們應當進一步的研究和發揚。

這裏要補充說明的是，福建的樂舞雜技，在唐五代間已經有相當的成績，譬如唐代宗時福州觀察使以樂妓數十人進獻宰相元載之子伯和[17]，宣宗時晉江人陳嘏作「霓裳羽衣曲賦」[18]，懿宗咸通間（八六〇—八七三）莆田的百戲就有很盛行的跡象[19]，而唐代泉州官府宴會早就有音樂歌舞[20]，五代時泉州樂舞也很盛行[21]，福建優伶王感化對南唐中主唱「南朝天子愛風流」[22]；凡此皆可見宋代福建之樂舞雜技和戲劇之所以隆盛是在唐五代的基礎上進一步發展的。

## 附註

[1] 見「中國戲曲曲藝辭典」「劇種」條。

[2] 有關莆仙戲和梨園戲的考述詳下文。另有流行於廣東汕頭地區和閩南、臺灣的「潮劇」，也保留了相當多的宋元古樂曲。

③ 黃仲昭「八閩通志」自序：「閩雖爲東南僻壤，然自唐以來，文獻漸盛。至宋，大儒君子接踵而出，仁義道德之風於是乎可以不愧於鄒魯矣！」

④ 四庫全書「百越先賢志」提要云：「南方之國越爲大，自勾踐六世孫無疆爲楚所敗，諸子散處海上，各爲君長。其著者：嶺南爲南越；自東冶至漳泉爲閩越，永嘉爲甌越，自湘漓而南爲西越，牂牁西下，邕、雍、綏、建爲駱越。統而名之，謂之百越。」

⑤ 見莊爲璣「晉江新志」第五卷晉江專題志第五篇「移民志」。

⑥ 見清陳壽祺「重纂福建通志」卷一八五「道學傳」。

⑦ 原載「國際南管會議特刊」，中華民俗藝術基金會，收入拙著「詩歌與戲曲」一書，聯經出版事業公司

⑧ 列子湯問：「周穆王西巡狩，越崑崙，下至弇山。反還，未及中國，道有獻工，人名偃師，穆王薦之，問曰：『若有何能？』偃師曰：『臣唯命所試。然臣已有所造，願王先觀之。』穆王曰：『日與俱來，吾與若俱觀之。』越日，偃師謁見王。王薦之，曰：『若與偕來者何人邪？』對曰：『臣之所造能倡者。』穆王驚視之，趨步俯仰，信人也。巧夫頷其頤，則歌合律；捧其手，則舞應節。千變萬化，唯意所適。王以爲實人也，與盛姬內御並視之。技將終，倡者瞬其目而招王之左右侍妾。王大怒，立欲誅偃師。偃師大懾，立剖散倡者以示王，皆傅會革、木、膠、漆、白、黑、丹、青之所爲。王諦料之，內則肝、膽、心、肺、脾、腎、腸、胃，外則筋骨、肢節、皮毛、齒髮，皆假物也，而無不畢具者。合會復如初見。王試廢其心，則口不能言；廢其肝，則目不能視；廢其腎，則足不能步。穆王始悅而嘆曰：『人之巧乃可與造化者同功乎？』詔貳車載之以歸。」或以爲此卽中國偶戲之始。

⑨ 段安節樂府雜錄「傀儡子」條：「自昔傳云：起於漢祖在平城，爲冒頓所圍。其城一面，卽冒頓妻閼氏，兵強於三面。壘中絕食，陳平訪知閼氏妬忌，卽造木偶人，運機關，舞於陴間。閼氏望

見，謂是生人，慮下其城，冒頓必納妓女，遂退軍。史家但云「陳平以秘計免」，葢鄙其策下爾。後樂家翻爲戲，其引歌舞有郭郎者，髮正禿，善優笑，閭里呼爲「郭郎」。凡爲戲場，必在俳兒之首也。」又顏之推家訓書證篇：「或問：俗名傀儡子爲『郭禿』，有故實乎？答曰：風俗通云：『諸郭皆諱禿。』當是前代有姓郭而病禿者，滑稽戲調，故後人爲其象，呼爲『郭禿』，猶文康象庾亮耳。」

⑩ 這裏的「牽絲」是一語雙關，因唐宋有懸絲傀儡亦稱牽絲傀儡，而古時官吏所執之印綬亦稱牽絲。故此句意謂因看懸絲傀儡的表演而感念宦海的浮沈。

⑪ 拙作「參軍戲及其演化」，見臺灣大學中文學報第二期。

⑫ 厦門鷺江出版社有陳瑞統編「泉州木偶藝術」一書詳敍其事。

⑬ 見「華東戲曲」陳嘯高、顧曼莊之「福建蒲仙戲」，胡忌「宋金雜劇考」第五章「宋劇遺響」。

⑭ 泉州文史第五期吳捷秋「宋元南戲在泉州的活文物」第五節「海內孤本朱文的發現」云：「上路的傳統劇目「朱文」，那是全國注目的宋元南戲『朱文太平錢』，這劇早已失傳，故事不見記載。永樂大典一三九八九，戲文二十五，作『朱文鬼贈太平錢』，在未見梨園戲這一傳本，是無從知其劇情梗概的，這個清道光間手抄本，已成爲稀有文物，珍藏在福建省戲曲研究所。它雖只有「贈綉篋」、『試茶續認眞容』、『走鬼』三折，但就已保留全戲的主要場口，……據戲曲史家錢南揚著『宋元戲文輯佚』所錄『朱文太平錢』三支殘曲，與梨園戲這一抄本對照，文詞情節是一致的，足證它是南宋戲文傳下的『海內孤本』。」

⑮ 徐渭「南詞敍錄」云：「南戲始於宋光宗朝，永嘉人所作趙貞女、王魁二種實首之，故劉後村（應作陸放翁）有『死後是非誰管得，滿村聽唱蔡中郎』文句。或云：宣和已濫觴，其盛行則自南渡，號曰『永嘉雜劇』，又曰『鶻伶聲嗽』。其曲，則宋人詞而益以里巷歌謠，不叶宮調，故士夫罕有留意者。」又云：「永嘉雜劇興，則又即村坊小曲而爲之，本無宮調，亦罕節奏，徒取

其畸農、市女順口可歌而已。諺所謂『隨心令』者，卽其技歟？間有一二叶音律，終不可以例其餘，烏有所謂九宮？」

⑯ 有關南戲與梨園戲之傳承關係，請參考華東戲曲陳嘯高、顧曼莊「福建的梨園戲」，拙作「南管中古樂與古劇的成分」與「宋元南戲的活標本」，沈多「南管音樂體製及歷史初探」，以及泉州文史第五期王愛群、吳世忠「小議南音同中原古樂的關係」。

⑰ 宋王灼「碧鷄漫志」卷三「涼州曲」條：「又幽閑鼓吹（唐張固撰）云：『元載子伯和，勢傾中外。福州觀察使寄樂妓數十人，使者半歲不得通；窺伺門下有琵琶康崑崙出入，乃厚遺求通。伯和一試，盡付崑崙。段和上者，自制"道調涼州"，崑崙求譜不許，以樂之半爲贈，乃傳。』據張祐詩，上皇時已有此曲，而『幽閑鼓吹』謂段自制，未知孰是。」

⑱ 明陳鳴鶴「東越文苑」卷一唐列傳「陳嘏」條：「陳嘏，字錫之，晉江人。擧開成三年進士。宣宗時，嘏爲刑部郎中，帝讀其「霓裳羽衣曲賦」而善之：「安得琬琰器哉！」其辭曰：『我玄宗心崇至道，化協無爲。制神仙之妙曲，作歌舞之新規。被以衣裳，盡法上清之物；序其行綴，乃從中禁而施。原夫采金石之清音，象蓬壺之勝概，俾樂工以交泰，儼彩童而相對。漓灑合節，初聞六律之清和；搖曳動容，宛似羣仙之態。爾其綷節回互，霞袂飄颻。或眄睞以不動，或輕盈而欲翔。入風韻肅，清音思長。引洞雲於丹墀之下，颯天風於紫殿之旁。懿乎樂洽人和，曲含仙意。雜管絃之繁節，澹君臣之玄思。清淒滿耳，無非冲漠之音；颯沓盈庭，盡是雲霄之事。吾君所以凝清慮、慕玄風，無更舊曲，用纂成功。旣心將道合，乃樂與仙同；說康平於有截，延聖壽於無窮。美矣哉！調則冲虛，音惟雅正；於以增逍遙之境，於以暢恬和之性。遂使俗以廉平，人無紛競；是天地之訢合，致朝廷之清淨。小臣忭而歌曰：聖功成兮至樂修，大道協兮皇風流。願揣侔於竹帛，贊玄化於鴻休。』帝旣善嘏作賦，遂有意欲大用之。會嘏卒，爲之恤然。」

⑲ 宋沙門道原纂「景德傳燈錄」卷十八：福州玄沙宗一大師，沙名師備，福州閩縣人也。姓謝氏，

幼好垂釣，泛小艇於南臺江，狎諸漁者。唐咸通初年，甫三十，忽慕出塵，乃棄釣舟，投芙蓉山靈訓禪師落髮，往豫章開元寺。……師南游莆田，縣排百戲迎接。來日師問小塘長老：「昨日許多喧鬧，向什麼處去也？」小塘長老提起衲衣角。師曰：「料掉，勿干涉。」

⑳ 泉州圖書館藏本「唐歐陽四門先生文集」卷七「泉州刺史席公宴邑中赴擧秀才於東湖亭序」云：「求絲桐匏竹以將之，選華軒勝景以光之。後一日，遂有東湖亭之會，……樂遍作，……於時老幼來窺，盡室盈歧。」又「泉州泛東湖餞裴參知南游序」云：「指方舟以直上，繞長河而屢廻，弦管鐃拍，出沒花柳。」

㉑ 五代詩人詹敦仁「余遷泉山留侯招游郡圃作此」云：「萬灶貔貅戈甲散，千家綺羅管弦鳴，柳腰舞罷香風度，花臉勾妝酒暈生。」見陳衍「閩詩錄」。

㉒ 陳衍重修「福建通志」卷五十、第一百册「福建伶官傳」「五代」：「王感化，建州（今福建建甌縣）人，南唐伶人。保大初，中主初嗣位，春秋鼎盛，留心內寵，宴私擊鞠，略無虛日，嘗乘醉令感化奏水調進酒。惟歌『南朝天子愛風流』一句，如是數四。上覆杯不懌，厚賜金帛，以旌敢言。且曰：『使孫、陳二主得此一句，固不當有銜璧之辱也。』翌日，罷諸宴賞，留心庶事，圖閩弔楚，幾致強霸。感化善謳歌，聲振林木。……感化少聰敏，未嘗執卷，而多識故實，詼諧捷急，滑稽無窮。」

# 稼軒詞的神話出處與運用

傅錫壬

## 前言

宋人辛稼軒在詞的創作上好運用典故，前人早有定評❶。而神話卽爲稼軒詞中，被運用得十分成功的典故之一。因爲神話在創造之始卽含有一種特定的意義與感受，所以它本身就是一種語言；然而神話又是在典故中被使用得最爲廣泛的一種，所以在它千百年的流傳及引用中，無論其意義與結構，又多少或被刪削或增飾。於是同一母題的神話，往往在時間及引用者刻意的營造下，而主題與情節會有所改變。所以神話是一種活的語言，而其他典故則多是一種死的語言。❷因此本文對神話材料的界定及取捨，是採廣義之說。

至於本文研究之目的有三：

㈠稼軒詞中引用了那些神話？

㈡引用了神話的原創義、引用義或另賦新義？

㈢稼軒運用神話之技巧及效果如何？

# 稼軒詞中的神話出處與運用

## 一、西王母及諸仙女

稼軒詞引「西王母」者，如柳梢青（420）❸：「何處有西王母難」。以借喻得道成仙。又感皇恩（465）：「精神渾似箇，西王母。」也以借喻得道成仙，並為其嬸母王恭人七十壽。

此所謂得道成仙之「西王母」，絕不與山海經西次三經或海內北經以及大荒西經中「其狀如人，豹尾虎齒而善嘯，蓬髮戴勝，是司天之厲及五殘」，或有「三青鳥為其取食」之西王母類似，也不與淮南子覽冥訓中「羿請不死之藥」的「西王母」相似。此得道成仙之「西王母」，卻與漢武內傳中之神仙造型者相類。文云：

「七月七日……到夜二更之後，忽見西南如白雲起，鬱然直來，逕趨宮庭，須臾轉近，聞雲中簫鼓之聲。人馬之響，半食頃，王母至也；懸投殿前，有似鳥集；或駕龍虎，或乘白麟，或乘白鶴，或乘軒車，或乘天馬，羣仙數千，光耀庭宇。既至，從官不復知所在，唯見王母乘紫雲之輦，駕九色斑龍，別有五十天仙，側近鸞輿……。王母上殿東向坐，着金褡襡，文彩鮮明，光儀淑穆，帶靈飛大綬，腰佩分景之劍，頭上太華髻。戴太真晨嬰之冠，履元璚鳳文之舄，視之年可三十許，修短得中，天姿掩藹，容顏絕世，真靈人也。……須臾以玉盤盛仙桃七顆，大如鴨卵，形圓青色，以呈

> 王母，王母以四顆與帝，三顆自食。桃味甘美，口有盈味，帝食輒收其核，王母問帝，帝曰：欲種之。母曰：此桃三千年一生實，中夏地薄，種之不生……。王母乃命諸侍女，王子登彈八琅之璈，又命侍女董雙成吹雲和之笙，石公子擊昆庭之金，許飛瓊鼓震靈之簧，婉凌華拊五華之石，范成君擊湘陰之磬，段安香作九天之鈞。於是衆聲澈明，靈音駭空，又命法嬰歌元靈之曲。」

所以水調歌頭（7）中有：「喚雙成，歌弄玉，舞綠華，一觴爲飲千歲，江海吸流霞」句。其中「雙成」卽漢武內傳中之「董雙成」，又虞美人（233）：「今宵池上蟠桃席，咫尺長安日，寶煙飛焰萬花濃，試看中間白鶴，駕仙風。」其中「蟠桃席」「白鶴駕仙風」也都見於漢武內傳。

但稼軒在喚「雙成」時，也引進了「弄玉」和「綠華」。「弄玉」見列仙傳：「蕭史者，秦穆公時人，善吹簫，穆公女弄玉好之，公妻焉。弄玉日就蕭史學簫，作鳳鳴，感鳳來止，一旦夫妻同隨鳳飛去。」又生查子（164）：「人間無鳳凰，空費穿雲笛。」也卽本此而加反詰。而江神子（177）：「玉簫聲遠憶驂鸞」也是將弄玉神話借以喩傷別之感。至於「綠華」，見眞誥運象篇：「蕚綠華者，自云是南山人，女子，年可二十上下，青衣，顏色絕整，以升平三年十一月十日夜降羊權家，授權尸解藥並詩一篇。」

稼軒詞中也稱「西王母」爲「西眞人」。如西江月（165）：「西眞人醉憶仙家，飛佩丹霞羽化。」又念奴嬌（544）：「西眞姐妹，料凡心忽起，共辭瑤闕。」則西眞姐妹指西王母之侍女，董雙成和許飛瓊。詞中以借喩施樞密聖與席間之歌伎。又滿江紅（147）：「天上飛瓊，畢竟向人間情薄。還又跨，玉龍歸去，萬花搖落。」則以飛瓊喻降雪。而瑞鶴仙(280)中「瑤池舊約」，則又從穆天子傳卷上：「天子觴西王母於瑤池之上」而來。

## 二、崑崙、玄圃

稼軒詞賀新郎(384)：「快直上，崑崙濯髮。」按崑崙之丘見山海經西山經西次三經及海內西經，也見淮南子墬形訓：「傾宮、旋室、縣圃、涼風、樊桐在崑崙閶闔之中，是其疏圃。疏圃之池，浸之黃水，黃水三周復其原，是謂丹水，飲之不死。」而史記大宛傳引禹本紀：「崑崙其高二千五百餘里，日月避隱爲光明也。其上有醴泉，瑤池。」但均未見崑崙可以濯髮。唯離騷有「朝濯髮乎洧盤」，然與崑崙無涉。所以「崑崙濯髮」爲稼軒之創義。

又念奴嬌(281)則有：「不如歸去，閬苑有箇人惜。」借閬苑以喻歸隱仙鄉之意。但稱昆侖山上之閬風爲閬苑，則本神仙傳：「崑崙閬風苑有玉樓十二層，左瑤池，右翠水。」或濯髮處卽指「瑤池」、「翠水」而言。又千年調(418)：「吾使豐隆前導，叫開閶闔，周遊上下，經入寥天一，覽玄圃，萬斛泉，千丈石。」其中「閶闔」、「玄圃」皆在崑崙之中，則淮南子中已明言。

## 三、女媧補天

稼軒詞滿江紅(9)：「袖裡珍奇光五色，他年要補天西北。」借「女媧補天」以喻建康帥史致遠之雄才壯志。又賀新郎(201)：「我最憐君中宵舞，道男兒、到死心如鐵。看試手補天裂。」則借喻陳同甫之雄才大略。而歸朝歡(376)：「我笑共工緣底怒，觸斷峨峨天一柱，補天又笑女媧忙，卻將此石投閒處。」又借女媧補天之五色石，以喻「積翠崖」之神秀。

按「女媧補天」神話較具體之描述，當見淮南子覽冥訓：「往古之時，四極廢，九州裂，天不兼覆，地不周載，火爁炎而不滅，水浩洋而不息，猛獸食顓民，鷙鳥攫老弱。於是女媧煉五色石以補蒼天，斷鼇足以立四極，殺黑龍以濟冀州，積蘆灰以止淫水。」但仍未見「共工緣底怒」及「補天西北」之說。再參諸淮南子天文訓：「昔者共工與顓頊爭為帝，怒而觸不周之山，天柱折，地維絕。天傾西北，故日月星辰移焉；地不滿東南，故水潦塵埃歸焉。」(列子湯問所引類此)也即楚辭天問：「康回憑怒，墜何故以東南傾？」之所詰疑。所以稼軒女媧補天神話應得之淮南子。

## 四、華胥國

稼軒詞聲聲慢(22)：「華胥夢，願年年，人似舊游。」又菩薩蠻(345)：「竹牀能幾尺，上有華胥國。」

按列子黃帝篇：「(黃帝)晝寢而夢，遊於華胥氏之國。華胥氏之國在弇州之西，台州之北，不知斯齊國幾千萬里；蓋非舟車足力之所及，神遊而已。其國無師長，自然而已。不知樂生，不知惡死，故無夭殤；不知親己，不知疏物，故無愛憎；不知背逆，不知向順，故無利害；都無所愛惜，都無所畏忌。入水不溺，入火不熱，斫撻無傷痛，指擿無痟癢。乘空如履實，寢虛若處牀。雲霧不硋其視，雷霆不亂其德，美惡不滑其心，山谷不躓其步，神行而已。黃帝既寤，怡然自得。」則聲聲慢中「華胥夢」以表示對怡然自得之境的追求。而菩薩蠻中則藉「竹床能幾尺」以反襯神話中的「寢處若處牀」的神仙境界。所以稼軒華胥國之描繪應得之列子無疑。

## 五、靈槎泛銀河

稼軒詞西江月(24)：「靈槎準擬泛銀河，剩摘天星幾箇。」又江神子(183)：「試把靈槎，歸路問君平。」

按博物志、雜說：「舊說云：天河與海通，近世有人居海渚者，年年八月，有乘浮槎去來，不失期。人有奇志，立飛閣於槎上，多齎糧，乘槎而去，十餘日中，猶觀星月日辰，自後茫茫忽忽，亦不覺晝夜，去十餘日，奄至一處，有城郭狀，屋舍甚嚴，遙望宮中，多織婦，見一丈夫牽牛渚次飲之，牽牛乃驚問曰：何由至此？此人具說來意，並問此是何處？答曰：君還至蜀郡訪嚴君平則知之。竟不上岸，因還如期。後至蜀問君平。曰：某年月日有客星犯牽牛宿。計年月，正是此人到天河時也。」即為稼軒詞所本。詞中「靈槎準擬泛銀河，剩摘天星幾箇」句，意謂范南伯多生貴子，有如「靈槎泛銀河」乃必然之事。而「試把靈槎，歸路問君平」，則僅表示有歸歟之思而已。

## 六、鈞　天

稼軒詞八聲甘州(34)：「依舊鈞天夢，玉殿東頭。」又滿庭芳(69)：「只令江海上，鈞天夢覺，清淚如絲。」皆以「鈞天夢」喻親近「朝庭」之意。又水調歌頭(161)：「聞道鈞天帝所，頻上玉卮春酒，冠蓋擁龍樓，快上星辰，名姓動金甌。」以韓南澗必受朝庭寵賜，爲其七十大慶壽。又賀新郎（203）：「細把君詩說，悅餘音，鈞天浩蕩，洞庭膠葛。」以「鈞天浩蕩、洞庭膠葛」喻杜叔高詩樂之美。又千年調（418）：「鈞天廣樂，宴我瑤之席，帝飲予觴甚樂，賜汝蒼璧。」則又借以形容宴席中音樂之美盛。

按：鈞天廣樂雖見於史記趙世家：「趙簡子疾，五日不知人，大夫皆懼，醫扁鵲視之……居二日半，簡子寤，語大夫曰：『我之帝所甚樂，與百神遊於鈞天廣樂，九奏萬舞。』」但就千年調詞中「宴我瑤之席」句觀之，當本之列子周穆王：「周穆王時，西極有化人來……。王執化人之袪，騰而上者，中天廼止。曁及化人之宮，化人之宮構以金銀，絡以珠玉；出雲雨之上，而不知下之據，望之若屯雲焉。耳目所觀聽，鼻口所納嘗，皆非人間之有。王實以爲清都、紫微、鈞天、廣樂，帝之所居。王俯視之，其宮榭若累塊積蘇焉。王自以居數十年不思其國也。化人復謁王同遊，所及之處，仰不見日月，俯不見河海。光影所照，王目眩不能得視；音響所來，王耳亂不能得聽。百骸六藏，悸而不凝。意迷精喪，請化人求還，化人移之，王若殞虛焉。既寤，所坐猶嚮者之處，侍御猶嚮者之人。視其前，則酒未清，看未昲……。」但運用時已稍加新義。

## 七、嫦娥與月宮神話

稼軒詞引「嫦娥」也作「姮娥」。如太常引（30）：「一輪秋影轉金波。飛鏡又重磨，把酒問姮娥：被白髮、欺人奈何！乘好風去，長空萬里，直下看山河。斫去桂婆娑，人道是、清光更多。」此闋無一句不寫月。更以「被白髮，欺人奈何？」以詰問「姮娥」，作者心境已與神話人物融合無間。按「嫦娥奔月」神話見淮南子覽冥訓：「羿請不死之藥於西王母，姮娥竊以奔月，悵然有喪，無以續之。」而詞中「斫去桂婆娑，人道是、清光更多。」則由杜甫一月五日夜對月詩：「斫卻月中桂，清光應更多。」點化而來。至於「月中桂」的神話，則見唐、段成式酉陽雜俎、天咫：「舊言月中有桂，有蟾蜍。故異書言：月桂高五百丈，下有一人，常斫之，樹創隨合。人姓吳，名剛，西河人，學仙有過，謫令伐桂。」

又滿江紅（180）：「誰做冰壺涼世界，最憐玉斧修時節。問嫦娥，孤令有愁無？應華髮。」其中「冰壺涼世界」卽指月。而「最憐玉斧修時節」則又本於酉陽雜俎、天咫：「鄭仁本表弟遊嵩山，見一人枕一幞物，方眠熟，卽呼之，，且問其所自，其人笑曰：『君知月乃七寶合成乎？常有二萬八千戶修之，予卽一數。』因開幞，有斤鑿數事。」

又聲聲慢（181）：「開元盛日，天上栽花，月殿桂影重重。」以借喻京師禁中之凝碧池桂花之美，猶如月中桂。又念奴嬌（227）：「別駕風流，多情更要，簪滿常娥髮。等閑折盡，玉斧重倩修月。」以和洪莘之通判丹桂詞。但卻營造出「月中桂簪滿常娥髮，必須藉玉斧重倩修月」的創意。又瑞鶴仙（229）：「爭說道、明年時候，被姮娥做了慇懃，仙桂一枝入手。」稼軒又役使嫦娥折月桂爲洪莘之慇懃獻壽，再營造成一番新意。又踏莎行（467）：「傍邊自欠箇姮娥，分明身在蟾宮宿。」則借以喻無月爲件。

又滿江紅（454）「着意登樓瞻玉兎，何人張幕遮銀闕？倩蜚廉，得得爲吹開，憑誰說？弦與望，從圓缺。今與昨，何區別？羨夜來手把，桂花堪折。安得便登天柱上，從容陪伴酬佳節。」其中以「玉兎」代月，則本於楚辭天問：「厥利維何？而顧菟在腹」句之王逸注：「言月中有菟，何所貪利，居月之腹，而顧望乎？」而晉、傅玄擬天問作：「月中何有？白兎搗藥。」蜚廉是風神。楚辭離騷：「後飛廉使奔屬。」王逸注：「飛廉，風伯也。」又如木蘭花慢（459）：「飛鏡無根誰繫，姮娥不嫁誰留？謂經海底問無由，恍惚使人愁。怕萬里長鯨，縱橫觸破，玉殿瓊樓。蝦蟆故堪浴水，問云何玉兎解沉浮？若道都齊無恙，云何漸漸如鉤？」其中「玉殿瓊樓」神話本於王嘉拾遺記：「翟乾祐於江岸玩月，或問此中何有？翟曰：『可隨我觀之。』俄見月規中天，瓊樓玉宇爛然。」

稼軒在詞中既設想姮娥不嫁的寂寞；萬里長鯨的縱橫觸破，又賦予蝦蟆、玉兎等神話之動物屬性，使全闋中神話由於增添新意後，顯得格外生動。

稼軒詞中或將「羲和」、「嫦娥」並稱爲「羲娥」。如江神子（465）：「兩輪屋角走如梭，太忙些，怎禁他。擬倩何人，天上勸羲娥：何似縱容來少住，傾美酒，聽高歌。」又西江月（527）：「只將綠鬢抵羲娥，金印須教斗大。」二首皆以「羲娥」象徵光陰、歲月。也有稱月宮爲廣寒宮者。如好事近（491）：「想見廣寒宮殿，正雲梳風掠。」則本於龍城錄：「上皇與申天師道士鴻都客，八月望日夜，三人同在雲上遊，月中見一大宮，榜曰：『廣寒清虛之府』」。

月宮神話中，又有素娥者。見水調歌頭（366）：「二三子，問丹桂，倩素娥。」一般言素娥卽嫦娥。然羅公遠傳：「明皇遊月宮，見素娥十餘人，皓衣，乘白鸞，遊於桂下。」異聞錄也作：「開元中，明皇與申天師遊月中，見素娥十餘人，皓衣，乘白鸞，笑舞於廣庭大桂樹下，樂音嘈雜清麗，明皇歸，製霓裳羽衣曲。」則素娥當爲十餘人。又甘澤謠：「素娥者，武三思之伎人，相州鳳陽門宋媼女，善彈五弦，世之殊色。三思以帛三百匹聘焉。素娥既至，三思盛宴以出素娥，公卿畢集，唯納言狄仁傑稱疾不來，三思怒，於座中有言。後數日復宴，梁公室，蒼頭出曰：『素娥藏匿，不知所在。』三思自入召之，皆不見，忽於堂奧隙中聞蘭麝芬馥，乃附耳而聽，卽素娥語音也。三思問其由。曰：『某乃花月之妖，上帝遣來，亦以蕩公之心，今梁公乃時之正人，某因不敢見。』言訖更問，亦不應也。」則素娥又是花月之妖，當皆非稼軒所本。

## 八、湘 娥

稼軒詞中「湘娥」數見，如賀新郎（63）：「黃陵祠下山無數，聽湘娥，冷冷曲罷，爲誰情苦。」按水經注湘水條：「黃陵水上承大湖，湖水西流，逕二妃廟南，世謂之黃陵廟。言舜之陟方也，二妃從征，溺於湘江……。故民立祠於水側。」稼軒特別點出了湘娥之悲苦心情。又最高樓（207）：「蒼梧雲外湘妃淚，鼻亭山下鷓鴣吟。」其中蒼梧爲舜之所葬。而「湘妃淚」則見述異記：「舜南巡，葬於蒼梧，堯二女娥皇、女英淚下沾竹，文悉爲之斑。亦名湘妃竹。」稼軒借以盼丁懷忠教授早歸。又江神子（178）：「湘筠簾捲淚痕斑」以喻別後相思之苦。又蝶戀花（470）：「柄玉莫搖湘淚點，怕君喚成秋風扇」，則以「湘淚點」代竹扇。又清平樂（490）：「相見重簾不捲，淚痕滴盡湘娥」，用簾上竹斑喻相思之苦。又浪淘沙（501）：「湘妃竹上淚痕濃。舜蓋重瞳，堪痛恨，羽也重瞳。」則借湘妃與舜的悲劇以襯托虞姬與項羽的訣別之苦。

總之，稼軒引用湘妃處，多着力於湘妃淚染斑竹之情節，以營造作品中悽美與傷感的效果。

## 九、東　君

稼軒詞引「東君」五見。如滿江紅（64）：「可恨東君，把春去，春來無迹。」此闋題爲「暮春」，東君應爲春神。又鵲橋仙（241）：「東君未老，花明柳媚，且引玉船沉醉。」此東君也爲春神，以爲余伯熙察院壽。又西江月（268）：「且對東君痛飲，莫敎華髮空催。」此也爲春神，喻年少時光。又念奴嬌（281）：「笑殺東君虛占斷，多少朱朱白白。」此東君也爲春神，且已有掌理花信之意。又最高樓（374）：「笑東君，還又向，北枝忙。」此也爲春神，借喻花已綻開北枝之意。按以東君爲春神已見唐人詩。如王初、立春後作：「東君珂佩響珊珊。」又梅花：「東君欲待尋佳約。」又成彥雄、柳枝辭：「東君愛惜與先春。」已爲習用。

## 十、赤松子

稼軒詞引赤松子者，如太常引（108）：「一杯千歲，問公何事，早伴赤松閒？」借赤松之得道成仙，以賀韓南澗尚書壽。又水調歌頭（230）：「相公倦台鼎，要伴赤松遊。」借喻施樞密聖與有歸隱修道之意。又浣溪沙（333）：「孤竹君窮猶抱節，赤松子嫩已生鬚。」借赤松子以喻松。又菩薩蠻（493）：「玉階方寸地，好趁風雲會。他日赤松遊，依然萬戶侯。」則借喻已有歸隱之意。按史記留侯世家：「留侯乃稱曰：『家世相韓，及韓滅，不愛萬金之資，爲韓報讎彊秦，天下振動。今以三寸舌爲帝者師，封萬戶位列侯。此布衣之極，於良足矣。願棄人間事，欲從赤松子遊耳。』仍學辟穀道引輕身」。稼軒卽借其意而反襯之，意謂與赤松子遊，依然有萬戶侯之尊。

稼軒詞中除赤松子以喻松一見之外，餘皆有歸隱得道之意。此意最早當見於遠遊：「聞赤松之清塵兮，願承風乎遺則。」及至列仙傳：「赤松子者，神農時雨師也，服水玉以教神農，能入火自燒。往往至昆侖上，常止西王母石室中，隨風雨上下。炎帝少女追之，亦得仙俱去。」已略爲敷演。但稼軒詞中僅引「赤松」之名，除史記留侯世家確嘗爲所本外，餘難確指。

## 十一、蓬萊

稼軒詞中引「蓬萊」者，如水調歌頭（110）：「此山高處東望，雲氣見蓬萊。翳鳳驂鸞公去，落佩倒冠吾事，抱病且登臺」。以喻所遊雲洞之高峻。又滿江紅（155）：「莫信蓬萊風浪隔，垂天自有扶搖力」。按十洲記：「蓬邱，蓬萊山是也。對東海之東北岸，周圍五千里，外別有圓海繞山。圓海水正黑，而謂之冥海也。無風而洪波百丈，不可得往來，唯飛仙能到其處耳」。稼軒卽本此，而故作相反義，意謂縱有風浪隔，也能扶搖而上。又滿江紅（269）：「問不知，何處着君侯，蓬萊島」。意謂眞正君侯當在蓬萊仙島。

又或作「蓬壺」，爲「蓬萊」和「方壺」之合稱。如定風波（226）：「春到蓬壺特地晴，神仙隊裏相公行。」借喻施樞密聖與宴席上之風光。又或作「蓬瀛」，是「蓬萊」、「瀛洲」之合稱。如綠頭鴨（556）：「金釵無據，遺恨滿蓬瀛」。借爲織女、牽牛所居之地。又有所謂「三山」者。如賀新郎（308）：「風引船回滄溟濶。目斷三山伊阻」。以喻前途坎坷，求仙鄉之不易。又好事近（551）：「已約醉騎雙鳳，翫三山風月。」以喻西湖之美。又醉花陰（507）：「蟠桃結子多少，家往三山島」。借喻仙鄉並爲人壽。按史記封禪書：「自威、宣、燕、昭，使人入海求蓬萊、方丈、瀛洲，此三神山者，其傳在渤海中，去人不遠，患且至，則船引風而去。蓋嘗有至者，諸仙人及不死之藥在焉，其物禽獸盡白，而黃金銀爲宮闕，未至，望之如雲，及到，三神山反居水下，臨之，風則引去，終莫能至云。」當爲稼軒所本。

## 十二、靈　椿

稼軒詞水龍吟（126）：「待從公痛飲，八千歲，伴莊椿壽。」借以爲韓南澗壽。又水調歌頭（161）：「上古八千歲，纔是一春秋。」也借爲韓南澗七十壽。又沁園春（349）：「君家裏，是幾枝丹桂，幾樹靈椿？」借以賀趙茂嘉郎中壽。又品令（508）：「莫獻壽星香燭，莫祝靈椿龜鶴。」又爲族姑慶八十壽。按靈椿見莊子逍遙遊：「上古有大椿者，以八千歲爲春，八千歲爲秋」。而稼軒即引用其長壽意，故無一首非壽詞。❹

## 十三、王子喬

稼軒詞念奴嬌（134）：「倚巖千樹，玉龍飛上瓊闕。莫惜霧鬢雲鬟，試教騎鶴，去約尊前月。」又念奴嬌（15）：「遙想處士風流，鶴隨人去，已作飛仙伯」。其中「騎鶴」事，當即指王子喬。按列仙傳：「王子喬者，周靈王太子晉也。好吹笙作鳳凰鳴，遊伊洛間，道士浮丘公接上嵩高山。三十餘年後，求之於山上，見桓良曰：『告我家，七月七日，待我於緱氏山頭。』至時，果乘白鶴駐山頭，望之不得到，舉手謝時人，數日而去。」所以前兩闋中皆以「騎鶴」喻得道成仙。

## 十四、洞庭樂、湘靈瑟

稼軒詞賀新郎（203）：「細把君詩說，怳餘音，鈞天浩蕩，洞庭膠葛。」其中「洞庭膠葛」喻杜叔高詩樂之美。又水龍吟（141）：「洞庭張樂，湘靈來去。」則以洞庭樂喻雨巖飛泉之聲。按莊子天運：「北門成問於黃帝曰：『帝張咸池之樂於洞庭之野，吾始聞之懼，復聞之怠，卒聞之惑；蕩蕩默默，乃不自得。』帝曰：『汝殆其然哉！吾奏之以人，徵之以天，行之以禮義，建之以太清。』」而楚辭遠游：「使湘靈鼓瑟兮，令海若舞馮夷」。即稼軒所本。

## 十五、洪　崖

稼軒滿江紅（146）：「笑拍洪崖，問千丈翠巖誰削。」即本於郭璞遊仙詩：「左挹浮丘袖，右拍洪崖肩」。而洪崖事，則見列仙傳：「衞叔卿歸華山，漢武帝令叔卿子度求之，見其父與數人博，度問曰：『向與博者爲誰？』叔卿曰：『是洪崖先生、王子晉、薛容也。』」

## 十六、安期生

稼軒臨江仙（257）：「海上問我幾時歸，棗瓜如可啖，直欲覓安期。」喻歸隱之意。按史記封禪書：「是時李少君亦以祠竈穀道卻老方丈見上……少君言上曰：『祠竈則致物，致物而丹沙可化爲黃金，黃金成，以爲飲食器，則益壽。益壽而海中蓬萊仙者乃可見，見之封禪則不死，黃帝是也。臣嘗遊海上，見安期生，食巨棗大如瓜。安期生仙者，通蓬萊中，合則見人，不合則隱。』於是天子始親祠竈，遣方士入海求蓬萊安期生之屬，而事化丹沙諸藥齊爲黃金矣」。卽爲稼軒詞所本。

## 十七、麴生

稼軒詞添字浣溪沙（315）：「幸自麴生閒去了，又敎忙。」又行香子（416）：「把麴生禪、玉版局、一時參。」又菩薩蠻（495）：「麴生風味惡，辜負四窗約」皆以麴生喻酒。按開天傳信錄：「道士葉法善精於符籙之術。嘗有朝客數十人詣之，鮮帶溜留，滿夜思酒。忽有人叩門，云麴秀才！傲睨直入。年二十餘，肥白可觀。笑揖諸公，居末席，伉聲談論，援引古人。法善密以小劍擊之，隨手喪元，墜於階下，化爲瓶榼，一座驚懾。遽視其所，乃盈瓶醲醞也。咸大笑，飲之，其味甚佳。坐客醉而揖其瓶曰：『麴生風味不可忘也。』」卽爲稼軒所本。

## 十八、愚公

稼軒詞玉樓春（322）：「青山不解乘雲去，怕有愚公驚着汝。」借愚公移山事以戲青山。又六州歌頭（348）：「有要言妙道，往問北山愚，庶有瘳乎？」此以愚公移山之妙道，戲言能癒病。按列子湯問：「太行、王屋二山，方七百里，高萬仞，本在冀州之南，河陽之北。北山愚公者，年且九十，面山而居，懲出入之迂也，聚室而謀曰：『吾與汝畢力平險，指通豫南，達於漢陰。可乎？』雜然相許，遂率子孫叩石墾壤……河曲智叟笑而止之。……

愚公長息曰：『雖我之死，有子存焉；子又生孫，孫又生子，子子孫孫，無窮匱也；而山不加增，何苦而不平。』操蛇之神聞之，懼其不已也，告之於帝，帝感其誠，命夸娥氏二子負二山，一厝朔東，一厝雍南。自此，冀之南，漢之陰無隴焉。」即稼軒所本。

## 十九、丁固、丁令威

稼軒詞最高樓（207）：「是夢他松後追軒冕，是化爲鶴後去山林。」按吳錄：「丁固夢松樹生其腹上，人謂曰：「松字十八公也；後十八年，其爲公乎？」」又陶潛搜神記：「丁令威本遼東人，學道於靈虛山，後化鶴歸遼，集郡城門華表柱，時有少年舉弓欲射之，鶴乃飛，徘徊空中而言曰：『我是丁令威，去家千年今始歸，城郭如故人民非，何不學仙塚纍纍。』遂高上沖天。」詞中借丁固、丁令威以喻丁懷忠教授之出仕或退隱。

## 廿、虎豹九關、虎豹甘人

稼軒詞水調歌頭（101）：「白日射金闕，虎豹九關開。」借喻湯朝美司諫必能破除阻礙，得君上諒解。按楚辭招魂：「魂兮歸來，君無上天些。虎豹九關，啄害下人些。」王逸注：「言天門凡有九重，使神虎豹執其關閉。」而神異經西北荒經曰：「西北荒中有二金闕，高百丈……二闕相去百丈，上有明月珠，徑三丈，光照千里。中有金階，西北入兩闕中，名曰天門。」卽稼軒所本。

又水龍吟（300）：「虎豹甘人，渴而飲汝，寧猿猱些。」則本於楚辭招魂：「此皆甘人。」但招魂中「甘人」者爲土伯，稼軒改爲虎豹，又加「渴而飲汝」之新意。

## 廿一、洛神、江妃二女

稼軒賀新郎（182）：「羅韈生塵凌波去，湯沐煙波萬頃。愛一點嬌黃成暈。不記相逢曾解佩，甚多情，爲我香成陣。」其中「羅韈生塵凌波去，湯沐煙波萬頃」爲脫化於曹植洛神賦：「凌波微步，羅韈生塵。」文選卷十九注引漢書音義引如淳云：「宓妃，伏羲氏之女，溺死洛水爲神。」「而不記相逢曾解佩」則本神仙傳：「江妃二女，遊於江濱，逢鄭交甫，交甫不知何人也，目而挑之，女遂解佩與之。行數步，空懷無佩，女亦不見。」稼軒合二爲一，以喻水仙花。

## 廿二、玉皇

稼軒聲聲慢（217）：「況有星辰劍履，是傳家，合在玉皇香案。」以喻黃倅應得高位。又滿江紅（330）：「我對君侯，怪長見兩眉陰德。還夢見玉皇金闕，姓名仙籍。」借爲趙茂嘉郎中壽。又水龍吟（126）：「玉皇殿閣微凉，着公重試薰風乎。」則僅言玉皇以喻天宮仙境。按元稹以州宅夸樂天詩：「我是玉皇香案吏，謫居猶得住蓬萊。」卽爲稼軒聲聲慢詞所本。

## 廿三、啓母石

稼軒蘭陵王（346）：「君看啓母憤所激，又俄頃爲石。」借喻張難敵之化石乃激於氣憤。按漢書武帝紀：「（元封元年）春正月，行幸緱氏。詔曰：『朕用事華山，至於中嶽，獲駮麃，見夏后啓母石。』應劭曰：『啓生而母化爲石。』」但未言激憤之意。又淸馬驌繹史卷十二引隨巢子：「禹娶塗山，治鴻水，通轘轅山，化爲熊。塗山氏見之，慚而去。至嵩高山下，化爲石。禹曰：『歸我子！』石破北方而生啓。」則「慚而去」卽或稼軒「憤所激」之所本。

### 廿四、望夫石

稼軒蘭陵王（346）：「望夫江上巖巖立。」按古小說鉤沈輯幽明錄：「武昌陽新縣北山上有望夫石，狀若人立。相傳昔有貞婦，其夫從役，遠赴國難，其婦攜弱子餞送此山，立望夫而化爲石，因以爲名焉。」又太平御覽卷四六引宣城圖經：「望夫石，昔人往楚，累歲不還。其妻登此山望夫，乃化爲石。其山臨江，周圍五十里，高一百丈。」此類傳說，各地多有，稼軒詞不易確指何所本。

### 廿五、肘後生柳

稼軒賀新郎（361）：「肘後俄生柳，歎人生不如意事，十常八九」。按莊子至樂：「支離叔與滑介叔觀於冥伯之丘，崑崙之虛，黃帝之所休，俄而柳生其左肘。」卽爲稼軒所本。而「歎人生不如意事，十常八九」卽稼軒賦此神話之含義。

### 廿六、朱庫

稼軒賀新郎（384）：「好臥長虹陂十里，是誰言，聽取雙黃鶴。推翠影，浸雲壑。」按

「雙黃鶴」事見雲笈七籤：「朱庫者，不知何許人也，不飢不渴，強丁不老，忽云應得仙，尅日發，與親友別，云當有迎者，須臾，有兩黃鶴下庭中，庫便度去。」但稼軒以「好臥長虹陂十里」、「推翠影」、「浸雲壑」等景加以潤飾，以喻積翠巖有似仙境。比原文更具神話氣氛。

## 廿七、龍伯、任公

稼軒哨遍(395)：「其外海茫茫，下有龍伯，飢時一啖千里。更任公五十犗爲餌，使海上人人厭腥味。」其中龍伯事見列子湯問：「龍伯之國有大人，舉足不盈數千，而暨五山之所，一釣而連六鼇，合負而趣歸其國。」稼軒特增飾「飢時一啖千里」之誇辭。而任公事見莊子外物：「任公子爲大鈎巨緇，五十犗以爲餌……已而大魚食之。……任公子得若魚，離而腊之，自制河以東，蒼梧以北，莫不厭若魚者。」稼軒將二則神話融合爲一，更爲生動。

## 廿八、望帝化鵑

稼軒定風波(402)：「百紫千紅過了春，杜鵑聲苦不堪聞。卻解啼教春小住，風雨，空山招得海上魂。恰似蜀宮當日女，無數，猩猩血染赭羅巾。」借咏杜鵑。又定風波(403)：「野草閑花不當春，杜鵑卻是舊知聞。謾道不如歸去住，梅雨、石榴花又是離魂。前殿羣臣深殿女，無數，赭袍一點萬紅巾。莫問興亡今幾主，聽政，花前毛羽已羞人。」全首皆敍杜鵑。又賀新郎(429)：「綠樹聽鵜鴂，更那堪、鷓鴣聲住，杜鵑聲切。啼到春歸無尋處，苦恨芳菲都歇。……啼鳥還知如許恨，料不啼清淚長啼血。」借喻與茂嘉十二弟別離之苦。又浣溪沙（257）：「細聽春山杜宇啼，一聲聲是送行詩。」以敍別瓢泉之哀痛。又添字浣溪沙（264）：「却有杜鵑能勸道，不如歸。」以喩對瓢泉歸去之意。又鵲橋仙（485）：「杜宇一聲催起」以喩送行。按「杜鵑」神話，見全上古代秦漢三國六朝文輯蜀王本紀：「後有一男子，名曰杜宇，從天墮止朱提；一女名利，從江源井中出，爲杜宇妻。乃自立爲蜀王，號曰望帝。……荆有一人名鱉靈……與望帝相見。望帝以鱉靈爲相，時玉山出水……望帝不能治，使鱉靈決玉山，民得安處。鱉靈治水去後，望帝與其妻通，慚愧，自以爲德薄，不如鱉靈，乃委國授之而去。……望帝去時子鴂鳴，故蜀人悲子鴂而思望帝。其鳴如曰不如歸去。」又禽經引李膺蜀志：「望帝修道，化爲杜鵑鳥，或云化爲杜宇鳥，亦曰子規鳥，至春則啼，聞者淒惻。」又成都紀：「望帝時，其魂化爲鳥，名曰杜鵑。」又華陽風俗錄：「杜鵑大如鵲而羽烏，其聲哀而吻有血。土人云：春至則鳴，聞其初聲則有離別之苦。」以上所錄當卽稼軒所本。但「恰似蜀宮當日女，無數，猩猩血染赭羅巾」則似言望帝去國之時，蜀宮女無數，皆啼血染巾。應是稼軒潤飾之筆。

## 廿九、羅浮山

稼軒洞仙歌（417）：「偎人瓊海上，握手當年，笑許君攜半山去。劚疊嶂，卷飛泉，洞府淒涼，又卻怪先生多取。怕夜半，羅浮有時還，好長把雲煙，再三遮住。」按太平御覽，地、羅浮山：「羅浮山記曰：羅、羅山也，浮、浮山也。二山合體，謂之羅浮，在層城博羅二縣之境，有羅水，南流流于海。舊說：羅浮高三千丈，長八百里，有七十二石室，七十二長溪、神湖、神禽、玉樹、朱草。相傳云：浮山從會稽來，今浮山上猶有東方草木。又曰：

飽靚字子元，上黨人，博究仙道，爲南海太守，晝臨民政，夜來羅浮山，騰空往還。」詞中「羅浮有時還」即本此。唯「笑許君攜半山去」云云，則不知所本，或稼軒增飾，也未可知。詞中以羅浮山喻浮石山莊。

## 卅、七　夕

稼軒綠頭鴨(556)：「歎飄零，離多會少堪驚。又爭知。天人有信，不同浮世難憑。占秋初，桂花散彩，向夜久銀漢無聲。鳳駕催雲，紅帷卷月，泠泠一水會雙星。素杼冷、臨風休織，深訴隔年誠。飛光淺，青童語款，丹鵲橋平，看人間，爭求新巧，紛紛女伴歡迎。避燈時，采絲未整，蛛網先成。誰念監州，蕭條官舍，燭搖秋扇坐中庭，笑此夕，金釵無據，遺恨滿蓬瀛。攲高枕，梧桐聽雨，如是天明。」全首咏七夕。按荆楚歲時記：「天河之東有織女，天帝之子也，年年織杼勞役，織成雲錦天衣。天帝憐其獨處，許嫁河西牽牛郎。嫁後，遂廢織紝。天帝怒，責令歸河東，唯每年七月七日夜渡河一會。」此即所謂「泠泠一水會雙星」。又荆楚歲時記：「七夕，婦人結綵縷，穿七孔鍼，或以金銀鍮石爲鍼，陳瓜果于庭中以乞巧。有嬉子網瓜上，則以爲得。」此即所謂「拜月處，蛛網先成。」又風俗記：「織女七夕當渡河，使鵲爲橋。相傳：七日鵲首無故皆髡，因爲梁以渡織女故也。」即所謂「丹鵲橋平」。稼軒將數則神話類聚成篇，加以靈活運用，已增不少新意。

## 卅一、飛來峯

稼軒滿江紅(14)：「直節堂堂，看夾道冠纓拱立。漸翠谷，羣仙東下，珮環聲急。誰信天峯飛墮地，傍湖千丈開青壁。是當年，玉斧削方壺，無人識。山木潤，琅玕溼。秋露下，瓊珠滴。向宛亭橫跨，玉淵澄碧。醉舞且搖鸞鳳影，浩歌莫遣魚龍泣。恨此中，風物本吾家，今爲客。」按咸淳臨安志卷二十三引晏元獻公輿地志：「晉咸和中，西僧慧理登玆山。歎曰：『此是中天竺國靈鷲山之小嶺，不知何年飛來，佛在世日多仙靈所隱。今此亦復爾耶？』因掛錫造靈隱寺，號其峯曰飛來。」此卽所謂「誰信天峯飛墮地」。又列子湯問：「渤海之東，不知幾億萬里，有大壑焉……其中有五山焉：一曰岱輿，二曰員嶠，三曰方壺，四曰瀛洲，五曰蓬萊。其山高下周旋三萬里……其上臺觀皆金玉，其上禽獸皆純縞，珠玕之樹皆叢生，華實皆有滋味，食之皆不老不死，所居之人皆仙聖之種。」此卽所謂「玉斧削方壺，無人識。山木潤，琅玕溼」。不過稼軒將二則神話融合後，又增飾不少內容。如「羣仙東下，珮環聲急」、「鸞鳳影」、「魚龍泣」，使神話氣氛更濃。

## 卅二、流霞、清都、飛車

稼軒水調歌頭(7)：「一觴爲飲千歲，江海吸流霞。聞道清都帝所，要挽銀河仙浪，西北洗胡沙，回頭日邊去，雲裏認飛車。」其中「一觴爲飲千歲，江海吸流霞」，本之論衡道虛：「河東項曼斯好道學仙，委家亡去，三年而返。曰：『去時有數仙人，將我上天，離月數里而止。居月之旁，其寒悽愴。口飢欲食，輒飲我流霞一杯，每飲一杯，數月不飢。』」又「聞道清都帝所」則本之列子周穆王：「清都、紫微，鈞天、廣樂，帝之所居。」又「雲裏認飛車」則本之帝王世紀：「奇肱氏能爲飛車，從風遠行。」稼軒運用了三則神話融合而成。

### 卅三、天柱

稼軒玉樓春（322）：「西風瞥起雲橫度，忽見東南天一柱。」以喻雲山之高。按神異經：「昆侖之山，有銅柱焉，其高入天，所謂天柱也，圍三千里。周圍如削。」爲稼軒所本。

### 卅四、蝸角之戰

稼軒哨遍（342）：「蝸角鬭爭，左觸右蠻，一戰連千里。」又玉樓春（308）：「日高猶苦聖賢中，門外誰酣蠻觸戰。」又鷓鴣天（475）：「名利處，戰爭多，門前蠻觸日干戈。」按莊子則陽：「有國於蝸之左角者，曰觸氏，有國於蝸之右角者，曰蠻氏，時相與爭地而戰，伏尸數萬，逐北旬有五日而後返。」即稼軒所本。

### 卅五、火鼠、冰蠶

稼軒哨遍（342）：「火鼠論寒，冰蠶語熱，定誰同異。」爲脫化於蘇軾徐大正閑軒詩：「冰蠶不知寒，火鼠不知暑。」按拾遺記：「員嶠山有冰蠶……以霜雪覆之，然後作繭，長一尺，其色五采，織爲文錦，入水不濡，以之投火，經宿不燎。」以及太平御覽引吳錄：「日南北景縣有火鼠，取毛爲布，燒之而精，名火浣布。」即「火鼠」、「冰蠶」之所本。此借喻寒暑之不易定論。

## 卅六、河伯、海若

稼軒哨遍（342）：「於是焉河伯欣然喜，以天下之美盡在已。渺滄溟，望洋東視，逡巡向若驚歎，謂我非逢子，大方達觀之家未免，長見悠然笑耳。」本之莊子秋水：「秋水時至，百川灌河，涇流之大，兩涘渚涯之間，不辯牛馬，於是焉河伯欣然自喜，以天下之美爲盡在已。順流而東行，至於北海，東面而視，不見水端，於是焉河伯始旋其面目，望洋向若而歎曰：『吾非至於子之門，則殆矣，吾長見笑於大方之家。』……」又哨遍（344）：「但教河伯休慚海若，大小均爲水耳。」也本秋水，唯稍加簡化而已。

## 卅七、張難敵化石

稼軒蘭陵王（346）：「難敵最多力，甚一忿沉淵，精氣爲物，依然困鬬牛磨角。便影入山骨，至今彫琢。」按此神話卽自序中所言：「已未八月二十日夜，夢有人以石研屏見餽者，其色如玉，光潤可愛。中有一牛，磨角作鬬狀。云：『湘潭里中有張其姓者，多力善鬬，號張難敵。一日，與人搏，偶敗，忿赴河而死，居三日，其家人來視之，浮水上，則牛耳。自後並水之山往往有此石，或得之，里中輒不利。』夢中異之，爲作詩數百言。」則此神話自屬稼軒新創。

## 卅八、萇弘血化爲碧

稼軒蘭陵王（346）：「萇弘事，人道後來，其血三年化爲碧。」按莊子外物：「萇弘死於蜀，藏其血三年而化爲碧。」即稼軒所本。

## 卅九、藐姑射山

稼軒念奴嬌(451)：「彩筆風流偏解寫，姑射冰姿清瘦。」以喻墨梅。又柳梢青(420)：「吸風飲露，長忍飢難。」以喻成仙。按莊子逍遙游：「藐姑射之山，有神人居焉，飢膚若冰雪，淖約若處子，不食五穀，吸風飲露，乘雲氣，御飛龍而遊乎四海之外。」稼軒即本此。

## 四十、燭　龍

稼軒滿江紅(365)：「記五更，聯句失彌明，龍啣燭。」按楚辭天問：「日安不到，燭龍何照？」王逸注：「天西北有幽冥無日之國，有龍銜燭而照之。」又山海經大荒北經：「西北海之外，赤水之北，有章尾山。有神，人面蛇身而赤，直目正乘，其瞑乃晦，其視乃明。不食，不寢，不息，風雨是謁，是燭九陰，是謂燭龍。」又淮南子墬形訓：「燭龍在燕門北，蔽於委羽之山，不見日。其神人面龍身無足。」但就詞文看，當本王逸注。並已脫離神話之義。

## 四十一、地行仙

稼軒水調歌頭(132)：「上界足官府，公是地行仙。」又最高樓(236)：「向人間，長富貴，地行仙。」按韓愈酬盧給事曲江荷花行見寄詩：「上界眞人足官府，豈如散仙鞭笞鸞鳳終日相追陪。」稼軒「上界足官府」句當本此。又其水調歌頭(39)：「上界足官府，汗浸與君期。」當也本此。又蘇軾以拄杖壽張安道詩：「先生眞是地行仙，往世因循五百年。」又顧況集五源訣：「番陽仙人王遙琴子高言『下界功滿方超上界。上界多官府，不如地仙快活。」又楞嚴經：「衆生堅固，服餌草木，藥道圓成，名地行仙。」則「地行仙」恐是唐宋人習慣語。

## 四十二、夔

稼軒滿江紅(413)：「歎只今人物，一夔應足。」按韓非子外儲說左：「魯哀公問于孔子曰：『吾聞夔一足，信乎？』對曰：『夔人也，何故一足？彼其無他異而獨通於聲，堯曰：『如夔者一而足矣。使爲樂正。非一足也。』」稼軒本此。就詞文看夔未必神話，但此爲對神話合理解釋之一種，故附此討論。

## 四十三、豐　隆

稼軒千年調(418)：「左手把青霓，右手挾明月。吾使豐隆前導，叫開閶闔。」按楚辭離騷：「吾令豐隆乘雲兮」。王逸注：「豐隆雲師，一曰雷神。」稼軒詞僅用豐隆之名，或本離騷。

# 結　論

稼軒詞中引用的神話材料超過四十則；出現神話的詞作更在一百闋以上。就內容考察，所引神話，有些變化於前人詩句，有些是一般普徧熟識的，也有一些其來源甚難求證。所以把這些資料除外，則稼軒詞中所引神話，約可歸納爲下列諸書：（書名下數字，爲其出現次數）

| | |
|---|---|
| 莊子（8） | 水經注（1） |
| 楚辭（7） | 述異記（1） |
| 列子（6） | 十洲記（1） |
| 史記（4） | 開天傳信錄（1） |
| 漢武內傳（3） | 搜神記（1） |
| 太平御覽（3） | 隨巢子（1） |
| 列仙傳（2） | 雲笈七籤（1） |
| 神仙傳（2） | 蜀王本紀（1） |
| 淮南子（2） | 荊楚歲時記（1） |
| 酉陽雜俎（2） | 風俗記（1） |
| 拾遺記（2） | 咸淳臨安志（1） |
| 穆天子傳（1） | 論衡（1） |
| 眞誥運象篇（1） | 帝王世紀（1） |
| 博物志（1） | 神異經（1） |
| 龍成錄（1） | 韓非子（1） |

羅公遠傳（1）

其中引用最廣的仍是莊子、楚辭、列子、史記諸書，❺而像神話衆多的山海經，在稼軒詞中雖也引到其中神名、神地名，但都不能肯定稼軒詞是直接引用山海經的。而且莊、騷諸書影響於稼軒的，並不止於神話一端。所以稼軒使用神話資料，應是基於引用典故的心理，並非有意營造詞中的神話世界。

至於稼軒詞中，神話被運用的形態，可約分下列數種：

㈠　僅引述神名、神地，以利用神話本有屬性，作爲比喻的。例如柳哨青「何處有西王母難」以「西王母」比喻得道成仙。而感皇恩「精神渾似箇，西王母」，以「西王母」比喻稼軒嬸母王恭人的精神似得道神仙。又念奴嬌「不如歸去，閬苑有箇人惜」以比喻歸隱之仙鄉。又八聲甘州「依舊鈞天夢，玉殿東頭」借「鈞天」以喻朝廷。又滿江紅「着意登樓瞻玉兎」借「玉兎」以喻月。

㈡　雖也僅引述神名、神地，卻利用神話本有屬性，以營造氣氛的。例如：踏莎行「傍邊只欠箇姮娥，分明身在蟾宮宿。」借姮娥以觸發對月宮中清幽氣氛的想像。又鷓鴣天「都無晉宋之間事，自是羲皇以上人。」借「羲皇」以觸發對太平盛世之想像。又如水調歌頭：「此山高處東望，雲氣見蓬萊」，借「蓬萊」以觸發對此山的高峻引起想像。

㈢　引述神或神話原典情節，以營造氣氛的。例如：滿江紅「可恨東君，把春去，春來無迹」以及念奴嬌「笑殺東君虛占斷，多少朱朱白白」都能激發對東君此一春神職掌的種種想像。而蘭陵王「君看啓母憤所激，又俄頃爲石」則營造了張難敵激憤化石的悲壯氣氛。又如最高樓「蒼梧雲外湘妃淚」，則藉湘妃神話營造了動人的悲悽情緒。

㈣引述神話情節，而賦予新意的。例如：賀新郎「快直上，崑崙濯髮。」崑崙神話中並無「濯髮」，而稼軒爲增添了新的情節。又如木蘭花慢「飛鏡無根誰繫，姮娥不嫁誰留？謂經海底問無由，恍惚使人愁。怕萬里長鯨，縱橫觸破，玉殿瓊樓。蝦蟆故堪浴水，問云何玉兎解沉浮？若道都齊無恙，云何漸漸如鉤。」其中稼軒增添了姮娥不嫁的寂寞；萬里長鯨的縱橫奔湧，蝦蟆的浴水等等，皆屬生動活潑的新意。

㈤引述神話中人物，供作者役使。例如：水調歌頭「喚雙成，歌弄玉，舞綠華，一觴爲飲千歲……」稼軒役使仙女董雙成、弄玉，萼綠華載歌載舞，使神話人物獲得了活潑的生命。又如：添字浣溪沙「幸自麴生閒去了，又教忙。」又如：太常引「把酒問姮娥，被白髮，欺人奈何！」又如江神子：「擬倩何人，上天對羲娥：何似從容來少住，傾美酒，聽高歌。」其中麴生、姮娥、羲和等神話人物，都如在目前。

㈥融合二則以上神話以構成新組合。例如：水調歌頭：「喚雙成，歌弄玉，舞綠華。一觴爲飲千歲，江海吸流霞。聞道清都帝所，要挽銀河仙浪，西北洗胡沙。回首日邊去，雲裏認飛車。」此一疊中，稼軒運用了漢武內傳中的董雙成，神仙傳中的弄玉，眞誥中的綠華，三位仙女供其役使外，並結合論衡道虛篇中的河東項曼斯學仙飲流霞的神話，以及列子周穆王篇中的「清都、紫微，鈞天、廣樂，帝之所居」與帝王世紀中的「奇肱氏能飛車，從風而行」等。再加上「銀河」、「仙浪」等神話意味極爲濃烈的詞彙，遂構成一幅稼軒自行營造的神話世界。又如：滿江紅：「誰做冰壺涼世界，最憐玉斧修時節。問嫦娥，孤令有愁無？應華髮。」其中「最憐玉斧修時節」是用酉雜俎中鄭仁本表弟遊嵩山，見一人所云：「月乃七寶合成，常有二萬八千戶修之」的神話，而稼軒將之與同屬月亮神話的嫦娥結合，更覺生動。

(七)引前人詩中的神話。稼軒神話資料有時並非取材於第一手出處，而往往從前人詩句中得之。例如：太常引：「斫去桂婆娑，人道是清光更多」是脫化於杜甫一月五日夜對詩「斫卻月中桂，清光應更多」。似並非直接取材於酉陽雜俎「凌波微步，羅韈生塵。」又如賀新郎「羅韈生塵波去，湯沐煙波萬頃」是點化於曹植洛神賦：「凌波微步，羅韈生塵。」又如哨遍「火鼠論寒，冰蠶語熱，定誰同異。」是本於蘇軾徐大正閑軒詩：「冰蠶不知寒，火鼠不知暑。」

(八)綴輯多則神話，將全首詞都營造成神話。例如：滿江紅：「直節堂堂，看夾道冠纓拱立。誰信天峯飛墮地，傍湖千丈開青壁。是當年、玉斧削方壺，無人識。山木潤，琅玕濕。秋露下，瓊珠滴。向危亭橫跨，玉淵澄碧。醉舞且搖鸞鳳影，詬歌莫遣魚龍泣。恨此中、風物本吾家，今為客。」其中除「飛來峯」、「玉斧削方壺」、「琅玕濕」、「傍湖千丈開青壁」諸神話外，又綴飾了一些資料，如「漸翠谷，羣仙東下，孤環聲急」、「傍湖千丈開青壁」、「瓊珠滴」、「玉淵澄碧」、「詬歌莫遣魚龍泣」等，雖不知是否有神話之依據，但皆營造了神話的氣氛，使全首詞皆組成神話，而被描寫的「冷泉亭」有如神仙世界。又如：山鬼謠：「問何年。此山來此？西風落日無語。看君似是羲皇上，直作太初名汝。溪上路，算只有、紅塵不到今猶古、一杯誰舉？笑我醉呼君，崔嵬未起，山鳥覆杯去。須記取：昨夜龍湫風雨。門前石浪掀舞。四更山鬼吹燈嘯，驚倒世間兒女。依約處，還問我：清游杖屨公良苦。神交心許。待萬里攜君，鞭笞鸞鳳，誦我遠遊賦。」此首稼軒用九歌山鬼為名。對雨巖怪石，刻劃得十分幽古。其中，除了「羲皇」、「山鬼」原本為神話素材外，像「問何年，此山來此？」「昨夜龍湫風雨。門前石浪掀舞」

等都營造了神話氣氛。又如滿江紅：「快上西樓，怕天放浮雲遮月。但喚取，玉纖橫管，一聲吹裂。誰做冰壺涼世界，最憐玉斧修時節。問嫦娥，孤令有愁無？應華髮。雲液滿，瓊杯滑。長袖舞，清歌咽。歎十常八九，欲磨還缺。但願長圓如此夜，人情未必看承別。把從前，離恨總成歎，歸時說。」此首有題「中秋寄遠。」故內中無一句不寫月，其中除「冰壺涼世界，最憐玉斧修時節。問嫦娥，孤令有愁無？應華髮。」爲神話外，而其餘各句如「喚取，玉纖橫管，一聲吹裂」、「雲液滿，瓊杯滑」等也都營造了神話氣氛。又如千年調「左手把青霓，右手挾明月。吾使豐隆前導，叫開閶闔。周遊上下，徑入寥天一。覽玄圃，萬斛泉，千丈石。鈞天廣樂，燕我瑤之席。帝飲予觴甚樂，賜汝蒼壁。嶙峋突兀，正在一丘壑。余馬懷，僕夫悲，下恍惚。」其中「豐隆」、「閶闔」、「玄圃」、「鈞天廣樂」等已爲神話，而「左手把青霓，右手挾明月」、「萬斛泉」、「千丈石」等雖不知神話之所本，但都營造了神話氣氛，使描寫的「蒼壁」猶如天帝所創造。其他如哨遍「蝸爭鬬爭」、木蘭花慢「可憐今夕月」、滿江紅「著意登樓瞻玉兎」、玉樓春「何人半夜推山去」諸首，皆爲全首神話氣氛，此不贅舉。

(九) 更自創神話以爲詞的內容。如蘭陵王「恨之極，恨極銷磨不得。萇弘事，人道後來，其血三年化爲碧。鄭人緩也泣：『吾父，攻儒助墨。十年夢，沉痛化余，秋柏之間既爲實。』相思重相憶。被怨結中腸，潛動精魄，望夫江上巖巖立。嗟一念中變，後期長絕。君看啓母憤所激，又俄頃爲石。難敵。最多力。甚一忿沉淵，精氣爲物，依然困鬬牛磨角。便影入山骨，至今雕琢。尋思人世，只合化，夢中蝶。」其中「萇弘其血三年化爲碧」、「望夫江上巖巖立」、「啓母憤所激，又俄頃爲石」等已是神話材料。而「難敵，最多力」以下一段則更是稼軒所自創之神話，其神話內容卽在詞前小序中，此爲稼軒詞在神話運用上最爲特殊之處。

總之，稼軒在詞中對神話的運用，可謂變化自如，融會貫通，信筆拈來，皆成妙用。

## 附　註

❶宋劉克莊後村詩話謂放翁、稼軒「時時掉書袋」。也卽指典故之繁用。

❷其他典故意義較確定不移，而神話之含義往往經後人增刪，故云神話爲活的語言。

❸每闋詞牌下所冠之數字係據粹文堂書局民國六十六年二月初版之「稼軒詞編年箋注」之頁數，以便翻查。

❹椿樹若能活八千歲，或也未必神話。而莊子言椿以八千歲爲春，八千歲爲秋，而稼軒引申爲「上古八千歲，纔是一春秋」則爲神話。

❺清吳衡照蓮子居詞話：「辛稼軒別開天地，橫絕古今。論、孟、詩小序、左氏春秋、南華、離騷、史漢、世說、選學、李杜詩，拉雜運用，彌見其筆力之削。」

## 參考書目

稼軒詞編年箋注　粹文堂書局

山海經校注　里仁　袁珂

楚辭補注　藝文　王逸注、洪興祖補注
淮南子注　藝文　高誘注
列子集釋　明倫　楊伯峻
莊子　四部集要　新興
史記會注考證　洪氏　瀧川龜太郎
筆記小說大觀　新興
中國神話傳說辭典　華世　袁珂

# 錢鍾書宋詩選注之評論

杜松柏

## 一、前　言

詩有唐宋，詩分唐宋，乃我國古典文學上的大事。詩之有唐宋，係時代演進的必然結果；詩之分唐宋，則涉及：㈠唐宋詩的特質：內涵不同，故而分唐分宋。㈡分唐分宋，即以尊唐抑宋，或者唐固宜尊，宋亦不宜抑。㈢分唐分宋，由學詩之主張與歷程，因而涉及明、清詩壇之派別是非，尊唐多抑宋，得貌遺神，不免有「瞎盛唐」之譏：爲宋詩張目者，亦有擊排他人之意。㈣抑宋之極，至於謂「宋詩近腐」，「明詩其復古也。」（見沈德潛、明詩別裁序）顯有愛憎任情之失。㈤調停分唐分宋之爭。有主張不應分唐宋之論，如袁枚所主張者，又昧於時代的演進，未見唐宋詩的不同，不足以饜服人心。也無以見其眞實。現在時移勢異，我們固然可以超越這些糾纏，依據眞實，作最公平的論評，免於印象式的臆斷，可是面對繁多浩博的宋詩，沒有經過去蕪取菁的工作，形成選樣已定的鞏固基礎，實在難以得出公論、定評。故對近人錢鍾書氏的宋詩選注，實賦予這種厚望。因爲錢氏的管錐篇，顯示了他治學的功夫，談藝錄又證明了他對詩的特見卓識。他的宋詩選注，由一九五七年六月的成書出版，至一九七八年四月的重印（見宋詩選注序），其成書所費的時間雖不明，已相隔二十八年之久，縱有缺失，亦當能如沈德潛的明詩別裁❶，有所增益補損，故以他的重印本「宋詩選注」，試加研究論評，以見其貢獻與優劣。以唐詩選本爲例，四庫提要云：

詩至唐無體不備，亦無派不有，撰錄總集者，或得性情之所近，或因風氣之所趨，隨所撰錄，無不可各成一家。（見御選唐詩提要、四庫全書總目卷一百九十）

選唐詩者甚衆，選宋詩者遠有未逮，選宋詩而詳加評論及註釋者，尤當推錢氏此一後出的書。

## 二、選詩之準則

錢氏於宋詩選注（以下簡稱選注）的種種，有一長達一萬七千字左右的序言，實無異仔細臚陳他的選取標準。序言中以極大的篇幅，說明宋代的歷史背景、時代風尙、以及一些以今論古，抒發己見的議論和說明之後，說出了去取的標準，特據原文❷加以分款抄錄於下：

㈠ 押韻的文件不選。
㈡ 學問的展覽和典故成語的把戲也不選。
㈢ 大模大樣的仿照前人的假古董不選。
㈣ 把前人的詞意改頭換面而絕無增進的舊貨充新也不選，前者號稱：『優孟衣冠』，一望而知，後者容易矇混，其實只是另一意義的『優孟衣冠』，所謂『如梨園演劇，裝扮日異，細看多是舊人』。

㈤有佳句全篇太不勻稱的不選，這眞是割愛。

㈥當時傳誦而現在看不出好處的也不選，這類作品就彷彿走了電的電池，讀者的心靈電線也似的跟它們接觸，卻不能使它們發出舊日的光燄來。

㈦我們也沒有爲了表示自亡做過一點發掘工夫，硬把僻冷的東西選進去，把文學古骨混在古典文學裏。假如僻冷的東西已經殭冷，一絲兒活氣也不透，那末頂好讓它安安靜靜的長眠永息。一來因爲文學研究者事實上只會應用人工呼吸法，並沒有還魂續命丹；二來因爲文學研究者似乎不必去製造木乃伊，費心用力的把許多作家維持在『死且不朽』的狀態裏。

這一去取標準的宣示，具有成一家之選的氣概，而且明確痛快，一掃過去選家『法例』的習氣。綜其所言，㈠、㈢是基本的常識；㈡是反對宋詩「資書以爲詩」的宣示，錢氏在序言中道：

不但西崑體害這個毛病，江西派也害這個毛病，而且反對江西派的「四靈」竟傳染着同樣的毛病，他們給這樣習氣的定義是：「資書以為詩」，後人直率的解釋是：「除却書本子，則更無詩」。

㈣大多是針對江西詩派的奪胎換骨而發，錢氏在選黃庭堅詩時評論道：

他是「江西詩社宗派」的開創人，生前跟蘇軾齊名，……他說：「老杜作詩，退之作文，無一字無來處，蓋後人讀書少，故謂韓杜自作此語耳。古之能為文章者，真能陶冶萬物，雖取古人之陳言入於翰墨，如靈丹一粒，點鐵成金也」。在他的許多關於詩文的議論裏，這一段話最起影響，最足以解釋他自己的風格，也算得江西詩派的綱領。（見選注第一一一頁）

所引山谷之言，除了有「資書以爲詩」的意義外，就是奪胎換骨的說明了，字有來歷，是讀書的問題；「取古人之陳言入翰墨」，自然不能直同書抄，山谷和江西詩派諸人的妙法，大都是用奪胎換骨，在錢氏看來，雖有優劣之分，都不免於「優孟衣冠」。㈤是說明以一首詩的完整性作爲取捨的主要準則。㈥是錢氏說明其所選取，跳出前人的囿限，而依照現代人的能感、所感、作爲原則。可是實際上很受毛酋澤東「人民生活」是創作源泉，「文藝作品不是源而是流」（見選註序）的影響，故反對「資書以爲詩」。從前人的作品中所產生的作品，自然不具備所謂「生活性」、「人民性」，不能爲現代所感和所能感了，錢氏在序中道：

從古人各種著作裏收集自己詩歌的材料和詞句，從古人的詩裏孳生出自己的詩來，把書架子和書箱砌成一座象牙之塔，偶而向人生現實居高臨遠的憑欄眺望一番。內容就愈來愈貧薄，形式也就愈變愈嚴密。（同上）

無異於說宋詩中形式嚴密被當時傳頌的好詩，因爲內容的貧薄，依現代的眼光加以評論，已經是走了電的電池了，錢氏又舉了實際的例子，加以說明道：

> 譬如南宋有個師法陶潛的陳淵，他在旅行詩裏就說：「淵明已黃壤，詩語餘奇趣；我行田野間，擧目輒相遇。誰云古人遠，正是無來去！」陶潛當然是位大詩人，但是假如陳淵覺得一眼望出去都是六七百年前陶潛所歌詠的情景，那未必證明陶潛的意境包羅得很廣濶，而也許只表示自己的心眼給陶潛限制得很偏狹。這種對文藝作品的敏感只造成了對現實事物的盲點，同時也會變為對文藝作品的幻覺，因為他一方面目不轉睛只注視着陶潛，在陶潛詩境以外的東西都領略不到，而另一方面可以白晝見鬼，影響附會，在陶潛的詩裏看出陶潛本人夢想不同的東西。(同上)

這一例證是說明何以會內容貧薄的原故，而且也暗示了錢氏選詩時，是內容重於形式。(七)是說明錢氏選詩的底本，除了吳之振的「宋詩鈔」。曹庭棟的「宋百家詩存」，厲鶚的「宋詩紀事」、管庭芬的「『宋詩鈔』補」、陸心源的「『宋詩紀事』」補遺(同上)以外，參考到其他的總集、別集以至於類書筆記等等。至於選取的標準，還有可以作補充說明的，是他對大家不夠公道，而讓小家佔盡了便宜，錢氏道：

> 尤其對於大作家，我們準有不够公道的地方。在一切詩選裏，老是小家佔便宜，那些總共不過保存了幾首的小家更佔盡了便宜，因為他們只有這點點好東西，可以一股腦

兒陳列在橱窗裏，讀者看了會無限神往，不知道他們的樣品就是他們的全部家當。大作家就不然了。在一部總集性質的選本裏，我們希望對大詩人能够選到「嘗一滴水知大海水味」的程度，只擔心選擇不當，弄得彷彿要求讀者從一塊磚上看出萬里長城的形勢。（同上）

這是錢氏處理大家和小家的選取說明。在這篇長序裏，關於宋詩選取的準則，大致不外此八款。

## 三、全書之體例

錢氏此書的體例，係由長序、作者介紹、選詩及注解四大部份所構成，序言重在說明詩的去取標準，主要內容已撮述如上。關於作者的介紹，大致是以作者的年代、名號里籍、詩集爲基本，而略去了功名、官銜等部份，特別着重於遭逢的時代背景，詩作反應社會情況，詩的風格形成及影響，和屬於何派別，錢氏在序言中道：

關於宋代詩歌的主要變化和流派，所選各個詩人的簡評裏講了一些。（同上）

而且係以評論爲主，在評論中，往往，正反俱陳，避免了有褒而無貶，敍而不論的缺點。評論的內容，相當豐富，往往超過了所選取的詩和注釋的篇幅。可以說是評論作者、鑒衡作品的簡論。至於詩的注釋，也脫出舊注的窠臼，注重詩的背景，不着重於字義訓釋的根源，成語典故的出處，錢氏云：

> 關於詩歌反映的歷史情況，在所選的作品注釋裏，也講了一些。(同上)

在注釋的體例上，也大反傳統的方式，很多地方是以譯代注，注重於詩意的直接傳達，而不注重字面意義的注釋，注音更是稀少，關於詩的所受影響和所產生的影響，以至詩的析賞，承襲了以往詩話的論詩談詩的精神，以詩證詩，甚至以詩證詞，出入古人的作品，爬梳談論，很多處是談藝錄習氣的發揮，所差別的，只是欠缺詳細的考證，冗長的論斷而已。有關文字語辭詞，以明白流暢的語體文，注釋論說，甚具可讀性。全書的體例，可謂綱舉目張，能得大要。

作者之後，繫以選注之詩，作者大體以時代先後編排，詩未再作任何分類，故而古體、近體，不分，絕句、律詩不別；而且連章之詩，也沒有援據慣例用其一、其二加以分隔，致在古體詩中產生了小問題，有同題二段的，不知道是一首二段？還是二首？同一作家，所選多首，也未分類編排，五、七言不加次第；所選之詩，出於何集？何卷？均未註明，增加了讀者查索時的困難。這是全書體例，序中沒有說明。

總而言之，全書雖依持舊有選注之例，但甚有變革創新，故有可讀性和啓示性，在這一方面，對類似的著作，會產生一些良好的影響。

## 四、入選之作家及作品

錢氏以宋詩選注爲書名，而且無作家、作品任何數量上的限制；又非分體分期，釐定界限；更無析賞、學詩的設定；就其序言及其詩論，乃係以宋代全部的作家和作品爲目標，故其採選，自係以全部的宋詩爲對象，而「略其蕪穢，集其清英」，其所選取的作家和作品，能否具有代表性及涵蓋性？是否各體皆備？由其所選取的作家與作品數量的多寡，可以見其大概。

錢氏採錄的作家，共計八十人，最多者爲陸游，選入三十三首，其次爲范成大，二十七首，蘇軾，二十四首，汪元量，二十一首。依數量而言，此四人應爲大家；楊萬里，十五首，陳與義，十一首，王安石，十首，張耒、姜夔，各九首，劉克莊，八首；梅堯臣、劉子翬，各七首，歐陽修、秦觀、唐庚、呂本中、蕭立之，各六首，蘇舜欽、黃庭堅、陳師道、洪咨夔、趙汝鐩、葉紹翁、華岳、方岳，各五首，應在名家或次大家之列；文同、鄭獬、劉攽、賀鑄、汪藻、周紫芝、許棐、文天祥、樂雷發、周密，各四首，王禹偁、李覯、王令、洪炎、李彌遜、王庭珪、曹勛、章甫、裘萬頃、劉宰、戴復古、王禹邁、羅與之，各三首，應爲小家。寇準、曾鞏、林逋、呂南公、孔平仲、張舜民、曾幾、朱弁、王質、陳造、翁卷、趙師秀、高翥、利登、嚴羽，各二首，介乎小家之間。柳開、鄭文寶、晏殊、柳永、陶弼、晁端友、徐俯、江端友、韓駒、宗澤、李綱、董穎、吳濤、尤袤、蕭德藻、徐璣、徐照，各一首。應係「備員」，無以名家了，選取的作品，共三百七十七首，以古體、近體分類，計五古三十二首，七古六十三首，五絕十首，七絕一百九十二首，五律二十首，七律五十四首，五言排律，七言排律，均未選取。所取之詩，大致能符合其所標舉的原則，頗能反應有宋之時代情況及生活實際。

以上所述，爲宋詩選注之大概，由選取之原則，至全書之體例，入選之作家與作家，爲客觀之撮述，以見其眞實。

## 五、選詩準則之論評

錢氏此書，頗能一新耳目，除了繼承以往選家的脈絡精神之外，另具開創意義，形成了較特別的形貌，其具體的成就爲：㈠嚴謹地定出了選取的準則，而又擺脫前人以溫柔敦厚、以詩之體裁、以詩之家數、以詩之正變等作爲選取的標準，而以具時代精神，能反映生活實際者爲準則，選注的結果，完全洗刷了「宋詩近腐」的印象。㈡選取之作品，不受歷來評論的影響，選取的結果，雖有「同乎舊談者」，而以「異於前論」，經其新挖掘者爲最多。卻也不是標新立異，而是特別注重個人的時空不同的感受之故。㈢所選取的作品，因摒棄了「資書以爲詩」和摹擬仿倣之作，故而朗暢淺易，無詰屈聱牙，晦澀艱深者。㈣以割愛的態度，不受佳句而增價的影響，故所選的詩，太多全篇均無重大的缺失，形式、內容，具有均衡性和完整性。㈤創作與學問，雖有關係，然而詩有別材，「學問的展覽不選」，故而所選取的結果，沒有頭巾氣，免於掉書袋子的毛病，也無「詩必柱下之旨，賦乃漆園之義疏」的偏失。綜此五者，本書能突破前人的樊籬，實在由於選詩準則釐訂的結果。

錢氏對宋詩選取的標準，雖相當正確，然亦有其缺漏處，於其所標的準則，亦有疏失之病。特綜述於下：

㈠以時代爲着眼，而未注意宋代學術思之進展，造成選詩準則的缺失：錢氏深切地認識到時代與生活的重要：「作品在作者所處的歷史環境裏產生，在他生活的現實裏生根立腳」，然而目光所及，卻將焦點集中在宋代領土的仄狹，外侮的頻生，民生的痌痛上。這誠然是宋朝的時代特徵之一，並非全部。由文化學術、思想藝術的進展而論，宋代實居於關鍵性的地位，如清翁方綱云：

唐詩妙境在虛處，宋詩妙境的實處……。宋人之學，全在研理日精，觀書日富，因而論事日密。……（詩話卷四）

宋詩之「實」，由「研理日精，觀書日富」所形成，翁氏之言雖簡短而甚得精要，以學術思想的演進而論，宋人大變唐人以前的精神面貌，疑古、考古，實由宋代的學者發其端，理學、心學，至宋人而充實發皇，這些進展和成就，均影響了宋代詩的內容和意境，錢氏昧於這一時代特徵，理學家之詩，佛禪寓道之作，一首也沒有選入，說理議論之作，也極力摒棄，錢氏在介紹劉子翬時評論道：

結果就是像劉克莊所說：「近世貴理學而賤詩，間有篇詠，率是語錄講義之押韻者耳」。道學家要把宇宙和人生的一切現象安排總括起來，而在他的理論系統裏沒有文學的地位，那彷彿造屋千間，缺了一間；他排斥了文學而又去寫文學作品，那彷彿佛家裏有屋子千間而上鄰家去睡午覺；寫了文學作品而藉口說反正寫不好，所以並沒有「害道」，那彷彿說自己只在鄰居的屋簷下打個地鋪，並沒有升堂入室，所以還算得睡在家裏。這樣，他自以為把矛盾統一了。（見選注一六九頁）

這顯然是不選理學家詩的理由，與劉子翬無關。其實錢氏應將之放入序言中，做開他不選理學家詩，甚至佛禪崇匠的作品的原因。他明明有意以劉子翬來代表理學家的詩，所以說：「劉子翬卻是詩人中的一位道學家，非只在道學家裏充個詩人。」可是劉子翬不能代表理學家的詩，卻是事實，何況所選的，全然不是寓理寓道之作（同上），故無這一方面的代表性可言。錢氏也見到了道學家做詩的事實：「詩依然一首又一首的作個無休無歇，妙的是歪詩惡詩反而因此增添，就出於反對作詩的道學家的手筆（同上）。』如其所言，道學家卽使做了很多很多的歪詩、惡詩，如果其中有好的詩，選詩的人也該盡沙裏淘金的責任，加以選出，何況錢氏更推許朱子爲道學家中的大詩人，卻不選其詩，豈非矛盾？錢氏在談藝錄中有「以禪喻詩」之論，更了然於以詩寓禪的事實，可是於宋代佛禪宗匠之作，文學史家所評論的九僧，無一入選，事實上道學家寓理之詩，佛禪寓道之作，詩情理趣俱妙者不知凡幾（可參閱拙著禪詩三百首選注）。此一重大的疏失，大大的縮損了該書的代表性和包容性。也許錢氏厠身文革的前後，凜懼道學家是唯心主義的「毒草」，「宗教是人民的鴉片烟」，故不但不選其詩，恐其賈禍，更大加撻伐，貶爲歪詩惡詩，以求遠禍，自應予以同情的瞭解。可是他在序言中批評宋代的詩人，未能眞實地，全部反應歷史和社會，並舉宋江和梁山泊一事道：

假如人民受不了統治者的榨逼，真刀真槍的對抗起來，文人學士們又覺得大勢不好，忙站在朝廷和官府的一面，後世的士大夫在詠梁山泊事件的詩裏說官也不好，民也不好，各打五十板。北宋士大夫親身感到階級的利益受了威脅，連這一點「公道話」似乎都不講。在北宋詩裏出現的梁山泊，是個風光明秀的地區。不像在元明以來的詩裏是「好漢」們一度風雲聚會的地盤。(見序)

宋江嘯聚梁山泊，在當時是殺人越貨的強盜，是公然倡亂的「叛逆」，詩人避免觸及這類題材，正如「文革」前後，十年浩刧之時，錢氏默然不言一樣，是可以諒解的，錢氏站在學術的立場，選注宋詩，而不注意宋代學術思想的進展和成就，或者囿於政治現實，知而不言，則無可原諒；標舉毛澤東的語話，捧之爲準則，以之當幌子，避禍免罪，則可原諒，眞的作爲其基本選取的取向——以反應百姓疾苦爲「人民性」的標準，則尤不可原諒。在這個選本中，政治性的宣示太過強烈了，因之不能不懷疑錢氏的政治動機，但是最低限度在選詩時，未能扣準宋代的時代性。應係不爭之論。

㈡信從人民生活是文學藝術的「源」，文藝作品是「流」，對宋詩有嚴重的誤解，反對資書以爲詩：錢氏在序中引用毛澤東冗長的話，以上敍的觀點，作爲對宋詩的觀點，極力加以吹捧道：「宋詩就可以證實這一節所講的顚撲不破的道理，表示出詩歌創作裏把『流』錯認爲『源』的危險」。其實毛澤東這一看法，在近代是極普通的常識，例如李辰冬的「文學與生活」一書，早就有這一類的主張，但生活上的體會，能不能成爲詩的題材？適不適合詩的表達？詩人的鎔鑄本領如何？均關係甚大，例如錢氏評梅堯臣的詩云：

他要矯正華而不實，大而無當的習氣，就每每一本正經的用些笨重乾燥不很像詩的詞句來寫瑣碎醜惡不大入詩的事物，例如聚餐後害霍亂、上茅房看見糞蛆、喝了茶肚子裏打咕嚕之類。可以說是從坑裏跳出來，不小心又恰恰掉在井裏去了。(見選注十七頁)

其所舉梅氏的實例，不正是合乎其所謂的「源」嗎？何以如此不佳？而受到錢氏的惡評呢？即係此類生活中的事物，不適合作詩的題材，更與詩人的鎔鑄能力強弱有關，也顯示出錢氏立論的矛盾。再深入一層而論，中國的詩人，絕少爲詩而作詩的一類，多崇奉詩主文而譎諫，並未忽視生活的實際。何況詩人雖目注雲漢，但他們的腳總踏在塵土上，總有不能脫離其現實生活的一面，故宋人的作品中，有許多反映現實生活和感受的詩，讓錢氏來挑揀，但他們決非依人民生活是「源」的觀點去創作的。又生活的層面，極爲廣泛，佛道許多方外之士，一生修持證悟的詩，難道不是生活的體會嗎？何以又全遭摒落呢？錢氏又把前人文藝作品是創造時的「流」，誤認爲即係資書以爲詩。錢氏云：

從下面的評述和註釋裏也看得出：把末流當作本源的風氣彷彿是宋代詩人裏的流行性感冒。嫌孟浩然無『材料』的蘇軾有這種傾向，把『古人好對偶用盡』的陸游更有這種傾向；不但西崑體害這個毛病，江西派也害這個毛病，而且反對江西派的「四靈」竟傳染着同樣的毛病。他們給這種習氣的定義是「資書以為詩」，後人直率的解釋是：「除却書本子，則更無詩」，宋代詩人的現實感雖然沒有完全沉沒在文字海裏，但是有時也已經像李逵假洑水，探頭探腦的掙扎。(見序)

可見錢氏並以之作爲評注的準則。而且把這一創作上的「流」，又與「資書以爲詩」，混同在一起，因爲「資書以爲詩」，是用字有來歷，成語典故的取用，詩的材料內容的構成，如錢氏所謂「學問的展覽和典故成語的把戲」，至於因過去的作品，引發創作的動機，如文賦所云：「游文學之林府，嘉麗藻之彬彬，」雖然也有資書以爲詩之意，以收集「自之詩歌的材料和詞句」爲目的，但最大的不同，是由一種作品，引發另一種創作，雖然有模擬仿效、脫化成巧的高下之分，但決不同於詩歌材料和詞句收集。錢氏在重「源」輕「流」的心態下，所以貶抑了黃山谷，數落了江西詩派，視這類的詩，貶爲「假古董」，視爲「改頭換面的舊貨」，不論工巧好壞，都在擯落或批評之列，殊爲錯誤。

㈢　未劃淸大家小家的界線，於大家小家俱不公道：錢氏標舉了大家、小家，自選詩而言，大家、小家的分別，應表現在選詩的數量上，例如沈德潛的唐詩別裁，杜甫選二百五十五首、李白選一百四十首、王維一百零四百首（胡幼峯、試論唐詩別裁集編選之得失）❸，大家的地位隨數量以定，今觀錢氏所選，以放翁爲第一，范成大爲第二，東坡屈居第三，汪元量第四，山谷僅五首，以此而論定宋詩之大家，殊不合理，范成大、汪元量不足當大家，而山谷實難擯落爲小家。其他由十五首以下至一首者，依錢氏的分類，概應列爲小家了，如尤袤、徐璣、徐照，應各選一首，林逋、曾幾、翁卷、趙師秀僅選二首，錢氏云：「小家更佔盡了便宜，因爲他們只有這點好東西，可以一股腦兒陳列在橱窗裏。」如其所言，以上諸家只有這一點好東西嗎？都陳列在錢氏所構造的橱窗裏了嗎？答案應是否定的。有的可能不應列爲小家，縱使列爲小家，也決不止這麼一點好東西，小家應是吃了錢氏的大虧，如果這本書代表了宋詩選本的話。

㈣未掌握詩的藝術屬性，偏重詩的意義和內容，又局限於所謂「人民性」、「生活性」，形成偏誤：文學創造，不可忽視其藝術性，乃係不爭的事實，所以他不能接受林逋有名的詠梅詩，而取了他的孤山寺端上人房寫望，更不能接受黃山谷詠猩猩毛筆，而比之於「走了電的電池」，其實是錢氏的心靈中，少了一根「藝術性」的導電線，才不能接觸，接觸了也發不出舊日的光燄。他於排律一類，一首未取，更是旁證。

㈤未能扣準選取的原則：錢氏立了「有佳句而全篇太不均稱的不選」，衡以所選取的作品，卻選了部份有瑕疵的詩，未能扣住自訂的選取原則。例如以陸游的寒夜爲例：「斗帳重茵香霧重，膏梁那可共功名？三更騎報河冰合，鐵馬何人從我行。」「斗帳」不足以狀享受奢侈，膏梁子弟不可立功名，則係事實，不可共功名，則有問題；「鐵馬何人從我行。」以及河冰合，乃立功邊塞，或從軍立功之意，非共功名也，全詩如責善求全，頗有疵累，且與大風登城意有重複，如錢氏所云：「這詩裏寫『西家』、『東家』一段可以算是『寒夜』第一二句的引伸」，放翁好詩甚多，何必選寒夜呢？二首意旣重複，選一首就好了，何必都選呢？又如戴復古的夜宿田家七律一首：「身在亂蛙聲裏睡，身從化蝶夢中歸。」在第三聯的對句中，不但有字的重出，而且以「身」對「身」，均係疵累；又周密的西塍廢園詩：「吟蛩鳴蜩引興長，玉簪花落野塘香。園翁莫把秋荷折，留與游魚蓋夕陽。」在此處之吟蛩不能作仄聲，因爲取的是蟋蟀鳴蟲的意義，故聲律上造成了不合平仄的毛病，而且整首詩表現不出廢園的主題，汪無量的醉歌爲七絕，「熒熒庭燎待天明」，一仄聲字、六平聲字，也係不容或犯的瑕疵，湖州歌寫南宋亡國，母后、幼女、宮娥、樂官等俘擄北去，其中一絕云：「曉鬢鬅鬆懶不梳，忽聽人說是南徐。手中明鏡拋船上，半揭篷窗看打魚。」不能顯見亡國之痛，狼狽流徙，反類閒適詩，眞是法眼有差了。錢氏在序中謙虛地表示：「有時心腸軟了，有時眼睛花了，以致違背這些標準，一定犯了缺或濫的錯誤。」故不必予以苛論了。

有了以上選取準則上的缺失，故而難期公道和難求其具有極大的代表性和涵蓋性了。

## 六、全書體例之論評

錢氏此書的體例，有令人耳目一新，樂於接受之處，也有疵病可議，不合事例之處。

錢氏於作者的評介，費了很大的功夫，用了很多心思，無異於是一簡明的詩的作傳家論，於作家的思想、學術、詩的優劣，成就所在，影響所及，都有明白的論斷，公正的批評，大部份出於自己觀照的結果，不是人云亦云的拾人餘唾。在詩的注釋上，於一詩的題目，儘量注明其背景，故對這首詩的欣賞，大有幫助；甚至這首詩與前人的作品，有何關係？予後世有何影響？也儘量加以述說，使人有窮流知變之樂；對於一聯一句，非止注釋其成語、典故，人名、地名等等而已，更揉合了詩話、詩論，有精闢的論說和析賞，細密而深入，廣博而高明，超越了注釋的局限，形成了全書的特色，能依陳而出新。例如注李覯的鄉思「已恨碧山相阻隔，碧山還被暮雲遮」道：

意思說：故鄉為碧山所阻隔，而碧山又為暮雲所遮掩，一重又一重的障礙，天涯地角要算遠了，可是還望得見，比家來得近。同時人石延年「高樓詩」：「水盡天不盡，人在天盡頭。」（劉克莊『後村大全集卷一百七十七引）；范仲淹「蘇幕遮」詞：「山映斜陽天接水，芳草無情，更在斜陽外」；歐陽脩「踏莎行」詞：「樓高莫近危欄倚，平蕪盡處是春山，行人更在春山外」、「千秋歲、春恨」：「夜長春夢短，人遠天涯近」；詞意相類。詩歌裏有兩種寫法：一、天涯雖遠，而想望中的人物更遠，就像這些例句；二、想望中的人物雖近，却比天涯還遠，例如吳融「淛東筵上」：「坐來雖近遠於天」或王實甫「西廂記」第二本第一折「混江龍」：「隔花陰，人遠天涯近」。

（選注二三頁）

依照一般注釋的慣例，這二句根本可以不作注釋；即使作解說，有了注（一）前面幾句便已足夠；所引石延年以下的詩詞，正是詩話的體例，有了這些引證和析說，大有助於這首詩的析賞。這類的例子，觸目皆是，自然係其專精專長的顯示，全書精粹之所在，顯然已不是注釋的體例所可概括了。議論稍有失當和枝蔓之處，大醇小疵，不必計較了。

錢氏作注，有的依循注疏家的往例，尋根抉源，破疑析惑，可是採以譯代注的方式，運用得當，可以收明白暢達，直接了當的效果，例如注梅堯臣的田家：「碎莢落風雨」云「豆莢給風吹雨打得都零落了」。注「空收不束萁」云：「豆莖」（見選注頁十九），顯係以譯代注，有簡單明確的好處。注田家語：「死亡在遲速」云：「早晚就要死」（同上），注魯山行：「適與野情愜」云：「恰恰配合我愛好天然風物的脾氣（選注頁二十二）。」當然也有不準確的毛病，如注文同織婦怨：「皆言邊幅好，自愛經緯密」云：

大家都說這匹絹的門面很寬，自己覺得這匹絹的身骨也很結實。（選注頁四三）

以「門面很寬」扣邊幅好已不確切，以「身骨很結實」釋「經緯密」，更有問題，並有不必作注而流於枝蔓之處，例如注王禹偁寒食詩：「山裏風光亦可憐」云：

可愛，不是可鄙（注師韓「詩學纂聞」「可憐有二義」條）。王禹偁有首詩，小畜集裏沒有收，是把唐人的舊詩改頭換面，寫成貶官在外的心情：「憶昔西都看牡丹，稍無顏色便心闌；而今寂寞山城裏，鼓子花開亦喜歡。」（吳曾能「改齋漫錄」卷十一）「亦可憐」就是「亦喜歡」（選注頁九）。

「亦可憐」根本不用注，縱然要作，用「亦喜歡」也足夠了，不必如此多費詞說。亦多有應注而未注者，如梅堯臣汝墳貧女小序：「自壤河至昆陽老牛陂」，歐陽脩啼鳥：「綿蠻但愛聲可聽」的「綿蠻」，「戴勝穀穀催春耕」之「戴勝」，「其餘百種各嘲哳」之「嘲哳」。「見選注頁31）其他如「餱糧」、「一縉」、「餉婦」、「拄杖」、「裴褭」等等，比之錢氏所顯示的注例，都應作注而未注。此外錢氏犯了頗爲嚴重的校讎上的錯誤：「無據改字」——沒有任何版本上的根據，竟然改正原詩句的文字，例如蘇舜欽的城南感懷呈永叔詩：「蕩決莫可知」，錢氏竟改爲「泱蕩莫可知」，注云：「等於說『莫測高深』」。『泱』原作『決』，疑是誤字（見選注頁二十五）。」而且「泱蕩」譯注爲『莫測高深』，也無訓詁上的根據，乃依上下兩句而生起的臆測。又鄭獬的春盡詩：「夜間絕少塵埃污」，竟改爲「野間絕少塵埃污。」注云：「原作『夜』，疑是誤字。」改作野較佳勝，但因疑而改，不合乎校讎的原則，加以注疏說明卽可。徐俯的「春游湖」詩：「春雨斷橋人不渡」，竟改作「春雨斷橋人不度。」注云：「『度』原作『渡』，疑心是印錯的。（見頁一百二十三）。」度、渡常多混用，也不必改。王邁的觀獵行詩：「御者因追躡。」竟改爲「御者困追躡」，云：「『困』原作『因』，疑是誤字（見二百七十一頁）。」蕭立之「春寒家」詩題，竟改作「春寒歎」，注云：「『歎』原作『家』，疑是誤字（見選注頁二百二十三）。」雖然改的較合理，但既無板本上的根據，加以注明就夠了。

錢氏於字音，極少注出，例如「穲稏」，頗爲罕用，人多不知音讀，自宜加注明；又章甫的卽事詩：「天意誠難測，人言果有不。」這是一首押十一尤韻的五言律詩，「不」應該如廣韻所音「甫鳩切」[4]方得入尤韻，凡此皆應注明。

可見錢氏的作注，甚有可議之處，雖然瑕不掩瑜，可是疵累仍在。

## 七、入選結果之評論

錢氏選詩的結果，整體的印象，是能洗刷了「宋詩近腐」的誤會，也能具體反應宋代版土狹隘、外侮頻侵、民生疾苦等背景。但若云能具有多方的代表性，整體的涵蓋性，清英畢集的精粹性，則殊嫌不足。

以選詩的基礎而言，在全宋詩的編纂工作尚沒有完成之前，而選出全宋詩的精粹，應是冒險之舉，錢氏所依據的不過是宋詩鈔等書，已如上敍。雖於筆記小說等書，有所搜羅，但深入的程度，蒐集的結果，並無明確的交待，質而言之，宋詩的數目究竟有多少？作家有幾人？均未敍說，可見其基礎之不鞏固，選檢之時，自有滄海遺珠之失。根據黃博士永武，張博士高評編撰全宋詩的結果，宋詩多達十五萬首以上，作家在七千人左右❺，必需有了這種基礎，才有選全宋詩的可能。

一代之詩，應選多少首？固然沒有一定的準則，但取法前人的編選，應有公道的比例，以沈德潛的唐詩別裁爲例，大約選了近二千首，根據康熙勅編的全唐詩，總共四萬餘首，接近二十分之一，沈德潛、周準所選的明詩別裁，明詩的總數不詳，但亦選了一千一十餘篇（見明詩別裁序），如以沈德潛唐詩別裁二十分之一的選取比例，則宋詩當選在三萬首左右；以明詩別裁爲例，亦在千首以上；張景星所選注的宋詩百一❻，也在五百餘首以上；陳石遺的宋詩精華錄，選六百八十餘首；今錢氏所選，共三百七十七首，以十五萬計，入選的比例，大約是百分之〇•五五，這一比例，全然不足以代表整體的宋詩。在選取的詩中，五絕十首，五律二十首，不過聊備一格；五言排律，七言排律，全付闕如；最多的是七言絕句，多達一百九十二首，佔了入選詩的三分之一的比例；若非錢氏不考慮詩體分類的界限，便是於七絕情有獨鍾了。被選的作品，注意到一詩的主題，但均係淺顯的作品，彷彿宋詩只有這一格這一類，而且幾乎全是唐詩的餘響，至少所謂「宋詩主理」、「多議論」、「宋氣」一類的風格，幾完全沒有，宋詩的特性，竟全然泯滅了，如此的結果，只能說是錢氏所喜愛的宋詩，不能說是代表宋代的宋詩。或者是宋詩中的「唐詩」。這應是明知故犯的失誤，而且這一缺失自宋詩而言，難以彌補。

一代的詩家，應有多少人入選，同樣是難有定準。全唐詩的作者二千餘人，沈德潛選了二百八十餘家，比例是十分之一強，明詩別裁於三千四百餘人之中，選了三百四十七家，也是十分之一的比例，而錢氏在七千家左右的宋代作家中，竟然只選了八十家，未免太不成比例了，宋詩百一，入選一百四十餘家；宋詩精華錄，一百二十餘家，幾乎是錢氏入選詩家的一倍，故錢氏的選注，不僅是滄海遺珠而已，很多名家如楊億、錢惟演、司馬光、劉敞、宋祁、范仲淹、晏殊、韓琦、米芾、文彥博、王十朋、邵雍、呂祖謙、呂夷簡、蘇轍、晁補之、晁沖之、朱熹、李昉、包恢、樓鑰、葉適、黃公度、葛天民、戴昺、眞山民、謝翺等，均未收入，實難謂之公道，入選的作家太少，便難具有較多的涵蓋與代表性了。

錢氏於作家，標出了大家和小家，在選詩的數量上，看不出這一界限何在？放翁選的最多，在宋詩的大家中，實不足與蘇東坡抗手，雖然他的詩最多；以數量而言，汪元量也是大家，亦不合理；范成大更不足與蘇黃匹；山谷貶抑成了小家；王安石、陳師道、曾幾等均未能顯示其應得之地位，形成了嚴重的缺失。如純以作家入選的情況而言，則錢氏之選，僅唐詩三百首之類，不足以當宋詩選注之稱。

## 八、結　論

選詩極難，在浩瀚的「詩海」裏，面對內容各別，體裁不同，風格各異、良莠不同、碔砆似玉的作品，選出有代表性、有涵蓋性的作品，誠非易事，李東陽云：

> 選詩誠難，必識足以兼諸家者，乃能選諸家。識以兼一代者，乃能選一代。一代不數

人，一人不數篇，而欲以一人選之，不亦難乎！（見懷麓堂詩話）

其言誠是：而錢氏於選詩之外，復加以注釋、析賞、論評、裁斷作家，鑒衡作品，更非易事。關於宋詩選注之優劣得失，已敍論如上，其基本的缺失，是接受了政治人物的觀點，更受到四週政治氣氛的影響——『古爲今用』，『學術爲政治之用』，使選詩的準則有了偏失。全宋詩未編成之前，選詩的基礎不穩固；入選的作品、作家太少，造成了極大的局限；錢氏個性所近，似喜淺明俊爽，所選的幾乎多是這一意境風格的作品，有落在一邊之失；談詩論詩的習氣太重，於注釋的基本，多未遵守。最成功的，是明確的譯注，深入有見的論斷，以詩證詩的本領，加上淺明流暢的文筆，極有可讀性，使這一選本，仍極有價值。可惜不足以代表宋詩的選本，唐詩三百首一類的書而已。

## 附註

❶沈德潛重訂唐詩別裁序云：「鐫版問世，已四十餘年。」

❷原序未分項，爲論敍方便，故特予分項，未改動文字或文意。

❸見古典文學第十集，學生書局。

❹見廣韻十八尤，不有二讀，一甫鳩一切，又甫九、甫救二切。

❺黃永武、張高評博士，有志於全宋詩的編輯，已完成集稿工作，以上的數目，是黃永武博士所透露，不是確定的數字。

❻宋詩百一係張景星、姚逑齋、王補堂所選，臺灣商務印書館改名爲『宋詩別裁』。

# 王荆公「泊船瓜洲」詩析論

薛順雄

「京口瓜洲一水間，鍾山祇隔數重山。
春風自綠江南岸，明月何時照我還？」
……北宋・王安石：「泊船瓜洲」詩……

王荆公所寫「泊船瓜洲」的詩，可說是一首很有名的作品，因爲很多研究我國修辭學的專家，很喜歡引用此詩的句子，以作爲文學表達的修辭例證。但就詩的本身而言，王氏這一首詩，又好像是不太被後世的詩評家所重視，像元代陳焯所編的「宋元詩會」，明代曹學佺編的「石倉歷代詩選」，清代呂留良、吳之振、吳爾堯合編的「宋詩鈔」，張景星、姚培謙、王永琪合編選的「宋詩百一鈔」（又名「宋詩別裁集」），嚴用晦編的「千首宋人絕句」，朱梓與冷鵬合編的「宋元明詩三百首」，民國陳衍（石遺老人）評點的「宋詩精華錄」，高步瀛輯的「唐宋詩舉要」，夏敬觀選注的「王安石詩選」，以及戴君仁選注的「宋詩選」，金性堯選注的「宋詩三百首」等書，都未曾選入此詩。由此可見，後世的一些詩評家並不認爲此詩爲荆公的代表作品，所以才不加以選錄。可是，清代管庭芬與蔣光煦合編的「宋詩鈔補」，及近代的學者像錢鍾書所編的「宋詩選注」，姚奠中選，程秀龍與陸渾注析的「唐宋絕句選注析」，潘中心與房開江合選注的「宋人絕句三百首」，張夢機選、張仁青與林茂雄合注的「唐宋詩髓」等書，又都選有此詩，並且都採用宋人筆記「又綠」的說法，而不依荊公本集上作「自綠」的原句。像這一些的差異與出入，都頗能引起我們研討此詩的興味。並且此詩的後二句，在表面上又是分詠二事，因「春風自綠」與「明月照還」，並無必然性的關連，而荊公卻特意把此二者連結在一起，其用意爲何？也值得我們去研討它。也許透過這一首詩的辨析，可以讓我們更深入地瞭解荊公及其詩作，並可解紛「又綠」與「自綠」之間的變易，以增進我們對於此詩的深刻認識。

## 「又綠」與「自綠」的問題提出

一提到王荊公這一首「泊船瓜洲」的詩，最引人注意的，並不是這一首的內容，以及其背後所隱含具有特殊意義的思想，而是這一首詩中的第三句（也就是傳統詩評家，所謂具有關鍵性的「轉句」），所引發出有關「詩的創作」字句鍾鍊選用的問題。那是因爲南宋高宗朝的名學者洪邁，在其晚年所撰的「容齋筆記」「續筆」卷八「詩詞改字」條中，曾經記述有關此句修改過程的一段話。據該書所說是這樣的：

「王荊公絕句云：『京口瓜洲一水間，鍾山祇隔數重山。春風又綠江南岸，明月何時照我還？』吳中士人家藏其草，初云：『又到江南岸』，圈去『到』字，注曰：『不好』。改為『過』，復圈去，而改為『入』，旋改為『滿』，凡如是十許字，始定為『綠』。」

這是後世修辭學家所最樂以引述的一段話，借此以說明古人是如何地用心來修訂自我作品中的字句，務使其著作達到最爲「精警」的地步。然而，要是我們稍爲用心探討的話，我們不難發現，在「春風又綠江南岸」這一句詩裏頭，實際上最爲重要的，也不過是「又綠」這二個字而已。因爲在這一句的七個字當中，「春風」跟「江南岸」這二個詞彙，都是具有實質固定的意義，所以沒有必要讓人特意講究鍊字的餘地。在這裏，比較令人感到困難的就是，如何能夠把「春風」與「江南岸」，這二個沒有必然關連性的詞彙，怎樣透過中間二個字的適當安排，以使它們建立起密切而又具有必然性的關係，藉以充分地呈顯出作者所欲表達的深刻情思。說眞的，那實在不是一件很簡易的事，必須要極用心思才能辦得到的。那是因爲在這一句的七個字當中，光是「春風」跟「江南岸」這二個詞彙便已佔去了五個字，剩下來的也祇有二個字可以自由地運用而已，並且依據詩律又必須是要以二個仄聲字的音節爲最好，在這種嚴苛的條件限制下，要想寫好它那就更爲困難了。怪不得，才會引發有上述洪邁所說的那一段荊公一再「改字」的文壇佳話。

問題是，洪邁所說的這一段話是否可信？倒是値得我們深思的。那是因爲在我們目前所能看到，有關王荊公所有不同版本的本集中[1]，對於此句，全部都是作爲：「春風自綠江南岸」，絕無例外，這一點是不容我們加以忽視的。淸嘉慶間吳中傑出的學者沈欽韓，向以治學謹嚴，學識淹博見稱於世，在其所撰的「王荊公詩集李壁注勘誤補正」一書的「自序」中，說明其書是：「以志傳爲經，諸家文集稗乘詩話爲緯，貫串同異，評駁是非」，以「補李氏之闕」，而在南宋寧宗朝學者李壁（名史學家李燾之子）箋註的「王荊文公詩」卷四十三，所收的此詩中，李氏並沒有引述洪邁「容齋續筆」所載，有關此詩字句修改的事。以後，沈欽韓爲李氏書作補正時，也沒有補上洪氏的這一段話。事實上，並不是沈氏沒有讀過洪氏的「容齋筆記」，在其書中，便有好幾處引用過「容齋筆記」中的話，以爲李壁作補正，像在卷一的「信都公家白兎」詩，便引有「容齋五筆」中的話；又卷二的「送鄆州知府宋諫議」詩，以及卷三的「送李太保知儀州」詩，亦引有「容齋三筆」的話；而卷三「送福建張比部」詩，則引有「容齋四筆」的話。據此可知，沈氏是熟知「容齋筆記」一書的，令人感到納悶的是，爲何偏偏「泊船瓜洲」這一首詩，他卻絕不引述洪氏「容齋續筆」中的話，以補李壁所注的闕失，這是否意味着在其自定的「評駁是非」原則底下，而認爲此事是不可深信，所以才決定不以引述。畢竟在荆公的本集中，此詩確實是作「自綠」，若是轉引洪氏所說的「又綠」的話，豈不是不符原詩的字句，因而自生矛盾並徒增困擾，難以自圓。遺憾的是，沈氏對於何以不引述洪氏的說法，並沒有加以任何的說明，致使外人難以確知其眞意的所在。不過，依理而言，沈氏故意不加引述，必有其深刻的寓意在，惜不爲人所知。又依南宋李壁所箋注的「王荆文公詩」卷四十二「與寶覺宿龍華院三絕」中的第一首詩末，所引李氏本人的註語說：

「（荆）公自注云：『某舊有詩：京口瓜州一水間，鍾山只隔數重山。春風自綠江南岸，明月何曾（按：四部叢刊本「臨州先生文集」，作「何時」，「曾」字恐是誤字）照我還？』」

據此荆公本人自述的話語，實可強而有力地確定原詩此句是作「自綠」，無疑。至於說，關於洪邁的說法，就事理上講，他與荆公既無利害關係，又無恩怨可言，二人相距又隔百餘年，所以洪氏實在沒有編造此事件的必要，有可能他所看到的草稿是眞的，但是並非荆公最後的定稿，洪氏本人或許並沒有看過荆公的本集，因而誤認它就是荆公的定稿，所以才會有此詩作「又綠」的如此說法。令人感到不解的是，後人編選或轉引此詩時，皆不查檢荆公的本集，或置荆公本集中的原詩於不顧，反而寧願相信洪氏的說法以說此詩。如此，豈不違背了原作者最後定稿的本意，更是違反了治學以板本與校勘爲基石的訓詁原則。

## 有關此詩的背景瞭解

儘管洪邁所述，並非此詩的最後定稿，但是洪氏的說法，卻帶給我們對於此詩瞭解的極大啓示，那就是，荆公在此詩的「轉句」中，原先所欲強調的有可能就是這個「又」字——即所謂「又到」、「又過」、「又入」、「又滿」、「又綠」，也許到了最後經過熟思以後，才毅然決定把「又」字改爲「自」字。這種由「又綠」轉而爲「自綠」的過程，提供了我們探索此詩所隱含的思想頗爲有利的條件。不過，要想解知荆公何以會由原先一再想要強調的「又」字，最後卻又轉變而爲「自」字的心境，則必須先要深入探討荆公的爲人，以及其所寫作此詩時的時空背景，方足以瞭解其創作時的心態，並據以做爲論析此詩的依憑。

荆公自小至十八歲時，皆隨侍其父王益在於任所中度過，依荆公自撰「先大夫述」中所言，知其父一生服官長約廿年，自眞宗祥符八年（西元一〇一五年）得進士第後，先後歷任過「建安主簿」、「判官臨江軍」、「領新淦縣」、「知廬陵縣」、「知新繁縣」、「知韶州」、「通判江寧府」等職位。就其父所擔任過的這些職位可知，皆爲基層地方官的工作，故能深入於民間而探知人民的一切疾苦，荆公跟隨在其父的身邊，目見耳聞，濡染之間，對於荆公日後從政的思想與行爲有極大的影響。特別是，其父的「親民」及敢於爲民「謀利」，而不畏懼豪吏大姓的作風，更是爲荆公所敬服。從荆公「先大夫述」一文所記述，其父爲官時所做的一些事，可窺知其父的這種勁直作風。據該文所記：

「（其父）為建安主薄，……縣人不時入稅，州咎縣。公曰：『孔目吏尚不時入稅，貧民何獨邪？』即與校至府門，取孔目吏以歸，杖二十，與之期三日。盡期，民之稅亦無不入。自將以下皆側目。為判官臨江軍，守不法，公遇事輒據爭之。……豪吏大姓至相與出錢求轉運使，下吏出公。」

從其父這些處事的行徑，我們也可以探窺荆公日後治政的形影。如此文中所謂「自將以下皆側目」、「守不法，公遇事輒據爭之」等，豈不正是後來荆公不屈的性格與治事無畏的寫照。這種不屈性格與治事精神，特別是在推行新政時更是表露無遺。

其次，我們必須瞭解，儘管荆公的父親曾經歷任過地方官吏，但荆公的出身卻是庶族的家庭，而其家境則屬寒素，這可從荆公早期給人的書信中獲知，如所謂：

「內外數十口，無田園以托一日之命，而取食不貲之祿以至于今不能也」（見其「上相府書」）

「親老口衆，寄食于官舟，而不得躬養，于今已數月矣。早得所欲，以紓家之急，此亦仁人宜有以相之也。」（見「上歐陽永叔書」）

「今也仕則有常祿，而居則無常產。而特將輕去其所以為養，非所謂為人子事親之義也。」（見「上曾參政書」）

「某到京師已數月，求為一官以出。既未得所欲，而一舟為火所燔，為生之具略盡，所不燔者，人而已。」（見「與孫侔書」）

尤其是，從所謂「內外數十口，無田園以托一日之命」等語，以及他在京師候差的期間，一家老幼數十口寄食在於官舟中，不意官舟爲火所燔，使得他的「爲生之具略盡」，因而說出「所不燔者，人而已」的話，更可推知其生活的窮困。甚至於在他初爲官時，或因家中食指略多，再加上北宋當時的官祿並不是很豐盛，誠如他所說的「今也仕則有常祿，而居則無常產」，所以他也曾經發出有「捨爲仕進，則無以自生」（見其「答張幾書」），以及「又田入不足」（見「答吳孝宗書」）的感嘆！正由於這種的原故，使得荊公更能體會人民生活的困境與社會的實情，並更關切人民的饑苦，而大別於當時一般不恤民困的地方官吏。這可從嘉祐二年（西元一〇五七年），梅堯臣「送王介甫知毘陵」一詩中得到了印證。該詩云：

「……孰知事春農，但知急秋租。太守追縣官，堂上怒奮鬚。縣官促里長，堂下鞭扑具。不體天子仁，不恤黔首逋。借問彼為政，一一何所殊。今君請郡去，預喜民將蘇。每觀二千石，結束辭國都。絲韉加錦緣，銀勒以金塗。兵吏擁後隊，劍撾盛前驅。君又不若此，革轡障泥馬。欸行問風俗，低意騎更駑。下情靡不達，略細擧其麤。曾肯為衆異，亦罔為世趨。……」

這時荆公年三十七歲，知常州。梅氏詩中以強烈對比的手法，來描述荆公赴任時的平易儉樸作風，以及勤於探求民困的行徑，在在皆足以証明他是多麼樣地體恤百姓，並與當時一般官吏的作風大不相同。此後，梅氏又寫有「得王介甫常州書」一詩，說到荆公處事治政的大原則，卽所謂：「莫作腐儒針膏盲，莫作健吏繩餓狼」。可見，荆公治理政事的重點，都是要針對着當時社會的「膏盲」，而加以徹底針治的，並認爲必須徹底繩治當時的不良官吏，方能解救百姓免受「餓狼」（不良官吏）的傷害。由於他在年青的時期曾經親自走過許多的地方，親自看過當時地方基層政治的實際情形，以及那些「惡吏」所帶給人民的痛苦。正如在其「感事」詩中所寫的當時地方惡吏是：「特愁吏爲之，十室灾八九」，而人民在惡吏底下的生活，則是：「豐年不飽食，水旱復何有？」。要是就北宋立國百年的當時社會而言，就一般的生活狀況來講還算是平靜，不過，這種的平靜祇是表面上的無事而已，並非國家實質的強盛。荆公在其上神宗的「本朝百年無事札子」中，便很深刻地指出說，宋初的無事祇不過是很幸運地：「賴非夷狄昌熾之時，又無堯湯水旱之變，故天下無事過百年」，是值得大家警惕的。然而，當政者以及一般的官吏，並沒有這種的深刻認識，依然還是過着那種養尊處優的生活，而不卽時力求革新藉以振興國力。莫怪，荆公會爲之擔心不已，而特意上疏仁宗，提醒國君千萬切莫：「趨過目前，而不爲久遠之計」（見其「上時政疏」）。以後，荆公居相位時，極力推行新政，基本上還是針對着當時國家的「膏盲」。想透過較爲具有進步意義的改革措施，以達到「省勞資，去重斂，寬農民，庶幾國用可足，民財不匱」（見其「乞制置三司條例」）的實質作用，藉以實際蘇解民困並振興國力而，其所運用的基本原則，也不過祇是採用：「因天下之力，以生天下之財；取天下之財，以供天下之資」（見其「上仁宗皇帝言事書」）的辦法而已。在荆公的努力推行新政之後，確實也爲農民解決了不少的問題。就以農田水利法的施行而言，在荆公執政的期間，他便大量地疏浚了河流港灣，並大規模地興建修築水利共有一萬多處，而使獲得水利灌溉的農地約有三十六萬多頃，可知其成效是很大的。至於說，新政的各項推行，其目的也祇是想達到：「使富不能侵貧，彊不得凌弱」（見李燾「續通鑑長編」卷二四〇「熙寧五年十一月戊午」條），以及「閔仁百姓，而無奪其時，無侵其財，無耗其力。使其無憾於衣食，而有以養生喪死」（見其「誡勵諸道轉運使經畫財利寬恤民力制」），而使人民能夠「得其常性，又得其常產，而繼之以毋擾，則康寧矣」（見其「洪範傳」），最後則足以保衞社稷，卽所謂：「毆天下士民使守封疆，衞社稷，士民以死徇陛下不敢辭者」（見仝上「熙寧五年十一月戊午」條），這樣才能使得宋朝國富民安，而無懼於外患。

在荆公排除萬難，勉力推行新政的結果，到了神宗元豐年間，確實也產生了不少的功效，就像荆公「歌元豐五首」中所述：

「水滿陂塘穀滿篝，漫移蔬果亦多收。
神林處處傳簫鼓，共賽元豐第二秋。」（第一首）

「湖海元豐歲又登，稆生猶足暗溝塍。
家家露積如山壠，黃髮咨嗟見未曾。」（第三首）

從這些詩裡，我們可以看出當時農民生產的多收，以及荊公覩政有成的喜躍情懷。甚至於，在他已罷相退居鍾山時，看到了新政繼續推行後，農村生活顯然已大爲改善，欣喜之餘所寫下的「後元豐行」亦云：

「歌元豐，十日五日一雨風。麥行千里不見土，連山沒雲皆種黍。水秧綿綿復多稌，龍骨長乾掛梁梠。鰣魚出網蔽洲渚，荻筍肥甘勝牛乳。百錢可得酒斗許，雖非社日長聞鼓。吳兒踏歌女起舞，但道快樂無所苦。老翁塹水西南流，楊柳中間杙小舟。乘輿欹眠過白下，逢人歡笑得無愁。」

由於荊公在此詩中，想顯示其當年決策的正確，因而對於描繪新政推展後的效果，或許未免會有些過於美化之處。但在神宗末年，因推行新政以後而使府庫財物充盈，則是個不爭的事實。這在北宋神宗朝學者陸佃所寫的「神宗實錄敍論」裏，有正面而詳細的記載，所謂：

「(神宗)常惋憤敵人倔強，久割据燕，慨然有恢復之志。聚金帛內帑，自製詩一章曰：『五季失圖，玁狁孔熾。藝祖造邦，思有懲艾。積帛內帑，幾以募士。曾孫承之，敢忘厥志。』每庫以詩一字目之。旣而積儲如丘山，屋盡溢不能容。又別命置庫增廣之，賦詩二十字，分揭其上，曰：『每虔夕惕心，妄意遵遺業。顧予不武姿，何日成戎捷。』，其規模宏遠如此。迨元豐間，年穀屢登，積粟塞上，蓋數千萬石。而四方常平之錢，不可勝計。餘財羨澤，至今蒙利。」(見其「陶山集」卷一一)

從這裏所謂的「積儲如丘山，屋盡溢不能容」，以及「迨元豐間，年穀屢登，積粟塞上，蓋數千萬石」等語，可知當時國勢的富強，這些不能不歸功於荆公新政的貢獻。然而，就在新政推行的期間，荆公卻不時遭受了，來自於司馬光爲主導的舊黨人的排擊，因而使得他先後二次被罷相，這怎能不使荆公爲之心傷！更何況，司馬光雖然始終反對新政❷，卻講不出什麼強而有力的道理來，這在「宋會要輯稿」第一二二冊「食貨」裏，有如下一些有關神宗與司馬光的對話記載，最足以顯示司馬光的反對理由，也祇是一再地說新政給人「非便」（不便）的話而已，至於說新政到底帶給人民有何「不便」？他也說不出具有說服力的道理來！據該書所述，事情是這樣的：

「御邇英閣，司馬光進讀『通鑑』畢，降階將退。上命遷坐墪於閣內御坐之前，皆命就坐，左右皆避去。上曰：『朝廷每更一事，舉朝士大夫洶洶皆以為不可，又不能指名其不便者，果何事也？』光曰：『朝廷散青苗，茲事非便！……』」（見四之一八）

「上曰：『若以為不可，當極論之，何以書奏？既書奏，何以至今乃議論不一，且此法有何不便？』」（見四之二二）

這是神宗皇帝爲了想眞正瞭解新政的缺失，所以特意延請司馬光到閣內，並且故意撤去身邊左右的人，眞心地想聽一聽老臣司馬光的意見，因爲他從司馬光的「書奏」中，實在看不出來新政缺失的充分理由，因而認爲可能在「書奏」中不易申述得清楚，所以才想私底下問一問司馬光的精闢看法，以便讓他能夠當面說個清楚，想不到司馬光依然還是說不出使人信服的理由來，最後仍然衹是強調「玆事非便」的話，而不能深入「指名其不便者」，到底是些什麼事？使得神宗搞不清楚新法究竟是「有何不便？」。在這種不盡合理的情況之下，神宗以後還是向他們（反對的舊黨）讓步，而把荆公罷相，這豈能讓荆公「無怨」呢？何況，荆公也曾向神宗當面進言過：「朝廷制法，當內自斷以義，而要久遠便民而已，豈須規規恤淺近人之議論」（見「續長編」卷二二三「熙寧四年五月丙午」條），並且也讓神宗知道「今制法，但一切因人情所便」（見仝上），又坦白而透徹地稟告他說：「大抵修立法度以便民，於大利中不能無小害。若欲人人皆悅，但有利無言（按：當「害」字之誤字），雖聖人不能如此。非特聖人，天地亦不能如此。以時雨之於民，豈可以無然！不能不妨市井販賣及道塗行役，亦不能使墻屋無浸漏之患也。」（同上卷二二四「熙寧四年六月己巳」條），而事實上新政的推行，絕非像反對的人所說的那樣「不便」於老百姓！所以希望神宗能夠堅持立場「但要明斷，不爲浮議所奪」（同上卷二二一「熙寧四年三月丁未」條）。神宗自己也曾經承認過「法非不善」（同上「拾補」卷七「熙寧三年正月己亥」條），可是，到了後來神宗依然還是把荆公的相位給罷掉，這樣怎能不令荆公爲之「灰心」呢？不祇如此，荆公爲了不負神宗所謂：「此非卿不能爲朕推行，朕須以政事煩卿」，以及「朕仰慕卿道德，甚至有以助朕」（皆同上卷四「熙寧二年正月庚子」條）等主動而誠懇話語的重托，除了甘心承受外來不少舊黨人的排謗之外，還遭受了來自於家族內部的極大壓力，其弟安國便曾經「力諫安石，以天下洶洶不樂新法，皆歸咎於兄，恐爲家禍。」並哭於影堂（奉祀先人遺像之所）說：「吾家滅門矣！」（皆見「續長編」卷二二七「熙寧四年冬十月壬申」條），在這種忍辱負重地推行新政底下，結果還是被拿掉相位，你想，荆公的感受該有多深？又怎能會對神宗再產生出信心來呢？

## 作品本身的析論

瞭解了荊公以上的背景之後，可以幫助我們去探討荊公詩集中與此相關的一些詩，並解知其本意的所在。像清末兩湖總督張之洞，便寫過一首題爲「非荊公」的七絕詩❸，詩云：

「中婦鳴環治酒漿，彈箏小婦鬪新妝。
為君辛苦成家計，凍折機絲不怨涼。」

讀了張氏責難荊公的這一首詩後，讓我們感到好奇的是，張氏此詩既不是批評荊公的新政，也不是評譏他的作品，更不是指責他的爲人，那麼，到底張氏這一首詩是針對着荊公的那一件事情而發的呢？要是我們細檢荊公的集中，我們不難發現，張氏原來是針對着荊公所寫以「君難託」爲題的一詩而發出的評議。該詩全文如下：

「槿花朝開暮還墜，妾身與花寧獨異！
憶昔相逢俱少年，兩情未許誰最先？
感君綢繆逐君去，成君家計良辛苦。
人事反覆那能知，讒言入耳須臾離。
嫁時羅衣羞更著，如今始悟君難託！

君難託！妾亦不忘舊時約。」

由於荊公的詩作本無編年，個人亦無緣獲讀大陸學人李德身所撰的「繫年」，清嘉慶朝學者蔡上翔的「王荊公年譜考略」，亦無附作品的編年，近人周錫䪖選注的「王安石詩選」，雖然對於所選的部份作品試加編年，但對此詩卻不予標示，以表不明。不過，若依情理而推，此詩當是作於熙寧七年（西元一〇七四年，時荊公年五十四歲）四月，荊公被迫罷相後。其罷相的主因是：「太皇太后及皇太后，又流涕爲上言新法之不便者，且曰：『王安石變亂天下！』……會久旱，百姓流離，上憂見顏色，每輔臣進對，嗟歎懇惻，益疑新法不便，欲罷之」（見「續長編」卷二五二「熙寧七年夏四月丙戌」條），儘管荊公曾向神宗說得很清楚，所謂：「若因天旱人饑，便廢修政事，恐無此理」（見「續長編」卷二五一「熙寧七年三月癸丑」條），然而，神宗最後還是降制命：「降卿（荊公）知江寧，庶安心休息，以適所欲」（見「續長編」卷二五二「熙寧七年夏四月丙戌」條），此事就表面上講，是荊公對於此事感到「不悅，屢求去」（見同上），而骨子裡頭卻是由於神宗聽信他人的言語，因而內心對於他多年來忍受一切的謗辱，並排除萬難而極力推行的新政，產生不信任，即如上述所謂「益疑新法不便」，使得他對於神宗感到傷心！在這種的心情底下，荊公才會寫出如此具有深刻寓意的一首「君難託」的詩，以吐露其受委曲的心聲！全詩在表現的藝術手法上，是假借一位棄婦自述的口吻，來傾訴其情感的遭遇。自結合的開始，到被遺棄的因由，以及其痛苦與不忘舊時誓約的情懷，都有很深刻的表露，並且皆可徵之於史實。像詩中所謂「兩情未許誰最先？」，是荊公追憶當年之所以會出來推行新政，實際上是應神宗主動而誠懇的要求，誠如前面所引述的：

「此非卿不能爲朕推行，朕須以政事煩卿」、「朕仰慕卿道德，甚至有以助朕」，以及「朕方以天下事倚卿」（見「續長編」卷二一六「熙寧三年冬十月甲戌」條）。並要求「料卿學問如此，亦欲設施，必不固辭也」（見「續長編拾補」卷四「熙寧二年正月庚子」條）。在神宗這種殷切堅請之下，荆公才答應盡全力以助其推行新政，誠如荆公對神宗所說的：「臣所以事陛下，固願助陛下有所爲」（見同上），也正由於如此，荆公才會寫有底下的這一句：「感君綢繆逐君去」的話。自荆公承擔此重任起，一開始神宗倒是極爲信任與支持他的，二人可說是合作無間，甚至於有人嚴厲批評朝廷說：「今朝廷爲：天變不足懼，人言不足卹，祖宗之法不足守」（見同上卷七「熙寧三年己未」條），神宗還是依然不爲所動。怪不得，當時的平章事曾公亮會說：「上與安石如一人，此乃天也」（見「續長編」卷二一五「熙寧三年九月庚子」條），由此可見二人情感「緊密」的程度。並且神宗也曾經向荆公表白過：「每事須卿扶持」（同上卷二三四「熙寧五年六月甲戌」條），亦要求荆公能救助其過失，所以向荆公說：「人不能無過失，卿見朕有過失，但極口相救正，勿存形迹」（同上卷二二二「熙寧四年夏四月甲戌」條）。在神宗如此誠摯的態度下，荆公也祇好「感君綢繆逐君去」了！也不得不盡全力爲其「成君家計」以報答其知遇之恩，所謂：「臣荷陛下知遇，固將以死報陛下」（同上卷二三四「熙寧五年六月己己」條）。其實神宗之所以苦苦要把荆公留下，其目的也正如荆公所說的：「陛下所以眷眷留臣者，欲臣助成天下之務」（同上卷二三四「熙寧五年六月甲戌」條），荆公深知其意所以才會不惜盡一切力量以推行新政，期爲神宗成此「家計」（富國强兵）❹。可是，欲成此國家的「家計」，豈是那麼容易！荆公爲此曾「疲疾不任勞劇，兼任事久積中外怨惡多」（同上「己己」條）。甚至於，爲了推行新政，神宗本人還遭受了謗毀。❺由此可見荊公推展新政的艱辛，所以底下緊接的「成『君』家計良辛苦！」，絕非無的放矢，確實是深有所感觸而發的。就算荊公不計個人的一切傷害，願全力助神宗成此「家計」，然而最後還是免不了被迫去位，莫怪荊公後面會寫出如此具有深怨的詩句，所謂：「如今始悟『君』難託！」。儘管荊公自感神宗在情義上有負於他，但他依然還是說出「不忘舊時約」的話，以表明其依舊難以忘懷神宗對其「知遇」之恩。荊公這種不忘「知遇」之情，甚至於在熙寧六年二月十一日再復相職後，他當着神宗的面，還是一再地向他表白說：「今陛下復召用，臣所以不敢固辭者，誠欲麤有所效，以報陛下知遇」（同上卷二六一「熙寧八年三月己未」條）。此詩就表達的手法講，則是採用傳統「借喻」的技巧來敍其情懷——托「夫婦」以喻「君臣」。這種的表現手法，在唐詩中曾有所見，像白居易所寫的「新樂府」中的「太行路」一詩，白氏便自註明為：「借夫婦以諷君臣之不終也」。清代學者朱顥英評杜甫的「佳人」詩，亦說：「佳人被棄，猶之忠臣被放，千載不平事也。所以古之作者，著為篇章以寫其幽怨，非必身為放臣，借此為喻也」（見「朱雪鴻批杜詩」卷上「佳人」詩評）。傳統詩中之所以喜借「夫婦」以喻「君臣」，一方面是為了避「言禍」，另一方面則如明代游潛所說的：「古人託言，臣之于君，每以婦之于夫擬之，蓋身事之義同也」（見其「夢蕉詩話」）。在此詩中，荊公是有意巧用「借喻」的手法，含蓄而婉轉地表露了其「怨君」之情。儘管荊公是以言情來「借喻」，但張之洞卻深知其意，所以才會寫下如上所述「非荊公」的一詩。張氏在寫作上依然採用同一手法，來批評荊公為「君」（國君）做事，不應該存有任何的「怨」思才對，特別是身為宰相者（大婦），不論遭受多大的辛苦，也祇能抱着為「君」絕對奉獻而犧牲的精神，至死不渝，才能算是眞正忠於國君，所以張氏此詩最後才會以：「為『君』辛苦成家計，凍折機絲不怨涼」的話，來指責荊公對君有怨的不是。

當然，二人的時代、經歷、出處、君臣交往等都不相同，所以會產生出不相同的「忠君」觀念，自是一件很自然的事，我們無意去評論其中的是非，因這與本文的論述無關。不過，值得我們注意的是，從荊公初次被迫罷相後所寫的這首「君難託」的詩，可以讓我們感知，荊公對於神宗的意志不夠堅定，以至於不能全力支持他推行新政的作法，感到很大的失望。因而造成日後要他再復出為相時，使得他對於神宗的信心不夠，甚至於表示不想再就任的意願。這在熙寧八年（西元一〇七五年）二月，荊公再度奉詔拜相赴京就職時，臨行前登南澗樓所寫的「再題南澗樓」一詩中，有很明白地表露，所謂：「去此非吾願，臨分更上樓」。又在其題為「離蔣山」的詩裏，亦表露了其無意於遠離所居再度復出的情懷，詩云：「出谷頻回首，逢人曾斷腸。桐鄉豈愛我，我自愛桐鄉」。雖然在「續長編」卷二六〇「熙寧八年二月癸酉」條中，關於荊公的復出，記載有這樣的話：「上遣勾當御藝院劉有方，齎詔往江寧召安石，安石不辭，倍道赴闕」，但實際上的眞相恐非如此，所以李燾才會在此條底下，特別加以附註說：「安石復相實錄不詳」。

「泊船瓜洲」這一首詩，也就是在這種的心態底下所寫出的——既對於盡全力而屢遭非議的政治感到倦情，又對於神宗此後再度要他來繼續推行新政的決心難以完全信任。所以在他應詔赴闕途中，夜泊瓜洲時，望明月而有所感觸，因而寫下了這首的詩作，以吐露其心聲。全詩的前二句：「京口瓜洲一水間，鍾山只隔數重山」，是寫他於熙寧八年二月，自江寧應詔乘船再度赴京任職的途中（此時京城在汴梁，通稱為「汴京」，今河南省開封市），船夜泊於長江北岸，揚州南邊，與鎮江相對的「瓜洲」（或寫為「瓜州」，與「京口」隔江相望)時,回望故居「鍾山」而生的感慨。如今與「鍾山」雖然只隔着幾重的山巒而已,然而此去之後,將離故居越來越遠了,原本所期待的「夢想在滄洲」(見其「和惠思波上鷗」)與「老於陳迹倦追攀,但見幽人數往還」(見其「與寶覺宿龍華院三絕句」之一)的願望,祇好落空了!起筆二句,已充分顯示其離故居時的愴情,以及暗示了對於此次復出的倦情。後二句:「春風自綠江南岸,明月何時照我還?」,則是分詠二種心思,首先是借「春風」以暗喻「君恩」(神宗復其相位之恩)。這種以「春風」來暗喻「君恩」的寫法,唐人便曾有之。像王之渙的「出塞」詩結句云:「春風不度玉門關」,明代學者楊愼便評說:「此詩言恩澤不及邊塞,所謂君門遠於萬里也」(見其「升菴詩話」卷九),荆公也是同樣運用這種的手法來寫這次的奉詔復職。若是洪邁「又綠」的說法可信,則荆公初寫此詩時所要強調的,可能就是這個「又」字,想藉此來表明是神宗再度要他出來繼續推行新政的,並非其所自願。也許經過深思以後,最後他認爲應該特別強調,這祇是屬於神宗個人單方面的意願與做法而已,實際上他自己並不想再度赴闕就任,因爲他本人並不個貪圖富貴權勢的人,這一點連神宗及其政敵司馬光也都加以承認,「續長編」上曾記述過這樣的一段話:「上曰:『王安石不好官職,及自奉養,可謂賢者。』光曰:『安石誠賢,但性不曉事而愎,此其短也。』」(卷二一〇「熙寧三年夏四月甲申」條),可見,荆公絕非「好官職」的人。並且自從他以諫議大夫參知政事推行新政以來,因深受謗毀而先後向神宗求去過數次❻,可知此次荆公的確是無意赴任,這才是他內心眞正的心聲,一方面是他對於政治的倦情,另一面也是怕將來「小人紛紛,不敢安職」(見「續長編」卷二六一「熙寧八年三月己未」條),所以才把「又綠」改而爲「自綠」,以喻其志。又因爲他對神宗的信心已有所動搖,所以對於此次再度跟神宗的政治合作也產生了憂慮，不知道什麼時候又要受迫而被撵走，所以收筆才會發出：「明月何時照我還？」這樣的感慨。這種的心思，不但在此詩中有所表白，並且在其他的詩中，亦有所流露。如「雜詠四首」（之一）云：「爲問揚州月，何時照我還？」，「與寶覺宿龍華院三絕句」（之三）亦云：「與公京口水雲間，問月何時照我還？」，可見他對於此後的政治前程並不表樂觀，再加上，此時亦年已屆五十五歲，身體漸衰，故甚期能終老於山林，更是無意再出山任職。想不到，在熙寧九年（西元一〇七六年）十月，荊公便以「多病」求去，神宗「亦滋厭安石所爲」（見「續長編」卷二七八「熙寧九年冬十月丙午」條），終於結束了他們的政治再度合作，而讓明月能眞正照其永還鍾山，終老山林了！

以上是個人透過基本考辨打掃的工作，再參證以史實，試就荊公此詩所作的一種推理詮釋，是否切合荊公本人的原意，則非個人所能知。詮釋文學作品本是一項很難的事，唐代文學家柳宗元便曾說過：「古今號文章爲難……得之爲難，知之愈難耳」（見其「與友人論爲文書」），可見，解知文章之難。特別是解詩更難，晚唐詩人鄭谷在其「試筆偶書」詩中，亦曾說過：「難解莫過詩」（見「全唐詩」卷六七五）的語。清代乾隆朝學者黃叔琳在其「（姚培謙）李義山箋註序」上也說：「古今難事，無過說詩……非夫博雅該通，其孰能至於此乎！」，個人學識有限，謹依當代學者俞平伯先生「葺芷繚衡室讀詩札記」中所說：「生千載之下，去逆千載以上人之志。只求其立說不遠乎人情物理，而又能首尾貫串，自圓其說，卽爲善說詩者」（見「古史辨」第三册「下編」一四九〇頁）的原則，來試調諧貫穿此詩由「又綠」轉而爲「自綠」的因由，以探討荊公創作此詩時所隱含的情思，以及其所寓具的特殊意義，藉以加深對於此詩的認識。然而，明代詩人謝榛卻說：「詩本無說，詩有可解、不可解、不必解」

（見其「詩說」），也許我這樣做，是在爲荆公此詩強作解人，但未知能得其本意於萬一否？

至於有關「又綠」與「自綠」在詩中的運用，當代學者錢鍾書先生所撰的「宋詩選注」一書中，曾引有唐人丘爲「題農父廬舍」詩云：「東風何時至？已綠湖上山」；李白「侍從宜春苑賦柳色聽新鶯百囀歌」云：「東風已綠瀛洲草」；常建「閒齋臥雨行藥至山館稍次湖亭」詩云：「行藥至石壁，東風變萌芽。主人山門綠，小隱湖中花」，來說明：『「綠」字這種用法在唐詩中早見而亦屢見』（引錢氏語），然而就上面錢氏所引述的這三首詩來看，卻都是用「已綠」，這跟「又綠」與「自綠」並無必然性的相關。事實上在唐人詩中確實是有用「又綠」或「自綠」的，像唐彥謙「春草」詩云：「萋萋總是無情物，吹綠東風又一年」，「春風自年年，吹遍天涯綠」，又「過清涼寺王導墓下」詩云：「一庭花木自青春」（以上皆見「全唐詩」卷六七一）；朱慶餘「廢宅花」詩云：「自綠逢暖發，不是爲人開」（見同上卷五一五）；曹鄴「吳宮」詩云：「前溪徒自綠，子夜不聞歌」（同上卷五九四）等都是。但唐人詩中這些的用法，就詩意而言，實與荆公此詩無涉，所以不必過於附會唐人之作而加以肊解，以免自增困擾。❼

## 附註

❶ 有關王荆公集子各種版本，可參看聯合報文化基金會國學文獻館編印「中國歷代詩文別集聯合書目」第六輯（民國72年7月初版）

❷ 南宋陳善「捫蝨新話」卷一「王荆公新法新經」條云：「荆公嘗曰：『吾行新法，終始以爲不可

者，司馬光也。終始以爲可者，曾布也。其餘皆出入之徒也。』」

❸ 轉引自民國68年2月初版，中央日報出版「文史選集」第一輯，巴壺天「談比體詩」文。

❹ 「續長編」卷二二〇「熙寧四年二月辛未」條記載：「（上）曰：『方今國財民力皆困匱，紀綱政事正宜修理，卿（安石）等更勉圖其宜』」

又卷二五三「熙寧七年五月戊戌」條記載：「（左司郎中天章閣待制李師中言）陛下欲爲富國強兵之事」

又卷二二〇「熙寧四年二月庚午」條記載：「安石曰：『今所以未擧事者，凡以財不足，故臣以理財爲方今先急』」

又卷二二一「熙寧四年三月乙未」條記載：「王安石曰：『財用足，然後可以用兵，財用特用兵一事』」

❺ 「續長編」卷二一〇「熙寧三年夏四月壬午」條記載：「是日，又呈常疏，有云：『陛下一宮殿之費，百餘萬。一宴游之費，十餘萬。乃令大臣剝膚椎髓掊斂百姓』，上笑曰：『近聞人謗如此，乃是常疏中語』安石曰：『陛下卽位，未嘗營繕及事外游宴』」

❻ 「續長編」卷二二三「熙寧四年五月庚戌」條記載：「是日，王安石旣對留身請去，上固留之」

又卷二三四「熙寧五年六月己巳」條記載：「是日，王安石入見，上怪安石求去」

又卷二三七「熙寧五年八月癸卯」條記載：「安石曰：『臣待罪執政，歲久無所補助，數致人言，比已嘗乞避位，未蒙許可。若臣不獲辭，紊煩聖聽，未有窮已』。上曰：『此皆朕不能調一天下，故致此。卿何足以此介意，朕以卿爲無欲，專以生民爲意，故委任卿』」

❼ 錢鍾書先生「宋詩選註」五七頁「春風又綠江南岸」句注云：「這句也是王安石講究修詞的有名例子。據說他在草稿上改了十幾次，纔選定這個『綠』字；最初是『到』字，改爲『過』字，又改爲『入』字，又改爲『滿』字等等（洪邁『容齋續筆』卷八）。王安石『送和甫寄女子』詩裏

又說：『除卻春風沙際綠，一如送汝過江時』，也許是得意話再說一遍。但是『綠』字這種用法在唐詩中早見而亦屢見；丘爲『題農父廬舍』：『東風何時至？已綠湖上山』；李白『侍從宜春苑賦柳色聽新鶯百囀歌』：『東風已綠瀛洲草』；常建『閒齋臥雨行藥至山館稍次湖亭』：『行藥至石壁，東風變萌芽，主人山門綠，小隱湖中花』。於是發生了一連串的問題：王安石的反復修改是忘記了唐人的詩句而白費心力呢？還是明知道這些詩句而有心立異呢？他的選定『綠』字是跟唐人暗合呢？是最後想起了唐人詩句而欣然沿用呢？還是自覺不能出奇制勝，終於向唐人認輸呢？」，此皆因唐人詩中曾用「綠」字，而肊解荆公此詩句之語，實徒增困擾，無甚意義。

# 從蘇、王、邵三個家族來推論辨姦論之作者

王保珍

## 一、前言

辨姦論一文，自宋至清以前的學者，咸以爲蘇洵爲攻擊王安石而作。至清人李紱推翻前人之說，認爲辨姦論一篇，係邵伯溫所作，僞託蘇洵之名以行世，目的乃舊是攻擊王安石。李紱以後的學者，有支持李紱者，也有維持傳統說法者。支持李紱一派說者，多援用假設方式推論蘇洵不可能作辨姦論，其說雖耐人尋味，然皆缺乏直接證據，很難成定論。現在擬就與辨姦論有關的三個家族來加以探索，欲進一步推究出蘇洵作辨姦論的可能性與不可能性。

## 二、辨姦論之緣起

### ㈠ 文安墓表中附載辨姦論

張方平樂全集，收載一篇〈文安墓表〉，墓表之主人爲蘇洵，他曾有霸州文安縣主簿的官銜。〈文安墓表〉中，提及蘇洵寫作辨姦論，並附載辨姦論於其中。

珍按：「文安先生墓表」張方平樂全集卷三十九，頁五八—六二，首云：「仁宗皇祐中，僕領益部，念異日常有高賢奇士，今獨乏耶！或曰，勿謂蜀無人，蜀有人焉。眉山處士蘇洵其人也。……嘉祐初，王安石名始盛，黨友傾一時，其命相制曰：「生民以來，數人而已，造作言語，至以幾於聖人，歐陽修亦善之，勸先生與之游，而安石亦願交於先生，先生曰：「吾知其人矣，是不近人情者，鮮不爲天下患。」安石母死，士大夫皆弔之，先生獨不往，作辨姦論一篇，其文曰：「……」當時見者多不謂然，曰嘻其甚矣。先生既沒三年，而安石用事，其言乃信。夫惟有國者之患，常由辨之不早，子言之，知風之自，見動之微，非天下之至精，其孰能至於此！嘗試詳之曰：定天下之臧否，一人而已。……」此表末，未署年，月，日。

玆將文安墓表中辨姦論全文省略，移至以下〈辨姦論〉內容一節介紹。

### ㈡ 謝張太保撰先生墓碣書提及辨姦論

珍按：此書見蘇東坡全集前集卷二十九。

大意乃云張太保（方平）再示先人（東坡父蘇洵）墓表，特載辨姦論一篇，使作者（東坡）流涕再拜而謝也。其書如下：

## 謝張太保撰先人墓碣書一首

軾頓首再拜。伏：蒙再示先人墓表。特載辨姦一篇。恭覽涕泗。不知所云。竊惟先人早歲汩沒。晚乃有聞。雖當時學者知師尊之。然於其言語文章。猶不能盡。而況其中之不可形者乎。所謂知之盡而信其然者。擧世惟公一人。雖若不幸。然知我者希。正老氏之所責。辨姦之始作也。自軾與舍弟皆有嘻其甚矣之諫。不論他人。獨明公一見以為與我意合。公固已論之。先朝載之史册。今雖容有不知。後世決不可沒。而先人之言。非公表而出之則人未必信。信不信何足深計。然使斯人用區區小數以欺天下。天下莫覺莫知。恐後世必有秦無人之嘆。此墓表之所以作。而軾之所以流涕再拜而謝也。黃叔度澹然無作。郭林宗一言。至今以為顏子。林宗於人材小大畢取。所賢非一人。而叔度之賢。無一見於外者。而後世猶信。徒以林宗之重也。今公之重。不減林宗。所賢惟先人。而其心跡粗若可見。其信於後世必矣。多言何足為謝。聊發一二。

### (三) 聞見前錄中辨姦論緣起

眉山蘇明允先生，嘉祐初遊京師，時王荆公名始盛，黨與傾一時，歐陽文忠公亦善之，先生文忠客也。文忠勸先生見荆公，荆公亦願交於先生，先生曰：「吾知其人矣，是不近人情者，鮮不為天下患，作辨姦一篇，為荆公發也。其文曰：「……。」斯文出，一時論者多以為不然，雖其二子，亦有嘻其甚矣之嘆。后十餘年，荆公始得為姦，無一不如先生言者，呂獻可(呂誨)中丞於熙寧初，荊公拜參知政事日，力言其姦，每指荊公曰：「亂天下者，必此人也。」又曰：「天下本無事，但庸人擾之耳。」司馬溫公初以爲不然，至荊公虐民亂政，溫公乃深言於上，不從，不拜樞密副使以去，又貽荊公三書甚苦，冀荊公之或從之也。荊公不從，乃絕之。溫公悵然曰：「呂獻可之先見，余不及也。」昔日明允先生，其知荊公又在呂獻可之前十餘年矣。豈溫公不見辨姦也，獨張文定公表先生墓，具載之。(聞見前錄卷十二頁九一一一)

珍按：蘇洵，字明允。1.據邵伯溫聞見前錄所說，蘇洵作辨姦論預言王安石之姦，給張方平看，當時未公開流傳，至張方平爲蘇洵作文安墓表始特載出之。蘇軾爲此特作〈謝張太保撰先人墓碣書〉一篇。2.而李紱以爲辨姦論一篇爲邵伯溫僞作，託蘇洵名行世，首見於聞見前錄。

除了上引三者提及蘇洵作辨姦論之外，另有若干書籍肯定蘇洵爲辨姦論作者，玆於下章論述。

## 三、肯定蘇洵作辨姦論之作品

(一)葉夢得避暑錄話卷二：

蘇明允本好言兵，見元昊叛，西方用事久無功，天下事有當改作，因挾其所著書，嘉祐初來京師，一時推其文章。王荊公（安石）為知制誥，方談經術，獨不喜（喜，一作嘉）之，屢詆于衆，以故明允惡荊公甚于仇讎，會張安道亦為荊公所排，二人相善，明允作《辨姦》一篇，密獻安道，以荊公比王衍，盧杞。……辨姦不出，元豐間子由從安道辟南京，請為《明允墓表》，特全載之。

珍按：《明允墓表》當卽《文安墓表》，唯避暑錄話對於寫作辨姦論一文之前因後果論述更爲詳細。

(二) 方勻泊宅編卷上

公（司馬光）在翰苑時，嘗飯客，客去，獨老蘇少留，謂公曰：「適坐有囚首喪面者何人，公曰：『王介甫也，文行之士，子不聞之乎？（介甫不修飾，故目之囚首喪面）洵曰：以某觀之，此人異時必亂天下，使其得志立朝，雖聰明之主，亦將為其誑惑，內翰何為與之游乎？洵退，是時介甫作館職而明允猶布衣也。」（明允卽老泉也）

(三) 朱弁曲洧舊聞卷十：

王荊公性簡率，不事修飾奉養，衣服垢汙，飲食麤惡，一無有擇，自少時則然，蘇明允著辨姦，言其衣臣虜之衣，食犬彘之食，囚首喪面而談詩書，以為不近人情者……。

珍按：朱弁也言蘇洵著辨姦一篇，但又舉列言明王安石雖似有不近人者之事，但皆率性而爲，非眞作僞者也。

㈣ 王偁東都事略卷一一四蘇洵傳云：

……一日父子隱然名動京師，而蘇氏之文章擅天下，一時學者皆尊其賢，學其文以為師法，以其父子具知名，號為老蘇。……是時，王安石名始盛，歐陽修勸洵與之游，而安石亦願交於洵，洵曰：「吾知其人矣，是不近人情者，鮮不為天下患。」乃作辨姦一篇。

珍按：所述與文安墓表，聞見前錄大同小異。

㈤ 畢沅續通鑑卷六十四，英宗治平三年（一〇六六）亦述及蘇洵作辨姦一事。

㈥ 李燾續資治通鑑長編卷二〇八，英宗治平三年（一〇六六）亦載蘇洵作辨姦一篇，文辭與文安墓表一致。

㈦ 朱子語類中提及蘇洵作辨姦論。

朱熹朱子語類（徽州本）卷一三〇：

老蘇辨姦，初間只是私意，如此後來荊公做不着，遂一中他說。」又云：「如老蘇作辨姦以譏介甫。」

(八) 五朝名臣言行錄中提及蘇洵作辨姦。

朱熹五朝名臣言行錄卷十：

「嘉祐初王安石名始盛，……先生(蘇洵)獨不住，作辨姦一篇。」

珍按：朱熹如此敍述，並引文安墓表爲註。

又按（七，八）並爲朱熹作品，二者引述寫作辨姦論的動機不儘相同，但並指明辨姦一篇爲蘇洵所作。

(九) 元脫脫等修宋史卷三二七王安石傳云：

安石未貴時，名震京師，性不好華腴，自奉至儉，或衣垢不瀚，面垢不洗，世多稱其賢，蜀人蘇洵獨曰：「是不近人情者，鮮不為大姦。」而作辨論以刺之。

(十) 王文誥蘇文忠公詩編註集成總案卷二：

嘉祐五年八月七日，宮師(蘇洵)除校書郎，時王安石名始盛，歐陽修勸宮師與之游，宮師曰：「是不近人情者，鮮不為天下患。」作辨姦論。並引東都事略卷一一四蘇洵傳為佐證。

㈩ 夏敬觀《王安石詩》一書之導言云：

「當時蘇洵以他比王衍、盧杞，蘇轍以他比曹操，這種不成話的攻擊，出於蘇氏父子口……」（頁五）

珍按：「蘇洵以他（王安石）比王衍，盧杞」爲辨姦論一文中之詞語，由此可推知夏敬觀承繼傳統的說法，認爲辨姦論確爲蘇洵所作，用來攻擊王安石者，故心中不平而爲王安石駁辯。

又按：夏敬觀《王安石詩》附年譜，嘉祐六年辛丑又云：「公爲宰相，以變法受諸人攻擊，其媒孽最早者，實爲眉山蘇氏父子。方平（張方平）與蘇氏最暱，朋造誣毀，殆無不至。……蘇洵作辨姦論，排公（王安石）於未貴之先。葉夢得避暑錄話，載之甚詳。（頁一〇）」是夏敬觀肯定蘇洵作辨姦論，而認爲王安石非姦者。

㈪ 謝武雄蘇洵言論及其文學之研究，第一章蘇洵之生平及著述云：

嘉祐六年，王安石已知制誥，名亦漸盛，且黨友愈來愈衆，歐陽修與之友善，曾為吹噓，並勸老泉與之相交，然洵偏執拗曰：「吾知其人矣，是不近人情者，鮮不為大患。」適安石之母親逝世，一時士大夫爭往弔唁，老泉因不願趨炎附勢，獨不往弔，並對安石痛加指摘（頁一二）。

珍按：謝武雄在「吾知其人矣，是不近人情者，鮮不爲大患」後，自註：據辨姦論，其餘之敍述文字，在對比之下，乃知根據邵伯溫聞見前錄而寫，查謝書參考書目亦列舉邵氏聞見前錄。

（十三）林瑞翰宋史王安石傳註：

宋史卷三一七王安石傳云：

蜀人蘇洵獨曰：「是不近人情者，鮮不為大姦心。」（按：心字當爲慝字之誤）作辨姦論刺之。

林瑞翰註云：蘇洵辨姦論曰：「今有人口誦孔、老之言，身履夷齊之行，收召好名之士，相與造作，私立名字，以為顏淵、孟子復出，而陰賊險狠，與人異趣，是王衍、盧杞合而為一人也，其禍豈可勝言哉！……凡事之不近人情者，鮮不為大姦慝。」又引捫蝨新話：辨姦、蘇氏宿憾之言也。大致與邵氏聞見錄相同。

珍按：林瑞翰引辨姦論及捫蝨新話爲註，而未加論斷，是亦認同蘇洵作辨姦論也。❶

（十四）張樸民唐宋八大家評傳懷才不遇的蘇老泉章云：

蘇洵的議論，偏重於政治軍事方面，其代表作則為：審勢、審敵、權書、衡論、心術、遠慮、管仲論、六國論、辨姦論諸篇。

蘇洵對王安石一味矯飾，不近人情，深表不滿，故有辨姦論之作。（頁一〇五—一〇六）

㈤ 黃偉達三蘇父子書中云：

神宗卽位，王安石推行新法，蘇洵寫辨姦論，據理直斥，攻擊新黨，說明新黨必擾亂天下，是為宋代黨爭的先聲。

蘇洵通考典制，纂修禮書。修禮已成，惜未報奏，竟於英宗治平三年（一〇六六）逝世，享年五十八歲。（頁四二）

珍按：黃偉達旣寫明「蘇洵英宗治平三年（一〇六六）逝世，又云神宗卽位，王安石推行新法，蘇洵寫辨姦論」，在時間上顯有錯誤，神宗卽位，安石推行新法，皆蘇洵逝世以後之事，非蘇洵所能親見，安得據理直斥，雖然如此有誤，而黃偉達之認定蘇洵作辨姦論，仍然可知也。

㈥ 陳宗敏蘇子由年譜

珍按：陳宗敏蘇子由年譜，於宋神宗治平四年（一〇六七）引用張安道樂全文集卷三十九之《文安墓表》，以說明該年八月葬蘇洵于眉州（詳見頁九），此譜雖未直接言明蘇洵作辨姦論，然而陳宗敏旣肯定《文安墓表》，亦卽間接肯定蘇洵作辨姦論。

以上列舉歷代各家肯定蘇洵作辨姦論之作者共十六家，再加上緣起一章所列舉之三家，共有十九家。

## 四、收載辨姦論之文集

(一)呂祖謙編皇朝文鑑（亦稱宋文鑑）卷九十七收蘇洵辨姦論。
此集淳熙四年丁酉（一一七七），李宗觀文海，下臨安府委教官校正畢刊行。

(二)蘇老泉嘉祐集十四卷　宋蘇洵撰
明刊　巾箱本
第八卷收辨姦論，並有小註云：張文定老蘇先生墓表——作辨姦一篇。

(三)蘇老泉先生全集十六卷　宋眉山蘇洵著
明刊本　無序無跋
第九卷收辨姦論一篇

(四)重編嘉祐集二十卷附錄一卷　宋蘇洵撰
明黃燦　黃煒重編
明崇禎十年（一六三七）仁和黃氏貢堂刊本
第十卷收辨姦論

珍按：此本首頁有馬元調重編嘉祐集敍，特別強調收載辨姦論一文。
敍云：老蘇先生文集，歐、曾皆言二十卷，宋史傳同，藝文志：集十五卷，別集五卷，文獻通考嘉祐集十五卷，今世所流通乃嘉靖太原府張君鏜翻刻本，亦十五卷，然多所漏，如辨姦論，先生一生大節，張文定公特載墓表，而東坡恭攬涕泗，撰書稱謝……。

㈤ 嘉祐集十五卷 附錄一卷 宋眉山蘇洵撰，西蜀後學李鼎元校正。
鈔本 共十六卷
第八卷收辨姦論
㈥ 三蘇文鈔五十八卷
蘇文公文鈔 共十卷 茅坤題 茅一桂校刊
首頁有蘇洵傳（引宋史）
第五卷收辨姦論
並有註云：「荆公嘗讀韓非子八篇，謂是一面照妖鏡，余於老泉此論亦云。」
又引張文定墓表於後。
㈦ 三蘇合集
嘉祐集二十卷 道光壬辰新鐫板藏眉州三蘇祠
第十一卷收辨姦論
㈧ 嘉祐集十六卷 附錄二卷 宋蘇洵撰 清文淵閣四庫全書本
第九卷收辨姦論
㈨ 宋文彙 民國 方遠堯編 中華叢書編審委員會 蘇洵部份收辨姦論
㈩ 蘇老泉全集 日本江戶初鈔本，平安堀氏時習齋藏。
第九卷收辨姦論
以上諸本皆收載辨姦論，尤以呂祖謙所編皇朝文鑑，乃南宋孝宗淳熙年間版本，早於李紱所見之明張鏜翻刻本，所以李紱用嘉祐集收不收辨姦論此一論點，不能肯定蘇洵作或未作辨姦論。

總結以上，共有十九家論著肯定蘇洵作辨姦論，並有十種文集於蘇洵著作部份收載辨姦論。

清人李紱〈書辨姦論後二則〉一文中，對蘇洵作辨姦論一事，提出異議，見後。

## 五、否定蘇洵作辨姦論之作品

㈠　李紱書辨姦論後二則。

珍按：李紱此書見穆堂初藁，全文甚長，未便附錄。筆者曾寫《李紱「書辨姦論後」二則之審思》，將李書分十五節，細加質疑與討論，結論是，李紱以邵伯溫僞作辨姦論，託蘇洵之名以行世，此說無直接證據，僅閱讀李書，似言之成理，但若將李所駁斥的辨姦論中文辭作與李書不同的解釋，亦無不可通。故不敢斷然同意李紱之說。

㈡　蔡上翔王荊公年譜考略卷十

珍按：蔡氏云：聞杜鵑，辨姦皆爲僞書也，遂爲荊公兩大公案。作僞者亦皆年歲不合，事實亦異。因其僞而辨之，並錄於嘉祐之末。

蔡氏之駁辨皆在文意上做功夫，文氣頗盛，但皆不能直接指陳非蘇洵作辨姦論。只云辨姦論一文甚爲拙劣，非蘇洵所作。蘇洵文章雖有法有度，但大家偶或有一篇較差之文，也未嘗不可能，再說辨姦論一文，亦不至如蔡氏所云亂離無章。歷來選爲文章典範者亦有之，如：曾國藩編經史百家雜鈔及古文觀止等。

(三) 梁啓超王荆公第七章執政前之荆公（下）

梁氏引李紱之論，亦以爲辨姦論爲邵氏僞作。又於其第一章敍論中言明宋史不足採信。

(四) 楊希閔王文公年譜

楊氏以辨姦論爲邵伯溫僞託，未加推論。

(五) 柯昌頤王安石評傳第二十三章史傳失實（頁三八九——三九一）

柯氏云：辨姦論相沿謂係蘇洵刺安石之作，又有張方平老蘇先生墓表，及蘇軾謝張太保撰先人墓誌書以證實之，疑若可信矣。經李紱、蔡上翔、楊希閔等廣徵博引，考定其謬，諸說甚周詳。

珍按：柯昌頤踵繼李紱、蔡上翔之說無新發明。

(六) 柯敦伯王安石第六章居喪時代（頁四五一）

珍按：柯敦伯亦引述李紱、蔡上翔說，認爲辨姦論係邵氏僞作。

(七) 羅克典王安石評傳第二章未執政前的讚與毀云：

嘉祐八年初，仁宗之健康已日落西山，安石仍留任知制誥之職。邵伯溫自己找不到王安石可作攻擊之弱點，乃於蘇洵逝世二十餘年，假藉蘇洵之名，作辨姦論一篇，以為蘇洵不能從棺木裡起來否認，所以用盡一切惡毒的詞句形容王安石。

珍按：羅克典也據李紱與蔡上翔之說，加以推論，許多一廂請願之說，難令人信服。

(八) 吉川幸次郎宋詩概說第三章北宋後期王安石（頁一二四）

吉川幸次郎僅云辨姦論係邵伯溫僞託，未加論證。蔡上翔、梁啓超、柯昌頤、柯敦伯、羅克典五家駁證之理論，有似一寶塔，皆以李紱之理論爲最上層，然後往下，每一層依據上層理論，加以充實發揮，使其更仔細週延，不過也都沒有直接的論證，多利用旁證，設想進行討論，往往在討論辨姦論作者之外，將重點轉移至王安石其人之姦與不姦的問題上去。而多以王安石不姦爲結論。諸家說之繁簡，如圖所示：

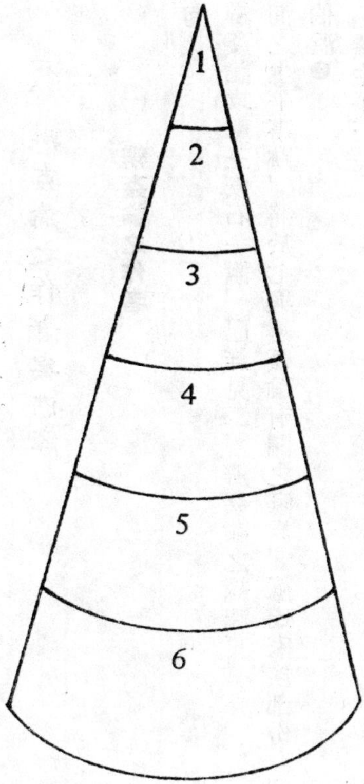


1. 李　紱
2. 蔡上翔
3. 梁啓超
4. 柯昌頤
5. 柯敦伯
6. 羅克典

# 六、辨姦論之作者與內容

## (一) 辨姦論之作者

1. 蘇洵

蘇洵作辨姦論攻擊王安石一説，已詳見二，辨姦論之緣起。

有關蘇洵之生平事跡，將於七與辨姦論有關之家族，蘇氏家族部份介紹。

2. 邵伯溫❷

① 邵伯溫生平：

李紱於「書辨姦論後二則」中主張辨姦論爲邵伯溫僞作，假託蘇洵之名以行世者。

邵伯溫，字子文，洛陽人，康節處士邵雍之子。邵雍名重一時，如司馬光、韓維、呂公著、程頤兄弟皆及其門。伯溫入聞父教，出則事司馬光等，而光等亦屈名位輩行，與伯溫爲再世交。故所聞日博，而尤熟當世之務。光入相，嘗欲薦伯溫，未果而薨。

司馬康卒，爲撫育其幼子植，植司馬光之孫也。

紹聖初，章惇爲相，伯溫避不入仕。

紹聖四年（一一三四）卒，年七十八。

趙鼎嘗表伯溫之墓曰：「以學行起元祐，以名節居紹聖，以言廢於崇寧。」世以此三語盡伯溫出處云。著有河南集，聞見錄、皇極系述、辨誣、辨惑、皇極經世序、觀物內外篇解近百卷，三子：渟、博、傳。

② 邵伯溫與辨姦論

李紱穆堂初稿〈書辨姦論後〉二則云：

老泉嘉祐集十五卷，原本不可見，今行世本有〈辨姦〉一篇，世人咸因此文稱老泉能先見荆公之誤國。其文始見於邵氏聞見錄中，聞見錄編於紹興二年至十七年（西元一一三二——一一四七）婺州學教授沈斐編老蘇文集附錄二卷，載有張文定公方平所為〈老泉墓表〉中及辨姦，又東坡〈謝張公作墓表書〉一通，專敘辨姦事。竊意此三文皆贗作。以當日情事求之，因參差不合也。

珍按：李紱駁辯；以辨姦論非蘇洵所作，而係邵伯溫偽託。其主要論點，是認為辨姦論與文安墓表乃同一人所作。何以見得是同一人所作，因為邵氏聞見錄所敍辨姦論之緣起與文安墓表正同，邵氏若係引用之耶，當明言墓表云云，不當作自敍語氣，其暗合耶，不應辭句皆同。

關於李紱書辨姦論後二則，筆者已撰寫〈李紱書辨姦論後二則之審思〉一文，詳加討論。玆不重述，唯李紱以辨姦論之緣起與文安墓表正同。此點不足以證明二文係一人所作。因為同述一件事，緣起相同亦無不可。再說引他人文作自敍語氣一點，也很難確定二文係同一人所作，因為古人作書引文，不若今人加引號、加註指明出處等如此嚴格要求，而將自敍文與引文，合成一氣寫者亦在所多見。

又李紱云聞見錄編於紹興二年至十七年（一一三二——一一四七）今試探究邵伯溫與王安石二人有何關連。茲將二人生平重要之事列表如下：

據宋史卷四三三儒林三邵伯溫傳云邵伯溫南宋高宗紹興四年（一一三四）卒，年七十八。今以紹興四年逆數七十八年，爲北宋仁宗嘉祐二年（一〇五七），是其生年。

王安石，宋眞宗天禧五年（一〇二一）生，長邵伯溫三十六歲。

| 年代 | 邵伯溫 | 王安石 |
|---|---|---|
| 宋仁宗 嘉祐二年（一〇五七） | 邵伯溫生 | 三十七歲，知常州。 |
| 嘉祐六年（一〇六一） | 五歲 | 四十一歲，六月知制誥。 |
| 英宗治平三年（一〇六六） | 十歲 | 四十六歲，在江寧。 |
| 神宗 熙寧四年（一〇七一） | 十五歲 | 五十一歲，拜同中書門下評章事。 |

| | | |
|---|---|---|
| 熙寧七年（一〇七四） | 十八歲 | 五十四歲，四月罷相，以觀文殿大學士知江寧府。 |
| 熙寧十年（一〇七七） | 二十一歲，父邵雍卒於洛陽。邵伯溫請程顥爲其父撰邵堯夫墓誌銘（明道之集卷四）<br>司馬光作邵堯夫先生哀辭（司馬溫令年譜） | 五十七歲，六月爲集賢觀使。 |
| 哲宗<br>元祐元年（一〇八六） | 三十歲，司馬光卒。 | 六十六歲，安石卒。 |
| 元祐五年（一〇九〇） | 三十四歲，司馬光之子，司馬康卒，伯溫撫其遺孤司馬植。 | 安石卒後四年 |
| 徽宗崇寧元年（一一〇二） | 四十六歲，徽宗即位，以日食求言，邵伯溫上書數千言。 | 安石卒十六年 |
| 高宗<br>紹興元年（一一三一） | 七十五歲 | 安石卒後四十五年 |

| | | |
|---|---|---|
| 紹興二年（一一三二） | 七十六歲，始作聞見前錄。 | 安石卒後四十六年<br>蘇洵卒後六十六年 |
| 紹興四年（一一三四） | 七十八歲，卒。 | 安石卒後四十八年 |
| 紹興十七年（一一四七） | 邵伯溫卒後十三年。其子邵博續撰聞見後錄之截止年代。 | 安石卒後六十一年<br>蘇洵卒後八十一年 |

珍按：玆參照上表，且依李紱說：邵氏聞見前後錄，始作於紹興二年，止於紹興十七年。辨姦論緣起見聞見前錄卷十二，前錄爲邵伯溫所作，後錄爲其子邵博所作。據此，邵伯溫於紹興二年，始作聞見前錄時，年已七十六歲，而且是在王安石卒後四十六年，蘇洵卒後六十六年，何以開始得如此之晚？又邵伯溫何以要作辨姦論一篇，假託蘇洵之名行世來攻擊王安石？有此必要？有云邵伯溫係邵雍之子，邵雍厭惡王安石，故邵伯溫要僞作辨姦論來攻擊王安石。筆者以爲無此必要。①王安石已卒多年，王氏子孫凋零，權勢消彌，邵伯溫要攻擊王安石，卽具已名，亦不須顧忌王氏之迫害。②若以爲藉蘇氏之盛名，亦無此必要，邵伯溫之父康節先生名重一時，邵氏在理學上的地位，不比蘇洵在文學上之地位差，再說紹興年間蘇軾、蘇轍皆已逝世，蘇氏也無權勢可藉，邵伯溫何必打蘇洵的旗號來攻擊王安石。三蘇在文學上之受到推崇，並引爲唐宋八大家，那也是明朝茅坤以後之事，邵伯溫卽使藉重三蘇之文名也嫌過早，因此對李紱認定邵伯溫僞託辨姦論一說，存疑。

## ㈡ 辨姦論之內容

⑴言事有必至，理有固然，心靜者能見微知著，然亦有賢者不能預見未來，蓋因好惡亂其中，而利害奪其外也。

事有必至，理有固然。惟天下之靜者，乃能見微而知著。月暈而風，礎潤而雨，人人知之。人事之推移，理事之相因，其疏闊而難知，變化而不可測者，孰與天地陰陽之事，而賢者有不知其故，何者？好惡亂其中，而利害奪其外也。

⑵言昔羊叔子見王衍❸，知其將誤天下蒼生；郭汾陽見盧杞❹，亦知其將絕滅人之子孫。

昔者羊叔子見王衍曰：「誤天下蒼生者，必此人也。」郭汾陽見盧杞曰：「此人得志，吾子孫無遺類矣。」自今而言之，其理固有可見者。以吾觀之，王衍之為人，容貌語言，固有以欺世而盜名者。然不忮不求，與物浮沉，使無晉惠帝，僅得中主，雖衍百千，何從而亂天下乎？盧杞之姦，固足以敗國；然不學無文，容貌不足以動人，言語不足以眩世，非德宗之鄙暗，亦何從而用之？由是言之，二公之料二子，亦容有未必然也。

(3)言今有貌似顏淵、孟子，而實合王衍、盧杞之惡者，其爲禍將不可勝言。

今有人口誦孔、老之言，身履夷齊之行，收召好名之士，相與造作，私立名字，以為顏淵、孟子復出，而陰賊險狠，與人異趣。是王衍、盧杞合而為一人也，其禍豈可勝言哉！

(4)言凡事之不近人情者，鮮不爲大姦慝。若囚首喪面而談詩書者，亦不近人情者也。

夫面垢不忘洗，衣垢不忘澣，此人之至情也。今也不然，衣臣虜之衣，食犬彘之食，囚首喪面，而談詩書，此豈其情也哉？凡事之不近人情者，鮮不為大姦慝。豎刁、易牙、開方是也。以蓋世之名，而濟其未形之患，雖有願治之主，好賢之相，猶將舉而用之，則其為天下患，必然而無疑者，非特二子之比也。

(5)言若此等不近人情者見用，天下將被其災患，吾亦將獲知人之名，誠然如此，實乃一大悲哀事。

孫子曰：「善用兵者，無赫赫之功。」使斯人而不用也，則吾言為過。而斯人有不遇之歎，孰知禍之至於此哉！不然，天下將被其禍，而吾獲知言之名，悲夫！

珍按：此篇千古爭論之辨姦論。多情緒化之言詞，唯一警策之語「凡事不近人情者，鮮不爲大姦慝。」其餘枝枝節節之比喻，亦只說說而已，勿須大做文章。而李紱、蔡上翔、梁啓超等都在枝節處大做文章。

李紱欲證明辨姦論非蘇洵作而係邵伯溫僞託。結論是辨姦之作，容或有之，其論不是信也。蔡上翔爲王安石辯解，最爲出力，以邵雍「杜鵑」一公案不可採信，而推論聞見前錄中言明蘇洵作辨姦論是謊言。如此推論也很危險，有人甲事說謊，乙事未必就一定說謊。梁啓超則將一切對王安石不利之資料，多加以否認，以爲僞作，不可採信，以證明王安石理想崇高，人格無瑕。雖認定辨姦論係僞作，也只證明其內容不可信而已，對於誰作辨姦一篇，也不能交代。

## 七、與辨姦論有關之家族

### (一) 王氏家族

王明—用之—益
- 安仁
- 安道
- 安石
  - 雱
  - 旁
- 安國
  - 旊
  - 斿
- 安世
- 安禮
- 安上

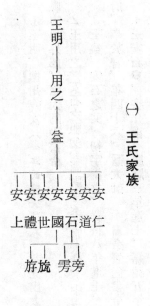

(據清顧棟高王安石年譜)

1.王明，撫州臨安(今江西臨安)人。其先出太原。爲安石之曾祖。以子觀之貴，贈尙書職方員外郎。贈太師中書令。

2.王用之，安石之祖父，衞尉寺丞，贈太師，中書令兼尙書令。祖妣謝氏，封永安郡君。

3.王益，安石之父。初字損之。祥符八年進士。歷任主簿，知縣，所至有聲譽。通判江寧府，卒於官，年四十六。贈太師，中書令兼尙書令唐國公，母吳氏，贈楚國夫人。

4.王安石❺，字介甫，慶曆三年進士。嘉祐五年，入爲支度判官。議論高奇，能以辨濟其說，果於自用，慨然有矯世變俗之志。上萬言書論變法治財強國之道。熙寧二年，參知政事，設置三司條例與陳升之同領之，令其黨呂惠卿任其事，而農田、水利、青苗、均輸、保甲、免役、市易保馬、方田諸役相繼並興，號爲新法。三年，拜同中書門下平章事，厲行新法。七年，天下久旱，餓民流離，帝憂，欲盡罷新法之不善者。安石遂罷爲觀文殿大學士，知江寧府。八年二月復拜相。及安石與呂惠卿相傾，帝厭安石所爲，再罷爲鎭南軍節度，同平章事，判江寧府，明年改集禧觀使，封舒國公。元豐二年，復拜左僕射觀文殿大學士，改封荆。哲宗立，加司空。元祐元年(一〇八六)卒，年六十六，贈太傅，紹聖中，謚曰文。

安石訓釋詩、書、周禮，既成頒之學官，號曰「新義」，晚居金陵，作「字說」。有唐坰者；議論爲安石所喜，薦之朝，賜進士出身，爲崇文校書，後安石疑其輕脫，未于重用。坰怒，扣陛請奏，遂召升殿。至御前進曰：「臣所言，皆大臣不法」，又目視安石曰：「王安石近御坐，聽劄子。」安石遲疑，坰訶曰：「陛下前猶敢如此，在外可知！」安石悚然而進。埛大聲宣讀，凡十六條，大略以「安石專作威福，曾布等表裏擅權。天下但知憚安石威權，不復知有陛下。文彥博、馮京知而不敢言。王珪曲事安石，無異廝僕。」且讀且目視珪，珪慚懼俯首。又如元絳、薛向、陳繹、安石頤指氣使，無異家奴；張琥、李定為安石爪牙；臺官張商英乃安石鷹犬。逆意者雖賢為不肖，附己者雖不肖為賢。至詆為李林甫、盧杞。神宗屢止之，埛慷慨自若，略不退懾。讀已，下殿再拜而退。侍臣衞士，相顧失色，而安石為之請去。閤門糾劾其瀆亂朝儀，貶潮州別駕。安石曰：「此人疏狂，不足責。」有子雱、旁。

朱熹論曰：安石文章節行高一世，以道德經濟為己任。被遇神宗，致位宰相，汲汲以財利兵革為先務，引用凶邪，排擯忠直，躁迫強戾，卒以羣姦嗣虐，流毒四海。

而梁啓超王荆公一書首章，極言宋史不足採信。梁氏倡革新，特推崇安石為不世出之人傑。近人糕夢庵宋代人物與風氣書中云安石才高志大意驕，不能容物。他的本質是自負與矛盾。

5.王安國❻，字平甫，安石之弟。賜進士及第。嘗對神宗論其兄秉政云「恨知人不明，聚斂太急爾。」授崇文院校書，後改任秘閣校理。屢以新法諫安石，又深惡呂惠卿之姦，而云「願兄遠佞人」，後呂惠卿因鄭俠事陷害安國，致奪官，放歸田里，待復召命下，安國已卒，年四十七。有子旗、斿。

6.王安禮❼，字和甫，安石弟。偉風儀，議論明辨，常以經綸自任。呂公弼薦於朝，神宗召對，欲驟用之，以兄安石當國而辭，為著作佐郎，崇院校書，後直集賢院知潤州、湖

州，召爲開封府判官，再直舍人院，同修起居注

蘇軾下御史臺獄。安禮從容言曰：「自古大度之主，不以言語罪人」。蘇軾因此得以從輕定罪。

論事見識遠大，斷案明察若神。卒年六十二，贈右銀光祿大夫。

7.王安上，字純甫，安石之弟。可見之資料不多。

8.王雱❽，字元澤，安石之子。爲人慓悍陰刻，無所顧忌。性敏氣豪，睥睨一世。作策三十餘篇，極論天下事。時安石執政，不可預事，乃與父謀，使帝召見，除太子中允，崇政殿說事。受詔撰詩，書義，擢爲天章閣待制兼侍講。

安石更張政事，雱實導之。常稱商鞅豪傑之士。並言：「梟韓琦、富弼之頭于市，則新法行矣。」卒時三十三歲，特贈諫議大夫。

9.王旁，安石次子，雱之弟。喜作詩，元豐五年，勾當江寧府糧料院。

## (二) 蘇氏家族

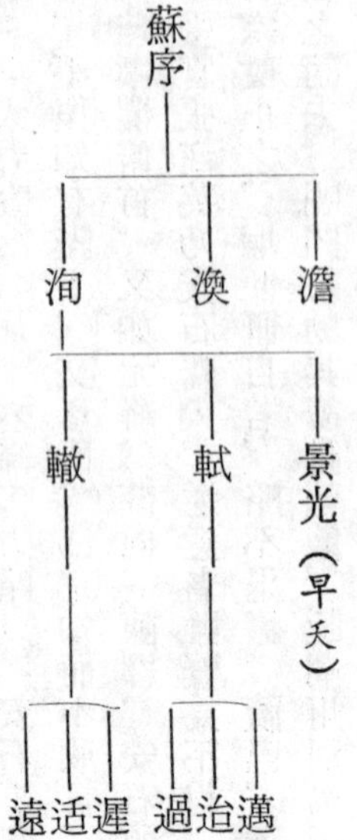

1.蘇序❾，字仲先，蘇洵之父，眉州眉山人。疏達不羈，性謙而好施，晚乃爲詩，得數千篇，表裏洞達，豁然偉人也。子三人，澹、渙、洵。以子渙登朝，授大理評事，累贈職方員外郎；又以孫轍登朝，贈太子太傅，史氏夫人追封嘉國夫人。

2.蘇渙❿，蘇洵之兄，天聖二年進士。知衡州耒陽，斷獄清明，衡人以爲神。嘉祐七年卒，年六十二。官都官郎中，階朝奉郎，勳上輕車都尉。後以二子登朝，累贈大中大夫。蘇軾、蘇轍幼時皆侍伯父渙，聞其教訓。

3.蘇洵⓫，字明允，生於宋眞宗大中祥符二年（一〇〇九），卒於英宗治平三年（一〇六六），年五十八年。舉進士，不中。嘉祐初挈二子軾、轍同至京師，翰林學士歐陽修上其所著權書、衡論等二十二篇，大愛其辭，以爲賈誼、劉向不能過也。宰相韓琦奏於朝，除秘書省校書郎。以霸州文安縣主簿與陳州項城令姚闢同修禮書，成太常因革禮一百卷，書成，未報而卒，有文集二十卷，謚法三卷。洵卒，贈官光祿寺丞。後以二子軾、轍登朝，贈太子太師。夫人程氏追封成國夫人。

蘇洵履行淳固，性識明達，亦嘗舉有司不中，遂退而力學，其論議精於物理而善識變權，文章不為空言而期於有用，其所撰權書、衡論、機策二十篇，辭辯閎偉，博於古而宜於今，實有用之言，非特能文之士也。其人文行久為鄉閭所稱，而守道安貧，不營士進，茍無薦引則遂棄於聖時。（嘉祐五年，歐陽修薦布衣蘇洵狀，見歐陽文忠集卷一一〇，四部叢刊本）

蘇洵父子名動京師，而蘇氏文章遂擅天下。其文博辯宏偉，讀者悚然想見其為人，既見而溫，溫似不能言，及即之與居，愈久愈可愛，間而出其所有，愈叩而愈無窮。嗚呼！可謂純明篤實之君子也。自來京師，一時後生學者，皆尊其賢，學其文，以為師法。〔歐陽修故霸州文安縣主簿蘇君墓志銘〕

蘇洵為人聰明，辯智過人。氣和而色溫，而好為策謀，務一出己見，不肯躡故迹。頗喜言兵，慨然志有於功名者也。（曾鞏蘇明允哀詞，元豐類藁卷二十四）

珍按：蘇洵資料，史傳所載不多，特補充當代名家所作薦狀、墓誌與哀詞。俾能對蘇洵有較多的認識，唯墓誌哀詞多稱人之美，此亦不可不知也。

3. 蘇軾⑫，蘇洵之次子。嘉祐二年進士。神宗熙寧二年，王安石執政，素惡其議論異己，使判官告院。四年，王安石欲變科舉興學校，蘇軾上議曰：「古之貢舉亦能得人才。」神宗悟，再召對，軾言：「陛下但患求治太急，聽言太廣，進人太銳。」安石不悅。軾決斷精敏，聲聞益遠，時安石行新法，軾上書論其不便。並因試進士發策以「獨斷專任」或成或敗警惕神宗，安石滋怒，使謝景溫奏治其過，軾遂請外，通判杭州，徙知密州、徐州、湖州，以詩文表語譏切時事，下御史臺獄，謫居黃州五年，量移汝州，道過金陵，訪王安石，請其救大兵大獄之災。

哲宗元祐元年，為中書舍人，尋除翰林學士。三年，知貢舉。四年，出知杭州。六年，召還為吏部尚書改翰林承旨，數月復以讒請外，出知潁州。七年徙揚州，未閱歲，以兵部尚書還，兼侍讀。八年，哲宗親政，軾出知定州。

紹聖初，貶寧遠運節度使，惠州安置，居三年，再貶瓊州別駕，居昌化。

徽宗立，更三大赦，北還，卒于常州，年六十六。孝宗乾道六年，謚文忠，贈太師。

5.蘇轍⑬，字子由，蘇洵之三子。神宗熙寧二年，上皇帝書，召對延和殿。時王安石以執政與陳升之同領三司條例，轍爲屬僚。呂惠卿附安石，轍與之議論多相牾。安石使轍論青苗書，轍曰「不便。」後行青苗法，轍以書抵安石，力陳不可，安石怒，將加之罪，升之止之。出爲推官、教授、書記、著作郎、判官等職，坐蘇軾詩獄，謫監筠州監酒稅，五年不得調，後移知績溪縣。

哲宗元祐元年爲右司諫，疏奏呂惠卿之姦，使惠卿以散官安置建州。六年，拜尚書右丞，進門下侍郎。紹聖初落職知汝州，三年，又責化州別駕，雷州安置，移循州，徽宗立，赦還，居許州。卒年七十四。孝宗淳熙三年，謚文定。紹聖中，以子遲登朝，累贈太師，封魏國公。

## (三) 邵氏家族

1.邵雍⑭，字堯夫，其先范陽人，年三十葬親伊水上，遂爲河南人。雍少時自雄其才，慷慨欲樹功名，於書無所不讀。事北海李之才，受河圖洛書宓羲八卦，六十四圖像，之才之傳，遠有端緒，而雍探賾索隱，妙悟神契，洞徹蘊奧，汪洋浩博，多其所自得者。及其學益老，德益邵，玩心高明，以觀夫天地之運化，陰陽之消長。孝事父母。富弼、司馬光、呂公著諸賢退居洛中，雅敬雍，恒相從游。嘉祐初授官，辭不受。熙寧十年卒，年六十六。贈秘書省著作郎，元祐中賜謚康節。雍知慮絕人，遇事能先知。程頤曰：其心虛明，自能知之。子伯溫。

熙寧二年，詔擧遺逸。時王介甫方行新法，天下紛然，以爲不便，思得山林之士相合。御史中丞呂誨，三司副使吳充，龍圖閣學士祖無擇同薦邵雍，除秘書省校書郞，潁州團練推官，辭不許，旣受命，卽引疾不起，且以詩答鄉人云：「幸逢堯舜爲眞主，且放巢由作外臣。」⑮

又邵雍對富弼曰：「安石，惠卿本以勢利合，惠卿、安石勢利相敵，將自爲仇矣，不暇害他人，未幾，惠卿果叛安石。」⑯

2.邵伯溫，已見前第六，㈠辨姦論之作者。

珍按：在政治上，蘇、王二氏各有立場，在學術思想上，邵雍——百源之學；蘇氏父子——蜀學；王安石——新學，各成派別。

## 八、蘇氏與王氏之交往情形

蘇氏與王氏之關係密切，特另立一章討論。

### ㈠　蘇氏與王氏之政治恩怨

玆列下表，以對照查看蘇、王二氏之行事與接觸情形。蘇氏以蘇洵爲主，附軾、轍二子；王氏以安石爲主，附安禮、安國、安上兄弟等。

| 年月 | 蘇洵 | 安石 |
|---|---|---|
| 嘉祐元年（一〇五六） | 四十八歲，五月洵攜二子軾、轍抵京師。九月，歐陽修上蘇洵、洪範等文於朝廷。 | 三十六歲，爲羣牧判官。 |
| 嘉祐二年（一〇五七） | 四十九歲，三月，軾、轍進士及第。四月八日蘇洵夫人程氏卒於眉山，蘇氏父子聞訃返蜀。 | 三十七歲，知常州。 |
| 嘉祐三年（一〇五八） | 五十歲，在眉山。 | 三十八歲，三月自常州移提點江東刑獄。 |
| 嘉祐四年（一〇五九） | 五十一歲，在眉山。 | 三十九歲，四月詔直集賢院，累辭乃拜。 |
| 嘉祐五年（一〇六〇） | 五十二歲，二月，蘇氏父子抵京師。八月，蘇洵除校書郎。 | 四十歲，蘇軾除福昌主簿爲撰制辭。 |

| | | |
|---|---|---|
| 嘉祐六年（一〇六一） | 五十三歲<br>八月，軾、轍試制科。<br>九月，御試，軾入三等，轍入四等。<br>軾十一月赴鳳翔簽判任。<br>洵被命編修禮書，轍留京侍父。 | 四十一歲<br>六月，知制誥，安石以軾制策全類戰國文章，若已爲考官，必黜之。安石不同意蘇轍入四等，及除官不肯撰詞。⑰ |
| 嘉祐七年（一〇六二） | 五十四歲，洵與轍在京師，軾在鳳翔任。 | 四十二歲，知制誥。 |
| 嘉祐八年（一〇六三） | 五十五歲，洵、轍在京師。<br>三月仁宗崩，四月英宗即位。 | 四十三歲，知制誥。<br>八月丁母憂解官歸江寧 |
| 英宗治平元年（一〇六四） | 五十六歲，在京師。<br>十二月，蘇軾罷鳳翔任。 | 四十四歲，在江寧居喪。 |
| 治平二年（一〇六五） | 五十七歲，在京師。<br>正月，蘇軾還朝差判登聞鼓院。<br>二月，蘇軾直史館。<br>三月，蘇轍出爲大名府推官。 | 四十五歲，在江寧居喪。<br>七月，服除。<br>有詔赴闕，安石以疾辭，自乞分司。 |

| | | |
|---|---|---|
| 治平三年（一〇六六） | 五十八歲<br>四月，蘇洵卒於京師。<br>六月，贈蘇洵光祿寺丞，敕有司具舟載喪歸蜀。蘇軾、蘇轍扶喪歸蜀。 | 四十六歲，在江寧。 |
| 治平四年（一〇六七） | 蘇洵卒後一年，軾、轍在眉山。<br>正月，英宗崩神宗卽位。 | 四十七歲，在江寧。<br>閏三月，知江寧府。<br>九月，爲翰林學士。 |
| 神宗<br>熙寧元年（一〇六八） | 蘇洵卒後二年。<br>蘇軾、蘇轍在眉山。 | 四十八歲<br>四月，奉詔越次入對，始至京師。 |
| 熙寧二年（一〇六九） | 蘇洵卒後三年。<br>三月，蘇軾、蘇轍還朝。<br>三月，蘇轍爲三司條司檢詳文字。<br>八月，蘇轍罷。 | 四十九歲<br>二月，王安石參知政事，與陳升之創置三司條例。<br>議行新法<br>七月，行均輸法。 |

| | | |
|---|---|---|
| | 轍與呂惠卿論事不合，以書抵王安石，力陳其不可，安石怒，將加之罪，陳升之阻之。⑱ | 九月，行青苗法。<br>十一月，頒農田水利約束。 |
| **熙寧三年（一〇七〇）** | 蘇洵卒後四年，蘇軾三十五歲，蘇轍三十二歲。<br>二月，蘇轍出爲陳州教授。<br>三月，策進士，呂惠卿知貢擧，蘇軾爲編排官。有葉祖洽者，考官宋敏求與蘇軾皆欲黜之，呂惠卿擢爲第一。蘇軾憤甚，擬進士對御制策一道上之，責宰相曾公亮救之。⑲ | 參知政事<br>十二月，與韓絳並同中書門下平章事，珍按：施宿東坡年譜云：春殿試本欲以東坡爲考官，王安石言東坡所學乖異，不可考策，乃以爲編排官。 |
| **熙寧四年（一〇七一）** | 蘇洵卒後五年，蘇軾三十六歲，蘇轍三十三歲。<br>正月，王安石欲變科擧，興學校詔兩制三館議之，蘇軾反對， | 五十一歲，同中書門下平章事。<br>二月，更定貢擧法，以經義策論取士。<br>八月，安石子王雱爲崇政殿說 |

| | | |
|---|---|---|
| | 上議學校貢舉狀，議上神宗召見，問當時政令得失，蘇軾所對，安石不悅，命權開封府推官。<br>二月三月蘇軾二度上神宗皇帝書 | 書，弟王安國除館職。 |
| 熙寧四年（一〇七一） | 四月，蘇軾因試進士發策以「晉武，齊桓，獨斷專任」爲問，王安石滋怒。[20]蘇軾請外。六月，通判杭州命下，出京。<br>十一月到杭州通判任。時蘇轍仍爲陳州教授。 | 王安石贊神宗獨斷專任。<br>王安石爲蘇軾激怒，使謝景溫論奏其過。[21] |
| 熙寧五年（一〇七二） | 蘇洵卒後六年。<br>蘇軾三十七歲在杭州通判任。<br>蘇轍三十四歲，在陳州教授任。 | 五十二歲，同中書門下平章事。<br>五月，求去位，不許。 |
| 熙寧六年（一〇七三） | 蘇洵卒後七年。<br>蘇軾三十八歲，在杭州任。 | 五十三歲，同中書門下平章事。<br>三月，兼提舉經義局，呂惠卿爲 |

| | | |
|---|---|---|
| | 蘇轍三十五歲在陳州教授。九月蘇轍調任齊州掌書記。 | 經義局修撰。 |
| 熙寧七年（一〇七四） | 蘇洵卒後八年。蘇軾三十九歲，在杭州任。九月移知密州。蘇轍在齊州任。 | 五十四歲，同中書門下平章事，兼提舉經義局。四月，罷知江寧府，仍提舉經義局。呂惠卿參知政事，排擠王安石，遂起王安國獄，王安國卒。 |
| 熙寧八年（一〇七五） | 蘇洵卒後九年。蘇軾四十歲，在密州任。蘇轍三十七歲，在齊州任。 | 五十五歲<br>二月，復同中書門下平章事。六月，進尙書左僕射，兼門下侍郎。九月，兼修國史。十月，呂惠卿以罪免[22]。 |
| 熙寧九年（一〇七六） | 蘇洵卒後十年。蘇軾四十一歲，在密州任。蘇轍三十八歲，在齊州任。 | 五十六歲，領尙書左僕射兼門下侍郎，累疏乞退。七月，安石子王雱卒。 |

| | |
|---|---|
| | 熙寧十年（一〇七七） |
| 十月，蘇轍罷齊州掌書記，回京師。<br>十一月，詔命蘇軾移知河中府。<br>十二月，蘇軾罷密州任。 | 蘇洵卒後十一年。<br>蘇軾四十二歲。<br>蘇轍三十九歲，在京師正月改著作佐郎。<br>二月，張方平爲南京留守，辟蘇轍爲簽書判官。<br>二月，蘇軾自濟南出發。經過澶、濮間，蘇轍自京師來迎，相約赴河中，因同至京師，抵陳橋命徙徐州。<br>四月，蘇軾、蘇轍過南京謁張方平於樂全堂。二十一日，蘇軾到徐州任。<br>九月，蘇轍至南京簽書判官任。 |
| 十月，以使臣罷判江寧府。 | 五十七歲，還江寧，辭判府事表凡三上。<br>六月，集禧觀使。 |

| | | |
|---|---|---|
| 元豐元年（一〇七八） | 蘇洵卒後十二年。<br>蘇軾四十三歲，在徐州任。<br>十月，有徐州上皇帝書。<br>蘇轍四十歲，在南京簽書判官任。 | 五十八歲<br>正月，進尚書左僕射，封舒國公，集賢觀使。 |
| 元豐二年（一〇七九） | 蘇洵卒後十三年。<br>蘇軾四十四歲，在徐州任。<br>蘇轍四十一歲在南京簽書判官任。<br>三月，蘇軾罷徐州任。<br>四月，蘇軾到湖州任。<br>七月，張方平致任。<br>七月，御史何正臣等彈劾蘇軾詩文表語譏切時事，愚弄朝廷。<br>八月，蘇軾下獄。<br>十二月蘇軾責授黃州團練副使、蘇轍謫監筠州酒稅。 | 五十九歲，居鍾山。<br>爲會靈觀使，王安禮以「自古大度之君，不以言語罪人」申救蘇軾。 |

| | | |
|---|---|---|
| 元豐三年（一〇八〇） | 蘇洵卒後十四年。蘇軾四十五歲，蘇轍四十二歲。<br>二月，蘇軾到黃州貶所。<br>七月蘇轍至筠州。 | 六十歲，居鍾山。<br>九月賜特進，改封荊國公。 |
| 元豐四年（一〇八一）至元豐七年（一〇八四） | 蘇洵卒後十五年至十八年。<br>蘇軾四十六歲—四十九歲在黃州，蘇轍四十三歲—四十六歲在筠州任。<br>七年正月，蘇軾獲命移汝州。<br>七月蘇軾抵金陵，訪王安石於蔣山（鍾山）。<br>八月蘇軾數訪王安石。論西夏用兵，東南大獄事。 | 六十一歲—六十四歲，居鍾山。<br>五年，王安石進字說、弟王安禮以翰林學士爲尚書右丞。<br>六年，王安禮轉尚書左丞。<br>七年七月，王安禮罷。蘇軾來訪，囑重修三國書。 |
| 元豐八年（一〇八五） | 蘇洵卒後十九年。<br>蘇軾五十歲，蘇轍四十七歲。<br>二月，蘇軾至南京訪張方平。<br>三月五日，神宗崩，哲宗卽位。 | 六十六歲，居鍾山。<br>四月，安石卒。<br>哲宗輟朝，贈太傅。 |

| | | |
|---|---|---|
| | 五月，蘇軾復朝奉郎知登州，十月到任。<br>八月，蘇轍除校書郎。<br>十月，蘇轍除右司諫。<br>十月蘇軾以禮部郎中召還，十二月抵京師，到禮部郎中任。尋遷起居舍人。 | |
| 哲宗<br>元祐元年<br>（一〇八六） | 蘇洵卒後二十年。<br>蘇軾五十一歲。<br>蘇轍四十八歲。<br>正月蘇轍到右司諫任。<br>閏二月蘇軾遷中書舍人。<br>五月，蘇軾行王安石贈太傅敕。<br>九月，軾遷翰林學士知制誥。轍除起居郎。<br>十一月，轍除中書舍人。 | |
| 紹聖二年<br>（一〇九五） | 蘇洵卒後二十九年。<br>軾六十歲，轍五十七歲。 | 王安石卒後九年。<br>王安禮卒，年六十二。 |

珍按：王安禮卒後，蘇、王二氏已無關連，故表僅止於本年。又按：蘇氏父子三人立場一致。王安石與子雱立場一致，王安國、王安禮與蘇軾交好，與王安石唱反調。

## ㈡ 蘇氏與王氏之文字往還

1. 嘉祐五年（一〇六〇）

蘇軾授河南福昌縣主簿，雖未赴任，制辭由王安石所撰，其辭如下：

守河南福昌縣主簿蘇軾大理評事制：勅某爾方尚少，已能博考羣書，而深言當世之務。才能之異，志力之强，亦足以觀矣。其使序於大理，吾將試爾從政之才。夫士之强學贍辭，必知要然後不違於道。擇爾所聞而守之以要，則將無施而不稱矣。可不勉哉！

珍按：制辭中對蘇軾頗稱賞。

又按：蔡上翔王荆公年譜考略卷八云「子瞻才高學博，未易方駕，惟此制辭，非荆公不能爲此言，使子瞻終身誦之，必有尤夐絕千古者也。」

2. 熙寧十年（一〇七七）

王安國卒，其家請蘇軾為書安國夢靈芝宮之事。

王平甫夢靈芝宮記云：

王平甫熙寧癸丑歲，直宿崇文館，夢有人邀至海上，見海水宮殿甚盛，其中作樂，笙簫鼓吹之伎甚衆，題其宮曰「靈芝宮」，平甫欲與之俱往，有人在宮側止之曰：「時未至，但令去，他日當迎之」，至此恍然夢覺。時禁中鐘已鳴，平甫頗自負，為詩記之曰：『萬頃波濤木葉飛，笙簫宮殿號靈芝。揮毫不似人間世，長樂鐘來夢覺時。』後四年，平甫病卒，其家哭訊之曰：『君嘗夢往靈芝宮信然乎？當以兆我。』卜以錢曰『然。』昔有人至海上蓬萊，見樓臺中有待樂天之室，樂天自為詩以識其事，與平甫之夢實相似。蓋二人者，實天才逸發，則其精神所寓必有異者，物理皆有之而不可窮也。其家哭請書其事，故為之書以慰其思。（「東坡先生全集卷七十二」）

珍按：王安國放歸田里，歲餘而卒。其家似尚在京師，時蘇軾自密州移守徐州，約於二月底至京師，至四月二十一日到徐州任。當於此間弔唁安國也。

又按：王安國與蘇軾遊，嘗自負其甘露寺詩：「平地風煙飛白鳥，半山雲水卷蒼藤。」蘇軾應之曰：「精神全在卷字，但恨飛字不稱耳。」安國請易之，蘇軾遂易以翻字，安國歎服。此當為安國生前之事，未知確切年月，今姑附於安國卒年。

3.元豐元年（一〇七八）

七月，蘇軾知徐州。作滕縣公堂記與范純粹，時范純粹調職他去，繼任者王安上為刻石，置於該縣。（可見東坡事類五頁三十四引烏臺詩案）

滕縣公堂記見蘇東坡全集前集卷三十二，因為與王安上非有直接關係，故不引錄，記中大率譏諷朝廷新法以來，減削公使錢，致官舍例皆壞陋。而後成爲烏臺詩案之「口實」之一。

4.元豐七年（一〇八四）

蘇軾自黃州量移汝州，途經金陵，七月拜訪罷相後，隱居鍾山之王安石，安石囑蘇軾重修三國書，八月又數訪安石，談天下事蘇軾曰：「大兵大獄，漢、唐滅亡之兆，祖宗以仁厚治天下，正欲革此。今西方用兵連年不解，東南數起大獄，公獨無一言以救之乎？」安石曰：「二事皆惠卿啓之。安石在外，安敢言。」軾曰：「在朝則言，在外則不言，事君之常禮耳。上所以待公者非常禮，公所以待上者，豈可以常禮乎？」安石厲聲曰：「安石須說，」又曰：「出在安石口，入在子瞻耳。」又曰：「人須知行一不義，殺一不辜，得天下不爲乃可。」軾戲曰：「今之君子爭減半年磨勘，雖殺人亦爲之。」安石笑而不言。

二人除了談論大兵大獄，憂國憂民之外，蘇軾尚有次韻安石絕句詩四首。安石詩：池上看金沙花數枝過酴醾架盛開四首。

其一；

酴醾一架最先來，夾水金沙次第栽。

濃綠扶疏雷乍起，醉紅撩亂雪爭開。

其二；

午陰寬占一方苔，映水前年坐看栽。

紅蕊似嫌塵染污，青條飛上別枝開。

其三：

北山輸綠漲橫陂，直塹迴塘灩灩時。

細數落花因坐久，緩尋芳草得歸遲。

故作酴醾架，金沙秖漫栽。

似矜顏色好，飛度雪前開。

蘇軾次荆公韻四絕。

其一：

青李扶疏禽自來，清真逸少手自栽。

深紅淺紫從爭發，雪白鵝黃也鬭開。

其二：

斫竹穿花破綠苔，小詩端為覓榿栽。

細看造物初無物，春到江南花自開。

其三：

騎驢渺渺入荒陂，想見先生未病時。
勸我試求三畝宅，從公已覺十年遲。

其四；

甲第非真有，閑花亦偶栽。
聊為清淨供，却對道人開。

珍按；次韻詩之三，「從公已覺十年遲」。據王註云；安石得詩曰；「十年前後，我便不廝爭。」如果十年前後，蘇軾、王安石眞能不爭，彼此相容，互補互助，齊心治國，北宋的政局又將是如何的情況？十年紛爭的苦果，安石罷相，蘇軾貶黃，沉思默想之後，看透紛擾，也許才眞正看出誰是爲國爲民的人物，誰是爭權奪利的祿蠹。安石「再罷政後，即求宮觀，築第於白門外七里，去蔣山亦七里。平日馭一驢，從數童，遊諸山寺，所居之宅，僅庇風雨。元豐末，捨爲寺。據臨川集捨宅爲寺劄子云：

臣幸遭興運，超拔等夷，顧迫衰殘，縻捐何補。願以臣所居江寧府上之縣園屋為僧寺，永遠祝延聖壽。如蒙矜許，庶昭布曠。

又續通鑑長編：

元豐七年六月戊子，王安石請以所居上元縣園屋為北寺，乞賜名額，從之，以報寧禪寺為額。或云：安石愛子雱，雱性惡，安石在政府，凡所為不近人情者，雱實使之。既死，安石哀悼而不忘，嘗恍惚見雱荷鐵枷如重囚狀，遂請以園屋為僧寺，蓋為雱求救於佛也。

珍按：不論緣何因，王安石已將己居捨而爲寺，故蘇軾次韻之四云「甲第非眞有，閑花亦偶栽。聊爲淸淨供，卻對道人開。」實在了解安石之生活，同時也體貼安石之心意。引詩見蘇新忠公詩編註集成卷二十四。

不久蘇軾又與王勝之同遊蔣山，作詩：

## 同王勝之遊蔣山

到郡席不暖，居民空惘然。好山無十里，遺恨恐他年。欲款南朝寺，同登北郭船。朱門收畫戟，紺宇出青蓮。夾路蒼髯古，迎人翠麓偏。龍腰蟠故國，鳥爪寄層巔。竹杪飛華屋，松根泫細泉。峰巧多障日，江遠欲浮天。略彴橫秋水，浮圖插幕煙。歸來踏人影，雲細月娟娟。

珍按：施註云；安石居金陵時，數與蘇軾遊，歎息謂人曰；「不知更幾百年，方有如此人物。」既賦此詩，安石亟取讀，至「峰多巧障日，江遠欲浮天」，乃撫几曰「老夫平生作詩，無此二句」，因次其韻云；

金陵限南北，形勢豈其然。楚役六千里，陳亡三百年。江山空幙府，風月自艤船。主送悲涼岸，妃埋想故蓮。臺傾鳳久去，城踞虎爭偏，司馬壖廟域，獨龍層塔顛。森疏五願木，蹇淺一人泉。梲杖窮諸嶺，籃輿罷半人。朱門遠淥水，碧瓦第青煙。墨客真能賦，留詩野竹娟。

又按：據王文誥蘇文忠公詩編註集成卷二十四註云：是時王安禮亦在金陵。

又按：蘇軾另有和王安國之子王斿詩二首，王斿字元龍，至元祐二年（一〇八七）蘇軾另有乞錄用鄭俠王斿狀。和王斿詩如下：

其一：

異時長怪謫仙人，舌有風雷筆有神。聞道騎鯨游汗漫，憶舊捫蝨話悲辛。氣吞餘子無全目，詩到諸郎尚絕倫。白髮故交空掩卷，泪河東注問蒼旻。

珍按：「詩至諸郎尚絕倫」，諸郎指王安國二子。旊、斿。旊，字元鈞，斿字元龍。結句「白髮」「泪河」兩句應是懷念王安國之意。

其二：

嫋嫋春風送度關，娟娟霜月照生還。遲留歲暮江淮上，來往君家伯仲間。未厭氷灘吼

新洛，且看松雪媚南山。野梅官柳何時動，飛蓋長橋待子閑。（蘇文忠公詩編註集成卷二十四）

珍按：據蘇軾詩所註「來往君家伯仲間」，謂王安石與王安禮，時王安禮也在金陵。然以上二詩係和王斿者，「來往君家伯仲間」似亦能解爲王旃、王斿兄弟。蘇軾別王安石後，去金山，至儀眞，作與王安石書，書云：

某頓首再拜，特進大觀文相公執事。近者經由，屢獲請見，存撫教誨，恩意甚厚。別來切計臺候萬福。某始欲買田金陵，庶幾得陪杖屨，老於鍾山之下。既已不遂，今來儀眞，又二十餘日，日求田為事，然成否未可知也。若幸而成，扁舟往來，見公不難也。向屢言高郵進士秦觀太虛；公亦粗知其人，今得其詩文數十首拜呈，詞格高下，固已無逃於左右，獨其行義飭脩，才敏過人，有志於忠義者，其請以身任之。此外博綜史傳，通曉佛書，講集醫藥，明練法律，若此類未易一一…數也，才難之歎，古今共之，如觀等輩，實不易得，願公少借齒牙，使增重於世，其他無所望也。秋氣日佳，微疾想已失去，伏冀順時候，為國自重。（蘇東坡全集續集卷一一，頁三五一）

珍按：書中言辭謙禮親切，似不曾有芥蔕者，又極力推稱秦觀，一本愛才之心。王安石得書，回蘇子瞻簡云：

某啓：承誨喻累幅，知尚盤桓江北，俯仰踰月，豈勝感悵。得秦君詩，手不能捨，葉致遠適見，亦以為清新嫵麗，與鮑謝似之，不知公意如何？餘卷正冒眩尚妨細讀。嘗鼎一臠，旨可知也。公奇秦君，數口之不置，吾又獲詩手之不捨，然聞秦君嘗學妙道，無乃笑我與公嗜好過乎？未相見，跋涉自愛，書不宣悉。（臨川集卷七十三，頁四六六）

珍按：王安石之回簡亦極親切有趣，一似氣味相投之老朋友。從蘇、王往還書信中，似乎也看不出如邵博、葉夢得所說蘇洵曾寫辨姦論詆毀王安石的陰影。

顧棟高王安石年譜於本年末按語曰：荊公秉政之日，與坡公幾同水火，及此，乃更杖屨相從，商榷文雅，風流高致，百代可想見。

5.元祐元年

去年（元豐八年一〇八五）三月，神宗崩，哲宗即位。

今年正月，蘇轍到右司諫任，閏二月蘇軾到中書舍人任。司馬光爲尚書左僕射兼門下侍郎。四月，王安石卒。司馬光聞悉，折柬呂晦叔曰：「介甫無他，但執拗耳！今日贈卹之具，宜從優厚，以振起澆薄之風。」哲宗聞知，再輟朝，詔贈太傅。由蘇軾撰敕辭。

## 王安石贈太傅敕

敕。朕式觀古初，灼見天命。將有非常之大事，必生希世之異人。使其名高一時，學貫千載。智足以達其道，辯足以行其言。瑰瑋之文，足以藻飾萬物；卓絕之行，足以風動四方。用能於朞歲之間，靡然變天下之俗。

具官王安石，少學孔孟，晚師瞿聃。罔羅六藝之遺文，斷以己意；糠粃百家之陳迹，作新斯人。屬熙寧之有為，冠羣賢而首用。信任之篤，古今無有。方需功業之成，遽起山林之興。浮雲何有，脫屣如遺。屢爭席於漁樵，不亂羣於麋鹿。進退之美，雍容可觀。

朕方臨御之初，哀疚罔極，乃眷三朝之老，邈在大江之南。究觀規摹，想見風采，豈謂告終之問，在于諒闇之中。朝不百年，為之一涕。於戲！死生捨用之際，孰能違天；贈賻哀榮之文，豈不在我。寵以師臣之位，蔚為儒者之光。庶幾有知，服我休命。（經進東坡文集事略卷三十九，頁六七六）

珍按：經東坡文集事略，敕文後郎曄注云：「此雖褒詞，其言皆有微意，覽者當自得之。」所謂微詞，蓋指字裏行間，別有意思。熟悉王安石生平之人，或亦同意，王安石眞是「希世之異人」，其學行足以「風動四方」。而「能於朞歲之間，靡然變天下之俗」，是其變法之神效，也是擾民之癥結。如言「屬熙寧之有爲，冠羣賢而首用」，當然是指神宗對王安石之激賞，至如「信任之篤，古今所無」，此亦實情。熙寧三年（一〇七〇）以策試進士時，蘇軾與王安石黨之呂惠卿爭執，曾擬進士對御策一道上之，並責宰相曾公亮救之。東都事略曾公亮傳云：

曾公亮初薦王安石可大用，神宗以安石參知政事。公亮陰助安石，安石置條例司，更張衆事，公亮一切聽之。於是神宗益專信任。……蘇軾嘗從容責公亮不能救正朝廷，

公亮曰：「上與安石如一人，此乃天也。」(卷六十九)

如此之「上與安石如一人。」眞可謂「信任之篤，古今所無」也。

至如「罔羅六藝之遺文，斷以己意」當然是針對王安石三經新義與字說而言，其中之是是非非，賢者當自得之。

例如：坡字，安石云：坡者土之皮也。蘇軾曰：如此則滑者水之骨也。不知當今研究文字學之諸位大家以爲如何？

至如「進退之美，雍容可觀」。大概是蘇軾之眞心褒揚，其間可能涵藏着幾許同情，因爲蘇軾也有「致君堯舜」㉓之理想，不僅蘇軾有心經國濟民，開創一盛世，蘇洵，蘇轍皆有上皇帝書㉔，蘇軾上皇帝書㉕，而且尚不止一次。王安石有幸爲神宗激賞任用，新法之實行，遇到阻撓，也帶來禍患，但畢竟嘗試過，雖然結果令人惋惜，蘇軾也曾反對過，然而王安石罷相後呂惠等所爲更令人擔憂。王安石不爲個人之利益，不貪戀高官厚祿，質樸儉素，退居鍾山。如此「進退之美」，豈不「雍容可觀」？蘇軾所撰王安石贈太傅敕，實在爲一篇絕妙好辭，王安石如能親閱，或當十分讚賞也未可知也。顧棟高王安石年譜云「蘇長公撰公太傅制辭，世謂爲公實錄。」

七月，蘇軾於西太乙宮見王安石題壁，次韻二首。

其一：

柳葉鳴條綠暗，荷花落日紅酣。一作(草色浮雲漠漠，樹陰落日潭潭)

三十六陂春水一作(宮烟)，白頭相見江南。

其二：

二十年前此地，父兄持我東西。

今日重來白首，欲尋舊迹都迷。

蘇軾次韻其一：

秋早川原淨麗，雨餘風日清酣。

從此歸耕劍外，何人送我池南。

其二：

但有樽中若下，何須墓上征西。

聞道烏衣巷口，而今烟草萋迷。(蘇文忠公詩編註集成卷二十七)

珍按：據蘇詩王註云：蘇軾見王安石二詩，注視良久，曰「此老野狐精也。」所謂「野狐」，蓋意王安石爲非常之人——希世之異人也。所謂「精」者，乃稱其精到高明也。王安石已逝，蘇軾不得不有慨歎婉惜，故云「聞道烏衣巷口，而今烟草萋迷。」，蘇軾於王安石死後，和此二首，或者可視爲不算「哀辭」之哀辭。

6.元祐二年（一〇八七）

蘇軾在翰林學士知制誥任內。

三月，上乞錄用鄭俠王斿狀。

珍按：熙寧七年（一〇七四），王安國，因呂惠卿構陷與鄭俠獄事牽連，放歸田里，八月十七日卒。王斿爲王安國之子，可參看元豐七年。

其狀云：

元祐二年三月，翰林學士朝奉郎知制誥蘇軾狀：右臣聞國之興衰，繫于習俗，若風節不競，則朝廷自卑。故古今之賢君，必厲士氣，當務求難合自重之士，以養成禮義廉恥之風。臣等伏見英州別駕鄭俠，向以小官，觸犯權要，冒死不顧，以獻直言。而祕閣校理王安國，以布衣為先皇帝所知，擢至館閣，召對便殿，而兄安石為相，若少加附會，可力致富貴，而安國挺然不屈，不獨納忠于先帝，亦嘗苦言至計，規戒其兄，竟坐與俠遊從，同時被罪。呂惠卿首興大獄，鄧綰、舒亶之徒，釀成其罪，必欲置人于死，賴先帝仁聖，止加竄逐。曾未數年，逐惠卿而起安國。今來朝廷赦俠之罪，復其舊官，經今踰年，而俠不赴吏部參選，考其始終出處之大節，合於古之君子殺身成仁，難進易退之義，朝廷若不以加優異，則臣等恐俠浩然江湖，征而不返，若溘先朝露，則有識必為朝廷興失士之歎。至于安國，不幸短命，尤為忠臣義士之所哀惜。臣等嘗識其少子斿，敏而篤學，直而好義，頗有安國之風。養成其才，必有可用，欲望

聖慈，召俠赴闕，及考察斿行實，與俠並賜錄用，不獨旌直臣於九泉之下，亦所以作士氣于當代也。(經進東坡文集事略卷三十一)

珍按：由此狀與前王平甫夢靈芝宮記、和王斿詩，可見出蘇軾對王安國之情與義。不僅與安國友善，而且亦關注其子嗣生活。

7.元祐年間

元祐年間，王安禮知揚州(據宋史王安禮傳)，蘇轍爲撰制敕，敕云：

敕淮南天下之重鎮也。俗本剽輕，習吳楚之舊，歲仍水旱，有流亡之憂。朕深念其民，尤慎所付，思得朝廷之舊，以殿東南之衝。具官某，吏治有餘，儒雅足用。昔為京兆，休有治功。其發摘姦伏，明而不苛；推行惠術，寬而中理。遂領臺轄，以秉國成。方先帝厲精求治之秋，有大臣進賢退姦之助。久於外服，稍易近邦。其克為朕舉荒政以惠民。謹追胥以助治，寬我南顧，康此凶年可。(欒城集卷二十八)

珍按：敕中云「其吏治有餘，儒雅足用。發摘姦伏，明而不苛；推行惠術，寬而中理。」極爲褒稱。

8.未繫年月之蘇、王唱和詩

蘇軾雪後書北臺壁二首，蘇詩編年，繫於熙寧七年底，蘇軾初到密州任上作。詩云：

其一：

黃昏猶作雨纖纖，夜靜無風勢轉嚴。但覺衾裯如潑水，不知庭院已堆鹽。五更曉色來書幌，半夜寒聲落畫簷。試掃北臺看馬耳，未隨埋沒有雙尖。

其二：

城頭初日始翻鴉，陌上晴泥已沒車。凍合玉樓寒起粟，光搖銀海眩生花。遺蝗入地應千尺，宿麥連雲有幾家。老病自嗟詩力退，空吟冰柱憶劉叉。

珍按：查註引陸放翁言云：蘇文忠公雪詩，用尖、叉二韻，王文公有次韻詩，議者非二公莫能爲也。據此：尖，叉二韻介甫當時皆有和章，今集中所載，止叉韻字六首耳。」王安石和叉字韻六首，如下：

眉山集次韻雪詩五首，詩云：

其一：

若木昏昏未有鴉，凍雷深閉阿香車。摶雲忽散簁為屑，翦水如分綴作花。擁帚尚憐南北巷。持杯能喜兩三家。戲挼弄掬輸兒女，羔袖龍鍾手獨叉。

其二：

神女青腰寶髻鴉，獨藏雲氣委飛車。夜光往往多聯璧，白小紛紛每散花。珠網纚連拘翼座，瑤池淼漫阿環家。銀為宮闕尋常見，豈卽諸天守夜叉。

其三：

恵施文字黑如鴉，於此機緘漫五車。皭若易緇終不染，紛紛能幻本無花。觀空白足寧知處，疑有青腰豈作家。慧可忍寒真覺晚，為誰將手少林叉。

其四：

寄聲三足阿環鴉，問訊青腰小駐車。一一照肌寧有種，紛紛迷眼為誰花。爭妍恐落江妃手，耐冷疑連月姊家。長恨玉顏春不久，畫圖時展為君叉。

其五：

戲擲微縞女鬟鴉，試咀流酥已頰車。歷亂稍埋冰揉粟，消沈時點水圓花。豈能舴艋真尋我，且與蝸牛獨臥家。欲挑青腰還不敢，直須詩膽付劉叉。

又：讀眉山集，愛其雪詩能用韻，復次韻一首。

其詩云：

靚妝嚴飾曜金鴉，比興難工漫百車。水種所傳清有骨，天機能識嫩非花。嬋娟一色明千里，綽約無心熟萬家。長此賞懷甘獨臥，袁安交戟豈須叉。（臨川集卷十八，頁九二）

珍按：王安石好新奇，蘇軾用尖，叉二韻，他人詩中不多見，安石愛之，一口氣次韻五首，意獨未盡，乃復次韻一首，共六首之多。安石詩，未有編年不知確實次韻日期，可推論當在熙寧七年之後，元祐元年安石去世之前。其中在熙寧八年的可能性最大，時蘇軾知密州，安石在京師任尚書左僕射兼門下侍郎之職，可能蘇軾原作流傳至京師，當時唱和者尚不止安石一人，尚有呂成叔，頓和至百篇，字字工妙，可惜無一首傳世。

蘇軾兄弟與王安石兄弟（包括侄兒王斿）有關之詩、書與制詞已分別按年差先後列述分論於上。從以上許多資料中，可見出至元豐七年，蘇軾訪王安石於金陵之時，蘇氏與王氏在政治上之對立，在情緒上之不滿已消釋殆盡。從種種跡象推究，亦看不出有辨姦論之陰影存在兩家人氏之中。

## 五、結論

㈠對於李紱書辨姦論後二則所提出對辨姦論作者之疑異，感到非常有興趣。

對於李紱這篇文章中駁斥辨姦論作者非蘇洵而是邵伯溫之諸條推論，不信服，因爲不合邏輯。

因此對辨姦論之作者存疑。而作進一步探索。

直接從蘇氏與王氏往來接觸著手研究。

㈡就蘇氏、王氏之交往情形來看，所有怨惡，皆因立朝政見之爭引起，看不出來有因辨姦論而起之陰影。

可以駁正葉夢得避暑錄話卷上所云：

> 蘇明允本好言兵，……王荊公方談經術，獨不喜之，屢詆于衆，以故明允惡荊公甚于仇讎，會張安道亦為荊公所排，二人素相善，明允作辨姦一篇密獻安，以荊公比王衍、盧杞，而不以示歐文忠。荊公後微聞之，因不樂子瞻兄弟，兩家之隙，遂不可解。

葉夢得所云蘇洵作辨姦，荊公後微聞之，因不樂子瞻兄弟，兩家之隙，遂不可解。係臆說之辭。事實上係蘇軾，蘇轍在立朝政論上與王安石唱反調，神宗每聽二蘇之言論或閱其上書之後皆以為然，王安石一派者唯恐二蘇動搖神宗之心意，阻撓新法之推行，故極力排斥二蘇。至元豐七年，蘇軾過金陵，訪罷相居鍾山之安石，二人傾談甚歡，安石還約蘇軾卜隣而居，蘇軾和石安詩有「悔不從公十年遲」之句，兩家之隙，全然冰釋，何嘗有「兩家之隙，遂不可解」之情形。

如此可以想見：

1. 蘇洵未作辨姦論一篇，王安石當然沒有看到此文。故胸無芥蒂。
2. 蘇洵寫作辨姦論一篇，未曾公于世，故王安石未見此文，也不在意。
3. 假若王安石果眞已聞蘇洵作辨姦一事，亦有兩種情形：

①王安石不樂。

②王安石不介意。

以宋史王安石傳中，敍述王安石對待唐坰當面在神宗御前告狀的情形，並未責究。大約王安石並不在意，別人對他個人如何評論，他所在意的是新法之順利推行。王安石有一首論商鞅的詩，即推崇商鞅推行變法之決心。詩云：

自古驅民在信誠，一言爲重百金輕。

今人未可非商鞅，商鞅能令政必行。（臨川集卷三十二）

4.究竟何人寫作辨姦論？

爲了寫辨姦論研究，閱讀有關史傳，筆記，尤其是三朝名臣錄，五朝名臣錄及朱子語錄類等。在朱子前的有宋一代臣僚之間，偶有意見不合，動輒指責他人爲姦邪，甚爲普遍。在那種時代背景下，產生一篇辨姦論，並不反常。在當代的觀點下，認爲王安石姦者，亦並不乏之人。蘇洵有可能說過王安石不近人情，也有可能曾寫辨姦論，說些情緒化的話，並不打算公諸於世。亦有可能沒有寫。因爲找不出直接肯定與否定的證明。所以在傳統的蘇洵作辨姦論說法與李紱等以邵伯溫僞作辨姦論，藉蘇洵名行世之說法之間，筆者採取存疑的態度。

## 附註

❶ 詳見大陸雜誌第二十七卷五期。

❷ 詳見宋史卷四三三邵伯溫傳。

❸ 晉書卷四十三王戎傳附王衍傳云：衍字夷甫，神情明秀，風姿詳雅，總角嘗造山濤，山濤嗟嘆良久，既去且而送之曰：「何物老嫗，生寧馨兒，然誤天下蒼生者，未必非此人也。」……衍既有盛才美貌，明悟若神，常自比子貢，兼聲名藉，甚傾動當世。妙善玄言，唯談老莊爲事，……略居顯職，後進之士，莫不景慕放效，選擧登朝，皆以爲稱首，矜高浮誕，遂成風俗。……因勸石勒稱尊號，勒怒曰：「君名重四海，身居重任，……破壞天下，正是君罪，使人夜排牆，塡殺之。」

❹ 唐書卷一三五盧杞傳云：盧杞，字子良，……杞貌醜，色如藍，人皆鬼視之，不恥惡衣糲食。……郭子儀病，百官造問，皆不屛姬侍，及聞杞至，子儀悉令屛去，獨隱几以待之，杞去，家人問其故，子儀曰：「杞形陋而心險，左右見之必笑，若此人得權，卽吾族無類矣。」……盧杞作相三年，矯巫陰賊，排斥忠良，……上曰：「衆論杞姦邪，朕何不知？」李勉曰：「盧杞姦邪天下人皆知，唯陛下不知，此所以爲奸邪。」

❺ 王安石傳，詳見宋史卷三二七。

❻ 王安國傳，詳見宋史卷三二七。

❼ 王安禮傳，詳見宋史卷三二七。

❽ 王雱傳，亦詳見宋史卷三二七。

❾ 蘇序傳，詳見嘉祐集卷十三族譜後錄下篇，東坡先生全集卷十六蘇廷評行狀，欒城集卷二十五伯父墓表。

❿ 蘇渙事跡，詳見欒城集卷二十五伯父墓表。

⓫ 蘇洵傳，詳見宋史卷四四三。及傅藻東坡紀年錄。

⓬ 蘇軾生平，詳見宋史卷三三八及王保珍增補蘇東坡年譜會證。

⑬ 蘇轍生平，詳見宋史卷三三九及陳宗由蘇爲由年譜。
⑭ 邵雍生平，詳見宋史卷四二七。
⑮ 見三朝名臣言行錄卷十四，頁三三八。
⑯ 同上，頁三三九。
⑰ 事見續資治通鑑卷五十九及宋元通鑑卷二十八。
⑱ 蘇轍與王安石正面衝突起於此時。事見宋史卷三三九蘇轍傳。
⑲ 蘇軾與王安石之衝突導源於此。事見東都事略卷六十九曾公亮傳。
⑳ 宋史卷三三八蘇軾傳云：軾見安石贊神宗以獨斷專任。因試進士發策以「晉武平吳以獨斷而克，苻堅伐晉以獨斷而亡；齊桓專任管仲而霸，燕噲專任子之而敗，事同功異」爲問，安石滋怒，使御史謝景溫論其過。窮治無得。軾遂請外，通判杭州。
㉑ 同上。
㉒ 詳見續通鑑卷三六九。
㉓ 蘇軾沁園春詞：「有筆頭千字，胸中萬卷，致君堯舜，此事何難。」（見東坡樂府箋卷一）
㉔ 蘇洵上皇帝書見嘉祐集卷九。蘇轍上皇帝書見欒城集卷二十九。
㉕ 蘇軾上皇帝書，再上皇帝書並見東坡先生全集卷二十五。

# 有關奪胎換骨法若干問題的探討

郭玉雯

宋人作詩未嘗不從學古開始，如歲寒堂詩話說：

「歐陽公詩學退之，又學李太白。王介甫詩，山谷以為學三謝。蘇子瞻學劉夢得，學白樂天、太白，晚而學淵明。魯直自言學子美。」

如果學的意義僅限於形迹之摹臨，則宋詩不過倣古而已，絕無法樹立自己的特色。宋初流行的西崑體，揚億等人倣肖義山作品，雖曰宋人，作得只是唐詩❶。隨着學的意義之衍深與拓展，從熟讀到悟入，宋人才有機會擺脫步踵因襲，在充份掌握前人作詩的原理與方法之後，得以展現自己的風格。或有人質疑：若要建立自己風格，何不摒棄古人？這得歸因於宋人創作的歷史困境，連才大如子瞻者亦不敢毫無依傍，何況其他？金元好問在陶然集詩序中說：

「蓋秦以前，民俗醇厚，去先王之澤未遠，質勝則野，故肆口成文，不害為合理。使今世小夫賤婦，滿心而發，肆口而成，適足以污簡牘，尚可辱采詩官之求取耶？……

今就子美而下論之，後世果以詩為專門之學，求追配古人，欲不死生於詩，其可已乎？」

感物吟志、因事陳辭本來不難。時代愈後，想要追配古人的創作愈難；不但要求推陳出新，還要求相同的表現水準。尤其是在唐以後，盛德之下，難以爲繼。宋人想要建立自己詩歌特色，除了要明瞭前人的表現，掌握前人作詩的原理和方法之外，還要進一步尋求前人尚未充份表現之處加以發揮。西清詩話說：

「黄魯直貶宜州，謂其兄元明曰：庭堅筆老矣！始悟抉章摘句為難，要當於古人不到處留意，乃能聲出衆上。」❷

雖說如此，宋人欲尋求古人不到處何嘗容易？詩歌發展至唐，不論題材、詞彙、技巧皆已臻飽和狀態，勉求之道只有「以俗爲雅，以故爲新」；一方面在日常生活或俗語中尋求新資源，一方面在前人的作品之中翻陳出新。例如：

「閩士有好詩者，不用陳語常談。寫投梅聖俞，答書曰：『子詩誠工，但未能以故為新，以俗為雅爾。』」(後山詩話)

「詩須要有為而後作。當以故為新，以俗為雅；好奇新，乃詩之病。柳子厚晚年詩，極似淵明，知詩病。」(東坡詩話補遺)

「因明叔有意於斯文，試舉一綱而張萬目：蓋以俗為雅，以故為新。百戰百勝，如孫吳之兵；棘端可以破鏃，如甘繩飛衞之射。此詩人之奇也。」（山谷詩集內集卷十二「再次韻楊明叔」一詩小序）

「以俗爲雅」即擴充詩歌的題材與語彙，宋詩中出現了許多對現實生活的描寫與關切；而在語彙方面，也有許多俗語、口語入詩的現象。此二者自然有所關連，借助於俗語、口語的運用，現實日常生活的描述才能生動自然。東坡尤其擅長此道，玆舉其例以說明：

「東坡在黃州時，嘗赴何秀才會，食油果甚酥。因問主人，此名為何。主人對以無名。東坡又問為甚酥，坐客皆曰：『是可以為名矣。』又潘長官以東坡不能飲，每為設醴，坡笑曰『此必錯著水也。』他日忽思油果，作小詩求之云：『野飲花前百事無，腰間惟繫一葫蘆。已傾潘子錯著水，更覓君家為甚酥。』李端叔嘗為余言，東坡云：『街談市語，皆可入詩，但要人鎔化耳。』此詩一時戲言，觀此亦可知其鎔化之功也。」（竹坡詩話）

東坡善於運用街談市語以表出現實生活之趣味或感慨。不過並非人人皆能臻此化境，將俗語常談變成雅言的原動力，是詩人高遠的心靈涵養。換言之，以俗爲雅不止是俗語的使弄變化，其根源與基礎仍在心靈是否能領略現實生活之種種，不高明者學之不免落於流易滑輕。

「以俗爲雅」是宋人在橫的方面，爲詩歌尋求新的題材與語彙；「以故爲新」則是縱的承繼與翻新，利用前人書籍或舊作中之題材、體式、表現手法與詞彙，創造出屬於自己詩歌的風格與特色。像用典的問題在宋代詩話中曾經被充份而熱烈地討論，如何運轉故事故語以表達自己意念成爲宋詩重要的表現方法；典故用得好可以豐富地表情達意，不但使詩句精約，且含無窮的言外之意，這也是宋人所共同追求之詩歌理想。同樣地，典故要運用得法仍然依恃鎔化之功。蔡寬夫詩話引王荊公之言：「若能自出己意，借事以相發明，情態畢出，則用事雖多，亦何所妨。」對牀夜語認爲用典要「融化斡旋如自己出」，鎔化之功仍得歸源於心靈涵養與博學多聞，此二者皆爲宋代詩學之重要論題。

在「以故爲新」的旗幟之下，像用典尚屬傳統修辭之法，宋人用之特多而已；更有所謂「奪胎換骨」法，爲「以故爲新」意義之充份實踐，不止是詞彙、題材、表現手法、體式之學習而已，它是前人作品中一句或數句，甚至是全篇詩歌之脫胎換新。也因爲宋人確立此法之名，所謂「以故爲新」的意義才能充份彰顯。宋代詩話中曾熱烈討論作品與作品之間如何以故爲新的關係，例如：

> 「『施罛濊濊，鱣鮪發發，葭菼揭揭。庶姜孼孼，庶士有朅。』鄭氏曰：『庶姜謂姪娣。』董氏曰：『庶士謂媵臣。』毛氏曰：『孼孼，盛飾。』余始悟屈原九章云：『魚鱗鱗兮媵余』之意本此。」（後村詩話）

意似而造語相異，如果依照惠洪所言奪胎換骨之定義，頗似換骨法。由此可見以故爲新之法早已被運用，只是沒有積極地立爲名目；宋人立爲此名，顯示對文學「參伍因革，通變之數」有深切的體認：所謂創作並非完全無中生有，創作者必須置身於文學作品之傳統中，將前人的作品承接領受之後，在前人的發展基礎之上加以推進而延續文學傳統。奪胎換骨雖然是創作方法，但它牽涉到詩歌原理，並影響詩歌風格，是宋代詩學中值得討論的一大課題。

最早論述此法的是冷齋夜話：

「山谷云：『詩意無窮而人之才有限，以有限之才追無窮之意，雖淵明、少陵不得工也。然不易其意而造其語，謂之換骨法；窺入其意而形容之謂之奪胎法。』如鄭谷十日菊曰：『自緣今日人心別，未必秋香一夜衰。』此意甚佳而病在氣不長；西漢文章雄深雅健者，其氣長故也。曾子固曰：『詩當使人一覽語盡而意有餘。』乃古人用心處，所以荊公菊詩曰：『千花萬卉凋零後，始見閒人把一枝。』東坡則曰：『萬事到頭終是夢，休——休——休——明日黃花蝶也愁。』又如李翰林詩曰：『鳥飛不盡暮天碧。』又曰：『青天盡處沒孤鴻。』然其病如前所論。山谷作登達觀臺詩曰：『瘦藤拄到風煙上，乞與遊人眼界開，不知眼界濶多少，白鳥去盡青天回。』凡此之類皆換骨法也。顧況詩曰：『一別二十年，人堪幾回別。』其詩簡拔而立意精確。舒王作與故人云：『一日君家把酒盃，六年波浪與塵埃，不知烏石江邊路，到老相逢得幾回。』樂天詩曰：『臨風杪秋樹，對酒長年身，醉貌如霜葉，雖紅不是春。』東坡南中作詩云：『兒童悞喜朱顏在，一笑那知是醉紅。』凡此之類，皆奪胎法也。學者不可不知。」

此則評述會引起若干疑問：一、奪胎換骨是否爲黃山谷所立？二、奪胎換骨二法之分界何在？三、惠洪所舉詩例是否合於山谷之說？四、奪胎換骨在其他宋代詩話中的界定如何？五、奪胎換骨的意義爲何？以下將一一討論到。

## 一、奪胎換骨是否為山谷所立？

前文已言「以故爲新」爲宋重要詩人之共識，此乃基於宋人創作之共同歷史境遇，不論是否爲山谷所立，「以故爲新」在宋詩話中普遍爲評者論及乃一事實。不過此法由山谷確立的可能性相當大，試看山谷主要詩觀：

「才者須學問琢磨，以就晚成之器。」(答李幾仲書豫章黃先生文集卷十九)

「陳履常正字，天下士也。讀書如禹之治水，知天下之絡脈，有開有塞，而至於九州滌原，四海會同者也。其作詩淵源得老杜句法。」(答王子飛書・卷數同上)

「所送新詩，皆興寄高遠。但語生硬不諧律呂，或詞氣不逮初造意時，此病亦只是讀書不精博耳。」(與王觀復書・卷數同上)

「自作語最難。老杜作詩，退之作文，無一字無來處。蓋後人讀書少，謂韓杜自作此語耳。古之能為文章者，真能陶冶萬物，雖取古人之陳言，入於翰墨，如靈丹一粒，點鐵成金也。」(答洪駒父書・卷數同上)

「士大夫多報告吾生擇交不妄出，極副所望。詩正欲如此作。其未至者，探經術未

深，讀李白、韓退之詩不熟耳。」（與徐師川書・卷數同上）

山谷論詩首重博學，一方面使心靈能力涵造深遠，另一方面可得作詩之常式與原則；而且能擴充詞彙的來源，使有來歷的陳語成爲製造新詞的來源。就根源說，宋人在創作心靈上強調的不是感物活動中的直接情感反應，而是經過深刻澄汰的情思，此情思也可以說是感情經過觀照之後而顯示出的本質。宋人多說「詩以意爲主」（中山詩話），此「意」卽「經過理性的澄汰而成爲更凝斂堅實的感情」「澄汰去實際上是不相干的成份，以透視出所感的內容乃至所感的本質，而將其表現出來。」❸能夠起觀照作用的心靈，必須基於平日的涵養功夫，包括讀書、靜坐、言行之反省活動。黃山谷在書王知載朐山雜詠後一文中說：「詩者，人之情性也。非強諫爭於朝廷，怨忿詬於道，怒鄰罵坐之爲也。其人忠信篤敬，抱道而居，與時乖逢，遇物悲喜，同牀而不同察，並世而不聞，情之所不能堪，因發爲呻吟調笑之聲，胸次釋然，而開者亦有所勸勉。比律呂而可歌，列干羽而可舞，是詩之美也。」其所謂情性卽「忠信篤敬，抱道而居」的道德人格修養，也是人對宇宙天道的本質之掌握，這是詩歌的根源。至於詩歌的表現雖本於「情之所不能堪」，但是發出來的是「胸次釋然」之音，絕非溺於悲喜之聲；也就是已然經過觀照反省之情感，而不是怨怨的情緒。

「胸次釋然」是一種道德經驗，也是一種美感經驗。朱熹曾解釋論語先進篇中，孔子問弟子之志，曾點答曰：「谷乎沂，風乎舞雩，詠而歸。」一段說：「胸次悠然，直與天地萬物，上下同流，各得其所之妙，隱然自見於言外。」不論是「悠然」或「釋然」皆是指一種觀照後的情境。此情境在表出時，也要配合其美感經驗的形式而作美的表現，所以要「比律呂而可歌，列干羽而可舞」，與「浴乎沂，風乎舞雩，詠而歸」之情態也有同工之妙。也就是說詩的表現要有節奏與律動（舞蹈與歌詠），在詩歌長遠的發展過程中，有些節奏或律動會固定下來而形成「詩律」，例如近體詩的體式、句法、聲韻；古詩的限制沒有如此嚴格，也自有其規矩準繩。對於宋人而言，唐詩的韻律形式已經成熟，自然應該揣磨參究，山谷本人在這方面的涵養也相當厚實，劉克莊江西詩派小序說：「豫章稍後出，薈萃百家句律之長，究極歷代體製之變，蒐獵奇書，穿穴異聞，作爲古律，自成一家，雖隻字半句不輕出，遂爲本朝詩家宗祖，在禪學中，比得達摩，不易之論也。」禪宗原是「不立文字，敎外別傳」，但高僧悟道的經驗皆藏涵在話頭中，後學者要參悟話頭，掌握前人悟道之方法。山谷在參悟歷代詩歌體製、句律之變化後，自能熟悉詩歌的各種表現法。不過熟悉之後不能拘守，要加以變化。山谷在答洪駒父書中曾說：「文章最爲儒者末事。然索學之，又不可不知其曲折，幸熟思之。至於仰之使高，如泰山之崇崛……又不可守繩墨令儉陋也。」任何韻律形式既固定成爲習慣或法規，它會因爲慣性而失去強度，失去強度一方面無法充份傳達美感經驗之眞實，同時也失去了美感經驗的形式之美。所以山谷雖然熟悉各種韻律法式，可是他作詩「雖隻字半句不輕出」，他必須避開某些「陳腔爛調」的傳統表現方法，從以往的表現方法中離析合成，提煉出一種強度足的表現方法。「自作語最難，老杜作詩，退之作文，無一字無來處。」老杜的造語方法皆是有來處的，但是老杜可以巧妙安排而建立自己詩歌的特色，這不也是「以故爲新」？

不論是經過深刻澄汰的情意、強度充足的韻律法式，宋人的立意造語活動，皆需要「眞能陶冶萬物」的心靈，此種心靈極深極廣，也是基於此種心靈的能力，宋詩才能顯出其特色來。「雖取古人之陳言，入於翰墨，如靈丹一粒，點鐵成金也。」所謂「點鐵成金」不就是「以故爲新」？古人陳言皆爲鐵，唯有通過自己心靈精鍊陶冶之後，才能成金爲新。山谷既有此說，奪胎換骨與點鐵成金、以故爲新又相通，所以奪胎換骨之法由山谷提出的可能性相當大。而且惠洪與蘇黃皆爲方外交❹，其雜記所聞之冷齋夜話，多稱引元祐諸人，尤其是山谷之言；有關山谷的詩論大致皆可信，所以沒有理由刻意懷疑惠洪所引山谷之言。

## 二、奪胎換骨二法之分界何在？

奪胎換骨二法是否相異？如果相異，此二法之分界又何在？山谷在提及奪胎換骨之前有段話是：「詩意無窮，而人之才有限，以有限之才，追無窮之意，雖淵明、少陵，不得工也。」可見此法之立與「詩意」有關。前文已引中山詩話云詩以意爲主，子瞻也說：「詩者不可言語求而得，必觀其意焉。」（志林）一般傳統文評裏的「意」是指作品的內涵主旨，例如文心雕龍神思篇說：「意授於思，言授於意。」在神思活動中產生了作品主要表達的意旨，然後再出以語言。雖然「意」常常被視爲與「情」、「志」相似，同指作品的內涵，但仔細分辨，三者並不全同。「情」字最能彰顯情感動發的文學本質；「志」則是指有方向感的一種倫理性的關懷；「意」則是意念、意旨，可以說是作品成立的精神基礎：作者將此意念表現於作品中時也不是直接的，因此，意不止存於作品之中，且漫溢於作品之外。宋人善談言外之意，與「言意之辨」或有關聯。先秦儒道兩家，「都不承認語言與『實在』間有必然的關係。」❺基於此種觀念，儒家所取諸語言的是其社會價值，至少語言能盡其當盡；而道家像莊子，既感語言不能反映實在，但又不能完全舍棄，只好創造一套象徵的語言。所以在哲學史上，「言不盡意」的「意」代表形而上的實在；而儒家正名的語言，或道家象徵的語言都是「盡而不盡」的，也就是有不能盡者存乎所盡之外。魏晉玄學中言意之辨也是重要課題，「王弼、郭象等倡『忘言忘象』以會通儒道。」❻既然「言不盡意」，此「盡」爲「不可道之盡。不可道之盡，乃啓發暗示之盡，指點之盡也。凡啓發暗示之盡，指點之盡，皆有餘而不盡。以有餘而不盡，故盡之者皆筌蹄也，皆可忘也。忘之而不爲其所限，則不盡之意顯矣。不忘而滯於象言，則不盡之意隱而泯矣。」❼所以語言絕無法完全窮盡形而上的實在，也無法完全表現所有事物存在之理；這是語言的極限，也是運轉語言之才能的極限，所以山谷才說：可以作爲詩歌內涵的情理義理事理可謂無窮盡，然而人的才力有限，無法追逐。但是如牟先生所說，語言固然不能完全盡意，卻可以指點或暗示無窮之意；可盡者言內之意，不可盡者言外之意也。像莊子的象徵語言，用象徵之言來啓發暗示，讀者固然可以了解象徵語言本身之意，因爲任何語言都負載着意，最重要的是通過言內之意而忘記言內之意，如此卽能掌握言內之意所啓發暗示的言外之意。也就是說象徵的語言因爲可以指點言外之意，所以是「盡而不盡的」，所可盡者言內之意；所不可盡者，也藉由象徵而加以暗示，讓讀者自己忘筌蹄而獲致。冷齋夜話稱述山谷奪胎法之說明後，卽引曾子固之語加以闡明：「詩當使人一覽語盡而意有餘」，言內之意當求自然簡淨，但是必須使用象徵手法而使言外有無窮之意，事實上，言外之意從宋初梅堯臣開始卽成爲宋人追求的詩歌理想，六一詩話引梅言：「必能狀難寫之景，如在目前，含不盡之意，見於言外，然後爲至矣。」另外，冷齋夜話又以「氣長」來詮釋言外之意，所謂「氣長」應指文氣的緜延出於言外，而非止於言內，不論說「言外之意」或「氣長」，二者之關鍵仍在心靈作用之深遠，而象徵性語言的造作活動也是在深遠的心靈作用之中，宋人談博學、靜坐、養氣、躬省皆爲養其根而培其本之事。

山谷說「不易其意而造其語，謂之換骨法」，文心雕龍風骨篇云：「沈吟鋪辭，莫先於骨」，可見骨字本有辭語之意，所謂「換骨」卽更換語辭也，爲何要更換之？必因其造語無法傳達言外之意也。爲何無法傳達言外之意？於立意之初卽不夠沈潛深遠，造語之精約（暗示力）也不足。所以「不易其意」之「意」乃言內之意，而更造新語的目的則爲「意有餘」也。可以試想某一宋代詩人作詩的情況，如果他素日卽飽讀詩書，心靈修養也深厚涵遠，當他起興欲作詩時，一方面他能充份掌握所欲表達之情，也能將此情加以觀照使之深刻；另一方面，因爲學問厚實，古人作品中與此情意相似相通者，遂依伴而生，形影相隨。而在彼此參照之下，古人作品之意境（言外之意）如有不足之處當爲作者所察覺。當作者想要表現所感之內容與所感之本質時，因爲古人作品之意（言內之意）深度雖不足但型態相似，遂能依此意、順此型態另造新語，此新語乃不易其意而有言外之意。

至於「窺入其意而形容之謂之奪胎法」，「胎」與「骨」的意義可能不同。如果「骨」的意義是辭采，「胎」的意義似乎應包括「結言端直」的言辭與「意氣駿爽」的意氣。在前文所說的參照作用中，也就是作者的閱讀經驗常伴隨立意造語的活動，前人作品也有意境深遠之可能，其意境既能深遠，語辭必有不凡之處。此時，作者想要表現相似之意境時，可將前人作品之立意基礎奪取而來，作再一次的造語活動。既然造語活動主要仍由作者完成，作者的才氣學習皆能影響之而使作品具作者風格。所以奪胎換骨法是山谷想要在前人作品之意的基礎上，追求語言重新表現的結果，雖曰新，皆從舊作翻騰而出。換骨法使詩歌有言外之意，可以說是詩歌生命之更生，奪胎法使詩歌具作者個人特色，也可說是詩歌生命之重生。不論是更生或重生都不止是修辭的問題，就所參照的閱讀經驗而言，對古人作品之造語固然要有所掌握，對其立意之初，意之深淺更要有所悟入；而能悟入其作品存在之基礎，契入作品本質的心靈自然不能淺狹。就作者的創作活動而言，能識得古人不足之處而欲加以超越，或想追配古人之作，才力更不能不足。日人近藤元粹於蘇詩紀事卷上附評云：「換骨奪胎是詩家三昧，淺學之人爲之，不免爲鈍賊。」何謂三昧？卽佛家之正定，說靜坐調息到了無慮的直覺狀態。換骨奪胎需要學力才力皆充沛者，化古人之作於無迹，直如出自肺腑，如此方可稱爲妙用。學力才力不足者，未能臻於化境，難免成爲剽竊之鈍賊。換骨奪胎二法就表面上似乎可分，但是在實際上卻有其困難，問題是言意是否可以判然而分？像換骨法是否在更換語詞之後，即可完全保留其原來之意？而奪胎法旣基於前人作品之立意，在造語上是否也受其影響？

## 三、惠洪所擧詩例是否合於山谷之說？

如果站在評者的立場，分辨奪胎換骨二法最簡易的原則，是換骨法的詞語和前作完全不同，奪胎法則有相似之處。此種分辨原則相當表面化，也無深刻的意義可言。換骨法一定要比較新舊作之意境；奪胎則同時要比較語詞和意境，總要更新重生才有意義可言。不過換骨法的意境乃通過重新造語而產生，所以意境的比較必得通過造語的比較。由此可以發現，其實二法皆爲意語之更新，主要通過語的改造而使意境新生。這是許多評家混同二法的原因，連惠洪也不例外。

惠洪首先舉出的例子是唐人鄭谷的詩，以爲意甚佳，但意境（言外之意）不足。六一詩話說：「鄭谷詩名盛於唐末，號雲臺編，而世俗但稱其官，爲『鄭都官詩』。其詩極有意思，亦多佳句，但其格不甚高。以其易曉，人家多以教小兒，余爲兒時猶誦之，今其集不行於世矣。」由此可知氣格不高，意境不深遠是鄭谷詩作之特色。王安石和蘇東坡（皆具代表性作家）曾寫過與鄭谷句意相似的詩，惠洪也就假定王蘇二人是用換骨法。試比較三人之詩句；就表面上看，詞語確實不同，但也不是全然相異，像鄭王之詩同有「人」「一」兩字。最重要的是意境不同，鄭詩是以物理襯托人情之有別，辭盡理盡，無言外之意。王詩只描寫情狀，但黃菊後凋之意義漫在言外。蘇詞的想法更徹底，黃菊雖後凋但終究要凋，萬事到頭終究是夢；生命無論長短，與無限比較起來永遠是滄海一粟。依照這種比較，言外之意不但是象徵手法的問題，還有意緒是否深遠的問題。

另外一個例子是山谷點化李白的詩句。再比較二人之詩句：就詞語來看，二者相似之處太多，「鳥」、「盡」、「青」、「天」皆同，這是後代評家認爲惠洪錯將奪胎說成換骨的原因。就意境而言，依照前一舉例，惠洪顯然認爲李白的詩句詞盡意盡，以鳥的飛翔襯托青天之廣大；而山谷摶化李白詩兩句爲一句，同樣寫鳥的飛翔，但以「回復」此一象徵動作賦予「天」，使青天之廣漠有較深一層意義的描寫，在「白」鳥去盡之後，「青」天回現，大有「回首向來蕭瑟處，歸去，也無風雨也無晴」之開濶。問題就在山谷顯然也運用了李白的語詞，所謂「造其語」的意思是否一定要完全另造新語？不過因爲「言外之意」之獲得原是換骨法之精神所在，此主要目的既已達致，語詞上的差異程度可能是次要問題。

至於奪胎法，顧況的詩「簡拔而立意精確」，可見惠洪認爲原詩並無「病」，是一個良好的胚型，王安石順此基型再作之詩句精深加長，充份顯示出作作者個人的風格。換言之，在最初立意與某些詞彙的基礎上，作者仍然必須經過完整的創作過程，而在最後的成品中，作者個人的情感才華已溶織而入。惠洪另舉一例是樂天的詩句，依照前說，自是「無病」，東坡取其基型而創造出具有己味之詩。

由此看來，惠洪認爲換骨奪胎之不同爲更生與重生，是依據原作是否有病來決定運用。也就是當原作之意境不足時，當更換造語，使之有言外之意；而當原作無病時，亦可取其初意，酌用其詞而寫出新風格的作品。後代一些評家認爲換骨法的造語要完全另創❽，不能有任何相同之語詞，依照此嚴格定義，惠洪所舉詩例並不合。但惠洪與山谷同時代，又親炙山谷，後代評家是否犯以今非古之病？就冷齋夜話所說，山谷的定義本來嫌籠統，惠洪以有病無病說之，表面上也自成一理，不過不是毫無問題，因爲有病無病也是很主觀的認定，而且不論古人作品有病與否，皆應視爲有病，方有廻轉出新之餘地。經由惠洪的解釋，我們至少可以肯定奪換二法皆非語詞差異多少的問題而是意境（作品生命）是否脫然出新的問題。

## 四、奪胎換骨在其他宋代詩話中的界定如何？

除了冷齋夜話，在其後的宋代詩話中也出現了許多關於奪胎換骨的評述，可以幫助詮釋山谷所下的定義。

### 甲、合用奪胎換骨

「山谷詠明皇時事云：『扶風喬木夏陰合，斜谷鈴聲秋夜深。人到愁來無處會，不關情處亦傷心。』全用樂天詩意。樂天云：『峽猿亦無意，隴水復何情。為到愁人耳，皆為斷腸聲。』此所謂奪胎換骨者是也。」（艇齋詩話）

此處並不分辨奪胎換骨而統合稱之，舉的正是山谷的詩句。所謂「全用樂夫詩意」，是指「不易其意」？或「窺入其意」？就實際作品而言，山谷詩確實較原詩意味深遠，至於樂天詩是否犯「無言外之意」之病，並不容易論斷，樂天詩句平易流暢，是否表示「言外之意」不足？由此看來，合用二法以爲一法確實較爲簡便，二法皆「用前人詩意，經過再造語而使詩歌意境更爲深遠」。由此亦可知奪胎換骨雖爲二法，但效果是相似的。

### 乙、奪胎法

「晉宋間，沃州山帛道猷詩曰：『連峰數千里，修林帶平津。茅茨隱不見，鷄鳴知有人。』後秦少游詩云：『菰蒲深處疑無地，忽有人家笑語聲。』道僧潛號參寥，有云：『隔林彷彿聞機杼，知有人家在翠微。』其源乃出於道猷，而更加鍛鍊，亦可謂善奪胎者也。」（庚溪詩話）

「老杜縛鷄行一篇云：『小奴縛鷄向市賣，鷄被縛急相喧爭，家中厭鷄食蟲蟻，不知鷄賣還遭烹。蟲鷄於人何厚薄，吾叱奴兒解其縛，鷄蟲得失無了時，注目寒江倚山閣。』此詩自是一段好議論，至結句之妙，非他人所能跂及也。予友李德遠嘗賦東西船行，全擬其意擧以相示云：『東船得風帆席高，千里瞬息輕鴻毛，西船見笑苦遲鈍，汗流掌折百張篙，明日風翻波浪異，西笑東船却如此，東西相笑無已時，我但行藏任天理。』是時德遠誦至三過，頗自喜。予曰：語意工絕，幾於得奪胎法。只恐行藏任理與注目寒江之句，似不可同日語。德遠以為知言，銳欲易之，終不能滿意也。」（容齋詩話）

「前輩云：『詩有奪胎換骨之說』，信有之也。杜陵謁元元廟，其一聯云：『五聖聯龍袞，千官列雁行。』蓋紀吳道子廟中所畫者。徽宗嘗制哲廟挽詩，用此意作一聯云：『北極聯龍袞，秋風折雁行』，亦以雁行對龍袞。然語中的，其親切過於本詩，兹不謂之奪胎可乎？不然，則徒用前人之語，殊不足貴。且如沈佺期云：『小池殘暑退，高樹早涼歸』，非不佳也，然正用惲柳『太液微波起，長楊高樹秋』之句耳。蘇子美云：『峽束滄淵深貯月，巖排紅樹巧粧秋』非不佳也，然正用杜陵『峽束滄江起，岩排石樹圓』之句耳。語雖工，而無別也。」（藝苑雌黃）

「奪胎者，因人之意，觸類而長之，雖不盡為因襲，又□不至於轉易，蓋亦大同而小異耳。」（詩憲）

庚溪詩話以爲奪胎法之義乃在「更加鍛鍊」，也就是使詩語更加凝鍊，以更簡要的手法表現無窮之意。容齋詩話以爲奪胎法必要「語意工絕」方稱得法，所謂工絕和凝鍊意相似，在造語方面要工致，在意境方面要深遠。藝苑雌黃則認爲奪胎法是用前人之語意，略加更動後使其「中的」，「親切」超過原作，也就是更能表情達意，更切合情境。如果只是在造語上表現精緻而不能在意境上加以推展，和原作即不能有所區別。詩憲說奪胎法是「觸類而長之」，在原作深合我心之情形下，仍加以推遠，就表面看來大同小異，其實已隱含推長之義。由這些見解看來，奪胎法不只是在造語上的精鍊而已，更重要的是意境的推展。

### 丙、換骨法

「詩家有換骨法，謂用古人意而點化之，使加工也。李白詩云：『白髮三千丈，緣愁似箇長。』荊公點化之，則云：『繰成白髮三千丈。』劉禹錫云：「遙望洞庭湖水面，白銀盤裏一青螺。』山谷點化之，則云：『可惜不當湖水面，銀山堆裏看青山。』孔稚圭白苧歌云：『山虛鐘磬徹。』山谷點化之，則云：『山空響管弦。』盧仝詩云：『草石是親情。』山谷點化之，則云：『小山作朋友，香草當姬妾。』學詩者不可不知此。」(韻語陽秋)

「東坡云：『醉眼炫紅綠。』此乃『看朱成碧顏始紅』換骨句耳。」(觀林詩話)

「換骨者，意同而語異也。」(詩憲)

韻語陽秋說換骨法是「用古人意而點化之，使加工也。」在所舉的四例當中，前三例在詞語上也有類似的情形，只有第四例造語完全不同。和惠洪一樣，葛立方認爲換骨法也可能出現造語相似之情形。觀林詩話所舉東坡換骨句也是造語相倣，只是更加精簡而已。詩憲說換骨是「意同而語異」，至於異的程度如何沒有進一步說明。由此看來，換骨法的意義也在精鍊，在語詞上更加精簡，他們雖然都沒有提及言外之意，但精簡的語言自然容易造成言外之意。

換骨法是「不易其意」，奪胎法是「窺入其意」，二者皆基於前人作品之「意」，所謂「意」是指作品中語辭所負載之內容意旨，但是很多評家認爲「意」的解釋不妨擴充，譬如句法、意象、比擬皆可：

### 丁、用其意

「詩云：『昔我往矣，楊柳依依。今我來思，雨雪霏霏。』東坡謂韓退之『始去杏飛蜂，及歸柳嘶蚻。』與詩意同。」（對牀夜語）

「月輪當空，天下之所共視，故謝莊有『隔千里兮共明月』之句，蓋言人雖異處，而月則同瞻也。老杜當兵戈騷屑之際，與其妻各居一方，自人情觀之，豈能免閨門之念，而他詩未嘗一及之。至於明月之夕，則遐想長思，屢形詩什。月夜詩云：『今夜鄜州月，閨中只獨看。』……其數致意於閨門如此，其亦謝莊之意乎？」（韻語陽秋）

「仲長統云：『垂露成幃，張霄成幄。沆瀣當餐，九陽代燭。』蓋取無情之物作有情用也。自後竊取其意者甚多。張志和則云：『太虛為室，明月為燭。』王康琚則云：『華條當圜屋，翠葉代綺窗。』吳筠則云：『綠竹可充食，女蘿可代裙。』劉伶則云：『日月為扃牖，八荒為庭衢。』皆是意也。李義山無題詩云：『春蠶到死絲方歇，蠟炬成灰淚始乾。』此又是一格。」（韻語陽秋）

句法、意象、比擬手法會涉入詩作之內容，所以與前人用同一種句法、意象、比擬也會造成在部份內容上的相似，皆可謂之「用其意」也。這些評家並沒有把「用其意」者說成是奪胎換骨，但和奪胎換骨同樣是承襲前人作品之「意」。所以論者必須在此處作一選擇：可以將句法、意象、比擬手法之承用皆稱爲奪胎換骨；也可以嚴格將其劃分開來；更可用廣義狹義加以區別。如果依惠洪的舉證，奪胎換骨是作品與作品之間主要意旨之關連，同用一句法、意象、比擬手法不一定如此。另外，奪胎換骨有特定對象，某詩從某詩奪換而來相當明確，而句法、意象、比擬手法之運用則無法確定對象，例如李義山詩以春蠶喩情、以蠟炬喩淚，其換奪對象爲何？就意象而言，在古今文學作品中，意象本會形成一種具有特定意味之語詞類型，像月輪當空，人雖異處卻能同望，此理即包隱在月之意象中。詩家藉月起情，此理此意呼之欲出，何必曰沿用？而像浮雲、落日、楊柳、陽關、流水等也都有固定的意涵，詩家總是要藉象起意，象意皆倣，如此算不算是運用奪換法？至於句法相似也是如此，同用倒裝句法者是否可以說是奪換法？而且更重要的一點，詩話中有關用同一句法、意象、手法之說明評述，皆著重於如何沿用或如何相似的說明，沿故的意義濃厚，創新的意義不足，而奪胎換骨法的意義應偏於更新，只有沿故而不能更新不能稱爲得其法。

宋代詩話中充塞著作品與作品之間關係的辨證，尤其是異代作品之間相似的情形，如果將這些統歸於奪胎換骨法，範圍過於龐大，而且每個時代的文學作品，對前代皆有所承。像丁類的評述固然可以充份表出宋人濃厚的法古意識，但偏於「因故」的說明，奪換法既由山谷確立，必要著重「爲新」之時代意義。甲、乙、丙三類的評述，對奪胎換骨法的說明也能掌握「鍛鍊」、「加工」之新義，著眼於異處，而非著重於同處。也唯有著眼於異處，才能掌握奪胎換骨法的意義。

## 五、奪胎換骨的意義

從惠洪和其他詩話的說明，奪胎換骨法的意義乃在鍛鍊精省，離合或改造傳統的造語型態使舊意產生新的風貌而得新生命，分不分不是問題所在。在詩話中常常出現改詩的故事，有些作家的最初純粹的詩意，經過高明的人的修正甚或改變，而作家卻承認那更合自己最初的美感經驗。甚至改動一字也能起死回生，達成畫龍點睛之妙。❾所以奪胎換骨法，不妨看作是通過閱讀和批評之後的修正更造，使詩語更加精鍊，所傳達的情意也更加豐富。對於原作，作家必須掌握其最初之美感經驗，其實這正是宋代詩論中「悟入」觀念的精義，閱讀前人詩作，最重要的是悟及其詩最初成立之因素，才能掌握作詩之原理。閱讀活動本身也是創造，「就詮釋學的觀點來看，閱讀行爲隱含著作與讀者的對話，而讀者的詮釋權宜性很大。」「按照上述的理論來看，書寫成章敦促讀者去創造——而非複製——意義。」❿我們可以取用詮釋學這個觀點，視「悟入」的活動具有創造義。

不過閱讀活動中的創造義不能等同於創作活動的創造義，作者不能直接拿閱讀活動中所得的美感經驗作爲自己作詩的美感經驗，有些詩人無法掌握如此，所以滄浪詩話才會批評有些宋詩「以才學爲詩」。作者一定要自己興情起意，先有自己的美感經驗，而讓前人詩作中的美感經驗作爲伴生的參考體，如果對前人所有的作品皆能「悟入」，參考體的產生是相當自然的，此參考體和自己的美感經驗甚至交融一體而無法分辨。當詩人欲將此美感經驗訴諸語文時，代表此參考體的文字意象格式也將同時起現，甚至早在作者起生美感經驗時，參考體即以文字型態伴生。此參考體既能融入作者的美感經驗中，此參考體的文字意象也可以融入遣詞造句的活動中，隨著作者的立意而徘徊運轉。對於因閱讀經驗而引生的參考體，各時代或各家詩人的評價不一定相同，像陸機文賦中說：「苟傷廉而愆義，亦雖愛而必捐。」對於無意中與古人的闇合也當割愛，似乎相當反對古人的經驗，不過他也說：「或襲故而彌新」，分明說「意」是舊的，而所謂「新」，卽舊意的翻新。王夢鷗先生說：「飲食男女之事，亙古以來，詩人歌誦不絕，這點事情，可謂毫無『新意』，而所謂『新』者，實際在於我們怎樣處理，怎樣表達那點材料。」（文學概論）。而像盛唐之老杜，「讀書破萬卷，下筆如有神，」閱讀經驗的豐盛對於老杜的意興風發、遣字造句有如神助，不過老杜不止於積累閱讀經驗而已，他的生命力表現在創作衝動上也能博大精深，所以主從的分判非常清楚，可使自已主要的興發力量來轉化消鎔積累的閱讀經驗，以山谷爲主的江西詩派正欲學老杜如此「以故爲新」之寫作方法。

奪胎換骨法是「以故爲新」意義之徹底實踐，所謂「故」可指句法、語詞、典故、手法等，而奪胎換骨指的是前人作品成立之基本型態（胚胎），是參考體中深層的根本，也可以說是最初的美感經驗。如果作者擔心自己的語言過度相似於前人，在遣詞造句中他可以控制，控制得比前人更加精鍊，一方面可以使美感經驗更深刻而明白的表現出來，一方面也可以樹立自己的造語特色。不過，不能陷溺在造語非得不同於古人的心理中，重要的還是拿穩自己最初的立意，否則又像嚴羽滄浪詩話所言「以文字爲詩」。

就宋人的歷史處境而言，他們不能漠視前人創作的成果，尤其是唐人的作品，題材、語彙、體式、韻律皆發展成熟，數量盛大。作詩由學古始是相當自然的事，尤其是學唐，不止是學其題材、語彙、體式、韻律還要悟入作品的美感經驗。宋人作詩時，前人作品自然形成參考體，但宋詩畢竟和唐詩可以分庭抗禮，在明清時代，崇唐尊宋各有消長，可見宋人雖以前人詩歌作爲參考體，但仍有廻旋餘地而展現自己的風格。從奪胎換骨法的意義中，尤其可以看到廻旋餘地在何處，也就是意語的更加精鍊。在前節已提及：就根源說，宋人在創作過程中強調的不是感物活動中直接的情感反應，而是觀照後的感情，而且宋人作詩最初的美感經驗又常有參考體伴生，對此參考體難免也有批評反省的意味，但觀照後的感情還是感情，就看各人如何掌握。就造語說，語言雖不能完全達意，但象徵性的語言卻可以暗示眞實。詩歌的語言原本比一般語言精鍊，在前人作品的基礎上更加精鍊，應當更能體現詩歌象徵之道，以有限的語詞暗示無窮之意也。當然，過於精鍊意語，難免使意義深奧，詩語無法流利，甚至演變成拗澀，所謂「求奇尙新」⑪。宋人的理想是養成一種博大的心靈能力，使鍊意鍊語皆能臻於化境，回歸自然⑫，或許他們沒有篇篇完成理想，但是在追求理想的過程中，他們已經形成了宋詩主要的素美的特色。

## 附註

⑬ 方虛谷送羅壽可詩序：「宋劃五代舊習，有白體、崑體、晚唐體。白體如李文正、徐常寺昆仲、王元之、王漢謀。崑體則有楊、劉西崑集傳世。張乖崖、錢僖公、丁崖州皆是。晚唐則九僧最逼

眞。」可見宋初還流行白體、晚唐體；旣曰逼眞，作得仍是唐詩。

② 西淸詩話另載一說與此相似：「黃魯直嘗語嗜學者少陵論吳道子畫云：『前輩吳生遠擅場』，蓋古人於能事，不獨近跨時輩，要須於前輩中擅長耳。」

③ 見徐復觀先生「宋詩特徵試論」一文，收於「中國文學論集續篇」一書，頁五九。

④ 山谷詩集中有贈惠洪詩：「數面欣羊胛，論詩喜雉膏，眼橫湘水暮，雲獻楚天高，墮我玉麈尾，乞君宮錦袍，月淸放舟舫，萬里渺雲濤。」第一句說二人每見輒移傾久而益親，第二句說二人論詩得詩之膏腴。（山谷詩內集，卷二十）

⑤ 見張亨先生「先秦思想中兩種對語言的省察」一文，刋於「思與言」第八卷第六期，頁九。

⑥ 同前註。

⑦ 見牟宗三先生「才性與言理」一書，頁二五二。

⑧ 明代郎瑛於七修類稿卷二十八辨證類說：「予以爲山谷之言自是，而覺範引證則非矣。蓋東坡變樂天之辭，正是換骨。……山谷所言但加數字，尤見明白，則覺範亦不錯認，如『造』字上加『別』字，『形』字上加『復』字可矣。」由此可見評家常膠著於語詞是否全然相異之論點上。

⑨ 竹坡詩話說：「汪內相將赴臨川，曾吉父以詩送之，有『白玉堂中曾草詔，水晶宮裏近題詩』之句。韓子蒼改云：『白玉堂深曾草詔，水晶宮冷近題詩。』吉父聞之，以子蒼爲一字師。」

⑩ 見蔡源煌先生「從浪漫主義到後現代主義」一書，頁二五〇。

⑪ 金代王若虛的滹南詩話說：「山谷之詩有奇而無妙，有斬絕而無橫放，鋪張學問以爲富，點化陳腐以爲新，而渾然天成，如肺肝中流出者不足也。」

⑫ 江西詩派晚期如楊萬里，講求的是「活法」，也就是使創新的語言盡量自然流暢。

# 宋詞的再評價

呂正惠

## 一、

現代學者討論中國詩歌，往往將唐詩、宋詞相提並論。這種提法可能有兩層意思；一、詞是宋代代表性的文類，二、宋詞的成就足以跟唐詩相比，是否具有第二層涵義，也許還難以斷定；但是，第一層意思卻是一般共有的看法。陸侃如、馮沅君的《中國詩史》，只討論宋詞而完全不談宋詩，很明顯就是認爲，宋詞的成就高於宋詩。劉大杰《中國文學發展史》的宋代部份，先以兩章的篇幅分析宋詞，然後只拿一章來敍述宋詩，次序的先後和字數的多寡也暗示了他對宋代詩、詞的評價。葉慶炳先生的《中國文學史》對宋詩、宋詞的處理方式，與劉大杰完全相同。事實上，不只這三本文學史如此，現代學者所寫的中國文學史幾乎也都如此。按照他們的看法，詞是宋代最具有代表性的文類，宋詞的藝術價值應該高於宋詩，似乎已經是一般都接受的「定論」了。

對於這一種不加深思的流行意見，長久以來，我一直相當懷疑。我覺得，現代學者把宋詞的價值抬得太高了，相反的，他們太過於忽略宋詩的成就了。如果我們一定要在宋詩與宋詞之間選擇一種「代表性」的文類，我相信應該選宋詩；如果我們非在宋詩、宋詞之間評定高下不可，我認爲宋詩應該在宋詞之上。至少，對於長期以來揚宋詞而抑宋詩的作法，我們應該加以糾正。如果我們現在要重新寫一本「我們」的文學史，而不人云亦云的承襲前人的看法，那麼，宋詞與宋詩的再評價問題，就不能不加以重視。

我們現在所接受的「文學史」，其實是五四時代的學者爲我們所「寫」的。五四時代的學者，根據他們的時代需要，根據他們特殊的文學觀點，大幅度的改寫了中國古典文學的藍圖。他們提昇了小說、戲曲的地位，這是應該加以肯定的。但是，他們也有偏見；由於他們的偏見，他們對於前人的看法矯枉過正，因而也不免犯了一些錯誤。揚宋詞而抑宋詩，就是其中最明顯的一點。

如果我們探索五四時代的學者揚宋詞而抑宋詩的理由，我們就會追溯到五四學者最根本的文學史觀。在那最根本的文學史觀上，我們可以看到五四學者的偏見，可以看到他們所作的錯誤評價的根源。

依我個人的看法，五四學者的文學史觀有兩個根本重點。關於第一個重點，前五四的學者王國維❶在他的《人間詞話》裏，有一則簡單而扼要的說明。他說：

四言敝而有楚辭，楚辭敝而有五言，五言敝而有七言，古詩敝而有律絶，律絶敝而有詞。蓋文體通行旣久，染指遂多，自成習套。豪傑之士，亦難於其中自出新意，故進而作他體，以自解脫。一切文體所以始盛終衰者，皆由於此。故謂文學後不如前，余未敢信。但就一體論，則此說固無以易也❷。

根據這一種「文體遞變」說，五七言詩至唐而極盛，至宋而「敝」；於是，新出的詞取而代之。因此，宋詞當然勝過宋詩，而成爲一代文學之代表了。

關於中國文學的流變，現在有一種通行的說法，即：唐詩、宋詞、元曲、明清小說。這種看法的「理論基礎」之一，就是王國維所提出的「文體遞變」說。在現代學者重新評價古典文學的過程中，這一「文體遞變」的理論曾經發揮很大的作用。它打破了詩文長期主宰文學的局面，而賦予宋詞、元明戲曲、明清小說應得的地位。

「文體遞變」說是從文學形式的演變過程來肯定唐以後新出文體的文學價值。這只是五四學者文學史觀的一個面相。實際上，五四學者的文學觀點還有更重要的部份，那就是：對於民間文學、白話文學和寫實文學的重視。如果說，「文體遞變」說是五四文學史觀的「形式」面，那麼，民間文學這一部份就是「內容」面。在這方面，胡適當然是最著名的代表人物。不過，以理論的激烈程度而言，陳獨秀還要勝過胡適。陳獨秀在〈文學革命論〉裏以毫不妥協的語氣，說出文學革命的三大主義：

> 曰，推倒雕琢的阿諛的貴族文學，建設平易的抒情的國民文學；曰，推倒陳腐的鋪張的古典文學，建設新鮮的立誠的寫實文學；曰，推倒迂晦的艱澀的山林文學，建設明瞭的通俗的社會文學[3]。

陳獨秀把士大夫文學和平民的寫實文學尖銳的對立起來，並且不遺餘力的攻擊士大夫文學而推崇平民文學。當然，並不是所有五四學者都像陳獨秀這麼激烈；但無疑的，現代學者之重新評估歷代民歌、重新定位詞、曲、小說，最主要的還是基於這一文學觀點。根據這一觀點，宋詞是新鮮的、抒情的平民文學，宋詩是雕琢的、艱澀的士大夫文學，宋詞之勝於宋詩也就毫無疑義了。

不管是「文體遞變」說，還是平民文學觀，都有它的長處。我們不能否認，宋詞、元曲、明清小說之得到最後的承認，是要歸功於這些理論。我們也不能不承認，西廂記、牡丹亭、水滸傳、紅樓夢所以能夠擠身於一流作品的行列，主要還是基於五四學者「重寫」文學史的努力。但是，正如前面已經提過的，五四學者有他們矯枉過正的偏見。譬如，他們不能欣賞雕琢迂晦的謝靈運和吳文英，他們攻擊杜甫的秋興，認爲是在寫「詩謎」❹，這些都是一般所熟知，並且已經經過其他學者「修正」過的例子。可惜的是，一個更大的現象，關係到整個時代的文學作品的評價問題——宋詞與宋詩的問題，卻似乎極少人重新考慮過。以下，我們將以上面所提到的兩個史觀爲基礎，重新考量五四學者的看法（至今仍為一般人所承襲），重新評估宋詞與宋詩的價值。

## 二、

首先談到「文體遞變」說。一般而言，「文體遞變」說並非沒有道理。正如王國維所說：

蓋文體通行既久，染指遂多，自成習套。豪傑之士，亦難於其中自出新意……

問題是，王國維、以及承襲王國維理論的學者，對這一說法的理解與應用可能過份僵硬，在解釋具體的歷史現象上不免會犯了或大或小的錯誤。譬如，以王國維所說的這幾句話爲例罷；

> 五言敝而有七言，古詩敝而有律絕，律絕敝而有詞。

我們如何解釋這些話呢？

先說「五言敝而有七言」。七言詩是在五言「敝」了之後才盛行的嗎？從具體的文學史來看，東漢末年已經出現了張衡的「四愁詩」，緊接着的三國時代又有曹丕的「燕歌行」。因此，至少可以說，在西元二、三世紀之交，七言詩已經成立，而其時五言詩也正步入成熟期。不過，在整個的魏晉南北朝時代，卻只有五言詩盛行着，七言詩除鮑照外則乏人問津。眞正說起來，一直要到盛唐時代，七言詩才成爲主要的詩體。七言古體的大家有李白、杜甫，七言律詩的大家有杜甫，擅長七絕的有李白、王昌齡；另外，王維、高適、岑參、李頎也留下不少七言名作。

如果從五、七言出現的時間來說，「五言敝而有七言」這一句話絕對是站不住腳的，因爲五、七言詩幾乎是同時在東漢末期成立的。那麼，「五言敝而有七言」是不是指七言詩開始盛行的盛唐時代呢？如果是的話，我們接着要問的是：五言到了盛唐已經「敝」了嗎？答案顯然是否定的。在盛唐，李、杜、王、孟都是五言（包括古、律）的大家；即使到了中唐，韋應物、柳宗元、白居易、韓愈、孟郊的五言詩也都可以卓然名家。只有到了晚唐和兩宋時代，五言才逐漸屈居七言之下，很少再出現偉大的作家。所以，至少在盛、中唐時代，五、七言是比肩並立的詩體。因此，不論怎麼說，「五言敝而有七言」的話是不合乎史實的。

再看「古詩敝而有律絕」，這一句話更是說不通。近體詩是在初唐正式成立，並在盛唐產生許多大作家的。然而，任何學者都知道，盛唐李、杜、王、孟是古體大家，中唐韋應物、白居易、韓愈、孟郊也都擅長古體，如何能說「古詩敝而有律絕」呢？卽使到了宋朝，五言詩明顯衰頽的時代，大詩人如王安石、蘇軾、黃庭堅、陸游，也都是兼長七言古、近體的。在唐、宋這一段五七言詩的黃金時代，從來就沒有出現過「古詩敝而有律絕」的局面，古、近體一直是並行的。

下面一句話就更痲煩了。既然律絕盛行的時候古詩並未「敝」，那麼，就不能說「律絕敝而有詞」了。這一句話至少要改成「五七言敝而有詞」，這也可能比較合乎一般人的想法。如果這樣，我們接着就要問：到了宋代，五七言詩眞的是「敝」了而不得不爲詞所取代了嗎？這就進入我們問題的核心了。

前面討論五言詩與七言詩的遞嬗時說過，七言詩從盛唐開始才成爲主要的詩體；在盛唐、中唐時代，五言與七言並駕齊驅，到了晚唐，七言已凌駕於五言之上。這種情勢在兩宋時代有更進一步的發展。從詩的形式的觀點來說，宋朝幾乎可以說是七言詩的時代。宋朝的大詩人沒有不擅長七言詩的——有的以古體爲主，有的以近體爲主，但大部份都兼長古近體。宋朝大詩人，五言詩佔有比較重要地位的，可能只有梅堯臣、王安石、陳師道三人。其他如蘇、黃、陸、楊諸大家，五、七言詩的成就完全不成比例。朱自清就說過，宋代的七言詩實在要勝過唐代❺。這一句話至少證明，說五言到宋代已無甚發展潛能大致不差，但要說七言也已「敝」了，則是無法令人接受的。唐代是七言詩的第一階段，宋代是第二階段，在這兩個階段，七言詩都還未成「習套」，過了這兩個階段，七言詩才開始走下坡。其情形就如：漢魏六朝是五言詩的第一階段，唐朝是第二階段，過了唐朝，五言才「敝」。我們不能說唐朝的五言不好，我們也無法否認宋朝七言詩的價值。所以，純粹從形式上來說，宋詩並未「敝」，至少七言詩是如此。

我們還可以從另一個角度來證明，宋詩有宋詩的價值。一般討論古典詩，向來有唐、宋之分。也就是說，唐詩雖然成就非凡，宋詩也不弱，至少能在唐詩之外獨立門戶，自成一格。詩分唐、宋，不論喜歡唐詩的人多麼不能接受宋詩，但總無法否認，宋詩有宋詩的世界。元、明、清三代的詩就不如此了，它們只有在唐、宋之間徘徊，不歸唐，則歸宋。宋詩高過元、明、清詩一級，而有資格跟唐詩比肩。這就證明，宋詩絕對不「敝」。

從以上的討論可以看得出來，王國維的「文體遞變」詩太僵硬、太呆板了。「五言敝而有七言，古詩敝而有律絕，律絕敝而有詞」——一個舊形式死了，另一個新形式才生，或者，一個新的形式誕生了，另一個就好像非死不可。事實並非如此，新舊形式在某個階段還是可以並行的，譬如前面所說的；五言與七言在盛、中唐，古體與近體在唐、宋，詩與詞在宋代，都是如此。

所以，我們至少可以說，有了宋詞，並不表示宋詩就不行。反過來講，我們獨獨抬高宋詞，而有意無意的忽略很有可觀的宋詩，這就「不得其平」了。因此，我們的初步結論是：從「文體遞變」說無法證明，詞這個形式在宋代這個階段是高過詩這個形式的。

不過，王國維的「文體遞變」理論也並非沒有他自己的道理。他的話說得太滿、太快、太決斷而顯得不夠深思熟慮，但是，這還不是造成他的理論有所缺失的眞正要點。我們看起來漏洞百出的理論，其實是根據王國維另一個文學觀點而來的。王國維說：

> 自石寫景之作……雖格韻高絶，然如霧裏看花，終隔一層。梅溪、夢窗諸家寫景之病，皆在一「隔」字。北宋風流，渡江遂絶❻。

王國維論詞以有沒有境界來論詞的高下，而境界之有無則取決於詞人寫景寫情的「隔」與「不隔」。「不隔」才有眞感情、眞景物，而有眞感情，眞景物就是有境界。王國維論詞，推崇五代、北宋而貶清眞❼與南宋，可說完全以這一標準而立論。所謂「不隔」，其實就是直接而顯豁，不用典，不雕琢，自然渾成。所以王國維批評周邦彥以「桂華」來代月，並認爲蘇東坡之譏評秦少游的「小樓連苑」、「繡轂雕鞍」是有道理的❽。因爲前者用典，後者舖張雕琢過甚。以這種觀點來衡量，詞至清眞、南宋以後，自然就「終隔一層」，如霧裏看花了。

根據同樣的道理，每一種形式都有它的渾成時期，有它的舖張揚厲時期。前者不隔，而後者就「敝」了。所以王國維說：

> 詩至唐中葉以後，殆為羔雁之具矣。故五代北宋之詩，佳者絶少，而詞則為其極盛時代……至南宋以後，詞亦羔雁之具，詞亦替矣❾。

按照這種理論來說，五古自漢魏陶潛以後，七古與律絕自盛唐以後，詞自淸眞、南宋以後，都是「羔雁之具」，都「敝」了。這才是「五言敝而有七言，古詩敝而有律絕，律絕敝而有詞」的眞正意思。

以這種意義來解釋王國維的「文體遞變」理論，我們在前面所分析出來的矛盾與不合理之處也許就沒有那麼嚴重了。不過，反過來講，這種特殊意義的「文體遞變」說又太過主觀，太有爭議性，不太能爲一般人所接受。譬如，說南宋詞是「羔雁之具」，正如說五七言詩到宋代已「敝」，都是太過強烈的派別主張，從文學史的觀點來看，是很難站得住腳的。所以，按這一意思解釋的「文體遞嬗」理論，也無法證明，詞這種新出的形式在宋朝要比五、七言詩來得有價值。

這種理論，表面下看起來和明代前後七子「文必秦漢，詩必盛唐」的說法很類似。因爲他們都推尊每一文學形式最早階段的作品。但王國維和七子的出發點是不一樣的；七子推尊秦漢的文、漢魏的古體（五古）、盛唐的近體和七古，因爲它們「古」；王國維推尊漢魏的五古、盛唐的七古和律絕，五代北宋的詞，因爲它們「不隔」。七子是復古，而王國維則主張渾成自然，不用典、不雕琢、不艱澀。

很明顯，王國維的文學觀點和五四時代的胡適、陳獨秀只有一步之隔。在這方面，王國維可以視爲五四白話文學運動的先驅。王國維之以「不隔」和「有境界」來論斷宋詞之勝於宋詩，就如五四學者之以白話與平民文學來評斷宋詩、宋詞的高下。因爲有這些類似之處，所以對於王國維「不隔」理論的進一步批評，我們要在下一節裏，跟五四運動的白話文學觀合併討論。

# 三、

從五四運動所主張的白話文學和平民文學的觀點，來討論詞的歷史，立場最爲鮮明，理路最爲清晰的，可能要數胡適了。胡適在他的《詞選》序裏說，唐末至元初的詞可以分成三個段落：

蘇東坡以前，是教坊樂工與娼家妓女歌唱的詞；東坡到稼軒、後村，是詩人的詞；白石以後，直到宋末元初，是詞匠的詞⑩。

按照這種歷史分期，胡適把唐五代兩宋的詞分爲三種類型：歌者的詞、詩人的詞、以及詞匠的詞。

胡適對於詞的歷史的看法，有兩個非常明顯的長處。首先，胡適很清楚的指點出來，詞這種發源於民間的文學形式，從北宋中葉以後已經完全士大夫化，不再是民間文學了。這是非常重要的一點，這關係到對於詞的內容的了解。在蘇東坡之前，詞是歌詞，主要是寫來供人歌唱的，即使是士大夫所塡的，也都如此。在蘇東坡之後，詞是士大夫之詞，是用來描寫士大夫個人的性情與襟抱的，即使像周邦彥、姜夔等人所塡可以配合音律來歌唱的詞也不例外。一般的文學史，雖然或多或少意識到這一點，但有的並不特別重視，並沒有特別標舉出來；有的雖然標舉出來了，卻把重點偏離了。譬如，他們說，蘇東坡擴大了詞的境界，開創了另一種詞，這是詞的變調（或稱豪放派）；而周邦彥、姜夔等人則繼承了詞原先的風格與作法，這是詞的正宗（或稱婉約派）。這種史觀重視的是詞的音律特質，因此沒有鮮明的點出周、姜以下的詞和溫、韋、晏、歐的作品是有本質上的不同的；也就是說，後者還保留了民間文學的特質，而前者已經完全是士大夫之詞了。

從這裏就可以談到，胡適的看法的第二個長處。胡適根據他的史觀，把詞分成三類：歌者的詞，詩人的詞，詞匠的詩。這樣的分法，比一般所流行的正宗、變調、或者婉約、豪放的劃分要有用而確實的多。因爲這就淸楚的說出，周、姜一派的詞，和早期的詞是不同類型的；因而也就把前者之爲士大夫文學，後者之爲民間文學的區別標舉出來。

不過，胡適的史觀也有他的缺點。他從民間文學的觀點出發，認爲南宋姜夔以下的「詞匠的詞」只是模仿，只是掉書袋，只是重音律，因此也就成爲劣等文人的匠人之詞了。這種看法，把姜夔以下的南宋詞人看得太淺了，因而也就沒有認識到周、姜一派詞人的本質。同樣的，主張「境界」說的王國維，也以他自己的理論立場，太輕易的否定了南宋詞。事實上，我們要在胡適的歷史分期上，更深入的了解宋詞的發展及其所代表的意義，就必須追究南宋詞的特質。只有在眞正掌握了南宋詞的特質之後，我們才能看淸全部宋詞的眞相，才能給予宋詞更適當的評價。

正如胡適所說的，早期的詞是歌者的詞，是士大夫爲歌者而塡寫的歌詞。所以，「內容都很簡單，不是相思，便是離別，不是綺語，便是醉歌」。南唐的李後主和馮延巳，北宋的晏氏父子和歐陽修，雖然以「悲哀的境遇與深刻的感情」抬高了詞的意境，但他們的作品「始終不曾脫離平民文學的形式」、「總不能不採用樂工娼女的語言聲口」⑪。

如果詞始終停留在這個層次，如果我們所看到的詞只是溫、韋、馮、李、晏、歐以及和他們類似的作品，我們如何加以評價呢？我們不能不承認，這些都是好作品；但我們也不能不說，這些作品的內容太過狹隘了。我們怎麼能說，這樣的詞勝過宋詩，足以作爲一代文學之代表？我們可以承認，在宋詩的廣大世界中，不妨有一個精美絕倫的小世界，兩者相得而益彰；但是，總得承認，宋詩是主，宋詞是輔。總不能反客爲主，把詞放在詩之上。

然而，喜愛五代、北宋詞的人正是如此。他們或者擁護民間文學，或者支持王國維的境界說，把這個階段的詞抬高，並以之與唐詩並稱，而漠視了宋詩的存在。這種文學觀未免太狹隘，太強調自然，太重直接而單純的感情了。這是一種平民式的素樸的感受，不能有更大的超越，不能進入文學更廣大、更精微的世界。

即使提倡白話文學的胡適也不能不說：

> 文學的新方式都是出於民間的。久而久之，文人學士受了民間文學的影響，採用了這種新體裁來做他們的文藝作品。文人的參加自有他的好處：淺薄的內容變豐富了，幼稚的技術變高明了，平凡的意境變高超了⑫。

任何出於民間的文學形式都要經過這一個提昇過程，才能出現更偉大的作品，才能成爲文學史上的重要體裁。以五言詩來說，兩漢樂府及古詩十九首都是非常優秀的作品，但只有在產生了曹植、阮籍、陶潛、謝靈運這樣的大詩人之後，五言詩才進一步提昇成爲中國文學的最主要形式之一。同樣的，詞要成爲重要的文學體裁，成爲能夠與五、七言詩比肩的形式，也要從它的民間文學時期更進一步的文人化，更進一步的提昇。

北宋中葉以後，詞的發展就是循著這個方向來進行的。不過，就結果而論，詞的這一文人化的過程，並沒有把詞提昇爲更重要的詩體，反倒把詞發展成一種五、七言詩主流之外的奇花異草，美則美矣，但終究不是堂廡特大的殿堂。中間的關鍵就在於，詞的文人化是循着兩種途徑來發展的。一種是蘇、辛的路，卽一般所謂的豪放派；另一種是周、姜的風格，卽所謂的婉約派。詞的文人化過程所以沒有走上康莊大道，就是因爲周、姜一派終於佔了上風，而成爲詞的正宗。

蘇、辛等人的作風，用胡適的話來說，是把詞當作一種「新的詩體」，用詞來作他們的「新體詩」。所以，詞的內容擴大了，「可以詠古，可以悼亡，可以談禪，可以說理，可以發議論」；詞的風格多變了，「悲壯、蒼涼、哀豔、閑逸、放浪、頹廢、譏彈、忠愛、遊戲、詼諧」無所不包⑬。換句話說，詞變成詩的一體，是五、七言古、律、絕之外的第七種詩體。詩人可以寫五古、寫七律，也可以寫詞。不過，詞是一種新出的形式，表現力比較強，彈性比較大，因此，更值得嘗試，更值得拓展。

如果詞按照這一方向充分的發展，那麼，它可能繼五言、七言之後，成爲中國詩的第三種重要形式。它的潛力不會在宋代就被發揮淨盡，它還可以在元、明以後繼續爲絕大部份的詩人所應用，而成爲詩人最主要的表達媒介。這樣的詞就是康莊大道的詞，是詩歌國度裏與五、七言鼎足而三的詩體。

然而，這樣的詞卻在南宋中葉逐漸式微，而爲另一種文人化的詞所取代。這另一種詞在北宋中、末葉爲柳永、周邦彥開其端，在南宋中葉爲姜夔所復興，此後一直凌駕於蘇、辛一派的「新體詩」，並在清朝得到某種程度的拓展。

這一系統的文人詞，現代學者有過種種的闡釋，種種的評論，但似乎還沒有把它獨特的本質說明清楚。因爲它的性質的確很特殊，是中國文學中一種全新的感受，全新的表達模式。用最簡單的話講，這是挫敗文人的自憐心境的表現。

我們可以簡略的分析這一派詞人的身分與遭遇。他們的遠祖柳永是個流落江湖的進士，落魄到爲歌樓舞榭的女子塡寫歌詞；他們眞正的宗師周邦彥，是長期沈淪下僚的小公務員。到了南宋，他們的重要成員，姜夔、史達祖、吳文英是江湖淸客，憑着他們的文學在權貴之門討生活；周密、王沂孫、張炎⑭也是如此，只不過多了一種亡國王孫的悲哀。

他們的詞的基本模式是這樣的：每到一個地方，一定回想到自己的過去，特別是過去的一段情事，沈緬於回憶之中，並以目前的流落自傷自憐。像周邦彥的「瑞龍吟」，姜夔的「暗香」、吳文英的「高陽臺」（修竹凝妝）、張炎的「月下笛」（萬里孤雲）都是最典型的作品。

表面上看起來，他們的詞好像和唐人絕句「去年今日此門中」所表現的今昔之感相類似，其實卻大有不同。他們的詞把往事擴大描寫，在他們細膩的筆觸下，回憶起來的往事不論多麼哀傷，卻總是有着令人回味的美感。他們就沈緬在美的傷感之中，表面上自憐自艾，其實卻有另一種「滿足」存在於其中。這種獨特的抒情美感，在中國的詩歌中，的確是前所未有的。他們爲中國的詩歌開創了一個特殊的天地、特殊的境界。

這是一個細膩而美好的世界，然而，我們不能說，這不是一個廣濶的天地。這個世界不論多麼特殊，多麼有價値，總是無法跟歐陽修、王安石、蘇軾、黃庭堅、陸游、楊萬里所代表的那一個無所不包的宋詩天地相比。然而，它卻被常州詞派、晚淸詞人，以及他們在民國時代的「遺族」所抬高了⑮，變成詞的正統，變成詞之所以爲詞的價值之所在；正如王國維、胡適等人之抬高五代，北宋那種具有民間風格的渾成自然的小詞一般。

綜合以上所說，詞可以分成三種：早期的詞，描寫人的單純而基本的感情，具有民歌風味的眞率與深摯；周、姜一派的文人詞，表現落魄而挫敗的文士的心境，把往事轉化爲美麗的哀愁世界，並進而沈緬留連於其中；蘇、辛一派的文人詞，無所不寫，無所不包，實際上已成爲宋詩的一體。

就評價來講，王國維「境界說」的擁護者，以及五四白話文學的信徒，最推崇第一種詞；常州詞派和晚淸詞人在民國的「後代」，標舉第二種詞。這兩派的學者都不敢輕忽蘇、辛一派，但在他們心目中，眞正的詞是第一種或第二種。是這兩種詞最富有詞的特色，最足以在詩之外獨樹一幟，他們所謂「唐詩、宋詞」的詞，其實主要是指第一種和第二種。

說詞在詩之外獨樹一幟，這是任何人都可以同意的。但是，他們的評價不只如此而已。他們把宋詞抬高，認爲是宋代文學的代表，它的價値勝過宋詩，這就不太能令人信服了。

對於這樣的評價，我們可以問兩個問題：首先，究竟是從宋詩那裏可以看到宋代文人生活與性情的全貌，宋代文化的特質呢？還是從宋詞那裏？這個問題應該是很容易回答的。從這個問題的角度，我們就可以看到，宋詞的世界，比起宋詩來，有多麼的狹窄⑯。這樣的世界，不論多麼精美，要說它足以代表宋代文學，無論如何是說不過去的。第二個問題是：宋代的大詞人，有那一位的成就足以跟宋代的大詩人相比？如果我們不算接近宋詩的蘇東坡（他本身就是宋氏第一個大詩人）和辛稼軒（他的確可以和宋代的大詩人相比而無愧色），還有誰呢？周美成嗎？還是姜白石？還是吳夢窗？有人馬上會抗議說，這不公平，不能這樣比，周美成和姜白石自有他們的價值，這個我也同意。我要問的是：周、姜的成就是和蘇、黃、陸「同級」的嗎？如果不是，那麼，宋詞何以能夠比宋詩更重要呢？如果宋詞的擁護者說：周、姜的世界是蘇、黃所沒有的，這樣的比較沒有意義；這是否就意謂者：在宋詩的大世界中，並不妨礙宋詞那種精美的小世界存在。如果是這樣，又何以能肯定宋詞是一種更重要的文類？所以，結論應該是：在宋代文學中，宋詩是主要的；宋詞在它的範圍內雖然很好卻總是次要的。我們應該這樣重新來擺定宋詞，才能還給宋代文學一個完整而眞確的面目。

## 附註

❶王國維在《人間詩話》所表現的文學觀點，和五四學者有許多相通之處。請參看吳文祺〈文學革命的先驅者——王靜庵先生〉，見何志韶編《人間詞話研究彙編》三五五—三八八頁，巨浪出版社，一九七五。

❷《人間詞話，蕙風詞話》（以下簡稱《人間詞話》）二一八頁，河洛圖書出版社，一九七五。

❸《中國新文藝大系，論戰一集》八六頁，大漢出版社，一九七七。

❹胡適的評語，見《白話文學史》三〇一頁，胡適紀念館，一九六九。

❺朱自清的話是：「宋人的七言律實在比唐人進步。」見《朱自清古典文學論文集》七〇一頁，源流出版社，一九八二。對於七古一體，他也有近似的意思，見同書同頁。

❻《人間詞話》二一〇頁。

⑦ 這是就《人間詞話》而論，後來王國維對周邦彥的看法有很大的改變，見《清眞先生遺事》。

⑧ 《人間詞話》二〇六頁。

⑨ 同上，二二三頁。

⑩ 《詞選》序，五頁，商務印書館，一九七〇。

⑪ 同上，六－七頁。

⑫ 同上，九頁。

⑬ 同上，七－八頁。

⑭ 張炎原爲世家之後，但南宋亡後家境沒落，事實上已近於江湖清客。

⑮ 掌州詞派與晚清詞人這一系文人，所以抬高清眞，白石一派的作品，是因爲他們是末世文人，處境和清眞，白石等人有類似之處。

⑯ 常元、明兩代，我們也可以問類似的問題：是元雜劇、明小說的世界比較廣大，還是元、明正統文人的詩文所表現的世界？在這種對比之下，我們就可以知道，在宋朝，士大夫文學的深廣度還勝過民間文學，而到元、明時代，民間文學已有凌駕於士大夫文學的趨勢，到了清朝，士大夫文學又再度抬頭，稍勝民間文學一籌。

# 宋詩與翻案

張高評

## 壹、翻案與詩學

「翻案」，原是法律名詞，本指推翻既已定讞之罪案而言，引申而有解黏去縛，推陳出新，變通濟窮、反常合道之意。「翻案」之名，修辭學或稱翻疊，或稱罵題格，或稱冤親詞，《老子》謂之正言若反（本錢鍾書意，詳後），蘇轍謂之合道反俗（《老子解》）。錢鍾書先生《管錐篇》論「翻案」之性質與特徵甚詳，移錄如左：

有兩言於此，世人皆以為其意相同相合……翻案語中則同者異而合者背矣。……又有兩言於此，世人皆以為其意相違相反……，翻案語中則違者諧而反者合矣。……復有兩言於此，一正一負，世人皆以為相仇相克……，冤親詞乃和解而無間焉。……然猶皮相其文詞也，若抉髓而究其理，則否定之否定爾。……他若曲全枉直，善行無轍，禍兮福倚，欲歙固張等等，莫非反乃至順之理，發為冤親翻案之詞。（第二冊）頁四六三－四六四將「翻案」的基型分為五大類，分析可謂鞭辟入裏。一言以蔽之，不過「反常合道」或「合道反俗」而已。

這種「翻案」的手法，普遍存在於詩歌與古文的創作中，為不甘凡近，追求新奇，營造文學的密度與張力者，提供靈丹與妙法，賦古典以新貌，化臭腐為神奇，以烹煉其詞意，厚養其氣格。故古來之騷人文士莫不重之，亦莫不習用之。試檢索宋元詩話、清人詩話，即可窺見一斑：

> 孔子老子相見傾蓋，鄒陽云：傾蓋如故；孫侔與東坡不相識，以詩寄，東坡和云：「與君蓋亦不須傾。」劉寬為吏，以蒲為鞭，寬厚至矣；東坡云：「有鞭不使安用蒲？」杜詩云：「忽憶往時秋井塌，古人白骨生蒼苔，如何不飲令心哀！」東坡云：「何須更待秋井塌，見人白骨方銜盃！」此皆翻案法也。余友人安福劉浚，字景明，重陽詩云：「不用茱萸子細看，管取明年各強健！」得此法矣！
>
> 太白云：「解道澄江靜如練，令人還憶謝元暉。」至魯直則云：「憑誰說與謝元暉，休道澄江靜如練。」王文海云：「鳥鳴山更幽。」至介甫則曰：「茅簷相對坐終日，一鳥不鳴山更幽。」皆反其意而用之。蓋不欲沿襲之耳。
>
> 放翁仕於蜀，海棠詩最多。其間一絕尤精妙，云：「蜀地名花擅古今，一枝氣可壓千林。譏評更到無香處，常恨人言太刻深。」此前輩所謂翻案法，蓋反其意而用之也。《小園解后錄》昇案：黃白石作雪詩云：「說道羞明却不羞，日光玉潔共飛浮。天人胸次明如洗，肯似人間只暗投。」蓋世謂雪之夜落為羞明，此反其語而用之。與

用海棠無香事如出一律，尤覺清新。

文人用故事，有反其意而用之者。李義山詩：「可憐夜半虛前席，不問蒼生問鬼神。」雖說賈誼，然反其意而用之矣。林和靖詩：「茂陵他日求遺藁，猶喜曾無封禪書。」雖說相如，亦反其意而用之矣。直用其事，人皆能之；反其意而用之者，非學業高人，超越尋常拘攣之見，不規規然蹈襲前人陳迹者，何以臻此？❶

凡用事必須翻案。雪夜訪戴，一時故實，今用為不識路而不可往，則奇矣。❷

「遙知吟榻上，不道絮因風。」此教人作詩之法也。「撒鹽空中差可擬」，此固謝家子弟之拙；「未若柳絮因風起」，未可謂謝夫人此句冠古也。想魏衍此時作詩，必不用此等陳言，乃後山意也。然則詩家有翻案法，又在乎人。❸

韓昌黎詩句句有來歷，而能務去陳言者，全在於反用。如……此等不可枚舉。學詩者解得此祕，則臭腐化為神奇矣。❹

詩貴翻案：神仙，美稱也；而昔人曰：「丈夫生命薄，不幸作神仙。」楊花，飄蕩物也；而昔人云：「我比楊花更飄蕩，楊花只有一春忙。」……皆所謂更進一層也。❺

詩以翻案為工；然須如人意之所欲出，方妙。❻

東坡詩推倒扶起，無施不可。得訣只在能透過一層，及善用翻案耳。❼

上述十則詩話，皆一致推崇「翻案」之詩法。方回特別標榜：陳後山教人用「翻案」法作詩；顧嗣立亦肯定：韓昌黎能務去陳言、王荊公深得玉谿筆意，全在得力於翻案之法❽；

劉熙載尤其強調：東坡詩善用翻案。蓋「反其意而用之」，或「反其語而用之」，乃翻案之基本手法；妙用此法，可以脫去陳言，可以避免蹈襲，可以超越尋常拘攣之見；而且可以使詞句意境清新超拔、更進一層，化臭腐爲神奇，諸詩評家所言止於此，實不足以盡「翻案」之詩趣與價值。且舉例論說，偏重於「用事」、「遣詞」一端，不及主題旨趣詩材思想等範疇，的確有待「更進一層」之探索。

由於古今作手極多，好句妙意有時而窮，故立意遣詞新奇獨造爲難。窮極則變，「翻案」之法乃應運而生，所以救窮通變也。若拘滯太過，字字求異，語語翻新，弄巧而成拙，欲奇而反怪，則爲詩病，非詩法矣。江西詩風標榜「以故爲新」、「奪胎換骨」，其弊流於蹈襲剽竊，癥結本不在翻案，顧詩家用之何如耳！

翻案之爲詩法，詩評家廣爲推崇，已見上述；然對翻案法抱懷疑或否定態度者，亦頗有之。如黃庭堅《和答錢穆父詠猩猩毛筆》詩，末句：「拔毛能濟世，端爲謝楊朱。」乃反用「楊朱拔一毛而利天下，不爲也」的典故，以詠猩猩毛筆書寫之功，方回評爲：「後之學詩者，不知此機訣，不能入三昧也！」王若虛卻譏爲「牽強可笑」、「乃俗子謎」，何義門更斥爲「惡道」，同一詩之評價優劣褒貶如此，眞令人無所適從！⑨又如山谷《觀王主簿酴醾》詩頷聯：「露濕何郎試湯餅，日烘荀令炷爐香。」乃以二美丈夫比花美，於俗爲翻案，孔平仲、惠洪、方回皆稱美其工巧新奇，格律絕高；王若虛卻責其「好異之僻」、「不求當而求新」；紀昀則以爲「詩殊淺近，評太過」⑩；抑揚予奪間，亦頗有軒輊。其他，如陳師道《雪中寄魏衍》詩尾聯：「遙知吟榻上，不道絮因風。」方回拈出「詩家有翻案法」，以爲此乃后山「教人作詩之法」；而清馮舒則批評：「必求新異，謂之翻案，此宋人膏肓之疾。」

馮班亦以爲：「翻案求奇，下也；平熟有規格，猶勝於醜俗而求新者。」「如後山語，便是倒卻詩人架子，其俗甚矣，其害詩更大。」⑪又如曾幾《所種竹鞭盛行》詩，方回以爲「善學山谷《猩猩毛筆》詩者，所謂脫胎換骨也。」馮舒則持異議，以爲：「凡所謂翻案法、脫胎法、換骨法，皆宋人夢中譫語，留一句於胸中，三生不能知詩。」又茶山《乞筆》詩頸聯：「此物藏三穴，須公拔一毛」，方回稱其「得山谷拔毛、濟世、謝楊朱之遺意！」紀昀則譏爲「笑柄」、「纖拙」，馮班則指爲「惡道」⑫。又如劉克莊《壬子九日》尾聯：「卻笑癡人妄分別，何曾未必勝劉伶。」亦翻案成趣，而馮舒卻以爲：「江西諸君，玩新而翻駁，意趣短俗，不入古人格局，可戒也。」⑬要皆毀譽參半，褒貶異詞。

若斯之比，其例實多，諸家之品味不同，固由於見仁見智之主觀判斷，亦由於宗唐宗宋之門戶紛爭使然！由此觀之，「翻案」之爲法，究竟爲詩法，抑或詩病？是非疑似之間，很值得作一番考察和辨析。今試以宋詩爲例，論述翻案表現的層面，探究宋詩多翻案的緣因，進而爲宋詩翻案的美學價值定位，尙祈方家指點賜正。

## 貳、宋詩翻案表現之層面

詩分唐宋，不僅是朝代稱謂之別，也是體格性分之殊，所謂：「唐宋皆偉人，各成一家詩。宋人生唐後，開闢眞難爲。元明不能變，非僅氣力衰。能事有止境，極詣難角奇。」正說明這種困境與實際⑭。宋人要突破這種創作上的實際困境，就一方面師法前人，一方面凸顯自我，於是深造有得，乃成宋詩之獨特面目。關於師法前人方面，側重於汲取消納前人作品中的藝術表現和語言技巧，於是形成在創作上講求詩法，在批評上強調規律的風氣。誠如郭紹虞所云：「宋詩之弊，正在脫離現實，不問時事，而惟藝術之是尚，故其詩論局於鍊字造語，運用典實，作用不外酬答，取材不出風月。」⑮這種注重藝術技巧的詩風，推波助瀾了宋人作詩喜愛翻案，形成宋詩翻案多層面的表現特色。

宋人詩歌在謀篇立意，章法句法的設計上，各體詩歌運用翻案手法表現者極多。以運用的多寡言，依序爲詠史、詠物、諷諭、詠懷、拈古、頌古、理趣。其所以然者，宋人生唐後，詠史、詠物之命意，題材，句法，語彙前人已運用熟爛成爲習套，宋人欲求勝古，只有努力於「賦古典以新貌」，「化臭腐爲神奇」，用心於「死蛇活弄」之翻案手法。諷諭詩之作，或託物陳詞，或指桑罵槐，其法多藉對比烘托，以推倒扶起，翻轉變異，期能使反諷嘲弄達到「深折透闢」之效果，故翻案之法亦在所多用。詠懷詩之作，所以多用翻案之手法者，蓋身外之現象與自身之遭遇，或與吾心之受想行識相齟齬，爲排遣其中的苦悶衝突，於是詩人常常以礙而實通，化無作有的翻案法，踢倒乾坤，重建世界，以撫慰受創的靈魂，開脫人生的許多無奈。發明公案語錄的拈古詩、頌古詩，爲了免除觸背皆非，做到不粘不脫，直感直證，也多用翻案法行文。理趣詩，爲闡發人生哲理，亦多蹈虛翻空，別出心裁，反常合道，出奇制勝，也多喜愛用翻案。今爲篇幅所限，宋詩翻案表現之層面，略說如上。詳細內容，已別撰《宋詩翻案表現之層面》一文，選取翻案之宋詩，約二百首左右，將發表於國立高雄師範學院國文研究所所友會論文集上，請讀者相參指教。

## 叁、宋詩多翻案之緣因

宋詩翻案的指向，表現在詠史、詠物、諷諭、詠懷、拈古、頌古理趣諸方面，已如上述。造成宋詩崇尚翻案之內因外緣，亦值得探究。依筆者管見，約有八端：一、江西詩風以故爲新，奪胎換骨之實踐；二、革新運動陳言務去，詞必己出之流韻；三、美學思潮追求神似，超脫形似之反映；四、人生觀揚棄悲哀，化爲曠達之表現；五、禪學呵佛罵祖，貴見眞我之啓示；六、詩體傳承流變，繼往開來之發揮；七、以才學爲詩、以議論爲詩之風氣感染。八、思考角度翻新、倫理觀點變異之投影。互有關涉，論次如下：

## 一、江西詩風點鐵成金、奪胎換骨之實踐

宋詩喜愛翻案，與宋代詩風注重「點鐵成金」、「以故爲新」、「奪胎換骨」，有很大的關係。

王荆公的詩，開啓有宋一代風氣，實導江西詩派的先河：擅長模襲前人詩句，喜愛翻案以出奇意，詠史絕句多用翻案法[16]，已爲蘇黄以後之宋詩發展啓示許多法門。蘇軾強調天工清新，戛戛獨造，所謂「出新意於法度之中，寄妙理於豪放之外」；「詩畫本一律，天工與清新」；「奇外無奇更出奇，一波才動萬波隨」；「金人洪爐不厭煩，精眞那計受纖塵。蘇門果有忠臣在，肯放坡詩百態新？」[17]這種陶鑄銅鐵鉛錫，使成精金美銀之法，有部分得之於翻用舊典，於山谷詩論有切磋呼應之功。詩到山谷，始大倡「以故爲新」，「點鐵成金」，「奪胎換骨」諸詩法，其說云：

> 蓋以俗為雅，以故為新，百戰百勝如孫吳之兵，棘端可以破鏃，如甘蠅飛衛之

射，此詩人之奇也。（《再次韻楊明叔》引，山谷詩內集注卷十二）

古之能爲文章者，眞能陶冶萬物，雖取古人之陳言，入於翰墨，如靈丹一粒，點鐵成金也。（《答洪駒父書》三首其二，豫章黃先生文集卷十六）

山谷曰：「詩意無窮，而人之才有限。以有限之才，追無窮之意，雖淵明少陵不得工也。然不易其意而造其語，謂之換骨法；規模其意形容之，謂之奪胎法。（釋惠洪《換骨奪胎法》，日本萬山堂藏版《冷齋夜話》卷一，螢雪軒叢書）

所謂「奪胎換骨」之說，又見於楊萬里《誠齋詩話》、趙與虤《娛書堂詩話》卷四、范晞文《對牀夜話》卷三、葛立方《韻語陽秋》卷二、曾季貍《艇齋詩話》、吳曾《能改齋漫錄》卷十、吳坰《五總志》，元劉壎《隱居通義》等書中，雖不載於山谷詩文題跋內，然與「以故爲新」、「點鐵成金」之說相發明，「奪胎換骨」、「以故爲新」，乃是「點鐵成金」法之具體實踐，蓋是惠洪親聞於山谷之說也[18]。何謂「規模其意形容之，謂之奪胎法」？諸家說解紛紛，張健先生以爲：「奪胎法、規模其意而形容之——即擴充、引申、點化前人的詩句而成新作，而意境超過前者。錢鍾書所謂『反其意』者亦屬此。」[19]最爲確詁。就此而言，翻案法爲奪胎詩法之一種，乃「奪胎」法具體而微者。

蘇黃詩名並稱，然山谷平生敎人作詩，提示許多規矩準繩，令學者有門可入，有法可循，故較能開宗立派，影響詩壇。山谷作詩，所謂「一洗萬古凡馬空」，詩學強調「領略古法生新奇」，「文章最忌隨人後」，「我不爲牛後人」，「隨人作計終後人，自成一家始逼眞！」[20]，凡此主張，即梅堯臣「意新語工」詩論之發揮，亦即以故爲新、點鐵成金、翻案反用之具體聲明。宋代由於印刷術發明，書院林立，故宋人以博學爲務，提供豐富詩材。山谷《答徐甥師川》，《與王觀復書》，《答曹荀龍》皆強調通過博學積累語滙，把「讀書破萬卷」，當成「作詩之器」㉑，循是以推，山谷遂有「點鐵成金」、「以故爲新」、「奪胎換骨」之說，翻案之詩法，卽建立在博學的理論基礎上的。

山谷詩風，諸家品評多有共識，如云：「不踐前人舊行迹」；「不蹈古人町畦，不向如來行處行」；「鋪張學問以爲富，點化陳腐以爲新」；「不犯正位如參禪」；「陳言務去，黃山谷陳后山學杜在此」；此種以故爲新，點鐵成金之法，啓示翻案法良多。劉熙載《詩概》稱山谷詩：「能於詩家因襲語潄滌務盡，以歸獨得，乃如潦水盡而寒潭清。」㉒皆是以故爲新、奪胎換骨法之申說。奪胎換骨，以故爲新，如果只是形式上的模擬，則易導致蹈襲剽竊之譏，唯翻案式之奪胎換骨，以故爲新，追求「神似」、「意新」，方能免於斯累。㉓蓋翻案之法，力避一切熟意、熟詞、熟字、熟貌，凡陳言皆一概不用，此之謂靈丹一粒，點鐵成金。

其後，江西後學於「奪胎換骨」、「點鐵成金」各有領會，分別修正與發揚了山谷的觀點，如陳師道主張：「學詩如學仙，時至骨自換！」㉔；韓駒主張：「學詩當如初學禪，未悟且遍參諸方。」㉕呂本中提出悟入和活法，其所謂「活法」，指「規矩備具而能出於規矩之外，變化不測而亦不背於規矩」㉖；陸游則說：「六十餘年妄學詩，工夫深處獨心知。夜來一笑寒燈下，始是金丹換骨時。」又云：「我得茶山一轉語，文章切忌參死句。」㉗楊萬里宣稱：「傳宗傳派我替羞，作家各自一風流。黃陳籬下休安腳，陶謝行前更出頭。」㉘姜夔強調作詩有三境界，初，求與古人合；繼而求與古人異；終則不求與古人合而不能不合，不求與古人異而不能不異㉙；論說雖不同，然於作詩運用翻案，皆有直接或間接之指點與啓示，觀前章所引諸家詩歌，可見一斑。

## 二、革新運動陳言務去、詞必己出之流韻

唐韓愈稱樊宗師：「文必出於己，不襲蹈前人一言一句」，稱薛達「爲文，務出於奇，以不同俗爲主」，答李翊書主張「惟陳言之務去」，答劉正夫書主張「師其意，不師其詞」，尤其標榜：「惟古於詞必己出，降而不能乃剽賊」㉚；此種學說，對宋代詩文的革新運動有示範和啓廸的作用，對宋詩注重翻案，也有推波助瀾之功。

宋初爲了掃除五代以來華靡不實的文風，於是開展了詩文革新的運動。如王禹偁紹述韓愈務去陳言之說，謂作文當「不師今，不師古，不師難，不師易，不師多，不師少，唯師是爾！」㉛梅堯臣稱：「詩家雖率意，而造語亦難。若意新語工，得前人所未道者，斯爲善也。」又云：「子詩誠工，但未能以故爲新，以俗爲雅爾。」㉜東坡則主創新，云：「詩須有爲而作，用事當以故爲新，以俗爲雅；好奇務新，乃詩之病。」「出新意於法度之中，寄妙理於豪放之外。」㉝這些理論，對作詩使用翻案，多少有些具體的影響。

北宋詩文革新運動，是唐代古文運動的繼承和發展，更是宋代文學理論繼往開來的基礎。就古文作品而言，王安石有《讀孟君傳》，歐陽修有《縱囚論》，蘇洵有《六國論》、《管仲論》，蘇軾有《留侯論》、《賈誼論》，蘇轍亦作《六國論》，曾鞏有《讀賈誼傳》皆翻案之名作。古文之所以多翻案者，一代學風使然。試考宋人文論，亦多與詩論相發明，頗述「陳言務去」、「詞必己出」之見解，於作詩之用翻案，自有借鏡之價值：

宋子京《筆記》曰：文章必自名一家，然後可以傳不朽。若體規劃圓，準方作矩，終為人之臣僕，古人譏屋下作屋，信然！陸機曰：「謝朝花於已披，啓夕秀於未振。」韓愈曰：「惟陳言之務去」，此乃為文之要。苕溪漁隱曰：「學詩亦然，若循習陳言，規摹舊作，不能變化，自出新意，亦何以名家？魯直詩云：『隨人作計終後人』，又云：『文章最忌隨人後』，誠至論也。」（胡仔《苕溪漁隱叢話》前集卷四十九）

蹈襲最難：必有異稟絶識，融會古今文字於胸中，而灑然自出一機軸方可。不然，則雖臨紙雕鏤，祇益為下耳。（吳可《荆溪林下偶談卷三》）

文章雖不要蹈襲古人一言一句，然古人自有奪胎換骨等法，所謂靈丹一粒，點鐵成金也。……前輩作者皆用此法，吾謂此實不傳之妙。學者卽此，便可反三隅矣。（陳善《捫蝨新話》卷五，「文章奪胎換骨」）

文章一技，要自有活法。若膠古人之陳迹，而不能點化其句語，此乃謂之死法。死法祖蹈襲，則不能生於吾言之外；活法奪胎換骨，則不能斃於吾言之內。斃吾言者，生吾言也，故為活法。……有胸中之活法，蒙於伊川之說得之；有紙上之活法，蒙於處厚、居仁、萬里之說得之。（俞成《螢雪叢說》卷上，「文有活法」）

詩論或文論，皆一代文化特色之反映；且宋代學術，崇尚整合，許多藝術家與理論家大多將藝術作爲一整體來思考研究，力圖發掘藝術間之共相與規律，如詩禪相通，詩畫合一、以文爲詩、以文爲詞、以詩爲詞、詩書畫相濟等，其最著者。詩歌與古文，二者相互滲透，彼此借鏡，於是產生詩論與文論相通的現象。從上列所引資料，可見「奪胎換骨」、「點鐵成金」如何成爲藝術創作的共同規律。尤其胡仔「學詩亦然」一語，更足見詩文之氣息相通，規律相同。此種評論與創作古文的學風，自然助長了作詩的注重翻案。顧炎武所謂：「一代之文，沿襲已久，不容人人皆道此語；今且數千百年矣，而猶取古人之陳言，一一而摹倣之，以爲是詩，可乎？」（《日知錄》詩禮代降）宋詩所以代變，不得不變爲翻案之滋多，以此。

何況古文家，往往同時爲詩人，如歐、曾、三蘇、王。宋初詩文革新運動既有相當之成就，「陳言務去」、「詞必己出」蔚爲一代文風，流風遺韻影響及於詩歌之創作，翻案之運用，固勢所必至，理有固然。

### 三、美學思潮追求神似，超脫形似之反映

詩歌藝術中，以形象化的語言逼眞地表現出客觀物象的形貌，謂之「形似」，其特色在貼切不移，其偏失在缺乏氣韻。若以藝術形象表現事物的精神特徵，或表達主觀的意趣和感情者，謂之「神似」，「傳神」，或「寫意」，其特色在精煉生動、窮神盡相。由於中國的書畫美學注重神韻，詩歌美學強調言志緣情，除六朝美學流行巧構形似之外，唐宋以降大多追求傳神寫意，或以形寫神，或以神寫形，務求神似與形似能和諧統一㉞。詩之爲體，本是「寓趣味於文字之中」，令讀者「領妙理於形象之外」者，固然不忽視寫形，尤其貴在能傳神；不只著重形似，更在能超脫形似，達到神似。此種藝術手法，試與翻案法作比較，實有互相貫通、相互滲透之屬性。

由於禪宗思想與文人畫風的影響，兩宋的美學思潮著重在追求寫意，超脫形似；此種思潮既是宋文化的產物，自然不限於表現在書畫上，應該也反映在詩歌美學上。美學上表現寫意神似，在境界和技巧上有三大要求：一、熟能生巧，自然傳神；二、窮形盡態，各有所在；三、意存筆先，象應神全㉟。衡諸宋詩之翻案，神理氣味，多相近似：翻案建立在博學的基礎上，因不甘於熟爛陳腐，故熟典新用，妙脫蹊徑。唯有積學儲寶，熟能生巧，才能化生有無，形象超妙。翻案之法，提供讀者多種思考問題的角度，主要在掌握翻案對象相反相成的特徵，加以強調點染，以凸顯出形象的特點來，此之謂「窮形盡態，各有所在」。翻案之法，貴在別出心裁，獨具隻眼，故最便於抒寫個性，寄寓心志，與美學思潮之追求寫意，超脫形似相脗合。

東坡《書鄢陵王所畫折枝》詩，蘇轍《韓幹三馬》，以及東坡所作題記最可代表宋代的美學思潮，其言曰：

> 論畫以形似，見與兒童鄰。賦詩必此詩，定非知詩人。詩畫本一律，天工與清新……。（《書鄢陵王主簿所畫折枝二首》其一，蘇軾詩集卷二十九）
>
> ……畫師韓幹豈知道，畫馬不獨畫馬皮。畫出三馬腹中事，似欲譏世人莫知。伯時一見笑不語，告我韓幹非畫師。（蘇轍《韓幹三馬》，聲畫集卷七）
>
> 觀士人畫，如閱天下馬，取其意氣所到。乃若畫工，往往只取鞭策、皮毛、槽櫪、芻秣，無一點俊發，看數尺許便倦，漢傑真士人畫也。（《又跋漢傑畫山》）
>
> 傳神之難，在於目……其次在顴頰……傳神與相一道，欲得其人之天，法當於眾

中陰察其舉止……凡人意思，各有所在，或在眉目，或在鼻口。虎頭云：「頰上加三毛，覺精彩殊勝。」則此人意思蓋在鬚頰間也，優孟學孫叔敖，抵掌談笑，至使人謂死者復生，此豈能舉體皆似耶？亦得其意思所在而已！使畫者悟此理，則人人可謂顧陸。（《傳神記》，蘇東坡集續集卷十二）

「論畫以形似」、「賦詩必此詩」、「畫馬畫馬皮」、畫工「無一點俊發」、「舉體皆似」，這是機械摹寫，呆板刻劃，絕非好作品，因爲太重「形似」。若過求「形似」，未有不流於蹈襲剽賊者，繪畫如此，詩歌亦然。賦詩不必此詩，畫馬不獨畫馬皮，士人畫「取其意氣所到」；優孟衣冠，得其意思所在，則已超脫形似，以追求神似爲務，所謂「離形得似」，即指此等。東坡又稱：「君不見韓生自言無所學，廐馬萬匹皆吾師。」（《次韻子由書李伯時所藏韓幹馬》，蘇軾詩集卷二十八）則爲超脫形似，達到神似的具體說明。此種美學思潮影響詩歌，遂爲點鐵成金、貴見眞我的「翻案」，如左列宋詩：

巧畫無鹽醜不除，此花風韻更清姝。從教變白能為黑，桃李依然是僕奴。（陳與義《和張規臣水墨梅五絕》其一，陳與義集卷四）

含章簷下春風面，造化功成秋兎毫。意足不求顏色似，前身相馬九方臯。（同上，其四）

雲裏溪橋獨樹春，客來驚起曉妝勻。試從意外看風味，方信留侯似婦人。（陳煥《梅花》，宋詩紀事卷四十六）

簡齋水墨梅詩，其一，就屈原《懷沙》句意推陳出新，一三句當句翻疊，以諷刺世人薰蕕不分，黑白顛倒的醜態，表現詩人孤芳自賞的胸懷。其四，稱賞畫家的墨梅，從顏色的黑白上翻出新意，以爲將白梅畫成黑色，是「遺貌取神」，誠如九方皋相馬，「意在牝牡驪黃之外」，「在其內而忘其外」。簡齋詩不僅以翻疊見出新意，更可證美學之「寫意」思潮與詩歌創作間相互滲透闡發之關係。陳焕《梅花》詩，亦是推開常境常語，翻進一層寫梅花之風韻：以似婦人之留侯外貌，比擬曉妝初匀的梅花風韻，落想天外，於熟爛中開闢新境。強調的，也是「以味不以形」。揚萬里序江西宗派詩，以爲江西宗派之形成，也是「以味不以形」㊱。即可知「神」、「味」之追求，爲宋代美學之課題，於詩歌之重翻案，自當有所啓發。《金剛般若波羅蜜多經》云：「若以色見我，以音聲求我，是人行邪道，不能見如來！」吾於藝術之務形似，詩歌之務模擬，蹈襲，剽賊，不能奪胎翻案，亦云。

## 四、人生觀揚棄悲哀、化爲曠達之表現

吉川幸次郎《宋詩概說》論及宋詩之特質，以爲宋詩的人生觀最大特色是：「悲哀的揚棄！」持論極爲精闢：

> 宋試好談哲理，而且觀察人生及其周圍的世界情況時，喜從大處着眼。這是一種視界最為開闊的達觀態度。這種達觀的態度產生了對人生的新看法。我以為這才是宋詩最大的特性，也是與從前的詩最顯著的不同之處。
>
> 新的人生觀最大的特色是悲哀的揚棄。宋人認為人生不一定是完全悲哀的，從而

採取了揚棄悲哀的態度。過去的詩人由於感到人生充滿悲哀，自然把悲哀當作詩歌的重要主題。只有到了宋朝，才算脫離了這種久來的習慣，而開創了一個新局面。（《序章，第七節，宋詩的人生觀－悲哀的揚棄》，頁三一，鄭清茂譯本，聯經出版事業公司）

魏晉六朝以來，詩歌之傳統傾向於以悲觀思想爲基調：重絕望，輕希望；重不幸，輕幸福；重悲哀，輕歡樂；至宋代，哲學家強調人生的使命感，才紛紛從悲哀感傷的象牙之塔，走向曠達樂觀的開闊天地。此種人生觀之改弦易轍，明確地表現在詩歌的翻案上：否定絕望，化解悲哀，掙脫不幸，拋棄煩惱，呈露出樂觀奮鬪之信念來。

宋玉有悲秋之賦（《楚辭九辯》），陸機有「悲落葉於勁秋」之言（《文賦》），殘葉的枯黃或落雨的飄灑，最易引人傷懷，然宋人卻另作奇特解會，毅然揚棄悲哀，表現樂觀曠達的情操來，如：

一樹摧殘幾片存，欄邊爲汝最傷神。休翻雨滴寒鳴夜，曾抱花枝暖過春。與影有情唯日月，遇紅無禮是泥塵。上陽宮女多詩思，莫寄人間取次人。（李覯《殘葉》，李覯集卷三十七）

一夕驕陽轉作霖，夢回涼冷潤衣襟。不愁屋漏床床濕，且喜溪流岸岸深。千里稻花應秀色，五更桐葉最佳音。無田似我猶欣舞，何況田間望歲深。（曾幾《蘇秀道中，自七月二十五日夜大雨三日，秋苗以蘇，喜而有作》）

萬木驚秋各自殘，蠶聲扶砌訴新寒。西風不是吹黃落，要放青山與客看。（汪若楫

《絕句》。）

李泰伯《殘葉》詩，三四奇警，五六生新，尾聯翻用紅葉題詩典故，推陳出新，餘韻不盡。咏殘葉，卻不作悲苦呻吟之聲。曾茶山喜雨之作，「五更」句，舊調翻新，將雨落桐葉的瀟瀟聲當作最美妙的音樂來欣賞，完全跟溫庭筠《更漏子》，李清照《聲聲慢》描寫雨滴梧桐的感傷大異其趣。汪若楫描寫秋景，也不落前人悲秋的俗套，說「西風不是吹黃落」，而是爲了「要放青山與客看」，脫去陳腐，寫出新意，令人心胸爲之開朗。㊲

春怨秋愁，也是宋以前詩人常寫的題材，宋詩多不然，往往化悲傷爲達觀，變愁苦爲灑脫：

東風本是繁華主，天地元無著愁處。詩人多事惹閑情，閉門自造愁如許！病翁老矣癡復頑，風前一笑春無邊。糟床夜鳴如落泉，一杯正與人相關。（范成大《陸務觀作春怨曲，悲甚，作詩反之》，范石湖集卷十七）

萬里西風入晚扉，高齋悵望獨移時。迢迢別浦帆雙去，漠漠平蕪天四垂。雨意欲晴山鳥樂，寒聲初到井梧知。丈夫感慨關時事，不學楚人兒女悲。（黃公度《悲秋》）

范成大有感於放翁《春怨曲》太悲傷，故「作詩反之」，翻案之意甚明。黃公度詩用前六句蓄勢，再以尾聯將前六句詩意一齊翻倒，忽然而又否之，淋漓痛快，豪邁壯闊，將悲哀之情懷掃除盡淨！

又如貶謫離散，前人每寄悲傷無奈之慨，宋人則化爲曠達慰藉之語，如：

浮雲一百八盤縈，落日四十八渡明。鬼門關外莫言遠，四海一家皆弟兄。（黃庭堅《竹枝詞二首》其二，山谷詩內集注卷十二）

江月照我心，江水洗我肝。端如徑寸珠，墮此白玉盤。我心本如此，月滿江不湍。起舞者誰歟？莫作三人看。嶠南瘴癘地，有此江月寒。乃知天壤間，何人不清安？……（蘇軾《藤州江上夜起對月贈邵道士》，詩集卷四十四）

兩本新圖寶墨香，樽前獨唱小秦王。為君翻作歸來引，不學陽關空斷腸。（蘇軾《書林次中所得李伯時歸去來、陽關二圖後》，蘇軾詩集卷三十）

參橫斗轉欲三更，苦雨終風也解晴。雲散月明誰點綴？天容海色本澄清。空餘魯叟乘桴意，粗識軒轅奏樂聲。九死南荒吾不恨，茲游奇絕冠平生（同上，《六月二十日夜渡海》，同上，卷四十三）

渭城柳色休相惱，西出陽關有故人。（李公麟《題陽關圖》）

渭城柳色關何事？自是離人作許悲。（黃庭堅《題陽關圖》，山谷外集卷十五）

客舍休悲柳色新，東西南北一般春。若知四海皆兄弟，何處相逢非故人？（陳剛中《陽關詞》，宋詩紀事卷四十三）

玻璃江頭春淥淥，別時沄沄流到今。祇言日遠易排遣，不道相思翻苦心。烏頭可白我可去，菖花易青君易尋。人生若未免離別，不如碌碌無知音。㊳

山谷赴黔州貶所，所遇無非浮雲陰晴險阻，猶如政治之坎坷險惡，他人或窮愁牢騷終日，山谷卻一反常情，轉化悲傷憂煩爲開朗曠達。東坡遇赦由瓊州渡海北歸，政局雖仍詭譎多變，但他早將死生得失置之度外，故有此樂觀奮鬪之雄心與熱情。在人生觀的表現上，不僅大翻李白舊案，也與古來逐客大相逕庭。東坡《渡海》詩，以物爲人，比擬新巧，也表現了振奮的心情。前人寫離愁別緒，大多備盡別離惠泣之態，偏重在愁雲慘霧的渲染㊴，蘇軾、李公麟、黃庭堅、陳剛中則不效顰東施，乃一反舊意，以寬慰開朗放曠之筆描寫離情，表現了宋人樂觀的信念。范成大詩，亦不寫離別的嘶酸哀怨，心傷腸斷，轉化爲嶄絕的看透看開，提得起放得下。

嘆老嗟卑，也是詩人的陳套，如杜甫《九日藍田崔氏莊》：「老去悲秋強自寬，興來今日盡君歡……明年此會知誰健，醉把茱萸仔細看。」宋人詩：如劉浚、方岳之詩則不然，完全掃除感傷衰老之陰霾：

不用茱萸仔細看，管取明年各强健。（劉浚《重陽》詩，詩人玉屑卷一引）

把住秋雲繞菊籬，野情未覺老垂垂。古今不遇豈惟我，風雨相過莫問誰。未郭索前空有酒，自陶潛後更無詩。底須計較明年健？只麼悠然自一奇。（方岳《重九》詩，後村千家詩卷四）

二詩多能脫卻哀傷，以憧憬替代疑慮，以放曠壓勝牢愁，在意境上作了翻案，自然遠治態凡響，無近境陳言。東坡《澄邁驛通潮閣》詩，雖寫思鄉盼歸之心情，亦了無歎老嗟卑之愁態：

余生欲老海南村，帝遣巫陽招我魂。杳杳天低鶻沒處，青山一髮是中原。（詩集卷四十三）

有此種樂天曠達的人生觀，所以有此灑脫飄逸之筆墨，熾熱深沈的情感，意境上與一般詩歌神貌不同。宋詩表現在各方面，人生觀也多「揚棄悲哀，化爲曠達」，如：

滿目江山異洛陽，昔人何必重悲傷？倘能戮力扶王室，當自新亭復故鄉。（朱存《新亭》，輿地紀勝卷十七）

此邦雖在牂牁南，更遠不離天地間。人生隨處皆可樂，為報中原只如昨。（范寥《從庭堅城南晚望》，由阿詩綜卷六）

書卷紛紛雜藥囊，擁衾時炷海南香。衰遲自笑壯心在，喜聽北風吹雪床。（陸游《雪夜》，詩稿卷十四）

梅子黃初徧，秧鍼綠未抽。若無三日雨，那復一年秋。薄晚看天意，今宵破客愁。不眠聽竹樹，還有好音不？（曾幾《憫雨》，律髓彙評卷十七）

憫雨連三月，為霖抵萬金。小垂門士手，足慰老農心。果欲千倉積，猶須一尺深。病夫渾不寢，危坐聽佳音。（同上）

「人生隨處皆可樂」，「昔人何必重悲傷」？「衰遲壯心在，喜聽北風吹」，「不眠聽竹樹，危坐聽佳音」，大多從大處著眼，開闊視野，不斤斤於個人之雞蟲得失，故詩人樂觀如此，詩趣清新如此。

## 五、禪學呵佛罵祖、貴見眞我之啓示

禪宗自六祖慧能，宗風大暢，周流天下，有五宗之目；至宋代，臨濟宗又析分爲黃龍、楊岐二派，幾乎奪取了佛教諸宗的地位，號稱宗門，成爲中國佛教的主流。禪宗既盛，遂蔚爲士人參禪之風。宋人參禪，主觀上是爲了擺脫內心的痛苦，力求超脫塵世的紛爭；在客觀上，則形成一股思辨的風氣。這種思辨的風氣，對宋詩的創作最少有三方面的影響：一、悟入法；二、翻案法；三、活法[40]；今僅論禪學與翻案詩法之關係。

詩與禪，一爲文學，一爲宗教，本來歸趣不同；然兩者都需要敏銳的內心體驗，都注重啓示和象喻，也都追求言外之意，故詩禪在某些方面，是水乳交融的[41]。就翻案法而言，詩禪卽相融通，方虛谷《名僧詩話序》言之甚明：

> 禪學盛而至於唐，南北宗分。北宗以樹以鏡譬心，而曰：「時時勤拂拭，不使惹塵埃。」南宗謂：「本來無一物，自不惹塵埃。」高矣！後之善為詩者，皆祖此意，謂之翻案法。（《桐江集》卷一）

禪家的機鋒轉語，翻進一層；與宋詩翻案：淺意深一層說，直意曲一層說，正意反一層、側一層說，舊意新一層，奇一層說，其間頗多相通相融之處。清徐曾《而庵詩話》曾闡明詩禪之關係，其言曰：

> 學人能以一棒打盡從來佛祖，方是個宗門大漢子；詩人能以一筆掃盡從來窠臼，方是個詩家大作者。可見作詩除去參禪，更無別法也。（《清詩話》本，四一則，頁四三二）

禪家教人自我作主，教人自得，不可俯仰隨人；詩要一筆掃盡從來陳腐俗套，切忌隨人作計，要自成一家。由此言之，禪家的轉語，對宋詩的翻案，自有啓發處。黃永武先生論《詩禪相同》，其言謂：

詩禪相同之一：詩與禪都崇尚直觀與別趣，或者從違反常理之中去求理趣，或者從矛盾的歧異中去求統一。……（《中國詩學思想篇》，頁二二四－五）

詩禪相同之五：詩與禪都喜歡站在一個新的立場去觀照人生，必須有超脫的心理距離。（同上）

由反常合道求理趣，自矛盾歧異求統一，新穎的立場，超脫的距離，是禪道的機鋒，也是詩道的翻案手法。大抵宋詩之翻案，有十大特色：即反常、活用、出奇、創新、否定、矛盾、意外、自得、滑稽、層深；考諸禪道之參悟，可以作爲詩法之借鑒者，觸處皆是，如：

道流！爾欲得如法見解，但莫受人惑，向裏向外，逢著便殺：逢佛殺佛，逢祖殺祖，逢羅漢殺羅漢，逢父母殺父母，逢親眷殺親眷，始得解脫，不與物拘，透脫自在。（《臨濟慧照禪師語錄》）

舉世尊初生……云：「天上天下，唯我獨尊！」師曰：「我當時若見，打殺與狗子喫！却貴圖天下太平。」（《五燈會元》卷十五）

若有人問汝義，問有將無對，問無將有對，問凡以聖對，問聖以凡對，二道相

因，生中道義。(《六祖壇經》)

菩提本無樹，明鏡亦非臺。本來無一物，何處惹塵埃。(慧能偈語，《傳燈錄》卷五)

燄裏寒冰結，楊花九月飛。泥牛吼水面，木馬逐風嘶。(《曹山本寂禪師語錄》)

如來說有我者，則非有我，而凡夫之人以為有我。(《金剛經》)

金佛不度爐，木佛不度火，泥佛不度水，真佛內裏坐。(《趙州和尚語錄》)

(丹霞)後於慧林寺遇天大寒，取木佛燒火向。院主呵曰：「何得燒我木佛？」師以杖子撥灰曰：「吾燒取舍利。」主曰：「木佛有何舍利？」師曰：「既無舍利，更取兩而尊燒！」(《五燈會元》卷五)

昔有道流，在佛殿前背佛坐。僧曰：「道士莫背佛！」道流曰：「大德！本教中道：佛身充滿法界，向甚處坐得？」僧無對。(同上，卷六)

有一行者，隨法師入佛殿，行者向佛而唾。師曰：「行者少去就，何以唾佛？」行者曰：「將無佛處來與某甲唾。」(同上)

終日說事，未曾挂著唇齒，未曾道著一字。(《古專宿語錄》雲門偃禪師語)

盡道水能洗垢，誰知水亦是塵。直饒水垢頓除，到此亦須除却。(《五燈會元》，智通道人語)

臨濟的呵佛罵祖、文偃的打殺佛陀與狗子吃，有否定成規窠臼，推翻舊調陳說，自拓思路，矯出新意之啓示；問有答無，問凡對聖，有反常合道、出奇創新之意；本來無一物云云，焰裏寒冰結云云，說有我則非有我云云，則是矛盾逆折，令人感到意外新奇、荒謬滑稽，很有「踢倒當場傀儡，劈開另地乾坤」的氣勢。禪宗的參活句，翻案的求新奇，其究極皆在求得「內裏坐」之眞佛，以解決羈絆，呈現別開生面的特色。丹霞燒木佛，道流背佛坐、行者向佛唾、雲門說而未說，智通穢淨俱捨，也都是觀照反常反俗，表現能破能立，既宜解黏去執，又可戛戛獨造；而且陽予陰奪，正言若反，有言外之意，味外之味，詼奇拓闢，層深意密，推陳出新，形成張力。禪尙轉語，詩貴轉手（《而庵詩話》）所謂「若會，死句也是活句；若不會，活句也是死句。」（《從容庵錄》），詩禪可以相互融通，於翻案一法，可見一斑。

禪宗公案，亦多用轉語翻案，如南泉斬貓、香嚴上樹、趙州勘婆，百丈野狐等是。巴壺天先生以爲：公案的語言有五種特性㊷，其中否定性與層次性，自是宋詩翻案之慣技與常性。

宋眞宗年間，道原有《景德傳燈錄》之編寫，其後又有《天聖廣燈錄》、《建中靖國續燈錄》、《聯燈錄》、《嘉泰普燈錄》，宋理宗淳祐壬子（西元一二五二年）釋普濟將前五書刪繁節要編成《五燈會元》，於是後來居上，風靡久遠，宋代禪風之盛，由此可見一斑。流風所及，兩宋詩人多受影響㊸，或以禪理悟詩，或以詩悟禪理，或引禪境入詩境，或寓詩境於禪境，或參悟禪理作爲詩法之借鏡。易言之，詩禪之相互滲透，可分三方面：一、以詩寓禪；二、以禪入詩；三、以禪喩詩（以禪參詩、以禪衡詩、以禪論詩）㊹。其中，「以禪入詩」，「參悟禪理作爲詩法之借鏡」，對於宋詩之翻案，最有關係。

以禪趣入詩中，以禪悟作詩法，對於宋詩形成翻案的風氣，有推波助瀾的作用。元好問所謂：「詩爲禪客添花錦，禪是詩家切玉刀。」（《贈嵩山雋侍者學詩》）卽是。就「悟入法」而言，禪宗有「娟娟翠竹，總是法身；爍爍黃花，無非般若」的話頭；黃庭堅詩則曰：「魚游悟世罔，鳥語入禪味」；東坡亦云：「茶筍盡禪味，松杉眞法香」；文濳亦有「鳥語演實相，飯香悟眞空」之語，能處處觀照，處處發現，正是翻案法的入階之門。就「活法」而言，曹洞宗有「死蛇弄得活潑潑地」參活句門風；臨濟宗也有「一句三玄，一玄三要」的提法，黃庭堅的「點鐵成金」、「奪胎換骨」、「以故爲新」，其實就是「活法」的具體呈現。紫柏老人所謂：「惟雅得活句之妙，能點死爲活，譬如一切瓦礫鋼鐵，丹頭一點，皆成黃金白璧。」（《紫柏老人集》卷十五）此言可證！呂本中嘗稱：「黃詩之佳處，就在禪家所謂『死蛇弄得活』！」（《歲寒堂詩話》卷上）任淵亦稱：「讀後山詩，似參曹洞禪，不犯正位，切忌死語」（《后山詩註跋，宋代蜀文輯存卷五十四）。曾季貍亦稱：「後山論詩說換骨，東湖論詩說中的，東萊論詩說活法，子蒼論詩說飽參，入處雖不同，其實皆一關捩，要知非悟不可。」（《艇齋詩話》）這些詩法，大抵跟禪悟有關，要人不拘詞面意思，自由發揮，以求透脫突進，啓廸了翻案詩法許多透闢生新，深邃曲折的靈感。

楊萬里強調詩興，故反對傍人籬壁，提倡自成一家，贊成「有待而未嘗有待」之活法，更傾向「無法無盂也沒衣」的無法，所謂「舍己以徇于人」，不如「信己以俟于人」（見《蘇仁仲提舉書》），這也跟禪學宣稱「我就是佛」，「我外無別佛」的啓發有關。吳可《學詩詩》其三云：「學詩渾似學參禪，頭上安頭不足傳。跳出少陵窠臼外，丈夫志氣本衝天。」（《詩人玉屑》卷一）龔相《學詩詩》：「學詩渾似學參禪，悟了方知歲是年。點鐵成金猶是妄，高山流水自依然。」（同上）也都主張作詩貴有自家面目，要跳出前人的陳套窠臼，這是把禪宗「呵佛罵祖」、「學我者死」、穢淨俱捨、燒木佛、背佛坐、對佛唾的精神引渡到作詩上來，與黃庭堅所謂「隨人作計終後人，自成一家始逼眞」的主張是相通的。山谷提倡自成一家，於是開創了江西詩派；江西諸子強調相信自己，發展自己，反對剽賊仿效、堆垛撏撦，也造就了自家的特色，這和禪門的宗風是相互輝映的。對於形成宋詩多翻案，確實是一個很重要的活水源頭。

## 六、詩體傳承流變、別開生面之努力

詩歌之立意、謀篇、佈局、鍛句運用翻案，不起於宋代，唐人已多有之，如岑參《寄左省杜拾遺》、高適《九日》、白居易《讀禪經》、《履道春居》，李商隱《荆門山下》及諸詠史之作、杜牧《贈別》、《題商山四皓》等，都是精彩的翻案之作。宋人居唐後，開闢眞難爲，所以「淺意深一層說，直意曲一層說，正意反一層、側一層說」，不蹈襲唐人舊調；苦心思索，極力發揮，用筆常加一倍，用意則深一層。刻抉入裏，如剝芭蕉；雋永回甘，如食橄欖，故能在唐詩登峯造極之後，別開生面，蔚爲大國。宋詩所以多翻案，跟詩體的這種傳承流變，自然有關。㊺

王世懋《藝圃擷餘》曾以用事爲例，申明文學傳承的不得不然，持以論宋詩之流變，其理相通。其言曰：

> ……子美之後，而欲令人毀靚妝，張空拳，以當市肆萬人之觀，必不能也。其援引不得不日加而繁。然病不在故事，顧所以用之何如耳。

援引故事，不在可不可，而在善不善，所謂「顧所以用之何如耳」！宋人援引故事精善深折，奇警新趣，自然拜「翻案」詩法之恩賜，方能避免「死在句下」，方能做到透脫活潑。王國維《人間詞話》稱：「文體通行既久，染指遂多，自成陳套。豪傑之士，亦難於其中自出新意，故往往遁而作他體，以發表其思想感情」。（一二五條）宋人習染唐詩極多，但並沒有「自成陳套」，也沒有「遁而作他體」，卻還能創發出宋詩之特色者，運用「翻案」法是原因之一。魯迅說：「我以爲：一切好詩，到唐已被做完！此後倘非能翻出如來佛掌心之齊天大聖，大可不必動手。」㊻這種論斷，對宋詩並不公平客觀，對宋詩中的翻案之作，尤其缺乏事實根據，不過是尊唐抑宋的詩歌偏見罷了。翻案之所以可取，在「句法奇創，全不由人；凡一切庸常境句，洗脫淨盡」，故立意清新，造語精工。因爲，在唐詩登峰造極，輝煌燦爛之後，諸體作盡困窮之餘，宋人作詩不得不用思刻露，另闢蹊徑，「翻案」之法，足以蔚爲精新變異、自具爐錘的宋詩特色。是魯迅所謂「能翻出如來佛掌心」者。不然，若以翻案爲嫌，「是必拾人牙後慧，人云亦云。否則抱柱守株，不敢逾限一步，是尚得成家哉？得成大家哉？」㊼

## 七、詩風以才學爲詩、以議論爲詩之感染與發揮

宋詩崇尚翻案之特色，除了上述的內因外緣之外，宋代詩風趨向「以才學爲詩，以議論爲詩」，也助長了詩歌的翻案手法。

宋代詩人「以才學爲詩」的風氣，開展於王荆公，植基於蘇東坡，成就於黃山谷㊽。由於文化遺產之浩博，活版印刷之發明，書院講學之流行，西崑撏撦之改良，以文爲詩之發

揮，熟參作品之提倡，磨煉技巧之注重，宋詩呈現「資書以爲詩」之習氣。王荆公主張「自出己意，借事發明」；蘇東坡主張「以故爲新」，「讀書萬卷詩愈美」；黃山谷強調「奪胎換骨」、「點鐵成金」，這些理論，都強調通過博學宏詞以儲備語滙。成語典故羅織於胸中，牛溲馬勃兼容而並蓄，方能陶冶萬物，化臭腐爲神奇。所謂「長袖善舞，多錢善賈」，此語不虛。尤其山谷教人作詩，十分重視博覽羣書，認爲「詩詞高勝，要從學問中來！」肯定「胸中有萬卷書，筆下無一點塵俗氣」，如此主張，是以借鑑替代創造，以補假替代直尋，注重點化、奇變、新活、諧趣的藝術美創作。後來江西詩派諸子奉此靈丹一粒，以點鐵成金，以爲有法可循，有門可入，形成詩歌之審美價值高於思想內容的傾向；雖有其缺失，然促使宋詩的表現手法有所擴大發揮，詩趣更加變化生新，未嘗沒有積極意義。「翻案」詩法，著眼在推翻前言往行，故必先博覽羣書；致力於點鐵成金，陶冶萬物，所以也必須「讀書破萬卷」，始能「下筆如有神」。此了「炫博」之外，宋人又喜愛藉詩「逞才」。宋人固然紛紛從事酬唱、集句、詠史、詠物，以磨煉寫作技巧；巧妙的運用「翻案」，尤其可見詩才的超凡脫俗。「翻案」詩法，與「以才學爲詩」之風氣關係密切，由此可見。

宋詩的議論化，劉克莊《竹溪詩序》、方岳《深雪偶談》、嚴羽《滄浪詩話・詩辨》，以及近代詩評家都一致認爲，是一種「概念化的嚴重弊病」[49]；其實，宋代「以議論爲詩」，利弊得失，不可一概而論。如果議論融合形象，注入感情，則不僅繪聲繪影，同時娓娓感人。所以，像寓形像於議論之中，以形象描繪爲基礎而開展議論，或議論與抒情融爲一體，或議論與敘事作有機之結合，都可以避免詩歌傾向概念化；只有以邏輯思維替代形象思維，以理代情，離事發論的抽象化議論，如語錄偈語之押韻者，損害詩歌之形象性與韻味美，始爲人所詬病。宋詩之「翻案」，方式「是將前人的舊事舊語反過來用」，「或是將自己的意思故意推翻」，效果是「可使一句之內，包容著原意與新意，這二層意思回環重疊，非但情致清新，含意也層折有味。」50「翻案」是在原意的基礎上，複疊出層折的新意，如果原意很富於形象化，翻案之作自然更加深刻清晰；如果原意較概念化，翻案之作因爲詩意迴環複疊的關係，詩意也較原詩具體、鮮活、新趣。宋詩多「翻案」，自然是宋詩好議論的產物，但大多數的翻案之作，卻多巧妙地避免了議論的概念化弊端，這又是「化臭腐爲神奇」的翻案特色之一。

## 八、思考角度翻新、倫理觀點變異之投影

除外，宋人的思考角度與倫理觀點，也造成了作詩立意不同昔人，對事理「不以爲然」的心態，往往在一般中見出特殊，在熟濫中開闢新境，造就出一個嶄新世界，特地乾坤來。這種效果，也時常經由作詩用翻案而來。玆就偏安之心態、攘夷之思想、經世之主張、士節之提倡四方面，舉例論述運用翻案之大概情形：

一、偏安之心態：南宋偏安江左，喪失北方河山，愛國志士與詩人遂念念不忘中原，時時感慨世風，山河之異，人事之非，多藉翻案手法表現出來。如劉克莊《新亭》、《戊辰即事》，劉子翬《北風》、呂本中《連州陽山歸路》、林升《題林安邸》、陸游《追感往事》五首、楊萬里《初入淮河》、路德章《盱眙旅舍》、戴復古《江陰淮遠堂》諸詩，皆用翻案法作詩。

二、攘夷之思想：宋朝建國以來，深受遼、西夏、金諸夷的侵擾威逼，已至忍無可忍而

又束手無策的地步。宋人只能藉文字以抒書生報國的心願，宋人的春秋學大談攘夷的思想，可見一斑[51]。關心夷狄侵逼的詩人，也把他們攘夷偶象和見解，寫進詩篇中；攘夷主張和現實政治環境相衝突的無奈，也促進了翻案詩的增多；如歐陽修《明妃曲和王介甫作》、邢居實《明妃引》、鄭清之《偶記賦王昭君漫錄之》、陳澗《讀明妃引》、劉子翬《明妃出塞圖》、郭祥正《王昭君上馬圖》、宋无《昭君曲》諸詩，都是「翻案」法的傑作。

三、經世之主張：宋代由於國勢積弱不振，學術空談性理，讀書不切世用，社會貧富不均，故永康永嘉金華主張經濟世功，以裨益當代爲務。表現在詩歌中，卽成合道反俗，去腐生新的翻案作品，如黃文雷《昭君行》、楊萬里《讀嚴子陵傳》、《書莫讀》、樂雷發《烏烏歌》、呂南公《勿願壽》、陸游《妾命薄》、錢惟岳《曹娥碑》、梅堯臣《陶者》、張俞《蠶婦》，以及宋代多首《禽言詩》中，都可見宋代詩人的經世主張。[52]

四、士節之提倡：宋代由於政爭激烈，依違於政治利益、生存於政治漩渦中的士人，大多唯利是圖，罔顧節操[53]。詩人有心維護名教，敦勵士風，故藉詩歌作爲鼓吹，如王安石《和晚菊》、黃庭堅《題伯時畫嚴子陵》、曾鞏《鮑山》、陳師道《妾薄命》、陳與義《和張規臣水墨梅》其一諸詩，多用翻案手法。大抵詠物則選梅菊之貞節，詠史則取嚴光鮑叔之清廉，反襯烘托，以見詩趣所在。

這些緣因，多少影響了宋代詩歌的喜愛翻案。

## 肆、結論

宋詩之翻案，就藝術現象而言，錢鍾書以爲有五：其一，同者異而合者背；其二，違者諸而反者合；其三，相仇相尅者，乃合解而無間；其四，其語否定之否定；其五，其理則反乃至順。就廣義樣式而言有四大類：

一、當句之翻疊：如黃庭堅詩：「燕頷封侯空有相，蛾眉傾國自難婚。」（《次韻宋楙宗僦居……》）；陳師道詩：「書當快意讀易盡，客有可人期不來。」（《絕句》）；陸游詩：「此身不負負嘉州」（《登荔枝樓》）；林升詩：「直把杭州當汴州」（《題林安邸》）等詩皆是，語短意深，全得力於翻疊。

二、上下句相翻：如李覯詩：「屈平豈要江山助，卻是江山遇屈平」（遣興）；陸游詩：「君看赤壁終陳迹，生子何須似仲謀？」（黃州）；黃庭堅詩：「石吾甚愛之，勿遣牛礪角。牛礪角尙可，牛鬭殘我竹。」（題竹石牧牛）；山谷《薄薄酒》二首，幾乎詩中兩兩相反相對，是最典型的上下句相翻。大凡諷諭之詩，爲達對比成諷之效果，也常運用此種翻案法。

三、前後章相反：如梅堯臣《陶者》、蘇軾《百步洪》其一、《謝蘇自之惠酒》、《石蒼舒醉墨堂》；黃公度《悲秋》，樂雷發《烏烏歌》諸詩以及前人所謂三一格者皆是。所謂「踢倒當場傀儡，劈開立地乾坤」，翻案法中最見大開大闔，抑揚頓挫之致者，莫過於此等。

四、用典式翻案：如王安石運用劉備稱許汜語，作翻案之詩，凡十二見[54]；諸家就昭君出塞、山陰訪戴、嚴光風節、赤壁、新亭、桃源、烏江事蹟作翻案；或就人物、木花、景色之既定特徵作翻筆；或者就俗情世態、人心物理、公案語錄、思辨感受諸方面自拓思路，矯出新意，也都屬於這一類的翻案。

宋詩之翻案，就廣義言，實包含傳統詩評中之翻疊法、三一格、往復法，以及矛盾語法，指涉未免太過浮泛。今參考張健先生講評意見，規範宋詩之翻案，釐爲下列七種[55]，簡述如左：

一、道理之翻案：如王安石《明妃曲》、陳潤《讀明妃引》、黃文雷《昭君行》、楊萬里《書莫讀》、曾豐《嚴子陵》、呂南公《勿願壽》、樂雷發《烏烏歌》，以及其他詠史詩、詠物詩、諷諭詩、禪道詩亦多喜用此法翻案。

二、現象之翻案：如王安石詩：「一鳥不鳴山更幽」、「遙知不是雪，爲有暗香來。」；陳師道詩：「遙知吟塌上，不道絮因風」；霍洞《歲饑太守遊春呈以絕句》、王安石《戲城中故人》、《東皐》、李覯《鄉思》、《殘葉》、汪若楫《絕句》、黃庭堅《雨中登岳陽樓望君山二首》等景物詩，多屬此類。

三、因果之翻案：如陳師道詩：「天地豈不寬？妾身自不容！」李覯詩：「屈平豈要江山助？卻是江山遇屈平！」王叡詩：「當時不作閼氏去，祇是宮中一舞人！」曾幾詩：「不因興盡回船去，那得山陰一段奇？」陸游詩：「君看赤壁皆陳迹，生子何須似仲謀？」蘇軾詩：「只恐夜深花睡去，故燒高燭照紅妝。」等等，以及崔復初《荆公讀書堂》、吳龍翰《題荆公讀書堂》、劉克莊《戊辰卽事》諸詩，詠史詩用此類手法創作者極多。

四、主客之翻案：如梅堯臣《陶者》：「陶盡門前土，屋上無片瓦。十指不沾泥，鱗鱗居大廈。」張俞《蠶婦》：「遍身羅綺者，不是養蠶人。」呂本中《連州陽山歸路三絕》：「兒女不知來避地，強言風物似江南。」林升《題臨安邸》：「暖風薰得游人醉，直把杭州當汴州。」楊萬里《晚寒題水仙花幷湖山》：老夫不是尋詩句，詩句自來尋老夫。」以及其它翻案之作，用側筆烘托法者多屬之。

五、人我之翻案：如蘇軾《謝蘇自之惠酒》：「高士例須憐麴蘗，此語常聞退之說。我今有說殆不然，麴蘗未必高士憐。」黃庭堅《題鄭防畫夾五首》其一：「欲喚扁舟歸去，故人言是丹青。」劉克莊《壬子九日……別賦一首》：「卻笑癡人妄分別，何曾未必勝劉伶。」汪元量《錢塘歌》：「南人墮淚北人笑，臣甫低頭拜杜鵑。」以及黃庭堅《薄薄酒》二首、陳師道《放歌行》、郭暉妻《答外》，各家禽言諸詩，都屬之。

六、用意之翻案：黃庭堅以美丈夫比酴醾花，以繪畫比江山；陸游以書道評畫風，以化身千億贊梅花；陳與義以世道模寫墨梅，東坡以美女形容荔枝，都是在用意上與衆迥異。由於宋人在心態與思考方面，與前人不同，造成了在用意上的翻案作品十分豐富。

七、假設之翻案：如王安石《烏江亭》、《宰嚭》、曾鞏《鮑山》、楊萬里《讀嚴子陵傳》、趙肅遠《楊妃菊》、陳剛中《陽關詞》、蘇軾《題沈君琴》、鄭獬《赤壁》、朱存《新亭》諸詩，都是建立在假設的狀況下，以翻轉生出新意來。

而且，宋人詩歌使用翻案多錯綜運化，不一定獨用一法。翻案之詩法，不僅備載於《誠齋詩話》、《碧溪詩話》、《詩人玉屑》、《詩林廣記》、《瀛奎律髓》等宋元詩話之中，且宋元詩話所專重之課題，如言志、怨刺；直尋、補假；別材、別趣；用典、隸事；以禪說詩，以禪寓詩等爭論，其中之消息得失，好惡取捨，也都可借鏡「翻案」的新美深折，由對立而傾向統一，從矛盾而轉爲諧和。本文分別從詠史、詠物、諷諭、詠懷、拈古、頌古、理趣各方面，列舉翻案詩作一〇〇餘首，可見翻案詩法之普遍而精彩，夠條件稱爲宋詩之一大特色。

詩歌是文化的產物，形成和發展自然跟大時代的文化特色息息相關。由前文推論，宋代詩歌所以崇尙翻案，大約有八大緣因，多與文化特質相關：

一、江西詩社宗派詩人提倡「以故爲新」、「奪胎換骨」、「點鐵成金」、「遍參」、「活法」、「金丹換骨」諸法，使作詩有門可入，有法可循。「翻案」法是推翻故舊，蛻變生新，或是在原有、熟濫的題材中另闢新境，所以和江西詩論主張相通。江西詩既管領宋詩風騷，「翻案」法自因勢利便廣受採用。

二、宋初詩文革新運動主張「陳言務去，詞必己出」，既造成宋代古文許多翻案名作，同爲文學之宋詩，焉得不受文風之影響，而有「翻案」之詩篇？

三、宋代美學思潮追求神似，超脫形似。神似要求熟巧傳神、窮形盡態，象應神全，這與翻案必先積學儲寶，才可熟能生巧，形象超妙；獨具隻眼，才能凸顯意象相合。

四、宋代人生觀大多揚棄悲哀，化爲曠達。對人情世態既有新的觀點和體悟，表現在詩歌方面，自然要大翻古人或時人的常說及定讞了。

五、宋代禪風盛行，從五種燈錄的先後編修刪繁可見一斑。禪家教人自我作主，不可俯仰隨人，甚至於呵佛罵祖；詩家教人一筆掃盡從來陳套，務要自成一家，別開生面，所以多翻案成趣。風氣感染之下，禪家的機鋒轉語，自然影響詩法，翻案是其中最具代表性的一種。

六、翻案法是一種化舊成新、以變濟窮的技巧。在「一切好詩，到唐已被做完」的宋代，詩人既不甘「遁而作他體」（如填詞），自然要想盡辦法在傳統詩材與詩法中「自出新意」，翻案法毋寧是一種令人較滿意、又能繼往開來的詩法。

七、宋代因文化遺產之浩博，活版印刷之發明，作詩技巧之磨煉，熟參書卷之提倡，形成「以才學爲詩」之風氣；禪學之參悟，理學之講習，知性之反省，憂患之存養，宋代文化呈現思辨的傾向，造成「以議論爲詩」之特色。這兩種特徵，也助長了宋詩的翻案。

八、除外，偏安之心態，攘夷之思想，經世之主張，士節之提倡，種種思考觀點，亦多與前人不同。表現詩趣，最便於用翻案。

總之，文學趨勢、哲學思潮、人生觀感，文化走向諸內在理路，多與翻案相印合，如禪與中國文化相印合一般。彼此相融相通如是，故能形成如此普遍而深遠的翻案詩風。

「翻案」在宋詩中，作品如此豐富，特徵如此鮮明，層面如此普及，無疑地，應該是一個「賦古典以新貌」，「化臭腐爲神奇」的詩法詩律；絕不是意趣短俗的「笑柄」「惡道」，也不會是好異求新的「膏肓之疾」，更不是牽強可笑的「俗子謎」，崇唐抑宋的門戶之論，當然不足爲憑。淸袁枚《隨園詩話》、顧嗣立《寒廳詩話》、郭麐《靈芬舘詩話》、劉熙載《詩概》，皆推服「翻案」之重要；錢鍾書《管錐篇》亦稱許「翻案」，以爲乃「神秘家言之句勢語式」，「神秘宗所以破解身心之連環，彌縫言行之矛盾者」，其特性在「神奇而化臭腐」（頁四六三、四六五）。其美學價值之不容置疑，由此可見。

就所舉二〇〇餘首翻案詩觀之，宋詩之翻案，有十大特色：卽反常、活用、出奇、創新、否定、矛盾、意外、自得、滑稽、層深，由此論之，自有許多值得借鏡的美學價值。就消極意義而言，善用「翻案」法作詩，一則可以擺脫蹈襲剽竊，再則可以療治熟腐淺滑，三則可以遠濫調近境，無俗態凡響；四則可以解黏去縛，避免著實執死。就積極之藝術效果而言，翻案法尤其可取：其一，賦古典以新貌：能妙脫蹊徑，獨具隻眼；翻轉變異，奇警巧妙；清新俊逸，別出心裁；落想天外，異曲同工；形成一個「嶄新世界，特地乾坤」的詩境。其二，化臭腐為神奇：改造腐濫淺滑之語調，脫卻凡近鄙俗之意境，死蛇活弄，熟典生用，正意反寫，直意曲說，點鐵成金，以變濟窮，形成一個「採花爲蜜，食桑成絲」的傑作。其三，抉神髓而究理：或刻抉入裏，深折透闢；或推倒扶起，眞知卑見；或烹煉壓縮，理趣超拔；或深層揭露，或尖銳諷刺，表現密度，展示張力，形成一個「剝膚存液，轉汞成丹」的藝術。至於突梯滑稽，逸趣橫生，反諷嘲弄，筆鋒辛辣，猶其餘事也。

由此可見，「翻案」之佳作，實與剽竊、偷句、鈔襲、堆垛、獺祭、撏撦等貌同而心異，乃以故爲新、點鐵成金之成功詩法。

# 附註

❶ 所引翻案四文，俱見宋魏慶之《詩人玉屑》卷一・詩法，「誠齋翻案法」，頁四；卷七・用事，「反其意而用之」，頁一四七—一四八；卷八・沿襲，「不沿襲」，頁一八九，世界書局本。

❷ 語見元方回評杜工部《舟中夜雪有懷盧十四侍御弟》詩，李慶甲集評校點《瀛奎律髓彙評》卷之二十一「雪類」，頁八五八，上海古籍出版社，一九八六年四月。

❸ 參考同註❷，方回評陳後山《雪中寄魏衍》詩，頁八六四—八六五。

❹ 語見清顧嗣立《寒廳詩話》一三，丁福保編《清詩話》本頁八六，明倫出版社，民國六十年十二月。

❺ 語見清袁枚《隨園詩話》卷二，第五〇則，漢京文化事業公司鉛印本，頁五三。

❻語見清郭麐《靈芬館詩話》卷三，杜松柏編《請詩話訪佚初編》，頁三十六，新文豐出版社。

❼語見劉熙載《藝概》《詩概》，郭紹虞《清詩話續編》本，頁二四三二，木鐸出版社。

❽顧嗣立《寒廳詩話》第三五則云：「證山最喜王半山詠史絕句，以爲多用翻案法，深得玉溪生筆意。」，明倫出版社《清詩話》本頁九一。

❾方回評語、何義門評語，見《瀛奎律髓彙評》卷二十七「著題類」頁一一六四、一一六五。王若虛評語，見《滹南遺老集》卷四十・《詩話》，《黃庭堅和江西詩派卷》頁一一八八所引。

❿孔平仲之語，見《孔氏談苑》卷五；惠洪之語，見《天廚禁臠》卷上；方回紀昀之言，並見《瀛奎律髓彙評》卷二十七，頁一一九三；王若虛之語，見《滹南詩話》卷三，《歷代詩話續編》本頁五二五。

⓫參考同註❸。

⓬曾幾《所種竹鞭盛行》《乞筆》二詩，及諸家詩評，見《瀛奎律髓彙評》卷二十七，頁一一六九—一一七一。

⓭馮舒評語，見《瀛奎律髓彙評》卷十六・節序類，頁六三九。

⓮說參錢鍾書《談藝錄》一，「詩分唐宋」；葉燮《原詩》卷二內篇下，丁福保《清詩話》明倫出版社本頁五八八。引文見蔣士銓《忠雅堂集》卷十三「辨詩」。清吳之振《宋詩鈔》序亦云：「宋人之詩，變化於唐，而其出所自得，皮毛落盡，精神獨存。」亦可見唐宋詩「皮色判然殊絕，心氣萬古一源」之關係。

⓯說見郭紹虞《宋詩話考》上卷，頁一一二，學海出版社。宋詩重視藝術技巧，可參嚴羽《滄浪詩話。詩辨》，莫礪鋒撰《江西詩派研究》，齊魯書社，一九八六。有人把宋詩看成反現實主義、形式主義，（如王季思《宋元文學史》），大抵指江西派詩而言。江西派詩的審美價值，的確高於它的思想內容，但不等於說江西派詩不反映現實，沒有思想內容。

⑯ 語本梁啓超著《王荊公》，頁二〇三，中華書局。又，參考李燕新著《王荊公詩探究》，第三章第一節，四、喜翻案以出奇意，頁二四五—二五三，高雄師院國文研究所碩士論文，六十七年六月。又參註❽所引顧嗣立說。

⑰ 語見《書吳道子畫後》，東坡題跋卷五；《書鄢陵王主簿所畫折枝》，蘇軾詩集卷二九；元好問《論詩三十首》，遺山詩集卷十一。

⑱ 黃啓方先生因惠洪《夜話》所記多捏造不實，遂以爲「奪胎換骨」之語，既不見於庭堅詩文集中，是亦未定可信。說見《黃庭堅詩的三個問題——詩作分期、詩體變異及詩論的建立》，第二屆國際漢學會議宣讀論文，收入黃永武、張高評編《宋詩論文選輯》㈢，高雄復文圖書出版社。又、「奪胎換骨」之說，基本意思與「點鐵成金」之說一致，可信。說參成復旺著《中國文學理論史》㈡，頁三八九—三九〇，北京出版社，一九八七、七。

⑲ 說見張健先生著《宋金四家文學批評研究》第三篇「黃庭堅的文學批評研究」，頁一四五，聯經出版事業公司；《中國文學批評》第八章「黃庭堅的詩論」，頁一四一，五南圖書出版公司。

⑳ 語見黃庭堅《次韻子瞻和子由觀韓幹馬，因論伯時畫天馬》，《以右軍書數種贈丘十四》。山谷詩內集卷七・集外逸詩。

㉑ 黃庭堅《答徐甥師川》云：「杜子美之云：讀書破萬卷，下筆如有神，此作詩之器也。」《與王觀復書》云：「所送新詩，皆興寄高遠，但語生硬，不諧律呂，或詞氣不逮初造意時。此病亦只是讀書未精博耳。長袖善舞，多錢善賈，不虛語也。」《答曹荀龍》之四云：「作賦要讀左氏，前漢精密，其佳句善字皆當經心，略知某處可用，則下筆時源源而來矣。」

㉒ 參考張耒《讀黃魯直詩》，羅大經《鶴林玉露》卷十五，李屏山《西嵓集序》，王若虛《滹南詩話》卷三九，劉熙載《詩概》，具見傅璇琮編《黃庭堅與江西詩派卷》所引，九思叢書。

㉓ 王若虛《滹南詩話》云：「魯直論詩，有奪胎換骨，點鐵成金之喩，世以爲名言。以予觀之，特

剽竊之黠者耳。」吳曾《能改齋漫錄》卷十則稱：「山谷作詩，所謂一洗萬古凡馬空，豈肯教人以蹈襲爲事乎？」作詩如果眞能不主故常，則詩病可免。翻案之法，卽不主故常者。

㉔ 語見《次韻答秦少章》。又，《後山談叢》云：「可得其法，不可得其巧；舍規矩則無所求其巧矣。法在人，故必學；巧在己，故必悟。」

㉕ 韓駒《學詩詩》：「學詩渾似學參禪，竹榻蒲團不計年。直待自家都了得，等閑拈出便超然。學詩渾似學參禪，頭上安頭不足傳。跳出少陵窠臼外，丈夫志氣本沖天。學詩渾似學參禪，自古圓成有幾聯。春草池塘一句子，驚天動地至今傳。」

㉖ 《呂氏童蒙詩訓》云：「作文必要悟入處，悟入必自功夫中來，非僥倖可得也。」又呂本中《夏均父集序》云：「學詩當識活法。所謂活法者，規矩略具而能出於規矩之外，變化不測而亦不背於規矩也。是道也，蓋有定法而無定法，無定法而有定法。知是者則可以與語活法矣。謝元暉有言：『好詩流轉圓美如彈丸』，此眞活法也。」陳師道、韓駒、呂本中所討論的主要問題，都是關於怎樣學習古人，怎樣對待規矩的問題，而這兩個問題也正是黃庭堅詩論中的主要問題。他們理論的特色是修正了黃山谷詩論的片面性，而且把側重點移到了不依傍古人、不拘守規矩方面來，可謂能入乎其內又能出乎其外了。

㉗ 語見陸游《夜吟》之二、《贈應秀才》。曾幾《讀呂居仁舊詩有懷其人作詩寄之》云：「學詩如參禪，愼勿參死句；縱橫無不可，乃在歡喜處。」放翁所謂得茶山一轉語指此。又，《楊夢錫集句杜詩序》云：「文章要法在得古作者之意。意既深遠，非用力精到則不能造也。……久之，乃能超然自得。」要皆陳師道、韓駒、呂本中所謂「悟」、「活」之說。

㉘ 語見楊萬里《跋徐恭仲省干近詩》云：「傳宗傳派我替羞，作家各自一風流。黃陳籬下休安脚，陶謝行前更出頭。」又，《見蘇仁仲提舉書》提出：「舍己以徇於人」不如「信己以俟於人」。皆主張自成一家之說。

㉙ 《白石道人詩集》自敍二云：「作者求與古人合，不若求與古人異；求與古人異，不若不求與古人合而不能不合，不求與古人異而不能不異。彼惟有見乎詩也，故向也求與古人合，今也求與古人異。及其無見乎詩已，故不求與古人合而不能不合，不求與古人異而不能不異，其來如風，其止如雨，如印印泥，如水在器，其蘇子所謂不能不爲者乎！」所擧三種境界，爲由死法，而活法，而超乎法之境界。

㉚ 語見《南陽樊紹述墓誌銘》，韓昌黎文集校注卷七；《國子助教河東薛君墓誌銘》，同上卷六；《答李翊書》，《答劉正夫書》，並同上卷三。

㉛ 語見王禹偁《答張扶書》，小畜集卷十八。

㉜ 梅聖俞之說，見歐陽修《六一詩話》所引；又，陳師道《後山詩話》：「閩士有好詩者，不用陳語常談，寫投梅聖俞，答書曰云云。」見歷代詩話本頁二六七、頁三一四，木鐸出版社。

㉝ 語見《東坡題跋》「題柳子厚詩」；又，「書吳道子畫後」。

㉞ 參看徐復觀《中國藝術精神》各章所論，學生書局，七十三年八版；郭因《中國繪畫美學史稿》各章，木鐸出版社，七十五年六月；葉朗《中國美學史大綱》，滄浪出版社，七十五年；曾祖蔭《中國古代美學範疇》第三章「形神論」，丹青圖書公司，七十六年四月；《美學辭典》，「形似」、「傳神」、「韻」、「詩言志」、「詩緣情」諸條，木鐸出版社，七十六年十二月。

㉟ 語本曾祖蔭《中國古代美學範疇》第三章「形神論」，㈢、神和而全，謂「神和而全」的審美要求，主要有如下三點：1、看得熟，自然傳神；2、凡人意思，各有所在；3、意存筆先，象應神全；頁一三四—一四〇，此本其意以述詩歌美學。

㊱ 楊萬里《江西宗派詩序》云：江西宗派詩者，詩，江西也，人非江西也。人非皆江西，而詩曰江西者何？繫之也。繫之者何？以味不以形也。……舍風味而論形似，故應嘸然也。形焉而已矣。高子勉不似二謝，二謝不似三洪，三洪不似徐師川，師川不似陳后山，而況似山谷乎？味焉而已

矣。酸鹹異和，山海異珍，而調胹之妙，出乎一手也。似與不似，求之可也；遺之，亦可也。……無待者，神於詩者歟？有待而未嘗有待者，聖於詩者歟？語見《誠齋集》卷七九。

㊲ 溫庭筠《更漏子》：「梧桐樹，三更雨，不道離情正苦，一葉葉，一聲聲，空階滴到明。」李清照《聲聲慢》：「梧桐更兼細雨，到黃昏點點滴滴，這次第，怎一個愁字了得！」趙師秀《數日》詩：「數日秋風欺病夫，盡吹黃葉下庭蕪。林疏放得遙山出，又被雲遮一半無。」這些作品的情調都較抑鬱哀傷，不脫悲秋陳套。

㊳ 詩見范成大《玻璃江一首戲效陸務觀作》，見范石湖集卷十八，乃翻用陸游《玻璨江》詩意而作，放翁詩云：「玻璨江水千尺深，不如江上離人心。君行未過青衣縣，妾心先到峨嵋陰。金罇共釂不知曉，月落煙渚天橫參。車輪無角那得住？馬蹄不方何處尋？空憑尺素寄幽恨，縱有綠綺誰知音？愁來只欲掩屏睡，無奈夢斷聞疎碪。」陸詩述離情，頗感傷哀愁。

㊴ 自古以來，人們就把楊柳與離別相連，如李白《勞勞亭》：「春風知別苦，不遣柳條新。」劉禹錫《楊柳枝詞》：「長安陌上無窮樹，唯有垂楊管別離。」白居易《青門柳》：「爲近都門多送別，長條折盡減春風。」

㊵ 參考吳惠娟撰《淺論禪宗對宋詩的影響》，載《學術月刊》，一九八五，十一月。其實，「悟入法」與「活法」，對翻案法也很有催化作用。

㊶ 參考黃永武先生《詩與禪的異同》：詩禪相同之一：詩與禪都崇尚直觀與「別趣」，或者是從違反常理之中去求理趣，或者是從矛盾的歧異之中去求統一。詩禪相同之二：詩與禪都常用象徵性的活句，富有「言此意彼」的妙處。詩禪相同之三：詩與禪都常用雙關語，喜歡將「超」與「凡」兩種境界同時表現在一句話裏。詩禪相同之四：詩與禪都常用比擬法，使抽象的哲理形象化。詩禪相同之五：詩與禪都喜歡站在一個新的立場去觀照人生，必須有超脫現實的心理距離。詩禪相同之六：詩與禪常以不說爲說，使言外有無窮意味。詩禪相同之七：詩與禪常以妙悟見機，時有互

通之處，詩可以有禪趣，禪可以有詩趣。詩禪相同之八：詩與禪都重視尋常自然，日常生活卽是禪，尋常口語卽是詩。詩禪相同之九：詩與禪均反對任何定法，不得「縛律迷眞」。巨流圖書公司，六十八年四月。又，杜松柏先生《禪學與唐宋詩學》第三章「以詩寓禪」第一節「禪與詩融合之經過」亦論及詩與禪之異同，值得參看。見頁二〇〇—二〇四。黎明文化事業公司，六十七年十二月。

㊷ 巴壺天先生《禪骨詩心集》認爲：公案的語言具有五種特性：㈠雙關性，㈡象徵性，㈢否定性，㈣層次性，㈤可取代性，見頁十二—二十四。又，頁二五—六一，「渾沌鑿竅錄」，解析五個禪宗公案，值得參看。東大圖書公司印行，七十七年九月。又，劉善澤跋《五燈會元》云：「禪門古德，問答機緣，有正說，有反說，有莊說，有諧說，有橫說，有豎說，有顯說，有密說。例如一棒打殺與狗子喫、者裏有祖師麼、喚來與我洗脚等語，覽者當守馬援『耳可得聞而口不可得言』之誡。苟神悟未契，徒逞舌鋒雋利，尤而效之，則化醍醐爲砒霜，變旃檀作棘刺矣。其可乎？」載文津出版社印行《五燈會元》頁一四〇〇。

㊸ 杜松柏先生《禪學與唐宋詩學》第一章第五節，論及禪學的特性及影響，頁九七—一〇〇，曾論及禪學於唐宋士風之影響，可以參考。

㊹ 詩與禪可以相互滲透，參考杜松柏《禪學與唐宋詩學》第三章「以詩寓禪」，第四章「以禪喻詩」，頁一九七—三六三。又，袁行霈撰《詩與禪》，載文史知識，一九八六，十，細分「以禪喻詩」爲以禪參詩、以禪衡詩、以禪論詩三者。

㊺ 呂思勉《宋代文學》第四章「宋代之詩」云：宋之變唐，亦有不得不然者。無論何種文字，皆貴戛戛獨造，而賤陳陳相因。唐詩初、盛、中、晚，各擅勝場。在彼境界之中，業已發洩殆盡。率此而往，其道則窮。故宋人別闢一境界。雖不能如唐詩之渾厚，然較因襲唐人，有其形而無其質者，則有間矣。

㊻語見《魯迅書信集》下卷，頁六九九，「致楊霽雲」。

㊼趙翼《甌北詩話》卷五，評元遺山論東坡詩：「蘇門若有功臣在，肯放坡詩百態新！」謂：「此言似是而實非。新豈易言？意未經人說過則新，書未經人用過則新。詩家之能新，正以此耳！」云云，此處借用以稱說翻案之詩法，爲甚有必要也。

㊽蔡寬夫《詩話》引王荆公之言曰：「詩家病使事太多，蓋皆取其與題合者類之，如此乃是編事，雖工何益？若能自出己意，借事以相發明，情態畢出；則用事雖多，亦何所妨？」苕溪漁隱叢話後集卷二十五引。東坡曾強調：「讀書萬卷詩愈美」（《送任伋》），批評孟浩然詩：「韻高而才短，如造內法酒手，而無材料」（《後山詩話》）。王世貞藝苑巵言卷四稱：「讀子瞻詩，見學矣，然似絕無才者。」趙翼甌北詩話卷五稱蘇軾「胸中書卷繁富，又足以供其左旋右抽，無不如志。」黃庭堅稱蘇軾劉景文：「胸中有萬卷書，筆下無一點俗氣。」（《跋東坡樂府》、《書劉景文詩後》），王若虛《滹南詩話》卷中說黃山谷：「鋪張學問以爲富，點化陳腐以爲詩。」《苕溪漁隱叢話前集》卷四七引黃庭堅言：「詩詞高勝，要從學問中來！」山谷《答徐甥師川》「杜子美之云讀書破萬卷，下筆如有神，此作詩之器也。」《與王觀復書》：「所送新詩，皆興寄高遠，但語生硬，不諧律呂，或詞氣不逮初造意時，此病亦只是讀書未精博耳。長袖善舞，多錢善賈，不虛語也。」

㊾劉克莊《竹溪詩序》：「迨本朝則文人多，詩人少。三百年間雖人各有集，集各有詩，詩各自爲體；或尚理致，或負材力，或逞辨博；少者千篇，多至萬首，要皆經義策論之有韵者爾，非詩也。」方岳《深雪偶談》云：「本朝諸公喜爲論議，往往不深諭唐人主於性情，使雋永有味，然後爲勝。」又，蘇者聰《宋詩怎樣一反唐人規律》，載武漢大學學報一九七九、一期；徐有富《簡談宋詩中的議論》，南京大學學報一九八一年一期，於宋詩之議論化，皆有論及。

㊿語見黃永武先生《中國詩學》設計篇，頁一〇二。

51 宋人之春秋學，好談攘夷的思想，詳《通志堂經解》所收宋人春秋學著作。又、宋鼎宗先生所著《春秋宋學發微》，有專章論述宋人之攘夷思想，可以參看。

52 禽言詩在性質上屬俳優體詩，極盡滑稽嘲弄之能事，故與翻案之詼諧同趣。宋代禽言詩量多而質美，其作法之一爲推翻禽言意思，或反用舊事舊語作翻案，詳參拙作《宋代禽言詩之欣賞與研究》，刊國立成功大學歷史語言研究所論文集第一號，頁二八七—八，一九八八、六。

53 宋代士人的風節，可參看日本學者宮崎市定所撰《宋代の士風》一文，載一九五二年《史學雜誌》六二編，二號，頁四六—六七。又、劉子健撰《范仲淹梅堯臣與北宋政爭中的士風》，載《東方學》十四輯，一九五七年十四輯，頁一〇四—七；《梅堯臣〈碧雲騢〉與慶曆政爭中的士風》，載劉著《兩宋史研究彙編》，頁一〇三—一一六，一九八七年十一月，聯經出版事業公司。

54 黃徹《碧溪詩話》卷二第四條稱：介甫屢用「求田問舍」之語，「豈非力欲轉此重案歟？」即指明荆公之運用「翻案」作詩。荆公翻用「求田問舍」之語凡十二則：卽《遊栖霞庵約平甫至因寄》、《世事》、《寄吉甫》、《次韻鄧子儀》、《次韻酬宋玘》、《寄平父》、《送純甫如江南》、《平甫如通州寄之》、《讀蜀志》、《默默》、《和楊樂道韵》、《次韻葉致遠》，參考李燕新《王荆公詩探究》頁二五二。

55 「宋代文學與思想研討會」中，拙作承蒙張健先生講評指點，以爲廣義之翻案指涉太浮泛，除贊同「用典式之翻案」外，又歸納翻案之情形爲六類，今參考張先生指點，增加例證，以踵事增華，在此致謝。而所謂指涉太泛之翻案，實得之前人詩話評點之說，亦並存不廢，以見前賢心解之一斑。

# 黄山谷的學古論

黄景進

在我國詩人當中，黄山谷可能是最引起爭議的一位，無論是他的作品或理論，皆引起相當極端的不同看法，而這些爭議，皆與他所極力主張的讀書學古有密切關係，爲了正確判斷這些爭議，有必要對其學古理論作一仔細考察。

## 一、讀書之重要

山谷稱讚别人文章，每歸功於讀書，如《跋東坡樂府》云：「東坡道人在黄州時作，詩意高妙，似非喫煙火食人語，非胸中有萬卷書，筆下無一點塵俗氣，孰能至此！」❶《書劉景文詩後》亦云：「余嘗評景文胸中有萬卷書，筆下無一點俗氣。」❷《與洪駒父書》云：「所寄文字，更覺超邁，當是讀書益有味也。」❸《與韓純翁宣義書》云：「如（韓）子蒼之詩，今不易得，要是讀書數千卷，以忠義孝友爲根本，更取六經之義味灌溉之耳。」❹

在教誨人寫作時，山谷更諄諄以讀書爲勸，如《書舅詩與洪龜父跋其後》云：「龜父筆力可扛鼎，它日不無文章垂世，……力學有暇，更精讀千卷書，乃可畢茲能事。」❺《與王觀復書》云：「所送新詩皆興寄高遠，但語生硬不諧律呂，或詞氣不逮初造意時，此病亦只是讀書未精博爾。」[6]在《跋書柳子厚詩》及《題王觀復所作文後》中[7]又一再指出觀復「讀書少」，故文章尚有毛病。

雖然山谷動輒云「博極羣書」、「胸中有萬卷書」、「讀書破萬卷」，但他並非「重質不重量」，只是求速求博，相反的，他時常勸人要精讀熟讀古代經典與名家之作，如在《答洪駒父書》中，他勸洪駒父熟讀司馬遷與韓愈之文章；在《與徐師川詩》中，他勸徐俯熟讀杜甫、李白、韓愈之詩。[8]而在《論作詩文》中更云：「讀書不貴雜博，而貴精深。」[9]在《與斌老書》中引古人成語「讀書百遍，其義自見」[10]，勸人「惟要不雜學，……但以韓文爲法」。他更常勸人精讀《漢書》，以爲精讀「殊勝泛讀失寸陰耳」（見《與元勛不伐書》）[11]。顯然，山谷是認爲泛讀不一定有所得，卽使有所得，也不定是古人的精華，唯有藉精讀熟讀的工夫，才能學到古人的精華。

緊接下來的問題，自然是：讀書可以學到什麼？讀書與作文的關係爲何？

## 二、求「法」

山谷《論作詩文》云：

> 詞意高勝，要從學問中來爾，後來學詩者，時有妙句，譬如合眼摸象，隨所觸體，得一處非不卽似，要且不是，若開眼則全體見之，合古人處不待取證也。作文不必多，每作一篇，要商榷精盡，檢閱不厭勤耳！舉場中下筆遲澀，蓋是平時讀書不貫穿也，

宜勉强於學問。歲月如流，須及年少精力，讀書不貴雜博，而貴精深，作文字須摹古人，百工之技，亦無有不法而成者也。但始學詩，要須每作一篇，輒須立一大意，長篇須曲折三致焉，乃為成章耳。……文章惟不構空强作，詩遇境而生，便自工耳。⑫

這段話在山谷之學古理論中甚爲重要，首先，山谷用合眼摸象的故事說明學問之重要。合眼摸象偶然也會猜對他所摸到的是什麼，但只是猜想，而且有運氣的成分在內，不如開眼見象，是全體見之，非常清楚。同樣，常人作詩，亦偶有妙句，但這是誤打誤撞，正如合眼摸象，並非對詩的妙處有眞正了解。要對寫作有眞正了解，則必須勉強於學問，唯有從熟讀精讀古人的文章中，才能了解作文的要領，正如開眼見象，是眞正的了解。其次，山谷認爲作文也有技藝的成分在內，而正如「百工之技」，亦必須向前人學習。蓋各種技藝皆有其法則，而一個人不可能不學而能，故必須向前輩或師父學習這些「法」。最後，山谷認爲始學者作文不必求多，但每作一篇，要「商榷精盡，檢閱不厭勤」，亦即要非常用心鍛鍊推敲，如此才可領略作文要領。而山谷認爲作文的基本要領爲：「要須每作一篇，輒須立一大意，長篇須曲折三致焉，乃爲成章耳。」即先確立文章主旨，然後依此主旨發揮，如果是長篇的話，應有曲折變化，免得平鋪直敍，陷於單調呆板。

在《與秦少章書》中，山谷告王直方云：「如世巧女，文繡妙一世，設欲作錦，當學錦機，乃能成錦。」⑬此卽是用百工之技來比喻作文。作文是有技巧的，正如巧女，卽使其文繡妙絕一世，而當她要作錦布時，亦得先學如何操作錦機，才有可能織成美麗的錦布，故操作錦機的技巧是織錦的先決條件。《跋書柳子厚詩》云：

予友生王觀復作詩有古人態度，雖氣格已超俗，但未能從容中玉珮之音，左準繩右規矩爾。意者讀書未破萬卷，觀古人之文章未能盡得其規摹，及所揔覽籠絡，但知玩其山龍黼黻成章耶！故手書柳子厚詩數篇遺之，欲知子厚如此，學陶淵明乃為能近之耳！如白樂天自云效陶淵明數十篇終不近也。⑭

此謂王觀復作詩雖有古人態度，氣格已經超俗，但「未能從容中玉珮之聲，左準繩右規矩」，可見學習古人的重要目標正是要學習作文的「準繩規矩」，而「準繩規矩」即是今人所謂的美學規律。古人文章所以好，乃因其合乎美學規律，有準繩規矩。正如織錦，必須懂得操作錦機的技巧，才可能織出「山龍黼黻」的美麗文章，同樣，亦必須掌握寫作的準繩規矩，才能寫出好的文章。故規矩準繩是本，而山龍黼黻是末。山谷認爲，王觀復大概只注意古人文章表面之「山龍黼黻」而未能注意其內在的準繩規矩，所以不能得到古人文章的規摹全貌。從熟讀前人著作學習作文方法，山谷的論述很多，如《答王子飛書》云：

陳履常正字，天下士也。讀書如禹之治水，知天下絡脈，有開有塞，而至於九川滌源，四海會同者也。其作詩淵源，得老杜句法，今之詩人不能當也。至於作文，深知古人關鍵，其論事救首救尾，如常山之蛇，時輩未見其比⑮。

此謂陳師道作詩得「老杜句法」，其作文則「深知古人關鍵，其論事救首救尾，如常山之蛇」，凡此皆是指從古人那裏學到爲文之準繩規矩，故《答洪駒父書》云：

> 少加意讀書，古人不難到也。諸文亦皆好，但少古人繩墨耳。可更熟讀司馬子長、韓退之文章。凡作一文，皆須有宗有趣，終始關鍵，有開有闔，如四瀆雖納百川，或滙而為廣澤，汪洋千里，要自發源注海耳⑯。

此謂洪駒父的文章尚少「古人繩墨」，故勸其熟讀司馬遷與韓愈之文章，顯然，讀書的目的之一，卽是要學爲文之繩墨規矩。而所謂古人繩墨，卽是「凡作一文，皆須有宗有趣，終始關鍵，有開有闔，如四瀆雖納百川，或滙而爲廣澤，汪洋千里，要自發源注海耳。」亦卽寫文章應先確立中心意旨，然後根據此中心意旨去發揮開展；雖然文章有所開展，卻又不離中心意旨，如此文章具有統一性，此卽「有宗有趣」。另外，文章不能老是反覆一個意思，或平鋪直敍，而是要有曲折變化，但這些變化應有道理在內，不能隨便。亦卽文章應有幾個重點，根據這幾個重點來形成起承轉合等變化。變化中卻有規律，此卽所謂「終始關鍵，有開有闔」。上引《論作詩文》亦云：「始學詩，要須每作一篇，輒須立一大意，長篇須曲折三致焉，乃爲成章耳。」與此處意見極爲接近，可見山谷很重視文章的統一與變化。山谷頗喜歡用「關鍵」或「關捩」的字眼，如《跋子瞻木山詩》云：「往嘗觀明允木假山記，以爲文章氣旨似莊周、韓非，恨不得趨拜其履舄間，請問作文關鍵。」⑰又《荅元勛不伐書》云：「如欲方駕古人，須識古人關捩，乃可下筆。」⑱可見所謂「關鍵」、「關捩」，與「繩墨規矩」的意思相近，皆指爲文之方法、要領，或今人所謂的美學規律。

因爲山谷視作文有技藝的成分在內，則如百工之技，態度要非常謹愼小心，《跋高子勉詩》云：「高子勉作詩以杜子美爲標準，用一事如軍中之令，置一字如關門之鍵，而充之以博學，行之以溫恭，天下士也。」⑲此以軍中之令與關門之鍵來比喻杜詩之極端嚴謹，達到不能更改的程度。由山谷喜歡用「準繩」、「規矩」、「關鍵」這些術語看來，他確實是將寫作看成一種技藝，而正如「百工之技」，要想將文章寫得好，必須向前人學習；唯有多讀書，才能眞正了解寫作的各種要領，正如開眼見象，全體見之，不必去瞎猜瞎碰。但是正如「百工之技」，開始的時候固然要向師父學「法」，而最後的目的還是要自立門戶，作文亦然，學古的目的並非是亦步亦趨，僅止於模仿古人而已，如《論作詩文》所云，模仿只是「始學」的階段，學古的最後目的還是要自立，山谷《跋自書枯木道士賦後》云：「閒居當熟讀左傳、國語、楚詞、莊周、韓非，欲下筆略體古人致意曲折處，久之乃能自鑄偉詞，雖屈宋亦不能越此步驟也。」⑳可見模仿雖是不可避免的階段，而最後的目的還是要「自鑄偉詞」，自成一家。

雖然山谷亦主張「自鑄偉詞」，但因他說過「老杜作詩，退之作文，無一字無來處」，又有「點鐵成金」之喻，被認爲是教人蹈襲剽竊，引來極大爭議，這段引起爭議的話出於《答洪駒父書》：

> 青瑣祭文語意甚工，但用字時有未安處；自作語最難，老杜作詩，退之作文，無一字無來處，蓋後人讀書少，故謂韓杜自作此語耳！古之能為文章者，真能陶冶萬物，雖取古人之陳言，入於翰墨，如靈丹一粒，點鐵成金也。文章最為儒者末事，然索學之又不可不知其曲折，幸熟思之。至於推之使高如泰山之崇，崛如垂天之雲；作之使雄壯如滄江八月之濤，海運吞舟之魚，又不可守繩墨令儉陋也。㉑

這段話中，所謂「自作語最難，老杜作詩，退之作文，無一字無來處，蓋後人讀書少，故謂韓杜自作此語耳」，通常被理解爲「以學問爲詩（文）」，卽凡用一字，使一事，皆須有古籍作根據；而「點鐵成金」之喻，則被理解爲將古人作品加以改造，點化成自己的作品。基於這種理解，有許多人指責山谷，以爲他脫離現實，公開教人蹈襲剽竊。但是也有人爲山谷辯護，以爲他只是要吸收傳統以求創新。

無論是反對或是擁護山谷者，他們的意見皆有根據，但他們似乎太過執着於字面上（如「出處」）的意義，反而忽略了山谷話中的重點。在《答洪駒父書》中，山谷評洪駒父所作《青瑣》、《祭文》云：「語意甚工，但用字時有未安處。」所謂「用字時有未安處」，當是指駒父喜「自作語」而又不甚妥當，故下文卽云「自作語最難」云云。據山谷《與王觀復書》云：「好作奇語，自是文章病，但當以理爲主，理得而辭順，文章自然出羣拔萃。」[22]可見山谷評駒父之「用字時有未安處」，當是指駒父喜作「奇語」，欲求出類拔萃，反致不妥。而據《與王觀復書》，「奇語」之所以爲文章病，蓋因理不得辭不順，亦卽輕率不嚴謹，文字用得不合理，不通順。在評駒父「用字時有未安處」之下，山谷緊接着舉杜詩韓文爲例，謂「無一字無來處」，顯然其着重點應在指出用字嚴謹的問題，所謂「無一字無來處」，只是說明嚴謹的程度，前引《跋高子勉詩》所謂「（杜詩）用一事如軍中之令，置一字如關門之鍵」，《跋歐陽元老詩》所謂「用事穩貼，置字有力」，正可爲「無一字無來處」之註腳，故《論作詩文》云：

> 蓋詩之言近而指遠者，乃得詩之妙。唐人吟詩，絕句之如二十箇君子，不可着一箇小

人也。……作詩句要須詳略，用事精切，更無虛字也。如老杜詩，字字有出處，熟讀三五十遍，尋其用意處㉓。

此處亦謂老杜詩「字字有出處」，可以說是對「出處」（或「來處」）的最好說明。而此段文字的整個重點，正是強調用字之嚴謹，所謂「唐人吟詩，絕句之如二十箇君子，不可着一箇小人也」，「作詩句要須詳略，用事精切，更無虛字也」，皆指用字謹嚴，不可動搖。故所謂老杜詩「字字有出處」，應指老杜用字極爲嚴謹，達到字字有法度的境界。但是要了解杜詩用字的法度，卻必須熟讀三五十遍，並用心去尋找其文字的「用意」，可見用字之謹嚴正是爲了要「達意」。

《論作詩文》又謂：「凡人修學，惟節略今人文字，似無益於用。不若熟讀班固《漢書》，自首至尾，不遺去一句，然後可見古人出處。疑則闕之，當求明師益友以講習也。」此處說熟讀《漢書》全文可見「古人出處」，「出處」在此應指爲文之法度而言。山谷嘗謂，讀書的目的是要學習古人繩墨，此處正是指熟讀《漢書》之後，卽可學到古人之繩墨。下文云，若對古人出處有疑，則當求明師益友以講習之，亦是指，若對古人爲文之繩墨法度（卽出處）有所不明白，可求師友講習研討。

山谷友人李之儀，亦喜用「來處」這個話頭，在《跋吳思道詩》中，之儀先引東坡所謂：「凡造語貴成就，成就則文能自名一家。」然後稱讚思道之詩「度越唐人多矣！豈融偓所能髣髴？其妙處略無斧鑿痕，而字字皆有來歷。」㉔此則稱讚思道之詩「字字皆有來歷」，故能度越唐人。爲何「字字皆有來歷」則能度越前人？這是值得注意的問題。當然，先要了解「有來歷」是何所指。之儀《雜題跋》云：

> 作詩字字要有來處，但將老杜詩細考之，方見其工，若無來處，卽謂亂道可也。王舒王解字云：詩從言從寺，寺者，法度之所在也，可不信哉！近得蔡天啓句法，頗得其趣，嘗記其一聯云：「草長蝴蝶狂深見，興盡黃蜂欲退飛。」乃「穿花蛺蝶深深見」，與「六鷁退飛過宋都」也。然用之惟在不覺，若覺，則不工矣㉕。

此謂無來處卽是亂道，又相信詩是「法度之所在」之說，可見「字字要有來歷」正指用字非常嚴謹有法，此卽吳思道詩能度越唐人的原因。由此則最可看出，所謂「來處」（或「出處」）是指法度而言，有「來處」卽是有「法度」；無「來處」卽是無「法度」。之儀在《跋荊公所書藥方後》又云：

> 作字為文，初必謹嚴，於時造語，須有所出，行筆須有所自，往往涉前人轍迹，則為可喜。久之，語以不蹈襲為工，字則從橫皆中程度，故能名家傳世，自成標準㉖。

此處所謂「於時造語，須有所出，行筆須有所自」，亦是「字字要有來歷」之意，而上文云「作字爲文，初必謹嚴」，此與山谷《論作詩文》所云，極爲近似。之儀認爲，當文字能儘量做到謹嚴有法時，自會「涉前人轍迹」，亦卽水準提高，接近古人。而久而久之，則「以不蹈襲爲工」，「字則縱橫皆中程度，故能名家傳世，自成標準。」之儀在此再度強調，「字字有來歷」的謹嚴態度，正是爲了擺脫前人，自名一家，而此時的境界是「字則縱橫皆中程度」，亦卽字字皆合法度繩墨之意。

山谷認爲文章具有技藝的成分，而技藝不是不學而能的，正如「百工之技」，無有不「法」而成者，故學作文字，應熟讀名家之作，以學習爲文之法度繩墨，最後能達到「字字皆有來處」——卽字字皆有法度的境界，那就能自名一家，自鑄偉詞。但是要學習這些行文的法度，應先培養識力，范溫《潛溪詩眼》載：

> 山谷言學者若不見古人用意處，但得其皮毛，所以去之更遠。如「風吹柳花滿店香」，若人復能為此句，亦未是太白。至於「吳姬壓酒勸客嘗」，「壓酒」字他人亦難及。「金陵子弟來相送，欲行不行各盡觴」，益不同。「請君試問東流水，別意與之誰短長」，至此乃真太白妙處，當潛心焉。故學者要先以識為主，如禪家所謂正法眼者，直須具此眼目，方可入道㉗。

山谷認爲文章的妙處不在表面的文字，而在其「用意處」，故學作文，必先培養識力，去認識「古人用意處」。案《論作詩文》亦云：「如老杜詩，字字有出處，熟讀三五十遍，尋其用意處，則所得多矣。」可見尋「古人用意處」爲山谷所重視，而古人之用意與其用字之謹嚴有法有密切關係。

要培養識力，則必須多讀古代經典與名家之作，如前引《論作詩文》，山谷卽以「開眼見象」爲喻，說明唯有多讀書的人才能眞正了解文章之妙。但是山谷之誨人讀書，除了要學習如何的謹嚴用字、造句、結構布置之外，也要學習如何運用各種風格，如《與王周彥書》云：

> 周彥之為文，欲溫柔敦厚，孰先於詩乎？疏通知遠，孰先於書乎？廣博易良，孰先於樂乎？潔靜精微，孰先於易乎？恭儉莊敬，孰先於禮乎？屬辭比事，孰先於春秋乎？讀其書而誦其文，味其辭，涵泳容與乎淵源精華，則將沛然決江河而注之海，疇能禦之。周彥之病，其在學古之行而事今之文也，若歐陽文忠公之炳乎前，蘇子瞻之煥乎後，亦豈易及哉？然二子者，始未嘗不師於古，而後至於是也㉘。

這是勸王周彥熟讀六經，蓋各種主要的美學風格皆已體現在六經之中，熟讀六經就等於掌握各種美學風格的淵源，對於爲文，有很大幫助。據此，則六經幾乎可說是各主要美學風格的「出處」。山谷所謂「出處」，有時卽指美學風格而言，如《畢憲父詩集序》云：

> 今觀公詩，如聞答問之聲，如見待問之來，按其筆語，皆有所從來，不虛道，非博極羣書者不能讀之。昭鳴皆若有謂，候蟲是也；不得其平則聲若雷霆，澗水是也；寂寞無聲，以宮商考之，則動而中律，金石絲竹是也。維金石絲竹之聲，國風雅頌之言似之；澗水之聲，楚人之言似之；至於候蟲之聲，則末世之言似之㉙。

這段話是強調讀書與文學鑑賞力的關係。山谷稱讚畢憲父詩具有各種美學風格，但是若非博極羣書者，卻不能讀之，蓋憲父詩，有的風格似《詩經》，有的風格似《楚辭》，有的風格似末世詩人的作品，若非讀過這些作品，並認識其個別風格特色，就無法欣賞憲父之詩。由於畢憲父詩的風格與古人極爲類似，故山谷謂「按其筆語，皆有所從來，不虛道」，換言之，憲父詩亦是「有來處」的。但是這裏所謂憲父詩「皆有所從來」，只是強調其詩具有美學風格；所謂「不虛道」，亦只是說憲父詩很嚴謹有法，此處並無憲父模仿前人風格之意；只是因爲憲父爲詩嚴謹有法，又具備各種風格，他的詩才會類似古人。在《大雅堂記》中，山谷除稱讚老杜詩已達無意爲文而意已至的最高境界，並且強調，若非對《國風》《雅》《頌》，《離騷》《九歌》等有深刻認識，卽無法體會杜詩的境界。[30]此亦有杜詩風格「有所從來」「有來處」之意，但山谷只是強調讀書對文學鑑賞的重要性，並無杜詩模仿《詩經》《楚詞》之意；他之引用《詩經》《楚詞》，一方面是爲了說明杜詩的風格特色，一方面則是稱讚其境界之高，已與《詩經》、《楚詞》之作並駕齊驅。在《書聖庚家藏楚詞》中，山谷提到，有章子厚這個人對他說《楚辭》蓋「有所祖述」（卽有來處），山谷本來不信，於是子厚說：「《九歌》蓋取諸《國風》，《九章》蓋取諸二《雅》，《離騷經》蓋取諸《頌》。」山谷乃大爲嘆服。[31]此則故事尤足說明，山谷所謂「有所從來」「有所祖述」，只是就某種美學風格言，並非就實際作品言，當他贊同章子厚之說，以爲《楚辭》祖述《詩經》時，只是說某種風格可以追溯到《詩經》，亦卽《楚辭》的各種風格，早在《詩經》中就已出現，但這不是說，《楚辭》模仿《詩經》。

綜上所述，山谷所謂「出處」（或「來處」）實指法度規矩而言；所謂「有出處」卽指謹嚴有法。文章的法度，範圍甚廣，從用字、造句、結構布置到美學風格等，皆包括在內。要寫好文章，簡言之，即是要充分掌握文字的性能，將文字用在最適當的地方，能如此即是謹嚴有法。但是要充分掌握文字的性能，則必須從古人文章中去揣摸體會，因爲文字的性質唯有在文章——尤其是好的文章中，才能充分顯現出來。山谷所以將文字運用得非常適當稱之爲「有來處」，即因這些文字的用法，基本上是從前人文章中領會得來。文字的性質非常複雜，其運用千變萬化，因此，唯有博極羣書的人才能充分掌握文字的性質並了解在最適當的地方運用什麼文字。所謂杜詩韓文「無一字無來處，蓋後人讀書少，故謂韓杜自作此語耳」，即是說韓杜用字極爲嚴謹有法，達到「用一事如軍中之令，置一字如關門之鍵」——極爲恰當難以動搖的境界，但是此每一字或每一事之如此用法，實皆在前人著作中可得其「出處」，後人讀書少，不知其出處，故誤以爲韓杜「自作此語」。

要求「字字有來處」，並不是爲了製造「守法」的表面形象，而是因爲，唯有守法，文字的意義才會充分顯現出來，《論作詩文》謂詩能「言近而旨遠」，乃得「詩之妙」，又舉老杜詩「字字有出處」爲例，正是指此而言。洪駒父的文章，「語意甚工」，但「用字時有未安處」，即是指，駒父的文章雖有深意，然用字不妥，故其意義出不來；所謂「未安」，正指語意不相配合的衝突狀況。《文心雕龍、神思篇》云：「物沿耳目，而辭令管其樞機；樞機方通，則物無隱貌。」可見語言文字是意義的門戶，若語言不通，則意義出不來，故如何運用語言文字使得意義充分顯現出來，確爲文章的關鍵所在，山谷時常強調看文章當「尋其用意處」，即因「用意處」爲文章的關鍵。

山谷《答洪駒父書》云：「古之能爲文章者，眞能陶冶萬物，雖取古人陳言，入於翰墨，如靈丹一粒，點鐵成金也。」這段話是對「能文章者」致最高的敬佩之意，但是也可說是對文章法度的最高歌頌，蓋能文章者所以有「陶冶萬物」、「點鐵成金」的本領，正在其態度謹愼，用字皆有法度；當文字經過「法」的作用之後，等於經過「陶冶」一番，卽使平常的材料（如古人陳言），亦變得極具價值，因爲文字的意義充分發揮出來了。

## 三、學「道」

山谷雖然重視爲文之法度繩墨，但他不認爲有了法度繩墨就可以寫出好文章，他心目中的好文章，是由幾個重要條件配合而成的。除了行文之法度繩墨外，還要有正確的思想與廣博的學問，而更重要的，是要有正直敦厚的性情與不俗的人格，有了這多方面的配合，才能寫出好文章。正因爲文章涉及如此多的條件，他才鼓勵人多讀書，且他敎人讀的書，並不限於古代文學經典與文學名家之作，他對經史等的強調，有時還超過文學性書籍，如《答洪駒父書》云：「更須治經，深其淵源。」這是以治經爲文章之根本。而《與潘子眞書》云：

致遠者不可以無資，故適千里者，三月聚糧，又當知所向，問其道里之曲折，然後取塗而無悔。鉤深而索隱，溫故而知新，此治經之術也。經術者，所以使人知所向也。博學而詳說之，極支離以趨簡易，此觀書之術也。博學者所以使人知道里之曲折也。夫然後載司馬以適四方而不返，懷道鑒以對萬物而不恐㉜。

此處以行遠路作比，作文若如行遠路，則治經猶如先知方向，博學猶如知道里之曲折，二者皆不可少。由此可見，山谷基於「宗經」的觀念，認爲經學提供的是常道正路，有了經學爲根柢，思想觀念才不會入邪道；如此在作文的大方向上已經對正了。另外，則要輔以博學。蓋經學只是提供正確的方向，至於事物的具體情形，則必須具備許多知識，才能了解。雖然山谷強調博學，但他特別說明，是要「博學而詳說之，極支離以趨易，此觀書之術也。」可見他不是以「博」爲目的，他只是要從博學中去徹底了解事物，並希望能由博中得到一些簡易的原理原則。《答何靜翁書》云：「精求經術，又能博極羣書，此劉向揚雄之學也。」另外，《與郭英發帖》云：「凡讀書法，要以經術爲主。」凡此皆可看出山谷的「宗經」態度。

山谷常經史並稱，如《與王立之四帖》云：「若讀經史，貫穿使詞氣益適，便爲不愧古人矣。」㉝《與洪氏四甥書》云：「比來頗得治經觀史書否？治經欲鉤其深，觀史欲融其事理，二者皆精熟涉獵。」㉞經史應並觀，蓋經書指示常道正路，其意義甚深，但抽象；史書則較具體，可以觀事理的相融，較切實際。《與敦禮秘校帖》云：「不審今治何經？讀何種史書？參其義味，有日新之功否？」㉟此亦經史並提。而《與王周彥書》云：「如足下之作，深之以經術之義味，弘之以史氏之品藻，合之以作者之規矩，不但使兩川之豪士拱手也。」㊱此處扼要說明經、史、文三者應密切結合。蓋有經術爲底，可以加深作品之義味；有史學爲底，可以促進對人物的了解；二者若加上爲文之規矩（卽法度），則可爲傑作。

由山谷之重視經史，可見在山谷心目中，古之善爲文者，並不只是懂得一些行文的規矩法度而已，同樣，甚至更重要的，是要具備對人生現象的了解。另外，山谷非常重視俗不俗的問題，他常以不俗稱讚別人的書法與文章，並且以爲不俗的價値超過工巧，而爲求去俗，則非讀書不可，如《與聲叔六姪書》云：「日月易失，官職自有命，但使腹中有數百卷書，略識古人義味，便不爲俗士矣。」㊲《東坡樂府》與《書劉景文詩後》皆云：「胸中有萬卷書，筆下無一點俗氣。」㊳《與宋子茂書》更云：「每相聚，輒讀數葉《前漢書》，甚佳。人胸中久不用古今澆灌之，則俗塵生其間，照鏡則覺面目可憎，對人亦語言無味也。」㊴山谷在《書嵇叔夜詩與姪榎》云：「士生於世，可以百爲，唯不可俗。」㊵足見山谷對俗氣之憎惡。然則何爲不俗？山谷於《書繒尾後》曾爲不俗下一簡單定義云：「臨大節而不可奪，此不俗人也。」㊶由此可知不俗與人格有關；必有高尚卓越之人格，始可稱爲「不俗」之人。當不俗的人格與文章結合時，其感人之力，眞是無與倫比，《書王知載朐山雜詠後》卽云：

詩者人之情性也，非强諫爭於廷，怨忿詬於道，怒鄰罵坐之為也。其人忠信篤敬，抱道而居，與時乖逢，遇物悲喜，同牀而不察，並世而不聞；情之所不能堪，因發於呻吟調笑之聲，胸次釋然，而聞者亦有所勸勉。比律呂而可歌，列干羽而可舞，是詩之美也。其發為訕謗侵陵，引頸以承戈，披襟而受矢，以快一朝之忿者，人皆以為詩之禍，是失詩之旨，非詩之過也。故世相後或千歲，地相去或萬里，誦其詩而想見其人，所居所養，如旦暮與之期，鄰里與之游也。㊷

此處說明詩與性情、修養、人格等有密切關係，由於詩是性情、修養、人格等之表現，故能衝破時空的限制，使千載之下，萬里之外的人能「誦其詩而想見其人」，猶如朝夕相見，鄰里共游，了無隔閡。而培養高尚人格與德性，讀書卽爲重要途徑，如《書贈韓復秀才》云：

治經之法，不獨玩其文章，談說義理而已。一言一句，皆以養心治性。事親處兄弟之間，接物在朋友之際，得失憂樂，一考之於書，然後嘗古人之糟粕而知味矣！讀史之法，考當世之盛衰與君臣之離合，在朝之士觀其見危之大節；在野之士，觀其奉身之大義。以其日力之餘，玩其華藻；以此心術，作為文章，無不如意，何況翰墨與世俗之事哉㊸！

此處相當詳細地說明讀經史的目的並不單是玩其文章，談說義理而已，更重要的是藉治經以培養善良的心性；藉治史以培養臨大節而不可奪的人格。

上述種種思想，其實皆不離「道」的範圍，山谷認爲，「道」是文章的根本，故云：「文章者，道之器也。」㊹但是文章也有技藝性質，既要作文，就不能不講求爲文之繩墨法度，故《答洪駒父書》云：「文章最爲儒者末事，然索學之，又不可不知其曲折。」

## 四、文之化境：由技入道

杜甫是山谷最崇拜的詩人之一，在《大雅堂記》中，山谷云：「子美詩妙處乃在無意於文，夫無意而意已至，非廣之以國風雅頌，深之以離騷九歌，安能咀嚼其意味，闖然入其門耶！」㊺陶淵明亦是山谷極度推崇的詩人，而《題意可詩後》云：

> 寧律不諧而不使句弱；用字不工，不使語俗。此庾開府之所長也，然有意於為詩也。至於淵明，則所謂不煩繩削而自合者。雖然，巧於斧斤者多疑其拙，窘於檢括者，輒病其放。孔子曰：「寧武子其智可及也，其愚不可及也。」淵明之拙與放，豈可為不知者道哉。道人曰：「如我按指，海印發光，汝暫舉心，塵勞先起。」說者曰：「若以法眼觀，無俗不真；若以世眼觀，無真不俗。」淵明之詩，要當與一丘一壑者共之耳！㊻

這裏亦推崇淵明是無意爲詩，達到「不煩繩削而自合」的境界。另外，山谷《與王觀復書》云：

> 好作奇語，自是文章病，但當以理為主；理得而辭順，文章自然出類拔萃。觀杜子美到夔州後詩，韓退之自潮州還朝後文章，皆不煩繩削而自合矣。……所寄詩多佳句，猶恨雕琢功多耳。但熟觀杜子美到夔州後古律詩便得，句法簡易而大巧出焉，平淡而山高水深，似欲不可企及。文章成就，更無斧鑿痕，乃為佳作耳。㊼

同樣是稱讚杜甫到夔州後詩，而一則云「不煩繩削而自合」，一則云「更無斧鑿痕」，可見二者皆代表最高境界。由《與王觀復書》，可知所謂「無斧鑿痕」，是就文章無雕琢工巧而言，當文字達到「無斧鑿痕」的境界時，其特徵則爲「句法簡易而大巧出焉，平淡而山高水深」，這卽是說，在文字句法上非常簡易，沒有許多的雕琢技巧；而在內容上，則非常平淡，也許只是生活中的平常事，並無非常特殊的、具有刺激性的內容，而儘管如此，在簡易中卻有大巧，在平淡中卻有深意，此種作品乃最耐咀嚼。但是習於雕琢工巧的俗眼，卻嫌此種文章笨拙——所謂「巧於斧斤者多疑其拙」。山谷對有拙味的文章和書法卻頗爲欣賞，如《李致堯乞書書卷後》云：「凡書要拙多於巧，近世少年作字，如新婦子粧梳，百種點綴，終無烈婦態也。」[48]可見山谷確有「寧拙毋巧」的意思。

「不煩繩削而自合」與「無斧鑿痕」同指文章之化境，但所指重點略有不同。後者是針對文字過份雕琢者而言；前者則針對爲法度所拘束者而發。如山谷《題顏魯公帖》云：「觀魯公此帖奇偉秀拔，奄有魏晉隋唐以來風流氣骨，回視歐虞褚薛徐沈輩，皆爲法度所窘，豈如魯公蕭然出於繩墨之外而卒與之合哉！」[49]據此可知「繩削」亦可謂「繩墨」，乃用來比喻書法或文章之「法度」，而文學與藝術之最高境界，乃是不爲法度所束縛，達到自由表現的境界。《跋佛頂咒》云：「此書自縛規矩，不能略見筆妙。」[50]亦是不贊成受規矩法度所縛。但是一般習於繩墨法度者，卻以此種自由的表現爲過於隨便，故《題意可詩後》云：「窘於檢括者，則病其放。」

但是山谷是不是如晚明公安派所主張的「獨抒性靈，不拘格套」？由前面所討論的「無一字無來處」的觀點看來，山谷不僅沒有否定法度的作用，而且是極端重視法度的。其《跋翟公巽所藏石刻》，卽稱讚爲「其書字字入法度也。」[51]《跋司馬溫公與潞公書》亦云：「司馬溫公，天下士也，所謂左準繩，右規矩，聲爲律，身爲度者也。」[52]可見山谷甚重法度。也有人認爲，山谷既極看重爲文之規矩法度，卻又追求「不煩繩削而自合」的境界，正再度顯現其自相矛盾的一面。但是，問題並非如此簡單，據山谷《跋東坡書遠景樓賦後》云：

東坡書隨大小真行，皆有嫵媚可喜處，今俗子喜譏東坡，蓋用翰林侍書之繩墨尺度，是豈知法之意哉！余謂東坡書，學問文章之氣鬱鬱芊芊，發於筆墨之間，此所以它人終莫能及爾53。

可見山谷所反對的法度，其實是特有所指的。此《跋》提到，一般俗子譏東坡之書不合法度，蓋因他們專用院體書家的標準，以「翰林侍書」的繩墨尺度來衡量東坡書法，自覺不合。山谷譏笑這種俗子「是豈知法之意哉！」可見山谷並不認爲東坡無法，東坡只是不合翰林侍書之法而已。山谷亦非否定翰林侍書之法，而是認爲法度應是多樣性的，隨著表達內容的不同，有其相對應的法，並非一定要用某種法。雖然根據翰林侍書之法寫出來的字亦不錯，但如只是根據這種法來寫，則書法必將拘限在某一個範圍之內，有許多內容表現不出來。而東坡書法之好處，即在其能不受固有法度限制，而根據自己的需要，另尋新法，故《跋東坡水陸贊》云：

士大夫多譏東坡用筆不合古法，彼蓋不知古法從何出爾。杜周云：三尺安出哉！前王所是以為律，後王所是以為令，予嘗以此論書，而東坡絕倒也。往時柳子厚劉禹錫譏評韓退之平淮西碑，當時道聽塗說者亦多以為然，今日觀之，果何如耶[54]！

所謂「蓋彼不知古法從何出爾」，卽明白指出，法是根據實際需要而產生出來的，若有實際需要，亦不妨另創新法，此卽三尺法之所出。古來不只一種法，有前王之法，亦有後王之法，此卽證明法度不只一種。東坡書法之高妙，正在其不爲舊法所縛，而能另尋新法。所以東坡書法之妙，不在其無法，而在其無定法，無死法，他用的是活法。

就東坡的書法而言，他之所以能夠突破常法的約束，是因爲他所要表達的內容已經超出常法能力之外故必須另求表現方式。山谷《答洪駒父書》云：「至於推之使高如泰山之崇，崛如垂天之雲；作之使雄壯如滄江八月之濤，海運呑舟之魚，又不可守繩墨令儉陋也。」這裏提到，一旦所要表達的內容非常崇高雄壯時，則已超出一般「繩墨」的能力之外，可不必遵守繩墨。山谷於《題李白詩草後》稱讚白之行草不減古人，已達「不煩繩削而自合」之境，而評其詩又云：「如黃帝張樂於洞庭之野，無首無尾，不主故常，非墨工槧人所可擬議。」[55]此卽謂李白詩不守常法，蓋他要表達的內容（卽思想感情）已經超出一般常法的能力之外。

在「不煩繩削」之下加上「而自合」，在「無意（於文）」之下加上「而意已至」，皆非常耐人尋味；這種矛盾語印證了規律與自由的辯證關係。「不煩繩削」指出一種突破傳統法律限制的自由狀態，「而自合」則指出回歸法律的狀態，但是並非回歸到原來的法律，而是建立了新的法律，新的秩序。文章的法度本是爲更好地表達人的思想感情，但有些人寫作只會遵守法律，一成不變，他們只是爲遵守法律而守法，並非忠於自我而守法，只有豪傑之士為了忠於自我而不惜掙脫常法的束縛而另尋新法。所以，所謂「不煩繩削而自合」，只是指出一種超越常法邁向新法的境界，而古往今來，只有那種忠於自我，又了解美學規律的人，才能達到此種化境。在這種化境中，自由與規律獲得眞正的統一，蓋那種規律正是自我所需要、所追求的。這種境界才是文道合一，由技入道的境界。

山谷《論詩》云：「謝康樂庾義城之於詩，鑪錘之功不遺力也，然陶彭澤之牆數仞，謝庾未能窺者，何哉！二子有意於俗人贊毀其工拙，淵明直寄焉耳。」[56]此謂謝靈運庾信等人未能忠於自我，而斤斤於俗人之贊毀，故未能窺淵明之門牆，而淵明則因忠於自我，故達無意於寫妙文卻又自然寫出妙文的化境。山谷《題李漢舉墨竹》云：「如蟲蝕木，偶爾成文，吾觀古人繪事，類多如此，所以輪扁斲車不能以教其子。」[57]《書張長史乾元帖後》亦云「乃知文不虛生，皆有落處，蚿使萬足，固天機動爾。」[58]此皆表示對「自然成文」的嚮往，故山谷喜舉禪家所云：「法不孤起，仗境方生。」而《論作詩文》亦云：「詩遇境而生，便自工耳。」好的文章不是強作，應是因「境」而發，心有所感，才發而爲文，這種文章才合乎「自然」之道。

## 五、結　語

如何結合道與文，是宋人最關心的課題。宋人所謂道，主要指「儒家」之道；就道與文的關係言，一般認爲道是更爲根本的，山谷極力鼓吹治經以爲文的根本，且云「文章者，道之器也；言者，行之枝葉也」，可謂嚴守宋人矩矱。但是，山谷云：「文章最爲儒者末事，然索學之，又不可不知其曲折。」（《答洪駒父書》）可見他雖承認儒家的優越地位，卻亦肯定文章有其特殊問題，非儒學所能解決。山谷之學古論，在學「道」之外兼顧學「（文）法」，當是繼承蘇氏蜀學的傳統。[59]山谷舉百工之技與作文之法相比，說明他認識到文章的技藝成分，這種對「技」的重視，且將文章及各種藝術與「技」類比，亦似乎爲蘇氏蜀學的傳統，如東坡《日喻》即引「子夏」曰：「百工居肆以成其事，君子學以致其道。」正如百工之技各有其傳統，文章亦有其傳統，山谷《楊子建通神論序》即明白將道統與文統分開，[60]此亦可見山谷思想與蘇氏蜀學的關係。

山谷主張熟讀古書以學文，即是蘇氏蜀學最重要的傳統[61]。而此種觀念，亦是來自技藝上所謂的「熟能生巧」，如東坡《文與可畫篔簹谷偃竹記》即指出，有人技術上不能達到心手相應，內外如一之境，即是「操之不熟」的緣故。老蘇有經史相兼之說，東坡亦鼓勵人讀史（尤其是《漢書》）[62]，而山谷亦經史並重，當非偶然也。又東坡論文以達意爲主，而山谷《論作詩文》亦云：「但始學詩，要須每作一篇，輒須立一大意，長篇須曲折三致焉，乃爲成章耳。」《答洪駒父書》所謂「凡作一文，皆須有宗有趣」，亦指「立意」而言。山谷教人熟讀李杜詩，皆強調要「尋其用意處」，凡此可見山谷對「意」之重視，與東坡甚合。尤其山谷所追求的化境－所謂「無意而意已至」、「不煩繩削而自合」、「無斧鑿痕」等，更與蘇氏自然成文的傳統說法相合。[63]

然山谷之詩風與東坡不甚合，一般認爲東坡較自然而山谷重鍛鍊。山谷所謂「老杜詩字字皆有來處」之說，即是重視鍛鍊之證。而山谷之主張鍛鍊，若非來自東坡，即來自歐陽修，山谷在《與王周彥書》中，舉歐陽修與蘇軾二人爲師古之典範[64]，可見對二人皆極推崇。

東坡亦主鍛鍊，故有「清詩要淘鍊，乃得鉛中銀」之語[65]。然鍛鍊之成風，可能仍來自歐陽修。修極力學習韓愈，集中除效韓愈外，亦有效韓門之孟郊體與賈島體。修之兩位文壇戰友蘇舜欽與梅堯臣，亦皆以善鍛鍊著名，修且嘗以孟郊許梅堯臣。可見這三位北宋中期詩文革新的健將，皆喜鍛鍊，與韓門相似[66]。呂本中《紫微詩話》嘗記文章頻改之例，即將歐陽修與山谷並提。歐陽修主張「簡而有法」，與山谷主張「無一字無來處」，意思頗爲接近。由此看來，山谷大概是同時接受歐陽修與蘇軾之影響，故特重鍛鍊，甚至超過蘇軾。山谷除講究文法之外，亦主治經以培養性情德性，且主張溫柔敦厚，此種「尊德性」之傾向，[67]似受到理學家的影響。近人頗注意到江西詩派之盛行與理學家之支持有關[68]，確實是值得注意的觀點。

山谷「無一字無來處」之說可謂飽受批評，自南宋以來，就有許多人批評他以學問爲詩，強調模擬古人，甚至主張剽竊古人。其實山谷只是主張文字要用得非常適當，因爲言若不妥，則「意」出不來，此實承東坡「達意說」而來。而要適當使用語言文字，必須了解語言文字的性質及其運用法則，則除了熟讀古人著作之外，顯然亦別無更好的辦法。讀書的目的，只是要掌握文字的使用方法，並非要模仿古人，更非要剽竊古人，因爲語言文字本是文類共有的財產，並非專屬古代某些人。事實上，正如上面的討論，山谷與李之儀等皆是以「字字有來處」做爲突破前人，自成一家的手段，何嘗鼓勵人模仿剽竊？

比較嚴重的問題應是，山谷既重法度鍛鍊，又主張無意爲文，頗爲矛盾。但是對此山谷亦有說明，《答洪駒父書》云：「文章最爲儒者末事，然索學之又不可不知其曲折，幸熟思之。至於推之使高如泰山之崇，崛如重天之雲；作之使雄壯如滄江八月之濤，海運吞舟之魚，又不可守繩墨令儉陋也。」此段話似乎意味，要求法度鍛鍊，是屬於學習階段，至於成熟時的化境，則可不必拘守法度繩墨。但是如此文所說，打破繩墨並非常態，只有當內容非常雄壯崇高時才有此必要，換言之，是當感情非常強烈，思想非常深刻時，才有打破法度束縛的權利。但這是非常的情況，在一般常態時，仍應遵守繩墨。觀山谷所舉最高境界的詩人，如陶淵明，李白、杜甫，雖有打破法度之處，但並非隨時隨地皆不顧法度，遵守法度還是常態。

**後記**：本文因限於篇幅，所論頗有疏漏，筆者已另草一篇《論黃山谷所謂「無一字無來處」——兼論點鐵成金與奪胎換骨》——登於政大中文研究所學報「中華學苑」第三十八期（民國七十八年四月二十日出刊），敬請參考。

## 附註

❶《山谷內集》卷二十六。案：山谷之著作，後人編爲《內集》《外集》《別集》等，本文主要依據商務印書館景印《文淵閣四庫全書》之《山谷集》，但引用《山谷內集》時，亦參考四部叢刊之《豫章黃先生文集》。

❷同❶。

❸《山谷外集》卷十。

❹同❸。

❺《山谷內集》卷三十。

❻《山谷內集》卷十九。
❼《跋書柳子厚詩》與《題王觀復所作文後》同見《山谷內集》卷二十六。
❽上二文皆見《山谷內集》卷十九。
❾《山谷別集》卷六。
❿《山谷別集》卷十八。
⓫同❿。
⓬同❾。
⓭《山集內集》卷十九。
⓮同❼。
⓯《山谷內集》卷十九。
⓰同❽。
⓱《山谷內集》卷二十六。
⓲同⓱。
⓳《山谷內集》卷二十六。
⓴見黃瑩《山谷年譜》卷二十四，元祐三年戊辰條下（附《文淵閣四庫全書》之《山谷集》後）。
㉑同❽。
㉒《山谷內集》卷十九。
㉓同⓬。
㉔《姑溪居士文集》卷四十（粵雅堂叢書本）。
㉕《姑溪居士後集》卷十五（收入前註引書）。
㉖同㉔引書卷四十一。

㉗ 見郭紹虞輯《宋詩話輯佚》中《潛溪詩眼》第七條「學詩貴識」。
㉘ 《山谷別集》卷五。
㉙ 《山谷內集》卷十六。
㉚ 《山谷內集》卷十七。
㉛ 《山谷別集》卷十。
㉜ 《山谷內集》卷十九。
㉝ 《山谷外集》卷十。
㉞ 《山谷別集》卷十七。
㉟ 《山谷別集》卷十九。
㊱ 同㉟。
㊲ 同㉞。
㊳ 同❶、❷。
㊴ 同㉝。
㊵ 同㉛。
㊶ 《山谷內集》卷二十九。
㊷ 《山谷內集》卷二十六。
㊸ 《山谷內集》卷二十五。
㊹ 見《次韻楊明叔四首序》(《山谷內集》卷六)。
㊺ 同㉚。
㊻ 《山谷內集》卷二十六。
㊼ 同㉒。

㊽《山谷外集》卷九。

㊾《山谷內集》卷二十八。

㊿同㊾。

51 同㊾。

52《山谷外集》卷九。

53 同㊾。

54 同53。

55《山谷內集》卷二十六。

56《山谷外集》卷九。

57《山谷內集》卷二十七。

58《山谷內集》卷二十八。

59 近人論北宋之詩文革新，常指出，宋人雖皆重視道與文之結合，然對道與文的關係，仍有歧見存在，如理學家因爲重「道」的關係，頗有輕文甚至廢文的傾向，而相對的，由歐陽修開始，則在道統之外另立文統，除了重道之外亦兼重文的藝術息，此種觀念，至蘇氏蜀學，尤爲發揚光大。（參見近人所寫之中國文學批評史及何寄澎先生之《唐宋古文運動中的文統觀》（《中外文學》第十四卷第一期））。本文據此認定，山谷在道統之外另立文統，是受蘇氏蜀學之影響。

60《山谷別集》卷三。

61 蘇洵由熟讀而學文，見其《上歐陽內翰第一書》（《嘉祐集》卷十一）；東坡與弟轍論熟讀之語甚多，可參見張健先生《宋金四家文學批評研究》頁二一—二三。山谷在《與王觀復書》中，曾自承東坡嘗教他熟讀《禮記・檀弓》，可見山谷之熟讀學文，當得自東坡。

62 蘇洵「經史相兼」之說，見其《史論》上（《嘉祐集》卷八）；東坡鼓勵人讀史，見其《與元老

姪孫》與《答程全父推官六首之五》。（皆見《東坡全集》卷八十四—《文淵閣四庫全書》本）

㊸ 蘇氏自然成文之說，可參見張健先生《宋金四家文學批評研究》頁一〇—一三。

㊹ 見《山谷別集》卷五。

㊺ 東坡亦主鍛鍊，可參見註㊸引書頁四六—四九。

㊻ 歐陽修及蘇、梅等學韓門之鍛鍊，可參見黃啓方先生《論江西詩派》（收入黃永武張高評編著《宋詩論文選輯》第一册—復文圖書出版社）。黃先生在該文也同時指出，山谷詩風頗似孟郊、賈島之苦吟。

㊼ 近人成復旺、黃保眞、蔡鍾翔等著《中國文學理論史》（第二册）亦認爲山谷之提倡修養心性是受到理學家之影響。（頁三八六）

㊽ 如㊻引黃啓方先生文卽主此說，而劉大杰、王運熙等著《中國文學批評史》（第四編）亦有類似說法。（見臺灣文滙版頁八〇）

# 歐陽修古文作法探析

何寄澎

## 壹、

文章研究應以作法研究爲第一步，因爲作法決定風貌。自宋以來，對歐陽修古文提出評論與看法的人，無代無之，其中雖不乏深刻之見，但談整體風貌者多，談具體作法者少；明清評點之學極盛，於作法之觀照固常能體貼入微，卻不免流於瑣瑣細細，學者未得其益而已懼其繁，故迄至今日爲止，對歐陽修之古文，吾人或能道其然，卻往往難以道其所以然，筆者有鑒於此，乃試作此文，希望能藉作法探討呈現歐陽古文的特色以及特色所以形成的原因，以提供研究歐文的學者做爲參考。

## 貳、

爲了討論方便，玆將歐陽古文分碑誌、序跋、贈序、雜記、論辨等五類，❶依序探討說明之。

## 一、碑誌類

碑誌文是一種特殊的文體，體製、內容都較固定，寫法也有它謹嚴、特殊的義例。韓愈是碑誌文的高手，並且頗有創意立法之處，[2]歐陽修好韓文，並集金石遺文一千卷，對碑誌文自有其深入體會，故成就可繼韓愈。考歐陽碑誌文的作法，約有以下數端可述：

### 1.立題意

歐陽各篇碑誌文，多有其中心主題，如石曼卿墓表以狀其意氣之奇與才用之高爲主；河南府司錄張君墓表以表彰其飭身臨事、靜默修潔之德爲主；胡先生墓表以振師道爲主；黃夢升墓誌銘以不得志爲主；薛質夫墓誌銘以辨「無後」爲主——而皆能表現人物之特質。主題既立，則無關之事儘量不寫，文章便可免於枝蔓冗贅矣。

歐陽先立題意的作法，當來自史遷。太史公傳人多先立主題，如：魏公子列傳以仁而下士爲主，管晏列傳以述交誼爲主；李將軍列傳以不遇時爲主，全文卽圍繞此一主題發展，人物的性格因此突出，讀者的感受因此深刻，作品動人的力量也因此加強。

### 2.記大節

歐陽作碑誌文，除先立題意外，於事迹則但記大節。與杜訢論祁公墓誌書有云：「……修文字簡略，止記大節，期於久遠……」又云：「有意於傳久，則須紀大而略小，此可與通識之士語。」論尹師魯墓誌亦云：「其事不可徧舉，故舉一兩事以取信。」可見歐陽認爲止記大節方可取信於人，亦方可傳之久遠。玆案，碑誌文寫作的目的卽在使所寫對象之人格、道德、事功……等等信傳於後世，若不能取信、亦不能久傳，則寫作之意義完全喪失。歐陽何以認爲止記大節方可取信、方可傳遠，留待下文再論，而歐陽作碑誌文，於事迹則確實謹守止記大節之原則。以尹師魯墓誌銘爲例，歐陽重點在寫尹洙篤於仁義，窮達禍福不愧古人之大節，然僅舉二事見之：一爲范仲淹貶饒州，諫官御史皆無言，尹洙獨上書請俱貶；一則尹洙死時，顧稚子在前，無甚憐之色，與賓客言，終不及私。又如：石曼卿墓表寫曼卿之才能，但舉上書言十事預見天下之患；寫曼卿之輕祿，但舉范諷因曼卿嘗言太后事，欲引之貴幸，而曼卿固止之。而范仲淹一生顯宦，可書者多，歐陽資政殿學士戶部侍郎文正范公神道碑銘一文則但書其政爭、治兵、條陳天下事等關繫國家之大者。

歐陽碑誌文止記大節的作法，雖韓愈亦有之③，但竊以爲仍多得之於太史公。史記留侯世家有云：「（留侯）所與上從容言天下事甚衆，非天下所以存亡，故不著。」明示史公義法。故於留侯，特揭邀項伯、薦韓信、都關中、立太子等事，其餘瑣瑣者皆從略。韓信爲高祖屬將中作戰最有謀略者，故淮陰侯列傳特詳述其戰法，其餘諸將則僅言其戰功。季布傳只具體寫如何責樊噲、對文帝；欒布傳只具體寫辯彭越事，其餘泛寫，蓋二人之傳旨在呈現其不畏權勢之勇氣。凡此皆與歐陽止記大節的作法一致。方苞與孫以甯書④云：

> 古之晰於文律者，所載之事必與其人之規模相稱。太史公傳陸賈，其分奴婢裝資，瑣瑣者皆載焉，若蕭、曹世家而條舉其治績，則文字雖增十倍，不可得而備矣。故嘗見義於留侯世家曰：「（留侯）所從容與上言天下事甚衆，非天下所以存亡，故不著。」此明示後世綴文之士以虛實詳略之權度也。

顯示桐城派古文家了解史記這種義法，而此文後段又特舉歐陽尹師魯墓誌及韓愈李元賓墓誌說明，也顯示方苞認爲韓、歐止記大節的作法正出自史記。

至於歐陽所以認爲止記大節乃可取信於人，乃可傳之久遠，或與下列三點有關：

一、就文章的效果言，止記大節可使文章簡潔，也較易突顯人物的特色；而特色突顯與文章簡潔，又必然較個性模糊與文章繁蕪更令人覺得可信。畢竟敍述一入繁瑣，文章重點轉不可見，又如何取信於人？方苞論韓愈李元賓墓誌銘云：「荆川疑此文太略，非也。元賓卒年二十九，德未成，業未著，而信其不朽，又曰：『才高乎當世，行出乎古人。』則所以推大者至矣；又曰：『竟何爲哉！竟何爲哉！』則痛惜者亦至矣。若毛舉數事，則淺乎視元賓，而推大痛惜之意，轉不可見。」❺正是此意。

二、既取信於人，傳之久遠乃爲可期，所謂不信不傳，乃自然之理。但歐陽除了因此而相信止記大節乃可傳久之外，大概還跟自己集金石遺文的經驗有關。這種經驗使他深切體會到「物多則其勢難聚，聚久而無不散」❻，故欲撮千卷之大要，別爲錄目。歐陽棐錄目記❼特揭其意而云：「夫事必簡而不煩，然後能傳於久遠。今此千卷之書者，刻之金石，託之山崖，未嘗不爲無窮之計也。然必待集錄而後著者，豈非以其繁而難於盡傳哉？故著其大略而不道其詳者，公之志也。」須知止記大節正是簡要，歐陽既認爲凡事皆簡乃能傳久，則於文章看法自不例外。

總而言之，止記大節的作法還是重在追求簡潔，簡則能信，簡則能傳，歐陽對簡，可謂相當重視，相當執着。

3. 用互見

同一件事不重複記載、不重複出現，見於此則略於彼，略於此則見於彼，謂之互見。其功能主要還是在求簡潔，並且可以加強立題意、記大節二項作法的效果。歐陽作碑誌文常用互見法，舉例來說：資政殿學士戶部侍郎文正范公神道碑銘一文，僅記繫天下國家之大者，至於世次官爵等，因已誌於墓、譜於家、藏於有司，故皆不論著。如此，一方面可省重複，一方面也可集中表現主題。再如：尹師魯墓誌銘，不復次其世家，蓋因歐陽曾銘尹父之墓已言之；而誌中不言近年古文自師魯始，亦因范仲淹祭文已言之，二者皆可互見，不必重出。

史記有互見例，世所共知，魏公子傳但言仁而下士，至范雎傳乃見其懼強失義處；管晏列傳但見管仲與鮑叔牙交情及晏嬰與越石父交等事，而重要事迹功勳則見於齊世家。凡此不但省重複，亦各得其當——如章學誠所謂：「非惟命意有殊，抑亦詳略之體所皆然也。」❽顯然的，歐陽這種作法還是取諸史遷。

4.直書其事

所謂直書其事係指客觀地記載事實，不加任何主觀的評價，但作者所欲表達的意思卻已透過這些客觀的陳述而自然呈現。就文學的藝術品質而言，這種作法有含蓄的效果，讀來特別感覺有蘊涵，耐尋味；而且因爲是客觀的陳述而非主觀的評價，作者的意思並不直接告訴讀者，乃讀者自行體會而來，不帶有強迫性，所以反而還多了一層說服力，增強了可信度。換言之，寫文章如果善用「直書其事」的作法，會使作品增添含蓄之美，而且更具感染力。

歐陽作碑誌，多用直書其事法，石曼卿墓表、蔡君山墓誌銘、尹師魯墓誌銘等是其著例。記天下休兵，獨曼卿上書言十事，已而元昊反，西方果用兵，則曼卿之才智不言可知；記范諷以言見幸，欲引曼卿以嘗言太后事得顯官，曼卿固止之，則曼卿之輕祿廉潔不言可知；記君山以疾卒于縣，縣人哀其貧以錢二百千賻之，而妻程氏以爲不可以此汚君山之廉固拒之，則君山有德能惠其縣人化其妻妾又不言可知；記天下之人識與不識，皆知師魯文學、議論、才能，則師魯文學之長、議論之高、才能之美，不言可知；記上書論范公自請同貶，臨死而語不及私，則師魯平生忠義與臨窮達禍福不愧古人，又不言可知。凡此，意義皆寄言外，作者不煩廢辭，讀者直尋可得，這種作法除了前述含蓄耐品之效果外，對於簡潔之達成也是有幫助的。

直書其事而意在言外，太史公最擅用之。方苞於此有深入體會，故其史記評語❾於孔子世家云：「首舉天下大勢，傷天下不能用孔子也；次舉魯國禍變，傷魯不能用孔子也。」於蕭相國世家云：「首舉收秦律令圖書，進韓信，鎭撫關中，而功在萬世可知矣；末記與曹參素不相能，而舉以自代，則公忠體國具見矣。」於商君列傳云：「管子治齊，蕭何定律，皆略而不具，而詳記商君之法，著王道所由滅熄也。」方氏於史公藏意之詮釋或未必完全正確，但指出史公藏意的作法，眼光確是銳利的。而曾國藩以爲史記近於莊子，亦大抵率寓言❿，也是從這個角度去觀察的。

直書其事的作法，有時也借他人之口道出，如：歐陽爲張堯夫作墓表（河南府司錄張君墓表），言堯夫飭身臨事之修養，借尹洙之口曰：「飭身臨事，余嘗愧堯夫，堯夫不余愧也。」而爲梅聖俞妻謝氏作墓誌銘（南陽縣君謝氏墓誌銘），悉借聖俞之口，來表彰謝氏治家之德慧。顧炎武以爲此法亦太史公最擅，日知錄卷廿七，史記於序事中寓論斷條云：

古人作史，有不待論斷而於序事之中卽見其指者，惟太史公能之。平準書末載卜式語，王翦傳末載客語，荆軻傳末載魯句踐語，晁錯傳末載鄧公與景帝語，武安侯田蚡傳末載武帝語，皆史家於序事中寓論斷法也。

顧氏的見解不錯，但他又說後人知此法者鮮，惟班固間一有之，觀察便不夠全面。周振甫文章例話把這種作法稱作「事中見意」，與我們的意思相同。周氏說：「這裏指出寫敍事文的方法：一種是讓事實說話，作者的意見通過事實來表達。像平準書裏寫出桑弘羊的平準，不加賦稅而國用充足，用這個事實來表示對桑弘羊的讚美。一種是借別人的話來表達自己的意思，像荆軻傳末借魯句踐的話，表達荆軻有大勇，但不講究劍術。……」周氏又說：「這種寫法的好處是讓事件不受干擾地發展下去。……事件中人物的好壞，在事件發展中自然呈露，不用作者來說。作者要對人物作出評論，就讓故事中的人來說，不用作者自己說。」都可做爲我們意見的補充。

5. 文如其人

所謂文如其人，並非指文如作者，乃是指文如所描寫的對象。歐陽修論尹師魯墓誌銘說：「修見韓退之與孟郊聯句，便似孟郊詩；與樊宗師作誌，便似樊文。慕其如此，故師魯之誌，用意特深而語簡，蓋爲師魯文簡而意深。」文章爲某人而寫，則此文章風格卽求與某人文章風格相似，此是古文家心法。樊宗師文以怪怪奇奇著稱，韓愈作樊宗師墓誌銘亦特怪怪奇奇，如有句云：「生而其家貴富，長而不有其藏一錢。」「妻子告不足，顧且笑曰：『我道蓋是也。』皆應曰：『然，無不意滿。』」「藏一」二字乃刻意加入；又如「皆應曰」以上又刻意省去「人問之意滿否？」句。文章因此一添一減乃特見奇崛。歐陽至友尹師魯作文務求簡而有法，故歐陽誌尹墓，以「簡而有法」稱尹文，而誌銘風貌亦力求簡而有法以稱死者。

就歐陽自道來看，這種「文如其人」的作法乃仿自韓愈。其實，司馬遷早已啓之，故作司馬相如傳卽如司馬相如文⑪。不僅此也，司馬遷的「文如其人」除了文風如其人之文風外，更多涉及文風如其人之人格，故司馬遷於老子既有「猶龍」之歎，則老子列傳亦採畫龍辦法，讓他鱗爪時隱時現，吾人讀：「老子……見周之衰，迺遂去，……莫知所終。或曰：老萊子，亦楚人也，著書十五篇，言道家之用，與孔子同時云。……自孔子死之後，百二十九年，而史記周太史儋見秦獻公……或曰：儋卽老子，或曰：非也。世莫知其然否！」益覺老子之神秘性⑫，這是文風如其人格的具體表現。萬石君列傳亦然，史記文字中最平平實實，放不開者，厥屬此傳，原因何在？乃萬石君爲人拘謹，史公遂以拘束之筆傳拘謹之人也。

歐陽作碑誌文亦能如此，以石曼卿墓表爲例，此文句法長短、氣韻鬆緊之變化最多，讀下段文字可知：

> 幽燕俗勁武，而曼卿少亦以氣自豪，讀書不治章句，獨慕古人奇節偉行非常之功，視世俗屑屑，無足動其意者。自顧不合於時，乃一混以酒，然好劇飲，大醉，頹然自放，由是益與時不合。而人之從其遊者，皆知愛曼卿落落可奇，而不知其才之有以用也。

歐公實有意以奇氣之文狀奇士也。

6. 善用對話

對話的使用，對文章而言，具有多重功能，最明顯的一點便是「生動」。歐陽深知此昧，黃夢升墓誌銘狀夢升言語有云：「常問其平生所爲文章幾何，夢升慨然歎曰：『吾已諱之矣！窮達有命，非世人不知我，我羞道於世人也。』求之，不肯出，遂飲之酒，復大醉，起舞歌呼，因笑曰：『子知我者。』乃肯出其文讀之。」夢升懷才不遇而文章未衰之形象乃呼之欲出，而其鬱然沈沈之心情亦隱然可見。此爲對話之功能。瀧岡阡表更進一層，對話中猶有對話：「汝父爲吏，廉而好施與，善賓客，其俸祿雖薄，常不使有餘，曰：『毋以是爲我累。』吾之始歸也，汝父免於母喪，方逾年，歲時祭祀，則必涕泣曰：『祭而豐，不如養之薄也。』間御酒食，則又涕泣曰：『昔常不足而今有餘，其何及也！』……汝父爲吏，嘗夜燭治官書，屢廢而歎，吾問之，則曰：『此死獄也，我求其生不得爾。』吾曰：『生可求乎？』曰：『求其生而不得，則死者與我皆無恨也。矧求而有得邪？以其有得，則知不求而死者有恨也。夫常求其生，猶失之死，而世常求其死也！』」歐父交友之厚、爲子之孝、爲官之仁皆透過對話具體呈現，鮮明而動人。

狀人而藉對話凸顯人物性格，韓愈已大量運用。葉國良論韓愈的冢墓碑誌文一作[13]內有詳論，讀者自參。葉氏並謂歐文此種作法來自韓文。筆者願進一步指出的是，韓文此種技法就當時文壇風氣而言，固乃小說技法，所謂「傳奇之筆」（案，葉氏亦有論），但自歷史傳承而言，固仍啓自左、史等書；而若就碑誌文與史傳文實同性質觀點觀之，或不能不尤重其間與史記之關係也。太史公傳人，最善用對話，彷彿其口吻，描摹其性情，此人所共知，不必舉例。然則歐陽於此固近法韓子，而亦不得不遠承史公也。

### 7. 善發感慨

歐陽作碑誌，率多以感慨成文，此前人已屢言之。林雲銘古文析義二編卷五，韓愈殿中少監馬君墓誌銘下卽論及此作「以交情感慨成文」，「厥後廬陵作誌銘，多以爲藍本」。方苞古文約選序例，吳闓生古文範等都有相近論點，唯吳氏頗不贊成歐陽這種以「變調」爲「正宗」的作法而已。歐陽所有誌友朋之作，幾乎都以感慨成文，石曼卿墓表、河南府司錄張君墓表、張子野墓誌銘、黃夢升墓誌銘……等，莫不如此，確實「淋漓鬱勃」（劉大櫆評張子野墓誌銘語），感人至深，故方苞與程若韓書[14]乃不得不云：「足下善誦歐公文，試思所熟者，王武恭、杜祁公諸誌乎？抑黃夢升、張子野諸誌乎？然則在文言文，雖功德之崇，不若情辭之動人心目也。」

歐陽此種作法，林雲銘已明白指出，係學韓殿中少監馬君墓誌銘而來；前人亦皆有共識，故絕無疑問。可以補充的是，桐城派古文家還認爲歐陽此種作法亦與司馬遷不無關係，蓋史記若屈原列傳、刺客列傳等，固多悲傷感慨之音，餘篇亦不時而見[15]，故方苞云：「歐公誌諸朋好，悲思激宕，風格最近太史公。」[16]

8.善表議論

碑誌文本極少發議論，（案，指「序」的部分），至唐李觀、韓愈始漸滋多[17]，此猶碑誌文以感慨交情成文，自韓愈始生此變例。歐陽修梅聖俞墓誌銘云：

> 其初，喜為清麗閒肆平淡，久則涵演深遠，間亦琢刻以出怪巧，然氣完力餘，益老以勁，其應於人者多，故辭非一體；至於他文章，皆可喜，非如唐諸子號詩人者，僻固而狹陋也。

正乃一篇梅聖俞詩論；其又云：

> 世謂詩人少達而多窮，蓋非詩能窮人，殆窮者而後工也。聖俞以為知言。

是又不啻爲一則「詩窮而後工說」也。而薛質夫墓誌銘一作尤奇：

> 質夫少多病，後公六年以卒，享年二十有四。初娶向氏，……再娶王氏，……皆無子。嗚呼，簡肅公之世於是而絕。孟子曰：「不孝有三，無後為大。」此為舜娶妻而言耳，非萬世之通論也。不娶而無後，罪之大者，可也；娶而無子，與夫不幸短命未及有子而死以正者，其人可以哀不可以為罪也。故曰：孟子之言非通論，為舜而言可也。質夫再娶皆無子，不幸短命而疾病以死，其可哀也，非其罪也。

直爲一篇「不孝有三無後爲大論」。前揭葉氏文以爲此「古文家心法之一」，則歐陽自當承自韓愈。然而吾人仍然不能不指出，唐宋古文家諸般心法，實多法自史遷。以鄙見而言，此種夾雜議論寫法，殆自史記伯夷、孟荀、屈原等列傳而來。讀者比觀，不難意會。

### 9. 善於轉折

歐陽河南府司錄張君墓表述張妻賢，能教其子，故張堯夫可謂有後。其云：「今師魯死且十餘年，王顧者，死亦六七年矣；其送君而臨穴者，及與君同府而遊者，十蓋八九死矣；其幸而在者，不老則病且衰，如予是也。嗚呼！盛衰生死之際未始不如是，是豈足道哉！」

層層轉折，愈轉愈悲，正達於頂點，不知下文該當何述，忽然又一逆轉云：「惟爲善者能有後，而託於文字者可以無窮。」不但呼應前文所謂「有後」，並且轉出積極之意，化悲哀爲喜悅安慰，使全文在情致豐富，韻味綿遠之下結束。轉折之妙，頗不可及。尹師魯墓誌銘先云世人於師魯忠義之節，處窮達禍福不愧古人之大節未盡知之，故極力陳述，末了忽轉一層，謂師魯習於西事，爲兵制說及述戰守勝敗之要，皆盡當時利害，又有減邊用、禦戎之策，皆不及施爲，則天下稱師魯者，於其材能實亦未必盡知。經此轉折，師魯之不爲人知之狀，遂極強烈。而後述其死時語不及私，又翻回窮達禍福不愧古人之大節，文章之開闔變化，如水流空氣之廻環往復，極有吐呑摩盪之趣。二文皆善用轉折以生情韻，此正歐公擅場。餘若張子野墓誌銘、故霸州文安縣主簿蘇君墓誌銘等，亦莫不如此。

陳衍石遺室論文有云：「一波三折，將實事於虛空中摩盪盤旋，此歐公平生擅長之技，所謂風神也。」[18]正指這種轉折技巧。事實上，早在當時，蘇洵已經看出這種特色，上歐陽內翰第一書[19]豈不云：「執事之文，紆餘委備，往復百折，而條達疏暢，無所間斷……」？

### 10.繁用虛詞

在文章中使用虛詞所造成的效果頗爲複雜難言，大體說來，它可使緊張的文氣舒緩，增添一種從容不迫的意態；它也可以因這種從容使文章更多一些轉折的空間；它還可以使文章聲調因之曼引拉長，強化讀者宛轉抑揚的感受，並更有助於作者情意的表達及文章感染力的擴充延長。虛詞如果使用多，文章的節奏一定較爲緩慢，情思一定較爲緜遠，而風格必然也較爲柔和。[20]歐陽作文，極愛用虛詞，碑誌之作亦不例外。

石曼卿墓表有句：「而人之從其遊者，皆知曼卿落落可奇，而不知其才之有以用也。」

兩個「而」字的使用，使文章充滿轉折意態，夭矯變化之感正由此而出，末句句尾再加一個「也」字宕出，情韻緜延便嫋嫋無邊，而作者唱歎之意乃躍然紙上。此外又有句：「天子方思盡其才，而且病矣！」「而」、「且」兩個虛詞連用，唱歎之意尤強。河南府司錄張君墓表最以交情感慨見長之一段文字如下：「今師魯死且十餘年；王顧者死亦六七年矣；其送君而臨穴者，及與君同府而遊者，十蓋八九死矣；其幸而在者，不老則病且衰，如予是也！」無句無虛詞。我們讀來所以備感情意展轉鬱勃、緜延不絕者，虛詞之穿插實有極大作用。與此有同工之妙者爲張子野墓誌銘：「……然後知世之賢豪不常聚，而交遊之難得爲可惜也。初在洛時，已哭堯夫而銘之；其後六年又哭希深而銘之；今又哭吾子野而銘；於是又知非徒相得之難，而善人君子欲使幸而久在於世亦不可得！」經由前面「而」字之重複使用，至末句再連用兩「而」字，不堪之情遂達於頂點。至若湖州長史蘇君墓誌銘有云：「天下之士，聞其名而慕，見其所傳而喜，往揖其貌而竦，聽其論而驚以服，久與其居而不能捨以去也。」以及故霸州文安縣主簿蘇君墓誌銘有云：「讀者悚然想見其人。既見，而溫溫似不能言；及卽之，與居愈久而愈可愛；聞而出其所有，愈叩而愈無窮。」也因「而」、「以」等字的重複使用，使文字於抑揚頓挫中有一貫的整齊協調感，而讚美之意亦從而加深。劉大櫆云：「文必虛字備而後神態出。」㉑確爲灼見。

在此，値得強調的是，歐文的使用虛詞，有同一虛詞重複使用的傾向。虛詞本來不具有內涵上的意義，它的作用多半是聲調和感發上的。重複使用自易造成呼應連貫以及情致延長之感——這就是歐文所以特別讓人感覺舒緩平和、纏綿悠長的重要原因。南宋羅大經雖然已經說道：「韓、柳猶用奇字、重字，歐、蘇唯用平常輕虛字，而妙麗古雅自不可及。」㉒

但沒有指出歐文累疊的妙處；黃本驥雖知虛詞叠用的妙處——以爲左史之文風神跌宕、開闔抑揚，入神入妙，全在一二虛詞中㉓，卻仍沒有看出歐文這種特點。歐文這種特點，我們不必強說自史記而來，因爲二者用法不盡相同㉔，但掌握這一點，卻比較容易明白明清古文家何以常以唱歎、抑揚許歐陽並以爲有史記格調，得史公風神的緣故。

歐陽碑誌文的作法概如上述，自非鉅細靡遺，如題稱義例、銘文用韻以及是否與序文重複等，皆未討論，蓋前揭葉氏文既有論及，不必重複，讀者自參可也。葉文以討論韓文爲主，故在此可再約略補充者，歐陽碑誌文於題稱雖法韓愈義例，但並非如韓愈之嚴格——如：同調至友卽頗有不以「字」稱者；其銘文用韻雖循韓愈變化之路，卻不刻意求奇，遠爲自然無迹；其銘文有不與序重者，亦有相重者——亦非如韓文多不與序相重。凡此種種，最重要的意義乃是反映出歐陽的善學，歐陽學史、學韓皆非全然亦步亦趨，但取其精神格調爾。而前述十項作法，雖曾特別指出某學史、某學韓，目的在示其取法之主要來源，並無歐陽一成不變、已照單全收之意。綜合這十項作法，不難看出，歐陽作文重簡潔、重信實、重氣韻、重唱歎，取史又多於取韓，則歐文之風已隱然可見。

## 二、序跋類

歐陽序跋作法，綜合而言，有以下三點最可注意：

### 1. 以議論感慨成文

歐陽序跋之作最與衆不同者，卽在以議論感慨成文。集古錄目序：「物常聚於所好，而常得於有力之彊；有力而不好，好之而無力，雖近，且易，有不能致之。」是多以議論成文；若釋秘演詩集序：「曼卿隱於酒，秘演隱於浮屠，皆奇男子也。……十年之間，……曼卿已死，秘演亦老病，嗟夫！二人者余乃見其盛衰，則余亦將老矣！」釋惟儼文集序：「嗟夫！惟儼既不用於世，其材莫見於時，若考其筆墨馳騁文章贍逸之能，可以見其志矣！」江鄰幾文集序：「至於朋友故舊，平居握手言笑，意氣偉然，可謂一時之盛。而方從其遊，遽哭其死，遂銘其歲者，是可歎也！」等，則多以感慨成文；餘若蘇氏文集序、梅聖俞詩集序乃至五代史諸敍論，皆議論、感慨相雜成文。蘇氏文集序云：「自古治時少而亂時多；幸時治矣，文章或不能純粹，或遲久而不相及，何其難之若是歟！豈非難得其人歟？」是發議論；又云：「而子美獨不幸死矣，豈非其命也？悲夫！」則發感慨。梅聖俞詩集序云：「予聞世謂詩人少達而多窮，夫豈然哉？蓋世所傳詩者，多出於古窮人之辭也。……蓋愈窮則愈工。然則非詩之能窮人，殆窮者而後工也。」是發議論；又云：「使其幸得用於朝廷，作爲雅頌，以歌詠大宋之功德，薦之清廟，而追商周魯頌之作者，豈不偉歟！奈何使其老不得志，而爲窮者之詩，乃徒發於蟲魚物類羈愁感歎之言？」則發感慨。五代史一行傳敍云：「嗚呼！五代之亂極矣！傳所謂天地閉、賢人隱之時歟？……吾以謂自古忠臣義士多出於亂世，而怪當時可道者何少也，豈果無其人哉？」五代史宦者傳論云：「嗚呼！盛衰之理，雖曰天命，豈非人事哉？……夫禍患常積於忽微，而智勇多困於所溺，豈獨伶人也哉？」則皆議論中有感慨，感慨中有議論矣。

歐陽此種作法實採前述誌友朋墓作法，重在傳人，不在談文。歐陽所以如此，除因與對象之間確有密切關係，不能不生感慨議論外，殆因情辭較能動人心魄之故。然而，鄙意以爲，最委曲，最重要之原因，或乃歐陽認爲文辭實難不朽，故談文不如傳人；人傳，則後世雖不見其文，亦可髣髴其文之特出。蘇子美文集序已云：「斯文，金玉也，棄擲埋沒……凡人之情，忽近而貴遠，子美屈於今世猶如此，其伸於後世宜如何也？公其可無恨？」送徐無黨南歸序又云：「予讀班固藝文志、唐四庫書目，見其所列，自三代秦漢以來，著書之士多者至百餘篇，少者猶三四十篇，其人不可勝數，而散亡磨滅，百不一二存焉。予竊悲其人，文章麗矣，言語工矣，無異草木榮華之飄風，鳥獸好音之過耳也。方其用心與力之勞，亦何異衆人之汲汲營營？而忽焉以死者，雖有遲有速，而卒與三者同歸於泯滅，夫言之不可恃也蓋如此！」歐陽一方面極愛文辭，一方面又深知文辭之欲流傳不朽，實戛戛乎其難。這是回顧歷史帶來的體驗。其爲友朋詩文作序，自欲其人之詩文能傳，但詩文之傳實不可必，遂採多寫其人而略及其文的作法，使人傳連帶文亦能傳——即使其人之詩文日後煙消雲散，後人仍能藉歐文知其人之詩文也。歐之用心可謂良苦。

歐陽作序跋既以議論感慨成文，重在傳人，則不能避免以史傳筆法爲之。故梅聖俞詩集序末云：「嗚呼！吾於聖俞詩論之詳矣，故不復云。」是用「互見」法；孫子後序末忽然不論梅聖俞孫子注而轉言其人云：「聖俞爲人謹質溫恭，衣冠進趨，眇然儒者也。後世之視其書者，與太史公疑張子房爲壯夫何異？」是全學史記留侯世家贊論筆法。吾人於此，仍可體會歐陽承法史公之處。

事實上，以議論感慨成文，唱歎之調自多，文章整體情韻已多近似史遷矣，故明清古文家常以之與史遷諸表序並論。㉕歐陽神摹史記，殆亦可會。方苞云：「古之能於文事者，必絕依傍。」㉖其實並非全無依傍，乃是能夠自參變化，不亦步亦趨。

平心而論，歐陽序跋以議論感慨成文，重在傳人，確屬自創格調；而其動人之深，古今亦難出其右。韓愈號爲文起八代之衰，但於此不能不讓歐陽。故方苞云：「歐公別出義意而以交情離合纓絡其間，所謂各據勝地也。」㉗陳衍以爲「永叔以序跋雜記最長」，又云「（歐陽之文）最工言情之作」，並謂韓愈文之工者，第一傳狀碑誌，序跋僅列第四㉘，皆深有體會，可稱獨見。

2.迂迴而入、層層轉折

釋秘演詩集序寫秘演，卻先寫曼卿，藉曼卿帶出秘演。釋惟儼文集序亦然。蘇氏文集序寫子美之可惜而寄感慨，卻先大發議論，藉議論托出感慨之沉痛；梅聖俞詩集序亦然。廖氏文集序欲稱廖倚之好古有見解，卻先從自己見解之不得同道說起，歸結廖倚與己同見。江鄰幾文集序欲寫對鄰幾之哀悼，卻先泛寫友朋故舊之零落，再寫聖俞、子美之零落，最後才寫鄰幾之零落。新唐書藝文志序欲寫華文少實不足以行遠，而傳或不傳亦有幸有不幸，卻自六經焚秦開始寫起，彷彿一頁圖書著作史。凡此，皆用迂迴而入之法寫。

就文章而言，迂迴而入的寫法有引人入勝的效果，主旨含藏，格外有迷離含蓄之氣質；而「圖窮匕見」給讀者帶來的感受，尤有強烈而繇長的作用。歐陽由於好用此種寫法寫，故文風趨於宛轉悠遠。

不過，言歐陽之文迂迴而入，還只是就大略言之，若進一步分析，則歐陽之文乃層層轉折。釋秘演詩集序先言必有智謀雄偉非常之士，世莫見者，轉出「得亡友石曼卿」；續言曼卿爲人，而喜從曼卿遊以陰求天下奇士，又轉出秘演；曼卿、秘演既出，乃轉寫二人相合，一時賢士皆從游，何其「壯」也！而後再轉，十年之間，一死一老病，何其「衰」也！其下再轉，秘演聞東南山水甚可「壯」，乃往遊焉，呼應原先之「壯」；末再一轉，「因道其盛時以悲其衰」，終以「衰」收束全文，留下無窮感慨。通篇六轉，各轉相承又別開新意，尤其「壯」與「衰」的承接與對比最爲高妙，無怪張裕釗贊美之云：「直起直落，直轉直接，具無窮變化，純是潛氣內轉，可與子長諸表序參看。」㉙

蘇氏文集序先說集錄子美遺文十卷，皆金玉也，不可使之埋沒，若埋沒豈可無恨？其下一轉，扯出文章其難，豈非難得其人之大問題；而後再一轉，云苟得其人，豈可不爲之貴重愛惜？至此，深惜子美之意遂出。其下忽又一轉，言子美學古文在其前，不顧時人非笑，可謂特立之士；下面承特立之士，言其狀貌奇偉，望之昂然，但卽之溫溫，久而愈可愛慕，是承接之中又有轉折；其下承愈可愛慕，言人之排擊子美而意不在子美，終結轉出子美獨不幸死矣之可悲。全文五轉，每轉如波浪之推湧，推出層層新意，讀來特具無窮興味。

江鄰幾文集序先言名卿鉅公往往見於其銘，而後一轉，言朋友故舊，方從其遊，遽哭其死，遂銘其歲者爲可歎，再轉銘之二十餘人，又有不及銘者，何其多也，死生盛衰誠可悲也；再轉又有流離以死，志不獲伸而沒，獨文章尚見於世爲更可哀者。經此三轉，其人之可悲可哀已達頂點，無以復加。下承文章尚見於世而稍論述鄰幾其詩文，結尾又一轉爲「然其文已自行於世矣，固不待余言以爲輕重，而余特區區於是者，蓋發於有感而云然。」是又轉而呼應前文之感慨。全文經此轉折而又呼應，旨在感慨固可無疑；而文章之動人因此達成，文章之肌理謹嚴亦因此昭昭然可見。

歐陽序跋之作，顯用迂迴而入、層層轉折作法，固不煩一一分析，周振甫文章例話論承轉頗舉歐文爲例，實非無意也。

綜合而言，層層轉折之作法可見文章結構之謹嚴，又有助文章波瀾之形成。結構謹嚴則有法度，故平實；而波瀾起伏則出新意，故有韻致，歐陽之文構思甚奇，而表現不奇，正可從此處掌握意會。然波瀾起伏可大可小，可奇可平，歐陽文有波瀾而不趨於雄奇，則與虛詞不斷重複使用有密切之關係。

3.虛詞不斷重複使用

關於虛詞不斷重複使用所產生的效果，前文已有論及，茲再強調一點：歐文重複使用虛詞，尤好用「而」字，實爲求氣調之宛轉曼引，以增添文章婀娜之姿。

蘇氏文集序云：

> 予嘗考前世文章政理之盛衰，而怪唐太宗致治幾乎三王之盛，而文章不能革五代之餘習。
>
> 唐衰兵亂，又百餘年而聖宋興，……又幾百年而古文始盛於今。
>
> 子美之齒少於予，而予學古文反在其後。天聖之間，…號為時文以相誇尚，而子美獨與其兄才翁及穆參軍伯長作為古謌詩雜文，時人頗共非笑之，而子美不顧也。其後天子患時文之弊，下詔書，諷勉學者以近古，由是其風漸息，而學者稍趨於古焉。
>
> 其狀貌奇偉，望之昂然，而卽之溫溫，久而愈可愛慕，其材雖高，而人亦不甚嫉忌。

吾人試將上文特別標舉出之「而」字省去，可以發現文意全無不同，甚且亦無妨礙（例如並未使文氣中斷），但必能感覺缺少一種曼引宛轉之氣調，而文章之節奏亦較緊張而無舒緩之態。再看江鄰幾文集序云：

至於朋友故舊，平居握手言笑，意氣偉然，可謂一時之盛，而方從其遊，遽哭其死，遂銘其歲者，是可歎也。蓋自師魯之亡，逮今二十五年之間，相繼而歿，為之銘者至二十人；又有予不及銘，予雖銘而非交且舊者，皆不與焉。嗚呼！何其多也。不獨善人君子難得易失，而交游零落如此，反顧身世死生盛衰之際，又可悲夫！而其間又有不幸罹憂患，觸網羅，至困阨流離以死，與夫仕宦連蹇，志不獲伸而歿，獨有文章尚見於世者，則又可哀也歟！

文中特別標舉出之虛詞在此負有層層轉折的作用，有其特殊用意，但就文言文，卻仍因此造成文句不斷，一氣直轉的效果，如微微振動之長長音波。最後再看釋秘演詩集序云：

予少以進士遊京師，因得盡交當世之賢豪，然猶以謂國家臣一四海，休兵革，養息天下以無事者四十年；而智謀雄偉非常之士，無所用其能者，往往伏而不出，山林屠販必有老死而世莫見者，欲從而求之，不可得。

就文意而言，第一個「而」可省，「必有」兩字應移置此。歐公偏偏將「必有」二字移後，此處多一「而」字，與下文諸「而」字呼應，除句法多變之效果外，實重在求氣調之一貫。我們藉此三例之說明，應能肯定歐陽重複使用虛詞，主要目的確在特殊氣調與姿態之形成。歐文「氣盡語極，急言竭論，而容與閒易，無艱難勞苦之態」㉚「紆餘曲折，辭少意多，玩味不能已者」㉛等特殊風貌，正由此來。

綜合以上三點作法而觀，歐陽有意變出韓文，而好以感慨成文之用心固不難窺見，其承史公唱歎亦仍不時流露。以感慨增情韻，以迂廻添含蓄，以虛詞益宛轉，歐文「敷腴溫潤」[32]，傾向柔美[33]之風，漸不難掌握矣。

## 三、贈序類

歐陽贈序類作法，常見而重要者與序跋類相近，約有三點可言：

### 1. 善發端、富轉折

高明作手無不善於發端，但此處所謂「善發端」，乃有特殊之意。蓋指發端所述卽爲一篇綱領，全文主旨藉此漸漸鋪陳、漸漸顯示，雖亦屬自外而內、由遠而近法，但與前述「迂廻而入」不盡相同——前述迂廻而入多借非直接相關的事物起筆，此處則必借直接相關的事物破題。歐陽贈序之作，多用此法，如送楊寘序勸楊寘心平氣和，調養病體，乃從自身學琴經驗寫起，文中透過學琴使自身心平疾癒的鋪寫，漸漸托出主題，結尾進琴，明勸楊寘學琴。送田畫秀才寧親萬州序送田畫寧親，乃從其祖田欽祚寫起，寫欽祚平成都，破金陵之功，末借祖孫行同一路線，隱然勉田畫效法其祖。送徐無黨南歸序勉徐生努力爲文，乃從三不朽寫起，而後極言言之不可恃以及立言之不易，而諄諄告誡之意自然顯現。餘如送楊子聰戶曹序，送廖倚歸衡山序、送梅聖俞歸河陽序等皆是，不一一說明。

歐陽採取此種發端之語扣合篇旨、引出篇旨的作法，似離而實卽，敷腴潤遠之外更增結構謹嚴之感。歐文所以一方面讓人覺得平實而可把握，一方面又有變化而不刻板，此種作法厥爲原因之一。

此外，歐陽贈序之文，仍富轉折，送張唐民歸青州序先寫三代之際敎民興學選賢命士之法備，故士生其間不得不善；其下轉寫後世道缺學廢，士生其間，能自爲善，卓然不惑，則遠貴三代之士；其下再轉，寫善人尤少，而往往飢寒困踣，遂發出一篇賢者艱困論；其下承天人之理，轉出通周易者皆知窮達禍福；其下再轉出張生艱困而好易，則窮達禍福可以不動於心；結尾忽又一轉，云「若生者，豈必窮也哉？安知其不艱而後通也！」不僅合乎贈序勉慰之意，抑且留下無窮意趣，有不結爲結之妙。送徐無黨南歸序幾乎通篇討論三不朽，歸結於言之不可恃；至末尾一轉，勉徐生深思爲文之道；而後結句又一轉——「然予固亦喜爲文辭者，亦因以自警焉。」全文句句言言之不可恃，實句句言言之難工之主旨，正因此連續二轉而翻出，開闔之妙，令人驚歎！至其餘諸文則大體一轉，如：送廖倚歸衡山序以衡山秀麗，人居俊傑，轉出廖倚生於衡山故才美；送王陶序以論剛柔之道轉出王生好剛；送秘書丞宋君歸太學序以君子之難，聖人之難轉出宋君能行聖賢之所難。

平心而論，歐陽贈序之作，於迂廻、轉折之法不若序跋之作複雜多端。其「善發端」固爲扣引大旨，其轉折亦多求有遞進作用而不求有翻轉效果，是仍爲托出大旨而設。吾人比較二類作品，明顯可見贈序類架構極簡明，多半先提起一事，再轉入主題，二者一旦拍合，全文便告完成。歐文之有結構、有法度、簡明可學，觀此作品，最易了然。

古人贈序之作，其對象往往爲不得意者，故除勸勉鼓勵之外，自可表露感慨同情。歐陽善言情，但於贈序之作，反不由此機軸，寧不可怪？考韓愈贈序之作，多而且佳，劉大櫆評以「掃除枝葉，體簡辭足。」[34]則歐陽或許正有意步武韓公並與之暗作頡頏。[35]

2. 句法參差交錯

方東樹昭昧詹言有云：「字句文法，雖詩文末事，而欲求精其學，非先於此實下工夫不得。此古人不傳之秘，謝、鮑、韓、黃屢以詔人，但淺人不察耳。」按，句法之變有所謂參差、交錯、省筆、虛實、重字等，前文曾特別指出歐文好用重複虛詞，實已關乎虛實、重字等句法之變，此節特重參差、交錯之運用。

參差之造成，主要靠字數不同與句型變化。柳宗元始得西山宴遊記有云：「（日與其徒）上高山，入深林，窮廻溪，幽泉怪石，無遠不到。到則披草而坐，傾壺而醉，醉則更相枕以臥，意有所極，夢亦同趣，覺而起，起而歸。」字數變化爲三三三四四，而後一個頂眞格，六四，再一個頂眞格七，而後回復成四四三三，節奏抑揚，極有呼應。再如韓愈送李愿歸盤谷序：「或曰：謂其環兩山之間，故曰盤；或曰：是谷也，宅幽而勢阻，隱者之所盤旋。」此段句型本應爲：「或曰：是谷也，環兩山之間，故曰盤；或曰：是谷也，宅幽而勢阻，隱者之所盤旋，故曰盤。」韓愈故意加以變化，遂打破整齊刻板，充滿奇趣。

歐陽贈序之作亦有明顯句法參差之例，送田畫秀才寧親萬州序云：「五代之初，天下分爲十三四。及建隆之際，或滅或微，其在者猶七國。」此段句型之「常」爲：「五代之初，天下分爲十三四；建隆之際，或滅或微猶七國。」歐陽特意將其「變」爲散化，四七四七之字數遂成四七五四六。[36]又云：「當此時，文初之祖從諸將西平成都，及南攻金陵，功最多於時，語名將者，稱田氏。」「功最多於時」一句，「於時」兩字本可刪，但歐陽故意添之，不避與上句「當此時」重複，除可顯示歐陽好累疊外，添此二字復可避免「南攻金陵功最多，語名將者稱田氏」的整齊句型，並可使「時」、「氏」造成聲音上的連貫呼應，實有多重作用。送陳經秀才序云：「伊出陸渾，略國南，絕山而下，東以會合。山夾水東西，北直國門，當雙闕。」原本應作：「伊出陸渾，略國南，絕山而下，東會合，北直國門，當雙闕。」歐陽刻意加一「以」字，又加「山夾水東西」一句，遂使句法參差，而水曲折之狀亦更描摹而出矣。

至於交錯之例較明顯者，如：送楊寘序：「急者悽然以促（A），緩者舒然以和（B），如崩崖裂石高山出泉而風雨夜至也（$A^1$），如怨夫寡婦之歎息，雌雄雍雍之相鳴也（$B^1$）。」此段句型之常態爲A$A^1$，B$B^1$；歐陽刻意交錯成AB，$A^1B^1$。而此下文又云：「其憂深思遠（C），則舜與文王孔子之遺音（$C^1$）；悲愁感憤（D），則伯奇孤子屈原忠臣之所歎也（$D^1$）。」又恢復成常態句型C$C^1$，D$D^1$。我們參以韓愈送石處士序云：「與之語道理（A），辨古今事當否（B），論人高下事後當成敗（C），若河決下流而東注（$A^1$），若駟馬駕輕就熟路，（$B^1$）而王良造父爲之先後也，若燭照數計而龜卜也（$C^1$）。」一方面可見歐陽法韓奇變之處，一方面又可見歐陽仍不忘維持自身一貫平易風格，故不願奇變太過，乃立刻以常態矯回也。

再如：送徐無黨南歸序：「其所以爲聖賢者，修之於身（A），施之於事（B），見之於言（C），是三者所以能不朽而存也。修於身者無所不獲（A發展），施於事者有得有不得焉（B發展），其見於言者則又有能有不能也。（C發展）」句法爲ABC，ABC發展。按此種句法自唐韓愈始多見，原毀有云：「古之君子，其責己也重以周（A），其待人也輕以約（B）。重以周，故不怠（A發展），輕以約，故人樂爲善（B發展）。」答李湘書云：「養其根而竢其實（A），加其膏而希其光（B）；根之茂者其實遂（A發展），膏之沃者其光曄（B發展）。仁義之人，其言藹如也。」皆爲AB，AB發展之句法。先秦則不然，論語子罕篇：「子曰：『法語之言，能無從乎(A)？改之爲貴！巽與之言，能無說乎？(B)繹之爲貴！說而不繹(B)，從而不改(A)，吾末如之何也矣！』」乃AB，BA之句法。歐陽於此，不能不說係自韓來。

一般而言，句法參差交錯之變化運用，歐陽並非常見，唯贈序之作較爲明顯，由文中比較，亦不難見其與韓文之關係，則贈序一類，歐陽陰取韓公殆無疑也。

3.虛詞重複使用

歐陽贈序中虛詞重複使用之情形與作用，與前述各類並無不同，故不多贅。送楊寘序：「退而閒居，不能治也。」「久而樂之，不知疾之在體也。」「及其至也，大者爲宮，細者爲羽。」「如崩崖裂石高山出泉而風雨夜至也。」「如怨夫寡婦之歎息，雌雄雍雍之相鳴也。其憂思深遠，則舜與文王孔子之遺音也；悲愁感憤，則伯奇孤子屈原忠臣之所歎也。」繁用「也」字，使唱歎之意倍增。送徐無黨南歸序：「其爲生雖異，而爲死則同，一歸於腐壞澌盡泯滅而已。而衆人之中，有聖賢者，固亦生且死於其間，而獨異於草木鳥獸衆人者，雖死而不朽，愈遠而彌存也。」「而後世更百千歲，未有能及之者，其不朽而存者，固不待施於事。」「而忽焉以死者，雖有遲有速，而卒與三者同歸於泯滅矣。」「其文辭日進，如水涌而山出，予欲摧其盛氣而勉其思也。」繁用「而」字，而宛轉之調益多矣。

綜觀歐陽贈序作品，虛詞重複使用保持其一貫特色，句法之參差交錯則使歐文增添較奇健之風，配合善發端以及單純轉折使全文體貌益形簡明，實爲歐陽作品中最具韓文格調者。㊲唯參差交錯仍非繁用，加以虛詞重複之手法不變，或多或少中和了奇健的風格，姚鼐云：「歐公能取異己者之長而時濟之。」㊳實爲深知歐公之言。

## 四、雜記類

歐陽雜記類作品之作法，有與前述各類相同而一貫者，亦有別出心裁，特立新貌者，玆分述如下：

1.修辭峭麗、造句駢偶

觀歐陽雜記之作，予人印象最深刻者，厥爲修辭遠較他類作品爲峭麗，駢句遠較他類作品爲繁多，且四言句型極爲常見。案，古文非不可有駢，適度用之，反助文氣嚴整收束，但歐文慣見容與閒易、自然流動之風格，則雜記類此種作法不得不推爲異數。

畫舫齋記有句：「山石巖翠，佳花美木之植，列於兩簷之外。」豐樂亭記有句：「仰而望山，俯而聽泉，掇幽芳而蔭喬木，風霜冰雪，刻露清秀，四時之景，無不可愛。」叢翠亭記有句：「見山之連者峯者岫者，駱驛聯亙。卑相附，高相摩，亭然起，崒然止，來而向，去而背，頹崖怪壑，若奔若蹲，若鬬若倚。」李秀才東園亭記有句：「因尋童子時所見，則樹之孽者抱，昔之抱者樹，草之茁者叢，荄之甲者今果矣。」凡此皆可稱峭麗。

此外，又有同稱峭麗而以四言爲基本句型者，養魚記：「不方不圓，任其地形，不甃不築，全其自然。縱鍤以濬之，汲井以盈之，湛乎汪洋，晶乎清明，微風而波，無波而平，若星若月，精彩下入。予偃息其上，潛形於毫芒，循漪沿岸，渺然有江湖千里之想。」峽州至喜亭記：「岷江之來，合蜀衆水出三峽，爲荆江。傾折回直，捍怒鬬激，束之爲湍，觸之爲旋，順流之舟，頃刻數百里，不及顧視，一失毫釐，與崖石遇，則糜潰漂沒，不見蹤迹。」而遊大字院記幾乎全篇如此：「六月之庚，金伏火見，往往暑虹晝明，驚雷破柱，鬱雲蒸雨，斜風酷熱。……春筍解籜，夏潦漲渠，引流穿林，命席當水，紅薇始開，影照波上，折花弄流，銜觴對奕。」眞彷彿六朝體貌矣。

不僅如此，駢儷之句亦時時可見，豐樂亭記：「其上豐山聳然而特立，下則幽谷窈然而深藏。」浮槎山水記：「蔭長松，藉豐草；聽山溜之潺湲，飲石泉之滴瀝」有美堂記：「蓋彼放心於物外，而此娛意於繁華。」相州晝錦堂記：「仕宦而至將相，富貴而歸故鄉。」「高牙大纛不足爲公榮，桓圭衮冕不足爲公貴。」而醉翁亭記尤多，除句與句對外——「日出而林霏開，雲歸而巖穴暝」「野芳發而幽香，佳木秀而繁蔭。」「負者歌於塗，行者休於樹；前者呼，後者應……臨谿而漁，谿深而魚肥，釀泉爲酒，泉香而酒洌。」甚且全篇構思即採對偶形式鋪陳——琅邪與釀泉對，作亭與名亭對；朝暮與四時對；滁人遊與太守宴對；衆賓懽與太守醉對；人之樂與太守之樂對，全文透過此種不斷相對，終於呈顯出太守特殊懷抱。

在歐陽雜記作品中，兼峭麗駢偶，允爲此風代表者可推眞州東園記，觀以下描寫，信知不誣：

> 而流水橫其前，清池浸其右，高臺起其北。臺，吾望以拂雲之亭；池，吾俯以澄虛之閣；水，吾泛以畫舫之舟。敞其中以為清讌之堂，闢其後以為射賓之圃。芙渠芰荷之的歷，幽蘭白芷之芬芳，與夫佳花美木，列植而交陰，此前日之蒼煙白露而荊棘也；高甍巨桷，水光日景動搖而上下，其寬閑深靚，可以答遠響而生清風，此前日之頹垣斷塹而荒墟也；嘉時令節，州人士女嘯歌而管絃，此前日之晦冥風雨，鼪鼯鳥獸之嗥

音也。

讀來確如讀屈子或六朝之賦篇。

峭麗而駢偶，又多四言句型，歐陽何以變出此調？竊以為規模子厚矣。柳氏諸記幽深峭麗，尤多四言句型。如：黃溪記：「黛蓄膏渟，來若白虹，沈沈無聲。」永州萬石亭記：「伐竹披奧，攲仄以入，綿谷跨谿，皆大石林立，渙若奔雲，錯若置碁，怒者虎鬭，企者鳥厲。（以下仍多，不備錄）」至小邱西小石潭記：「為坻為嶼，為嵁為巖，青樹翠曼，蒙絡搖綴，參差披拂。……日光下澈，影布石上，怡然不動，俶爾遠逝，往來翕忽。」袁家渴記：「澄潭淺渚，間厠曲折，平者深黑，峻者沸白，舟行若窮，忽又無際。」餘篇多如此，而零陵三亭記尤幾乎全篇用四字句。

案，柳氏此種作風，前人已見，陳衍石遺室論文以為子厚既少學國語，晚學楚辭，其多四句，多駢儷，而富辭藻，已不可易，諸作實六朝體製。㊴林紓則以為似六朝而實非六朝，其古麗奇峭由精於小學之故，故每下一字必有根據，體物既工，造語尤古。㊻二說皆極具參考價值。柳氏古文以雜記為最工，乃世所公認，桐城諸子雖抑柳揚韓，但於此亦不得不推宗元。前文（註㉟）曾言歐陽善學，故碑誌、贈序之作不乏取諸韓者，以韓此二類作品最佳之故。柳既以雜記最工，歐作雜記效法宗元，則亦同理，吾人試將二者作品比觀，固已自見，唯二者情調略有差異，此則下節再論。

2. 多寄感慨議論

歐陽雜記之作，仍多寄感慨議論。菱谿石記有云：「物之奇者，棄沒於幽遠則可惜，置之耳目則愛者不免取之而去。」但人物廢興何可逆料？故結句云：「至於子孫泯沒而無聞，況欲長有此石乎？用此可爲富貴者之戒；而好奇之士聞此石者，可以一賞而足，何必取而去也哉？」浮槎山水記有云：「夫窮天下之物，無不得其欲者，富貴之樂也；至於蔭長松，藉豐草……此山林者之樂也。」終則引出富貴能致物，卻不可兼得山林之樂的結論。畫舫齋記有云：「然予聞古之人有逃世遠去江湖之上，終身而不肯反者，其必有所樂也。苟非冒利於險，有罪而不得已，使順風恬波，傲然枕席之上，一日而千里，則舟之行，豈不樂哉？」全篇寄寓無限自放自勉之意。餘若非非堂記云：「是是近乎諂，非非近乎訕；不幸而過，寧訕無諂。」伐樹記云：「凡物幸之與不幸，視其處之而已。」養魚記云：「予觀巨魚枯涸在旁，不得其所；而羣小魚遊戲乎淺狹之向，有若自足焉。」是又寄託多少懷抱於其中矣！

柳宗元諸記之作，雖亦當有頗寄懷抱者，但實不明顯，如始得西山宴遊記之類，較易揣摹者，並不多見。歐陽則幾乎無篇無之，或感慨、或議論、或相雜兼有，上述不過隨手舉例而已。歐陽學柳，體製相似而情調有別，厥在於此。故方苞云：「散體唯記難撰結，……（永叔）則別求義理以寓襟抱。」㊶劉大櫆云：「柳州記山水，從實處寫景，歐公記園亭，從虛處生情。」㊷而林紓亦云：「子厚之文，古麗奇峭。……歐陽力變其體，俯仰夷猶，多作弔古歎逝語，亦自成一格。」㊸

3.迂迴而入、層層轉折

迂迴而入、層層轉折厥爲歐陽爲文一貫作法。醉翁亭記不斷設問，一問一答，層層轉進，篇旨乃漸漸顯露；偃虹隄記亦然。遊大字院記藉酷熱引出消暑之遊，因消暑之遊引出避暑之詠；泗州先春亭記先兜遠寫堤，再因堤寫思邵亭，最後因思邵亭寫先春亭；有美堂記則從樂不可得兼寫起，因此引出可兼者爲金陵、錢塘，再轉寫金陵殘破，唯錢塘有美，最後點出有美堂。凡此皆相轉相承，極有推衍層次。

至如李秀才東園亭記，開章已拈出東園亭，筆鋒忽承「李氏家隨」一句轉，憑空說起隨地之歷史，兼談風土人情；然後再轉回李氏；其下承李氏治東園，追懷昔日，遂以時空之感作結，實吞吐夷猶、夭矯多變。豐樂亭記初寫作亭，忽橫空揷入五代干戈之際，然後由亂說到治，又由治回想到亂，最後歸結—「使民知所以安此豐年之樂者，幸生無事之時也。」固一波三折。陳衍特贊美之云：「將實事於虛空中摩盪盤旋，此歐公平生擅長之技，所謂風神也。」㊹

遞進之轉有條理，見歐文之簡明嚴整；翻空之轉有波瀾，見歐文之宛轉變化，前文既頗述之，茲不贅言。

4.重複使用虛詞

重複使用虛詞仍屬歐陽一貫作法，有美堂記云：「夫舉天下之至美與其樂，有不得而兼焉者，多矣。故窮山水登臨之美者，必之乎寬閑之野、寂寞之鄉而後得焉。覽人物之盛麗，夸都邑之雄富者，必據乎四達之衝，舟車之會而後足焉。蓋彼放心於物外，而此娛意於繁華，二者各有適焉，然其爲樂不得而兼也。」又云：「今其江山雖在，而垣頽廢址，荒煙蔓草，過而覽者，莫不爲之躊躇而悽愴。」「蓋錢塘兼有天下之美，而斯堂又盡得錢塘之美焉。宜乎公之甚愛而難忘也。」全文濃厚之唱歎之調正借虛詞重複表而出之。相州晝錦堂記有云：「仕宦而至將相，富貴而歸故鄉，此人情之所榮，而今昔之所同也。」「惟德被生民，而功施社稷，勒之金石，播之聲詩，以耀後世而垂無窮，此公之志，而世以此望於公也。豈止夸一時而榮一鄉哉？」全文容與閒易之態亦正借虛詞重複而表現也。

至於醉翁亭記，其虛詞重複使用則有特殊文法在。全篇用廿一「也」字，世所樂道，以爲「前世未有其體」㊺。其實歐公此篇構思雖新穎，卻並非標新立異，蓋全文以「者」「也」合用的說明句型構成，僅「四時之景不同，而樂亦無窮也」「人知從太守遊而樂，而不知太守之樂其樂也」二句爲不具說明意之語尾助詞。

雖然醉翁亭記廿一個也字有其特殊功能，但全文宛轉唱歎之氣調仍因此形成，加上此篇更用廿三個「而」字，故特覺氣韻流蕩委曲。則歐陽此篇重複使用虛詞，用意故與他篇無殊。

歐陽雜記作法，値得注意者略如上述，其麗辭駢句學柳而濟以自身情調，加以一貫迂迴轉折、重複虛詞之運用，故能變出柳而獨成面貌。可再補充者，歐陽雜記偶有借題而傳人之作，如相州晝錦堂記述韓琦功業、海陵許氏南園記述許子春德孝，而王彥章畫像記直爲王鐵鎗作傳矣皆是。雖雜記之作本往往附記人物（歐陽固篇篇有之，而較他人為略詳），但仍可見歐陽之史家風格也。

## 五、論辨類

嚴格來說，論辨之作非歐陽所長，作品亦不多。其作法大致而言有二：一是平順說道理；一是出奇說道理。前者如本論二篇，後者如朋黨論、縱囚論、爲君難論下。而無論平順說道理或出奇說道理，內在結構均層層相扣，首尾呼應，唯後者頗多翻空推波之處。爲免於支碎，以下不分立標題而予以綜述之。

本論上先揭基本觀念：佛法患中國千餘歲，非不能去，乃未知其方之故。此如醫者之於疾，必推其病之所自來，而治受病之處，病乃可去。其下根據此基本觀念推求佛患形成之情形，發現堯舜三代之際，王政修明，禮義之敎充於天下，雖有佛而不能入；及三代衰，王政禮義闕廢，佛乃行於中國，於是佛患所以形成之故遂清晰浮現，而去佛患必修禮義之結論也順勢推出。本論下則繼續推衍其意見：病因既明，病方既有，但久病之人不可施以重藥，故知以禮義去佛亦應爲之以漸，此下卽反覆申說漸進之理，最後明確說道：「患深勢盛難與敵，非馴致而爲之莫能也。」

吾人回顧上述作法，淸楚可見歐陽作本論，只平順說道理，而句句相接，層次極分明，結構極謹嚴。相對於韓愈原道，便殊覺後者意氣用事，雖氣勢盛，反有強詞奪理之嫌。類此篇章，最能見歐文平易柔和之動人力量。

朋黨論則出奇說道理。此論之作有其當時背景，學者熟之，不贅。朋黨之名，自古以來卽非美稱，歐陽故意說君子有朋，小人無朋，立意之奇，曠古未有。文章開始卽說君子以同道爲朋，小人以同利爲朋。其下一轉，進一步說君子有朋，小人無朋；然後說明其間道理——蓋小人或見利而爭先、或利盡而交疏，則暫爲朋者僞也。其下卽推出結論：人君用君子眞朋、退小人僞朋，則天下治。文章到此，篇旨全現。此下舉各種史例以證結論，最後反說一句：「夫興亡治亂之迹，爲人君者可以鑒矣。」呼應結論，結構乾淨俐落。

吾人省視其作法，可知歐陽先立論點基礎，迅速切入主題，而後反覆論證，最後回應主題。構思雖奇，作法卻簡單——仍是層層相扣，首尾呼應。縱囚論一文亦然。開章卽辨君子小人之別，也是先立論點基礎，留下伏筆。其下迅速切入主題，提出唐太宗縱囚之事爲不可信之結論。此後亦一再問難，反覆辨證，最後肯定結論。所不同者，歐陽此文自此以下，又推出一層，設想唐太宗應有的適當作法，然後又推翻之，最後歸結「堯舜三王之治，必本於人情，不立異以爲高，不逆情以干譽。」眞有無窮波瀾，可謂奇中有奇。值得特別說明者，歐文此一結語極高妙，蓋一則提出新結論，使文章意境更高一層；一則此一新結論又與全篇立論之基本思想完全一致——歐陽此文豈不是本來就以人情之常爲大理念做一切推論嗎?

此外，爲君難論下首揭聽言之難之題旨，而後舉例論證。論證完畢，又轉出「樂用新進，忽棄老成」之新意。文章至此可以結束，未料，最後又引傳說，再翻出「夫用人之失，天下之人皆知其不可，而獨其主不知者，莫大之患也。前世之禍亂敗亡由此者，不可勝數也。」之新意。波瀾無窮，與縱囚論有異曲同工之妙。

論辨之作，使歐陽古文亦具有一層雄奇之貌，唯值得強調者，緻密謹嚴之結構，固與歐陽他作無異。方苞以爲「歐公……辯論法荀子」㊻，稽諸荀子一書篇篇俱以論證反覆，說理精密見長㊼，方氏之說，殆亦可謂知言。

## 叁、

歐陽古文作法探討如上。我們綜合來看，可知確立主題，層層剝寫，有遞進、有轉折、重複用虛詞、常常摻情語，是其一貫作法。故歐文主題明確、層次清楚、結構簡明，而特有宛轉動人、從容不迫之態，蘇洵上歐陽內翰第一書云：「執事之文，紆餘委備，往復百折而條達疎暢，無所間斷，氣盡語極，急言竭論，而容與閒易，無艱難勞苦之態。」確實說盡歐文風格。至於論辨之雄奇、雜記之峭麗，只是部份面貌，且跟文體屬性有關，吾人不必過分強調，何況這些作品中間也仍維持有歐陽求簡潔、宛轉的一貫作法，自屬歐陽格調。

其次，根據前述，吾人亦可清楚見到歐陽學史記極多，學韓文亦不少；而感慨議論唱歎之調尤與史遷爲近。由是於前人所謂「凡史記好處，諸大家無不知之，歐文尤多得。」「學馬遷莫如歐」「永叔摹史記之格調而曲得其風神」㊽等說，可以了然其意，並知其說之所以然。而曾鞏云歐陽之文「體備韓馬」㊾，尤言簡意賅，一針見血，不愧爲歐陽嫡傳。

最後仍願強調者，歐陽之善學。歐陽碑誌學韓、馬，贈序學韓，雜記學柳，論辨學荀子，均取其長而變出之，而序跋一類特自創格調，皆可謂卓然偉立矣。近人張須云：

歐公之使字造句，結體謀篇，皆實能自存面目，不甘爲韓、柳作輿臺。㊿

予深以爲然。

## 附註

❶ 歐文作品的重心在這五類，唐宋古文家作品的重心也大抵在此五類，討論唐宋古文依此分類自明以來已成公認看法。

❷ 韓愈碑誌文，於題、於序、於銘，俱有復古與創新處，義法謹嚴，一絲不苟，葉國良氏有「論韓愈的冢墓碑誌文」，於此探討極明晰，載古典文學第十集（臺北，學生書局，一九八八年十二月初版），讀者自參。

❸ 參前揭葉氏文。

❹ 方望溪全集，卷六。

❺ 韓昌黎文集校注卷六，李元賓墓銘題下補注引。

❻ 語見歐陽修集古錄目序，歐陽修全集，卷首。

❼ 同前註。

❽ 文史通義，卷五，古文十弊。

❾ 方望溪全集，集外文補遺卷二。

❿ 參見王葆心古文辭通義（臺北，中華書局）卷十二引。

⓫ 前揭書，卷十五，「宋人又有言，作何人文，文即肖其人者」下引陳無已云：「司馬遷作長卿傳，如長卿之文。」

⓬ 此用李長之說法，見其「司馬遷的風格之美學上的分析」一文，載氏著司馬遷的人格與風格一書，臺北，開明書店。

⓭ 同註❷。

⓮ 方望溪全集，卷六。

⓯ 徐復觀先生且曾特別指出，史公自言流涕、垂涕者各一，言廢書而歎者三。史記一書固寄史公無限感懷也。徐說見其論史記（上），大陸雜誌五十五卷第五期。

⓰ 見古文辭類纂碑誌類下編六，歐陽修尹師魯墓誌銘後引諸家集評。

⓱ 參註❷葉氏文。

⓲ 陳氏此書未見。說見陳柱散文史（臺灣商務印書館）第四編第八節所引。

⓳ 嘉祐集，卷十一。

⓴ 當然，這只是在少用虛詞，多用實詞的文章相較之下而言。這種說法只能是相對的，不能是絕對

的。

㉑見氏著「論文偶記」，劉海峯文集卷首。

㉒鶴林玉露卷十四。

㉓參見王葆心古文辭通義卷十一引。

㉔舉例來說，歐陽好用「而」字，古今便無出其右者，且各個「而」字作用並不相同。

㉕如張裕釗評史記十二諸侯年表序：「史記諸表序筆筆有唱歎，筆筆是豎的，歐公文有一唱三歎者，多是橫潤的。」評五代史伶官傳敍：「敍事華嚴處得自史記。」評釋秘演詩集序：「直起直落，直轉直接，具無窮變化，純是潛氣內轉，可與子長諸表序參看。」劉大櫆評五代史伶官傳敍：「跌宕遒逸，風神絕似史遷。」方苞評五代史職方考序：「其機軸明學史記漢興以來諸侯年表序。」茅坤評釋秘演詩集序：「慷慨嗚咽之音，命意最曠而逸，得司馬子長之神髓矣。」評新唐書藝文志序：「敍事中帶感慨悲弔以發議論，其機軸本史遷來。」諸家之評皆見姚鼐古文辭類纂序跋類各文下引。

㉖見古文辭類纂序跋類三，卷八，釋秘演詩集序引。

㉗同前註。

㉘陳氏評歐文者見陳柱中國散文史第四編第八節歐陽修引；評韓文者見韓愈資料彙編頁一五七六引。

㉙同註㉕。

㉚同註⑲。

㉛見朱子語類，卷一三九，論文上。

㉜同前註。

㉝姚鼐惜抱軒文集卷六，復魯絜非書稱歐陽「其才皆偏於柔之美者也。」

㉞ 見姚鼐古文辭類纂，卷三十一，韓愈送王秀才塤序下引。

㉟ 韓愈贈序多且佳，陳衍石遺室論文即列為韓文第二（見註㉘）。古人皆善學文，故於前賢之佳者則效之，於前賢之弱者則往往自出機軸。東坡以韓愈送李愿歸盤谷序為唐文第一，每思勝之而終擱筆，故韓公獨步，正是此種心態。歐陽好韓文，於韓文第一之碑誌有承襲者——此文內已述，則於韓文第二之贈序，殆亦不免效法。況如姚鼐所云：「唐初贈人，始以序名，作者亦衆，至於昌黎，乃得古人之意，其文冠絕前後作者。」（韓愈資料彙編，頁一五九三引）更應取法乎上。而韓文序跋較弱（陳衍列於第四），歐陽遂變出韓文而以議論感慨見長矣。

㊱ 古人意識與今人不同。今人對文章的感覺乃散為常，駢為變；古人正好相反。故唐宋古文家意念雖駢，卻出之以散，正見其用心處。

㊲ 韓歐贈序之作，氣格確實相似。韓送董邵南序末云：「明天子在上，可以出而仕矣！」歐送田畫秀才寧親萬州序末云：「覽其山川，可以慨然而賦矣！」二者如出一轍。韓送區册序先描山川，繼寫他人不能遊，再寫區册同遊，末則惜其別去。歐送陳經秀才序作法全同。不僅如此，韓文結尾云：「與之翳嘉林，坐石磯，投竿而漁，陶然以樂，若能遺外聲利，而不厭乎貧賤也。歲之初吉，歸拜其親，酒壺既傾，序以識別。」歐文結尾云：「因相與期於玆，夜宿西峯，步月山林間，登山上，方路窮而返。明日，上香山石樓，聽八節灘，晚泛舟，傍山足夷猶而下。賦詩飲酒，暮已歸。後三日，陳生告於且西，予方得生，喜與之遊也。又遽去，因書其所以遊，以贈其行。」二者情韻神似，所異者，歐文較細膩舒緩——所謂容與閒易也。

㊳ 同註㉝。

㊴ 參見柳宗元詩文彙評（臺北，明倫出版社）頁五五七、五六一、五六二。

㊵ 見前揭書，頁五七一。

㊶ 方望溪全集卷六，答程夔州書。

㊷ 姚鼐古文辭類纂卷五十四，歐陽修眞州東園記引諸家集評。
㊸ 柳宗元詩文彙評頁五七一、五七二。
㊹ 見陳柱中國散文史第四編第八節歐陽修引。
㊺ 語見歐陽發所述事迹，歐陽修全集，附錄。
㊻ 姚鼐古文辭類纂卷三，歐陽修本論中引諸家集評。
㊼ 先秦散文最具嚴整之邏輯性與結構者，厥屬荀子。即以「天論」爲例，全篇以「天」爲主題，先論天的本質，次闡述人與天的關係，再次說明人對待天所應抱持的態度，最後歸結於禮治國。無論形式與內容均環繞主題發展，層層相接，前後呼應，幾乎無懈可擊。荀子的文章永遠站在一個比較客觀的立場，照應正反兩面意見，反覆申說，最後歸結於自己的主張。不需瑰瑋詞語，不需詼詭想像，說理緻密，使人不能抗拒。這種命題寫作的方式，爲中國散文開闢了新天地，也深刻影響了後世的古文。
㊽ 此三句分別爲歸有光、王愼中、方苞語。歸說見其評點史記（上海掃葉山房石印本），例意；王說見王遵巖文集卷二十，寄道原弟書十六；方說見方望溪全集，集外文卷四，古文約選序例。明清古文家同此三家說，以爲歐得史記格調風神者極多，不備錄。
㊾ 語見曾鞏祭歐陽修文，元豐類藁卷卅八。
㊿ 見氏著歐陽修與散文中興，載國文月刊七十六期。羅聯添編中國文學論文選集㈣（臺北學生書局）有收。

# 論清真詞中之寄託

林玫儀

北宋詞人周邦彥，其人才贍學富而又妙解音律，其詞則聲律諧婉，技巧純熟而又縝密和雅，故自宋以來即推爲大家。如劉肅《片玉集序》云：

> 周美成以旁搜遠紹之才，寄情長短句，縝密典麗，流風可仰，其徵辭引類，推古誇今，或借字用意，言言皆有來歷，真足冠冕詞林。

陳郁《藏一話腴・外編》亦云：

> 周邦彥……二百年來以樂府獨步。貴人學士、市儇妓女，知美成詞為可愛……。

沈義父《樂府指迷》亦云：

> 凡作詞，當以清真為主。蓋清真最為知音，且無一點市井氣。下字運意，皆有法度，往往自唐、宋諸賢詩句中來，而不用經史中生硬字面，此所以為冠絕也。

及至清代，常州詞派更懸周氏爲學詞之圭臬，自後其於詞史上之地位愈發尊崇。如周濟《宋四家詞選目錄序論》許之爲「集大成者」；陳廷焯《詞壇叢話》更譽之爲「千古詞壇領袖」，尤可見其享譽之隆。然而諸家所推許者，大率在於技巧方面，如謂其「檃寫物態，曲盡其妙」（强煥《片玉詞序》）、「渾厚和雅，善於融化詞句」（《詞源》）、「渾然天成，長篇尤富艷精工，善於鋪敍」（《四庫全書・片玉詞提要》）、「妙解聲律，……分刌節度，深契微芒」（同上《和清真詞提要》）、「音節清妍和雅」（《宋七家詞選・清真詞跋》）、「律最精審」（《詞概》）、「言情體物，窮極工巧」（《人間詞話》）之類皆是。至於周詞之內容，則一般公認較爲狹窄，大致是以描寫愛情、離情及寫景詠物爲主。關於周氏的政治立場，向來也多採用王國維「於熙寧、元祐兩黨均無依附」之說，而更無異議。宋代文人，大多不能擺脫新舊黨爭之傾軋，如東坡、少游之類；至於周邦彥，由於一般都以爲他能置身政爭之外，而其詞作內容，也公認爲不出乎綺怨，是故王灼《碧雞漫志》雖已有「邦彥能得騷人之旨」之語，但歷來評論周詞，卻鮮有從政治託喻之角度著眼者。

迨至羅忼烈《擁護新法的北宋詞人周邦彥》一文，始由周氏之《汴都賦》推定其政治態度，認爲周氏此賦完全在歌頌新法，由於此賦「託國勢之重，傳播士林」，周氏遂「聲名一旦震耀海內」，當時士林中人，咸知有周邦彥其人；但因其政治立場公開表露，遂「不爲清議所予」，成爲「保守派的敵人」。後來周氏浮沈州縣，即因受到舊黨排斥之故。因此，羅氏認爲周詞中頗多透過美人香草以寄託政治感慨之例❶。其後羅氏續撰《周清眞詞時地考略》一文，仍主張周邦彥因贊同熙寧變法而殊不得志，故詞中多有寄託之說❷。自後周詞中是否有寄託，始普遍受到學者之注意。

主張有寄託者從政治託喻之角度分析周詞，果然覺得「楚雨含情皆有託」，如萬雲駿《清眞詞的比興與寄託》一文，即謂周詞「比興微妙，寄託遙深，多數能達到有寄託而又無寄託的境界」❸。葉迦陵師《論周邦彥詞之政治託喩》一文也認爲周詞中確實有部分寓有政治託喩，葉師云：

> 其實周邦彥生當北宋新舊黨爭之際，對政海滄桑雖實頗多深慨，只不過一則他寫得含蓄深蘊使人不易覺察，再則也因為周氏在當時的政爭中，是被人目為新黨之人，而在舊日傳統眼光中，則常有一種偏護舊黨而鄙薄新黨的成見，所以後世論詞者便往往不肯從此一角度來解說周詞❹。

反對有寄託者，也紛紛從不同角度提出論證，如韋金滿《周邦彥詞研究》一書，從分析周詞之內容著眼，認爲周詞大多爲泛詠之辭，其寫作動機，即在爲綺筵歌席作送觴之曲子與助興之唱詞，並無微旨之可言，故但有銷魂蝕骨之情愫，而無因事感懷之性情。韋氏說：

> 或曰美人香草，屈原以作《離騷》，美成詞寫婉孌之思，亦為別有寄托。案：不論美成詞自白為「章臺路」、為「蘇小門前」、為「檐牙縹緲小倡樓」、為「流鶯勸我」、為「冶葉倡條」（以上均《片玉詞》句），即明明為冶遊郎與賣笑女溱洧桑間濮上調情述怨之實寫，若果為寄托，而此泛詠之詞，毫無一語及其所感慨者，則安可為穿鑿附會以曲護之也❺。

則完全否定其有寓託之可能。錢鴻瑛《周邦彥詞賞析》一書則從《汴都賦》能否代表周氏之政治觀點下筆，認爲呂祖謙評《汴都賦》有「未能侈國家之盛」之語，可見此賦並非歌頌新法，「退一步言，《汴都賦》確實頗頌新法的話，也不等於作者就是新黨，就是『變法派』」❻。而龔鵬程《擁護新法的北宋詞人周邦彥？》一文，則從交游的角度提出質疑，認爲神、哲、徽三朝，黨中有黨，本甚複雜，而士大夫交遊相牽，職繫相屬，也不能說絕對就是某一黨；何況政局波詭雲譎，士大夫出處亦不能不稍有假借，時新時舊，乃是常事。龔氏並舉出六事爲證：

一、程伊川與東坡同爲舊黨，卻相水火。
二、王安石與東坡分居新舊黨，交誼卻不淺。
三、章惇與東坡交善，後來反又推動新政。
四、邦彥與蔡天啓有交情，而蔡氏初事王安石，後又與東坡交，乃是「學術反覆」者。
五、邦彥與其叔父周邠親近，而邠乃東坡之好友。
六、周掌大晟府時，其屬下有晁端禮、晁沖之等，均無新黨色彩❼。

以證明氏周與舊黨之淵源甚至深於新黨。因此，他直斥羅忼烈以周氏爲新黨乃是「謬說」，認爲：

> 羅先生竟把所有周邦彥詞都看成是抒情詠懷，大談他的寄託，而且全部解釋為政治感慨，實在不太聰明。

諸說紛紜一至於此。而由於常州詞派奉周邦彥爲極則，周詞之有無寄託，直接關係於常派觀點之當否，故此問題實有再予析評之必要。

關於周邦彥是否屬於新黨，龔、錢二氏均持反對意見，筆者以爲：龔文所舉六事，全屬私人之交遊，此與參加政治派別殆爲二事。蓋因友朋或親戚，未必會因立場歧異而頓成陌路，此乃情理中事；如王安石與鄭俠親善，然俠卻反對新黨，至繪「流民圖」以上呈（見《宋史》卷三二一），卽是其例。故龔氏所云，實無補於對周邦彥政治立場之推斷。至於《汴都賦》能否「侈國家之盛」，則事實俱在，不容狡辯。當時由於新法施行不當，百姓流離失所，然《汴都賦》中，卻就社會、經濟、商業、教育、交通各方面對新法作一系列之肯定與稱頌。羅氏認爲「此賦之讚美新法，只是實話實說，並沒有過分的誇飾」❽，顯然有失公允。樓鑰《清眞先生文集序》云：

班孟堅之賦《兩都》，張平子之賦《二京》，不獨為五經鼓吹，直足以佐大漢之光明，……神宗稽古有為，鼎新百度，文物彬彬，號稱盛際。錢塘周公，……作《汴都賦》凡七千言，富哉！壯哉！鋪張揚厲之工。……聲名一日震耀海內，而皇朝太平之盛觀備矣。

對新法所帶給民間之疾苦視若無睹，反而滿篇歌頌之詞，若非新黨中人，至少亦爲欲藉歌頌新法以邀寵於當道者。一九五七年於山西忻縣出土署名「周邦彥」所撰之《田子茂墓誌銘》，文中稱美呂惠卿，又指稱范仲淹之子范純粹爲「姦臣」；若此文果眞出自周氏之手，則尤爲證據確鑿❾。總之，關於周邦彥之政治立場，葉迦陵師《論周邦彥詞》謂其早年一方面有「疏儁少檢」之浪漫性格，一方面也頗致力於學，有急於求進之心❿，自有其可信處；而樓序又謂其「學道退然，委順知命」、「坐視捷徑，不一趨焉」，似乎周邦彥於流落州縣之後，對仕宦之偃蹇已能泰然處之；故龍沐勛謂其「自遭時變，漂零不偶，卽性情亦因之而變化，無復少年『疏儁少檢』之風矣」⓫。但是至少在獻賦時，其政治立場傾向於新黨，應是無可置疑之事。

然而，探究周邦彥之是否爲新黨中人，對辨明周詞中有無寄託，其實關係不大。因爲北宋固然黨爭激烈，士大夫之通蹇也往往隨黨派之傾軋而起伏，但並非遭受黨爭之逼害，作品中就必然寓有寄託。東坡是徹頭徹尾之舊黨，烏臺一案，幾至生命不保，於黃州數年之磨折亦不可謂不深，然而其詞意旨明顯，寓有政治託喻者寥寥可數，卽是一例。故欲探究周詞有無寄託，仍應自其作品中考察。

關於周詞中之寄託，主張最力者爲今人羅忼烈。羅氏認爲周邦彥既是革新派，透過其宦跡和當時之政治背景，卽可發現周詞中「許多纏綿悱惻，悲歡離合之作，往往是卽事寄情，別有懷抱的」，而其詞作所呈現對愛情之繾綣、離別之悲傷、時節之苦悶等等，也「多是借題發揮，寄託自己對人對事的感慨」⓬，因此在《擁護新法的北宋詞人周邦彥》（下文簡稱「羅文」）一文中，羅氏舉出《滿江紅》（晝日移陰）等十六首詞，認爲均有明顯的寄託；其後於《周邦彥清眞集箋》（下文簡稱「羅書」）⓭一書中，又本此角度，逐首考察周詞寫作之「本旨」，綜計羅氏在此書中，提出周詞有寄託者共二十首，玆綜合表列於下：

| 詞牌 | 首句 | 羅文 | 羅書 |
|---|---|---|---|
| 滿江紅 | 晝日移陰 | √ | |
| 憶舊游 | 記愁橫淺黛 | √ | √ |
| 宴清都 | 地僻無鐘鼓 | √ | √ |
| 玉樓春 | 桃溪不作從容住 | √ | |
| 點絳唇 | 臺上披襟 | √ | √ |
| 掃花游 | 曉陰翳日 | √ | √ |
| 滿庭芳 | 風老鶯雛 | √ | |
| 瑞龍吟 | 章臺路 | √ | √ |
| 黃鸝繞碧樹 | 雙闕籠嘉氣 | √ | √ |
| 蝶戀花 | 愛日輕明新雪後 | √ | √ |
| 蝶戀花 | 桃萼新香梅落後 | √ | √ |
| 蝶戀花 | 蠢蠢黃金初脫後 | √ | √ |

| | | | |
|---|---|---|---|
| 蝶戀花 | 小閣陰陰人寂後 | √ | √ |
| 蝶戀花 | 晚步芳塘新霽後 | √ | √ |
| 六醜 | 正單衣試酒 | √ | |
| 蘭陵王 | 柳陰直 | √ | |
| 側犯 | 暮霞霽雨 | | √ |
| 三部樂 | 浮玉霏瓊 | | √ |
| 迎春樂 | 桃蹊柳曲閒蹤跡 | | √ |
| 浣溪沙 | 不為蕭娘舊約寒 | | √ |
| 一寸金 | 州夾蒼崖 | | √ |
| 瑞鶴仙 | 悄郊原帶廓 | | √ |
| 夜遊宮 | 葉下斜陽照水 | | √ |
| 大酺 | 對宿煙收 | | √ |
| 水龍吟 | 素肌應怯餘寒 | | √ |

兩相對照，可發現羅氏前後二次之認定頗有差異，玆分析如下：

一、原先認定有寄託，後來予以否定者，有五闋：

1.《滿江紅》（晝日移陰）一闋，「羅文」原認爲此詞全首均應用寄託手法，藉寫春閨孤寂以表達作者之政治憤慨。「臨寶鑑、綠雲撩亂，未忺妝束」、「枕痕一線紅生肉」是從側面烘托出其人意態之美；「寶香薰被成孤宿」是表明其「潔身自愛」而「孤立無援」，大有《離騷》「紛吾既有此內美兮，又重之以修能」之意，用以表達作者之政治苦悶；而「晝日移陰」、「蝶粉蜂黃都褪了」是象徵新法被廢，好景不常，「重會面，猶未卜」、「芳草連天迷遠望」比喻遭受斥逐，寄寓對新黨人士遭遇不幸之感慨；而「最苦是、蝴蝶滿園飛，無人撲」則是對當權派的憤恨和諷刺。然而在「羅書」中，除了校箋及引前人評語外，對此詞是否有深一層之涵義，竟無一語提及。

2.《玉樓春》（桃溪不作從容住）一闋，「羅文」原認爲上片寫好景不常，含有政治上升沈之意，是「哀絲豪竹，寫其微痛纖悲」，末二句則寫其身世飄零之感。但在「羅書」中，只推斷此詞之寫作時間，並引周之《遠遊》詩以爲參照。

3.《滿庭芳》（風老鶯雛）一闋，「羅文」原推測寫於紹聖元年或二年，其時章惇參政，革新派人士紛紛被起用；周氏因未滿任，仍留滯溧水，故詞中充滿了飄零之感。但在「羅書」中只考證詞中地名及亭臺樓閣之名。

4.《六醜》（正單衣試酒）一闋，「羅文」以爲「夜來風雨，葬楚宮傾國」是借喻蔡京集團之排斥異己，「東園岑寂，漸蒙籠暗碧，靜繞珍叢底，成歎息」，是以綠肥紅瘦喻荼蘼盈室、衆芳蕪穢之意；而「恐斷紅，尚有相思字，何由見得」，則喻元豐舊事已不復重見。

但在「羅書」中，則僅言其飄零之感滿紙盡是，並謂可與《滿庭芳》之「年年如社燕」同觀。

5.《蘭陵王》（柳陰直）一闋，「羅文」原認爲「斜陽冉冉春無極」句取「夕陽無限好」詩意，象徵國家衰落之感，而「沈思前事，似夢裏，淚暗滴」三句則謂元豐舊事均已如夢。然在「羅書」中，則只考此詞作年及周氏行實。

二、原先認定有寄託，後來雖也懷疑其別有用心，但不敢肯定其必然者，有三闋：

1.《憶舊遊》（記愁橫淺黛）一闋，「羅文」謂此詞表面寫一個女子，在秋夜送別情人，之後日日相思，終於盼到情人回來，卻發現他已另結新歡。其實秋宵慘別的人，是比喻受政治壓迫，被貶離京的朋友；景色悽涼，是比喻環境惡劣；兩地相思，比喻「同心而離居」的人互相關懷；盼望歸來，則比喻熱望他們重握政權。「也擬臨朱戶」，比喻走當權派的門戶，「郎」則指當權者。意謂不走你們的門路，不受你們的招徠。「羅書」云：

> 此詞似有絃外之音，疑作於元豐末、元祐初，將出都教授廬州之前。蓋其時哲宗以沖齡繼位，高太后主政，逐新黨起舊黨，司馬光、呂公著相繼為相，以次召復昔之被擯者，是「舊巢更有新燕」也。十載之後，哲宗親政，又逐舊黨而起新黨，清真自溧水召還，賦《瑞龍吟》，則云「定巢燕子，歸來舊處」，兩相印證，託意自見。方舊黨得政之初，亦稍招攬新黨之操兩可而非居高位者，若蔡肇本出王安石門下，至是復交結蘇軾諸人是也。大抵清真不為所動，詞云：「也擬臨朱戶，歎因郎憔悴，羞見郎招。」或即指此。觀其後來《重進汴都賦表》，自稱「旋遭時變，不能俯仰取容，自

觸罷廢」；而樓鑰《清真先生文集序》，亦謂「未幾神宗上賓，公亦低徊不自表襮」，則所謂「羞見郎招」者，非無故也。

雖然也主張有寓託，但語氣顯然較爲保留。

2.《宴清都》（地僻無鐘鼓）一闋，「羅文」認爲是周氏初到合肥所作，字裏行間多弦外之音。謂「寒吹斷梗，風翻暗雪，灑窗塡戶」三句，景象陰森冷酷，有比興作用，是諷刺政治氣氛，「斷梗」用李賀詩意，且有被遺棄之意味。而「庾信愁多，江淹恨極」二句，一爲鄉關之思，一爲有志難伸之憾，都與政治有關。至如下片寫相如與文君相思相望，也是一種寄託手法。而「羅書」中此闋則引《友議帖》，證明周邦彥敎授廬州時是攜婦同往，因云：「婦既相隨，則詞中文君，當別有指擬，未可知也。」

3.《掃花遊》（曉陰翳日）一闋，與上闋同寫「文君」，「羅文」認爲古代出名之婦人甚多，而邦彥獨一再以文君爲喩，顯然是別有用意。蓋因文君敢於掙破禮敎之枷鎖，尋求自己的理想歸宿，正與王安石爲首之革新派，認爲「祖宗不足法，人言不足恤」，敢於追求理想的政治抱負相同。而「羅書」中只謂二詞「動靜雖殊境，而淒苦正同」、「懷抱正同」、「而兩詞之文君，所指亦同也」。

然則，十六闋詞中，除去第一類的五闋及第二類的三闋，羅氏先後皆肯定有寄託之意者僅有以下的八闋。

三、原先認爲有寄託，後來也確認者，有八闋：

1.《瑞龍吟》（章臺路）一闋，「羅文」認爲「寄託深遠」，「前度劉郎重到」是用劉禹錫《再遊玄都觀》絕句詩意，「吟箋賦筆，猶記煙臺句」用李商隱《煙臺》詩意，二者皆富有政治感慨。「謝家秋娘」及「東城閒步」典出杜牧《杜秋娘》詩及《張好好》詩，以寄寓人事飄零之感；「事與孤鴻去」一語，亦用杜牧《題安州浮雲寺樓寄湖州張郎中》「恨如春草多，事與孤鴻去」詩句。詞中連用劉禹錫、李商隱、杜牧之典故，而此三人，均是在政治上具有進步思想，因政治失敗而一生坎坷者。羅氏認爲周邦彥此詞借用他們的詩句，「是有意使人聯想他們的遭遇，暗示自己的政治感慨的」。其後「羅書」仍持此意，認爲「看似章臺感舊，而弦外之音，實寓身世之感，則又繫乎政事滄桑者也」。「羅書」云：

> 蓋自元祐二年敎授廬州，至是十載，十載之中，新舊黨爭未已。……詞云「還見」，又云「重到」，指十載之後再來京師，殆無疑義。「定巢燕子，歸來舊處」二句，乍看似只寫春景，其實亦有寓意。方元祐初政，新黨旣逐，舊黨居政府，《憶舊游》則以「舊巢更有新燕」爲言；方其知溧水時，自傷飄零不偶，則有「年年如社燕」之歎；今舊黨旣逐，新黨復居政地，是「歸來舊處」也。三詞所言燕子，比而觀之，其旨自見。「前度劉郎重到」，取譬更顯白，永貞變法敗績，劉夢得坐貶朗州司馬十年；己亦因新黨之故，去朝十載，事與時皆相似。比及反永貞變法者或老或死，失其政柄，於是夢得始獲召回為主客郎中，其間得失之故，又相類也。……「吟箋賦筆，猶記《燕臺》句」二語，乍看似只謂昔日所歡，猶能歌其詞；實則暗指《汴都賦》。《樓序》謂其「以一賦而得三朝之眷」，所以不忘於當道者以此，故次年復重進此賦而擢官也。然則舊家秋娘，猶記《燕臺》，其此之謂乎？王灼稱清真詞中有《離騷》

者，大抵如是。

2.《黃鸝繞碧樹》（雙闕籠嘉氣）一闋，「羅文」以爲是譏諷徽宗君臣者，其時外則金人逼境，內則民不聊生。蓋徽宗耽於淫樂，蔡京又復逢迎慫恿之，自崇寧以來，大營宮觀苑囿，懵然不知有內憂外患。「雙闕籠嘉氣」，謂京師之繁華只是表象；「寒威日晚，歲華將暮」象徵皇朝日暮途窮；「動無限、傷春情緒」，比喻自己對國事之憂傷；「猶賴是，上苑風光漸好，……更休思慮」四句，則諷刺徽宗醉生夢死，不思國事；「這浮世……未買得流年住」四句，則指責蔡京集團鉤心鬬角，爭名奪利，不知富貴浮雲，華屋山丘；結句則勸他們不如醇酒美人，做個行屍走肉，也勝似禍國殃民。「羅書」亦謂此爲刺徽宗及蔡京黨人之作。

3.《蝶戀花》詠柳的五首，「羅文」以爲此柳乃「治葉倡條」，比喻以蔡京爲首的禍國集團。「羅書」云：

> 此五首與《黃鸝繞碧樹》皆非佳作，而有所指擬則同。除每首卒章悲年老遠別外，其餘皆反覆再三，以柳為譬，不憚辭費，亦乏韻致，不類他作。按集中所謂「治葉倡條」，意指蔡京一黨，亦以柳取譬，此五首則刺蔡京也。竊謂詞中「窗牖」、「亭牖」、「疏牖」喻政地；「先手」、「騷人手」、「游人手」、「柔荑手」、「東君手」，則蔡京「懷奸植黨，威福在手」也。京本陰險之人。……迨徽宗朝，前後為相幾二十年，權傾天下，詞借楊柳之自微之顯，穿牖垂亭，落落盤據，無處不有，卒至

「與春爭秀」，喻京之佞機蠢動，權威日盛，金刀在手，生殺予奪，無所不至，而人皆為魚肉矣。孰令致之，則君主荒淫愚昧，「舞困低迷如著酒」，「午睡漸多濃似酒」，遂使權柄入「游人手」、「騷人手」、「柔荑手」，「東君手」矣，而與之爭權奪利者皆「輸先手」矣。

4.《點絳唇》(臺上披襟)一闋中，「愁凝竚，楚歌聲苦，村落黃昏鼓」，「羅文」認爲此「楚歌」、「黃昏鼓」均非泛寫，乃是取屈原重寫《九歌》，劉禹錫重寫《竹枝詞》之意旨，透過歌詠土風，隱約寄託其政治感慨。而「羅書」亦謂此詞「漂泊幽寂之思，溢於言表」，云：

劉禹錫《竹枝詞序》云：「……昔屈原居沅、湘間，其民迎神，詞多鄙陋，乃作《九歌》，到於今荊楚鼓舞之。故余亦作《竹枝詞》九篇，俾善歌者颺之。」夢得以永貞革新之故，被貶荊楚十年，清真以新黨被逐，流落荊南，殆有同感，故聞楚歌而覺其聲苦也。

四、原先未曾提及，後來卻認爲其有寄託者，有九闋：

1.《側犯》(暮霞霽雨)一闋，「羅書」云：

出水芙蓉，步襪江妃，所寫當是隔浦之蓮，槐影追涼，花徑秉燭，亦《滿庭芳》「莫

> 思身外，且近尊前」之意。自起句至過遍第二句，皆夏夜縣圃行樂景。薰香荀令，當壚胡姬，則緬懷汴京少年游也。時在紹聖，舊黨既去，新黨登壇，未見召命，故有所思耳。當於言外求之。

2.《三部樂》（浮玉霏瓊）一闋，「羅書」謂此詞「定有寄託」，云：

> 上闋雖言雪言梅，而詞非詠物，寥寥數語，發興而已。「倩誰」二句，暗用陸凱《贈范蔚宗》「折花逢驛使」詩意，已與梅雪無涉，下闋愈說愈開，令人莫測。此中定有寄託，可與《玉燭新》「問嶺外風光，故人知否」同參。

3.《迎春樂》（桃蹊柳曲閒蹤跡），羅氏認為詞中言及「大堤」，乃指舊遊之地，而「玉溪消息」一語用義山事，也似有所託。「羅書」云：

> 紹聖間新黨已再執政，清真猶在溧水任，未見知遇，故以令狐綯、李義山事為喻。溯自元祐二年出都，至紹聖三年，為時十載，正所謂「十年泉下無消息」也。時年逾四十矣，故有「鬢點吳霜」之嘆，偃蹇薄宦，故有歸隱水雲之思耳。

4.《浣溪沙》（不為蕭娘舊約寒）及《夜遊宮》（葉下斜陽照水）二闋，陳思《清眞居士年譜》有云：「集中令慢，固兒女情多，然楚雨含情，意別有託，亦復不少。如《浣溪沙》

之『不為蕭娘舊約寒，何因容易別長安』，《夜游宮》之『有誰知，為蕭娘，書一紙』，其中所指，斷非所歡，惜文集久佚，無術探索。」「羅書」謂其「所言近是」。

5.《一寸金》（州夾蒼崖）一闋，「羅書」謂作於建中靖國元年，周邦彥四十六歲時，云：

自太學正至是，偃蹇薄宦，已十九年，故下闋歸歟之歎，情見乎辭。「冶葉倡條」一語，極堪尋味，蓋其時新黨之人，偷樂貪婪，競奔名利，不知操守為何物，如章臺楊柳之因風動止也。《尉遲杯》之「冶葉倡條俱相識」，亦同此意。今不欲同流合汚，故曰「回頭謝」也。

6.《瑞鶴仙》（悄郊原帶郭）一闋，「羅書」以為作於暮年避地睦州時，當時花石綱擾民愈甚，已啓禍亂，後終有方臘之亂。詞中「歎西園已是，花深無地，東風何事又惡」云云，有弦外之音，或即是刺民勞財盡而猶橫征暴斂也。

7.《大酺》（對宿煙收）一闋，「羅書」云：

王灼謂清真詞中有《離騷》，並舉此詞及《蘭陵王》為例，極堪玩味。馬季長自負博學知音，而出京踰年，自傷仕途坎坷，故聞笛興悲。清真亦自負如季長，而暮年數綰州麾，屢別京華，所遇復與季長之作督郵略同，故對雨傷懷也。

8.《水龍吟》（素肌應怯餘寒）一闋詠梨花，「羅書」云：

詠物之詞，多有寄託。起句至「殘紅斂避」，《離騷》初服之意；「傳火樓臺」至「黃昏淚」，則蛾眉見妒也；「別有」至「不成春意」，則孤芳自賞也；結三句，傷碔砆之亂玉也。《樓序》謂其「學道退然」，「坐視捷徑，不一趨焉」；黃蓼園謂此詞「但寫梨花冷淡性情」，卽安於冷淡，寓己退然不求捷徑之意。

再如萬雲駿《清眞詞的比興與寄托》一文，也認爲周詞頗寓寄託，他說：

從周邦彥的詠物詞，更容易看出與說明比興、寄托的問題。如他《側犯》的詠新月、《大酺》的詠春雨，《玉燭新》、《花犯》、《醜奴兒》、《品令》的詠梅花，《蝶戀花》四首的詠柳，《水龍吟》的詠梨花，《六醜》的「薔薇謝後作」等，這些不能說首首、句句都有寄托，但其中身世之感，遲暮之悲，觸處可見。

又說：

……寫得最好的是《花犯》一詞，……梅的性格就是人的性格的反映。因之相愛相憐，悲歡離合如此。這可說是有寄托而又無寄托吧！……又如膾炙人口的《六醜》一詞，也可以說「以有寄托入，以無寄托出」的佳篇。……黃蓼園評此詞曰：「自傷年老遠宦，意境落漠，借花起興。以下是花是己，比興無端，指與物化，奇情四溢，不可方物，人巧極而天工生矣。結處意致尤纏綿無已，耐人尋繹。」所謂「指與物化」，就是作者寄托之旨和物的描寫融合無間，也就是達到了無寄托的境界。

認爲周邦彥的詠物詞如《蝶戀花》四首詠柳、《玉燭新》、《醜奴兒》、《品令》及《花犯》之詠梅，以及《六醜》等均有寄託，尤其《品令》及《六醜》二闋且到達「以有寄託入，以無寄託出」之最高境界。

此外，葉迦陵師《論周邦彥詞之政治託喩》一文也認爲周氏晚期的某些詞作，如《蘭陵王》（柳陰直）、《瑞龍吟》（章臺柳）等，顯然是在表面對柔情之追念中，隱藏著政治滄桑之感慨，但因這些詞作寫得極其含蘊，多半只能吟味，而不宜於實指，唯有《渡江雲》（晴嵐低楚甸）一闋，確能指出寄託所在。葉師以爲「晴嵐低楚甸」三句表面寫春至陽回，其實已隱喩政治氣氛之轉變，尤其「暖回雁翼，陣勢起平沙」二句，表面寫雁陣起飛，實際上是象喩因政治情勢改變而紛紛回朝之新黨人士；「驟驚春在眼」三句則說自己亦再度被召還朝；自「塗香暈色」以下則進一步描寫新黨之人競相趨進之狀；「堪嗟」至「指長安日下」，則蘊含著對蒙召赴京一事之矛盾和恐懼；「愁宴闌，風翻旗尾，潮濺烏紗」則點出矛盾苦惱之根源在於政爭之翻覆無常。唯有「今宵正對初弦月」以下才實寫眼前。

按：欲探究上引諸詞是否有寄託，先須說明「寄託」之定義，次則應探討周邦彥有無於詞中寄寓微旨之可能。何謂寄託？吳梅《詞學通論》云：

所謂寄託者，蓋借物言志，以抒其忠愛綢繆之旨，三百篇之比興，《離騷》之香草美人，皆此意也。

沈祥龍《論詞隨筆》亦云：

詞貴意藏於內，而迷離其言以出之，令讀者鬱伊愴怏，於言外有所感觸。

故凡作者有不敢明言或不能已於言者，抒之於詞，若隱約其辭，迷離其旨，令讀者但覺其有深遠之義，而又惝恍迷離，不知其指歸，「言在耳目之內，情寄八荒之表」者，皆謂之「寄託」。故寄託者，多言在此而意在彼，含有弦外之音，言外之旨；屈子《離騷》，變風變雅，皆屬此類。

由於要造成辭微旨遠之效果，寄託大率使用比興，可是比興中卻未必有寄託。萬雲駿《清眞詞的比興與寄託》一文曾辨明「比興」與「寄託」之分別云：

一、比興大於寄托。有些比興有寄托，有些比興沒有寄托。……二、何謂寄托？就其形式而言，和一般比興差不多，但就其內涵言，則必須帶有比較重要的社會內容。

所言甚是。葉迦陵師《中國古典詩歌中形象與情意之關係例說》一文，認為比興本來但指詩歌之創作，不必有言外的美刺諷諭之意，唯自《毛傳》之政教美刺及《離騷》之美人香草以後，在中國傳統文學批評中又形成一種喜歡追求言外託意之傳統⓮。蔡英俊《比興物色與情景交融》一書亦云：

「比興」一詞實際上含蘊有兩層不同之意義內涵，……就諷諭寄託一層看，「比興」是從詩歌與政治、社會的關係來考慮詩人的創作意圖與詩歌的效用；而就興會感發一層看，「比興」，是就詩歌與情感表現、作者與讀者的美感經驗的關係來衡量詩歌的藝術效果與美學價值⓯。

可見在中國文學傳統中，「寄託」一詞，的確是含有對政治社會美刺諷喩之作用。常州詞派論詞最重寄託，而周濟所謂之寄託，除身世之感外，就特別強調應有「史」的作用，換言之，卽是注重寄託與政治社會之關聯（詳見下文）。因此本文之所謂「寄託」，包含以下三個特質：

一、幾乎都使用比興之手法。比興雖未必有寄託，而寄託則必出之以比興。

二、在內涵上，不限於個人之感觸，更傾向於對政治與社會之反映。

三、在手法上，則須隱約其辭，假借美人香草或蟲魚鳥獸之類以出之，不可矢口直陳，絕無隱蓄，否則不成其爲寄託⓰。

再者，詞中究竟有無寄託，也往往因作者的因素而有不同。葉迦陵師《常州詞派比興寄託之說的新檢討》一文，曾提出三項衡量標準：

一、當就作者生平之為人來作判斷。

二、當就作者敘寫之口吻及表現之精神來作判斷。

三、當就作品所產生之環境背景作判斷⑰。

以周邦彥之時代背景言之，其人生於宋仁宗至和三年或嘉祐元年（一〇五六），卒於徽宗宣和三年（一一二一），主要活動階段在神、哲、徽三朝。詹安泰《論寄托》一文曾云：

北宋真、仁以降，外患寖亟，黨派漸興，雖汴都繁麗，不斷歌聲，而不得明言而又不能已於言者，亦所在多有，於是辭在此而意在彼之詞，乃班秩以出。及至南宋，則國勢陵夷，金元繼迫，憂時之士，悲憤交集，隨時隨地，不遑寧處；而時主昏庸，權奸當道，每一命筆，動遭大僇，逐客放臣，項背相望，雖欲不掩抑其辭，不可得矣。故詞至南宋，最多寄托，寄托亦最深婉⑱。

可見周氏之時代，乃是寄託漸興，然尚未極盛之時。再就周氏個人之因素言，周氏為人，據《宋史・文苑傳》，乃是「疏雋少檢，不為州里推重，而博涉百家之書」，《東都事略・文藝傳》亦謂其「性落魄不羈，涉獵書史」，可見邦彥雖然才贍學富，而品性則未為淳厚。獻《汴都賦》一事，尤能見出其少年時熱中功名，急於求進之心理，樓鑰《清眞先生文集序》

云：

> 公壯年氣銳，以布衣自結於明主，又當全盛之時，宜乎立取貴顯，而考其歲月仕宦，殊為流落，更就銓部，試遠邑，雖歸班於朝，坐視捷徑，不一趨焉。三綰州麾，僅登松班而旅死矣。蓋其學道退然，委順知命，人望之如木雞，自以為喜，此又世所未知者。

雖強調其「學道退然，委順知命」，然亦不否認他「壯年氣銳」，可資旁證。唯由此序看來，十年流徙州縣之失意經歷，極可能使周氏備嘗仕途之風波及體會人生之無常，於感慨之餘，少年躁進之心乃漸趨平淡，故其詞中亦時而流露出看破功名之感歎。然而細細體會周氏諸作，終覺其感觸只限於個人之得失，對於當時政治之隆汚、民間之疾苦乃至於人生等問題似乎甚少涉及。此或即王國維謂其缺乏深遠之致的緣故⑲。葉迦陵師對此曾有如下之解釋：

> ……周詞在功力技巧及內容意境各方面，雖也有精工博大深隱曲折之種種長處，然而卻畢竟缺少了一種高遠的神致。……一則固由於其表現之手法有天工與人巧之別，再則也由於其作品所具含的感發生命的素質，也原來就有所不同的緣故。……假如我們將周邦彥與蘇軾一做比較，則周之曾上萬言之賦，固大似蘇之曾上萬言之言事書，周之學道恬退，亦大似蘇之學道曠達，然而事實上則二人本質上卻有絕大之差異。蘇所上之萬言書，是真正有一份自己在政治方面的理想和襟抱，而周之萬言賦，雖亦頗有

> 關於新政之敍寫，卻已是因時稱頌的成份多，而真正出於自己之理想襟抱者少。至於就學道言之，則蘇之融通洞達，是對於得失榮辱禍福，都已有了無礙於心的一種超然的解悟，而周之恬退，則似乎正是由於他對榮辱禍福仍有所畏懼的一種顧慮。是則周邦彥詞之雖然博大精工，而卻終乏高遠之致的緣故，豈不也正因為其本身在理想襟抱與性格修養方面，與歐、蘇諸公本來就原有不同，因之其作品中所具含之感發生命之質素，也就在深淺厚薄高下方面，終於有了差別⑳。

由於周氏缺乏「致君堯舜」之遠大襟抱，故除個人之升降得失外，於國是殊少關心，此自然與其「疏雋少檢」有關。

再就其作品言，周邦彥於神宗元豐二年（一〇七九）二十四歲時入都爲太學生，四年後（元豐六年，一〇八三）七月獻《汴都賦》頌美新法，深受神宗激賞，命李清臣朗讀於邇英殿，並將周氏自太學生一命而爲太學正，其時周氏二十八歲。獻賦一事雖未足證明其爲新黨中人，但其有支持新政，並欲攀援新黨以冀用之心理卻不容置疑。惜不及二年而神宗薨，哲宗繼立，高太后垂簾聽政，任用舊黨，大肆罷新法，黜新黨，周氏也於元祐二年（一〇八七）春起出都教授廬州，荊州，又知溧水；至哲宗親政，復新法、逐舊黨，方於紹聖二、三年間還京㉑，前後浮沉州縣之間計十年之久，其抑鬱失意自可想見，故集中凡作於此數地者，類多身世之感；然而，抒發「身世之感」的詞作，未必皆隱約其旨，故未必都寓有寄託。稼軒詞中憤激之辭、失意之感，觸處皆是，然因詞旨顯豁，故有寄託者甚少，卽爲明證。上引周詞中，《蘭陵王》、《滿庭芳》、《宴清都》、《大酺》諸作俱寫身世之感，羈旅之思；

《一寸金》、《黃鸝繞碧樹》等則爲厭倦宦遊，看破功名之作，雖文字曲折委婉，寫來悵觸萬端，但其詞旨甚爲明白，自不應算有寄託。再者，周氏本風流浪漫，尤其少年旅居京華時節，由於汴都爲笙歌繁盛之地，歌臺舞榭林立，周氏流連其間，自不免有應歌之作，故其集中亦頗多側艷之辭。以羅氏所論諸詞言之，《滿江紅》（晝日移陰）、《玉樓春》（桃溪不作從容住）及《三部樂》（浮玉霏瓊）三闋，顯然都寫離情別怨，不似「託意閨襜」，言外別有深意者；而《六醜》（正單衣試酒）一闋，乃是藉詠落花以抒發時光易逝之感，其章法雖曲折層轉，纏綿反復，但詞旨卻甚明白，萬雲駿以爲是「以有寄託入，以無寄託出」之作，蓋非。當然，由於周邦彥所處之時代黨派傾軋情形嚴重，自然亦不能排除其作品中偶有涉及時事之敏感者，因不能或不便明說，只好借題抒意，透過閨襜艷語以爲託喻之例。然據上文之分析，謂其詞作多寓寄託，顯然值得商榷。

上文中，羅氏提出有寄託之作計二十五闋，其中五闋後來加以否定，加上萬雲駿所提之《玉燭新》、《花犯》、《醜奴兒》、《品令》，及葉師所提之《渡江雲》，共三十闋。筆者以爲：除《瑞龍吟》及《渡江雲》似皆可信，而前已辨明之《蘭陵王》等十闋必不可信外，其餘十八闋有無寄託實在頗難認定。退一步說，卽使承認其中有託喻之意，則加上《瑞龍吟》、《渡江雲》，也不過二十闋而已。周氏全集，據吳則虞校本《清眞集》，共收詞二〇六首（內補遺七十九首），羅忼烈《周邦彥清眞集箋》共收詞二一二首（內附錄詞八十首），洪惟助《清眞詞訂校註評》共收詞二〇九首（內附錄詞八十二首），可見縱使上述二十闋皆有寄託，於全集中所占比例亦不及十分之一。

由上文的討論，可知周詞中雖或有寄託之作，但爲數極少。然而如此結果，遂引致另一問題：常州詞派以寄託開宗，何以竟以作品中頗乏寄託之周詞爲最高準則？其中扞格之處，可就兩方面言之：

一、常州詞派之以周邦彥爲詞壇至尊，其實始於周濟。張惠言《詞選目錄序》中雖將周邦彥與張先、蘇軾、秦觀、辛棄疾、姜夔、王沂孫、張炎等並稱爲「淵淵乎文有其質」之一類，然亦謂其「不免有一時放浪通脫之言」；至評溫庭筠，則云：「溫庭筠最高，其言深美閎約。」且《詞選》中選溫詞十八首，而周詞只選四首，由此觀之，顯然在張惠言心目中，周猶遜溫一籌。至周濟《宋四家詞選》，始以周邦彥爲「集大成者」，並提出「問塗碧山，歷夢窗、稼軒以還清眞之渾化」之學詞塗徑，自是周邦彥乃儼然成爲詞家之首[22]。周濟論詞，「意仍張氏，言不苟同」，張惠言以「意內言外」說詞，其所謂之寄託，乃是「以道賢人君子幽約怨悱不能自言之情」，事實上卽是詩教溫柔敦厚、忠愛悱惻之旨，亦卽所謂之言近旨遠，上規風騷之類，基本上不外乎感士不遇和忠愛之忱[23]。而周濟由於生在嘉、道時代，對社會動亂和民生疾苦有更深一層之感受，故提出詞應有「史」之作用。《介存齋論詞雜著》云：

> 感慨所寄，不過盛衰。或綢繆未雨，或太息厝薪，或己溺己飢，或獨清獨醒，隨其人之性情、學問、境地，莫不有由衷之言；見事多，識理透，可為後人論世之資。詩有史，詞亦有史，庶乎自樹一幟矣！若乃離別懷思，感士不遇，陳陳相因，唾瀋互拾，便思高揖溫韋，不亦恥乎？

周濟認爲詞應該抒寫與世代盛衰息息相關之感慨，或是對變亂的預感（綢繆未雨），或是對苟且偷安局面的憂慮（太息厝薪），或者是積極的兼濟天下（己溺己飢），或者是消極的獨善其身（獨清獨醒），但都必須能反映時代，而不應局限於一己之傷離或身世[24]。由於士大夫們，向來都薄詞爲末技小道，故凡情意不能自遏，不敢宣諸於詩文者，往往藉小詞發洩之，是以作者之眞性情、眞品格、眞學問，乃至其人之身世及當時之社會背景，反可見之於詞，故可作爲後人「論世之資」[25]。周濟對「寄託」之說解，顯然與其生當亂世，對民生疾苦有深刻體認有關[26]。這種「寄託」之新定義，無疑補救了張惠言穿鑿說詞的弊病。然而根據此一觀點，周詞中眞能反映現實，超乎「離別懷思，感士不遇」之範圍者，實在寥寥可數，而周濟竟對其推重若是，此爲矛盾者一。

二、常州詞派以寄託說詞，張惠言《詞選》中釋溫庭筠之《菩薩蠻》（小山重疊金明滅）爲「感士不遇」、有「《離騷初》服之意」卽是顯例。然而《詞選》中只選周詞四首[27]，且無一字之評；雖然周濟推舉周詞爲諸家之冠，在《介存齋論詞雜著》及《宋四家詞選目錄序論》中也有數條論及周邦彥，如「美成思力獨絕千古」、「鉤勒之妙，無如清眞」、「清眞沈痛至極，乃能含蓄」，以及「清眞集大成者也」等等，但均屬泛論；在《宋四家詞選》之批注中，也只分析其詞法，至於託意如何，亦無片言隻語之介紹。不僅如此，以常派大家陳廷焯而言，其《詞則》中共選周詞二十八首，計《大雅集》十七首，《放歌集》一首，《別調集》五首，《閑情集》五首。其中《大雅集》之十七首中有九首亦見《白雨齋詞話》卷一，《閑情集》之五首中，有二首亦見《白雨齋詞話》卷六，文字頗有異同。兩相對照，值得討論者有下列四首[28]：

《蘭陵王》：妙在纔欲說破，便自咽住，其味正自無窮。（《白雨齋詞話》）

《滿庭芳》：妙有許多說不出處，欲語復咽，是爲沈鬱。（《詞則》）

此中有多少說不出處，或是依人之苦，或有患得之心，但說得雖哀怨，卻不激烈，沈鬱頓挫中，別饒蘊藉。（《白雨齋詞話》）

沈鬱頓挫中，別饒蘊藉。（《詞則》）

《菩薩蠻》：思慕之極，故哀怨之深。……哀怨之深，亦忠愛之至。（《白雨齋詞話》）

《齊天樂》：日暮之悲，更覺餘於言外。（《白雨齋詞話》）

蒼涼沈鬱，開白石、碧山一派。（《詞則》）

揆諸陳氏之意，蓋認爲此四首有託寓之意，然而卻未明言其寓意如何。再以譚獻所評《詞辨》來看，卷一所選周詞九首，其中僅有《大酺》「行人歸意速，最先念、流潦妨車轂」句評曰：「此亦新亭之淚。」《滿庭芳》「地卑山近，衣潤費爐煙」句評曰：「離騷廿五去人不遠。」顯是以寄託說詞，其餘全在論用筆之平出逆入或章法句法之變化。再以陳洵來說，對於周濟之以王、吳、辛、周爲學詞次第，陳氏雖有不同意見，認爲應以周、吳爲師，餘子爲友；但主張「先取徑於夢窗」，再「由夢窗以窺美成」，仍是以周邦彥爲諸家之冠，其詞論之基本觀點也仍是本於周濟[29]。而陳氏之《海綃說詞》，向來只流傳唐圭璋所輯之舊本《詞話叢編》本，其中評《片玉詞》者僅得十六首，每首一條，凡十六條。其後羅忼烈復得見鈔本《海綃說詞》，據云乃曩昔刊行於中山大學《詩詞專刊》者，較傳本溢出甚多，計評周詞三十八首，其中十四首各二條，計五十二條，俱錄於其《陳洵海綃說詞說周清眞詞校錄》一文中㉚，近年唐圭璋修訂《詞話叢編》，復溢出《夜遊宮》（葉下斜陽照水）一條㉛，今就全部文字觀之，能據以判斷陳氏可能以寄託說周詞者，唯有以下五闋：

一、《拜星月慢》（夜色催更）

海綃翁曰：「荒寒寄宿」，追憶舊歡，只消「秋蟲」一「歎」。「伊威在室，蠨蛸在戶，不可畏也，伊可懷也。」「畫圖」昭君，「瑤臺」玉環，以比師師。在美成為相思，在道君為長恨矣，當悟此微旨。

二、《四園竹》（浮雲護月）

海綃翁曰：「鼠搖」、「螢動」，於靜夜懷人中見，有《東山》詩人之意。

三、《六醜》（正單衣試酒）

海綃翁曰：言外有無限意思，談之但覺迴腸盪氣，復何處尋源耶？

四、《渡江雲》（晴嵐低楚甸）

海綃翁曰：「暖回」二句，「人歸落雁後」也；「驟驚春在眼」，「偏驚物候新」也。皆從前人詩句化出，又皆宦途之感，於是不禁有羨於「山家」矣。「何時」妙，「委曲」又妙。下四句極寫春色，乃極寫「山家」。換頭「堪嗟」二字突出，甚奇，「東」、「西」又奇，「指長安」又奇，如此則還山無日矣。春到而人不到，謂之何哉！此行當是由荊南入都，「風翻」、「潮濺」，視「山家」安穩何如？「水驛」、「蒹葭」，視「山家」偃息何如？「處」字如「此心安處」之「處」，是全篇結穴。

五、《丁香結》（蒼蘚沿階）

海綃翁曰：讀之但覺空濛淡遠，何處尋其源耶？

其餘俱在討論清眞詞之法度，所謂順逆反正、複脫虛實之類。綜上所述，可知雖然常州詞派啓言比興，專主寄託，然而事實上，當其論及清眞詞時卻又不約而同只論周氏作詞之法，對周詞之本旨是否有託喻，則殊少提及。此又其矛盾者二。

此種矛盾之產生，其原因亦不難瞭解。蓋常州派論詞，向來服膺周濟「以有寄託入，以無寄託出」之說。周濟《介存齋論詞雜著》云：

初學詞求空，空則靈氣往來；既成格調求實，實則精力彌滿。初學詞求有寄託，有寄託則表裏相宣，斐然成章；既成格調求無寄託，無寄託則指事類情，仁者見仁，知者見知。

又《宋四家詞選目錄序論》云：

> 夫詞非寄託不入，專寄託不出。一物一事，引而伸之，觸類多通。驅心若遊絲之罥飛英，含毫如郢斤之斲蠅翼，以無厚入有間。旣習已，意感偶生，假類畢達，閲載千百，謦欬弗違，斯入矣！賦情獨深，逐境必寤，醞釀日久，冥發妄中。雖鋪敍平淡，摹繢淺近，而萬感橫集，五中無主。讀其篇者，臨淵窺魚，意爲魴鯉，中宵驚電，罔識東西，赤子隨母笑啼，鄉人緣劇喜怒，抑可謂能出矣！

有寄託而落於痕跡，「喻可專指，義可強附」，使人明瞭其託喩之意旨，仍算不得一流；必須寄託得惝恍迷離，了無跡象，「若遠若近，可喩不可喩」，令人撫玩無極，而追尋已遠，但覺別有會心，而又若可解若不可解，無以確指其歸趣所在，才是「無寄託」。能做到無寄託的地步，則言近旨遠，隨讀者之不同而各有感發，以至於仁者見仁，智者見智，此方是最高的境界。可見常州詞派評價最高的作品，乃是深隱紆曲，令人不能直睹其主旨所在者。《白雨齋詞話》「凡交情之冷淡，身世之飄零，皆可於一草一木發之，而發之又必若隱若見，欲露不露，反復纏綿，終不許一語道破」數語，正可作爲注腳。而周邦彥詞，由於其藝術技巧之出神入化，卻也能達到此種境界。

按：周濟認爲創作詞之基礎不外「思」、「筆」二端㉜。就「思」而言，他曾讚美周邦彥「思力獨絕千古」，蓋因周詞之特色，卽在於其作品無論長調或小令，都是出於精思結撰。由於周邦彥擅長寫賦，對文字極具鋪排能力，也因其妙解音律，對文字旋律具有天生之敏感，因此周詞中往往呈現一種時空交錯、今昔對映，現實與聯想雜糅，情與景亦錯綜交融的意境，因而特具曲折幽微之美感㉝。再就「筆」言，周濟曾云：「詞筆不外順逆反正，尤妙在複、在脫。複處無垂不縮，故脫處如望海上三山妙發。」（《宋四家詞選目錄序論》）而周邦彥最擅長鉤勒，其用筆之錯綜變化，諸如離合、順逆、虛實、斷續、奇正、疏密，以及情景之結合，使事用典之變化等，直是千廻百折，發揮盡致；凡此，於上引諸家之詞評中卽可略見，龍沐勛《清眞詞敍論》、萬雲駿《清眞詞的藝術特徵》等文亦分析綦詳[34]，而顧偉列《論清眞詞的抒情結構》一文，更將周詞分爲「突出自然時序的縱剖式結構」、「突出空間轉換的橫向式結構」、「由今而昔的反逆式結構」、「多重時空交义的結構」、「幻中設幻的復迭式結構」、「前因後果的逆挽式結構」等六種手法[35]，玆不具論。

由於思、筆的變化多端，故形成周詞複雜而深隱的詞意，使人不能遽窺其旨。因此宋劉肅序《片玉集》，卽云周詞「……歡筵歌席，率知崇愛；知其故實者幾何人，斯殆猶屬目於霧中花、雲中月，雖意其美，而皎然識其所以美則未也。」陳廷焯《白雨齋詞話》亦謂「美成詞極其感慨，而無處不鬱，令人不能遽窺其旨。」這種不可捉摸之苦，就寄託的角度言，豈不是與「無寄託」煙水迷離之效果相彷？常州詞派所以特別賞愛周邦彥，其故在此。然而周詞此種效果之呈現，主要來自藝術技巧之變化，眞正反映時代而有所託諷，言在此而意在彼者則甚少。故若從寄託立場，欲尋繹周詞之微旨，自會茫然不得要領，只好置而不論；偶有論及，亦僅能稱賞其撲朔迷離之妙而已。如周濟《宋四家詞選》釋《蘭陵王》云：「以下不辨是情是景，但覺煙霞蒼茫，『望』字『念』字尤幻。」陳廷焯《雲韶集》釋《霜迷衰草》云：「曉何可撼？撼曉何可解？惟其不可撼，所以爲奇妙；惟其不可解，所以爲神化也。」卽其顯例。

詞旨既渺茫不可尋，只好轉而論其詞法，蓋周濟標出由王、吳、辛入周之途徑，本在示人津筏，而周氏之詞法最妙，不如多剖析其具體法則以度學者金針，此即諸家多論周詞法度之緣故。按；葉迦陵師曾將周詞分爲三類：一、但可視爲愛情歌曲，無甚深意可求者；二、不能確指其有深意，但卻可從中吟味出一種深遠之意蘊者；三、可確指有託喻之意者㊱。其第二類與上文論羅忼烈所云「別有用心，卻又不敢肯定其必然」者相近。可見周氏確有某些作品狀似有所託寓，而又無從實指其旨者。蓋由於此類作品本來就未曾寓有寄託，自然無法探究其微言大義。此與上文對於常派理論的分析，正可互相印證。而常州詞派巴言比興寄託，而在品評次第上卻由南宋追北宋，此固常派詞論基本上之弱點㊲，但反過來說，以專尙寄託之常州詞派，尙且無法找出周詞之微言大義，豈非正是周詞殊少寄託之最佳反證？

## 附註

❶ 見《詞曲論稿》，中華書局一九七七年版，頁三五、六一。

❷ 見《兩小山齋論文集》，中華書局一九八二年版，頁五一。

❸ 見《詞學》第二輯，頁一。

❹ 見《河北大學學報》一九八七年第三期。另在《柳永·周邦彥》一書中，亦云：「老一派的、舊傳統的說詞人從來不提周邦彥的詞裏可能有寄託，因爲要是提到政治，周邦彥一定屬於新黨，他的《汴都賦》確實是讚美新法的。而舊傳統的人都尊重儒家，尊重蘇東坡和司馬光，認爲凡是新法就是壞的。他們要說周邦彥好，就不能提他讚美過新法。」見頁一四九至一五〇。

❺ 見頁五七。

❻ 見該書「前言」《一代詞宗周邦彥》，中州古籍出版社一九八八年出版。

⑦ 見《國文天地》第四卷第三期，頁六九至七〇。

⑧ 見《詞曲論稿》頁六一。羅氏蓋本樓鑰《清眞先生文集序》「指陳事實，無夸詡之過」爲說。

⑨ 一九八一年羅忼烈撰《周清眞詞時地考略》一文，嘗論及此。見《兩小山齋論文集》；唯是羅氏於一九八五年出版之《周邦彥清眞集箋》中，又提出三個疑點，懷疑此或爲文他人代筆。俟考。

⑩ 《靈谿詞說》頁三一九，又見《唐宋名家詞論集》，頁三〇五。

⑪ 見《清眞詞敍論》，《詞學季刊》二卷四號。

⑫ 見《詞曲論稿》，頁六八至六九。

⑬ 三聯書店一九八五年版。

⑭ 見《迦陵論詩二集》，頁一四一。

⑮ 見頁一五四。

⑯ 參用詹安泰《論寄托》，見《詹安泰詞學論稿》，頁一一二。

⑰ 見《迦陵論詞叢稿》，頁三三二。

⑱ 見《詹安泰詞學論稿》，頁一二〇。

⑲ 王氏《人間詞話》云：「美成深遠之致，不及歐、秦。」

⑳ 《靈谿詞說》頁三二七至三二八，又見《唐宋名家詞論集》，頁三一三至三一四。

㉑ 王國維《清眞先生遺事》謂周氏於紹聖三年丙子，尚在溧水任，然據《景定建康志》，新令何愈是年三月已到任，則在此之前，周邦彥應已離開溧水，詳見羅忼烈《清眞年表》。

㉒ 周濟原不喜清眞詞，受董晉卿影響，始漸篤好之。在早年編《詞辨》時，周氏猶一以張惠言之說爲準，以溫飛卿爲最高；其後編《宋四家詞選》始擺落張說。詳見孫立《周濟對張惠言詞論的修正》一文，《河南大學學報》一九八五年第二期。

㉓ 此一方面與張惠言爲經學家，研究虞翻《易》說，慣於以說《易》之「依物取類，貫穿比附」之

方法釋詞有關，一方面也因其時代背景使然。詳見方智範《評張惠言的論詞主張》及《關於張惠言寄託說評介的兩個問題》二文，見《詞學論稿》頁三五七至三八三。

㉔ 見方智範《周濟詞論發微》，《詞學論稿》頁三八七；及拙著《晚清詞論研究》，頁二二。

㉕ 參詹安泰《論寄托》，《詹安泰詞學論稿》，頁一二五。

㉖ 詳見《周濟詞論發微》，《詞學論叢》頁三八七。吳宏一《常州派詞學研究》亦認爲常州詞派之微言比興，專主寄託，深受當時的社會環境背景之影響。

㉗ 爲《六醜》（正單衣試酒）、《蘭陵王》（柳陰直）、《花犯》（粉牆低）及《少年遊》（并刀如水）。

㉘ 《詞則》一書，與稿本《白雨齋詞話》、《雲韶集》同爲近年新發現之資料，其中觀點與《白雨齋詞話》頗能相互發明，詳見拙著《新出資料對陳廷焯詞論之證補》，第二屆國際漢學會議論文。

㉙ 《海綃說詞·通論》中，陳氏自言「今吾主周、吳爲師，退辛、王爲友，雖若與周氏小有異同，而實本周氏之意。淵源所自，不敢誣也」。

㉚ 見《詞曲論稿》頁一一一至一四一。按：據「羅書」言，每首二條者，前條爲初稿，後條爲定稿。並謂馮平纂《宋詞緒》只列前條，乃是取捨不當。

㉛ 修訂本《詞話叢論》中，《海綃說詞》已改採鈔本，唯一首列二條者均只錄前條，且較羅氏多出《夜遊宮》一首，故爲三十九條。見中華書局一九八六年版册五，頁四八七五。

㉜ 《宋四家詞選目錄序論》：「詞以思筆爲入門階陛。」

㉝ 略本葉迦陵師說，見《靈谿詞說》頁二九一至二九四，又見《唐宋名家詞論集》，頁二七九至二八二。

㉞ 龍文見《詞學季刊》二卷四號；萬文見《詞學》第一輯，後收入《詞學論稿》，頁一六三至一七

七。

㉟ 見《文學遺產》一九八七年第一期。

㊱ 《靈谿詞說》頁三二四至三二五，又見《唐宋名家詞論集》，頁三一〇至三一一。

㊲ 詹安泰《論寄托》云：「常州詞老專尚寄托，而高談北宋；浙水詞人不言寄托，而侈論南宋，均使人不能無所致疑於其間。」

（本文作者為淡江大學教授）

# 從拗相公的「白龍魚服」論小說家的「芻蕘狂議」

康來新

## 一、罷相南歸後的歷史評價

自古功名亦苦辛，行藏終欲付何人？
當時黯黮猶承誤，末俗紛紜更亂真。
糟粕所傳非粹美，丹青難寫是精神。
區區豈盡高賢意？獨守千秋紙上塵。

**王安石**《**讀史**》

罷相後的王安石，在充滿個人和歷史回憶的金陵（江寧），度過他生命最後的十年❶。這位當年為實踐自己心血擘畫的政治理想，可以義無反顧，以致「天變不足畏，祖宗不足法，人言不足恤」❷的一代名相，在晚期詩作中卻不免一個退休老者的失落感和有所畏。就像牽着小孩童的手，去尋覓並剝食新熟的蓮子——「攜幼尋新藥，扶衰坐野航」❸，看似閒適，卻是無所排遣的深沉寂寥；或者在衰病之中爲新插的瓶花換水——「汲水置新花，取慰以流芳」❹，表面寬解，但仍是縈繞不去的死亡情結❺。而當神宗逝世的元豐八年（一〇八五），處於國喪之痛的他，眼見曾共事而遇合的君王之死，除了以《讀史》系列中的《伯牙》——「十載朱絃無此悲，欲彈孤絕鬼神疑。故人舍我歸黃壤，流水高山心自知」❻，來表明知音失喪的孤絕之悲外，整個《讀史》系列更說明他因神宗辭世而自我意識到：「蓋棺論定」的不能免、無所逃。這位經學取向的政治聞人，顯然對歷史的可信滿懷疑慮——「自古功名亦苦辛，行藏終欲付何人？」、憤慨——「當是黯黮猶承誤，末俗紛紜更亂眞。糟粕所傳非粹美，丹青難寫是精神」，以至無奈地自勉起來——「區區豈盡高賢意？獨守千秋紙上塵」。而可以不介意於天命莫測、祖宗法統、流俗毀譽的拗相公，卻不得不計較起史筆未必持平的覇權了。但他畢竟還是能理解歷史的弔詭：一方面，事實不等於史料，史料不等於歷史，但歷史卻難免評價，而評價又何嘗公正？但另一方面，有限可疑的史料、評價不公的歷史，卻是我們能賴以重新發現、重新翻案的唯一資憑。做爲功別和心性整合者的王安石❼，儘管對歷史不滿，卻並不因而虛無，至少他可以運用故紙而展開個人意願和標準的歷史評價。《讀史》系列所涉，大抵是能寫照王安石本人性情、事業、際遇的歷史人物如：孟子、商鞅、蘇秦、范雎、張良、曹參、韓信、范增、賈誼、謝安……等；也毋寧可視爲王安石個人歷史意識和未來意願，在蓋棺前的一次總表達。如果他生前曾在塵灰故紙之中，爬梳歷史的眞相，那麼後於他者，也應該會有「人同此心，心同此理」的讀史之士，爲已然蓋棺的他重行評估論定吧！

果然，王安石的《讀史》感慨，真的都一一應驗於他的蓋棺之後。當熙寧新政之初，朝士已是議論蠭起；等神宗、王安石相繼去世，元祐諸臣盡去王氏之法時，出現於當時反王人士筆下的王安石，不論是在他們爲官方所修的史籍，或者是個人私家之作⑧，自是「末俗紛紜更亂眞」了。以後，元修宋史，大抵採以上的反王之見，則王安石的歷史形象，當然更會「糟粕所傳非粹美，丹青難寫是精神」了。難怪梁啓超要浩歎連連：「詗諸先史，則漏略蕪雜莫知其紀……流俗之詆諆荆公汚蔑荆公者，益無以異於斥鷃之笑鵬，蚍蜉之撼樹也」⑨「甚矣知人論世之不易易也……吾每讀宋史，未嘗不發書而慟也！曾文正公謂宋儒寬於責小人而嚴於責君子……從未有盡沒有其善而虛搆無何有之惡以相誣衊者；其有之，則自宋儒之詆荆公始也……宋史之不足信，非吾一人私言，有先我言之者教君子焉。教君子者，其於荆公可謂空谷之足音」⑩。

除了對王安石新政的「適與不適」、和若干策略有所批評外，自願扮演王安石「空谷足音」的梁啓超，絕對肯定當時王氏的立法「本意固皆以謀國利民福也」⑪。其次，有關神宗和王氏的君臣關係，梁氏也推翻宋史所謂最後十年貌合神離之說——「安石之再相也，屢謝病求去……上亦厭之……判江寧府」⑫，而認爲兩人始終「魚水相投，爲二千年來未有之佳話」⑬，也因此，梁啓超以常帶感情之筆鋒，將神宗准辭王安石告老江寧一事，描繪得十分溫馨。對王安石而言，重睹江南翠微，毋寧是童年夢境的再現——「公自幼僑寓江寧，故尤樂之，其《憶昨》詩云：想見江南多翠微，歸心動蕩不可抑。自少已然矣」⑭；對神宗言，則是君臣相知深摯的人情味之舉——「神宗知其意，故命以使相判江寧，公遂老焉」⑮。總之，王安石的最後十年，在梁啓超看來，既不會發生退職的調適障礙、老年的心理恐懼，而且反而在離開聚光燈照的政治舞臺後，能夠在人生的其他方面別有開拓。換言之，王安石和君王的關係，對文學的造詣、哲學的修養，都在金陵晚景時，臻入了化境……

罷政後日徜徉此間，借山水之勝以自娛，翛然如一野人，讀其詩詞，幾不復知為曾造作掀天動地大事業開拓千古者也。嗚呼！歐公所謂無施不可者，至此益信矣！晚年著《字說》一書，精心結撰，而頗耽佛老，見道益深云。⑯

有關以上三者，卽令是反王人士亦不得不承認其中的文學之項⑰。至於佛道的研習，他所留下一首「風吹瓦墮屋」之詩，被擁王人士用來說明他晚年得道後的菩薩心腸⑱。

然而，歷史的述、評工作並不是菁英分子獨攬的專責專利。販夫走卒、田夫野老，婦道女流，卽使末居金字塔的底層民衆也能擁有他們的歷史興趣，擔當起他們的歷史責任。宋代說書四家⑲的「講史」，就足以佐證之。

從文藝社會學的觀點來看，宋之小說無疑富於相當豐富的研討價值。從小說的出版和流傳言，首先官修的《太平廣記》就具突破性的歷史意義——由朝廷集合文士大規模收輯古往今來的說部作品，進而編印成一套巨型的類書⑳，這在整個歷史之中，堪稱是空前絕後的創舉。就政治言，這部官書之修自可解釋爲太祖尙文和羈縻政策的推行㉑。然而就文學來看，最高當局能將小說納入官方文藝之列，此舉不論在當時甚或後代，都算是開明而進步的。雖然《太平廣記》在修輯和發行過程中不無粗略和不力的疏失㉒，但這部書總算流傳開來，不獨拓展了文人實用批評的領域，在正統詩文之外，宋人也開始以審美意識來品鑑唐人小說的藝術境界，或者以歷史癖好去查證唐人小說寫作的風氣所起；前者如洪邁「神遇」之說㉓，後者趙彥衞「溫巷」之論㉔。而「小說家之淵海」㉕的廣記之學，尤其成爲市井說話人職前進修的寶典——「幼修太平廣記，長攻歷代史書」㉖。

當然最是成爲小說發展史上的一大盛事，就莫過於民間話本的興起了。這個文類的誕生，和商業都會、市民階級的形成，自是息息相關；三者之間，由於活潑的互動，而造成了良性的互惠。影響所及，不僅有創作產生，而且還有關心者的報導和評述。自孟元老《東京夢華錄》以降的「都市文學」五書㉗，就是最佳佐證。根據這些都市文人的熱心報導，我們不難明瞭當時說書四家的盛況。其中又以取材多樣軟硬兼施、精熟短講技巧的「小說人」㉘最是風光。故而，只要他們偶爾跨出煙粉、靈怪、傳奇……的本行，而涉足於「歷史」時，就會帶給「講史」者的莫大威脅。其中主要的原因應當在於：「長篇」「講史」者拙於「傾刻間」的藝術，不似前者，能集中火力於少數特殊人物和事件的精心處理，反可以簡馭繁而以小致勝了。耐得翁和吳自牧稱之爲：「提破」「捏合」：

> 講說前代書史文傳，興廢爭戰之事。最畏小說人，蓋小說者能以一朝一代故事，頃刻間提破。㉙
>
> 講史書者，……聽者紛紛，蓋講得字真不俗，記問淵源甚廣耳。但最畏小說人，蓋小說者，能講一朝一代故事，頃刻間捏合，與起令隨令相似，各占一事也。㉚

這種情節精簡化的小說觀念，毋寧相當「現代」。影響「現代」文學至鉅的契訶夫，就經常提醒寫作者要避免小說情節的瑣屑堆積和疲沓進展㉛。在本國，新文學大師的胡適之相當鼓吹「精彩橫截」和「經濟手段」的短篇小說㉜。基於這個技巧的標準，胡氏遂以「剪裁能力」，來特別嘉許他規劃於「講史」之列的《拗相公》：

章法很有條理，內容正代表元祐黨人的後輩的見解，但作者又很有點剪裁的能力，單寫王安石罷相南歸時途中親身經歷的事，使讀者深深地感覺一種天怒人怨的空氣。

顯然胡氏在序《宋人話本八種》之初，並未深究說話分類和形式的關係，所以才會將多數學者認爲「小說」的短篇之作——《拗相公》㉝，歸類於「講史」之林。但他所提出的「剪裁」之說毋寧呼應了宋人的「提破」「捏合」之論，都在說明「短」可以克「長」的要訣。和《新編五代史平話》、《宣和遺事》、《大唐三藏取經詩話》這類長篇的講史話本相較，短篇的《拗相公》，對享年六十有六的王安石，是以經濟橫截的剪裁能力，「單寫王安石罷相南歸時途中親身經歷的事」，並據此來進行王氏一生的歷史評價。爲了避免「以偏概全」，作者在未入正文之前，特引白居易的《放言》一首來說明其中可能產生的流弊：

周公恐懼流言日，王莽謙恭下士時，
假使當年身便死，一生眞僞有誰知。

換言之，如果我們單以王安石早年在地方上的卓越政績，來全面肯定他一生的政治成就，那麼無疑就會犯下作者所謂「只因前段好，誤了後來人」的歷史錯訛。很顯然，該文作者仍是強調「蓋棺論定」的和服膺者。其實「蓋棺論定」這個詞語的本身就意味了一種歷史的橫暴性，因爲能決定歷史評價的，好像只有唯一眞實的歷史客觀事實——死亡；而《拗相公》的作者也相當橫暴地抽刀斷水，只取王安石生命長河的最後流程，而且爲了滿足「短篇」的藝術需求，不免一番的「剪裁」，致使史實裏終老江寧的最後十年，當「揑合」於「小說」之時，還不滿兩年而已。總之，作者是以兩年間少數事件的綱領「提」挈，來「破」滅拗相公可能形成之歷史假面的。

## 二、白龍魚服的民意制裁

吳王欲從民飲，伍子胥諫曰：「不可！昔白龍下清冷之淵，化為魚，漁者豫且射中其目，白龍上訴天帝。天帝曰：『當是時，若安置而行？』白龍對曰：『我下清冷之淵，化為魚。』天帝曰：『魚，固人之所射也；若是，豫且何罪？』夫白龍，天帝貴畜也；豫且，宋國賤臣也。白龍不化，豫且不射。今棄萬乘之位，而從布衣之士飲酒，臣恐有豫且之患矣。」王乃止。

《說苑》〈正諫〉

若說王安石果眞有其歷史的假相，那麼他的假相，絕非《拗相公》作者所憂慮的是：「『只因前段好』，便是全盤好」的那種。相反地，本來可能只有「後半不好」的他，自

「南渡以後，元祐諸賢之子孫，及蘇、程之門人故吏，發憤於黨禁之禍，以攻蔡京爲未足。如以敗亂之由，推原於荆公」㉞，卻不免成爲「終宋世不得太平」、整個朝代元氣所傷、靖康國難所起㉟的元凶禍首，根本就一無是處可言了。所以我們與其認爲《拗相公》是獨排衆議的一家之言，倒不如將它視爲舉世滔滔、其中推波助瀾的一股流俗而已。換言之，它是兩宋以來，特別是南渡以後，一片反王、倒王言論中的一個「小說」版。這可以從「小說」情節少有原創性而多所蹈襲來證明。綜覽該文有關王安石的事蹟，不是輯錄反王人士的虛構杜撰，就是索性將他人逸聞予以移花接木一番。關於前者，如亡子王雱的血腥託夢，邵雍天津橋聞杜宇的預言，王安石御前的誤餐魚餌……等等，至於後者則指宋初盧多遜貶謫嶺南的經歷㊱。也就是基於作者多所因襲反王者編造的這個理由，胡適之會判斷能充分製造「天怒人怨」臨場氣氛和切身之痛的《拗相公》，必是出於宋代智識階層的手筆，代表了元祐黨人後輩的見解，雖能成爲巧妙的政治宣傳品，但還稱不上是「通俗小說」㊲。

而在小說史上的發展上，《拗相公》又堪稱是唐人《周秦行紀》的後代重現。出於朋黨伐異，出於挾仇誣陷，牛僧儒父子在十餘年間，至少三度遭到李德裕門人——韋瓘不同化名、不同文體——託名劉軻、皇甫松的《牛羊日曆》(雜史)；假借牛僧儒本人署名的《周秦行紀》(小說)；託名李德裕的《周秦行紀論》(議論)——的文字攻訐。其中當然以行旅模式、艷遇情節的《周秦行紀》最是具有影響力，不僅在當時的文宗開成之世，引起憲司的彈劾(但也因皇帝一笑而化解)㊳，而且到了南宋，還有劉克莊因此而痛心疾首於牛僧儒的「名檢掃地」㊴。茲檢視《周秦行紀》系列所數罪狀，計有落第牛僧儒在與歷代后妃冥遇之際，恣言「沈婆兒乃爲天子」的目無國君、強宿再醮昭君的輕狂好色，再加上牛姓應國家之識的圖謀不軌。

如就以上所說加以分析，乃知：儘管同是出於敵對心態，同是屬於行旅模式，但《周秦行紀》和《拗相公》仍有相當的不同。第一，《周秦行紀》顯然眞的多少在現實政局上發揮了破敵的作用，從時效言，它毋寧是一場具有相當「新聞性」的文字獄。相形之下，誕生於南宋以後的《拗相公》比較屬於「歷史性」的產物，其文字殺傷力自無法實質運作於死者身上。第二，以軟媚筆調展開幻魅夢境的《周秦行紀》，主要是以冥遇中的女色艷情、來攻擊當事人的「證其身非人臣相也」[40]。而同樣懷有破壞目的的指控，到了《拗相公》，卻易以地方上不涉兩性問題的民怨輿情，這固然可能和當事人的私行有關[41]；但也因而看出唐人的朋黨文學似乎還閉鎖於個我感受、私人恩怨的內閣密室之中，而《拗相公》中的王安石，卻已邁入廣大人生的現場和波瀾起伏的庶民世界。正因爲《拗相公》的作者能以「民意」來評價一代名相的政治成績、來制裁他一生的終局命運，並能刻畫出「白龍魚服」民間之旅的獨特窘境；故，儘管《拗相公》在處理田舍老叟的口語上有所扞格不合，致不似宋代正宗話本之應有；在評鑑人物時的專事譏刺，致缺少經常漾溢於話本間、一種生動而幽默的滋潤「笑」果，又因全篇一味渲染仇恨的暴露直斥，實不適瓦舍康樂娛興的本質；舉凡以上三種缺失，都再度顯示該篇作品不太可能是出於市井游藝者的「話本小說」[42]，但卽令《拗相公》只是文人倣傚說話人的模擬之作，但文人作者能完全以民意爲主導爲依皈，如此民意取向的「政治宣傳品」，確實値得玩味。

代表元祐黨意的《拗相公》，毋寧是以相當怖厲的民間反對聲浪來裁決王安石的新政之過，並進而審斷熙寧王朝的兇手就是整個宋代的歷史罪人。當然在倒王的同時，也就相對地替舊黨諸臣樹立了功德的碑碣，肯定了他們歷史的形象與地位。雖是行旅模式的使用，但《拗相公》不見抒情傳統的山水美學（如流放者柳宗元的遊記），浪漫文學的風雲際會（如太原道上的風塵三俠），宗教意識的朝聖使命（如唐僧師徒的西行取經），淑世情懷的感時憂國（如心繫江山生民的老殘）。也像《周秦行紀》的夢境營造，但不同於落第秀才冥遇的燈火影綽、暗香流漾，王安石江南之遊所緣起的卻是一場陰森悽詭的幽冥惡夢，從此以後，透過文人作者定向疊景的技巧運用，原是多數取材於筆記雜錄的斷簡零篇，便有機地組成一趟情節單調而反覆、情境凋弊而凶煞，情緒悚慄而痛忍的凌遲之行。只要王安石一落腳，他就得被迫收聽一播再播的民間怨苦的現場申訴。立意良好、富國強兵的新政，一旦推行到地方，民間所能感受的就是胥吏里保的不斷煩擾、一味剝削，而追究起來，無非是集權於中央的拗相公在作祟。除了盈耳的牢騷外，王安石還得目不暇給地一一迎向無名之士所書寫無聲卻憤慨的大字報。這麼攻訐情節的一再翻演，連當初自信可以腹中撐船、耳旁當風的王安石，都不免會面如死灰、惶惑逃離。然而，要使他洞悉人生眞相的這場戲卻還沒有進入眞正的高潮。先前出現的店家經紀人、香火道士，茅舍老者，他們的數說詈罵，還有茶坊、廟牆、坑廁的謗詩怨句，以上種種都還只算是序曲和陪襯而已。

作者將夢魘恐怖的顚峯、人怨喧騰的沸點、民意制裁的極刑，獨留給林間寡居的一名老婦去表現，王安石在月夜中叩門投宿，先是提燈照見一首悲讖意味的神秘題詩，困惑惶恐之際，卻只能徒然聽取老婦恣意的鼾鳴。小說中心思深沉、氣質傷感的王安石，和衣捱過一夜的呑聲不能眠。黎明起來，蓬頭老婦和唯一相伴的赤腳蠢婢，取水攜糠，而開始這一天生命作息的，卻是兩位弱苦民女所發出極爲熟悉但又奇特無比的兩聲號令：

「囉囉囉，拗相公來！」

「鷄州州，州州，王安石來！」

那應聲而至的，是豬隻和鷄羣的前來啄食，家居而自然的尋常畫面，卻因不尋常的聲效而顯得荒誕不經，光怪陸離。

明明是迫害者的高官權臣，卻被百姓一路的追討喊打，反淪爲了受害之人。而屈辱之甚，莫過於被貶爲烹而食之的牲畜。錯愕也挫敗的微服王安石，總算親自聽到民間最嚴酷的宣判——「民間怨恨新法，入於骨髓，畜養鷄豕，都呼爲拗相公、王安石，把王安石當做畜生。今世沒奈何他，後世得變他爲異類，烹而食之，以快胸中之恨耳」。被民意裁決爲鷄豕的王安石，也同時遭到憂恚、毀形的自我懲處——僅僅夜盡天明而已，他的鬚髮俱白、雙目皆腫，而容顏盡改了。

經歷了如此的一場不可置信，再聽到村農正持梃以待時，王安石便再也不敢執拗逞能、繼續逗留於百姓所屬的市井民宅。他匆匆趕到江寧家人之處，從此卜居鍾山，在半山堂中誦經念佛。但宗教的修行沒能替他贖罪，使他安息。在血腥冥夢中展開的晚景，也在血腥冥夢中落幕。

王安石因微服出遊而造成的境遇和終局，其嚴重性遠遠超過他的親信——江居行前的疑慮：

「相公白龍魚服，隱姓潛名。倘或途中小輩不識高低，有毀謗相公者，何以處之？」

本來，在伍子胥的諫言中[43]，天界之屬的白龍，爲了便於人間淵池之游，於是化魚徜徉於清冷之中，卻因失卻龍身的護符作用，致遭漁人豫且的獵殺。於是白龍揭着被射傷的眼，向最高執法者的天帝去訴寃陳情。但在瞭解自己部屬潛形化身的經過後，天帝反而宣判化魚白龍的咎由自取、射手漁人豫且的清白無辜。也就是透過伍子胥這個白龍落難經驗、天帝宣判結果的描述，欲從民飲的吳王打消了他微服尋樂的念頭。

出於自我意願的選擇，當時辭京南歸的王安石，多少也是懷着白龍清冷之遊的休閒心情，「荊公想江寧乃金陵古蹟之地，六朝帝王之都，江山秀麗，人物繁華，足可安居，甚是得意」，所以他的不願勞師動衆，倒並非傳統所熟知微服查訪的敬業苦心和職務需求。他的原因很簡單，因爲越是單純化、個人化，不擾官、不驚民的旅遊，才越符合一個掛冠宰相的心之所願。

但敵對心態的作者，顯然不願等閒放過王安石。讓他一走了之，躲到山光水色之中，卻任自己一手策畫的惡政繼續禍患下去。果爾，則人間則歷史夫豈有公道可言？其實白龍魚服，受困豫且的無妄之災，咎由自取，還不足形容《拗相公》裏王安石的「罪」「罰」的本質和程度。因爲白龍本身是無妄的，之所以有罪是它的化魚入境人間。而執拗孤行相公一意圖私損民的新法卻着實有罪。因之，他的罪有應罰就不該止是：負傷還形、重返天庭、自認倒楣而已。貴爲天子的重臣，在民情輿論的貶謫下，將永世淪爲可殺可烹的鷄豕畜生，再不得翻身爲人爲天子之臣了。

儘管《拗相公》的作者不無假稱「民」意，借刀殺「敵」之嫌，但這種正視民意，相信民衆爲施政得失，歷史眞僞之裁決者的民本意識，在小說漫長的發展歷程中，自具有其傳統和反傳統的意義。一方面，它履踐了班固在《漢書藝文志》中所宣稱小說家「街談巷語、芻蕘狂議」，一種來自民間，有助政教的使命。但另一方面，它多少也違逆了後來由《四庫全書總目提要》所歸結並標籤於小說家「用廣見聞，愈於博奕」，另一種雅馴傾向，聊資消閒的功能。

## 三、芻蕘狂議的小說發展

> 小說家者流，蓋出於稗官，街談巷語，道聽塗說者之所造也。孔子曰：「雖小道，必有可觀者焉，致遠恐泥。」是以君子弗為也，然亦弗滅也，閭里小知者之所及，亦使綴而不忘，如或一言可采，此亦芻蕘狂夫之議也。
>
> 班固《漢書藝文志》

王安石曾對千秋故紙所能傳遞的歷史眞相不無疑慮——「糟粕所傳非粹美，丹青難寫是精神」。而後來梁啓超也多少證實了糟粕《宋史》所傳的王安石不僅並非粹美，難寫其精神，而且其中還有所挾私構陷。其實不獨是人物如此，對於小說發展的歷史眞相，就單憑官方說法，如《漢書藝文志》《四庫全書總目提要》，則不免也有「紛紛亂眞」之虞，難怪魯迅要感慨，「史家成見，自漢迄今蓋略同：目錄亦史之支流，固難有超其分際者矣」，因爲「至於宋之平話，元、明之演義，自來盛行民間，其書故當甚夥，而史志皆不錄」㊹。在小說史中被視爲粹美經典之作如變文、三言、四大奇書等，竟無一有幸在官修國史中佔有一席之地，倒是行政單位對民間小說戲曲所屢屢採取的禁毀行動，足以彙編爲可觀的《元明清三代禁毀小說戲曲史料》㊺。

當初，「王官之學」㊻的《漢書藝文志》所強調小說家的形象特色，乃是在於他們和專司宮廷「滙報」空職、稗官者的傳承關係㊼。正因這些活躍於街巷，穿梭在閭里的芻蕘之民，他們能提供風俗民情的資訊，不無些須的執政參考作用，所以才有幸被抬舉爲十家之一。但和其他有學說有組織的諸子相較，堪稱「無稽之言」「烏合之衆」的小說家，就只好敬陪末座而不入流了。而每一支史筆在勉強保送他們之餘，又總不忘趁機「致遠恐泥」地貶損一下。史家不僅首先在心態上就難免偏見，便是蒐錄成品時，也未必眞的會向草野江湖、市井道塗間費心尋索。《漢志》之後的《隋志》首將典籍重新規畫爲經、史、子、集四部，小說依然厠身於「子」，其所著錄，《燕丹子》而外，無晉以前之書，卻另外增加記談笑應對、敍藝術器物遊樂之作。如此發展下去，逐漸偏離於民間鄉野，而獨步於文士書齋的雅馴之途，也自屬必然了。《新唐志》將家訓（如李恕《戒子拾遺》），考證（如劉孝孫《事始》），校勘（如李涪《刊誤》）服用（如陸羽《茶經》）等不涉美感創意故事情節等非文學的雜錄也納入了「小說」。難怪到了紀昀時代，他心目中的「小說」就只是：局限於勸戒、廣聞、考證功能的雜事、異聞與瑣語。在他「雅馴」的文學體系內，誣漫失眞、妖妄熒聽、猥鄙荒誕，徒亂耳目者一概門外被拒。

而研究評書的學者譚達先，卻以一尊晚近出土的「說書」漢俑㊽，動搖了《漢書藝文志》所塑造「王官之學」的「小說家」之「樣板」形象。

民俗學者描繪下的說書漢俑極是生動可愛，它的笑臉顯展沉醉的神態，赤足蹺趾，右梃左鼓，似正待說唱的淋漓之際，來個興會的擊鼓咚咚。譚達先以出土實物來證明《漢志》的小說家就是當時民間說書的專業藝人，後來活躍於宋代瓦舍的說話人，就正是這尊漢俑的嫡傳子弟。譚氏根本就力圖淡化甚至有意抹去宮廷稗官、及其間弄臣之屬的俳優侏儒和民間說話藝人的可能血緣[49]。總之，譚氏是以民俗立場來強調說話藝術生於民間，長於民間的自主性。

魯迅根據《漢志》所列類似「子」「史」之著的小說書目，因而臆測小說家在創作內容上的「淺薄悠謬」[50]。這麼一來，從班固、魯迅到譚達先，《漢志》的小說家至少呈展了三種不同的面貌和評價。第一，是官方學者班固心目中，來自民間、服務宮廷、風俗和輿情的簡報人員。第二，是魯迅文學意識裏，淺薄悠謬，非子非史、不倫不類的小說工作者。第三，是譚達先基於民俗立場，佐以出土實物所詮釋下：精彩而迷人的民間說唱藝人。以上三種紛歧，如果套用王安石的《讀史》術語，那麼自然要以譚氏所持的「說書」之俑，最能生動傳達小說家的「粹美」「精神」。

幸好譚氏不免溢美而多少可疑的一尊漢俑孤證，在宋的瓦舍時代，卻成爲尋常而普遍的事實。感覺上，那樣一尊生動可愛的「說書」之俑，確實不太像是用來說明「王官之學」的證物，如果讓它出現在《清明上河圖》的民間劇場，就很自然貼切，至於《武林舊事》所列「諸色伎藝人」[51]的排行榜單，就尤其應該是正確歷史歸位的了。

檢討起來，宋代的說話人其實仍然未失前面所說漢代小說家的三種樣貌。有關第一項，風俗輿情的報導，事實上，這是小說家永遠不可能失去的特質，只是宋代說話人不必向官方負責，他們來自民間，有所心得，也回饋民間。而在職業進步的分工下，官方自有更多更廣可以獲取民間資訊的管道。至於留在官方歷史的小說，則多數上是「雅馴化」的文士之作，《太平廣記》代表的仍是書齋產物的筆記、傳奇之屬。

至於「淺薄悠謬」的創作內容。其實，當初班固多少就是「錯置」了小說家，只是利用他們有限的政教功能，卻忽略了芻蕘閭里民衆的獨特生命氣質和秉賦，以及他們可能開發的文學潛能。他們原是最眞實的生活者，對人生擁有直覺而質實的敏銳感受能力。非子非史，倒正好可以凸顯他們無拘無礙下的活潑創意。而小說家卻偏偏被定位於思想之「子」、哲學之「子」，又被歷歷可考，信而有徵的史家期許。如此，文學本質的小說家只好失位於了歷史。

而宋代說話人是有專業訓練和資格檢定的民間遊藝人員。《太平廣記》、歷代書史文傳就是他們的教科書，這自然是他們的學識充實之道。對於虛構的藝術認知也能形成普遍的共識——「其話本與講史書者頗同，大抵眞假相半」[52]，所謂的「悠謬」自有其揑拿的分寸。也因此，一個資優而敬業的說話人，他們的文學表現，已不能率爾責之以「淺薄悠謬」了。能代表正宗宋代話本的《碾玉觀音》很可以援引爲說明的例證。

「煙粉靈怪」之屬的《碾玉觀音》，在穿插中興名將的史料時，雖嫻熟無誤[53]，但卻運用了韓世忠（咸安郡王）正史無可考的「好色傾向」，來隱約爲《碾玉觀音》的命運布局，又以劉錡（劉兩府）無可稽查的一闋《鷓鴣天》，使之曲折成爲小說中一道冥冥的致命符咒。

在抗金歷史中的民族英雄韓世忠，卻被「小說人」形容爲「烈火焦躁」的咸安郡王。小說才一展開，他就唯恐春將歸去，於是人仰馬翻地浩蕩遊春，不僅驚動了當地百姓，也因而牽連裱褙舖的璩家女兒秀秀、她一生波折而離奇的生死愛情。而郡王當初用來百戰沙場、殺敵無數，喚名「大青」「小青」的兩口寶刀，卻因宋室南渡，偏安江左，只有冷落掛壁了。小說中寶刀僅僅只有兩次使勁的機會，其中一次卻是用來對付一個手無寸鐵的卑微養娘、秀秀。

比起咸安郡王與民接觸時的一副高姿、一片霸氣，順昌名將的劉錡，不免是落難白龍，受困豫且的窘境難處了。過氣將軍賦閒他鄉，不但生計無着，偶爾出去吃杯悶酒，偏偏「酒店中人不識劉兩府，歡呼囉唣。劉兩府道：『百萬番人，只如等閒。如今卻被他們誣罔！』」，受氣之餘，便以《鷓鴣天》一闋自我排遣。這詞流傳到舊日戰友手中，咸王郡王動了袍澤之情——「原來劉兩府直恁孤寒」，差人千里迢迢去送錢，這才會因而識破當初意外逃離的秀秀養娘，和玉匠崔寧私自在遠方結髮夫妻的行徑。

不僅在宋代歷史之中，南渡的中興將領和北方壯士，因大勢已去，而喪失了可以恢復的機會和用武的戰場，就是在刻劃「生死寃家」的小說國度裏，他們也退居爲次要角色。比起殺氣沖天，怨怒滿紙由文人擬作的《拗相公》，市井「小說人」在處理《碾玉觀音》中官、民接觸的可能情境、貴賤窮達的心理調適等方面，毋寧更是持平、微妙、細緻而深刻。民間說話人顯然具有善意而體諒的人生睿智，靈敏而圓熟的文學能力，因之「通俗小說」一樣也可以表現出「菁英文學」的深美閎約。

咸安郡王的錢塘遊春，一片人車鼎沸，壯大的排場和造勢，所流露的該是謝靈運山水征伐模式下的僵局困境，兩人都一樣是蹈急狂放中的苦悶寂寞。劉兩府的「竹引牽牛花滿地，疏籬茅舍月光篩……三千里地無知己，十萬軍中掛印來」[54]，不僅味之有幾分稼軒詞的爽雋悲涼，連兩人志切恢復但壯志未酬的際遇，也都是時代悲劇的一個寫照，可以彼此注腳一番。劉兩府的「孤寒」處境，等閒被人誣罔的幾聲囉唣，也可以視爲另一種情節的「白龍魚服」，牽連的卻是一對平民夫妻的生死巨變。當然烈火焦躁的咸安郡王，對這對平民夫婦而言，就更像是在寫照命運的另一種面貌。

這些似乎在小說中被矮化但又能遙控市井小民的中興名將，十分微妙地在演證它的小說主人微妙而獨特的人生視境。《拗相公》的小說家讓芻蕘在放言在狂議，讓整個的街頭巷尾都在羣情激憤。而《碾玉觀音》的小說人卻運用了另一種發聲的理念和技巧，但並沒有因而喪失「街談巷語」「道聽塗說」「芻蕘狂議」，這些小說家民間聲音的眞諦。因爲民間羣衆的聲音也許應該像卡內提形容的海洋：

> 海洋有聲音，富於變化，而且隨時可聞……令人最印象深刻的，就是它的持續性……它的衝力、它的狂濤駭浪，引起我們內心的感受是：有一實體，以同樣的程度，分享了海洋的這些屬性——那就是羣衆……它是一種謙虛的形象——所有的生命都流進海裏，而且它包容所有的生命。[55]

可惜史家不能像包容的海洋，留錄民間聲音的本色，在以後「馴雅化」的文人擬聲中，《拗相公》的激越憤怒變成《王安石三難蘇學士》的附庸風雅、油腔滑調，而風雅也是可以淪爲惡趣的。[56]

# 附註

❶ 神宗熙寧九年丙辰（一〇七六）十月，王安石罷判江寧府，哲宗元祐元年丙寅（一〇八六）四月初六，病卒，享年六十六。王安石十七歲時，因父益通判江寧府而隨之前往；兩年後，益卒於任內，王安石從此居家於江寧。按：本文有關王氏生平大事，悉照清、蔡上翔《王荊公年譜考略》（臺北，洪氏，一九七五）

❷ 宋史本傳：「甚者謂『天變不足畏，祖宗不足法，人言不足恤』」，關於「三不足說」之眞僞，乃有學者多人撰文討論。大體言，此一詞原係一個策問命題的創詞，它應該是舊黨人物所創，但所創亦有據，並非全然無的放矢。一方面王安石，確實有類似的意思，二方面也足以顯現王氏行事時並不瞻顧後的一種氣勢。請參見林天蔚《考「三不足說」之僞，析楊升庵之偏》之論文及遲景德之講評，蒐入〈紀念司馬光與王安石逝世九百周年學術研討會論文集〉（臺北，文史哲，一九八六）

❸ 王安石《歲晚》—「月映林塘淡，天涵笑語涼。俯窺憐綠淨，小立佇幽香。攜幼尋新菂，扶衰坐野航。延緣久未已，歲晚惜流光」〈李壁注・王荊公詩注〉卷二十二，四庫本（臺北，商務），冊一一〇六，頁一四五。

有關王安石晚年心境與詩作，請參見鄭師因百《謝安的夢與王安石的詩》〈景午叢編上編〉（臺北，中華，一九七二）

❹ 王安石《新花》—「老年無忻豫，況復病在床。汲水置新花，取慰以流芳。流芳不須臾，吾亦豈長久？新花與故吾，已矣可兩忘」，同前註四庫本，卷二，頁二〇。

❺ 其實元豐四年辛酉正逢王安石一甲子的本命年，他在該年的詩作之中，死亡恐懼感尤爲深刻，關

於他的心理，亦請參見前註❸鄭師之說。但李壁注《新花》謂：「每日只在書院中讀書，時時以手撫床而歎，人莫測其意也」，亦能描狀老者心態。

❻ 四庫本，卷四六，頁三五四。按：王安石詩向無編年，但周錫韓選注《王安石詩選》，則選入一三二首，以時代先後爲次，年代不明者，遂以內容、風格、情調判別之。本文據周氏之說，亦將《讀史》系列置於神宗逝世當年所作，該系列包括有：孟子、商鞅、蘇秦、范雎、張良、曹參、韓信、伯牙、范增二首、賈生、兩生、謝安、世上（范蠡）、讀後漢書、讀蜀志、讀唐書、讀開成事等首。以上諸七絕皆錄於卷四六（四庫本），唯《讀史》爲律詩，置於卷三十九，頁二八四。

❼ 錢穆論荊公之學：「乃是一種功利與心性之融成一片，即世出世之融成一片，亦即是儒釋融成一片之一種理想境界。乃思想史上之一種更深更進之結合也……荊公的王霸辨與大人論，不能不說在宋學上有大貢獻」《初期宋學》〈中國學術思想史論叢〉㈤（臺北，東大，一九八四再版）

❽ 如元祐初，范祖禹、黃庭堅、陸佃初修《神宗實錄》；李燾《續資治通鑑長編》；司馬光《涑水記聞》；邵伯溫《邵氏聞見前錄》、魏道輔《東軒筆錄》、范仲淹《朱墨史》等。

❾ 梁啓超《王荊公》自序〈中國六大政治家〉第五篇（臺北，正中，一九七四臺三版）頁一。

❿ 同上，第一章敍論，頁一—二。

⓫ 同上，頁六〇。

⓬ 宋史卷三二七，列傳八六，（臺北，鼎文）頁一〇五五〇。

⓭ 同前註❾，頁五八。

⓮ 同上，頁一三四。

⓯ 同上。

⓰ 同上。

⑰ 如《詩人玉屑》引黃庭堅之說：「荆公暮年作小詩，雅麗精絕，脫去流俗」。

⑱ 如賀昭《王安石的哲學思想》：「安石晚年超脫塵世學佛學禪，境界甚高……附帶介紹安石的一首最富於哲理與識度的詩：『風吹瓦墮屋，正打破我頭。瓦亦自破碎，豈但我血流？我終不嗔渠，此瓦不自由。衆生造衆惡，亦有一機抽。渠不知此機，故自認愆尤。此但可哀憐，勸令眞正脩。豈可自迷悶，與渠作寃仇』……」〈中國哲學思想論集——宋明篇〉（臺北，水牛）

⑲ 「說話」一藝，在南宋有四家之說，除灌圃耐得翁《都城紀勝》外，尚有吳自牧《夢粱錄》等。但因諸書語焉不詳，致後世學者對細部處紛論不一。本文採樂師衡軍的分類，請參考《宋代話本研究》第二章（臺北，臺大文史叢刊，一九六九），亦卽：「小說」；「說經、說參請」；「講史」；「合生」的耐得翁分類。

⑳ 太平廣記和太平御覽、文苑英華，是宋太宗太平興國年間命儒臣李昉等編纂的三部大書。

㉑ 請參見葉師慶炳《有關太平廣記的幾個問題》〈古典小說論評〉（臺北，幼獅，一九八五）。

㉒ 採編之過如引用書目與事實不符等六項，發行不力，則指當事人以爲非學者所急，收墨版藏之之事。亦請參見上註葉師之文。

㉓ 除洪邁《容齋隨筆》論評唐人小說謂：「小小情事，悽惋欲絕，洵有神遇而不自知者，與律詩可稱一代之奇」之外，當時認爲業已完熟美好唐小說者，亦有劉貢文「小說至唐，鳥花猿子，紛紛蕩漾」之例。

㉔ 《雲麓漫鈔》八：「唐世擧人……然後投獻所屬。踰數日又投，謂之『溫卷』……」，唯溫卷說已遭若干當代小說學者之質疑。

㉕ 四庫全書總目提要謂太平廣記：「古來軼聞瑣事、僻笈遺文，咸在焉。卷帙輕者往往全部收入，蓋小說家之淵海也。」

㉖ 宋羅燁《醉翁談錄》謂說訪人必須「幼習太平廣記，長攻歷代史書」。

㉗ (1)孟元老《東京夢華錄》（一一四七）(2)灌圃耐得翁《都城紀勝》（一二三五）(3)西湖老人《西湖老人繁勝錄》（年代略與上同）(4)吳自牧《夢粱錄》，詳記一二四一－一二七四間之臨安市況(5)周密《武林舊事》，成書於宋元之際（一二九〇前）。以上五種記述宋代都城生活及其風土民情的書籍，被呂叔湘稱作「都市文學」濫觴（見所編著《筆記文選讀》一書）。都市文學五書已彙印為《孟元老等著〈東京夢華錄外四種〉》一冊，（臺北，大立，一九八〇）

㉘ 為避免說話四家中的「小說」和「小說人」與一般小說混淆，故本文概以引號括別之。據《都城紀勝》所載，「小說人」所說之「小說」包括有、煙粉、靈怪、傳奇、公案（皆是搏刀趕棒，及發跡變泰之事），說鐵騎兒（謂士馬金鼓之事）。而《醉翁談錄羅》燁於「小說引子」題下注明「演史、講經，並可通用」，可見「小說人」的路線寬，可以跨至「經」「史」部分。

㉙ 見前㉗註大立版《東京夢華錄外四種》，《都城紀勝》部分，頁九八。

㉚ 同前註，〈夢粱錄〉部分，頁三一三。

㉛ 如華諸文學編譯組之《文學理論資料滙編》所引契氏諸論若干條：

(1)……而且要短，要寫得盡量的短……。伊布寧《同時代人回憶中的契訶夫》。

(2)情節越單純，那就越逼眞，越誠懇，因而也就越好。《寫給瑪、符・基塞列娃》

(3)您把情節的進展寫得有點疲沓……動作少，細節多，那些細節堆積起來……《寫給葉・米・沙芙羅娃》（臺北，華諸，一九八五）

㉜ 胡適之《宋人話本八種序》，蒐入〈胡適文存第三集六卷〉（臺北，遠流，一九八六）頁二二六。

㉝ 如魯迅《中國小說史略》、胡士瑩《話本小說概論》、樂師衡軍《宋代話本研究》。

㉞ 蔡上翔《王荆公年譜考略卷二十四》，載有靖康初楊時《論蔡京疏》，後錄南宋無名氏書於其後之文，即所引錄出處。（臺北，洪氏，一九七五）頁三二九。

㉟ 皆《拗相公》之原文或原意—「後人論我宋元氣，都爲熙寧變法所壞，所以有靖康之禍。有詩爲證：熙寧新法諫書多，執拗行私奈爾何！不是此番元氣耗，虜軍豈得渡黃河？」

㊱ 有關毀謗王安石的僞作，李紱《穆堂初稿》（卷四十六），蔡上翔《王荆公年譜》皆已爲文證實。至於附益盧多遜事，則可見王士禎《香祖筆記》（卷十）。

㊲ 見前註㉝。但其他學者如馬幼垣、樂師蘅軍則以爲《拗相公》乃「元人」作品。馬幼垣根本就認定《京本通俗小說》係繆荃孫竄改《警世通言》《醒世恒言》的僞造之本，《拗相公》中的「我宋」字眼乃改自《通言》的「故宋」，又以伍員臨潼事要遲至元雜劇才有等因而研判爲元人之作，但經樂師指正，實則在《史記》〈范雎傳〉中本已之，但因用語和風格之故，仍大致肯定馬氏之說。請參考馬氏《京本通俗小說各篇的年代及其眞僞問題》〈中國小說史集稿〉（臺北，一九八〇，時報）。有關該項議題的探討，亦可參胡萬川《〈京本通俗小說〉新發現》（中華文化復興月刊，十卷十期）。

㊳ 唐人小說與黨爭關係可參考劉開榮《唐代小說研究》、（香港、商務）傅錫壬《牛李黨爭與唐代文學》（臺北，東大）諸作，本人則參考王夢鷗《牛羊日曆及其相關的作品與作家辨》，附錄於王氏《唐人小說校釋》（下册，臺北，正中）之內。

㊴ 同前註㊳，見王氏之研究。

㊵ 原文見《後村新全集，卷七一三》。

㊶ 牛僧儒有關女色傳聞，如愛妾眞珠來歷等，極可能爲韋瓘所造。但王安石的不近女色則是反王者如邵伯溫《河南邵氏聞見錄》亦有記載，如王氏曾婉拒納妾並接濟賣身女子，使之夫妻團圓。邵氏稱王荆公與司馬溫公皆「不好聲色，不愛官職，不殖貨利」。

㊷ 已上諸項理由爲樂師蘅軍所提，見《宋代話本研究》「考實」和「風格表現」部分。

㊸ 見前引《說苑》〈正諫〉。

㊹ 魯迅《中國小說史略，第一篇：史家對於小說之著錄及論述》（臺北，明倫，一九六九）頁二十一。

㊺ 臺北河洛圖書出版社曾於一九八〇年發行。

㊻ 王利器編，清章學誠認爲《漢書藝文志》爲漢代宮廷藏書的記錄，稱九流十家，出於王官。他的諸子出於王官之說，在民國二十年左右則引起一番爭議。

㊼ 胡士瑩稱古代進行故事活動的兼業人員有「滙報」的「稗官」及「宣傳」的方士，見《話本小說概論》。

㊽ 據譚氏於其所著《中國評書（評話）研究》（臺北，一九八三，木鐸）一書中，稱該俑於一九五七年二月在四川成都市郊出土，爲公元前二世紀漢靈帝時的墓葬之物。

㊾ 譚氏不提稗官，也不像胡士瑩，認爲俳優侏儒的弄臣之屬是後來瓦舍說話一脈相承的先驅。譚氏認定小說家和說話人的直接血緣。請分別參閱前㊼㊽二氏之研究著作。

㊿ 見前註㊹，頁十七—「惟據班固注，則諸書大抵或託古人，或記古事，託人者似子而淺薄，記事者近史而悠謬者也。」

51 周密《武林舊事》在體例上常採用「目錄」以紀實南宋臨安的種種，其中卷六《諸色伎藝人》「小說」項計有五十二人上榜。

52 耐得翁《都城紀勝》、吳自牧《夢粱錄》均有此相同之語。

53 諸參見孫述宇《〈碾玉觀音〉裏的中興名將史料》（《中國古典小說研究專集文，臺北，聯經，一九八〇）。

54 《鷓鴣天》整首爲：「竹引牽牛花滿地，疏籬矛舍月光篩。琉璃盞內茅柴酒，白玉盤中簇荳梅。休懊惱，且開懷，平生贏得笑顏開。三千里地無知己，十萬軍中掛印來。」孫述宇認爲極有可能就是劉錡之作。

55 卡內提（一九八一諾貝爾文學獎得主）《羣衆與權力》（黃漢青、陳衞平譯，臺北，駱駝，一九八七）頁九五—九六。

56 樂師衡軍分析「中國小說觀念上的先天性畸症形」，其中之一爲考證求眞的癖好和詩詞的趣味，認爲後者是小說寫作容易誤入的歧途，而明擬話本中的詩詞的癖趣，並非小說上的好現象。見《宋代話本研究》。

# 從一個新觀點試論北宋詩

簡錦松

## 一、概說

談到北宋詩的時候，有許多現象，吾人久以熟察而見慣，像和詩次韻連章累牘地出現，以及作詩喜歡描述生活瑣事、好作愁苦之辭，而在評論作品時，則千篇一律談論「雄健、平淡」等等，這些現象，似乎都不是孤立事件，在它們的背後，可能有一種詩觀作爲支配著這些行爲的理念。

前人對宋詩的研究，明顯地受到南宋觀點的影響，何以說呢？宋代詩論除了紀錄在各家文集裡的序跋書牘外，主要表現方式是詩話，詩話的盛行在南宋，而嚴羽可說是結束南宋詩論的重要理論家，到了元、明代兩代對宋詩的看法，大抵不出嚴羽《滄浪詩話》所提出的幾個問題，清代愛好宋詩者甚多，他們所持的見解，除了在前人所提出的幾個問題上刻意與南宋、元、明持相同或相反意見以外，並沒有多少新的看法。因此，不論是擁宋或批宋的人，所談論的主題，大多是著眼在南宋人的觀點上立說的❶。

事實上，南北宋的詩學並不能混爲一談，北宋有許多「大家」，南宋就不及它遠甚，北宋詩風和南宋詩對比，也有很大的差異。我們可以說，南宋的詩論家對北宋詩學提出相當多看法，相對的，我們也懷疑南宋詩論家並未就北宋文學界的特殊需要作全盤的思索。

北宋詩人面對的一個問題，乃是對唐代詩人的溯源以及詩作應如何定位的問題。他們基本上是想承襲唐詩人的作詩主流，甚至承襲唐代詩人的觀點與思想❷，無如這些總是不容易達到的，由於五代十國的歷史阻絕，宋王朝的確立，唐人對於宋代來說已經是完全的古人了；其次談到詩作的定位問題，宋朝廷是一個士人大量參政的政府，人才出仕的觀念乃至詩與文章並盛的現象，很值得注意。唐代有許多詩人是不長於文章的，可是宋代詩人卻必須兼擅詩文；而且由於文章的功用價值，使詩在現實的仕宦結構中並無積極作用，促成了詩作性格的改變。

本文討論的重心，即在於探索北宋文學界對詩與詩人的詮釋，內容包括了北宋詩人的基本詩觀，對「詩窮而後工說」、「宋人主理說」、「無意於詩說」，以及詩中多寫生活瑣事與好作議論語等情形，都作了一些詮釋。

## 二、北宋詩人的觀點

### 1 詩與閒

閱讀明人文集的時候，感覺到數量最多、印象最深的，乃是明人文集中墓文甚多，其次，或者簡牘多，或者序記多，此外份量都比較少。以曾經入閣多年的李東陽爲例：李東陽的《懷麓堂稿》一百卷，除去詩及雜錄，分爲《文前稿》、《文後稿》各三十卷，《文前稿》卷一賦，卷二至九爲序，卷十至十三記，卷十四論、書、手簡，卷十五、十六傳，卷十七雜著，卷十八策問、頌、表，卷十九狀、疏，卷二十箋、銘、贊、引、題跋，卷二十一題跋，卷二十二至三十皆墓文。《文後稿》也是三十卷，序只有三卷，墓文增多爲十六卷，其他比率大抵相同。這種文集結構是明人文集的通例。

但是，檢視北宋人的文集時，便會發現截然不同的現象，地位和李東陽相當的歐陽修、王安石、蘇軾三人，其文集中「序」、「記」文章甚少，官文書卻佔了很大比率，「論、議」體裁的文章數量也頗爲醒目。

在歐陽修大量著作中，外制、內制、詔冊、表、啓、書、奏、墓誌銘等佔了相當大的數量，一般所謂的古文（指記、序、書等體裁）的數量，相形之下，顯得甚爲貧弱，詩卷、樂府的數量也並不爲多。除此之外，雜記隨筆之類，如《歸田錄》、《詩話》及其他隨筆、題跋都只居陪襯地位。王安石《臨川先生文集》一百卷之中，詩三十七卷，其餘奏狀疏表劄子、內制、外制等合二十五卷，此外，論議雜著佔九卷，而書啓十卷，總計合佔四十五卷；至於記序之文，一般所謂古文者，不過八十三、八十四、八十五，三卷而已，其餘則祭文碑誌。值得注意的是王安石論議文章數量甚多，除所有的論議雜著九卷外，書啓十卷當中亦往往爲論議而作。

蘇軾《東坡全集》中，詩三十三卷，賦一卷，序一卷，記四卷，傳一卷，論五卷，策、策問六卷；卷五十一以下至卷六十六皆爲奏議，卷六十七至六十九表狀，卷七十、七十一啓，其後有書五卷、尺牘九卷，碑二卷，墓文四卷，外制三卷，內制七卷，其餘雜著、志林十五卷，時雜議論❸。

在歐陽、王、蘇三家文集中，官文書佔了絕大的份量，並不只因爲三人的職務上需要，事實上是宋人風氣普遍如此。以王禹偁爲例，《小畜集》中，除詩以外，卷十四是雜文，近於議論，第十五卷是論，卷十六是碑記，卷十七亦碑記，卷十八書，卷十九序，卷二十序，卷二十一爲表，二十二、二十三、二十四亦表，卷二十五啓，二十六、二十七擬試內制諸文，二十八至三十爲墓志銘之類。在諸文中，官文書也佔了推當大量的成份。本來，唐人文集中也有這種情形，但是唐人文集中收錄官文書最多的白居易、韓愈都不及一般北宋文集的數量或比率。甚至連職位卑下的強至，在其《祠部集》三十五卷中，除卷一至十二爲詩，十三卷以後多爲劄子、表、狀、啓、書，而絕大多數是在韓魏公幕府代作的文書。這種現象顯示著時人對文章的看法，是趨於世用的，文旣趨於世用，而詩之不切世用，也就十分值得注意了❹。

在官文書佔著文集中重要份量的同時，科舉考試中詩的重要性也減弱。歐陽修《六一詩話》說：「自科場用賦取人，進士不復留意於詩，故絕無可稱者，惟天聖二年省試采侯詩，宋尚書祁最擅場，其句有『色映堋雲爛，聲迎羽月遲。』尤爲京師傳誦，當時舉子目公爲『宋采侯』❺」科舉考試中考詩賦大致上是北宋的通行辦法❻，除了在王安石執政以後曾罷詩賦而改考經義外，大體上沒有什麼變化，詩賦同時作爲考試項目，但是二者已有輕重，可能是因爲宋代考試中，「詩」，乃沿用唐人六韻十二句之五言排律，本來與當時流行之五古及七言律絕體裁相離甚遠，而題目又相當險怪，《小畜集》中有不少擬科試的作品，詩題爲〈宮漏出花遲〉、〈春晚秀野綠〉、〈四時爲玉燭〉、〈五老化流星〉、〈東風解凍〉、〈笙磬同音〉、〈乾明節觀羣臣上壽觴〉、〈甘露降太一宮〉等八題❼，這些都是爲應付科舉而作的詩，不但部份題目怪異得實在不類詩題❽，其內容更因爲力求白描與精對，而全然沒有詩的趣味，比起「賦」更不受到重視，因此歐公說是「自科場用賦取人」，並非就不考詩了。不過，當時反對以詩賦取士的呼聲很盛❾，以後王安石改革科舉，便以經義策論取代詩賦，他曾說：「況一甲科通判，苟粗知爲辭賦，雖市井小人皆可以得之，何足道哉！❿」可見科舉中的詩與賦在時人眼中，其實弊病是差不多的。當然，從歷史與文學發展的大趨勢而言，雖然由蘇軾《乞不分差經義詩賦試官》⓫劄子看來，主經義和主詩賦兩派曾經明顯對立，但是，經義和詩賦策論最後均同樣被歸納爲「時文」一類，而俱被排斥於文學之外，因此，詩的發展與科舉的直接關係，可以說並不大。現在我們再回到原來的議題，由於「文」的用世性格，「詩」的發展特性就更顯得不同，下面請看北宋人處理詩和文的兩種不同態度的個案：

甲、

錄示孫之翰唐論，僕不識之翰，今見此書，凜然得其為人。至論褚遂良不譖劉洎，……皆舊史所不及，議論英發，暗與人意合者甚多。又讀歐陽文忠公志文，司馬君實跋尾，益復慨然。然足下欲僕別書此文入石，以為之翰不朽之託，何也？之翰所立於世者，雖無歐陽公之文可也，而況欲託字畫之工，以求信於後之人邪？（《東坡文集》卷七十四，頁十八《答李廌書》）

乙、

及與可自洋州還，而余為徐州，與可以書遺余曰：「近語士大夫吾墨竹一派近在彭城，可往求之，襪材當萃於子矣！」書尾復寫一詩，其略曰：「擬將一段鵝溪絹，掃取寒梢萬尺長。」予謂與可「竹長萬尺當用絹二百五十匹，知公倦於筆硯，願得此絹而已。」與可無以答，則曰：「吾言妄矣！世豈有萬尺竹哉？」余因而實之，答其詩曰：「世間亦有千尋竹，月落庭空影許長。」與可笑曰：「蘇子辯則辯矣！然二百五十匹吾將買田而歸老焉。」因以所畫篔簹谷偃竹遺予曰：「此竹數尺耳，而有萬尺之勢。」篔簹谷在洋州，與可嘗令予作洋州三十詠，篔簹谷其一也，予詩云：「漢川修竹賤如蓬，斤斧何曾赦籜龍，料得清貧饞太守，渭川千畝在胸中。」與可是日與其妻游谷中，燒筍晚食，發函得詩，失笑噴飯滿案。（《東坡文集》卷三十六，頁二十二《文與可畫篔簹谷偃竹記》）

在上述兩個個案中，甲案是一般處理文章的模式，當一篇文章完成後，為它請名家作介紹、題識（志文、題跋），然後請名家書寫，最後刻石。這一類處理模式，很容易可以得到其他的佐證，在這裏可以再舉出秦觀的事例，秦觀《與參寥大師簡》⑫中說到黃庭堅近從此赴太和令，來相訪，為留兩日，自已因病不能作字，庭堅為寫龍井、雪齋兩記，筆意精妙，殆非鄙文所當。黃氏代寫的這兩篇便是馬上要刻石的，此種處理文章之作法，可說是慎重其事的⑬。相對的，詩的處理方式就呈現另外一種輕鬆的情調，在乙案中，蘇軾自始至終都以朋友間調笑的態度來處理，這雖然是一件孤立的事件，但是我們並不能將它視為一種特例，事實上，這種輕鬆的情調乃是時時存在的，譬如東坡在提到詩的時候，像《與程正輔提刑二十四首》詩序云：「向在中山創作松醪，有一賦（亦有詩），間錄呈以發一笑！⑭」又如《與司馬溫公》云：「久不見公新文，忽領獨樂園記，誦味不已，輒不自揆作一詩，聊發一笑耳！⑮」都很類似。秦觀亦然，他在前引書簡中凡言及詩則曰：「聊發一笑耳」、「有唱和詩數篇，今錄一通去，當一笑也。」至於文章則不然，乃以「把玩」「諷味久之」這樣的口吻來談，兩種態度不同。同時我們也可以注意到，歐陽修在《六一詩話》卷首曾說：「居士退居汝陰，而集以資閒談也」而且，在短短的二十八條詩話中，出現「笑」「嘲」「謔」等字面著凡六見，這種情形，不單是說明了詩話的性質，最主要的，它顯示了歐陽修對詩的看法；而這種處理詩的態度，根本上是北宋詩人把詩定位在事業之外餘閒表現的觀念所使然[16]。

我們再考察王禹偁、王安石等人的說法，也可以得到同樣明確的結論，王禹偁在他的詩中大量表現「詩乃餘閒的表現」的觀點[17]，如《小畜集》卷八《獨酌自吟拙詩次吏報轉運使到郡戲而有作》詩云：「日高睡足更何爲？數首新篇酒一巵。郡吏謾勞相告報，轉輸應不管吟詩。」同書卷九《新秋即事》詩云：「宦途流落似長沙，賴有詩情遣歲華。[18]」卷十《送張監察適判餘杭》詩云：「莫放霜威誇御史，且收風景屬詩人……盡是公餘吟詠處，如飛佳句寄詞臣。[19]」《滁州官舍》詩亦云：「解龜且作三年調，下馬先吟八絕詩。……公餘不敢妨吟詠，異日聞名繼至之。」這些地方，把詩區分在公餘之外，乃是對「詩」的性質地位的一種看法，在卷十《詩酒》詩中還說：「已覺功名乖素志，祇憑詩酒送浮生。……樽杓不空編集滿，未能將此換公卿。」卷十二《對雪示嘉祐》詩云：「安邊不學趙充國，富民不作田千秋。胡爲碌碌事文筆，歌時頌聖如俳優。」更明白指出功名事業之外，方作詩人，所以他有時候說：「嬉遊吟嘯」，以此形容詩人[20]。此外，同一時期的徐鉉也談到詩之寫作乃在於「每良辰美景，登高送遠，適莫不存於心府，勢利不及於笑談，含毫授簡，唱予和汝。」的時候[21]，這些不謀而合的言論，明確地反映了他們對詩的觀點。這些觀點，又與歐陽修、王安石曾經提出的「自娛」之說，本意是一樣的：

浮屠秘演者，與曼卿交最久，亦能遺外世俗，以氣節相高，二人歡然無所閒，曼卿隱於酒，秘演隱於浮屠，皆奇男子也，然喜歌詩以自娛，當其極飲大醉；歌吟笑呼以適天下之樂，何其壯也。（歐陽修《居士集》二，頁一一九《釋秘演詩集序》）

某……送北客至塞上，語言之不通，而與並轡十有八日，亦默默無所用吾意，時竊詠歌以娛愁思，當笑語鞍馬之勞。其言有不足取者，然比諸戲謔之善，尚宜為君子所取，故悉錄以歸示諸親友。（王安石《臨川文集》卷八十四，頁七《伴送北朝人使詩序》）

「自娛」二字，有時候也被用「自喜」來代換，這種用法在歐公《謝氏詩序》：「景山嘗學杜甫杜牧之文，以雄健高逸自喜。㉒」與強至《謝運使司勳書》云：「某挾術甚短，顧其才不足施之高文大論之間，獨爲小詩以自喜。㉓」皆然。不論是「自娛」或「自喜」都有同樣的心理基礎，那就是都把詩排除在實用之外，轉而藉由文學才能，以強調個人生命情趣的表現。在這種心理下，於是每當「笑談四座相歡色」的時候，便有「詩句一傳人競寫」之樂㉔。也就因爲如此，所以王安石《唐百家詩選序》有「廢日力於此，良可悔也。㉕」之歎，而徐鉉也說：「古人云詩者志之所之也，故君子有志於道，無位於時，不得伸於事業，乃發而爲詩詠。㉖」了。因此，我們並不否認詩人在記述某些重大事件或個人挫折的時候，對「詩」會持著嚴肅的一面，另外，我們也不否認，唐代詩人也偶而存在著類似本文所討論的對詩的態度，但是，基本上北宋人這種「餘事作詩人」的觀念，確實遠比唐人更爲明顯，而且足以成爲北宋詩壇的特色。

## 2 詩窮而後工

從上述觀點可以進一步來檢討北宋流傳甚廣的「詩窮而後工」之說。北宋詩人既然常懷著詩寫餘閒的觀念，而事實上，當一個人淸閒日子多的時候，就不免在現世功名中屈於窮者，這也就是爲什麼「詩窮說」一再出現的最初原因，當然其中因素還不止於此。

從北宋諸名家的許多言論表現加以觀察的話，可以明顯地看出北宋詩人其實是極力想承繼唐代的，他們把唐詩人視作楷模，學習一切唐詩人的行爲。可是在他們檢討唐代詩人的時候，無可避免地會發現一些事實㉗，如蘇東坡《次韻張安道讀杜詩》：「詩人例窮苦，天意遣奔逃。」晁補之《海陵集序》中說：「文學，古人之餘事，不足以發身，……至於詩又文之餘事，……如李白杜甫於唐用人安危成敗之際，存可也，亡可也，故世稱詩人少達而多窮，由漢而下枚數之，皆孫樵所論相望於窮者也。㉘」王禹偁也說：「君不見近代詩家流，胡爲蹇滯多窮愁？孟郊憔悴死逆旅，浪仙斥逐長江頭。張生漂泊多瓜堰，徒云輕薄萬戶侯。浩然無成鹿門去，李洞慟哭昭陵休。生無風敎興王化，死無勳爵貽孫謀。可憐詩道日已替，風騷委地何人收？……㉙」數了這許多詩人的不幸遭遇，他又說詩人乃謫神仙：「神仙負過遭譴謫，謫來人世爲辭客。李白王維並杜甫，詩顚酒狂振寰宇。㉚」在這些詩句中，雖然也表達了北宋人對詩的不悔之愛，但是在文字背後還隱藏著他們對唐代詩人的認識，是建立在詩人窮愁的經驗上。正因如此，歐陽修在《梅聖俞詩集序》中以「詩人少達而多窮。」來談梅聖俞；又如陳師道《夏日有懷》詩說：「學詩端得瘦，識字卽空樽。」可見他自覺學詩乃使人窮。不過，陳師道小兒子八歲時，能賦絕句，師道說：「不知天欲窮之邪？欲達之邪？㉛」在這裏，他大概有些得意又有些擔心，因爲陳師道也覺得固然詩能窮人，但是人亦因詩而達，見其《王平甫文集後序》，他認爲「夫士之行世，窮達不足論，論其所傳而已。㉜」倘如此，則能詩之人，名傳於後，不能全然謂之窮了。雖然這種想法終究是自我寬慰、自我提昇之辭，但是後之人所以還是願意作詩人、作窮者㉝，也就是這種「爲人之所不爲」(海陵集序)的高尚心理所致，並非爲了詩能在現世中使窮者變爲達者而去寫作。

從另一個角度來看，對北宋人而言，唐人常說的，如李白《古風》第一首那種以歌詩來復古的心期，可以說少人提起了，在北宋人的文集中，除了早期徐鉉還引用過類似的言論外，其他很少看見，縱使有之，也是在談論到李、杜時，才偶一出現㉞，談「風雅」是有一種文化責任的，但是北宋並不在這上面追求，主要也許有兩個因素，第一、北宋詩人喜歡擺脫一切與生命無關的語言，直接追求與生活相關的事物，表現在詩方面的，實在不過是其中一端而已。況且像晁補之所說的：「古之人已遠，若與之並世，而未之接，得其書，讀焉如對面語，以之逆其志曰：『此何如人也，此何如人也。』無不可言者。」對北宋人來說，這已經是一種學唐詩的目的。詩只是文人諸多藝事的一種，隨著讀書風氣的增長，對詩人的嚮慕之心日增，而逐漸產生「詩人」的身分感，是必然的，但是我們也可以看到「詩」在此時所佔的地位，像杜甫那樣，生命整個兒被詩充塞了的情形，已經是非常稀有了。第二，北宋人一則說詩能窮人，一則說無意於詩，其實是一樣的，他們都不認爲詩是人生中最主要的，因爲主要還有別的事在。具體地來說，正如陳師道在《王平甫文集後序》中說：「向使平甫用力於世，薦聲詩於郊廟，施典策於朝廷。」這才是一般人的期望，也就是與「窮」相對的「達」，對一般的價值取向來說，這才是一個「人才」所應該極力爭取的，在本節之初，我舉證了北宋文集的結構，其目的，正在說明這種傾向。

總之，我們可以肯定「詩窮說」對詩人的生命性格有激勵的一面，但是，我們也看出北宋人對「詩」的性格，是序列在遠於「實用」的定位上。並且從宋人普遍談論到詩窮關係的這一點來說，我們知道「詩窮說」乃是一件基於事實認知而產生的觀點，因此，反過來它也可以說明北宋的詩觀的確是建築在「詩閒說」的理論上。

在此，我們還得注意「無意於詩」的問題。本來由「詩窮說」而言，詩的寫作和應世的文相比，詩乃是退居備位的，王安石《先大夫集序》所云：

> 君子於學，其志未始不欲張而行之，以致君下膏澤於無窮，唯其志之大，故或不位於朝，不位於朝，而勢不足以自效，則思慕古之人，而作為文辭，亦不失其所志也。……後之時，非古之時也，人之不得志者常多，而以文自傳者紛如也。[35]

王安石既讀其先君「歌詩百餘篇」，乃歎：「雖此不足盡識其志，然諷詠情性，亦有以助於道。」這篇文章中兩次談到「志」，事實上，得志而行道乃是士人的本來希望，不遇而託空言[36]，本就是退而其次的作法，所以，在北宋對仕宦的強烈注目下，詩的有無工拙，本來就不及所言之志的本身來得重要[37]。

再說，對於豪傑之士，「無意於詩」又有更深一層的解會，也就是說心中了然於「理」，理能通透，那麼連功名得失用世之心都沒有了，詩之工拙聲名，自然更不用說了，陳師道與參寥子論唐世詩僧，參寥子說：「貫休齊已，世薄其語，然以曠蕩逸羣之氣，高世之志，天下之譽，王侯將相之奉，而爲石霜老師之役，經其身不去，此豈用意於詩者？工拙不足病也。[38]」此言甚有理，人生一切名望榮利都捨去不居之人，詩之工拙，對他來說，本來無意，不但工拙可以不論，甚至能詩不能詩，他都全無用心，這也是另一層次上的「無意於詩」。

由於無意於詩的主張，北宋人對詩的評語也非常簡明，常用的用語僅平淡、雅健二語而已[39]，以平淡評詩者如：梅聖俞《林和靖詩集序》稱林和靖詩每成於順物玩情，因此平淡邃美。歐陽修也說梅聖俞詩「初喜爲清麗、閑肆、平淡；久則涵演深遠，間亦琢剝以出怪巧，然氣完力餘，益老以勁。[40]」秦觀《會稽唱和詩序》談到唱和二人之詩風說：「昔之業詩者，必奇探遠取，然後得名於時，今二公之詩，平夷深厚，不事才巧，而爲世貴重如此，何邪？」以雅健評詩者如：歐陽修《釋秘演詩集序》云：「曼卿詩辭清絕，尤稱秘演之作，以爲雅健有詩人之意。[41]」他又於《謝氏詩序》指出：「景山嘗學杜甫杜牧之文，以雄健高逸自喜。[42]」如此之類甚多。

從上述風格用語極度雷同，而且集中在平淡與雄健二語看來，顯示北宋詩人並沒有把注意力放在修辭風格的分析上。甚至他們還藉着反對西崑體而批評過度藻飾的不當，王安石曾說：

> 刑部張君詩若干篇，明而不華，喜諷道而不刻切，其唐人善詩者之徒歟？君並楊、劉，楊、劉以其文詞染當世，學者迷其端原，靡靡然窮日力以摹之，粉墨青朱，顛錯

叢龐，無文章黼黻之序，其屬情藉事，不可考據也。方此時自守不汚者少矣。君詩獨不然，其自守不汚者邪？（《臨川文集》卷八十四，頁九《張刑部詩序》）

王氏不喜西崑體，謂崑體窮力於朱鉛，情事不可考據，其實這就是前述詩必須反映個人趣味的論詩態度，因爲重視了這一層，因而對過度講究詞藻之美的作品，頗不以爲然。「無意於詩」也可以由這個立場來檢討。

總之，北宋時代由於文人重視現世，而文人階層又大量入仕，使得「詩」很明顯地成爲文人在現實生活中第二位階之物，他們既能明確地看到詩與職業之間互動的關係——詩乃餘閒之作、詩窮而後工——因而在創作的實踐上採取了重視生活寫實的作風，而在風格批評方面，無形中對之簡化，而以觀察詩人之志爲批評上的指標。用今天的話來說，北宋詩人認爲詩就是其人生活情狀的呈現[43]，其基本詩觀乃在於此。

## 三、北宋詩的兩大特徵

### 1 詩中記事與詩人生活

前文中曾經談到北宋詩人在彼此贈詩酬答時用了「一笑」等詞語，這種現象並非單純客套而已，事實上，它包含了北宋詩人的創作心理，第一、詩是可以閒散而視之的，作者本來是以一笑待之，讀者也可以讀此爲笑樂。第二、詩乃是爲了描寫生活狀況而作的，作者向朋友報告近況，有可笑可愕之事，朋友可以會心理解。在這種創作心理下，北宋詩的許多重要特色乃因此而產生。下面先詮釋歐梅二人的一項論詩主張，《六一詩話》中說：

聖俞嘗語余曰：「詩家雖率意，而造語亦難。若意新語工，得前人所未道者，斯為善也。必能狀難寫之景，如在目前，含不盡之意，見於言外，然後為至矣。賈島云：『竹籠拾山果，瓦瓶擔石泉，』姚合云：『馬隨山鹿放，鷄逐野禽栖，』等是山邑荒僻，官況蕭條，不如『縣古槐根出，官清馬骨高』為工也。」余曰：「語之工者固如是。狀難寫之景，含不盡之意，何詩為然？」聖俞曰：「作者得於心，覽者會以意，殆難指陳以言也。雖然，亦可略道其彷彿：若嚴維『柳塘春水漫，花塢夕陽遲』，則天容時態，融和駘蕩，豈不如在目前乎？又若溫庭筠『鷄聲茅店月，人跡板橋霜』，賈島『怪禽啼曠野，落日恐行人』，則道路辛苦，羈愁旅思，豈不見於言外乎？」

這段對話中，雙方所舉的例子都是寫景的詩句，在詩的言意遣情系統中，由寫景到入情似乎隔了一層，然而正如上述蘇、梅的作法，在這裏舉證了寫景的詩句，恰恰反映了北宋詩人重視具體事物描寫的詩觀，「狀難寫之景」與「意新語工」的理論，在成爲這個詩觀系統中的一環時，才會深具意義。在歐、梅二人的詩作，特別是在歐公詩中，絕對多數的大量篇章中，極少用典，喜用寫景或直接敍事，特別是在七言律詩的中間四句，往往俱用實筆（名詞物）去描述眼前所見之物，如歐陽修《送李實》詩云：

幾幅歸帆不暫停，吳天遙望斗牛橫。香薰翠被乘青翰，波暖屏風詠紫莖。江水自隨潮上下，月輪閑與蚌虧盈。河橋折柳傷離後，更作南雲萬里行。

像這樣的作品裏，由所寫的景物，我們可據以判斷作者的意與辭是否能意新語工，是否寫景能如在目前，但是情感上的張力是很薄弱的，如果讀者問：「作者爲何要作這一首詩呢？」我們可以說，並沒有很深的意指，縱使集合許多同一時間或同一時期的本人作品比較而觀，也只不過能宣示給讀者一個訊息，也就是詩人曾經作過這一次旅行這件事實與趣味而已。此外，細心的讀者或許能由言外看見詩人的「志」，這是需要對詩有高水準的修養才看得到的。

在這件事例之後，我們再看兩首蘇、黃的作品。

在北宋大量的詩篇中，蘇軾和黃庭堅唱和的《春菜》詩是相當具有代表性的典型：

春菜（蘇軾）

蔓菁宿根已生葉，韭芽戴土拳如蕨。爛蒸香薺白魚肥，碎點青蒿涼餅滑。宿酒初消春睡起，細履幽畦掇芳辣。茵陳甘菊不負渠，鱠縷堆盤纖手抹。北方苦寒今未已，雪底波稜如鐵甲。豈如吾蜀富冬蔬，霜葉露芽寒更茁。久拋菘葛猶細事，苦筍江豚那忍說。明年投劾徑須歸，莫待齒搖並髮脫。

次韻子瞻春菜（黃庭堅）

北方春蔬嚼冰雪，妍暖思采南山蕨。韭苗水餅姑置之，苦菜黃鷄羹糝滑。蓴絲色紫菰首白，蔞蒿芽甜蒜頭辣。生葅入湯翻手成，芼以薑橙誇縷抹。驚雷菌子出萬釘，白鵝截掌鱉解甲。琅玕林深未飄籜，軟炊香杭煨短茁。萬錢自是宰相事，一飯且從吾黨說。公如端為苦筍歸，明日青衫誠可脫。

在這兩首詩裏，兩人都極力描寫春天的菜蔬，東坡舉出了七種菜蔬，山谷舉出了十四種，這種描寫究竟有什麼用意呢？

在東坡詩中，有關飲食之詩，所佔份量甚多，烹鵝、飲酒、煎茶、食菜等語，屢屢而見。更詳細地說，魚則有鰒魚、鱸魚、外及蝤蛑、江瑤柱，菜蔬果物則有筍、蜜、柑、橄欖、荔支、蜜漬生荔支、檳榔、龍眼，茶則釃茶、大龍團、小龍團、龍團、小鳳、雙井、壑源新芽，酒有白酒、蜜酒、天門冬酒、竹葉酒、酥酒、頓遞酒、眞一酒、中山松醪，其他食物有豆粥、碗豆大麥粥、槐葉冷淘、山芋玉糝羹。當我們注意到這些飲食之物都成了詩的內容時，就會發現一個現象，也就是詩人必須對各類菜蔬食物有充分的了解，還必須以此為「雅」，這就反映了作者的人格修養。而且，以蘇軾這個例子來說，詩人不但經常詳細記錄食物，還在詩中不時提到他親自勞動的經驗，像前舉的《春菜詩》，以及本文未引錄的《元修菜》、《擷菜》等篇都談到自己種植和採收的經驗，又如《庚辰歲正月十二日，天門冬酒熟，予自漉之，且漉且嘗，遂以大醉，二首》的親自釀酒、以及《汲江烹茶》的親自汲水點茶都是這樣的例子。此外，東坡在詩中也記錄了他在許多特殊生活經驗的趣味，像：《大雪獨留尉氏有客入驛，呼與飲，至醉，詰旦客南去，竟不知其誰》一題，頗有豪俠之風。又如

《遊洞（三游洞）之日，有亭吏乞詩，既爲留三絕句於洞之石壁，明日至峽州，吏又至，意若未足，乃復以此詩授之》，詩題中這個亭吏就不免泥人而有趣了，至於《攓雲篇》的「小引」所說：「余自城中還道中，雲氣自山中來，如羣馬奔突，以手掇，開籠收其中，歸家，雲盈籠，開而放之，作《攓雲篇》」詩人的舉動，實在新鮮而少有了。類似這樣的詩題或題材，反映了東坡對詩本質的看法，乃是贊同將生活上的事件或現象，細緻而具體地在詩中描寫。

由上述例子看來，東坡這樣的作詩表現，很明顯的，他大概希望在自己的詩中具體地記錄個人生活中的特殊趣味，其實，這種念願並不是東坡一個人的想法，北宋詩中類似蘇詩的例子頗多，秦觀曾作《寄蕈薹法魚糟蟹》一詩寄給東坡[44]，黃庭堅《次韻叔父聖謨詠鶯遷谷》詩羅列鳥類甚多……之類，不勝枚舉。而早在宋初王禹偁就曾有「白少傅爲主客郎中知制誥，有《草詞畢詠芍藥》詩，予……自出滁上，移廣陵，追念綸闈，於今九載，而編集之內未嘗有芍藥詩，言於詞臣，不得無過。……[45]」的記載，他談到白居易作芍藥詩，以及對自己詩集中未寫芍藥，感覺不滿，這裏所表現的看法，已超乎詩的優劣，而是對詩認識的問題。詩人爲何要作詩呢？禹偁說：「造化之功，大而……不自名，故文藻之士作焉，爲歌詩、爲賦頌、爲序引，必麗其詞句，清其格態，幽其旨趣，所以狀山川之梗概也，古人登高必賦，義由是乎。其或陟名山，覽勝景，客厭秘思，屯其研辭，使雲僨泉愁，巖羞谷恥者，故文士之大過爾。[46]」這種每到一地就必須詳細狀寫其所經歷之山川景物的觀念，本是由「登高必賦」的古老想法而來，並非宋人首創，但是由此而引導宋詩走上一條探究實物的寫法，就相當值得重視。東坡曾說《舟行至清遠縣，見顧秀才，極談惠州風物之美》，山谷又有詩題爲《戲答李子眞河上見招，來詩頗誇河上風物，聊以當嘲云》這種競誇風物的所爲，以及秦觀《會稽唱和詩序》時說：「山川覽矚之美，酬獻之娛，一皆寓之於詩。[47]」都說明了作詩本就是個人乃或小團體內生活見識的紀錄，同時也就是此一行爲所發生的趣味之映現。換句話說，詩人必須鋪陳所見，誌一時間中所聞所見之事，乃爲詩人的本分。

從上舉各例看來，値得注意的是北宋詩人的觀念已經和唐人有了許多差異，唐人自李白、杜甫以來的：「大雅久不作，吾衰竟誰陳？」、「詩是吾家事」、「致君堯舜上，再使風俗淳。」以及白居易諷諭的觀念，到了北宋時代，詩人們作詩雖然也紀錄政治上的大小事件，但已經不十分強調了這種觀念了[48]，詩人所要寫的，乃是個人生活中具體而實在的成分。這個變化與下文將要討論的「詩中議論的作法」都是詩學由唐人進入北宋之後，最値得重視的轉變。

## 2 詩中議論與詩人生活

昔人常言宋詩多議論，把這個現象認爲是「以文爲詩」的作法，或者以爲「宋詩好談理」，且引以爲病。事實上，這些說法都只是看到問題的表象，未能深探根源，北宋詩中如黃庭堅《贈文發弟》：「虧功一簣，未成丘山，鑿井九階，不以水澤，行百里者半九十，小狐汔濟濡其尾，故曰時乎時乎不再來，終終始始，是謂君子。[49]」以及《流民歎》的末四句：「……雖然猶願及此春，略講周公十二政，風生羣口方無奇，老生常談幸聽之。[50]」等等，都是以文法來作詩的例子，然而像這類明白帶有文章筆法的情形並不多見，而眞正値得注意的，乃是下面的詩例：

## 讀杜詩（張安道）

文物皇唐盛，詩家老杜豪。雅音還正始，感興出離騷。運海張鵬翅，追風騁驥髦。三春上林苑，八月浙江濤。璀璨開蛟室，幽深閉虎牢。金晶神鼎重，玉氣霽虹高。甲馬騰千隊，戈船下萬艘。吴鉤銛莫敵，羿彀巧無逃。遠意隨孤鳥，雄筋舉六鼇。曲嚴周廟肅，頌美孔圖褒。世亂多羣盜，天遙隔九皋。途窮傷白髮，行在窘青袍。憂國論時事，司功去諫曹。七哀同谷寓，一曲錦川遨。妻子饑寒累，朝廷戰伐勞。倦遊徒右席，樂善乏干旄。萬里歸無路，危城至輒遭。行吟悲楚澤，達觀念莊濠。逸囚乘秋水，愁腸困濁醪。耒陽三尺土，誰為翦蓬蒿？

## 次韻張安道讀杜詩（蘇軾）

大雅初微缺，流風困暴豪。張為詞客賦，變作楚臣騷。展轉更崩壞，紛綸閱俊髦。地偏蕃怪產，源失亂狂濤。粉黛迷真色，魚蝦易豢牢。誰知杜陵傑，名與謫仙高。掃地收千軌，爭標看兩艘。詩人例窮苦，天意遣奔逃。塵暗人亡鹿，溟翻帝斬鼇。艱危思李牧，述作謝王褒。失意各千里，哀鳴聞九皋。騎鯨遁滄海，捋虎得綈袍。巨筆屠龍手，微官似馬曹。迂疏無事業，醉飽死遊遨。簡牘儀型在，兒童篆刻勞。今誰主文字？公合抱旌旄。開卷逢相憶，知音兩不遭。般斤思郢質，鯤化陋儵濠。恨我無佳句，時蒙致白醪。殷勤理黃菊，未遣沒蓬蒿。

上舉兩首《讀杜詩》可以說是北宋詩議論的典型，兩詩都是五言排律，熟悉五言排律體法與杜甫生平的讀者不難發現，在全詩看似議論中，其實是詳盡的敘事。作者藉着敘事手法詳錄了杜甫一生的重要行事，藉以評論杜甫的爲人大節，這就是詩意所在；因此，雖說遇事議論，其實仍是因事敍述，這一類手法的作品很多[51]，如劉摯《庾信宅》云：「南都號多士，庾信乃辭客。承家富縑緗，摛文欄組織。應教來春坊，日坐學士席。翩翩宮體謠，江左變風格。巨盜掀臺城，狂飈鍛孤翮。南飛江陵宮，杖策赴王繹。經綸投中興，感憤補天隙。大厦豈一士，終此陽九厄。陸機趨洛陽，夷吾入齊國。濯足聊委蛇，懷邦已悲惻。惜哉不遭時，澒溷無違績。王室與身世，淪離兩何益。暮齒哀江南，聊將賦心跡。楚郡故城陰，或云此遺宅。寥寥舊山川，莽莽新黍稷。是非不可求，秋風暮煙白。」[52]也是同樣的作法。這首詩本是經過庾信故宅，有所見而作的詩，何以不能像唐人《過賈誼宅》那一類的作品，作成風華流美的律絕，而選擇這樣的表現方式呢？事實上，這乃是宋詩具體描寫生活的一貫表現，何以說呢？

我在第二節開頭曾指出宋人文集中，除了官文書外，「論議」文章佔有重要地位，而這一點與北宋時期的人才觀有密切關係。王安石《詳定十二事議》云：「朝廷必欲大修法度，甄序人材，則以至誠惻怛求治之心，博延天下論議之士，而與之反復，必有至當之論，可施於當世。[53]」這裏提出了「博延天下論議之士」的主張，並非孤立事件，其《祭歐陽文忠公文》云：「公器質之深厚，智識之高遠，而輔學術之精微；故充於文章，見於議論，豪健俊偉，怪巧瑰琦。[54]」，與《材論》[55]、《取材》[56]二篇所謂人才，都重在議論。不但王安石有這種看法，東坡薦秦觀時，也稱贊他「此人文學議論過人，宜爲朝廷惜之。[57]」可見王氏所謂「博延天下論議之士」，似是當時的共識，而爲人才評鑑上的基本項目[58]。「議論」對北宋詩人的生活起了這麼重要的影響，我們就可以知道，「議論」乃是北宋人生活中的一項日常行爲，因此，詩中多議論的現象，不管它在詩的優劣評價上被賦予何種看法，它至少證明了，宋人作詩不離生活。

宋人日常生活中有些什麼呢？詩酒酬酢、讀書研古、行旅遠游、議論談理，這些生活上發生的事要詳細入詩，自然顯得多議論多理窟了。因此，宋人以議論談理入詩，其實只是像他們以一般生活事物入詩，像前舉寫春菜的事那樣自然，而不是有意在詩中造一個議論的體裁，猶如文集中許多大篇論辯那樣的作法。吾人試就北宋詩中「理」的意涵加以檢討，亦可說明這個現象。宋代是理學很盛的時代，北宋雖然還沒有發展到這門學問的頂峰，但是儒釋之辯已經十分受重視，歐陽修、王安石、曾鞏、三蘇在正式的論議文章中都站在儒家立場，一毫不苟，但是在詩中，全然相雜。也就是說，北宋詩中的「理」或「理趣」概念，是兼雜著儒、釋、道三家的。

關於北宋詩中的「理」「理趣」雜存着儒釋道的問題，茲以蘇軾爲例，東坡的詩中對於道釋兩家都一併接受。道家方面，當時士人喜談仙道，秦觀《謝曾子開書》曾言：「今之士子，峨冠大帶，求試於有司，殆五六千人，……其因緣親故，以爲介紹，談說道眞，以爲贄獻，……[59]」，可見，在達官貴人引介人才的場合，仙道之言，也能被士子當作投人所好之物。東坡對仙道亦頗有心得，其所著詩文中談道家之術者不少，詩多在入惠州以後，讀《抱朴子》與和《陶淵明詩》之時，表露出來，文章則如《上張安道養生訣論》中自言「爲之輒驗」，四處寫贈親友[60]，例證甚多。

至於東坡談禪的記載，尤多至不可勝數，不但詩集中處處可見，蘇轍在爲其兄寫墓誌銘時也說他「後讀釋氏書，深悟實相，參之孔老，博辨無礙，茫然不見其涯也。」東坡至惠州以後談禪的詩，如《曹溪夜觀『傳燈錄』，燈花落一僧字上，口占》云：「山堂夜岑寂，燈下看傳燈。不覺燈花落，茶毗一個僧。」這一類的作品很多，面對這類作品，我們不必說以詩爲文，或者一定要說以詩議論，其實東坡只是眞正以詩敍眼前之事而已，眼前讀佛經，所以用了禪家之言，以致詩中有禪語禪理，這本是很自然的事。東坡《別秦少游秀才詩》曾稱贊少游說：「新詩說盡萬物情，硬黃小字臨黃庭。」其上句眞乃東坡法門[61]，所說盡的萬物情當中，禪理當然亦是其中之一。秦觀曾自序其詩文集云：「辭鄙而悖於理者輒删去之，其可存者古律體詩百十有二，雜文四十有九。[62]」這裏的「理」字，也不能完全離禪理。

關於這件事，還可以舉一段「讀經」的公案來說明。我們現看到「讀經」二字，會聯想到文心雕龍「宗經」這一類的主張，認爲文士所說的經是儒家的五經之類，而事實上，東坡所說的讀經在某些時候卻是指佛經的。東坡貶黃州的時候，秦觀與孫莘老談起時曾說：「聞……在黃甚能自處，了不以遷謫介意，但杜門蔬食誦經讀書而已，昔之論者，常患其才高太銳，今日之事，尤足以成其盛德。[63]」，他也對傅彬老談東坡，說：「蘇氏之道，最深於性命自得之際，其次則器足以任重，識足以致遠，至於議論文章，乃其與世周旋至粗者也。」從他談論東坡的人格修養深，提出所謂「深於性命之學」，或許有人誤以爲這是講儒家之學，並且推論，前文「讀經」一事乃謂儒家經典，其實不然！東坡在《與章子厚》中自己說：「閒居未免看書，惟佛經以遣日。[64]」等到東坡再貶官惠州時就說：「某睹近事，已絕北歸之望，然中心甚安之，未話妙理達觀，但譬如元是惠州秀才，累舉不第，有何不可？[65]」這種觀念與他詩中「前身自是盧行者」正相一致，都有釋家的口吻，這是說東坡「最深於性命自得之際」，其義乃在於此。而且，同類的事件，亦見於王安石與曾鞏的往來信件，王安石勸曾鞏讀經，曾鞏以爲王安石所言乃佛經，反而寫信規勸他[66]，由這樁公案來看，同一件「讀經」就有儒釋之別，可見時人議論中談到性命之理，也應有儒、釋、道等不同的指謂[67]，如黃庭堅所說：「若於義理得宗趣，卻觀舊所讀書境界廓然，六通四闢，極省心力也，然有道之士，須以至誠懇惻，歸向古人，所謂下人不精，不得其眞，此非虛語。」這段話[68]，似儒實釋，這種情形是很多的。

我在此並無意說，北宋人好釋道甚於儒家經典，也並非說北宋人在寫到「理」「理趣」「讀經」時，不會就儒家來說，我只是指出，當這些字彙出現時，也可能是儒，也可能釋，甚至可能是道家，這種廣泛的自由，乃是北宋人朋輩之間在閒中議論的實況，被具體反映出來到詩中，換言之，「詩」正好反映了這個自由議論的現象，詩人乃是在寫生活中本有的議論之趣，而不是爲議論而作詩。由此便可以看出北宋詩反映生活現實的特性。

總之，議論乃是北宋詩人日常的生活行事，談理亦是平日口頭上說、身子上做的，當各種論見自然地呈現時，詩中或者記述議論的內容，或者剖辨其理緒，這與詩人在其他時候寫景敍事的作法，本質上並沒有什麼差別，而且正因爲如此具體地反映詩人生活中的種種實相，才能構成北宋詩的新特色。

從廣義的學古論來說，歷代詩人都有學古的體質，唐朝以後尤然。不過，由於學古路線的不同，北宋時期並沒有建立類似朱熹、嚴羽，乃至元、明人那種強調擬古的學古論。北宋時期的風格用語只有簡單的「平淡、雅健」幾個字而已，對於學古的紀錄，也只使用了「類」、「似」的字，秦觀《淮海後集》中雖有《秋興九首》遍擬了韓愈、孟郊、韋應物、李賀、李白、盧仝、杜甫、杜牧、白居易九家，也只是偶發行爲。及至黄庭堅所提出師法古人的「句法」說，其意義並不明晰，唯獨他教人「熟讀書」，乃使他具有一代大師的風範。此外，他善於提攜後進，也使他死後得以形成宗派。然而，終北宋之世，詩學理論還只在進展過程之中。

## 四、結　語

本文乃從現在一般的詩學理論的研究法之外，由另外一個角度，亦即從詩作本身所呈現的特質與面貌，來探討北宋詩的特色。我在成功大學「宋詩研討會」中提出《論宋詩特色》文中，曾經討論一個看法，我認爲宋詩人對唐人的繼承是從生活上全面的學習，藉着讀唐人的詩，由詩中學得詩人的生活方式，然後去實地摹倣。本文仍繼續此一觀點，先從北宋詩人的文學環境著眼，藉由「文」類之中官文書特別受到重視的現象，說明當時「詩」和「文」之間的微妙關係，而後指出北宋詩人的詩觀乃建築在日常生活的「閑」一面上，因此詩人對於日常生活處處發生的事，乃大量剪取入詩，使北宋詩不論在內容上、思想上、寫作的角度上都得到最大的自由。而對於宋詩中大量的敍事與議論，本文也認爲這是詩人喜愛實際描述生活現況的結果，也就是說，議論仍是詩寫餘閒、詩寫生活的結果，而不是預先立定一個要議論的作詩態度。

# 附註

❶ 現存的北宋詩話數量極少，有許多被認爲是後人所整理的，而且假託或僞作的可能性也很高，因此，北宋詩學的重心不在詩話或詩法方面的見解，而是在創作表現上呈現的詩觀，這是很明顯的事實。

❷ 一九八八年三月，我在成功大學主辦的第一屆「宋詩研討會」中，曾經提出宋代詩人想建立一種詩人意識，便是在這個心理下形成的。

❸ 此處所據李東陽《懷麓堂稿》爲長沙岳麓書社出版、周寅賓點校本《李東陽集》，一九八四年一月初版。歐陽修部份爲臺北華正書局出版《歐陽修全集》，一九七五年四月臺一版。王安石部份爲《四部叢刊》影明嘉靖三十九年刋本《臨川先生文集》。蘇軾部份爲《四庫全書》本《東坡全集》。

❹ 與此相關的就是人才與議論的問題，請參閱本文第三節。

❺ 「采侯」乃五彩繪飾的箭靶，《歐陽修全集》本作「省試采詩」無侯字，非，今從《歷代詩話》。又，宋祁《景文集》不載此詩。

❻ 據《宋會要輯稿、選擧三、科擧條制》載：「慶曆四年三月十三日，翰林學士宋祁等言：……（諸州解試）進士並試三場，先試策二道，一問經史，二問時務，次試論一首，次試詩賦各一首，三場皆通考去留。舊試帖經墨義，今並罷。詩賦論於九經諸子史內出題，其策題，卽通問歷代書史及時務，並不得於偏僻小處文字中。策每道限五百字以上，論限五百字以上，賦限三百六十字以上，詩限六十字。」北宋科擧除了宋初所試較狹（僅考「賦」「詩」「制（詔、表）」），其間偶爾也會有些變易外，大體上和這個條制所言相同，「賦」與「詩」都在考試科目中。

❼ 《小畜集》卷二十六、二十七。

❽ 黃山谷在元祐三年作《效進士二首》其一爲〈歲寒知松柏〉另一爲〈款塞來淳〉俱六韻六十字，東坡亦有和詩（《東坡詩集》卷三十，頁一六一四，孔凡禮點校本，北京・中華書局出版，一九八二年一版）。

⑨與王安石此言正相呼應者，元豐間強至之言也，強至《送邵秀才序》云：「予官泗，四方之學者與其州之士凡過予不言其他，而輒及賦，彼果不能其他，而惟賦之知，固不足怪，苟略其他而止予以知賦，……予之於賦，豈好爲而求其能工哉？偶作而偶能爾，始用此科第，既得其方，捨而專六經之微，鉤聖言之深，發而爲文章，行而爲事業，所謂賦者，烏復置吾齒牙哉？」（《祠部集》卷三十二，頁十一）強至亦以能作學業賦聞名爲恥。

⑩《臨川文集》卷七十四，頁九下《答錢公輔學士書》。

⑪《東坡文集》卷五十四，頁二十三《次韻劉貢父省上》。

⑫《淮海集》卷三十，頁九。

⑬秦觀《淮海集》中有書簡一卷，大略自元豐元年（一〇七八）東坡在徐州之日至元祐八年（一〇九三），入爲中書舍人間的零星作品，來往對象有傅彬老一、蘇東坡五、邵彥瞻一、孫莘老一、黃魯直一、蘇子由一、李德叟一、李樂天一、參廖大師一。在這十三封信中，談及詩文往來甚多，書簡中談及文章多篇，如《懋城集引》、《黃樓賦》、《揚序集序》、《龍井記》、《雪齋記》、《集瑞圖序》，皆愼重其事，且數言及刻石，可見文章之功用所在。

⑭《東坡全集》卷八十四，頁八。

⑮《東坡全集》卷七十七，頁七。

⑯在談到詩觀時，我們也應注意到詩人在書藝上的另一面表現，書法對於宋詩人是重要的，《蘇軾詩集》的注中，常有眞蹟在某家的按語，各家文集中也常有題跋本朝某人書蹟的文字記載。詩成而書，書以贈人，基本上這已是藝術的事，而詩人作這樣的事的時候，應已帶有藝術的趣味。

⑰東坡也有相同的說法，他說：「衰年壯觀空驚目，險韻清詩苦鬭新。」（《蘇軾詩集》卷二十八，頁一四九一《再和曾子開從駕二首》）「要及清閒同笑語，行看衰病費扶携。」（《蘇軾詩集》卷二十八，頁一四九三《次韻劉貢父省上》）「玉堂清冷不成眠，伴直難呼孟浩然，暫借好詩消永夜，每逢佳處輒參禪。……」（《蘇軾詩集》卷三十，頁一六一六，《夜直玉堂，携李之儀端叔詩百餘首，讀至夜半，書其後》）在這些詩裏，東坡認爲詩是清閒之時的消閒之物，作詩也有相關才華的意思。

⑱ 《小畜集》卷九，頁十上。

⑲ 《小畜集》卷十，頁十上。

⑳ 《小畜集》卷二十，頁《孟水部詩集序》。

㉑ 見《徐公集》卷十八，頁八下《翰林學士江簡公集序》。同文又云：「公以進士握第，以詞賦馳名，事藩邸參管記之司，登朝籍專掌綸之任，奏議表啓，時然後言，詩筆敎頌，和者彌寡，絕文場而遠鶱，橫學海以孤飛，綜南北之清規，盡古今之變體，優游兩制，不亦宜乎？」雖然兼及詩與文，而事實上詩文是分開處理的，他談到優游兩制，是文而不是詩，這是必須注意的。

㉒ 《居士集》卷二，頁一二七。

㉓ 祠部集卷二十六，頁五。

㉔ 這是强至的詩，見《祠部集》卷九，頁三下，《依韻奉和司徒侍中卷陰席上》。以上一段討論自娛與自喜的作詩態度，不止於此，詩亦爲朋友間相戲謔之物，如前節所引東坡題篔簹谷竹一例。玆再擧蘇黃故事以實之：歐陽修曾以「兵」的譬喩來談詩：「子美忽已死，聖俞舍吾南，嗟吾譬馳車，而失左右驂，勍敵嘗壓壘，贏兵當戒嚴。……乃知文字樂，愈久益無厭。……今官得閑散，舍此欲奚耽。」（《居士外集》卷一，頁二〇五，《讀梅生詩有感示徐生》）這個以「兵」爲喩的作法，後來黃山谷借來作「我詩如曹鄶，淺陋不成邦，公如大國楚，呑五湖三江，赤壁風月笛，玉堂雲霧窗，句法提一律，堅城受我降。……」（《山谷內集》五，頁三五八，《子瞻詩句妙一世，乃云效庭堅體》）有朋友之間相戲謔之雅，所謂「自娛」之「娛」，實在於此。

㉕ 《臨川文集》卷八十四，頁七《唐百家詩選序》。

㉖ 《徐公集》卷二十三，頁九上《鄧生詩序》。雖然在《蕭庶子詩序》及《成氏詩集序》中，徐鉉曾對「詩之旨用」及「詩之貴於時」等多方發言，而事實上，他只是反復說着前人對風雅理想的成說而已，並無新意。

㉗ 詩窮之語，來自柳子厚「詩人以窮乃工」（見《石門文字禪》卷二十七，頁十七下，《跋高臺仁禪師所畜子宣詩》所引述。東坡《答錢濟明三首》亦談及詩人窮而後工。（《東坡全集》卷八十五，頁二十下）

㉘ 《鷄肋集》卷三十四，頁十上。又孫樵之說，語見《孫樵集》卷二，頁七下《與賈希逸書》。

㉙《小畜集》卷十二，頁六下《還揚州許書記家集》。

㉚《小畜集》卷十三，頁一下《酬安秘丞歌詩集》。

㉛《後山居士文集》卷十，頁二十五下《與魯直書》。

㉜《後山居士文集》卷十六，頁二。

㉝《淮海集》中有《答丁彥良書》云：「竊味詩之大意，率多辛酸耿愴之旨，君生長素富貴，而喜作寒士語何耶？因知『詩非能窮人，詩窮然後工』，得非政欲以此會古人語乎？」《淮海後集》卷之五，頁四下。此君信奉詩窮而後工之言，故自作詩多窮愁之語。

㉞釋契嵩《鐔津集》中有《書李翰林集後》云：「余讀李翰林集，見其樂府詩百餘篇，其意尊國家，正人倫，卓然有周詩之風，非徒吟詠情性，咄嘔苟自適而已。……若白之詩也如是，而其性之與志豈小賢哉？脫當時始終其人，盡其才而用之，使立功業，安知其果不能休，邇世說李白清才逸氣，但謫仙人耳，此豈必然耶？」（卷十六，頁六下）對李白推崇，著眼點在於「尊國家、正人倫」，而對於當代詩人則不肯作如是想。此外，歐公曾以「風雅久寂寞，吾思見其人。」題杜子美畫像的詩，所謂「生爲一身窮，死爲萬世珍」充滿對詩人的崇敬，乃至對身後之名的祈求，溢於言表。

㉟《臨川文集》卷七十一，頁三。

㊱如王安石《書李文公集後》云：「以予觀之，詩三百發憤於不遇者甚衆，而孔子亦曰：『鳳鳥不至，河不出圖，吾已矣夫！』蓋嘆不遇也。」（《臨川文集》卷七十一，頁十下《書李文公集後》）

㊲王安石《新秦集序》中說：「所爲文，莊厲謹潔，類其爲人，而尤好爲詩，其詞平易不迫，而能自道其意。讀其書，詠其詩，視其平生之大節如此。」（《臨川文集》卷七十七，頁十二）

㊳《後山文集》卷十六，頁十三《送參寥序》。

㊴平淡與雅健二語若相反，但是北宋人似乎把二者等同於一義。蘇軾《進何去非備論狀》云：「伏見承奉郎徐州學教授何去非，文章議論實有過人，筆勢雄健，得秦漢間風力。」（《東坡全集》卷五十八，頁十五）雄健字乃用於文章。但釋德洪《山游唱和詩集敍》說：「夫詩與山水，其風味淡且靜，天下好是者幾其人哉！」（《鐔津集

》卷十二，頁十三下，《山游唱和詩集敍》）此文乃記楊公濟、沖晦晤上人與釋契嵩三人游天竺之詩，故契嵩又云：「公濟之詩贍、沖晦之詩典，如老麗雅健，則其氣格相高焉。」文前既擧山水淡靜，以字義言，不應下文又承詩風雅健之語，除非二者本有相當密切之關係方可，今觀梅、秦二文俱於平淡下又承用深、邃字樣，三者關係似在於此。又黃庭堅言晏幾道「乃獨嬉弄於樂府之餘，而寓以詩人句法，清壯頓挫，能動搖人心。」（《山谷文集》卷十六，頁二十四《小山集序》）清壯一詞亦似合平淡雄健二義而言。

㊵ 見歐陽修《梅聖俞墓誌銘》。

㊶ 《居士集》二，頁一一九。

㊷ 《居士集》二，頁一二七。

㊸ 正如東坡所說：「陶淵明意不在詩，詩以寄其意耳。」而意之所在，乃是「悠然忘情，越閑而累遠。」（《雞肋集》卷三十三，頁一下《題陶淵明詩後》引述蘇軾語）這些都不只是詩，而是生活情味的再現了。

㊹ 《淮海集》卷六，頁二上。

㊺ 《小畜集》卷十一，《芍藥詩三首》並序。

㊻ 《小畜集》卷十三，頁七上《桂陽羅君遊太湖洞庭集序》。

㊼ 詩也經常用於贄見和獻酬上，東坡《答魯直書》說：「古風二首託物引類，眞得古詩人之風，而軾非其人也，聊復次韻以爲一笑。」（《東坡全集》卷七十三，頁十一《答魯直書》）文中談到黃庭堅的《古風二首呈蘇子瞻》便是獻酬之作，這類例子很多。再言之，酬答乃是朋友生活的一種形式，宋詩忠實表現生活，因而多唱和，如晁補之《石遠叔集序》所稱：「所爲詩文，蓋多至四百篇，其言雅馴類唐人語，尤長於議論酬答，思而不迫，讀者知其人通達溫溫君子也。」（《雞肋集》卷三十四，頁十二上）以長於酬答爲美，在明代是不會有的。

㊽ 只有黃山谷較多立意反映現實之作，如前擧《流民歎》乃是一例。

㊾ 《山谷詩外集注》卷一，頁一一六一。

㊿ 《山谷詩外集注》卷一，頁一一七一，不但詩句與散文相去不遠，而且思想、態度上，詩的面目被換上了許多文的味道，難道作者認爲原來的詩的面目，不足以表達諷諫的意思，而有意作如是變化嗎？

51 特別是以杜甫爲主題的尤多，如釋德洪(覺範)《次韻謁子美祠堂》詩(《石門文字禪》卷五，頁十九上) 等等。

52 《忠肅集》卷十五，頁七《庾信宅》。

53 《臨川文集》卷六十二，頁九下《詳定十二事議》。

54 《臨川文集》卷八十六，頁二《唐百家詩選序》。

55 《臨川文集》卷六十四，頁七《材論》。

56 《臨川文集》卷六十六，頁七《取材》。

57 《東坡全集》卷六十，頁十一《辨賈易彈奏待罪劄子》。

58 秦觀對傅彬老談東坡，也說：「蘇氏之道，最深於性命自得之際，其次則器足以任重，識足以致遠，至於議論文章，乃其與世周旋至粗者也。」又庭堅自言心醉於詩與楚詞，似若有得，然終在古人後；至於論議文字，今日乃當付之少游及晁、張、無己。足下可從此四君子一二問之。(《山谷文集》卷十九，頁三十一《與秦少章書》)，又蘇軾《進何去非備論狀》亦云：「伏見承奉郎徐州學教授何去非，文章議論實有過人，筆勢雄健，得秦漢間風力。」(《東坡全集》卷五十八，頁十五《進何去非備論狀》)，又如晁補之《石遠叔集序》所稱：「所爲詩文，蓋多至四百篇，其言雅馴類唐人語，尤長於議論酬答，思而不迫，讀者知其人通達溫溫君子也。」(《雞肋集》卷三十四，頁十二上) 這些日常言語，都可說明「論議」是人才評鑑上的基本項目。

59 《淮海集》卷三十七，頁四下。

60 見《東坡全集》卷四十四，頁二十六。又黃庭堅《題東坡書道術後》言：「東坡平生好道術，聞輒行之，但不能久又棄去。談道之篇傳世欲數百千字，皆能書其人所欲言，文章皆雄奇卓越非人間語。」(《山谷文集》卷二十五，頁十下) 山谷學佛，故所言如此；釋德洪說山谷喜寒山子詩，嘗喜書之，故多爲林下人所得，(《跋山谷字又詩》) 恐是，其言：「山谷論詩以寒山爲淵明之流也，世多未以爲然。」亦似是。

61 以秦觀詩而言，秦詩清麗，深情有餘，而鋪陳盡物非其所長，多自作題，而次韻絕少。(此與東坡相反，東坡自言「其於酬酢往反，蓋嘗和矣而未嘗敢倡也。見《東坡全集》卷七十三，頁十《答舒煥書》)

62 見《淮海後集》卷六，頁五下《淮海閒居集序》。又、同卷《通事說》亦云：「文以說理爲上，……或悖理，皆過也。」

63 《淮海集》卷三十，頁五下《與孫莘老學士簡》。

64 《東坡全集》卷七十五，頁十三下《與程正輔提刑》，據東坡《黃州安國寺記》云：「元豐二年十二月……於是喟然歎曰『道不足以御氣，性不足以勝習，不鋤其本而耘其末，今雖改之，後必復作，盍歸誠佛僧求一洗之，得城南精舍曰『安國寺』，有茂林修竹，陂池亭榭，間一二日輒往，焚香默坐，深自省察，則物我相忘，身心俱空，求罪垢所從生而可得，一念清淨，染汙自落，表裏翛然，無所附麗，私竊樂之，旦往而暮還者五年於此矣！」（《東坡全集》卷三十七，頁十下）是東坡在黃州學禪由來，明白可據。

65 《東坡全集》卷八十四，頁七《與程正輔提刑》。

66 故王安石與曾子固言「讀經」，爲曾鞏所疑，以爲所謂經者乃佛經，見《臨川文集》卷七十三，頁十，《答曾子固書》。安石作佛語多矣，如《書金剛經義贈吳珪》（《臨川文集》卷七十一，頁十三），《空覺義示周彥眞》（《臨川文集》卷三十八），五古尤多談佛理的，又乞將所居園屋爲寺，將私田割入蔣山作常住田（並見臨川文集卷四十二），東坡《與滕達道》謂：「某到此，見荆公甚喜，時誦詩說佛也。」（《東坡全集》卷七十七，頁二十），故爲曾鞏所疑。

67 《石門文字禪》稱歐公「以文章宗一世，讀其書，其病在理不通」「東坡以其理通，故其文渙然如水之質……」（《石門文字禪》卷二十七，頁六下，《跋東坡仇池錄》）釋德洪之語，所言理是由禪觀點的理，所以對歐陽修有不滿之辭。若從儒家觀點，則像蘇軾贊美范仲淹說：「今其集二十卷，爲詩賦二百六十八，爲文一百六十五。其於仁義禮樂忠信孝弟，蓋如饑渴之於飲食，……其天性有不得然者，雖弄翰戲語、率然而作，必歸於此。」（《東坡全集》卷三十四，頁十七《范文正公文集序》）見解便又不同。

68 《山谷文集》卷十九，頁二十五《與胡少波書四首之二》。

# 宋人序跋中之詞論

王偉勇

## 壹、引言

關於宋人詞論，最重要者，自是詞論專著，如王灼碧雞漫志、張炎詞源、沈義父樂府指迷是也。次則為附於詩話、筆記中之評論，如吳曾能改齋漫錄卷一六、一七；胡仔苕溪叢話前集卷五九、後集卷三九；魏慶之詩人玉屑卷二一；周密浩然齋雅談卷下等，均特立名目，專卷專錄個人或前人論詞之意見，是此中尤著者。又次則為書志及詞選所附之評論，如陳振孫直齋書錄解題、黃昇花菴詞選（含唐宋諸賢絕妙詞選、中興以來絕妙詞選）、趙聞禮陽春白雪等，即載有零散之評語。❶至若各類序跋，雖不甚具體，然如或一言可采，亦足蒐求；況所涉廣泛，每有所得耶？

然後世學者對於宋代詞論，較著重專著之研究，如周曉蓮碧雞漫志研究、徐信義碧雞漫志校箋❷、蔡楨詞源疏證、夏承燾詞源校注、劉紀華張炎詞源箋註、徐信義張炎詞源探究❸、蔡嵩雲（即蔡楨）樂府指迷箋釋、蔡茂雄沈氏樂府指迷研究❹、林玫儀李清照詞論評述❺等，皆費心之作，其有助於學習，自不待言。至若詩話、筆記中之詞論，亦嘗見蒐輯分析，如張筱蓮兩宋詞論研究❻，即頗留意及之。然於諸詞集序跋，則鮮見采錄；諸詞作序跋，尤乏人問津，因之本人乃爬羅剔抉，而有此作。首列采輯資料；次歸納其內容，間亦竊附評論；末則總結其影響，以見宋人序跋中之詞論，誠莫可輕忽也。

## 貳、資料彙輯

宋人詞論之見於序跋者，自以詞集序跋爲最夥，次則詞作之序跋；至若詞話、詩文集等序跋，間亦可得一二。玆將涉及詞論之重要序跋，分三類臚列如次，並逐項註明其出處，以供參考：

### 一、詞集序跋

（按：每項出處，僅列其一，不使重出，以免繁瑣。又本欄所云「百家詞」，即吳訥唐宋元明百家詞之簡稱；「名家詞」，則指毛晉宋六十名家詞也。）

1. 陳世脩陽春集序（百家詞第一册）
2. 晏幾道小山詞自序（百家詞第二册）
3. 黃庭堅小山詞序（百家詞第二册）
4. 張耒東山詞序（彊村叢書第四册）
5. 強煥片玉詞序（名家詞第三册）
6. 劉肅片玉集箋疏序（彊村叢書第四册）
7. 漫叟溪堂詞序（名家詞第三册）
8. 孫兢竹坡老人詞序（百家詞第六册）

9. 胡寅酒邊集序（百家詞第三册）
10. 趙師秀呂聖求詞序（百家詞第四册）
11. 曾丰知稼翁詞集序（百家詞第四册）
12. 陸游放翁詞自序（百家詞第四册）
13. 湯衡張紫微雅詞序（四庫全書本于湖詞附）
14. 陳應行于湖先生雅詞序（同右）
15. 范開稼軒詞序（百家詞第五册）
16. 劉辰翁稼軒詞序（須溪集卷六）
17. 王稱書舟詞序（百家詞第三册）
18. 尹覺坦菴詞序（名家詞第五册）
19. 黃昇白石詞序（名家詞第四册）
20. 汪莘方壺詩餘自序（彊村叢書第十一册）
21. 詹傅敬笑笑詞序（百家詞第六册）
22. 張鎡梅溪詞序（名家詞第三册）
23. 陳造高竹屋詞序（名家詞第五册毛晉跋引）
24. 尹煥夢窗詞序（同右）
25. 柴望涼州鼓吹自序（彊村叢書第十三册）
26. 鄭思肖玉田詞序（彊村叢書第十五册）
27. 仇遠玉田詞序（同右）

28. 舒岳祥玉田詞序（同右）❼
29. 曾慥樂府雅詞序（四庫全書本樂府雅詞附）
30. 黃大輿梅苑序（四庫全書本梅苑附）
31. 胡德芳唐宋諸賢絶妙詞選序（四庫全書本唐宋諸賢絶妙詞選附）
32. 黃昇花菴詞選序
或題：中興以來絶妙詞選序（四庫全書本花菴詞選附）
33. 陸游花間集跋一、跋二（四庫全書本花間集附）
34. 羅泌六一詞跋（百家詞第二冊）
35. 黃庭堅東坡長短句跋（山谷題跋卷九）
36. 曾慥東坡拾遺跋（百家詞第二冊）
37. 黃庭堅馬忠玉詩曲字跋（山谷題跋卷九）
38. 黃庭堅書王觀復樂府（山谷題跋卷七）
39. 李之儀吳思道小詞跋（姑溪題跋卷九）
40. 陸游後山居士長短句跋（放翁題跋卷三）
41. 關注石林詞跋（百家詞第三冊）
42. 黃汝嘉松坡詞跋（百家詞第四冊）
43. 藤仲因笑笑詞跋（百家詞第六冊）
44. 眞德秀石屛詞後跋（百家詞第七冊）
45. 張鎡梅溪詞跋（百家詞第六冊）

## 二、詞作序跋

（按：詞作序跋率已收入全宋詞，故本欄但寫册數，未更書其名。然全宋詞未收者，則一一註明，以便索驥。）

1. 蘇軾水調歌頭序（一册，起句：昵昵兒女語）
2. 蘇軾如夢令序（一册，起句：水垢何曾相受）
3. 蘇軾醉翁操序（一册，起句：琅然）
4. 蘇軾陳慥無愁可解序（一册，起句：光景百年）
5. 黃庭堅醉落魄序（一册，起句：陶陶兀兀）
6. 李清照孤雁兒序（二册，起句：藤床紙帳朝眠起）
7. 洪皓江梅引序（二册，起句：天涯除館憶江梅）
8. 陳與義法駕導引序（二册，起句：朝元路）
9. 曹勛飲馬歌序（二册，起句：邊頭春未到）
10. 曹冠哨遍序（三册，起句：壬戌孟秋）
11. 辛棄疾驀山溪序（三册，起句：飯蔬飲水）
12. 姜夔醉吟商小品序（三册，起句：又正是春歸）
13. 姜夔霓裳中序第一（三册，起句：亭皋正望極）
14. 姜夔滿江紅序（三册，起句：仙姥來時）
15. 姜夔徵招序（三册，起句：潮回却過西陵浦）
16. 姜夔淒涼犯序（三册，起句：綠楊巷陌）

17. 姜夔湘月序（三冊，起句：五湖舊約）
18. 趙以夫角招序（四冊，起句：曉風薄）
19. 吳文英瑣窗寒序（四冊，起句：紺縷堆雲）
20. 吳文英瑞龍吟序（四冊，起句：墮虹際）
21. 吳文英玉京謠序（四冊，起句：蝶夢迷清曉）
22. 吳文英淒涼犯序（四冊，起句：空江浪濶）
23. 吳文英古香慢序（四冊，起句：怨娥墜柳）
24. 劉辰翁大聖樂序（五冊，起句：芳草如雲）
25. 劉辰翁霓裳中序第一（五冊，起句：銀河下若木）
26. 周密木蘭花慢序（五冊，起句：恰芳菲夢醒）
27. 周密解語花序（五冊，起句：晴絲罥蝶）
28. 周密明月引序（五冊，起句：舞紅愁碧晚蕭蕭）
29. 蔣捷翠羽引序（五冊，起句：紺露濃）
30. 張炎西子妝慢序（五冊，起句：白浪搖天）
31. 張炎湘月序（五冊，起句：行行且止）
32. 張炎意難忘序（五冊，起句：風月吳娃）
33. 張炎滿江紅序（五冊，起句：傅粉何郎）
34. 黃庭堅劉禹錫竹枝詞跋（山谷題跋卷九）
35. 蘇軾書李主（破陣子）詞（東坡題跋卷三）

36. 黃庭堅蘇軾卜算子跋（一冊，起句：缺月掛疏桐）
37. 黃庭堅蘇軾醉翁操跋（山谷題跋卷二）
38. 陸游蘇軾七夕詞跋（放翁題跋卷三）[8]
39. 劉克莊蘇軾穎師聽琴水調跋（後村題跋卷四）
40. 釋德洪蘇軾平山堂詞跋（石門題跋卷二）[9]
41. 蘇軾黔安居士漁父詞跋（東坡題跋卷三）[10]
42. 黃庭堅秦觀踏莎行跋（山谷題跋卷九）
43. 周必大米元章書秦觀詞跋（益公題跋卷九）[11]
44. 黃庭堅王君玉定風波詞跋（山谷題跋卷九）
45. 李之儀賀鑄小重山詞跋（姑溪題跋卷一）
46. 周必大張元幹送胡邦衡詞跋（益公題跋卷二）[12]
47. 朱敦儒曹勛酒泉子、謁金門二詞跋（二冊，起句：霜護雲低）[13]
48. 魏了翁張孝祥念奴嬌詞眞蹟跋（鶴山題跋卷二）
49. 劉克莊劉叔安感秋八詞跋（後村題跋卷二）[14]

## 三、其他序跋

1. 張炎詞源自序
2. 陸文圭詞源序（詞話叢編本詞源附）
3. 沈義父樂府指迷自序

4. 陳造題東堂集（江湖長翁集卷三一）
5. 樓鑰淸眞先生文集序（攻媿集卷五一）
6. 張堯仁張于湖先生集序（于湖居士文集附）
7. 劉克莊辛稼軒集序（後村先生大全集卷九八）
8. 陳造張使君詩詞集序（江湖長翁集卷二三）
9. 樓鑰燕樂本原辨證序（攻媿集卷五三）
10. 葉適書龍川集後（水心題跋卷一）

## 叁、內容分類述評

宋人涉及詞論之重要序跋既臚列如上，本節爰據所得資料，分析其主要內容凡十三：一曰定詞體，二曰溯起源，三曰述流變，四曰敍承傳，五曰倡雅正，六曰崇豪放，七曰主寄託，八曰析音律，九曰明詞調，十曰辨眞僞，十一曰示作法，十二曰評詞風，十三曰品詞作。此中末兩項，由於意見零碎，且爲詞論之末節，故本節僅做歸納，未予個別評論，餘則間附己意，綜述所以，以顯主旨。茲介評如次：

### 一、定詞體

詞之爲體，率爲妓女伶官旗亭畫壁之所唱，花間酒邊之所詠，性非高雅，地實寒微，故素不爲士大夫所崇尙。卽以詞著稱之宋代，其士大夫實亦不如詩般尊之重之，是以不時流露輕視詞體之觀念。見之於序跋，如黃庭堅小山詞序云：

「余少時間作樂府，以使酒玩世，道人法秀獨罪余以筆墨勸淫，於我法中當下犂舌之獄，持未見叔原之作耶？……若乃妙年美士，近知酒色之虞；苦節臞儒，晚悟裙裾之樂，鼓之舞之，使宴安酖毒而不悔，是則叔厚之罪也哉？」

王稱書舟詞序云：

「雖然，昔晏叔厚以大臣子，處富貴之極，為靡麗之詞。其政事堂中舊客，尚欲其捐有餘之才，益未至之德者，蓋叔原獨以詞名爾，他文則未傳也。至少游、魯直則兼之，故陳無己之作，自云不減秦七黃九，是亦推尊其詞爾。余謂正伯(即程垓)為秦黃則可，為叔厚則不可。」

胡寅酒邊詞序亦云：

「詞曲者，古樂府之末造也。……名曰曲，以其曲盡人情耳。方之曲藝，猶不逮焉；其去曲禮，則益遠矣。然文章豪放之士，鮮不寄意於此者，隨亦自掃其跡，曰謔浪遊戲而已也。」

是知當少不時士大夫實不敢視塡詞爲正道，亦不以專事塡詞爲然，故頗譏斥晏幾道。曾慥樂府雅詞選詞，甚而不錄歐陽脩側艷之作，以爲此乃當時小人所作而謬爲歐公者，誠然可怪（參本節第十項）。苟有塡製者，則以謔浪遊戲爲藉口，何其不公也！甚而「胸中今古，止用資爲詞」（劉辰翁稼軒詞序）之辛棄疾，其門弟子范開爲之作序乃云：「公之於詞亦然，苟不得之於嬉笑，則得之於行樂；不得之於行樂，則得之於醉墨淋漓之際。揮毫未竟，而客爭存去。或閒中書石，興來寫地；亦或微吟而不錄，漫錄而焚稿，以故多散逸，是亦未嘗有作之之意。」此段言論，固爲推尊辛氏，然何嘗尊重詞體？況辛氏製詞亦頗刻意，未盡率爾操觚也⑮。

雖然，自北宋以還，實亦不乏士大夫於作序爲跋之際，對詞體持肯定之觀點。如晏幾道自序其詞卽云：「叔原往者浮沈酒中，病世之歌詞不足以析酲解慍，試續南部諸賢緒餘，作五七字語，期以自娛；不獨敍其所懷，兼寫一時杯酒間聞見，所同遊者意中事。」是誠有心爲之也。洎乎南宋中期，序跋中尤多肯定詞體之價値，如張鎡梅溪詞序云：

「世之文人才士遊戲筆墨於長短句，間有能瓌奇警邁，清新閑婉，不流於詭蕩汙淫者，未易以小伎言也。」

黃昇花菴詞選序云：

「佳詞豈能盡錄？亦嘗鼎一臠而已。然其盛麗如游金張之堂，妖冶如攬嬙施之袪，悲壯如三閭，豪俊如五陵，花前月底，擧杯清唱，合以紫簫，節以紅牙，飄飄然作騎鶴揚州之想，信可樂也。」

此兩段文字，一則肯定詞之佳者斷不可以小伎視之；一則肯定詞之內容包羅萬端，多有可取，誠然重視詞體也。葉適書龍川集後甚謂龍川「又有長短句四卷，每一章就，輒自歎曰：平生經濟之懷略已陳矣。」是又以詞體書寫抱負，足媲美詩文矣！茲更以陸游爲例，孝宗淳熙十六年，其自題長短句曾云：

「雅正之樂微，乃有鄭衛之音。……千餘年後，乃有倚聲製辭起於唐之季世，則其變愈薄，可勝嘆哉！予少時汩於世俗，頗有所為；晚而悔之。然漁歌菱唱，猶不能止。今絕筆已數年，念舊作終不可揜，因書其首，以識吾過。」

又跋花間集亦云：

「花間集皆唐末五代時人作，方斯時天下岌岌，生民救死不暇，士大夫乃流宕如此，可嘆也哉！或者亦出於無聊故耶？」

讀此兩段文字，知陸游一則視詞爲「其變愈薄」之物，且云「晚而悔之」、「猶不能止」，道出矛盾之心理；一則謂花間集乃當日士大夫流宕、無聊之作，菲薄詞體亦云極矣！

然光宗紹熙二年，陸游跋後山居士長短句，已然如是云：

「唐末詩益卑，而樂府詞高古工妙，庶幾漢魏」

寧宗開禧元年，再跋花間集亦云：

「故歷唐季五代，詩愈卑而倚聲者輒簡古可愛。蓋天寶以後詩人，常恨文不逮；大中以後，詩衰而倚聲作。使諸人以其所長格力施於所短，則後世孰得而議？筆墨馳騁則一，能此不能彼，未易以理推也。」

是知陸游既取唐末樂府比漢魏，復嘆服其「簡古可愛」，豈非肯定詞體之存在乎？至若倚聲度曲之專業詞人，自是盡心焉爾，終身不渝。如張炎詞源自序即云：

「昔在先人侍側，聞楊守齋、毛敏仲、徐南溪諸公商榷音律，嘗知緒餘，故生平好為詞章，用功踰四十年，未見其進。……」

對於詞體，乃用功踰四十年，且謙云「未見其進」，可謂尊寵已極，專力之致；詞體至此，隱然有不得不變之勢矣。

## 二、溯起源

詞之起源，素爲詞論家所爭議；宋人序跋亦時論及之。如李之儀跋吳思道小詞云：

「長短句於遣詞最難工，……唐人但以詩句而下用和聲抑揚以就之，若今之歌陽關是也。至唐末遂因其詩之長短句而以意填之，始一變以成音律。」

胡寅酒邊詞序云：

「詞曲者，古樂府之末造也；古樂府者，詩之旁行也。詩出於離騷楚詞；而騷詞者，變風變雅之怨而迫、哀而傷者也。」

陸游自序長短句云：

「雅樂既微，斯有鄭衞之音；音雖變，然琴瑟笙磬猶在也。變而為燕之筑、秦之缶、胡部之琵琶、箜篌，則又出鄭衞之下矣。風雅頌之後，為騷為賦為曲為引為行為謠為歌，千餘年後，乃有倚聲製辭，起於唐之季世，則其變愈下，可勝嘆哉！」

胡德方唐宋諸賢絕妙詞選序云：

「古樂府不作，而後長短句出焉。」

陸文圭詞源序云：

「詞與辭字通用。釋文云：『意內而言外也』意生言，言生聲，聲生律，律生調，故曲生焉。花間以前無雜譜，秦周以後無雅聲，源遠而派別也。」

綜上引述，可知宋人序跋論及詞之起源，不外三種觀點：一曰源於變風變雅；二曰源於古樂府；三曰聲律自然之演進。執前說者，蓋欲崇尚詞體，以便士大夫塡製有名。然欲直指詩經，復恐歌詞未盡雅正，乃巧謂曰源於變風變雅，此可視爲清代尊體說之先河也。執次說者，蓋著重音樂立論。溯夫古樂府之歌詞，率以五、七言爲主，然句法整齊，缺乏變化；而歌唱宜求長短疾徐，如非增字，卽無法造成和諧之節奏，於焉唱者乃於詩句間益以襯字、襯音，作爲調節。其法有二：一爲有聲有字，而此等字率爲形容聲音而設，如賀賀賀、何何何之類，卽李之儀跋吳思道小詞所謂之「和聲」也⑯。二爲有聲無字，卽朱熹語類所謂之「泛聲」也⑰。而後詩人卽據加襯後之格式塡詞造句，以便歌唱，因之產生長短錯落、聲調抑揚頓挫之詞體也。執後說者，旣欲提尊詞體，復欲統合詩與歌曲，乃曰盡出於人之意、言、聲、律之自然演進。所謂「花間以前無雜譜，秦周以後無雅聲」，蓋謂秦周以前，詩、歌本無分野；花間以降，始別立名目，謂之歌曲，遂成分歧，而流於靡靡之音矣。王灼碧雞漫志卷一頗有類似之意見，其言曰：「或問歌曲所起？曰：天地始分而人生焉。人莫不有心，此歌曲所以起也。……故有心則有詩，有詩則有歌，有歌則有聲律，有聲律則有樂歌，永言卽詩也，非於詩外求歌也。今先定音節，乃製詞從之，倒置甚矣！而士大夫又分詩與樂府作兩種，古詩或名曰樂府，謂詩之可歌也。故樂府中有歌，有謠，有吟，有引，有行，有曲，今人於古樂府特指爲詩之流，而以詞就音始名樂府，非古也。」此段言論，誠足爲陸文主詞源序作一註腳也。雖然，以旣定之形式以及後代詞作未盡可歌之立場論之，此說亦未盡善也。

再者，今人論及詞之起源，除卻長短句之淵源、增字襯詩之歌法兩大因素，復強調外族音樂之影響。其在宋人序跋，則陸游自序長短句亦曾及之。今觀其所言，以爲外族音樂均由雅樂演變而來，「詞」卽其中之支流。此種統一音樂源流之觀點，實嫌空泛，然於提尊詞體固有裨益也。至云「粤自隋、唐以來，聲詩間爲長短句」（張炎詞源序），自今日觀之，確乎可信；以隋唐燕樂對詞體之形成，固有其影響也[18]。而「長短句始於唐，盛於宋」（胡德芳唐宋諸賢絶妙詞選序）、「長短句昉於唐，盛於本朝」（劉克莊劉叔安感秋八詞跋）等論點，就唐崔令欽教坊記所載無數令詞之形式已然確立於當時，則此說固無不是。然若謂「倚聲製辭，始於唐之季世」（陸游長短句自序），則顯然忽略盛、中唐文士及民間作者之創作，其說自不足取也[19]。

## 三、述流變

自文士染指詞體，由於時代、襟抱、才情、環境之異同，而呈多樣變化；其間遞嬗之跡，固可因人而得其脈絡者，宋人序跋亦恒及之。如李之儀跋吳思道小詞云：

「長短句於遺詞中最為難工……唐人但以詩句而下用和聲抑揚以就之，若今之歌陽關是也。至唐末遂因其詩之長短句而以意填之，始一變以成音律，大抵以花間集中所載為宗，然多小闋。至柳耆卿始鋪敍展衍，備足無餘，形容盛明，千載如逢當日，較之花間所集，韻終不勝，由是知其為難能也。張子野獨矯拂而振起之；雖刻意追逐，要是才不足而情有餘，良可佳者。晏元憲、歐陽文忠、宋景文則以其餘力遊戲而風流閒雅，超出意表，又非其類也。」

按：此段文字兼論流變與詞風，蓋謂唐以前詞作，重音律而以花間爲宗，然形式短小。至宋柳永始拓展其形式，以增鋪展之功，然韻格不高。洎乎張先，獨矯柳永之淺俗，以振起詞韻，而才仍嫌不足。至若晏殊、宋祁等人，雖非刻意製詞，而風格別具，亦有可取也。又如胡寅酒邊詞序云：

「詞曲者，古樂府之末造也。……唐人為之最工，柳耆卿後出，掩衆製而盡其妙，好之者以謂不可復加。及眉山蘇氏一洗綺羅香澤之態，擺脫綢繆宛轉之度，使人登高望遠，舉首高歌，而逸懷浩氣，超然乎塵垢之外，於是花間為皂隸而柳氏為輿臺矣！」

按：此段文字亦謂唐人製詞最工，至宋柳永始拓其體製。至蘇軾則擴充其內容，使詞有超然塵垢之氣象。蘇軾此功，湯衡張紫微雅詞序亦留意及之，其言曰：「夫鏤玉雕瓊，裁花剪葉，唐末詞人非不美也。然粉澤之工，反累正氣，東坡慮其不幸而溺乎彼，故援而止之，惟恐不及。其後元祐諸公嬉弄樂府，寓以詩人句法，無一毫浮靡之氣，實自東坡發之也。」

至汪莘方壺詩餘自序，復推其流變而云：

「余於詞所愛者三人焉：蓋自東坡而一變，其豪妙之氣隱隱然流出言外，天然絕世，不假振作；二變為朱希真，多塵外之想，雖雜以微塵，而其清氣自不可沒；三變而為辛稼軒，乃寫其胸中事，尤好稱淵明，此詞之三變也。」

劉辰翁辛稼軒詞序亦云：

「詞至東坡，傾蕩磊落，如詩如文，如天地奇觀，豈與羣兒雌聲學語較工拙！然猶未至用經用史，牽雅頌入鄭衛也。自辛稼軒前，用一語如此者必且掩口。及稼軒横豎爛熳，乃如禪宗棒喝，頭頭皆是；又如悲笳萬鼓，平生不平事並巵酒，但覺賓主酣暢，談不暇顧，詞至此亦足矣。」

此兩段文字，亦本乎豪放立場，側重內容，以論詞之流變。至若婉約詞家，則別有見地，柴望涼州鼓吹自序卽如是云：

「詞起於唐而盛於宋，宋作尤莫盛於宣靖間，美成、伯可各自堂奧，俱號稱作者。近世姜白石一洗而更之，暗香疏影等作，當別家數也。大抵詞以雋永委婉為尚，組織塗澤次之，呼號叫嘯抑末也。」

是知柴望以婉約觀點，道其流變，而以周邦彥、康與之、姜夔爲正宗，且謂其同中有異，特未若豪放論者之具體耳。而張炎詞源序則就音樂論其流變，以爲古代配樂之詩皆出於雅正，至隋唐一變而爲長短句，至周邦彥提舉大晟府，古音古調始稍流傳。玆錄其言如次，以供參考：

「古之樂章、樂府、樂歌、樂曲，皆出於雅正。粵自隋唐以來，聲詩間為長短句，至唐人則有尊前、花間集。迄於崇寧立大晟府，命周美成諸人討論古音，審定古調，淪落之後，少得存者。由此八十四調之聲稍傳；而美成諸人又復增演慢曲、引、近，或移宮換羽為三犯、四犯之曲，按月律為之，其曲遂繁。」

## 四、敍承傳

除卻詞壇整體之流變，宋人序跋中，尙道及詞人承傳所自有，足令人知其習染。如胡寅酒邊詞序云：

「薌林居士（卽向子諲）步趨蘇堂而嚌其胾者也。」

謝堯仁張于湖先生集序云：

「先生氣吞百代，而中猶未慊，蓋尚有凌轢坡仙之意。……是時先生詩文與東坡相先後者，已十之六七；而樂府之作，雖得於一時燕笑咳唾之頃，而先生之胸次、筆力皆在焉，今人皆以為勝東坡。」

范開稼軒詞序云：

「世言稼軒居士辛公之詞似東坡，非有意於學坡也。自其發於所蓄者言之，則不能不坡若也。」

劉辰翁辛稼軒詞序云：

「嗟乎！以稼軒為坡公少子，豈不痛快靈傑可愛哉！」

詹傅敬笑笑詞序云：

「遯齋先生（卽郭應祥）……以其緒餘，寓于長短句，豈惟足以接張于湖、吳敬齋之源流而已。……雖參諸歐、蘇、柳、晏，曾無間然。」

滕仲因笑笑詞跋云：

「昔聞張于湖一傳而得吳敬齋，再傳而得郭遯齋。」

鄭思肖玉田詞序云：

「(玉田)自仰扳姜堯章、史邦卿、盧蒲江、吳夢窗諸名勝，互相鼓吹春聲於繁華世界。」

上列五例，均由他人道其承傳，然亦有自道其祖述者，如柴望涼州鼓吹自序云：

「故余不敢望靖康家數，白石衣鉢或彷彿焉。」

張炎詞源序云：

「余疎陋譾才，昔在先人侍側，聞楊守齋、毛敏仲、徐南溪諸公商榷音律，嘗知緒餘，故生平好為詞章。」

沈義父樂府指迷序云：

「余自幼好吟詩。壬寅秋，始識靜翁於澤濱。癸卯，識夢窗，暇日相與唱酬，率多填詞。」

按：此等自述承傳之語，自較他人之評論爲眞實可取，特不多見耳。

## 五、倡雅正

詞體演進至宋代，作者日繁，風格多樣，因之其體貌宜若何？恒爲詞家所論及。蓋自蘇軾以橫放傑出之才引詩入詞以還，所謂豪放派詞家，似已大得解脫，競相仿效。經南宋辛棄疾用經用史，牽雅頌入鄭衞，此勢尤盛。於焉論者每超乎音律觀點，予以認同（參述流變、崇豪放兩項）。然知音識曲之士則不以爲然，而有「正雅」之主張。如李清照詞論，卽以音律觀點，謂詩、詞宜分家；且舉李八郎爲例，謂其「僻喉發聲，歌一曲，衆皆泣下」，奈此後「鄭衞之聲日熾，流靡之變日煩」，故淸照乃著論澄淸其非。至其論詞家，亦秉雅正觀點以評之。如謂柳永「雖協音律，而詞語塵下」；謂晏、歐、蘇所作小歐詞「皆句讀不葺之詩爾」；至如晏叔原、賀方回、秦少游、黃魯直之缺失，則在「晏苦無鋪敍，賀苦少典重，秦卽專主情致而少故實，……黃卽尚故實而多疵病。」雖然，淸照並未正式拈出「雅正」一詞，而其對音樂及文字造境之批評，則確乎雅正之內涵也。見於宋人序跋，亦恒就音樂與文字論雅正，如曾慥樂府雅詞序云：

「余所藏名公長短句，裒合成篇，或後或先，非有詮次；多是一家，難分優劣，涉諧謔則去之，名曰樂府雅詞。」

詹傅敬笑笑詞序云：

「近世詞人，如康伯可非不足取，然其失也詼諧；如辛稼軒非不可喜，然其失也粗豪。惟先生之詞，典雅純正，清新俊逸，集前輩之大全，而自成一家之機軸。」

張鎡梅溪詞序云：

「生滿襟風月，鸞吟鳳嘯，鏘洋乎口吻之際者，皆自漱滌書傳中來。況欲大肆其力於五七言，迴鞭溫韋之塗，掉鞅李杜之域，躋攀風雅，一歸於正，不於是而止。」

樓鑰燕樂本原辨證序云：

「建安蔡季通，久從晦菴朱先生游，學問該洽，持論皆有信據。……出所著一編曰燕樂本原辨證。謂雅鄭固已遼絕，而燕樂尤為淫靡，然推其所自，實出于雅。……則又嘆曰：為此俗樂者，不知其何人，使後世耽玩而人心日漓，風俗日薄，不能自還于雅正，其亦不仁也矣。」

柴望涼州鼓吹自序云：

「大抵詞以雋永委婉為尚，組織塗澤次之，呼號叫嘯抑末也。」

是知「雅正」一詞，已成宋人評詞之依據。雖然，積極拈出「雅正」以立論，而成宋代詞壇主流者，無乃詞論專書乎！其在南渡之際，王灼碧雞漫志卷二已有「中正則雅，多哇則鄭」之說，然猶秉「聲律出於自然」爲依歸。洎乎宋末元初之詞論家，則欲以人力奪天工，而有益絕對之主張。如張炎詞源序卽云：「古之樂章、樂府樂歌、樂曲，皆出於雅正。」其雜論條復云：「詞欲雅而正，志之所之，一爲情所役，則失雅正之音。」而沈義父樂府指迷論詞四標準亦云：「蓋音律欲其協，不協則成長短句之詩；下字欲其雅，不雅則近乎纏令之體；用字不可太露，露則直突而無深長之味；發意不可太高，高則狂怪而失柔婉之意。」至此，「雅正」說終卓然屹立矣！

## 六、崇豪放

雅正之說，固爲宋人詞論之主流，然自詞體脫離音樂，一股以命意爲主不受曲子束縛之勢力，實亦形成，且漸受肯定。如胡寅酒邊詞序云：「及眉山蘇氏一洗綺羅香澤之態，擺脫綢繆宛轉之度，使人登高望遠，舉首浩歌，而逸懷浩氣，超然乎塵垢之外，於是花間爲皂隸而柳氏爲輿臺矣！」誠然肯定蘇軾豪放作品之價值。而劉克莊辛稼軒集序亦云：「世之知公者，誦其詩詞，而以前輩謂有井水處皆倡柳詞。余謂耆卿直留連光景歌詠太平爾；公所作大聲鞺鞳，小聲鏗鍧，橫絕六合，掃空萬古，自有蒼生以來所無。」劉辰翁稼軒詞序復云：「及稼軒橫豎爛熳，乃如禪宗棒喝，頭頭皆是；又如悲笳萬鼓，平生不平事並卮酒，但覺賓主酣暢，談不暇顧，詞至此亦足矣！」斯亦肯定辛棄疾詞風之甚可取也。此外，汪莘方壺詩餘自序，尚秉豪放立場，道其所好詞家凡三人：蘇軾、朱敦儒，辛棄疾是也（參述流變項所引）。而黃昇花庵詞選序亦肯定「悲壯如三閭，豪俊如五陵」之詞風誠無愧乎佳作，於焉頗選豪放詞家之作品。如蘇軾之作凡錄三十一闋，而不棄隱括歸去來辭之哨遍；辛棄疾之作凡錄四十二闋，亦不棄「杯汝來前」之沁園春，其立場自可見也。至宋末陳模論稼軒詞乃云：

「近時作詞者只說周美成、姜堯章等，而以稼軒為豪邁，非詞家本色。潘紫岩牥云：『東坡為詞詩，稼軒為詞論』，此說固當。蓋曲者曲也，固當以委曲為體，然徒狃於風情婉孌，則亦不足以啓人意。回視稼軒所作，豈非萬古一清風也哉！」（懷古錄卷中）

此段言論，雖非序跋範疇，然藉以了解當時一派文士推崇豪放之心，亦昭然若揭。惜乎，此等詞論均甚零散，尤乏專著予以鼓吹定位，固不如「雅正」說之卓然也。

## 七、主寄託

詞初期之發展，率爲妓女伶官於花間酒邊吟詠以娛賓遣興者。然自文士染指後，爲塡製有名，乃多方設想提尊之道；溯源於詩經變風變雅，即其一也。而詩經之用，兼比興而有之；取法乎「溫柔敦厚」之原則，以抒發情性。故先王恒藉以「經夫婦，成孝敬，厚人倫，義教化，移風俗」（詩大序）今士子既視詞如詩，相對之要求亦於焉產生。黃大輿梅苑序云：「於是錄唐以來，詞人才士之作，以爲齋居之翫。目之曰梅苑者，詩人之義，託物取興；屈原製騷，盛列芳草，今之所錄，蓋同一揆。」隱然道出此中消息。而陳造序張使君詩詞集，乃明白秉此觀點曰：「然其措辭命意，非歸君相之美，則奉親庭之歡；非魯僖之憫農；則淵明、樂天之自適，無益名理之言，一不形焉，是尤可貴。」其甚者，乃確舉作品，彰顯其寄託。如曾豐知稼翁詞集序首云詞曲宜「發乎情性，歸乎禮義」，而後評曰：

> 「文忠蘇公文章妙天下，長短句特緒餘耳，猶有與道德合者。缺月疏桐一章，觸興於驚鴻，發乎情性也；收思於冷洲，歸乎禮義也。……考功（指黃公度）所立，不在文字，余於樂章竊之，文字之中所立寓焉。泉幕之解，非所欲厭，而寓意於『鄰雞不管離情』之句；秘館之除，非所欲就，而寓意於『殘春已負歸約』之句。凡感發而輸寫，大抵清而不激，和而不流，要其情性，則適揆之禮義而安，非能為詞也；道德之美，腴於根而盎於華，不能不為詞也。」

按：似此以「寄意」解說詞作之方式，實乃清代詞壇「寄託說」之先導。而「作者之用心未必然，而讀者之用心何必不然」（譚獻復堂詞錄序）之態度，苟持理有故，命意甚清晰，則主張「詞」寓教化，亦無可厚非也。如詹傅敬笑笑詞序云：「竊嘗盥浴，誦瑞慶節之詞，如『福若高宗，太平賽過仁祖』之句，則知愛君之意爲甚厚，送太夫人之詞，如『別駕奉安輿，前呵方塞途』之句，則知尊親之心爲甚篤。如『婦姑夫婦孫和子，同住人間五百年。花孫飛鳧舃，芝庭捧鶴書』之句，則知慶源流長，椿桂爭芳，卓爲當世之偉觀。如『一笑對西風』，如『一聲啼鴃五更鐘』之句，則知有言外不盡之意，殆不食烟火人所作。」似此解說，不中不遠，庶得作者之用心焉！

## 八、析音律

宋代文士於詞樂、詞律之努力，統而言之，蓋有四端：其一，爲雅正之倡導，務期合乎詩之境界，以加重其地位。其於序跋中提及者，本文已採錄列入「倡雅正」一項，可資參閱。其二，爲區別詩詞音律之不同，以見其同中有異。如李清照詞論即謂：「蓋詩文分平側，而歌詞分五音，又分五聲，又分六律，又分清濁輕重。」其在序跋，則仇遠玉田詞序亦曾及之，其言曰：「世謂詞者詩之餘，然詞尤難於詩。詞失腔猶詩落韻；詩不過三五七言而止，詞乃有四聲、五音、均拍、輕重、清濁之別。若言順律舛，律協言謬，俱非本色。」其三，爲積極整理調律，著書立說，以究其理。北宋周邦彥提舉大晟府之事固不必論；宋末楊纘之作詞五要，張炎詞源上卷之詳究律呂，尤見稱詞壇。其四，則選錄作品，以供參酌，如周密絕妙好詞，即嚴謹去取也。見諸宋人序跋，其探討音律之言，率見於詞作題序之中，歸而類之，蓋有數端：

1. 譜存古曲——如姜夔醉吟商小品序云：「石湖老人謂予云：琵琶有四曲，今不傳矣。曰濩索梁州、轉關綠腰、醉吟商湖渭州、歷弦薄媚也。予每念之。辛亥之夏，予謁楊廷秀丈於金陵邸中，遇琵琶工，解作醉吟商湖渭州，因求得品弦法，譯成此譜，實雙聲耳。」又霓裳中序第一序云：「……按沈氏樂律，霓裳道調，此乃商調。樂天詩云：『散序六闋』，此特兩闋，未知孰是？然音節閑雅，不類今曲。予不暇盡作，作中序一闋傳於世。」又如趙以夫角招序云：「姜白石製角招、徵招二曲，僕賦梅花，以角招歌之。蓋古樂府有大小梅花，皆角聲也。」

2. 訂正曲律——如姜夔滿江紅序云：「滿江紅舊調用仄韵，多不協律。如末句云『無心撲』三字，歌者將心字融入去聲，方諧音律。予欲以平韻爲之，久不能成。因泛巢湖，聞遠岸簫鼓聲。問之舟師，云：『居人爲此湖神姥壽也。』予因祝曰：『得一席風徑至居巢，當以平韻滿紅江爲迎送神曲。』言訖，風與筆俱駛，頃刻而成。末句云『聞佩環』則協律矣。」

3. 解釋音律——宋人於詞序中解釋音律，唯見於南宋姜夔之作，玆臚列如次：

(1) 徵調曲——姜夔徵招序云：「予嘗考唐田畸聲律要訣云：徵與二變之調，咸非流美，故自古少徵調曲也。徵爲去母調，如黃鍾之徵，以黃鍾爲母，不用黃徵乃諧。故隋唐舊譜，不用母聲，琴家無媒調、商調之類，皆徵也，亦皆具母弦而不用。……然黃鍾以林鍾爲徵，住聲於林鍾。若不用黃鍾聲，便自成林鍾宮矣！故大晟府徵調兼母聲，一句似黃鍾均，一句似林鍾均，所以當時有落韵之語。……黃鍾徵雖不用母聲，亦不可多用變徵蕤賓、變宮應鍾聲。若不用黃鍾而用蕤賓、應鍾，卽是林鍾宮矣。餘十一均徵調倣此。其法可謂善矣。然無淸聲，只可施之琴瑟，難入燕樂。故燕樂闕徵調，不必補可也。」

(2) 犯 調——姜夔淒涼犯序云：「凡曲言犯者，謂以宮犯商、商犯宮之類。如道調宮上字住。雙調亦上字住。所住字同，故道調曲中犯雙調，或于雙調曲中犯道調，其他準此。唐人樂書云：『犯有正、旁、偏、側。宮犯宮爲正，宮犯商爲旁，宮犯角爲偏，宮犯羽爲側。』此說非也。十二宮所住字各不同，不容相犯，十二宮特可犯商、角、羽耳。」玆更列吳文英詞調下所注，觀其犯調之情形，以爲印證：

瑣窗寒注：「無射商，俗名越調，犯中呂宮，又犯正宮。」
瑞龍吟注：「黃鍾商，俗名大石調，犯正平調。」
玉京謠注：「夷則商犯無射宮。」
淒涼犯注：「夷則羽，俗名仙呂調，犯雙調。」
古香慢注：「自度腔，夷則商犯無射宮。」

是知吳文英所犯調，屬商、羽二宮，正符姜夔之理論：名家之塡製詞調，誠細心也。

(3) 鬲指聲——姜夔湘月序云：「予度此曲，卽念奴嬌之鬲指聲也，于雙調中吹之。鬲指亦謂之過腔，見晁無咎集。凡能吹竹者，便能過腔也。」

4. 聆賞要訣——音律之講究，固對作者、歌者而發，然詞家於聆賞，亦得識其要訣，方能相得益彰。於焉張炎意難忘詞序乃云：「余謂有善歌而無善聽，雖抑揚高下，聲字相宜，傾耳者指不多屈。曾不若春蚓秋蛩爭響於月籬煙砌間，絕無僅有。」至其要訣，張炎於滿江紅序曾云：「韞玉傳奇惟吳中子弟爲第一流，所謂識拍、道字、正聲、清韻不狂，俱得之矣。」然則識拍、道字、正聲、清韻，寧非聆賞者所宜深究耶？

## 九、明詞調

關於詞調，北宋徽宗時期，曾置大晟府予以編輯。然靖康國變，一切繁華掃地，詞樂不傳，詞調散佚，於焉知音識曲之士乃詳考律呂，探究本源，期有助於發隱揭微，而有詞話之專著出現，卽王灼碧雞漫志是也。此書凡五卷，首卷凡十二則，論述歌曲之起源及其遞變之由。卷二凡二十二則，於北宋詞家、作品多所評騭，兼亦記載詞壇瑣事。卷三至卷五，則列霓裳羽衣曲、涼州、伊州等二十九調，一一溯其得名所自，及其漸變宋詞之沿革，實有功於詞調之輯存也[20]。見於宋人序跋，則詞人於詞調下，亦每註明其由來，玆臚列如次，以供參考：

1. 如夢令——蘇軾如夢令序云：「此曲本唐莊宗製，名憶仙姿，嫌其名不雅，故改爲如夢令。蓋莊宗作此詞，卒章云：『如夢如夢，和淚出門相送』，因取以爲名云。」

2. 醉翁操——蘇軾醉翁操序云：「琅琊幽谷，山水奇麗，泉鳴空澗，若中音會。醉翁喜之，把酒臨聽，輒欣然忘歸。既去十餘年，而好奇之士沈遵聞之往遊，以琴寫其聲，曰醉翁操，節奏疏宕，而音指華暢，知琴者以爲絕倫。然有其聲而無其辭。翁雖爲作歌，而與琴聲不合。又依楚詞而作醉翁引，好事者亦倚其辭以製曲。雖粗合韻度，而琴聲爲詞所繩約，非天成也。後三十餘年，翁既捐館舍，遵亦沒久矣。有廬山玉澗道人崔閑，特妙於琴，恨此曲之無詞，乃譜其聲，而請於東坡居士以補之云。」

3. 無愁可解——蘇軾序陳慥無愁可解云：「國工范日新作越調解愁，洛陽劉幾伯壽聞而悅之，戲作俚語之詞，天下傳詠，以謂幾於達者。龍丘子猶笑之。此雖免乎愁，猶有所解也。若夫遊於自然而託於不得已，人樂亦樂，人愁亦愁，彼且惡乎解哉？乃反其詞，作無愁可解云。」[21]

4. 小重山——李之儀跋賀鑄小重山詞云：「是譜不傳矣，張先子野始從梨園樂工花日新度之，然卒無其詞。……崇寧四年冬予遇故人賀鑄方回，遂傳兩闋。」

5. 法駕導引——陳與義法駕導引序云：「世傳頃年都下市肆中，有道人攜烏衣椎髻女子，買斗酒獨飲。女子歌詞以侑，凡九闋，皆非人世語。或記之以問一道士，道士驚曰：

『此赤城韓夫人所製水府蔡眞君法駕導引也，烏衣女子疑龍』云。」

6. 飲馬歌——曹勛飲馬歌序云：「此腔自虜中傳至邊，飲牛馬即橫笛吹之，不鼓不拍，聲甚淒斷。聞兀朮每遇對陣之際，吹此則鏖戰無還期也。」

7. 梁州——葉夢得臨江仙（起句：一醉年年今夜月）詞後附云：「世傳梁州，西涼府初進此曲，會明皇遊月宮還，記霓裳之聲適相近，因作裳霓羽衣曲，以梁州名之。」

8. 醉吟商小品——參本節「譜存古曲」條

9. 玉梅令——姜夔玉梅令序云：「石湖家自製此聲，未有語實之，命予作。」

10. 霓裳中序第一——參本節「譜存古曲」條。

11. 揚州慢——姜夔自度曲，其序云：「淳熙丙申至日，予過維揚。夜雪初霽，薺麥彌望。入其城，則四顧蕭條，寒水自碧，暮色漸起，戍角悲吟。予懷愴然，感慨今昔，因自度此曲。」

12. 長亭怨慢——姜夔自度曲，其序云：「予頗喜自製曲，初率意爲長短句，然後協以律，故前後闋多不同。桓大司馬云：『昔年種柳，依依漢南；今看搖落，悽愴江潭。樹猶如此，人何以堪。』此語余深愛之。」

13. 淡黃柳——姜夔自度曲，其序云：「客居合肥南城赤闌橋之西，巷陌淒涼，與江左異。唯柳色夾道，依依可憐，因度此闋，以紓客懷。」

14. 暗香——姜夔自度曲，其序云：「辛亥之冬，予載雪詣石湖。止既月，授簡索句，且徵新聲。作此兩曲，石湖把玩不已，使工妓隸習之，音節諧婉，乃名之曰暗香、疏影。」

15. 疏　影——參前條。

16. 惜紅衣——姜夔自度曲，其序云：「吳興號水晶宮，荷在盛麗。……丁未之夏，予遊千巖，數往來紅香中。自度此曲，以無射宮歌之。」

17. 徵　招——姜夔自度曲，其序云：「……徵招、角招者，政和間大晟府嘗製數十曲，音節駁矣。……此一曲乃予昔所製，因舊曲正宮齊天樂慢前兩拍是徵調，故足成之。雖兼用母聲，較大晟曲爲無病矣。此曲依晉史名曰黃鍾下徵調、角招曰黃鍾清角調。」

18. 淒涼犯——姜夔自度曲，其序云：「合肥巷陌皆種柳，秋風夕起騷騷然。予客居闔戶，時聞馬嘶。出城四顧，則荒煙野草，不勝淒黯，乃著此解。琴有淒涼調，假以爲名。」

19. 翠樓吟——姜夔自度曲，其序云：「淳熙丙午冬，武昌安遠樓成，與劉去非諸友落之，度曲見志。予去武昌十年，故人有泊舟鸚鵡洲者，聞小姬歌此詞，問之頗能道其事，還吳爲予言之。興懷昔遊，且傷今之離索也。」

20. 解語花——周密解語花序云：「羽調解語花，音韻婉麗，有譜而亡其辭。連日春晴，風景韶媚，芳思撩人，醉撚花枝，倚聲成句。」

21. 翠羽吟——蔣捷翠羽吟序云：「響林玉君本示予越調小梅花引，俾以飛仙步虛之意爲其辭。予謂泛泛言仙，似乎寡味，越調之曲與梅花宜，羅浮梅花，眞仙事也。演而成章，名翠羽吟。」

22. 西子妝慢——張炎西子妝慢序云：「吳夢窗自製此曲，余喜其聲調妍雅，久欲述之而未能。甲午春，寓羅江，與羅景良野游江上。綠陰芳草，景況離離。因塡此解。惜舊譜零落，不能倚聲而歌也。」

按：上述所列，均為宋人於序跋中，或注明詞調之由來，或說明自度詞曲之原因，誠有助於了解該詞調。然若詞人自度之詞調而未加說明，則不採錄，以未具序跋條件也。

## 十、辨眞僞

宋初詞作，大抵承襲五代詞風，猶未自闢蹊徑，故名家作品，時相混雜。況詞於當時，仍未受重視，縱有塡作，亦未盡心保存。而酒邊花間，旋作旋傳，尤不免張冠李戴，以訛傳訛，於焉辨別眞僞，亦詞論之一端也。如曾慥樂府雅詞序云：

「歐公一代儒宗，風流自命，詞章幼眇，世所矜式。當時小人，或作艷曲，謬為公詞，今悉刪除。」

羅泌六一詞跋復詳加辨述云：

「公性至剛，而與物有情，蓋嘗致意於詩，為之本義，溫柔寬厚，所得深矣。吟詠之餘，溢為歌詞，有平山集傳於世，曾慥雅詞不盡收也。今定為四卷，且載樂語於首，其甚淺近者，前輩多謂劉煇僞作，故削之。元豐中，崔公度跋馮延巳陽春錄，謂皆延巳親筆，其間有誤入六一詞者，近世桐汭志、新安志亦記其事。今觀延巳之詞，往往自與唐花間集、尊前集相混；而柳三變亦雜平山集中。則此三卷，或其浮艷者，殆非公之少作，疑以傳疑可也。」

按：關於歐陽脩詞作與他人作品相混或其眞僞問題，可參考唐圭璋宋詞互見考及李栖醉翁情趣外篇眞僞考兩文㉒，然曾慥、羅泌兩人之序跋，實已爲歐詞之辨僞發端，固有助於後人之澄清也。此外，復有辨明作者與詞調者，亦臚列如次，以供參考：

「龍丘子，陳慥季常之別號也，作無愁可解，東坡為作序引，而世人因號東坡為龍丘，所謂蓋有不知而作之者」（山谷題跋卷九、陳應行于湖先生長短句序）

「舊有醉醒醒醉一曲云：『醉醒醒醉。憑君會取皆滋味。濃斟琥珀香浮蟻。一入愁腸，便有陽春意。須將席幕為天地。歌前起舞花前睡。從他兀兀陶陶裏。猶勝醒醒、惹得閒憔悴。』此曲亦有佳句，而多斧鑿痕，又語高下不甚入律。或傳是東坡語，非也。與『蝸角虛名』、『解下癡絛』之曲相似，疑是王仲父作。」（黃庭堅醉落魄詞序）

「趙白雲初賦此詞，以為自度腔，其實卽梅花引也。」（周密明月引詞序）

## 十一、示作法

談論作法，自以詞論專書較具體，然宋人序跋亦時及之。如前舉倡雅正、崇豪放、主寄託、析音律等項目，實亦關乎作法，特未盡精萃耳。沈義文樂府指迷序云：「蓋音律欲其協，不協則成長短之詩；下字欲其雅，不雅則近乎纏令之體；用字不可太露，露則直突而無深長之味；發意不可太高，高則狂怪而失柔婉之意。」誠足視爲作法之綜合指示。茲更列舉其他要訣如次：

1. 轉益多師——凡創作必自學習始，塡詞亦不例外。故凡爲後學作序書跋，亦時爲之指示途徑。如黃庭堅書王觀復樂府云：「觀復樂府長短句，清麗不凡，今時士大夫及之者鮮矣。然須熟讀元獻、景文筆墨，使語意渾厚，乃盡之。」又李之儀跋吳思道小詞云：「師道殫思精詣，專爲以花間所集爲準，其自得處，未易咫尺可論。苟輔之以晏歐陽宋，而取舍於張柳，其進也，將不可得而禦矣！」是知黃、李兩人均示人轉益多師之道，且頗取法乎宋初諸公，所謂「不薄今人愛古人」是也。南宋劉克莊跋劉叔安感秋八詞復云：「然詞家有長腔，有短闋。坡公戚氏等作，以長而工也。唐人憶秦娥之詞曰：『西風殘照，漢家陵闕。』清平樂之詞曰：『夜夜常留半被，待君魂夢歸來。』以短而工也。余見叔安之似坡公者矣，未見其似唐人者，叔安當爲余盡發秘藏，毋若李衞公兵法，妙處不以教人也。」是又欲人習法宋之長調，而學習唐之短腔，以盡體製也。

此外，南宋詞家張炎鑒於宋末詞人盡取法北宋周邦彥㉓，亦提示轉益多師之道，其詞源序曰：「所可倣傚之詞，豈一美成而已！舊有刊本六十家詞，可歌可誦者，指不多屈。中間如秦少游、高竹屋、姜白石、史邦卿、吳夢窗，此數家格調不侔，句法挺異，俱能特立清新之意，刪削靡曼之詞，自成一家，各名於世。作詞者能取諸人之所長，去諸人之所短，象而爲之，豈不能與美成輩爭雄哉！」是知張炎係秉婉約觀點，欲人博取南北宋詞家，以成一家之言也㉔。

2. 蓄志博覽——自詞體提尊後，士子恒視詞如詩。而「詩者，志之所之也。在心爲志，發言爲詩。情動於中而形於言，言之不足，故嗟嘆之；嗟嘆之不足，故永歌之；永歌之不足，不知手之舞之，足之蹈之也」（詩大序）。因之詞家示人塡詞，亦當以蓄意養志爲先務；一旦心滿意足，出手自然天成。張耒東山詞序云：「文章之於人，有滿心而發，肆口而成，不待思慮而工，不待彫琢而麗者，皆天理之自然而性情之至道也。」范開稼軒詞序云：「器大者聲必閎，志高者意必遠。知夫聲與意之本原，則知歌詞之所自出，是蓋不容有意於作爲，而其發越於聲音言意之表者，則亦隨其所蓄之淺深有不能不爾者存焉耳。」是知詩詞一理，「情發之聲，聲成文謂之音」，而情之動，必養志以足之也。此外，亦得博覽典籍，以深功力。如樓鑰清眞先生文集序卽謂清眞「樂府播傳，風流自命。又性好音律，如古之妙解；顧曲名堂，不能自已。人必以爲豪放飄逸，高視古人，非攻苦力學以寸進者。及詳味其辭，經史百家之言盤曲於筆下，若自己出，何用功之深而致力之精耶！」是知塡詞之道，工夫端在詞外，非斤斤於字模句擬也。

3. 推陳出新——宋代詞人，不論豪放、婉約，皆慣使事用典，因襲陳言浮詞，因之當時文士已頗不以爲然（詳參本人南宋詞研究一書，頁一八四至二〇二）。見於序跋，如李清照孤雁兒序卽云：「世人作梅詞，下筆便俗。……」所以曰「俗」，卽緣千篇一律也。故洪皓江梅引序乃云：「……如暗香、疏影、相思等語，雖甚奇，經前人用者衆，嫌其一律，故輒略之。」斯卽推陳出新之說也。

4. 勤於修改——詞既塡作完成，宜更思其命意是否連貫？句意是否重疊？字面是否粗疏？而後改之又改，方成無瑕之玉，此張炎詞源製曲項所示塡詞之道也。而周密木蘭花慢序亦自述其創作經驗云：「西湖十景尙矣。張成子嘗賦應天長十闋誇余曰：『是古今詞家未能道者。』余時年少氣銳，謂此人間景，余與子皆人間人，子能道，余顧不能道耶？冥搜六日而詞成。成子驚賞敏妙，許放出一頭地。異日霞翁見之曰：『語麗矣，如律未協何！』遂相與訂正，閱數月而後定。是知詞不難作，而難於改；語不難工，而難於協。」

此外，創作、鑑賞本相輔相成，輕率不得。蓋輕創作，則辭難工；輕鑑賞，則難發明個中三昧。此道理，於宋人序跋中，僅劉肅片玉集箋疏序嘗及之，其言曰：「辭不輕措，辭之工也。閱辭必詳其所措，工於閱者也。措之非輕而閱之非詳，工於閱而不工於措，胥失矣，亦奚胥望焉。」斯亦足資取戒也。

## 十二、評詞風

爲人寫序作跋，自不免涉及詞風；而評詞風，實亦詞論之一端，本節爰加歸納。然涉及流變、承傳者，已見前引，茲不贅述；而見於同一序跋之相關詞家，亦僅條列一人之下，不使重出，以求精簡。

1. 馮延巳（字正中）

陳世脩陽春集序：「觀其思深辭麗，韻律調新，眞清奇飄逸之才也。」

2. 柳　永（字耆卿）

李之儀吳思道小詞跋：「至柳耆卿始鋪敍展衍，備足無餘；形容盛明，千載如逢當日，較之花間所集，韻終不勝。」

劉克莊劉叔安感秋八詞跋：「耆卿有教坊丁大使意態，美成頗偷古句，溫李諸人困於撏撦。」

3. 張　先（字子野）

李之儀跋吳思道小詞：「張子野獨矯拂而振起之（按：指振起柳永詞風），雖刻意追逐，要是才不足而情有餘。」

4. 晏　殊（字同叔，諡元憲）

李之儀吳思道小詞跋：「晏元憲、歐陽文忠、宋景文，則以其餘力遊戲而風流閒雅，超出意表。……而其妙見於卒章，語盡而意不盡，意盡而情不盡，豈平平可得彷彿哉！」

5. 王安石（字介甫，封舒國公，旋改封荆國公）

趙師秀呂聖求詞序：「荆公桂枝香詞，子瞻稱之此老眞野狐精也。詩詞各一家，惟荆公備衆作艷體，雖樂府柔麗之語，亦必工緻，眞一代奇材。」

6. 晏幾道（字叔原）

黃庭堅小山詞序：「（叔原）獨喜弄於樂府之餘，而寓以詩人之句法，清壯頓挫，能動搖人心。士大夫傳之，以爲有臨淄之風耳，罕能味其言也。……至其樂府，可謂狎邪之大雅，豪士之鼓吹；其合者高唐洛神之流，其下者豈減桃葉團扇哉！」

7. 蘇　軾（字子瞻，號東坡）

曾慥東坡詞拾遺跋：「東坡先生長短句既鏤板，……江山秀麗之句，樽俎戲劇之詞，搜羅幾盡矣。傳之無窮，想像豪放風流之不可及也。」

孫兢竹坡老人詞序：「昔□□先生蔡伯評近世之詞，謂蘇東坡辭勝乎情，柳耆卿情勝乎辭，辭情兼稱者，唯秦少游而已。」

胡寅酒邊詞序

汪莘方壺詩餘自序

劉辰翁辛稼軒詞序（以上三則，並參流變項）

8. 王觀復

黃庭堅書王觀復樂府：「觀復樂府長短句，清麗不凡，今時士大夫及之者，鮮矣！」

9. 吳　可（字思道）

李之儀吳思道小詞跋：「思道殫思精詣，專以花間所集爲準，其自得處未易咫尺可論，苟輔之以晏歐陽宋，而取捨於張柳，其進也，將不可得而禦矣。」

10. 馬　成（字忠玉）

黃庭堅跋馬忠玉詩曲字：「馬忠玉翰墨頗有勁氣，……至其作樂府長短句，能道人意中事，宛轉愁切，自是佳作。」

11. 秦　觀（字少游）

趙師秀呂聖求詞序：「世謂少游詩似曲，子瞻曲似詩，其然乎！」

12. 賀　鑄（字方回）

張耒東山詞序：「余友賀方回，博學業文，而樂府之詞，高絕一世。攜一編示余，大抵倚聲而爲之，詞皆可歌也。……若其粉澤之工，則其才之所至，亦不自知也。夫其盛麗如游金張之堂，而妖冶如攬嬙施之袪，幽潔如屈宋，悲壯如蘇李，覽者自知之，蓋有不可勝言者矣！」

13. 周邦彥（字美成）

強煥片玉詞序：「公之詞，其模寫物態，曲盡其妙。」

劉肅片玉詞箋疏序：「周美成以旁搜遠紹之才，寄情長短句，縝密典麗，流風可仰。其徵辭引類，推古誇今，或借字用意，言言皆有來歷，眞足冠冕詞林。」

張炎詞源序：「美成負一代詞名，所作之詞，渾厚和雅，善於融化詩句，而音譜且間有未諧，可見其難矣。作詞者多效其體製，失之軟媚而無所取。」

14. 謝　逸（字無逸，號溪堂）

漫叟溪堂詞序：「（無逸）學古高傑，文辭煅煉，篇篇有古意。而尤工於詩詞，黃山谷嘗讀其詩，云：晁張流也。……其詞曰：黛淺眉痕沁，紅添酒面潮；又曰：魚躍冰池飛玉尺，雲橫石嶺拂鮫綃，皆百鍊乃出，冶者晁張又將避三舍矣！」

15. 毛　滂（字澤民，有東堂詞。）

陳造題東堂集：「予讀東堂集：玩繹諷味，其文之瓌艷充托，其韻語之精深婉雅，視秦黃晁張，蓋不多愧。」

16. 葉夢得（字少蘊，號石林）

關注石林詞跋：「味其（指葉夢得）詞，婉麗綽有溫李之風。晚歲落其華而實之，能於簡淡時出雄傑，合處不減靖節、東坡之妙，豈近世樂府之流哉！」

17. 朱敦儒（字希眞）

汪莘方壺詩餘自序：「（朱希眞詞）多塵外之想，雖雜以微塵，而其清氣自不可沒。」

18. 周紫芝（字少隱，號竹坡）

孫兢竹坡老人詞序：「至其（指周紫芝）嬉笑之餘，溢爲樂章，則清麗宛曲。」

19. 向子諲（字伯恭，號薌林）

胡寅酒邊詞序：「薌林居士步趨蘇堂而嚌其胾者也。觀其退江北所作於後，而進江南所作於前，以枯木之心，幻出葩華；酌元酒之尊而棄醇味，非染而不色，安能及此！」

20. 呂濱老（一作渭老，字聖求）

趙師秀呂聖求詞序：「一日復得聖求詞集一編，婉媚深窈，視美成、耆卿伯仲耳。」

21. 張孝祥（字安國，號于湖）

陳應行于湖先生雅詞序：「北遊荆湖間，得公于湖所作長短句凡數百篇，讀之泛然灑然，眞非煙火食人辭語。予雖不及識荆，然其瀟散出塵之姿，自在如神之筆，邁往凌雲之氣，猶可以想見也。」

湯衡張紫微雅詞序：「衡嘗獲從公游，見公平昔爲詞，未嘗著稿，筆酣興健，頃刻卽成；初若不經意，反復究觀，未有一字無來處。如歌頭凱歌、登無盡藏、岳陽樓諸曲，所謂駿發踔厲，寓以詩人句法者也。」

22. 京　鏜（字仲遠，有松坡君士樂府。）

黃汝嘉松坡居士詞跋：「公以鎭撫之暇，酬唱盈編，抑揚頓挫，腔合音律，岷峨草木，有榮耀焉。」

23. 辛棄疾（字幼安，號稼軒）

范開稼軒詞序：「故其（指辛棄疾）詞之爲體，如張樂洞庭之野，無首無尾，不主故常；又如春雲浮空，卷舒起滅，隨所變態，無非可觀。……其間固有清而麗、婉而嫵媚，此又坡詞之所無，而公詞之所獨也。」

汪莘方壺詩餘自序（參流變項）

劉克莊辛稼軒集序云：「世之知公者，誦其詩詞，而以前輩謂有井水處皆倡柳詞，余謂耆卿直留連光景歌詠太平爾；公所作大聲鞺鞳，小聲鏗鍧，橫絕六合，掃空萬古，自有蒼生以來所無。其穠纖綿密者亦不在小晏、秦郎之下。」

劉克莊劉叔安感秋八詞跋：「近歲放翁、稼軒一掃纖艷，不事斧鑿，高則高矣，但時時掉書袋，要是一癖。」

劉辰翁辛稼軒詞序（參流變項）

24. 趙師俠（一名師使，字介之，有坦菴詞。）

尹覺坦菴詞序：「詞章乃其（指趙師俠）餘事，人見其模寫風景，體狀物態，俱極精巧，初不知得之之易，以至得趣忘憂，樂天知命，玆又情性之自然也。」

25. 姜　夔（字堯章，號石石）

黃昇白石詞序：「（白石）詞極精妙，不減清眞樂府；其間高處，有美成所不能及。善吹簫自製曲，初則率意為長短句，然後協以音律云。」

26. 郭應祥（字承禧，號遯齋，有笑笑詞。）

詹傅敬笑笑詞序：「近世詞人如康伯可非不足取，然其失也詼諧；如辛稼軒非不可喜，然其失也粗豪。惟先生之詞，典雅純正，清新俊逸，集前輩之大全，而自成一家之機軸。」

滕仲因笑笑跋：「昔聞張于湖一傳而得吳敬齋，再傳而得郭遯齋，源深流長。故其詞或如驚濤出壑，或如縐縠紋江，或如淨練赴海，可謂冰生於水而寒於水矣！」

27. 戴復古（字式之，號石屛）

眞德秀石屛詞跋：「戴復古詩詞，高處不減孟浩然。」

28. 史達祖（字邦卿，號梅溪）

張鎡梅溪詞序：「蓋生（指史達祖）之作，辭情俱到，織綃泉底，去塵眼中，妥帖輕圓，特其餘事。至於奪苕豔于春景，起悲音於商素，有瓌奇、警邁、清新、閒婉之長，而無詭蕩汙淫之失，端可以分鑣清眞，平睨方回，而紛紛三變行輩，幾不足比數。」

張鎡梅溪詞跋：「梅溪詞奇秀淸逸，有李長吉之韻。蓋能融情景於一家，會句意於兩得者也。」

29. 高觀國（字賓王，有竹屋癡語一卷）

陳造竹屋癡語序：「高竹屋與史梅溪皆周秦之詞，所作要是不經人道語；其妙處少游、美成亦未及也。」

30. 劉鎭（字叔安）

劉克莊劉叔安感秋八詞跋：「叔安劉君落筆妙天下，間爲樂府，麗不至褻，新不犯陳，借花卉以發騷人墨客之豪，訓閨怨以寓放臣逐子之感，周柳辛陸之能事，庶乎其兼之矣。」

31. 吳文英（字君特，號夢窗，又號覺翁）

尹煥夢窗詞序：「求詞於吾宋者，前有淸眞，後有夢窗，此非煥之言，四海之公言也。」

32. 張炎（字叔夏，號玉田生，又號樂笑翁）

鄭思肖玉田詞序：「（玉田）飄飄徵情，節節弄拍，嘲明月以謔樂，賣落花而陪笑，能令後三十年西湖錦繡山水，猶生淸響，不容半點新愁飛到遊人眉睫之上，自生一種歎喜痛快，豈無柔劣少年於萬花叢中，喚取新鶯穉蝶，羣然飛舞下來，爲之賞聽！」

舒岳祥山中白雲詞序：「（玉田）詩有姜堯章深婉之風，詞有周淸眞雅麗之思，畫有趙子固瀟灑之意，未脫承平公子故態。笑語歌哭，騷姿雅骨，不以夷險變遷也。」

仇遠山中白雲詞序：「讀山中白雲詞，意度超玄，律呂協洽，不特可寫音檀口，亦可被歌管、荐淸廟，方之古人，當與白石老仙相鼓吹。」

33. 張使君㉕

陳造張使君詩詞集序：「（張使君）所作詩凡七十七，皆雋發而嚴密；詞二十六，皆清麗而圓淑。……然其措詞命意，非歸君相之美，則奉親庭之歡；非魯僖之閔農，則淵明樂天之自適。無益名理之言，一不形焉，是尤可貴。」

要之，書序之作，原在引介成書之編次體例，及著作之目的；書跋之作，則率爲記載讀後之感想。然後世文人酬酢往來，爲推崇其人其書，乃不免佞譽誣諛。今觀宋人序跋所載評論詞風之言，雖大抵中肯，然溢美過甚，如詹傅敬笑笑詞序之論郭應祥詞風；泛泛稱賞，如黃汝嘉松坡居士詞跋之論京鏜詞風，亦不能或免。因之讀者取捨之際，自宜謹愼，庶免失之千里！

## 十三、品詞作

除卻整體詞風之評論，宋人序跋於詞家某一詞作，亦時抒其閱讀心得，且率以題跋形式出現，本節爰加錄存，以供參酌：

### 1. 劉禹錫竹枝詞（禹錫，字夢得，曾官太子賓客）

黃庭堅跋柳枝詞書紙扇：「劉賓客柳枝詞，雖乏曹、劉、陸機、左思之豪壯，自爲齊梁樂府之將帥也。」

又跋竹枝歌：「劉夢得所作竹枝歌九章，余從容夔州歌之，風聲氣俗，皆可想見。」

又書自草竹枝歌後：「劉夢得竹枝九篇，蓋詩人中工道人意中事者也，使白居易、張籍爲之，未必能也。」

2. 李煜破陣子（起句：四十年來家國）

蘇軾書李主詞：「……後主既爲樊若水所賣，舉國與人，故當慟哭於九廟之外，謝其民而後行，顧乃揮淚宮娥，聽教坊離曲哉！」

3. 蘇軾鵲橋仙（參❽）

陸游跋東坡七夕詞後：「昔人作七夕詩，率不免有珠櫳綺疏惜別之意。唯東坡此篇，居然是星漢上語；歌之曲終，覺天風海雨逼人，學詩者當以是求之。」

4. 蘇軾西江月（參❾）

釋德洪跋東坡平山堂詞：「東坡登平山堂懷醉翁作此詞，張嘉甫謂予曰：『時紅粧成輪，名士堵立，看其落筆置筆，目送萬里，殆欲仙去爾。』余衰退，得觀此於祐上座處，便覺煙雨孤鴻，在目中矣！」

5. 蘇軾哨遍（起句：爲米折腰）

曹冠哨遍詞序：「東坡採歸去來詞作哨遍，音調高古。」

6. 蘇軾醉翁操（起句：琅然，清圜）

黃庭堅跋子瞻醉翁操：「人謂東坡作此文，因難以見巧，故極功。余則以爲不然，彼其老於文章，故落筆皆超軼絕塵耳。」

7. 蘇軾卜算子（起句：缺月掛疏桐）

黃庭堅跋東坡樂府：「東坡道人在黃州時作，語意高妙，似非喫煙火食人語。非胸中有萬卷書，筆下無一點塵俗氣，孰能至此！」

曾豐知稼翁詞集序：「文忠蘇公文章妙天下，……缺月疏桐一章，觸興於驚鴻，發乎情性也；收思於冷洲，歸乎禮義也。」

8. 蘇軾水調歌頭（起句：昵昵兒女語）

劉克莊跋東坡穎師聽琴水調：「櫽括他人之作，當如漢王晨入信耳軍，奪其旗鼓；蓋其作略氣魄固已陵暴之矣。坡公此詞是也。他人勉強爲之，氣盡力竭，在此則指麾呼喚不來，在彼則頡頏偃蹇不受，令勿作可矣。但韓詩云：『濕衣淚滂滂』，坡詞云：『彈指淚縱橫』，後云：『無淚與君傾』，或以爲複。予曰：前句雍門之哭也，後句昭文之不鼓也，結也，非複也。」

9. 王琪定風波（琪字君玉。起句：把酒花前欲問天）

黃庭堅跋王君玉定風波：「王君玉流落在外，轉守七郡，意不能無缺望。然終篇所寄，似爲執政者不悅而獨憐之耶！」

10. 黃庭堅浣溪沙（參⑩）

蘇軾跋黔安居士漁父詞：「魯直作此詞，清新婉麗，問其得意處，自言以水光山色替其玉肌花貌，此乃眞得漁父家風也。然才出新婦磯，又入女兒浦，此漁父無乃大瀾浪乎？」

11. 秦觀踏莎行（超句：霧失樓臺）

黃庭堅跋秦少游踏莎行：「右少游發郴州回橫州，多顧有所屬而作，語意極似劉夢得楚蜀間詩也。」

12. 秦觀某詞（參⑪）

周必大跋朱元章書秦少游詞：「借眼前之景，而含萬里不盡之情；因古人之法，而得三昧自在之力，此詞此字，所以傳世。」

13. 賀鑄小重山（起句：夢草池南璧月堂。又一闋起句：群玉軒中跡已陳）

李之儀跋小重山詞：「右六詩，託長短句，寄小重山。……崇寧四年冬，予遇故人賀鑄方回，遂傳兩闋，宛轉紬繹，能到人所不到處，從而和者，凡五六篇。」

14. 張元幹賀新郎（參⑫）

周必大跋張元幹送胡邦衡詞：「（此詞）送客貶新州，而以賀新郞爲題，意其若曰：失位不足弔，得名爲可賀也。」

15. 曹勛酒泉子、謁金門（參⑬）

朱敦儒跋曹勛此二詞云：「讀二詞，洒然變俚耳之餘煙，還古風之麗則，宛轉有餘味也。蓋治世安樂之音歟！恨無韓娥曼聲長歌，以釋予幽憂窮厄之疾。但誦數過，增老夫暮年之嘆！」

16. 張孝祥念奴嬌（起句：洞庭青草）

魏了翁跋張于湖念奴嬌詞眞蹟：「張于湖有英姿奇氣，著之湖湘間，未爲不遇。洞庭所賦，在集中最爲傑特。方其吸江酌斗，賓客萬象時，詎知世間有紫微青瑣哉！」

17. 趙蕃某詞（蕃字昌父）

辛棄疾蕎山溪詞序：「趙昌父賦一丘一壑，格律高古。」㉖

18. 古詞

劉辰翁大聖樂序：「余嘗愛古詞云：『休眉鎖，問朱顏去也，還更來麼！』音韻低黯，辭情跌宕，庶幾哀而不怨，有益于幽憂憔悴者。然二語外率鄙俚，因依聲彷彿，反之和之。」

## 肆、結語

綜上分析，吾人可得下列結論：

其一，宋人序跋中之詞論雖乏組織，然所涉問題，繁富多方，殊堪與詞論專著相印證；不少主張甚而產生於專著之前，頗有引導之功。如詞體之肯定，起源之追溯，雅正之提倡等，皆皦然可證也。

其二，宋人序跋中之詞論，尙含述流變，敍承傳，評詞風，品詞作等內容，於後人閱讀詞作，了解詞體演變，與夫詞家風格異同等，固有裨益。特爲序作跋，難免溢美推捧，仁智成見，如何取捨，端賴愼擇耳。

其三，宋人序跋中之詞論，間亦爲人辨眞僞，示作法，誠足供後學端正態度，識得學詞途徑。

其四，經歸納分析，復可知宋人序跋所涉及之詞論，如肯定詞體，追溯起源，提倡雅正，主張寄託等，至清代均成詞壇「顯學」，則其開風氣之功，固不可輕忽也。

## 附註

❶ 南宋周密絕妙詞選，亦多載評論之語，率爲清查爲仁及厲鶚所輯，非周密之評，故未列舉。

❷ 周著係民國六十六年文化大學中文研究所碩士論文。徐著則爲民國七十年師範大學國文研究所博

士論文。

③ 蔡著係民國二十年手寫本，七十七年由學海出版社印行。劉著係民國五十九年政治大學中文研究所碩士論文，後由嘉新水泥公司文化基金會獎助出版。徐著則爲民國六十三年師範大學國文研究所碩士論文，後亦由嘉新水泥公司文化基金會獎助出版。

④ 蔡嵩雲所著於民國七十一年由木鐸出版社印行。蔡茂雄所著則刊載於大同學報第一卷第二期。

⑤ 林氏此文，收入所著詞學考詮一書，民國七十六年由聯經出版事業公司印行。

⑥ 張氏此作，係民國六十四年師範大學國文研究所碩士論文。

⑦ 舒岳祥、鄭思肖、仇遠三人均爲自宋入元之士，跨越兩朝，甚難一致歸屬。然刊刻玉田詞，必見三人之序，故本文從寬視爲宋人序跋。

⑧ 蘇軾七夕詞，調寄鵲橋仙，題云：「七夕送陳令舉」，起句：「緱山仙子」。

⑨ 蘇軾平山堂詞，調寄西江月，起句：「三過平山堂下」。

⑩ 黔安居士，實卽黃庭堅；以其曾貶黔州安置，故蘇軾如是稱之。黃氏所作漁文詞，調寄浣溪沙，起句：「新婦磯邊眉黛愁」。

⑪ 米元章所書秦觀詞，不詳何闋，然周必大跋語甚有可取，故錄以俟考。

⑫ 張元幹送胡邦衡詞，調寄賀新郎，起句：「夢繞神州路」。

⑬ 朱敦儒之跋，附於曹勛酒泉子詞後，蓋曹氏轉述朱氏之語也。

⑭ 劉鎭，字叔安，學者稱隨如先生。有隨如百詠，今不傳。趙萬里校輯宋金元人詞，輯存隨如百詠，得詞二十六闋，已收入全宋詞第四册。今讀其詞，與秋節有關者僅五闋，調寄蝶戀花（起句：誰送涼蟾消夜暑）、柳梢青（起句：乾鵲收聲）、阮郎歸二闋（起句：寒陰漠漠夜來霜。又：金莖浥露未成霜。）、木蘭花慢（起句：看織雲護月），此豈感秋八詞之五詞耶？錄以俟考。

⑮ 岳珂桯史卷三載：「稼軒以詞名，每燕必命侍伎歌其所作，特好歌賀新郎一詞。……既而又作一永遇樂，序北府事，首章曰：千古江山，……特置酒召數客，使妓迭歌，益自擊節，徧問客，必使摘其疵。……余曰：『前篇豪視一世，獨首尾二腔，警語差相似，新作微覺用事多耳。』於是大喜，酌酒而謂坐中曰：『夫君實中予痼』，乃詠改其語，日數十易，累月猶未竟，其刻意如此。」然則稼軒詞作何嘗盡得之於嬉笑行樂耶？

⑯ 「和聲」之說，最常見引者，厥爲沈括夢溪筆談卷五樂律一所載，茲移錄如下：「詩之外，又有和聲，則所謂曲也。古樂府皆有聲有詞，連屬書之，如曰賀賀賀、何何何之類，皆和聲也。……唐人乃以詞填入曲中，不復用和聲。」

⑰ 朱熹之說，見朱子語類卷一四〇論文項，茲移錄如下：「古樂府只是詩中卻添許多泛聲，後來人怕失了泛聲，逐一聲添個實字，遂成長短句，今曲子便是。」

⑱ 關於隋唐燕樂對詞體形成之影響，詳參張夢機詞律探原第二章第三節，民國七十七年，文史哲出版社印行。

⑲ 自唐詞選集——雲謠集出世後，詞壇之諸多疑問，因之得以解決。唐圭璋雲謠集雜曲子校釋即如是云：「自唐詞發現後，足以解決詞學上之疑問甚多。……昔胡適之先生曾據蘇鶚杜陽雜編、段安節樂府雜錄，論崔書（指崔令欽教坊記）所列天仙子、傾盃樂、菩薩蠻、望江南、楊柳枝五調，皆起於中唐以後，因疑崔書不可信。今此集及其他唐詞中，適赫然有此五調，則崔書之可信。與蘇書、段書之不可信，俱可論定，而胡先生之疑當亦可以消釋矣。……今唐詞五十一首俱出，則以詞人方面言之，盛唐已有詞人及作品之流傳，亦可昭然大白矣。」（參唐著詞學論叢一書，一九八六年六月上海古籍出版社印行）是知詞之出現，至少可推盛唐，遑論「唐之季世」！

⑳ 關於王書所論詞調沿革部分，據四庫全書提要評論，亦未盡可信，詳考該書卷一百九十九集部詞曲類二。

㉑此調向載各本東坡詞中，然據東坡序所言，乃知係陳慥所作，東坡序之。此訛誤，宋人每辨之，見於山谷題跋卷九、魏衍後山詩話注卷九「答田生詩」及陳應行于湖先生長短句序。

㉒唐文收入宋詞四考一書，明倫出版社印行。李文見於所著歐陽脩詞研究及其校注一書，民國七十一年，文史哲出版社印行。

㉓南宋詞家之取法周邦彥，其可證者，如方千里、楊澤民均有步和全部片玉集之作品，當時曾取與周邦彥詞合刻，稱三英集。此外，陳允平亦有西麓繼周集一卷，亦專爲和清眞詞而作。其餘單篇步和之作，尤不可勝數。陳郁藏一話腴云：「美成號清眞，二百年來，以樂府獨步，貴人、學士、市儈、妓女，皆知其詞爲可愛。」正可見周邦彥詞作之影響力也。

㉔張炎本人亦用此「轉益多師」之法，樹立個人風貌。其弟子陸韶於所著詞旨書中卽如是云：「古人詩有翻案法，詞亦然。詞不用雕刻，刻則傷氣，務在自然。周淸眞之典麗，姜白石之騷雅，史梅溪之句法，吳夢窗之字面，取四家之所長，去四家之所短，此翁（卽張炎）之要訣。」

㉕此張使君，疑卽張繼先，其詞作見於全宋詞第二冊，頁七五五；其數恰爲二十六，亦契合陳造序所言，茲錄存俟考。

㉖趙蕃詞見於全宋詞者，僅小重山、菩薩蠻兩闋，稼軒所指，豈其小重山詞乎？茲移錄如下：「何地無溪祇欠人。有翁年八十，住其濱。直鉤不事絲緡。優游爾，聊以遂吾身。　陶令賦歸辰，未嘗輕出入，犯風塵。江洲太守獨情親。廬山醉，誰主復誰賓。」

# 主要參考書目


唐宋元明百家詞　吳　訥編　廣文書局

宋六十名家詞　毛　晉編　商務印書館國學基本叢書

彊村叢書　朱祖謀校輯　廣文書局

全宋詞　唐圭璋編　世界書局

全宋詞補輯　孔凡禮輯　源流出版社

校輯宋金元人詞　趙萬里校輯　臺聯國風出版社

樂府雅詞　曾　慥編　文淵閣四庫全書本

梅苑　黃大輿編　〃

唐宋諸賢絕妙好詞選　黃　昇編　商務四部叢刊本

花菴詞選　黃　昇編　文淵閣四庫全書本

陽春白雪　趙聞禮編　商務四部叢刊本

教坊記（箋訂）　崔令欽撰　宏業書局

詞論（收入苕溪漁隱叢話後集卷三三）　李清照撰　廣文書局詞話叢編本

碧鷄漫志　王　灼撰　〃

樂府指迷　沈義父撰　〃

| | | |
|---|---|---|
| 詞源 | 張　炎撰 | 〃 |
| 四部要籍序跋大全 | 劉知幾等撰 | 華國出版社 |
| 東坡題跋 | 蘇　軾撰 | 商務印書館叢書集成新編 |
| 姑溪題跋 | 李之儀撰 | 〃 |
| 山谷題跋 | 黃庭堅撰 | 〃 |
| 石門題跋 | 釋德洪撰 | 〃 |
| 水心題跋 | 葉　適撰 | 〃 |
| 放翁題跋 | 陸　游撰 | 〃 |
| 益公題跋 | 周必大撰 | 〃 |
| 鶴山題跋 | 魏了翁撰 | 〃 |
| 後村題跋 | 劉克莊撰 | 〃 |
| 陸放翁全集 | 陸　游撰 | 中華四部備要本 |
| 于湖居士文集 | 張孝祥撰 | 商務四部叢刊本 |
| 攻媿集 | 樓　鑰撰 | 〃 |
| 江湖長翁集 | 陳　造撰 | 文淵閣四庫全書本 |
| 鶴山先生大全集 | 魏了翁撰 | 商務四部叢刊本 |
| 後村先生大全集 | 劉克莊撰 | 〃 |
| 須溪集 | 劉辰翁撰 | 文淵閣四庫全書本 |

# 仙、妓與洞窟

## ——從唐到北宋初的娼妓文學與道教

李豐楙

### 一、

在詞史上與道教有關的，約有兩個問題：一是與道調相關的詞牌，二是與女冠制度相關的辭彙，而這兩者之間又具有相互因應的關係：從道教原先具有的制度，衍變為娼妓文學的一種隱喻。其中的關鍵時期，從唐、五代到北宋初，也就是研究詞史者列為淵源的一段時期，這是詞文學具有創發力的階段。道教在唐代的崇道氣氛中發展其獨特的風格，與之有關的道樂、道制均有蓬勃的發展，因此其影響面也遍及社會的不同階層，五代、北宋初詞中的道教成分，就是這一仙道風尚之下的產物，是道教文學中極具特色的成就。

從文學史或詞史的觀點研究，詞的形成問題一直是衆說紛紜：有的提出「唐五代詞」之說，解釋兩宋詞的早期發展；有的則從音樂文學的發展，將宋前與詞有關的時期，稱為「唐五代曲」、或「唐五代曲子辭」，其實兩者都屬溯源性的研究，而其中的關鍵就在早期資料的運用問題。這一問題的提出與激化，就在於敦煌曲的解釋，其中主要的凡有：敦煌曲不同寫卷的抄寫年代、所抄寫曲辭的出現年代，這些錯綜複雜的學術論爭至今仍無定論。❶而道調及與之相關的詞牌剛好又集中於這一頗富爭論的關鍵時期中，本文無意解決其中的癥結，只是從道教文化史的立場解說：道教音樂、道教女冠制度與唐至北宋初詞文學的關係，其中確有些值得深思的問題。

## 二、

詞爲音樂文學，詞牌中諸如洞仙歌、阮郎歸或女冠子之類，自是與道教有密切的關係。但其中存在一些問題卻需詳加考察，就是原調始辭、原調原意，原調非始辭、原調非原意；或者非原調而有與女冠、神仙相關的。其實原調只是一種方便說法，從現存史料如《教坊記》及敦煌曲等是無法證明其爲原調的，這裏只是就詞牌名稱直接題作與仙道有關的，就說是「原調」；至於「始辭」❷也是不可能的，因爲它的原作能否流傳至今，在史料不足徵的情況下，就只能保守地說「原意」。曲牌或詞牌的名稱與內容，其間的問題約有三個：一是牌名與內容相應，所詠的確爲神仙或女冠，這是道教文學的正宗。二是牌名與內容不相應，其中有兩種現象：一是名爲詠仙，而所詠的則是娼妓；另一則是襲用調（詞牌）名，所詠的則是其他事物，這是遊仙文學的變體。三是牌名與仙道無關，而所詠的則是神仙、女冠，或是娼妓，後者就關繫及娼妓文學的發展。這三種不同的情況都與音樂文學、道教音樂及女冠制度的衍變有關。

道調的發展，唐代是承六朝齋醮之後而有新的製作，陳國符指出它是屬於燕樂系統：高宗時有祈仙、翹仙等樂；玄宗時喜好神仙之事，製作道樂尤繁，有玄眞道曲、大羅天曲、紫清上聖道曲及景雲六曲等，施用於兩京及諸州玄元廟。❸任半塘箋訂《教坊記》時，也說明高宗、玄宗時期，所製道曲乃專爲李唐頌揚老子，與法曲同屬清樂。❹崔令欽所錄的曲名，任氏一一考訂，在數達三二四首中，凡本意涉神仙者約有十餘種：其中衆仙樂、太白星、臨江仙、阮郎迷、五雲仙、洞仙歌、天仙子、女冠子、羅步底及迎仙客十種，所題的曲名大體可確定爲道曲，其辭雖已不傳，但從其他相關的記載仍可約略推測它的曲意：衆仙樂與《唐會要》所載的九仙、大仙都、飛仙、神仙、自然眞仙曲等，似爲歌詠諸仙而作，與祈仙、翹仙諸曲，同屬性質相近的道樂。而其他數首的制作，疑與神仙傳說有關的，任氏所考出的凡有三首：太白星與《逸史》載章仇兼瓊遇四酒仙，玄宗問召星公，說是「太白酒星」。五雲仙爲《幽怪錄》載玄宗與葉法善步虛至廣陵觀游，諸士女仰望曰：「仙人現於五色雲中」；羅步底則《神曲感遇傳》載玄宗夢二十八宿中諸仙，自稱寄於羅底間，訪至寧州東南羅州山，聞樂得之。❺三首的事跡均與玄宗有關，自是因他崇道，禮敬道士；又曾於內道場親教諸道士步虛聲韻。而教坊的設置，更是因他夙喜音樂之故。所以教坊曲中制作與他相關的道曲，自有其奉道的背景。

教坊曲中與後來使用的詞牌有關的，也有四、五首之多：洞仙歌、天仙子、女冠子，雖無法找出相關的唐人筆記的事跡；但所顯示的洞仙、天仙、女冠諸辭，則是遊仙文學中所常見的。它與前述的九仙、飛仙等有不同之處，就是較偏重於女仙的描述，尤其女冠的意象更是指女道士。由於曲辭不存，其原調原意究竟如何？就需從遊仙的背景加以推測。另一首臨江仙，敦煌曲有臨江山，屬登臨寄慨之曲；但五代臨江仙之辭則仍有詠仙的艷情之作，因而原調可能也有臨江仙一種。這些以女仙、女冠爲題的曲子顯示當時存在一種歌詠女仙的風尙，而這些女仙應有特定的時代涵意。

目前能據以推測此類曲名的資料，就是敦煌曲與《花間集》，據花間集敘有「唱雲謠則金母詞清」之句，「雲謠」二字除是用典，更有喻寫《雲謠集》等一類早期曲子辭的意旨。因此將《雲謠集》雜曲子及其他敦煌寫卷中的曲子，當作教坊曲與五代曲的中間階段，就可發現這些殘存的曲辭，有些固是本意，而有些則是只用其曲調而已，可見這些曲子的寫作時代是存在複雜的問題。

敦煌曲歷經學者的整理，大體已能瞭解其抄寫的情況。❻其中題名與神仙、女仙有關的曲調，見於《雲謠集》雜曲子的有天仙子二首、洞仙歌二首，及另一類寫宮觀女冠的內家嬌二首。此外其他寫卷中所存的雜曲，還有別仙子一首、臨江仙三首等。數目雖不多，仍可代表民間無名作家所保存的創作意念，與花間作家的表現，可作爲另一風格的代表。天仙子近於調名本意：

燕語啼時三月半。煙蘸柳條金線亂。五陵原上有仙娥，携歌扇。香爛漫，留住九華雲一片。　犀玉滿頭花滿面，負妾一雙偷淚眼。淚珠若得似真珠，拈不散，知何限，串向紅絲應百方。（斯一四四一）

燕語鶯啼驚敎（覺）夢。羞見鸞臺雙舞鳳。天仙別後信難通，無人問（共），花滿洞。休把同心千偏弄。叵耐不知何處去。正時（是）花開誰是主，滿樓明月夜三更。無人語。淚如雨。便是思君腸斷處。（同上）

這兩首的主題，任氏認爲是「遊女情辭」。「五陵」二字，指實遊女與王孫的互相追逐的場所在長安，因而其創調在開天間。❼五陵是唐詩中常見的地點，而使用的年代則從初唐至晚唐，此一三月半的五陵原，正是長安年少的嬉遊場所，而所與遊的「仙娥」，自是假女仙之名而爲艷情之行的遊女、妓女，所以下半闋，才以遊女的口吻，自稱爲妾，寫別後的惆悵。第二首有「天仙」二字，指別去的所歡者，與末句「思君」相呼應。❽在同一類作品中，有時也用劉晨、阮肇誤入仙境的傳說，稱爲劉郎、阮郎，是從遊女的心情寫別後的思戀。類此曲子大多演唱於藝妓，攜歌扇的仙娥正是這類女子的隱喻，所以「天仙子」的調名，所寫的並非眞爲仙界中人，而是歌場中人，這種隱喻手法是以唐代社會的娼妓爲背景。

洞仙歌二首則非屬調名本意，所寫的是「恨征人」。爲假出征家人的口吻所寫的閨情，所云：「恨征人久鎭邊夷」、「無計恨征人」正是幽怨情緒。曲中多強調思慕、怨尤之情，而結以願望：「願長與今宵相似」、「願四塞來朝明帝，令戍客休施流浪。」類此征人婦的怨歌，是唐詩中常見的閨情之一，但頗疑也是歡樂場中女子的假託之辭。不管其中所表現的思慕良人的情緒爲何，都非調名「洞仙」的本意，原題應是歌妓有關的洞中仙，已是實際仙眞的隱喻，它的創調時間應與洞仙轉用爲歌妓中隱語相符；至於類此征人婦怨之作的作辭時間應晚些出現。

別仙子一首，任氏註明是「調名本意」，爲「男女熱戀之作」❾：

此時模樣，算來似，秋天月，無一事，堪惆悵，須圓闕，穿窗牖，人寂靜，滿面蟾光如雪。照淚痕何似，兩眉雙結。曉樓鐘動，執纖手，看看別。移銀燭，猥身泣，聲

哽噎，家私事，頻付囑。上馬臨行說，長思憶，莫負少年時節。（斯四三三二又七一一一）

這首戀情辭，到底是一般男女的熱戀，還是五陵少年的遊女情戀？從抄寫的壬午，即德宗貞元十八年。⑩則作辭時間可早到中唐初葉。這時別仙子的仙子本意，應與天仙子相近，是長安年少與遊女的送別情辭。

臨江仙四首，任氏將失調名的伯三一三七，題作「少年夫婿」；伯二五〇六、斯二六〇七及另一殘卷，題作「時世參差」；斯二六〇七，題作「求仙」；又將另一首改爲臨江仙，題作「大王處分」。除第三首的殘句有求仙之意，其餘都非調名本意。其中有句「不處囂塵千百年，我於此洞求仙」、「神方求盡願爲丹，夜深長舞爐前」，從洞中求仙，夜舞丹爐前的辭意，頗能符合調名。

《雲謠集》三十首中，雖只有天仙子、洞仙歌的調名與仙道有關；但已可以證明其中的仙娥、天仙並非神仙本意，而是遊女的隱語。從五陵一辭推測，它也出現於浣溪紗、傾杯樂、漁歌子之中，都寫五陵的浮艷少年與遊女之間的艷情。因此這些直接題名爲天仙、仙子的調名，也就反映出同一集子的時代趣味，確有狹邪之遊的情調。此集另外還收有兩首內家嬌也是頗引起討論的；任氏訂爲楊妃入道後、入宮前的天寶初年，是內廷樂工向李隆基邀寵之作；而饒宗頤先生則歸爲李存勗御製。⑪其中關鍵語，凡有「解烹水銀，鍊玉燒金，別盡歌篇。除非卻應奉君王，時人未可趨顏。」及「應是降王母仙宮，凡間略現容眞。」後一首伯三二五一題作「御製臨（林）鍾商內家嬌」。這位御制中顯現風流的第一佳人，既能煉丹，又應降仙宮，確有喻寫楊太眞的嫌疑，它具有證明其他作品也完成於盛唐的意義。

敦煌曲的討論，任氏提出的注意點中，凡有創調、作辭、選集、寫卷四項，寫卷爲其下限，而其他諸項的上限就不易確定。從崔令欽爲玄、肅二宗時人，《敎坊記》的記事於開元，則當中所保存的調名自應是開元敎坊的制作，則天仙子、洞仙歌等曲的創調時代確有產生於玄宗時的可能性。《雲謠集》的作辭，從曲辭本身固是不易有明確的證據，但其中反映的艷情多少可見其時代色彩，就是玄宗朝以來對妓樂的普及，爲一轉捩點；德宗時遊宴之風極盛，宣宗時士子與妓女交遊的風尚大行，因而有孫棨《北里志》之作。這段時期將妓館和洞仙的關係結合，敎坊曲的流傳，與《雲謠集》的搜集，都是這一期間內的曲辭形成的紀錄，而不定爲一時一地之作。

## 三、

《敎坊記》與《雲謠集》中有關「仙」的概念，是基於唐人對仙的特殊認識。如果單純地指稱神仙、仙眞，則是中國神仙思想史的自然發展，並無特異之處。但從曲辭所反映的仙娥、天仙、仙子，作爲一種特殊身分的女性的隱語，就需要瞭解「仙」字語意的轉用，是時代風尚的產物，具有唐代社會用語的時髦性、流行性，這一點早在陳寅恪研究崔鶯鶯的眞實身分時就已初發其覆，[12]且爲後來的研究者所襲用，並稍作修正。[13]本文試將此一「仙」字使用的時代再進一步加以釐清，借以說明調名及曲辭的產生時代。這一問題關涉及中國娼妓史、及遊仙詩史，但有助於瞭解五代、北宋初詞中的神仙意象的形成源由。

六朝遊仙文學，不管是遊仙詩或遊歷仙境小說大體保持神仙、仙眞的本意，純粹詠頌遊歷神仙世界及交往仙人，即以劉晨、阮肇的誤入仙境爲例，與洞中女子的人仙姻緣，也是借民間傳說表達時人對於理想婚姻的願望，是幻設的筆法。⓮至於上清經派以江南洞穴的地理景觀爲背景，完成其洞天福地的構想，讓神仙中人棲止於其中，因而有洞仙的觀念，這就是六朝末見素子的「洞仙傳」。⓯這兩支分別流傳於民間社會、道教內部的神仙說話，相互激盪形成素樸的民間說話，直至唐代，保持此一面貌的傳說仍然繼續流傳下去，成爲唐人的遊仙詩及仙境小說。但由於唐代娼妓的蓬勃發展，就出現文人斜邪之遊的風尙，因而形成遊仙的另一特異的發展，而有「仙」字的特殊用法。

洞仙的觀念被轉用的早期資料，目前所知以張文成「遊仙窟」爲較早，這篇張文成的早年之作應該完成於高宗至則天武后掌政時期，當時積石山爲唐軍衞戍的前線，張文成所說的「此是神仙窟」、「此處有神仙之窟宅」，當指妓院，而「忽遇神仙」、「忽逢兩個神仙」的神仙則爲營妓或官妓，此遊仙窟不過是一段狹邪遊的經歷。⓰這一結論大體是可信的，將洞窟中的崔女郎以女仙代稱，張文成當有所據於當時的傳聞，而這一頗具有創意的隱喩手法，自初唐、盛唐之際既已出現，顯示洞仙的語詞用法被賦予新意，在詩、小說的創作習慣上，由於它的新鮮感勢必有所風行，尤其其中所指陳的又是狹邪之遊，基於隱晦其行的考慮，妓院中人與遊斜邪者共同使用時，就成爲一種代稱。

盛唐時期仙字語意的轉用，屬於過渡階段，還不普遍，李白（七〇一—七六二）在觀妓詩所用的「出舞兩美人，飄飄若雲仙。」⓱仍是明喩的用法，按照唐人習慣，直呼妓女爲美人，再以雲中仙子比擬其舞姿之美。錢起（七二二—七八〇）也在陪宴時，將仙妓與詞人並提「詞人載筆至，仙妓出花迎。」⓲詞人、仙妓是宴集中騁藝的能手，一以文筆、一以歌舞，「仙妓」可說是裝扮、妓藝如仙的妓人。將仙子直接隱喩妓女的習慣，元、白兩人最具有推波助瀾的作用，而且這一公案早經陳寅恪抉發其中的隱微之處。

元微之（七七九—八三一）早年與崔鶯鶯的一段因緣，表現於「鶯鶯傳」中，所續「會眞詩」運用許多仙眞的典故，如金母、玉童，或吹簫亦上嵩、蕭史在雲中之類，其實是一首男女情濃的艷詩。因而所會的仙眞崔氏，陳寅恪疑與楊巨源賦崔娘詩的蕭娘一樣，俱是使用典故，就是張文成所寫的崔十娘。因此這一崔姓女子的崔，除了攀附高門之意外，又多一層影射妓人的隱意。近年也有以仙字只是指美貌女子的說法，這一用法確也存在，但不能解除崔鶯鶯之爲尤物的嫌疑，主要的還在微之、居易的有關夢遊春詩的唱和。

元稹夢遊春詩的詩句，有「但作懷仙句」、「近作夢仙詩」諸句，類此「懷仙」、「夢仙」諸字並非泛稱，而是唐人有關詠仙的習用之題，盧照鄰有「懷仙引」（全唐詩卷四一）、王勃有「懷仙」（全唐詩五五），爲懷仙之例；王勃又有「忽夢遊仙」（同上），白居易也有「夢仙」詩，屬於唐人遊仙詩的同一系列。[19]元、白既熟知此題，因而易於套用其格式，但卻轉用其語意，他所指的應是會眞詩一類，所以夢遊春云：「昔歲夢遊春，夢遊何所指。夢入深洞中，果遂平生趣。淸冷淺漫流，畫舫蘭篙渡。過盡萬枝桃，盤旋竹枝路。」而白居易所和的：「昔君夢遊春，夢遊仙山曲。怳若有所遇，似愜平生欲。因尋昌蒲水，漸入桃花谷。」（和夢遊春詩一百韻）其中的深洞、仙山，及萬枝桃、桃花谷，既是運用仙境小說常見的母題；又呼應遊仙窟中的神仙窟、桃華澗，就更落實元稹的年少情緣，確有妖艷婦人或不尋常身分女子的可能性。其實元、白熟知其事，因他們也有當時文人蓄妓、招妓的習氣，自能使用妓院中的習語。

白居易一生詠諸妓詩也頗不少，德宗元和十年（八一五）貶謫江州時，曾作醉後題李馬二妓，除寫醉後觀賞其歌舞之姿：「豔動舞裙渾是火，秋凝歌黛欲生煙」，又描摹二妓的容態之美：「疑是兩般心未決，雨中神女月中仙。」雨中神女可解為巫山雲雨中的瑤姬，月中仙可解為嫦娥；但也可解作直述醉眼中具有朦朧之美的女子，恍如現於雨中、月中。類此宴飲之中，佳肴美女，極聲色之歡，正是江州司馬的行逕。唐代進士多風流自賞，流連詩酒，此中必少不了歌妓。長慶三、四年（八二三、四）在杭州時就有湖上醉中代諸妓寄嚴郎中，前半也模擬諸妓的口吻使用仙郎的用語：「笙歌杯酒正歡娛，忽憶仙郎望帝都。借問連宵直南省，何如盡日醉西湖。」將所歡暱稱為仙郎正是典出劉、阮誤入天台的傳說，也是仙妓文學的習語。

中唐社會流行以仙擬妓，蔚為風尚，就常成為夜宴、贈妓詩的新鮮意象，同為貞元年間的進士，王良士後來任西川劉闢幕僚，有奉陪武相公西亭夜宴陸郎中詩，描摹夜宴的情調，前半極為芳馨：「芳氣襲猗蘭，青雲展舊歡。仙來紅燭下，花發綵雲端。」（全唐詩三一八）月中之仙，燭下之仙，都能襯托歌舞妓的虛幻之美。劉言史——與李賀同時，有一首贈長史妓，小注「本內宮人」，（全唐詩四四八）就以「寶鈿雲和玉禁仙，深含媚靨裹朱弦。」描寫宮中歌舞人的身分與聲技，「仙」字自是隱喻身分的代稱。陳寅恪先生所說的「仙之一名遂多用作妖艷婦人或風流放誕之女道士之代稱，或竟有以之目娼妓者。」[20]這是第三種情況，在他的推測中引述施肩吾的兩首詩：及第後夜訪月仙子、贈仙子，前一首應是憲宗元和十年（八一五）登第時所作，在新當及第的自喜情緒下，尋幽探勝，「還將天上桂，來訪月中仙。」詩中所用的「月中仙」三字自是切合夜訪的情境，月光之中的飄渺仙子；但也是用典，天上桂、月中仙，正是嫦娥，這一神話象徵是常被唐詩人引用的，也是仙妓詩的常典。不過白居易詩「月中仙」的新辭彙，以白詩的風行，頗有可能早爲娼家或詩人所熟知，則「月仙子」可解爲妓女的藝名；也可解爲詩人所使用的新隱喩。及第後往訪仙妓，反映的正是唐代進士常在登第之後宴飮於平康里的風尚，當時目爲風流艷藪。

施肩吾早年作進士時，在夜宴時確有以仙擬妓的習慣；夜宴曲寫蘭缸如晝、玉堂沈香的氣氛中，「青娥一行十二仙，欲笑不笑桃花然。」將人間盛宴比擬爲瑤臺仙宴，仙姬獻舞。不過另一首贈仙子固有贈妓的嫌疑，但其寫作的時間及手法，就較爲曖昧：「欲令雪貌帶紅芳，更取金瓶瀉玉漿。鳳管鶴聲來未足，懶眠秋月憶蕭郎。」（全唐詩四九四）詩中使用道教服食玉漿、蕭史秦女的神仙眷侶的典故，固可依循仙妓詩的寫作旨趣，解說爲女妓以酒作飮，並寫醉後醒時有所追憶於所歡；但也可當作風流女冠的閨情，因爲這位仙子在勤行服食求仙的行爲中，仍可希冀蕭史爲伴，同登仙境之樂。將仙、妓二意象形成隱喩的關係，類此直寫女仙，輾轉衍生相關的意象，實在是當時詩人所體會的神話象徵的表現手法：不直言妓，而又時多暗示其爲妓院中人的身分，因此神仙意象只是一假象世界。會昌、大中時人趙嘏有一贈女仙詩，也採同一寫法：「水思雲情小鳳仙，月涵花態語如絃。不因金骨三清客，誰識吳州有洞天」（全唐詩五五〇）鳳仙、洞天是遊仙詩的意象，但在此則是隱喩吳州的女妓，水思雲情、月涵花態的美貌柔情，是人間、仙境的仙子所共具的，爲娼妓文學的新表現。

宣宗時孫棨所寫的遊仙窟紀錄《北里志》，就具有筆記的眞實性，雖然其中所錄的詩也是同一機杼。有關妓院的描述，孫棨紀實之作以前，大多爲小說家之筆，白行簡的李娃傳就以平康里鳴珂曲爲舞臺，其宅「門庭不甚廣，而室宇嚴邃」；及延入，始知其中「館宇甚麗」。蔣防寫霍小玉的「勝業坊古寺曲」，是平康里斜對有甘露尼寺的里坊，李益所住西院也是「閒庭邃宇，簾幕甚華。」至於孫棨所作的實錄，雖是宣宗時事，也是玄宗以下的風流艷藪的遺風，平康里在朱雀街東第三街，東爲萬商雲集的東市，北爲樂器商集中的崇仁坊，西務本坊爲太學所在，南宣陽坊爲楊氏昆仲的邸宅。此一精華區爲歡樂場所，尤以南中二曲，「皆堂宇寬靜，各有三數廳事，前後植花卉，或有怪右盆池，左右對設，小堂垂簾，茵縟帷幌之類稱是。」長安城妓院固屬優異，爲典型的神仙窟，銷金窟，其他商業城市也是如此。《雲仙雜記》就特別紀載宣城妓史鳳「迷香洞」的奇聞；迷香洞、神鷄枕、鎖蓮燈的設備，需納錢三十萬始得登堂入室。而這位名妓也自撰一詩誇飾其中迷人之處：「洞口飛瓊佩羽霓，香風飄拂使人迷。自從邂逅芙蓉帳，不數桃花流水溪。」（全唐詩八〇二）史鳳說此中天地有勝於桃源仙鄉的，自是說明傳說中的仙洞飄渺於流水湮波中，而人間仙洞則條件具足，就可暫扮仙郎。香不迷人人自迷，「迷香洞」三字可說是妓院最具體而微的隱喻。㉑

遊仙的隱喩系列中，有仙洞，就有上演的洞仙、仙郎，將人仙之間的姻緣落實於狹邪之行中，形成一些虛幻的情戀。它表現在三方面：就是普遍使用元、白等中唐詩人所使用的洞仙意象，表現於遊妓院的歌詠中；而妓院中人也被稱爲某仙，或自號爲某仙。至於喜遊狹邪者則以劉郎、阮郎等誤入仙境者自居，扮起仙郎、仙夫，演出短暫的洞中情緣。從德宗到宣宗年間，教坊及妓院相互激盪，形成娼妓制度的特殊發展，㉒也就在這一時期內，詩人建立了娼妓文學的主要特徵，將劉阮誤入仙境、張生遊歷仙窟的小說情節賦予新意或強化其意，形成具有新鮮感的新隱喻關係，孫棨完成《北里志》的前後，正是娼妓文學具有高度創發力的巔峯時期，在此之前零散出現，而平康冶遊錄一出，唐代也進入朝代末的衰世。

神仙窟中的妓女以仙爲名號，固是順應恩客的雅好心理，也成爲自我身分的標幟，其實命名取號的行爲是一種嘲弄，對於娼妓命運的悲涼姿勢。憲宗、文宗時人李涉既有一遇湖州妓宋態宜詩，其一云：

曾識雲仙至小時，芙蓉頭上綰青絲。
當時驚覺高唐夢，唯有如今宋玉知。（全唐詩四七七）

將雲仙比擬妓人，也可能是自號。李涉在雲仙至小時已認識，其二說「陵陽夜會使君筵，解語花枝出眼前。一一從明西沈海，不見嫦娥二十年。」二十年前舊識，只綰青絲，而今卻相遇於夜宴，花已解語。詩中以高唐神女、月中嫦娥作典故，都貼切地回應雲仙的隱喻。在孫棨的記憶中，平康里的妓人就更集中地表現這一習慣：南曲天水僊哥，字絳眞，「僊」、「眞」二字都是用以稱呼神仙的，自前道敎的初意至轉化爲仙妓的用法，都是關鍵字眼。㉓故前曲假母楊妙兒家有長妓萊兒，字蓬僊——因她貌不甚揚但利口巧舌；另一曲中還有俞洛眞——眞與絳眞的眞，有仙眞之意，洛眞就是洛水仙子。又有玉蓮蓮的女弟「小僊」，這是表示其年齡、輩分仍小。平康里有將仙作爲花名、藝名的習慣，也是普遍的風尚。據載長安中娼女曹文姬，工翰墨，時號「書仙」，則是因才藝、配合其身分，而贏得這一風雅的外號。㉔

施肩吾以月中仙境喻妓女，而薛能以仙郎隱喻青樓恩客，是娼妓文學的典型，其贈歌者詩就是這一旨趣：

一字新聲一顆珠，轉喉疑是擊珊瑚。聽時坐部音中有，唱後櫻花葉裏無。漢浦蔑聞虛解佩，臨邛焉用枉當壚。誰人得向青樓宿，便是仙郎不是夫(全唐詩五五九)。

孫棨所錄的有關北里的歌詩，最能具體表現仙子與仙郎的相互關係，其中的贈詩都是自命風流的唐代文人的溢美之作，最可代表唐代社會的浮世風情，爲典型的進士性格：就像南曲顏令賓舉止風流，好尚甚雅，病甚請交往者送哀挽詞，其中就有一首說：「昨日尋僊子，輀車忽在門。」僊子作爲妓女的代稱，是贈妓詩的特色。這一情形也見於其他贈詩中，假母王團兒有女福娘，豐約合度，談論風雅，且有體裁，有崔知之在筵上贈詩：「怪得清風送異香，娉婷僊子曳霓裳。惟應錯認偸桃客，曼倩曾爲漢侍郎。」將福娘比爲僊子舞霓裳，而自喻爲偸桃的東方朔，彼此以仙界中人互喻，僊子就成爲唐人對妓人的文雅稱呼，這是語言習慣所反映的社會文化，大唐文化也具體表現於其中。此外洞仙的觀念也是北里的常見手法，完全是遊仙窟的同一情調，像曾爲席糾的俞洛眞，進士李文遠常乘醉偕友往訪，是日新月初升，題詩：「引君來訪洞中僊，新月如眉拂戶前。領取嫦娥攀取桂，便從陵谷一時遷。」題後兩日，潼關失守，孫棨敍述說是讖詩，而黃宗羲行朝錄自敍則不恥其行，唐末士子「無心肝如此」。㉕

劉郎，仙郎的雅稱，也是北里詩的常見手法，孫棨本人既熟知平康實況，也通曉遊仙的傳統，福娘有心從良，曾以紅箋題詩送孫棨：「日日悲傷未有圖，懶將心事話凡夫。非同覆水應收得，只問儇郎有意無？」並自明未係教坊籍，只一二百金之費就可相從。孫棨婉轉相拒，後來爲豪者所得。又有小福，慧黠善談雅飲，孫棨也曾贈詩：「彩翠儇衣紅玉膚，輕盈年在破瓜初。霞杯醉勸劉郎飲，雲髻慵邀阿母梳。……」大福以儇郎稱孫棨，孫棨也以劉郎自稱，對雙方而言，都是婉轉得體的。但也有例外情況，李標題南回王蘇蘇家：「春暮花株遶戶飛，王孫尋勝引塵衣。洞中儇子多情態，留住劉郎不放歸。」只是蘇蘇不領情，不覺得自己並非不放人，因而回詩責其爲「閒人」，讓標頭面通赤，命駕先歸。其實妓人不得不以洞中儇加於已身，多少具有一種苦中作樂的無奈心境，就像福娘何嘗不想早日脫離仙籍，只問儇郎有意，寧願出洞過平常生活，了卻殘生，這是大多數妓人的眞實心願。

唐代社會，尤其是進士的生活中與妓人交往，是一種唐型的風流，而妓人之所以能讓自命風雅、風流的文士徘徊流連，除了妓人較爲開放的浪漫氣質，能激起詩人的逸興之外，實因妓人中較特出的，有一藝文的養成教育，造就出一套投合文士口味的交際能力，平康里的錚錚者多能吸引一些舉子、新及第進士與公卿子弟，流連於此。由於「京中飲妓籍屬教坊」，其才藝除歌舞外，也多能談吐，也有賦詩的才能，一些才藝、姿色出衆的，被稱爲都知或席糾，負責主持宴飲的程序，製造歡宴的氣氛，凡此均可見唐代藝妓確有殊異之處，章學誠論婦學時，甚至謂唐代婦女，「詩禮大家，多淪北里。其有妙兼色藝，慧擅聲詩，都士大夫，從而酢唱。」㉖其實這是得自唐人小說的印象，李娃、霍小玉或平康里妓常被誇飾，因而讓後人有此一刻板印象；而詩禮大家、尋常女性反是不解風情，這是不知文學常以特殊事件爲敍述主體之故。因爲妓人中確有少數才藝穎出者，因而又衍生另一「謫仙」的形象，用以描述誤墜風塵的才女。

曾文姬固是娼女，但翰墨甚工，具有文藝的專長，就像薛濤之流，都是一些異數，有任生贈文姬詩最能表現類似的憐才惜才的心情，就是隱喩如此佳人竟然作妓，確可代表當時人的看法：

玉皇前殿掌書仙，一染塵心下九天。莫怪濃香薰骨膩，雲衣曾惹御爐煙。

前半句就隱喩文姬是天上的謫仙人：「謫仙」正是自東漢末葉以下流行的神仙說話，到唐代用以指稱一些具有特殊才能者，其異才本應爲天上神仙所有，卻因觸犯天律，謫譴人間，所以所受的罪罰是種贖罪的行爲。㉗以謫仙加於文姬身上，自是一種恰如其分的雙關用法。其實蔣防筆下的霍小玉，就借鮑媒婆之口說是「有一仙人謫在下界，不邀財貨，但慕風流。」因爲這一謫仙人，在媒婆的誇說中，是霍王小女，遺居於外；而且資質穠艷，高情逸態，音樂詩書，無不通達。「謫」字可解爲自王府謫放與謫下九天的雙關語，只是小玉自知既是謫譴之身，因而預告於李益，只願享有數年歡愛，一旦他要妙選高門，就要捨棄人事，剪髮披緇，以了殘生。惟所憾者，小玉連此一心願都無法享有，終爲多情所誤，是謫仙人的悲悽結局。鄭休範就以此意贈天水僊哥，她能歌令，常爲席糾，自是謫仙：

嚴吹如何下太清，玉肌無奈六銖輕。
雖知不是流霞酌，願聽雲和瑟一聲。

將絳眞諧爲降眞，是從太淸仙界下凡的仙子，其實全爲恩客的溢美之辭，因「其姿容亦常常，但蘊籍不惡」而已。

從玄宗開始設立教坊，接下德宗至宣宗之世，娼妓成爲唐代文人生活中的一部分。詩人不涉及妓女的鮮少見及，這是論唐進士與娼妓者的共同看法。㉘遊仙的正統文學就在此一時期轉化完成另一支仙妓文學，這是唐代文化有以致之：遊仙的隱喩，形成仙洞、洞仙、仙郎的隱喩關係，原本素樸的遊歷仙境的情節，是劉、阮誤入仙洞，成就了一段「宿福所牽」的人仙婚配，而仙鄉不能久留，仙郎註定仍需回歸現實世界，傳說本身是旣淒美而讓人嘆惋的。而唐人將它落實到遊狹邪的經驗中，確轉變了傳說的重點，較冷酷地彰顯恩客的虛矯心態。因仙鄉仙子「共送劉阮，指示還路」，只是一了世緣，超脫世緣、超脫世情；而人間仙子則需長久在幻設的洞窟中，迎送所歡，暫忘煩憂。如果劉、阮在仙鄉的暫留，回歸人間，所見的情境「親舊零落，邑屋改異，無復相識」，象徵仙鄉一日、人間百年的奇幻構想。㉙則妓女之身在洞窟，卻有時間反長，渡日如年之感。所以仙窟、洞窟，以及僊子、僊郎等名詞，固然造就了唐代社會風雅的語言風格，但在妓人的實際感受中，這些仙言仙語勿寧是一種嘲弄，孫棨是「久寓京華，時亦偸游其中，固非興致，每思物極則反，疑不能久常。」因此記述其事，幸留此卷唐人的浮世繪。至於《雲仙雜記》所載的，其如姑臧太守張憲之流，使娼妓戴拂壺中錦仙裳，密粉淡粧，使官妓侍於閣下，傳食者號仙盤使，諸倡曰團雲隊夬雲仙等。類此行徑不免是一種惡趣，中、晚唐社會這種特殊的時代趣味，確使中國娼妓史增添特殊的一章了。

## 四、

教坊曲、敦煌曲的形成，既有此類仙妓的社會背景，因而出現天仙子、洞仙歌、別仙子等調名，其創調、作辭應該始於玄宗朝，而在德宗、宣宗兩朝繼續蓬勃地發展，成爲反映當時妓院的音樂文學。此外又有女冠子一類曲調，所詠的顯然是女道士，這又涉及唐代道教的女冠制度：本來女冠僅有修眞、學道一類，乃爲實踐修道生涯而捨離人事，是爲修眞女冠。但在唐代，由於帝室爲奉李氏（老子），諸公主基於祈福、養生等理由，就有出家奉道的情形，而捨宅置觀或特立宮觀，後來也成爲處置退宮嬪御、退宮宮人的方式，可稱爲宮觀女冠。㉚此外又有一種變質的女冠，名爲女冠，行同娼妓，這是値得注意的事。

唐時女冠觀風行，人數既多，流品必雜，潔身自好者固爲多數；而放誕風流亦難盡免，此一情況以中、晚唐較爲多見。據王讜唐語林載：「宣宗微行至德觀，有女道士盛服濃妝者，赫怒歸宮，立召左街功德使宋叔京令盡逐去，別選男子二人住持其觀。」（卷一）可見宣宗時妓風旣盛，女道士中已有失其淸修旨意的。在詩史上以獨恨無人作鄭箋的李商隱（八一二—八五八），他所寫的晦澀諸作中，後人箋註時就致疑於其中有些是女冠。他年輕時曾在玉陽山學道，有機會認識宋華陽姊妹；再加以當時入京赴考的文士常有修業山林的習慣，寺院、宮觀均爲住宿的場所，因而也增多與女冠認識交往的情形。㉛只是這是牴觸戒律的，通常出諸曲筆，義山集中就有一月夜重寄宋華陽姊妹詩，以晦澀的筆法寫出傾慕之情：

偷桃竊藥事難兼，十二城中鎖彩蟾。
應共三英同花賞，玉樓仍是水精簾。

偷桃是男，竊藥是女，昔同賞月，今則相離。義山曾住華陽觀，據南部新書所載：新進士翌日排建福門候謁宰相，時有詩曰：「華陽觀裏鐘聲起，建福門前鼓動時」。觀爲華陽公主故宅，有舊內人居住，在永崇坊，方便應試者居於觀中。義山還有「贈華陽宋眞人兼寄清都劉先生」詩。其實女冠與士子的交往，是違反道戒清規的，不爲時俗所容。所以義山集中有些難解的詩，諸如碧城三首、聖女祠三首及燕臺四首，都有隱情，馮浩作註，就認爲是「有所戀於女冠」之作。

女冠之中非屬修眞女冠，但在歷史上與女冠有關的知名人物，一是薛濤，一是魚玄機。薛濤名入樂籍，辨慧工詩，曾在蜀中出入幕府，歷事十一鎮，暮年屛居浣花溪，著女冠服，曾寫「試新服裁製初成」三首，就是女冠服飾。其三云：「長裾本是上清儀，曾逐羣仙把玉芝。每到宮中歌舞會，折腰齊唱步虛詞。」這一兼具樂籍與女冠身分的才女，由於她本人的自持，因而具有多才多藝的形象。至於魚玄機也喜愛與文人交往，但身在長安的紅塵中，既無心清修，因而特多風流放誕的傳聞，皇甫枚《三水小牘》詳載其事：說她「破瓜之歲，志慕清虛，咸通初，遂從冠帔於咸宜。」咸宜觀在親仁坊，與東市、平康里相近。南部新書說：長安士大夫之家入道，盡在咸宜。[32]魚玄機在此觀入道，本人擅於藝文，「蕙蘭弱質，不能自持；復爲豪俠所調，乃從游處」，因而結交一批風流之士，載酒賦詩。從現存資料知道她當女道士之前，就已曾爲補闕李億執箕帚，及愛衰，才入道的。所以雖有殘句「焚香登玉壇，端簡禮金闕。」其實未能誠心奉道，綠翹臨死責她「欲求三清長生之道，而未能忘解珮薦枕之歡。」這兩句話很能刻劃魚玄機沈猜的性格，而其淫蕩行爲卻成爲唐代墜落女冠的形象。與之相較，李冶之爲女冠，反因詩中有怨情，成爲典型的女冠閨情。據傳她五六歲時，就因詠薔薇有「經時未架卻，心緒亂縱橫」之句，而爲父責爲「必失行婦」。㉝現存詩中以怨爲題的相思怨、春閨怨，爲怨體形式自多怨思；感興詩一首尤能表現女冠的無奈意緒，詩也饒有情致：其詩云「朝雲暮雨鎭相隨，去雁來人有返期。玉枕祇知長下淚，銀燈空照不眠時。仰看明月翻含意，俯眄流波欲寄詞。卻憶初聞鳳樓曲，敎人寂寞復相思。」因爲女冠閨情常不經意地流露於其言行語默之中，就更切合其修眞而又難忘世情的衝突，是頗爲傳神之作。

當時詩人對於女冠的印象，表現在交往酬贈中的自能委婉地表達女冠的情緒。施肩吾後來隱居洪州西山時，與女冠交往的贈詩：如贈女道士鄭玉華二首、贈施仙姑，大體如實表明修眞女冠的心境：「玄髮新簪碧藕花，欲添肌雪餌紅砂。世間風景那堪戀，長笑劉郎漫憶家。」（全唐詩四九四）寫出鄭女冠餌服求仙，而嘲劉郎的不知仙鄉的珍貴。寫施仙姑「有時頻夜看明月，心在嫦娥几案邊」，也能表現慕仙的心理。兩首作品中，將仙妓詩常見的劉郎、嫦娥的意象，用在女冠修眞求仙的願望中，表達他在實際接觸女冠之後較能體會修眞女冠的心境。不過詩人對於女冠的印象，仍有一風流女冠的感覺，晚唐李洞就在「贈龐鍊師」詩，直言妖艷、風流的形象：

家住涪江漢語嬌，一聲歌戛玉樓簫。

睡融春日柔金縷，妝發秋霞戰翠翹。
兩臉酒醺紅杏妒，半胸酥嫩白雲饒。
若能攜手隨仙女，皎皎銀河渡鵲橋。

這位涪江龐鍊師，居然歌熱酒酣，而且眼露妬意，胸比白雲，其風流放誕的風情出現在贈詩情況下，難怪李洞有攜手共渡的大膽請求。類此露骨的女冠閨情，則相較之下，以黃蜀葵的幽怨、淒美比擬女冠，只是一種欲語還休的含蓄情緒而已。㉞

對於女冠閨情的揣摩，還有另一種表達手法，就是不在贈酬詩中，終究直接贈與時不能直言無隱，因而描寫遊仙的詩體中就出現另一變體，尤其是所謂的夢遊、夢仙、夢遊仙等詩體，具有女仙的閨情的比例較高。夢仙詩正體仍與遊仙詩同樣抒寫慕仙的懷抱；但諸如元、白的夢遊春詩，似即加一「夢」字表示這是變體，爲恍惚夢境的遊仙之作。而表現仙子之不能完全超脫世情，仍有一絲幽怨之意，則夢仙詩就有特別的寫作意趣。以現存夢仙詩的寫作而言，初唐至中唐時期仍多爲詠神仙之作，至晚唐，規撫原意的擬作也有多篇正體，凡有王勃「忽夢遊仙」、白居易「夢仙」、祝元膺「夢仙謠」、李沇「夢仙謠」、王轂「夢仙謠」三首、廖融「夢仙謠」及沈彬「洪州解至長安初舉納省卷夢仙謠」；此外又有王延齡「夢遊仙庭賦」、沈亞之「夢遊仙賦」等，俱爲遊仙詩的另一系列作品，表現唐人的新創意。至於借用夢仙的體製，而增多一絲幽思，以出現於中、晚唐爲多，則是受到時代風尚的影響。

項斯—會昌四年（八四四）擢第—有兩首，「夢仙」屬正體，而「夢遊仙」就寫出天家樓中的仙子「鶗鴂隔簾呼再拜，水仙移鏡懶疏頭。」爲慵懶女仙的神情；至於續云：「丹霞不是人間曉，碧樹仍逢岫外秋。將謂便長於此地，雞聲入耳所堪愁。」則寫出獨居仙境的寂寥。類此人間化的仙家情調，實有另一層含意，就是妓院的風光；所謂珠箔當風、鸚鵡頻呼，具有遊仙窟的印象。韓偓（八四四—九二三）所寫的「夢仙」就有較明顯的仙子思郎的心情，這種風格與他的「香奩集」有關，此詩所呈現的情境，與其說是仙境，不如說是女冠生活；前半「紫霄宮闕五雲芝，九級壇前再拜時。鶴舞鹿眠春草遠，山高水闊夕陽遲。」寫女冠修眞是以現實界的經驗爲背景，「遠」、「遲」二字寫境亦兼寫情，爲仙鄉的時空之感；至此導出後半的情緒，「每嗟阮肇歸何速，深羡張騫去不疑。澡練純陽功力在，此心唯有玉皇知。」（全唐詩六八〇）阮肇速速其行，讓仙子興起嗟歎之情，這是猶存世情的仙子。將夢遊完全置於人間世，只將仙鄉意象作爲隱喻的，是徐鉉「夢遊」三首連作，魂夢所在的故人家：香濛蠟燭，戶映屏風；而此中仙子是慢調銀字管，低綴折枝花，完全是仙妓的舉措，結句的作別「天明又作人間別，洞口春深道路賒。」也是妓院前的場景。其他兩首也是同一情調，都是南國佳人的情思，所謂「仙郎有約長相憶，阿母何猜不得知」，阿母用西王母的典故，爲女仙得仙籍者之所隸；[35]此處也可作爲妓院假母的隱語。晚唐五代已將妓院擬作仙洞，自然夢遊仙也就是夢遊妓院的綺妮風光，類此遊仙的變體爲此一時期的特色。

遊仙詩的詩題爲六朝詩的類型之一，但最得其精神的仍是魏晉，南北朝時要不衰歇，就是沾染道教色彩，成爲道教化的遊仙詩。[36]唐代詩人以新體寫作，又逢崇道的社會風尚，但也只有李白挾其不羈之才與慕仙之思，寫作一些具有遊仙意味的作品，其中只有「懷仙歌」等少數直用仙題；其他都屬題非遊仙，而有遊仙之意的，因此俱屬遊仙詩的本意，近於正體。[37]眞能以遊仙爲題，而有大量作品的就是曹唐，他有十七首七律體的大遊仙詩，多歌詠神仙傳說，其中九首與人仙戀有關，諸如蕭史弄玉、萼綠華許眞人、張碩杜蘭香，及最多的劉阮傳說。類此戀愛色彩的神仙傳說與他早年曾爲道士的閱讀經驗有關，後來應第、又任官，將當時的仙妓風尙作背景，就完成分章詠事的遊仙新作，而統於「大遊仙詩」的總題之下。但眞能表達他以仙詩寫男女之情的，則是數達九十八首的「小遊仙詩」，出之以絕句體，最能代表唐人變體的遊仙詩，因而早受學者的矚目。㊳曹唐在第卅三首中曾有「玉童私地誇書札，偸寫雲謠暗贈人。」一句，「雲謠」二字固可解爲西王母的雲謠曲，是否暗示敦煌曲中的《雲謠集》？如是，則他是深知民間情辭的寫作傳統，至少晚唐普遍的仙妓詩既已提供他以遊仙詩詠男女歡情的背景。

大遊仙中的劉阮事跡仍有詠仙事的成分：劉晨阮肇遊天臺、劉阮洞中遇仙子、仙子送劉阮出洞、仙子洞中有懷劉阮、劉阮再到天臺不復見仙子，演劉阮傳說的情節成爲分章的故事詩。而小遊仙詩則拈舉爲典故，就大有仙妓詩的意味：分見於廿三、廿六、四五及九八等四首中：

玉皇賜妾紫衣裳，教向桃源嫁阮郎。
爛煮瓊花勸君喫，恐君毛鬢暗成霜。（廿三）

偷來洞口訪劉君，緩步輕擡玉線裙。
細擘桃花逐流水，更無言語倚彤雲。（廿六）

欲飲尊中雲母漿，月明花裏合笙簧。
更教小奈將龍去，便向金壇取阮郎。（四五）

絳闕天下下北方，細環清珮響丁當。
攀花笑入春風裏，偷折紅桃寄阮郎。（九八）

詩中的阮郎、劉君，都指仙子所暗戀的對象，與六朝劉阮傳說具有不同的意趣。其中反映的是個人的戀愛經驗？或影射當時女冠的閨情？固然不易明白證實，但可信是依據女冠的傳聞渲染而成，其他表現「西妃少女多春思」或仙界男女仙眞的宴飲，必多所影射，因而出現這類特異的遊仙詩。它寫作於晚唐，表示詩人需賦予新的意涵始有創發力。其實同爲晚唐詩人的司空圖，有兩首遊仙詩也特意描寫「仙曲教成慵不理」及「劉郎相約事難諧」的情緒（全唐詩六三四）。這些阿母邊的女仙盡是新畫娥眉、簇打金錢，完全是小女冠的行逕。由於女冠生活的閨情傳聞流傳於社會中，詩人才將它作爲素材，寫入夢仙、遊仙詩中，凡此均可與曲子、詞中的仙、妓相互對照，說明同屬社會風尚下的產物。

## 五、

晚唐五代是將仙喩妓的晚期，具體反映於詞的寫作中，至北宋初要不沿襲此意，就逐漸將道調、仙曲擴大爲其他題材。一般詞史將花間，尊前等作爲詞的濫觴，固因雲謠、敦煌諸曲的出現，而需適度修正。卽以仙、妓等意象的形成與發展，中唐至晚唐的推波助瀾，將這一風氣推至巓峯狀態；而五代，北宋初不過是承續此一意趣而已；但因這些詞家是以文人的身分塡詞，將原先流傳於民間社會的道調、仙曲更進一步地轉用於詞中，用以表現歌樓酒館的生活情調，其影響力更大，兩宋詞人所用以表達類似的經驗的，無不由其中取資，所以從這一觀點考察，仙、妓的象徵在五代詞中建立，也是符合文學事實的。

在未討論五代詞之前，先瞭解同一意匠表現於詩的，就可說明這是同一風尚下的構想，只是一以詩體，一以詞體而已，後唐韓熙載有書歌妓泥金帶詩，就使用一些神女、仙島意象：

風柳搖搖無定枝，陽臺雲雨夢中歸。他年蓬島音塵斷，留取尊前舊舞衣。（全唐詩七三八）

陽臺雲雨、蓬島音塵，都用以喻指妓院；仙鄉飄渺轉換於歡樂場所，何嘗不具有同一類似點？與韓熙載齊名的徐鉉，仕南唐時頗有流連詩酒之作，其中有「月眞歌」，小註：「月眞，廣陵妓女，翰林殷舍人所錄，攜之垂訪，筵上贈此。」這位「揚州勝地多麗人，其閒麗者名月眞，月眞初年十四五，能彈琵琶善歌舞。」（全唐詩七五二）月眞也就是月仙，正是妓人的傳統藝名，流風餘韻至於江南。另一贈浙西妓亞仙，註云「筵上作」，也讚美爲「占將南國貌，惱殺別家人」的南國佳人，「亞仙」之稱也是同一習慣。此外「江舍人宅筵上有妓唱和州韓舍人歌辭因以寄」，歌詠這一翠鬟佳人，其中有「白雪飄飄傳樂府，阮郎憔悴在人間。清風朗月長相憶，佩蕙紉蘭早晚還。」就用阮肇的典故，寫出惆悵情緒。這些詩中的仙郎固無新意，緣於詩體至此已經定型，因而縱有同一意象，也常成爲因襲的象徵㊴；而詞之爲體，正處於嘗試期，而且所適用的場所，正是歌舞場所，這一行將淪於因襲的陳腐的象徵終得獲致高度的成就。

現存於《花間集》等資料中的五代前後的詞家，多爲由唐入五代，也有一部分由五代入宋，基本上可作爲宋詞的起源時期。他們使用的道調調名中，以臨江仙爲最多，其次是女冠子、天仙子，洞仙歌則最爲少見，這是與曲調的音樂效果有關，形成詞人塡詞時的選擇依據，現在曲制散落，就只能依譜體會。五代詞人對於這些道調的運用。有採用隱喻手法以仙喩妓的，也有寫仙（含女冠）而強調其閨情的；至於但用調名另有題意的，則只是依譜塡詞的創作方式而已，就不詳加討論。

天仙子的調名在敎坊曲中旣已出現，敦煌曲中收有辭，《金匳集》收韋莊（八三六—九一〇）作五首，入歇指調，皆平韻或仄韻轉平韻體；而花間所收皇甫松二首，則皆仄韻單調小令；與雲謠集的兩首一樣，也是仄韻，但屬於重疊爲一片的形式則稍有不同，張先詞倒是依用此法。㊵詞譜以皇甫松之作爲例，大概因他是較早的選用敎坊曲的先例，可早到唐文宗、武宗時期。從他保存天仙子寫妓人的習慣，反映的正是當時以仙隱喩妓人的時代。韋莊的活動時間也是接續此一風尙的晚唐。《雲謠集》所保存的天仙子，旣然出現明確的五陵原、仙娥、天仙諸辭，而修辭手法也較樸質，因而有理由相信它是民間的樂工或無名氏之作；與之相較，皇甫松等人就修飾精美，爲文人之辭。

皇甫松對於曲子頗爲內行，現存作品二一首中，卽有怨回紇歌、採蓮子二首、抛球樂、楊柳枝詞二首、浪淘沙二首，是採用曲子作爲創作的行家，因此使用天仙子的曲調也是當行本色；而當時也較近於原調的創作時期。㊶故天仙子雖似道調，恐怕早已是有特定的隱喩對象：

晴野鷺鷥飛一隻，水荇花發秋江碧。劉郎此日別天仙，登綺席，淚珠滴，十二晚峯青(高)歷歷。

躑躅花開紅照水，鷓鴣風遠青山嘴。行人經歲始歸來，千萬里，錯相倚，懊惱天仙應有以。

兩首均明白點出「天仙」兩字。第一首以天臺山的仙子隱喻，開頭就以鷺鷥單飛喻別後的形單影隻，劉郎此日一別，漫無情緒，在熱鬧的綺席上也只兀自滴淚。第二首則寫悵望所歡歸來的仙子，花開山青，行人歸來，但在此情此景中，惟獨所歡不歸，難怪天仙懊惱不已。這是寫給妓人唱的，故需揣摩、誇張其期待的情緒，爲當時歡場中特意安排的洞窟情調，借以招徠恩客之作。

韋莊是「一生漂泊，所至有情」的多情詩人，因而從歌筵酒席間揣摩妓人的心情而寫的，更易於符合「天仙」作爲妓人的隱喻傳統，成爲調名本意之作：

悵望前回夢裏期，看花不語苦尋思。露桃宮裏小腰肢，眉眼細，鬢雲垂，惟有多情宋玉知。

深夜歸來長酩酊，扶入流蘇猶未醒。醺醺酒氣麝蘭和，驚睡覺，笑呵呵，長笑人生能幾何。

蟾彩霜華夜不分，天外鴻聲枕上聞。繡衾香冷懶重熏，人寂寂，葉紛紛，纔睡依前夢見君。

夢覺雲屛依舊空，杜鵑聲咽隔簾櫳。玉郎薄倖去無蹤，一日日，恨重重，淚界蓮顋兩線紅。

金似衣裳玉似身，眼如秋水鬢如雲。霞裙月帔一羣羣，來洞口，望煙分，劉阮不歸春日曛。

前四首都寫夢裏、夢後及酒後、酒醒的難堪情境，這是深在妓院的女子最感傷的時刻——如果要解爲韋莊本人的淒寒心境，至多只有第二首，但通五首均寫妓人，因此將深夜歸來，扶入流蘇帳的解爲赴酒宴歸的佳人也未嘗不可。爲何是仙子的感傷？因爲她的秋思——生命中將有秋天的警訊只有多情宋玉知，仙子自有一絲期望，只是在現實中是易於落空，看花不語正是苦情緒。三首更以天上月光、地上霜華的空明外景（視覺），秋雁頻叫（聽覺），顯示人的不寐，外景襯托內情；繡衾香冷、人寂葉落則是所懷的「君」遠去，秋夜中的女子或妓人孤枕思君，是感傷的氣氛。將天仙解作妓人，不解作一般女子的原因，在第四、五首中最易看出，說玉郎薄倖，離恨重重，正是煙花女子的口吻；尤其洞口張望劉阮，依詠妓詩的隱喻傳統，正是妓人思春的愁緒。所以詞中所擺設的：流蘇、繡衾、雲屛、簾櫳，的是妓院風光；而細眉、垂鬢、雲裙、月帔，也是妓人裝束，韋莊模擬艷歌，寫成深刻表現妓人心境的詞，是他的高明所在。

和凝所作也能依調名本意，表現洞中仙子的思郎情趣，其中的桃花洞、洞口及燒金、篆玉諸意象，極爲當行[42]？

柳色披衫金縷鳳，纖手輕拈紅豆弄。翠蛾雙斂正含情，桃花洞，瑤臺夢，一片春愁誰與共。（其一）

洞口春紅飛簌簌，仙子含愁眉黛綠。阮郎何事不歸來，懶燒金，慵篆玉，流水桃花空斷續。（其二）

當時詞人顯然有意誇飾仙子的等待，這既非原劉阮傳說的實情，亦非妓院女子的眞情，而只是歌辭中的虛幻情意，卻要寫得似眞：翠蛾含情、雙肩含愁是曲中的仙子表情，襯托在柳青桃紅的氣氛中，最能把握這些仙子的神態的是慵、懶二字，爲歡場女子百無聊賴的生活情調。

臨江仙也是教坊曲，敦煌所存的作「臨江山」，所詠的也是江山勝景之慨。㊸但五代前後的臨江仙，卻多能緊扣住「仙」字爲寫情之作。它是雙調小令，五十八字，五代詞人採用此調的頗多，《花間集》收有張泌、毛文錫、牛希濟、和凝、顧敻、孫光憲、鹿虔扆、閻選、尹鶚、毛熙震、李珣諸作，幾乎人各有作。南唐則馮延巳、李煜也有作。可見這是當時頗爲流行的曲調。其中直接與仙子有關的爲閻選之作：㊹

雨停荷芰逗濃香，岸邊蟬噪垂楊。物華空有舊池塘。不逢仙子，何處夢襄王。珍簟對敧鴛枕冷，此來塵暗淒涼。欲憑危檻恨偏長。藕花珠綴，猶似汗凝妝。

十二高峯天外寒，竹梢輕拂仙壇。寶衣行雨在雲端。畫簾深殿，香霧冷風殘。欲問楚王何處去，翠屏猶掩金鸞。猿啼明月熱空灘。孤舟行客，驚夢亦艱難。

第一首前半的荷芰香濃、蟬噪垂楊，是昔日所有今日所見的景象；而後半的欹鴦枕冷、塵暗淒涼，則是別後的傷情，這一切都與「仙子」的聯想有密切的關係。尹鶚所作也是因景生情，荷芰馨香的情境，讓他想起「昔年於此伴蕭娘」的相偎情景；惹起後半的別來情思，寫作手法相近。第二首以十二峯、仙壇等景，詠楚王巫山神女的事跡，也是臨江仙的本意。牛希濟曾以此調作七首，俱詠仙迹，第一首卽是瑤姬，此外還有謝家仙觀、黃陵廟、漢濱解佩及洞庭君山；另外毛文錫一首也是詠黃陵廟。類此詠仙迹之作，也多近於調名本意。

和凝所作則是詠男女之情，兩首之一描摹翠鬟女子的姿態：碾玉釵搖、雪肌雲鬢；之二也寫女子的姿容及「嬌羞不肯入鴛衾，蘭膏光裏兩情深」的情熱，其中的場景：小樓繡簾；或服飾：披袍宮錦、碧羅冠子，也是歡場女子的情調。當時詞家慣寫歌樓酒館，習慣運用一些香艷而奢華的意象，以造成虛幻的氣氛，它是實景，也是虛景，爲詞中的妓院世界。鹿扆有一首就是在花柳、翠簾的氣氛下，寫妓人的怨思：

無賴曉鶯驚夢斷，起來殘酒初醒。映窗絲柳媚煙青。翠簾慵卷，約砌杏花零。一自玉郎遊冶去，蓮凋月慘儀形。暮天微雨灑閑庭。手挼裙帶，無語倚雲屛。

夢後酒醒，因而百無聊賴中，借寫柳絲青煙，翠簾杏花，表現人的不寐。後半則是思緒，別後的相思，以小動作及凝定鏡頭側寫。

「臨江仙」三字本就與江邊送別有關，所以時人多借此調抒寫臨別愁緒：張泌、徐昌圖、顧夐、孫光憲等俱用此法。李珣則寫別後的情思，是借女子的心情表現倫看寄書而勾起

「離情別恨」，也是送別詞的同一系列。馮延巳（九〇三—九六〇）有三首臨江仙多寫離別，具有其作品中一貫的鬱伊愴怳的風格，如「鳳城何處，明月照黃昏」之句。南唐後主李煜（九三六—九七八）也有臨江仙，並非用調名本意，而是抒寫「門巷寂寥人散後，望殘煙草低迷」的惆悵情緒。大體言之，臨江仙一調較不涉及仙子等意象，與敦煌曲子的臨別主題有一脈相貫之處。此外就是鹿虔扆借此調寫「暗傷亡國，清露泣香江」、毛熙震則批判南齊天子，「妖君傾，猶自至今傳」，實是睹當前之景而感慨頗深之作，更非詠仙妓。

女冠子一調見於教坊曲中，但《雲謠集》則未錄存。五代詞家塡寫此調的凡有十一家，且多爲調名本意，所以懷疑它是晚唐才普遍使用的道調，而盛行於五代。其中一種是女冠的修眞生活，反映的是當時文士的印象中有關女冠的服飾、齋醮及學道修眞的心願，這是女冠的特殊形象：

求仙去也。翠鈿金篦盡捨。入巖巒。霧卷黃羅帔，雲雕白玉冠。野煙溪洞冷，林月石橋寒。靜夜松風下，禮天壇。（薛昭蘊）

星高月午。丹桂青松深處。醮壇開。金磬敲清露，珠幢立翠苔。步虛聲縹緲，想像思徘徊。曉天歸去路，指蓬萊。（李珣）

蕙風芝露。壇際殘香輕度。蕊珠宮。苔點分圓碧，桃花踐破紅。品流巫峽外，名籍紫微中。眞侶墉城會，夢魂通。（孫光憲）

步虛壇上。絳節霓旌相同。引眞仙。玉佩搖蟾影，金爐嫋麝煙。露濃霜風溼，風緊羽衣偏。欲留難得住，却歸天。（鹿虔扆）

薛昭蘊寫女冠捨家學道，「黃羅帔」正是女冠的淡黃服色，㊺後半的淒寒、寂靜，是外景，也是內情，以此心境敬禮諸天。「天壇」與「醮壇」、「壇際」及「壇上」都是女冠入道後最主要的活動，在金磬、玉佩的聲音中，在麝煙、殘香的氣氛中，嚮往蓬萊仙境或墉城仙會，這是道教文學中描寫女冠的典型，可與唐人送宮人入道詩媲美。當時女子入道，其黃帔、道冠的特殊形象，確有引人好奇之處。

五代詞人也有專以女冠形象爲主，再想像其心思的，其活動不限於醮儀中，還有日常的生活。

淡花瘦玉。依約神仙妝束。佩瓊文。瑞露通宵貯，幽香盡日焚。碧紗籠絳節，黃藕冠濃雲。勿以吹簫伴，不同羣。（孫光憲）

雙成伴侶。去去不知何處。有佳期。霞帔金絲薄，花冠玉葉危。懶乘丹鳳子，學跨小龍兒。叵耐天風緊。挫腰肢。（尹鶚）

碧桃紅杏。遲日媚籠光影。綵霞深。香暖熏鶯語，風清引鶴音。翠鬟冠玉葉，霓袖捧瑤琴。應共吹簫侶，暗相尋。（王熙震）

修蛾慢臉。不語檀心一點。小山妝。蟬鬢低含綠，羅表澹拂黃。〔悶〕（閒）來深院裏，閑步落花傍。纖手輕輕整。玉爐香。（同右）

詞中的女冠戴黃冠——「黃藕冠」及玉葉冠——這是使用玉眞公主的玉葉冠習慣；㊻著黃帔，「霞帔金絲薄」、「羅衣澹拂黃」是直寫淡黃衣；而淡黃的神仙妝束，在唐人是以黃蜀葵作比的，孫光憲或卽從此一隱喩中，寫出女冠淡淡的黃帔印象。修眞的女冠對於秦玉、蕭史的神仙眷侶多所欣羨，又可成仙，又有伴侶，這一典故的運用自有其仙眞傳說的傳統。

女冠求仙固爲所願，但修眞時深居道觀的生活也是寂寞的，因而就有一絲祈求仙郎的期望。詞人所用的自是唐人習用的劉、阮傳說，但只作爲仙鄉伴侶，而並非妓人的隱喩。類此作品凡有五首也算是共同的寫作嗜好：

雲羅霧縠。新授明威法籙。降眞函。髻綰青絲髮，冠抽碧玉篸。往來雲過五，去住島經三。正遇劉郎使，啓瑤緘。（薛昭蘊）

星冠霞帔。住在蕊珠宮裏。佩丁當。明翠搖蟬翼，纖珪理宿妝。醮壇春〔草〕畫綠，藥院杏花香。青鳥傳心事，寄劉郎。（牛嶠）

露花煙草。寂寞五雲三島。正春深。貌減潛銷玉，香殘尚惹襟。竹疏虛檻醮，松密醮壇陰。何事劉郎去，信沈沈。（張泌）

鳳樓琪樹。惆悵劉郎一去。正春深。洞裏愁空結，人間信莫尋。竹疏齋殿迥，松密醮壇陰。倚雲低首望，可知心。（齊虔扆）

春山夜靜。愁聞洞天疏磬。玉堂虛。細霧垂珠佩，輕煙曳翠裾。對花情脈脈，望月步徐徐。劉阮今何處，絕來書。（李珣）

詞中的道教意象頗稱貼切，像明威法籙、蕊珠宮、五雲三島之類，寫出求仙的階段與理想，但「劉郎」意象一出現，不管是正遇或有心傳寄，都有期望與仙郎一通訊息，互訴心曲的情意，所以一些情緒的關鍵字眼，都繞着寂寞、惆悵與愁，這是文人有所據於傳聞，並加以創造的想像後，把握女冠內心深處的淡淡愁緒。

將女冠子一調，用以寫妓及一般女性的也有，早在溫庭筠（八一三—八七二）就將晚唐的仙、妓手法運用於曲子裏，確有創新之處：

含嬌含笑。宿翠殘紅窈窕。鬢如蟬。寒玉簪秋水，輕紗卷碧煙。雪胸鸞鏡裏，琪樹鳳樓前。寄語青娥伴，早求仙。

霞帔雲髮。鈿鏡仙容似雪。畫愁眉。遮語回輕扇，含羞下繡幃。玉樓相望久，花洞恨來遲。早晚乘鸞去，莫相遺。

在才子的筆下，巧妙描摹仙妓的容態、神情，再勉其早求仙、乘鸞去，與女冠子搭上題。他對於與女子有關的物件本就喜歡細加描摹，以此造成形象化的實感，此首也有同一技巧。後來韋莊所作，有名的「四月十七」就直寫感情。其他如歐陽炯二首、牛嶠三首，則寫女子的艷情，只借用曲調而已。比較說來，在道調的沿用情況下，女冠子仍然是其中最多使用調名本意的，這是因爲女冠一辭本就專指具有女道士身分的，不便完全轉用於妓人。而天仙、仙子等就可成爲隱喩。此外顧敻虞美人寫女冠「醮壇風急杏花香，此時恨不駕鸞鳳。訪劉郎。」（其六）調非女冠子，其實也是同一意趣。晚唐五代是此調應用最符本意的時期，入宋以後就有變化。

在花間集內未保存別仙子、洞仙歌及阮郎歸的曲詞，不過李煜則有一首。敎坊曲有阮郎迷，自是演自阮肇入天臺傳說，阮郎歸是否即此調，因《雲謠集》也沒保存，所以曲譜不可確知。因此李煜所塡的可作爲譜例，與宋初晏幾道所塡作一對照：至其中所敍的，雖未明言仙子，但設想「珮聲悄、晚妝殘，憑誰整翠鬟。留連光景惜朱顏，黃昏獨倚闌」，則有等待郎歸的詞意。此外可附及的，是後唐莊宗李存勗曾作「憶仙姿」，全唐詞收此，改名「如夢令」，因爲曲下有「如夢」字，從詞意「曾宴桃源深洞，一曲清歌舞鳳，長記欲別時，和淚出門相送」，確符合以仙喻妓的傳統，憶仙姿應是原調名，如夢令乃東坡取資於莊宗此詞，易製新名。[47] 馮延巳亦塡此調，但已直敍多病女子的愁態，而不用仙爲喻。

最後還需說明的是不使用道調、仙名，但卻在寫歌筵酒宴時使用仙眞的情況：一是以神仙代稱艷冶女子或妓人，韋莊早用此法，喜遷鶯「一夜滿城車馬，家家樓上簇神仙，爭看鶴沖天。」即指冶艷女子。稍後張泌浣溪沙第三後半：「雲雨自散後，人間無路到仙家。但憑魂夢訪天涯。」又第十前半「小市東門欲雪天，衆中依約見神仙，蕊黃香畫貼金蟬。」河傳「魂銷千片玉樽前，神仙，瑤池醉暮天。」[48] 類此神仙俱指冶艷女子或妓人，爲當時共同因襲的象徵。毛文錫戀情深前半「玉殿春濃花爛漫，簇神仙伴。羅裙窣地縷黃金，奏清音。」孫光憲風流子：「樓倚長衢欲暮，瞥見神仙伴侶。微傅粉，攏梳頭，隱映畫簾開處。」兩處所用的神仙，也都是艷麗女子甚或妓人的代稱。孫光憲浣溪沙有「靜街偸步訪仙居，隔墻應認打門初。」（第九）仙居中人是否有妓人的嫌疑？只見她見客時微掩斂，甚得人憐，就可推知使用類似的意象是有特定的指涉對象的。

遊仙傳說中的劉、阮二仙郎也出現在這類詞中，皇甫松河傳已有「仙客一去燕已飛，不歸，淚痕空滿衣。」（其三）隱指劉、阮一類仙客。至薛昭蘊浣溪沙有「碧桃花謝憶劉郎」，就明指劉晨。而毛文錫訴衷情前半有「劉郎去，阮郎行。惆悵恨難平。」與後半「何時攜手洞邊，訴衷情」相呼應，完全使用劉阮傳說，以寫男女之情，而且恐非一般男女的正常相思之情。大概當時人的這一手法用於詞是取資於遊仙詩，歡樂場所詠唱自有新意，顧夐甘州子「曾如劉阮訪仙蹤。深洞客，此時逢。」（其三）閻選浣溪沙後半「劉阮信非仙洞客，嫦娥終是月中人。」兩人所用的深洞客，仙洞客，自非尋常人，而是遊於狹邪之行的男子，以此代稱。甚至和凝柳枝自敍其經驗時，就明白自稱：「雀橋初就咽銀河。今夜仙郎自姓和。不是昔年攀桂樹，豈能月裏索嫦娥。」（其三）對照「青青自是風流主」（其一）「拽住仙郎盡放嬌」（其二）就可知道這是詞家的常見手法，《花間集》中多屬此類風格。

晚唐五代的音樂文學，不管說是教坊曲或《雲謠集》的曲子辭，或逕指爲宋詞的濫觴，大多較能保持題材與調名相合的情況。[49]其中使用道調名，除女冠子較多寫女冠的，其餘天仙子一類俱表現艷冶女子或妓人，多屬艷情之作，自然類此情況是與《花間集》、《尊前集》的寫作、編輯有關，形成表現艷麗的風格。剛好娼妓文學在此一時期吸收仙、妓、仙洞等一組相關的隱喻詞彙，配合道調、仙曲，造成具有特殊趣味的作品。

## 六、

道調仙曲至於北宋初葉，產生另一種發展。從詞史言，社會經濟的蓬勃，都市市民階層的逐漸形成，均提供形成詞的進一步發展的有利因素；加以北宋帝室崇道之風較唐帝尤爲熱衷，因此道調就展開創新的局面。從五代入宋，到蘇東坡轉變詞風，新創的調名較諸五代有顯着的增加：諸如迷仙引、鵲橋仙、夢仙鄉、望仙門、望仙樓、玉女搖仙佩、解仙佩及長生樂等，紛紛出現，且多長調，顯示道教音樂及題材成爲詞樂中的重要體裁之一，有關新製道教、神仙詞調的特質需要專題討論。[50]此處所要說明的是前此出現的道調仙曲，至此一時期有了特殊的發展，就是題材不合調名，因而漸有於調名下另立小題的情形，這正是北宋詞所形成的開闊詞風。

五代所使用的道調中，以臨江仙最流行，但以天仙子最合詠妓的本意，而女冠子則符合女冠調名。入宋以後——統計至蘇軾爲止，臨江仙一調，柳永、張先、晏殊、滕宗諒、歐陽修、杜安世、俞紫芝、晏幾道、王觀、魏夫人及蘇軾等均曾塡譜，且有多次的情況。其次阮郎歸則有歐陽修、司馬光、俞紫芝、晏幾道、魏夫人及蘇軾使用。洞仙歌有柳永、歐陽修、晏幾道及蘇軾；天仙子有張先、蘇軾；至於風行一時的女冠子則柳永塡寫過。從詞譜定其格律的觀點言，這一轉變其實易於解釋，就是北宋初已開展長調的音樂風尚，因此晚唐五代道調的小令形式就需調整使用。臨江仙原就是雙調小令，五十八字，具有適當的樂曲長度，張先入高平調，柳永入仙呂調，並演爲慢曲，達九十三字，完全是長調的演唱法。阮郎歸的調名，五代詞人未見保存塡用的紀錄，這一又名醉桃源、碧桃春，本於劉、阮傳說的調名，故作淒音，也採雙調格式，凡四十七字；宋人所作，歐陽修凡有四首爲最多，而晏幾道之作，可爲定格之例。天仙子在皇甫松、韋莊之作中，均爲單調小令，三十四字，張先兼入中呂、仙呂兩調，並重疊一片爲之，就演爲雙調六十八字。洞仙歌的調例，是見於教坊曲，但柳永兼入中呂、仙呂、般涉三調，句法亦參差，已是長調；蘇軾所用洞仙歌，有小序說明是前蜀孟昶所作舊調。此調八十三字，屬長調。至於女冠子，原爲雙調小令、四十七字，經柳永演為長調後，已成為雙調，達一一二字之多。由此可證北宋開始流行長調後，道調之為小令的，勢必演為長調，但長達百字的曲調迂徐，因而四、五十字的詞調，如臨江仙、阮郎歸就成為兩種較常塡用的，在曲調的音樂成分考慮，這一轉變是符合音樂文學的發展的。

北宋詞家雖用道調，但為了突破晚唐五代符合調名，而儘量寫作仙子、女冠的情況，就大膽擴大題材，因而求其符合調名本意的就不多見，出現有在調名下自設小註的，張先塡用天仙子四次，均有小題：「水調數聲持酒聽」，註明「時為嘉禾小倅，以病眠不赴府會」，故所寫為個人傷時的情境。「持節來時初有雁」一首，註明「鄭毅夫移青社」，寫送別之情；另外「醉笑相逢能幾度」註云「別渝州」、「十歲手如芽子筍」則註云「觀舞」；後兩首固有送別場面的「紅袖舞。清歌女」；與觀舞時，「密教持履恐仙飛，催拍緊。」的舞姿，卻都與五代調名的天仙送別之情不同。張先自加小註，就表示不用調名本意。而柳永塡寫女冠子，現存集子均不見小註；洞仙歌也是同一情況，這是因為作品本身所寫的題材既已明白，不煩另註。可證詞的演唱，柳永、張先所塡的較為俚俗、香艷，本就為歌人所作，詞意不甚深澀，不像南宋詞家的多所喻意。因而這些道調有註與否，都不影響其流傳於歌樓酒館之中。

大體言之，仙、妓及洞窟的觀念固是早在初、盛唐既已有之；但盛行於詩，則需在中唐；等到晚唐五代，曲子辭的勃興，在歌筵酒宴上就充分利用這一巧喻，調名、題材及使用場所相互符合，成為娼妓文學的典型，這是小令時期，音樂的性質制約了詞人的創作習慣，單調多而雙調少，縱有雙調也非長調。這一臻於巔峯狀態的仙妓意象，至此發揮殆盡，所以入宋以後詞家就不再專其心力於此，要不就更動詞調格律、另尋題材；要不就更創新調，因而出現大量的新道調、仙曲，產生新的道教音樂。從仙、妓意象及其相關題材的運用，足以證實文學演進的定律；就是創新。一種象徵的建立反映社會文化的現象，而意象一旦陳腐就需新變，因此有關仙、妓的調名與題材，在這一考察下，確是具有其生成、發展與衰歇的過程，而五代至北宋初剛好是轉變的關鍵時期。

## 附註

❶ 有關敦煌曲的討論，以任二北與饒宗頤、潘重規諸先生爲主，其論爭情況有波多野太郎在東方宗教所發表的評議，參五三、五四及五五號（一九七九—一九八〇）。

❷ 任二北對於「始辭」一辭的運用及其時代，較傾向於往前推，注意原調、本意較早出現的現象，詳參其《敦煌曲初探》頁五〇。

❸ 有關道教音樂的研究，較有系統的是陳國符所撰的「道樂考略稿」，收於《道藏源流考》（臺北、古亭書屋，民國六十四年）頁二九一—三〇七。而音樂史專著中也多涉及，可參楊蔭瀏「中國古代音樂史稿」（臺北、丹青，民國七四）

❹ 任二北對於崔令欽《教坊記》的研究成果，是較早出版的《教坊記箋訂》（臺北、宏業，民國六二年）頁八—十一。

❺ 同右，任氏箋訂。

❻ 敦煌曲的箋訂凡有多家，本文參用潘重規先生《敦煌雲謠集新書》（臺北、石門，民國六十六年）饒宗頤先生《敦煌曲》，又有「敦煌曲訂補」刊於「史語所集刊」五一—一〇及任二北先生最新出版的《敦煌歌辭總編》（上海、上海古籍出版社，一九八七）

⑦ 任氏上引書，頁一二三。

⑧ 任氏將斯一四四一「天仙別後信難通」的天仙改作「思君」，惟本文仍依原卷。

⑨ 任氏上引書，頁三二六。

⑩ 饒氏上引書，頁六。

⑪ 任氏上引書，頁二二九—二三四。饒氏書頁一〇〇。

⑫ 陳寅恪先生具有創見的「讀鶯鶯傳」，發表以後旣已爲學界所接受，收於《陳寅恪先生論文集》（臺北、九思，民國六六年）頁七九一—八〇〇。

⑬ 曹家琪，「崔鶯鶯元稹鶯鶯傳」刋於「光明日報」（一九五四、九、一四）收於「文學遺產」二十期，補充仙也可稱呼一般女子或公主。

⑭ 詳參拙撰「六朝道教洞天說與遊歷仙境小說」，收於「小說戲曲研究」第一集（臺北、聯經，民國年）頁三—五二。

⑮ 詳參拙撰「洞仙傳研究」，收於「六朝隋唐仙道類小說研究」（臺北、學生，民國七二年）

⑯ 有關此一小說的研究凡有多篇，以波多野太郎，「游仙窟新考」最爲周備，刋於「東方宗教」十（一九四二、三三）。

⑰ 李白「秋獵孟諸夜歸置酒單父東樓觀妓」。

⑱ 錢起，「陪郭常侍令公東亭宴集」。

⑲ 有關唐人遊仙詩的研究，已另篇處理，此處不贅。

⑳ 陳氏前引文，頁七九一。

㉑ 全唐詩卷八〇二錄史鳳詩七首，分題迷香洞、神雞枕、鎖蓮燈、鮫紅被、傳香枕、八分羊、閉門羹。

㉒ 有關唐代娼妓的研究，參王書奴《中國娼妓史》（臺北、萬年青書店，民國六三年）單篇論文有

㉓ 王桐齡，「唐宋時代妓女考」刊於「史學年報」一—一，較近的有宋德熹「唐代的妓女」是頗完備的論文，刋於「史原」第十（民國六九年十月卅一日）。
詳參拙撰，「神仙三品說的原始及其衍變」，收於「漢學論文集」第二（臺北、文史哲出版社，民國七二年）頁一七一—二二四。此文論六朝仙眞。唐代的會眞詩，全唐詩卷八六三錄雲臺山五女仙的「會眞詩」：爲楊敬眞、馬信眞、徐湛眞、郭修眞、夏守眞同夜成仙，各爲詩道意，事在元和十二年（八一七），屬於仙眞傳說。全唐詩卷八〇一又載葛鴉兒「會仙詩」，也寫玉窗仙會之事，也是神仙本意。

㉔ 全唐詩七八三又全唐詩八〇一錄其題梅山丹井「鑿開天外長生北，煉出人間不死丹。」

㉕ 全唐詩續補遺卷十四收待試詩，爲國粹學報第十九期撰引黃宗羲行朝錄自敍收於「全唐詩外編」（臺北、木鐸、民國七二年）頁五四六。

㉖ 章學誠《文史通義》內篇五論婦學（臺北、國史研究室，民國六十二年）頁一七三—一七三。

㉗ 詳參拙撰「道教謫仙傳說與唐人小說」，發表於第二屆國際漢學會議（臺北、中研院）。

㉘ 傅樂成「唐人的生活」，收於「漢唐史論集」（臺北、聯經，民國六十六年）頁一一七—一一八。

㉙ 詳參⓮拙撰，頁四〇—四三。

㉚ 詳參拙撰，「唐代宮觀女冠與送宮人入道詩」，發表於第一屆唐代學術會議。

㉛ 詳參嚴耕望，「唐人讀書山寺考」收於「唐史論集」（香港新亞書院，一九六五）。

㉜ 詳參㉚拙撰。

㉝ 全唐詩八〇五引「吟窗雜錄」。

㉞ 詳參拙撰，「唐人葵花詩與道教女冠」，發表於第五屆國際比較文學會議論文集（臺北，民國七六年）。

㉟ 詳參拙撰「西王母五女傳說的形成及其演變」，刊於「東方宗教研究」（臺北、文殊出版社、民

國七六年）說明西王母統領衆女仙，爲墉城的主導女神。

㊱ 詳參拙撰「六朝道教與遊仙詩的發展」，刊於「中華學苑」（臺北、政大中研所、民國七十二年）頁九七－一一八。

㊲ 唐亦璋，「神仙思想與遊仙詩研究」即以李白、曹唐代表唐代遊仙詩，刊於「淡江學報」十四（民國六五年四月）

㊳ 有關曹唐遊仙詩的研究，較早有程會昌，「郭景純曹堯賓遊仙詩辨異」，刊於「國文月刊」第八十期，又上引唐亦璋文，而近年最詳盡而精采之作，則爲 EDWARD H. SCHAFER, The Sea of Time Poetry of Ts'ao T'ang, Univesity of California Press, 1985.

㊴ 全唐詩卷七七八有潘雍，不詳其時代，所作贈葛氏小娘子即是同一寫法：「曾聞仙子住天臺，欲結靈姻愧短才。若許隨君洞中住，不同劉阮卻歸來。」深致其愛慕之意。

㊵ 龍楡生「唐宋詞定律」，即以皇甫松所作爲例，此書定律頗便於翻閱。（臺北、華正、民國六八年）。

㊶ 皇甫松曲辭，見於花間集，尊前集，經林大椿輯錄於《全唐五代詞》中，共得九調二十二首，多與調名相合，屬於兼寫詩、曲（詞）的作家。

㊷ 和凝鄆州須留（今山東）人，曾仕後唐、後晉、後漢，好爲曲子，短歌艷曲，流布於汴洛，人稱曲子相公。《花間集》收十二調二十首，《尊前集》收三調七首，多爲冶艷之作。

㊸ 任二北《敎坊記箋訂》頁九一。

㊹ 陳弘治，「唐五代詞研究」指出其所傳七調十首中，僅臨江仙二首，定風波一首，題材與調名相合，餘則盡爲閨情別怨之作。（臺北、文津、民國六九年）頁一四一。

㊺ 詳參㉞前引文，說明唐代女冠的服飾。

㊻ 詳參㉚前引文。

㊼ 全宋詞蘇軾詞如夢令下有作者自注語，說明嫌唐莊宗原名不雅，乃取卒章「如夢」諸字，改爲如夢令，時元豐七年十二月十八日。

㊽ 張泌在《花間集》中僅次於韋莊、薛昭蘊，事前蜀，官舍人，與南唐張泌非同一人。

㊾ 陳弘治的研究均注意及題材與調名是否相合的問題，凡相合的都予列出，頗爲詳細。

㊿ 此一問題，將另篇處理：「北宋崇道與詞樂發展」。

# 消息還依道•生涯只在詩

## ——王禹偁詩析論

呂興昌

### 一、主盟宋初四十年

石介（一〇〇五—一〇四五）〈怪說〉（中）云：

今天下有楊億之道四十年矣。……今楊億窮妍極態，綴風月，弄花草，淫巧侈麗，浮華纂組，刓鎪聖人之經，破碎聖人之言，離析聖人之意，蠹傷聖人之道……❶

又〈與君貺學士書〉云：

狀元監丞閣下……復自翰林楊公倡淫辭哇聲，變天下正聲四十年，眩迷盲惑，天下瞶瞶晦晦，不聞有雅聲，嘗謂流俗益弊，斯文遂喪，恐恐焉大懼聖人之道絕於地。……狀元力排貶斥淫辭哇聲，獨以正音鼓唱乎羣盲，衆迷將廓然開明乎。……❷

這兩則資料清楚地指出，宋初西崑體在石介極力詆斥前，業已風行四十年。但所指四十年到底起迄爲何，仍須進一步推勘。

〈怪說〉文成於何時，文獻無徵。但〈與君貺學士書〉卻略可考訂。君貺，卽王拱辰。據宋劉敞〈王開府行狀〉云：

（王拱辰）天聖八年舉進士，仁宗廷試，以為天下第一，時年十九，拜將作監丞，……景祐二年，改祕書省著作郎、直集賢院。❸

與宋庠《元憲集》〈將作監丞王拱辰可著作郎直集賢院〉一文❹，又據洪邁之說：「國朝儒館仍唐制，有四：曰昭文館，曰史館，曰集賢院，曰祕閣，……四局各置直官，均謂之館職，皆稱學士。」❺而王拱辰子君貺❻，則石介〈與君貺學士書〉當卽作於景祐二年（一〇三五），由此逆推四十年，爲太宗至道元年（九九五），這正是楊億編集《西崑酬唱集》完竣——大中祥符元年（一〇〇八）❼——之前的十三年。可見西崑的盛行，顯然從編集《酬唱集》之前不久便已開始，酬唱集出，達到顚峯，而後延續不衰，前後計四十年，這就是楊億劉筠的時代。

而在楊劉之前，也就是趙宋開國以來那另約四十年的時期，便似乎可以說是王禹偁的時代了。王卒於咸平四年（一〇〇一），西崑之風剛剛初起，爲時不過六年，此後便全是西崑的天下。因此，石介在〈祥符詔書記〉云：

> 楊亦學問通博，筆力宏壯，文字所出，後生莫不愛之。然破碎大道，雕刻元質，非化成之文，而古風遂變。時執政馮文懿與二三朝士竊病之，又黃州、漢公皆已死，他人柔弱，無以摧楊雄鋩。……⑧

這正表示黃州（王禹偁）漢公（孫何）歿後，雖有大中祥符二年（一〇〇九）眞宗下詔警告「屬詞浮靡，不遵典式」者，「當加嚴譴」⑨，但由於反對浮艷者心餘力絀柔弱無力，以致西崑之「雄鋩」依然風靡天下，「後生莫不愛之」，絲毫未受摧損。

王禹偁之爲西崑盛行前最重要的宋初詩人，也可以從與他同一時代的文人的看法中獲得佐證。如林和靖（九六七～一〇二八）便認爲「放達有唐唯白傅，縱橫吾宋是黃州」⑩。林氏意識中的「吾宋」指的當然是有宋開國最初那五六十年他在世的期間。而石介也強調「吾宋八十年，賢傑近相望，黃州號辭伯，兩朝專文章」⑪，與林氏一樣，目中絕無楊億的地位，只單獨推崇王禹偁的成就。其後，生於石介卒年的黃庭堅（一〇四五～一一〇五）則同時肯定了王楊二人在宋初詩歌發展上的重要性：「元之如砥柱，大年若霜鶚；王楊立本朝，與世作郛郭。」⑫至於王楊二人之間在詩壇的遞嬗關係，亦即，到底是王氏矯西崑之失，或西崑變王氏之體，則石介與北宋末年的蔡寬夫，已有精確的描述。石介云：

> 楊（億）為少知古道明矣。然以性諳浮近，不能古道自立，好名事勝，獨驅海內，謂古文之雄有仲塗黃州漢公謂之輩，度已終莫能出其右，乃斥古文而不為，遠襲唐李義山之體，作為新制。⑬

蔡寬夫云：

> 國初沿襲五代之餘，士大夫皆宗白樂天詩，故王黃州主盟一時。祥符天禧之間，楊文公、劉中山、錢思公專喜李義山，故崑體之作，翕然一變。[14]

由此可見，王禹偁絕非如一般論者所謂的「當西崑風靡一時之際，盡人皆墮其藩籬，獨王禹偁能夠別開生面，自創一格」[15]，或「柳開石介等人，在理論上給西崑體以猛烈的打擊，王禹偁以自己的現實主義詩篇，成爲詩文革新運動初期的有力歌手」[16]，而係在楊劉西崑聲焰大熾之前，獨開有宋風氣者，而且還使後來的歐陽永叔在禹偁濫觴之後，得以承流接響，逐漸蔚成宋詩大國[17]。

或問，宗初詩宗白樂天的詩人，除禹偁外，尙有徐鉉、李昉、徐鍇等，何以說王氏獨擅一時主盟一代呢？這一方面是由於除徐鉉外，其餘諸人並無詩集流傳後代，無法窺見其詩歌梗概；且徐鉉《騎省集》雖有三十卷傳世，但詩歌之作，卻僅卷二十一、二十二兩卷是自南唐歸宋以後的作品，爲數不過一百二十多篇[18]，與禹偁詩歌十卷，總數高達五百六十餘篇，自是不可同日而語。其次，徐鉉等人全係由五代入宋，身跨兩朝，不若禹偁之純屬宋產。再者，就當代而論，禹偁確實詩名最高，因此，以他作爲宋初詩人代表，並無不妥。

又或問：與禹偁同時而稍後的其他詩人，如魏野、寇準、林逋、九僧等，他們追攀賈島詩風，號稱晚唐體，也有一定的聲望，何以見得王氏必然超越他們而爲當時最具代表性的詩人？這可從三方面加以說明。一、此輩詩人，大都專擅近體，尤其精於五律，但對古體殊不重視；而卽便是律體本身，也只刻意經營中聯，忽略首尾；景語雖佳，詩境偏狹，氣格不高[19]。二、就其中評價最高之林和靖而論，他主要的興趣在於「晦迹林壑」，不願「以詩名一時」，因此，詩既「就稿」，「隨輒棄之」，當時之人已無法窺其全豹[20]，以致後人所欣賞與津津樂道的，無非是「疏影」「暗香」等精絕的聯語[21]，以及他人格與詩品同臻澄澹高遠之境的渾然合一，並無林逋在禹偁逝世之前主領一代風騷的議論。三、卽使在王氏卒後，此輩詩人與西崑盛行相偕的時間，從十二年到二十多年不等[22]，其詩名也淹沒在西崑的洪流之中，一直要到下一代的詩人如梅聖俞出，才重新肯定和靖的價值。

總之，黃山谷縱觀宋初詩歌嬗變，標舉王楊爲二大作家，而蔡寬夫認爲西崑乃繼禹偁而後起，則王氏獨爲宋初四十年主盟一時的詩人，的確是信實可從。

## 二、詩學淵源與詩觀

宋詩學唐而又自闢蹊徑，從文學史的角度看，原是言之成理，準此，王禹偁詩出自白樂天，當然不足爲怪。不過，有些論者常以白之平易評斷王之無力，如翁方綱便以爲：「小畜集五言學杜，七言學白，然皆一望平弱，雖云獨開有宋風氣，但於其間接引而已。」[23]雖然肯定禹偁在史的發展上首開風氣與接引繼起的地位，卻不承認他的詩本身有何價值。這種論在斷先入爲主的觀念——元輕白俗——的思考習慣下，顯然頗能左右一般人的看法。因此，某些肯定禹偁詩之藝術成就的意見，正如林和靖對他的禮讚（縱橫吾宋是黃州），便值得特別注意，如南北宋之交的許顗便云：

本朝王元之詩可重，大抵語迫切而意雍容，如：「身後聲名文集草，眼前衣食薄書堆。」又云：「澤畔騷人正憔悴，道旁山鬼謾歋歈。」大類樂天也。㉔

清賀裳云：

王禹偁秀韻天成，雖學樂天，得其清不得其俗。㉕

所謂「語迫切而意雍容」，指詩之用語雖然不甚含蓄，其意境卻能溫和閒適與自在。詩語不尚含蓄，原本就是有宋一代詩風的共同特色，禹偁遠宗白傅，自是首開風氣之先。詩境溫和自在，也與樂天的閒適之作前後輝映；許氏所論，極有見地。至於「得其清不得其俗」，當指在通俗平易之中，具有一種清新的創意，不至流爲熟套鄙俗，「秀韻天成」則強調這種傑出的表現並非雕鏤刻鑿，而係自然渾成，衡諸禹偁詩篇，賀氏的見解，顯然也是深造有得的看法。準此，王禹偁顯然可說是在白居易此一詩學淵源的基礎上向前開展，自成一家之言。我們知道，白氏一生於詩歌的創作可謂不遺餘力，成爲有唐一代詩篇最多的詩人，總數高達三千八百餘篇。禹偁享年四十八，與居易之七十五相去甚遠，其詩作僅及他的六分之一，雖然，如果王氏年命能與白氏相若，他的作品數量當不在此限，因爲他與樂天一樣，都把作詩視爲生活的重要部份。白氏曾云：

新篇日日成……舊句時時歌……（〈詩解〉）

我亦定中觀宿命，平生債負是歌詩。（〈自解〉）

百事盡除去，尚餘酒與詩。（〈對酒閑吟贈同老者〉）

自從苦學空門法，銷盡平生種種心。唯有詩魔降未得，每逢風月一閑吟。（〈閑吟〉）

日有新詩，且成債務，百事可除，萬法能銷，唯獨吟詩不可須臾廢，樂天於詩，眞是好之成癖，樂此不疲了。至於禹偁則云：

消息還依道，生涯只在詩。——〈謫居感事〉（卷八，頁九五）

已覺功名乖素志，祇憑詩酒送浮生。——〈詩酒〉（卷十，頁一五二）

費盡俸錢為合藥，忙於公事是吟詩。——〈高閑〉（卷十，頁一四九）

老郎為郡幸朝寄，除却吟詩百不能。——〈芍藥詩三首之三〉（卷十一，頁一六六）

眼前有酒長須醉，身外除詩盡是空。——〈寄海州副使田舍人〉（卷九，頁一二〇）

公餘不敢妨吟詠，異日聲名繼至之。——〈滁州官舍二首之二〉（卷十，頁一四七）㉖

公餘有暇，卽行吟詠，甚至喧賓奪主，把吟詩看得比「公事」還忙，並認為除了詩歌之外，百無一能，而且空虛無意義，像這樣把詩歌創作當作生命的中心，其認眞的態度，眞是名副其實的「本與樂天爲後進」了㉗。這種高昂的創作意願，連帶地也使王禹偁對自己作品的價值充滿信心，認爲「一身得喪唯憑道，千古詩名合在詩」㉘，甚至自認足可留名青史，因此他在一首覽鏡自照的五律裏，便毫不客氣地以「他年文苑傳，應不漏吾名」作結㉙，這種求勝的心理也使他頗有與前人一較長短、爲宋人激揚聲勢的豪氣，如〈中條山〉詩序便云：

> 辟許昌賦中條山十四韻，且自云：「兩京之間，巨題不媿不負。」至今百年，人亦無敢繼者，禹偁量移解梁，日與山接，苟默而無述，後之覽吾集者，謂宋無人，因賦二十韻。（卷九，頁一三〇）

於此，我們尚需進一步瞭解，王禹偁除了自小喜愛樂天詩而深受他的影響外，對於杜甫也推崇有加，甚至所作之詩，詩意與杜相類，其子嘉祐以爲偷竊，他非但不以爲忤，反而沾沾自喜，再作一詩自賀[30]。此外王氏認爲「子美集開詩世界」，對杜甫有特殊的看法，以致吳之振特別讚美「元之爲杜詩於人所不爲之時」[31]，在在都可看出禹偁對於老杜的衷心賞愛。

「子美集開詩世界」一句出自禹偁〈日長簡仲咸〉（卷九，頁一二六），乃謫居商州時所作，由於「日長」「郡僻官閒」，終日無事，白晝掩門，深感生命的困頓與局促，因此藉讀杜詩以消永晝，而就在這古今晤對中，一方面促使自己的世界爲之一開，謫居生涯反而別具新義；另方面則是對子美有了一種新的瞭解，認爲杜詩具有一種在詩的藝術領域中，開創了嶄新的「世界」的特質。

這種創新的「詩世界」，對王氏有何意義？根據禹偁其他詩文佐證，可以從兩方面來看。一、所謂創新，即是在前人的基礎之上有所變化，而非僅是摹倣步趨。如杜甫有〈八哀詩〉，禹偁亦受其影響而作〈五哀詩〉，但王氏並非完全依循杜作，〈五哀詩〉序云：

> 子讀杜工部八哀詩，唯鄭廣文蘇司業名位僅不顯着，餘多將相大臣，立功垂裕，無所

哀矣！噫！子美之詩，蓋取人之云亡，邦國殄瘁而已，非哀乎時也，有未到於此者，待同志而嗣之云。（卷四，頁三六）

以〈八哀〉無所哀，所哀只是「人之云亡」，因此特意另寫〈五哀〉，以見眞正的大哀，並把重點由哀人轉變爲哀時，這就是創新精神的具體表現。他如蜀中盛產海棠，聞名天下，杜甫流寓該地，時間不可謂不久，但從無一語道及海棠，禹偁便利用機會，在一首〈送馬學士入蜀〉詩中云：

莫學當初杜工部，因循不賦海棠詩。（卷七，頁八三）

此雖細瑣微事，然而識小知大，王氏熟稔杜詩，並深得三昧，力求創新超越的態度，則昭然若揭。二、這創新的詩世界，具有一種對治並矯正五代以來「艷冶」文風的作用，同時還積極地提出「雅正」的要求，企圖給詩注入新生命。〈五哀詩・高錫〉云：

文自咸通後，流散不復雅。因仍歷五代，秉筆多艷冶。（卷四，頁三七）㉜

〈書孫僅甘棠集後〉云：

新集甘棠盡雅言，獨疑陳杜指根源。（卷十，頁九一）㉝

以陳子昂杜子美爲「雅言」之根源，當然由於陳在唐初，一變六朝浮靡詩風，以漢魏風骨自許，力追風雅的關係，禹偁身處宋初，五代浮靡冶艷的餘習相當濃厚，與唐初實不相上下，因此認同陳杜，強調雅正，自是順理成章的事，這也就是禹偁在〈還韋度支詔程集〉一詩中，一方面讚歎韋氏，另方面期許自己的時代，有感而發所說的——

皇宋聲詩歸雅正（卷十，頁一四二）

「雅正」，從與「艷冶」的對照來看也好，從陳杜的根源上來看也好，它所要指陳的，顯然具有一種拋棄個人浮淺的矯揉雕鏤，從而正視人間苦難的現實關懷。眞正的含意了。

禹偁對詩的基本觀念尙有一項値得進一步探討，此卽他對「古淡」與「平易」的精闢見解。〈酬种放徵君一百韻〉云：

關中朋友來，遺我神仙作。……古淡啜銅羹，文雅鏗木鐸。……渾金豈在鎔，尺璧寧施琢。……（卷三，頁二四）

「渾金豈在鎔，尺璧寧施琢」意謂：眞正純粹有如金玉之美的作品，並不需刻意的鎔鍊雕琢，亦卽應該任乎自然，平易可親而不故作艱澀。這種力求平易的觀念若對照〈答張扶書〉的說法，便更爲淸楚了：

又懼乎言之易泯也，於是乎有文焉，信哉，不得已而為之也。既不得已而為之，又欲乎句之難道邪？又欲乎義之難曉也？必不然矣！（卷十八，頁二五三）

這種要求遣文造句不可趨難，意義表達不可隱晦的論文觀念，非常有趣地反映出王氏對於韓愈與白居易的兼容並畜。禹偁傾心樂天，前文已詳，至於昌黎，王氏在〈送李蘊學士序〉云：

某，㉞希韓者，願為序以繼其美。（卷廿，頁二八七）

〈答張扶書〉云：

近世為古文之主者，韓吏部而已。（卷十八，頁二五三）

由此可見，王氏對於韓愈的推崇與企慕。韓白二人在許多方面原本大異其趣，但王氏討論詩文卻喜歡以二人作爲取法的對象，這便表示王氏深知韓文原有「文從字順各識職」的醇厚自然，更知白詩「非求宮律高，不務文字奇」的平易近人，因此，很自然地把二者治爲一爐，詩文製作，當然採行平易而不假雕飾一路了。

至於「古淡」，禹偁以「啜鉶羹」爲喻，意指乍看平淡，其實有味。《周禮·天官·亨人》云：「祭祀共大羹鉶羹。」疏：「大羹盛於登，謂大古之羹，不調以塩菜五味。調以五味，盛之於鍘器，卽謂之鍘羹。」此外這有味的平淡還具有鏗然有如木鐸警世的作用，從而與「文雅」互相表裏，因此，古淡並非枯淡，而是在平淡中蘊含着雅正的古味。

按宋詩繼唐而起，在唐詩諸體兼備的偉大成就籠罩下，想另創宋調與唐音比美，自非獨闢蹊徑不可，就此而論，宋初不管反對五代冶艷的王禹偁或反對西崑穠麗的梅堯臣，雖然彼此詩風有別，但他們在尋求與唐音頡頏的態度上卻頗一致，亦卽，他們都標舉「平淡」作爲化解唐詩的絢爛與豐腴，從而開展出此後整個宋詩的基調。梅氏曾云：「作詩無古今，唯造平淡難。」（〈讀邵不疑學士詩卷奉呈杜挺之〉），吳之振評宛陵詩，也引龔嘯的看法，強調堯臣「去浮靡之習于崑體極弊之際，存古淡之道于諸大家未起之先」㉟，因此一般論者總以爲首開宋詩平淡或古淡風氣的是梅堯臣，殊不知在梅氏之前禹偁早已倡議在先了。㊱

## 三、貶謫經驗的新意義

勾勒出禹偁的詩學淵源及其詩觀之後，對於他的作品便可提供一些方便有效的分析角度，底下擬從三方面予以探討。

首先，閱讀禹偁所有五百餘篇的詩作，最強烈的印象是，詩中隨處彌漫着極爲普遍的貶謫意識，因此，他自編《小畜集》時便有「謫官詩什何紛如」的感嘆，（卷十三，頁一九三）這當然與他一生頻遭黜謫有關。按禹偁自眞宗太平興國八年登進士第，時年三十，到四十八歲逝世止，總計十八年的仕宦生涯中，除初仕成武縣主簿一年，調任長洲縣令約三年，自求外任知單州十五日，加上任職京師諫官詞司前後六年半，其餘的八年，竟有三次貶謫的慘痛經驗；一貶商州，再謫滁州，終黜黃州。此卽〈三黜賦〉所謂的「一生幾日，八年三黜」（卷一，頁八）。

將這現實苦難轉化成文學經驗，禹偁有時直接以「謫居」或「謫居感事」的標題處理，有時是在友朋之間的寄贈別送中觸及，有時則在與貶謫有關的歷史人物與古跡的晤對中反省，此外，自然山川的特殊景象可以引發，解除貶謫調職京官後也可以回憶咀嚼，總之，貶謫意識在禹偁的生命中早已成爲一道無法消除的烙記。

當然，禹偁之所以一再斥逐，原與他耿直剛正的秉性有關。禹偁一生仕宦，主要時期幾乎全在太宗一朝，在京職位不是正言之類的諫官，就是翰林學士、知制誥的詞臣，因此極言直諫原本就是他的職責，然而太宗對於諫臣的態度一直缺少衷心的賞愛與寬容，他時而嘉許，時而不悅，例如田錫知制誥，「好直言，上或時不能堪，錫從容奏曰：『陛下日往月來，養成聖性。』上悅，益重焉。」[37]但兩年後，「自秋徂冬不雨，田錫上言：『此實陰陽不合，調燮倒置，上侵下之職而燭理未盡，下知上之失而規過未能。』」，結果是「疏入，帝及宰臣皆不悅」，田錫也因此貶知陳州[38]。當時同爲知制誥的禹偁爲此寫了七首詩送他，其中之一的〈寄田舍人〉云：

出處昇沈不足悲，羨君操履是男兒。
左遷郡印辭綸閣，直諫書囊在殿帷。
未有僉諧徵賈誼，可無章疏雪微之。
朝行孤立知音少，閑步蒼苔一淚垂。（卷七，頁八四）

以元稹任職左拾遺，當路者惡之，出爲河南尉，再貶江陵士曹參軍爲喩，強調元稹雖然命蹇，猶有李絳、崔羣、白居易等爲他申辯枉曲，而田錫竟無知音仲援，爲此「男兒操履」，禹偁自是「英雄灑淚」了，相惜之情，溢於言表。明張溥曾評論太宗致治，有「帝好直言，鯁士滿朝，若田錫王禹偁者流，舖陳治道」之語[39]，然而二人先後卻都因直言被黜，則太宗對待諫臣的態度，根本就未曾眞正地推心置腹。據《續通鑑長編》所載，太宗曾兩度爲禹偁的剛直表示不滿，一次是淳化四年，「謂宰相曰：禹偁文章獨步當世，然賦性剛直，不能容物，卿等宜召而戒之。」一次是至道元年，「上謂宰相曰：人之性分，固不可移，朕嘗戒勖禹偁，命自修飾，近觀擧措，終焉不改，禁署之地，豈可復處乎？」[40]這就是禹偁一生悲劇性的遭遇最主要的原因，而這「直而見斥」的矛盾心理，也就成爲他貶謫經驗的主要核心了。《小畜集》中，這類意象可謂不勝枚擧，例如〈東門送郎吏行寄承旨宋侍郎〉云：

> 自念山野士，不解隨圓方。宦途多齟齬，身計頗悲涼。（卷五，頁四七）

〈送戚維戚綸之閬州亳州〉云：

> 終待奮直筆，會當伏青蒲。請愼名與器，願分賢與愚。（卷四，頁一四）

〈橄欖〉詩云：

直道逆君耳，斥逐投天涯。（卷六，頁六二）

〈謫居感事〉云：

遷謫獨熙熙，襟懷自坦夷，孤寒明主信，清直上天知。（卷八，頁九五）

〈謫居〉詩云：

直道雖已矣，壯心猶在哉。端居寡儔侶，懷抱向誰開？（卷八，頁一〇九）

〈寄陝府通判孫狀元何兼簡令弟秀才僅〉云：

寸心漫道如絃直，兩鬢難禁似雪繁。兄弟相知情未改，著書呼取屈原魂。（卷九，頁一二六）

〈茶園十二韻〉云：

沃心同直諫，苦口類嘉言。（卷十一，頁一六一）

〈閣下言懷上執政〉之二云：

詬詞黜責子孫羞，欲雪前寃事已休。……道邊極死心終直，澤畔長吟淚暗流。（卷十一，頁一七〇）

這種知識份子堅持直道及其引起的挫辱與不平，很自然地成為他詩求雅正極為重要的主題，因為雅正云云，原就有繼承詩經風雅傳統中，對於人間不平的抗議及舉揚正義的用心。這種不平，就個人而言，使他在第三次貶黃州時，投詩時相云：

出入西垣與內廷，十年四度直承明。
又為太守黃州去，依舊郎官白髮生。
貧有妻賢須薄祿，老無田宅可歸耕。
未甘便葬江魚腹，敢向台階請罪名。（〈出守黃州上史館相公〉外集卷七，頁四四三。）

葬身魚腹原是屈原忠而見斥後，在道既不行國無知音的情況下，不得已的自我毀滅，禹偁「未甘便葬」，寃沉不明，曾於〈黃州謝上表〉剴切陳述道：「忝預史臣，同修實錄，晝夜不捨，寢食殆忘；已盡建隆四年，見成一十七卷，雖然未經進御，自謂小有可觀。忽坐流言，不容絕筆。夫讒謗之口，聖賢難逃，周公作鴟鴞之詩，仲尼有桓魋之歎。蓋行高於人，則人所忌，名出於衆，則衆所排，自古及今，鮮不如此。……臣孤貧無援，文雅修身，不省附離權臣，祇是遭逢先帝，但以口無苟合，性昧隨時，出一言不愧於神明，識一事必歸於正直。慍於羣小，誠有謗詞，謀及卿士，豈無公論？」（卷二二，頁三一四）由此可以印證《宋史，本傳》所說的「預修太祖實錄，直書其事。時宰相張齊賢、李沆不協，意禹偁議論輕重其間，出知黃州」，故禹偁被貶，與修史時之堅持直筆有密不可分的關係，而禹偁卓越之史才史識早有定評，其史論也早被後之修史者推重並採用㊶，他的「敢向台階請罪名」，無疑地是對這種在制度上要求修史者秉持直筆，而實際上卻又橫加干擾的腐敗官僚體系的抗議。他的「未甘」，顯然不僅僅是一已命運之多蹇，而是包含著對於一再重復的「聖賢難逃」的歷史悲劇的不平。

這種不平，在第二次貶滁州時，透過《聞鴞》一詩，已有極動人的描述。此詩一開始便標出羽族之中，「爲怪有鵩鴞，爲瑞稱鳳凰」，然後敍述兒時所聞的鳴鳩與乳燕，任職京官的鶯囀笙簧，用以對照出初謫商山與再貶滁州聞鴞時所引起的驚惶。在「孺人泣我右，稚子啼我傍，吾心非達士，詎免亦悵悵」的煩擾中，既然終夜不能成寐，也就油然緬懷起漢唐以降許多遭貶而聞鴞的前賢來：

> 嗟嗟漢賈誼，年少謫南荒。故有鵩鳥賦，倚伏理甚詳。郇公暨鄭侯，放遂同一邦。夜深聞此鳥，韋公涕沾裳。李侯舉酒令，斯音非不祥。坐客如不聞，罰之以巨觴。遂使惡鳥聲，聽之靡所傷。贊皇貶袁州，懷鴞義亦臧。乃知昔賢哲，未免亦悽惶。

對於賈誼的「年少謫南荒」，禹偁曾經認爲是漢文帝「帝道或未全」（〈讀漢文紀〉，卷二七）的原因之一，因此禍福倚伏的鵩鳥賦旨，「斯音非不祥」的李侯豪語，與及贊皇〈懷鴞賦〉所謂的鴞本「好音」，顯然都是面對放逐無可如何的自我安慰，他們眞正的感受當然是「未免亦悽惶」，禹偁於是反躬自省：

報國惟直道，謀身昧周防。四年再度黜，鬢華已蒼蒼。雖得五品官，銷盡百鍊鋼。何當解印綬，歸田謝膏粱。教兒勤稼穡，與妻甘糟糠。鳳來非我慶，鵩集非吾殃。優游盡天年，身世俱可忘。（卷五，頁五一）

禹偁不是眞正的隱士，所謂歸田稼穡，完全是他那時代的知識份子，在道不得行志不得展的困境中，常常萌生的自我解嘲，因此，「鳳來非我慶，鵩集非吾殃」顯然只是姑且說說，只是「報國惟直道，謀身昧國防」，從而「銷盡百鍊鋼」之後，另一種不平的表達方式而已。這種不平，透過歷史人物的今古對照與輝映，委婉地浮現出更爲深沉的抗議。對禹偁而言，這種抗議才是他生命深處最眞實的躍動。試看初貶商州的原因，是他在太宗淳化二年知制誥兼判大理院時，發生妖尼道安誣告大臣徐鉉姦私甥女事，事實證明道安無中生有，理當反坐，太宗不但下詔勿治，反而貶徐鉉靜難軍行軍司馬，禹偁爲此大感不平，乃抗疏爲徐鉉雪寃，並論道安當罪，結果誠如〈吾志〉（卷三，頁二七）一詩所謂的，在「一旦命執法（指兼判大理院事）」，嫉惡寄所施」的職責要求下，「丹筆方肆直」的執著所帶來的竟是「皇情已見疑」！於是原來那股「致君望堯舜」「自爲志得行」的理想，在「斥逐深山中」後，遂產生了「于張求不得，安用此生爲」的浩歎。按于定國與張釋之二人在漢爲廷尉時，治獄平恕，時人曾有「民自以無寃」，「天子無寃民」的讚頌，而更重要的是，二人均能堅持原則，無懼帝皇的干涉，而能執法如山，得到皇帝的信任㊷。禹偁見賢思齊的下場卻是換來斥逐，其內心之不平，在「安用此生爲」一語中，實流露無餘，因此他謫居生涯中的故作達語，有時是需要進一步去瞭解其所潛藏的衷曲的。

在這種不平的抗議意識中，對於苦難的悲憫與正義的堅持，很自然地成爲禹偁貶謫生活中特別引人關心的焦點。〈烏啄瘡驢詩〉（卷十二，頁一八五）既寫實地刻畫出與他同謫商於的蹇驢，在「穿皮露脊痕連腹，半年治療將平復」之際，忽被老烏「啄破舊瘡取新肉」的慘況，同時也象徵地企圖借取隣家秋鶻予以武裝——「鐵爾拳兮鈎爾爪」，以便「折烏頸兮食烏腦」，從而「亦與瘡驢復讎了」，表現出悲憫弱小，抗拒強權，甚至不惜採取行動痛加制裁的大義凜然。〈竹鼯〉一詩（卷三，頁三〇），表面寫的是商山竹林中貪食春筍秋筠，永不厭足的鼯鼠，實質則在強調「竹也比賢良，鼠兮類盲俗，所食既非宜，所禍誠知速」，從而點出「吁嗟彼小人，乘時竊君祿，貴依社樹神，俸盜太倉粟」，並預言他們的下場是「朝見秉大權，夕聞罹顯戮」，然後歸結出「彼狡勿害賢，彼鼠無食竹」。這種爲國珍惜賢良的託喻，透過謫居所見的風土實物之觀察，特別顯出禹偁既以自傷復以傷時的苦心。

這種自傷與傷世的情懷，在〈感流亡〉（卷三，頁二九）中，更引發出禹偁另一種高貴的生命情操來：

謫居歲云暮，晨起廚無烟。賴有可愛日，懸在南榮邊。
高春已數文，和暖如春天。門臨商於路，有客憩簷前。
老翁與病嫗，頭鬢皆皤然。呱呱三兒泣，惸惸一夫鰥。
道糧無斗粟，路費無百錢。聚頭未有食，顏色頗飢寒。
試問何許人？答云家長安。去年關輔旱，逐熟入穰川。
婦死埋異鄉，客貧思故園。故園雖孔邇，秦嶺隔藍關。

山深號六里，路峻名七盤。襁負且乞丐，凍餒復險艱。
唯愁大雨雪，殭死山谷間。我聞斯人語，倚戶獨長嘆。
爾為流亡客，我為冗散官。在官無俸祿，奉親乏甘鮮。
因思筮仕來，倏忽過十年。峨冠蠹黔首，旋進長素餐。
文翰皆徒爾，放逐固宜然。家貧與親老，覩爾聊自寬。

有宋建國雖已三十多年，戰亂固已遠去，水旱饑饉卻仍時或難免，面對這家恐懼殭死異鄉的逃荒人，面對那如泣如訴、觸手可及的苦難，禹偁突然意識到自己的貶謫竟是罪有應得了，他發現十年的仕宦生涯只是尸位素餐，非但無補民生，反倒是有蠹黔首了，這與他貶商州前在京任職左正言所作的〈對雪〉詩（卷四，頁三九），可謂前後輝映。該詩從漫天大雪紛飛中，想起河朔百姓與邊塞戍兵的苦境，然後意識到自己的「仍尸諫官位」，既無「富人術」，「且乏安邊議」，「多慚」之情油然而生，乃有「深爲蒼生蠹」的自責。而貶黃州時，在中書村遇見唐元和間拜相的鄭絪的六世孫，由於大族陵替，深覺「唐賢亦消歇」，因而反躬自省，在「吾族不力穡，終歲飽且溫」的慚愧中，也強烈地意識到「亦以蠹黎元」的罪孽感。這種知識份子面對苦難大衆，絕非以高高在上的姿態宣訴其口惠的同情，而是感同身受，甚至自罪自責的謙卑與憐憫，是禹偁與衆不同的地方；而這也正是禹偁論詩務求雅正最具體的自我實踐了。

## 四、自然景物的新詮釋

平生詩句多山水，謫官誰知是勝遊。南下閿鄉三百里，泉聲相送到商州。（卷八，頁九四）

這首題爲「聽泉」的七絕，是禹偁初貶商州時，自閿鄉南下商州三百里的聞見感受。從詩中輕快的節奏可以體會出處於斥逐中的他，有時竟也能排除愁苦，以愉快的心情面對周遭的自然景象，從而使詩中充滿動人的山水姿影，無奈的放逐也轉成有味的勝遊，職此之故，無情的煙嵐風景，在紛紛提供詩詠中，竟也變成了有情世界。事實上，禹偁對山水的喜好，早在任職詞臣時，便已形諸歌詠，如在〈送張監察通判餘杭〉詩中，便曾幽默地希望張氏「莫放霜威誇御史」，而應「且收風景屬詩人」（卷十，頁一四四），貶逐後就更多了，如〈寄潘處士〉云：「飄飄又去黃河北，更負中條幾首詩。」（卷九，頁一三〇），〈閿鄉縣留題陶氏林亭〉云：「未抛軒冕終妨道，偶見林泉且賦詩。」（卷九，頁一二八）本節所述，便是觀察禹偁這類抒詠自然景物的作品，在前人大量的傑作籠罩下，能否表現出他的特色來。

先看〈春居雜興〉四首：

一、兩株桃杏映籬斜，妝點商山副使家。何事春風容不得，和鶯吹折數枝花。

二、春雲如獸復如禽，日照風吹淺又深。誰道無心便容與，亦同翻覆小人心。（卷八，頁一〇七）

三、閑寫新詩十數篇，曉來鋪向竹窗前。無端燕子欺人睡，故落春泥污彩牋。

四、一夜春雷百蟄空，山家籬落起蛇蟲。無端蚯蚓爭頭角，觸破莓苔氣似虹。（外集卷七，頁四三八）

這四首七絕，有一個共同的現象，即全都從人與自然的對待關係中，企圖捕捉一份特殊的美感。前二首重點放在自然的無情可厭，後二首則爲自然的有趣可親。至於可親可厭，顯然都不是自然本身命定的性質，而是作者在特殊的主觀心靈觀照下的產物。雖然自然本身的性質或本來面目究竟爲何，是一個容易引起爭辯的認識論的問題，不過，從一個詩歌創作的常識性技巧來看，以物寫物，即不將物當作人來描繪，會更接近自然本身，反之，物之形象無非是人的聲容動貌，那便不是自然本身，而是人的心理投影，準此而論，這四首詩，表面寫的是自然形象，實質則是內心感觸的興發，題云「離興」，極有道理。

而這種偏重內心感觸，把自然形象視爲獲得這種感觸的媒介或手段，可以說就是禹偁筆下的自然最突出的特色了，換言之，自然形象只是一個過程，它不是目的。

就第一首而論，桃杏的形象爲何，它們作爲桃杏之所以爲桃杏的精神爲何，都不是作者關心的重點。他關心的是它們與商山副使的關係，而且有意暗示它們根本就是商山副使家的一員，因此春風容不得的，所要吹折的，表面是桃杏，其實卻是副使。爲了強調春風的可惡，作者甚至把春鶯也寫成了幫凶。因此，這首詩企圖提醒讀者的是，一般視爲溫馨美麗可人的春風黃鶯，在特殊的心理觀照下，落實地說，在一個被斥逐的知識份子的不平之氣中，呈現出迥然異乎常情的意義來。

第二首雖然刻意描繪了春雲的形象，似乎有心觸及春雲本身的特性，然而作者巧妙地以

「如獸復如禽」此一意象，強調這位副使心目中眞正看到的「眞相」，從而再一次推翻尋常視爲當然的「雲無心以出岫」等等傳統的看法，歸結出春雲表面的舒卷自然，其實包藏禍心。

第三首的寫法比較曖昧，因爲春泥汚彩牋到底是一種令人不快的惡作劇，或是教人莞爾的小玩笑，並不容易辨別，不過從全詩的語氣發展來看，副使這邊是「閑寫」，燕子那頭是「故落」，閑寫而鋪向窗前，足見得意，故落乃由於欺人，顯有不滿。於是本詩的趣味重點便落在人與燕子之間的反復揣想上，從而產生一種戲謔的效果，備覺可愛，這也是一種特殊的處理方式。

最後一首是四篇中最能描寫景物本身的，但是它的重點仍不在物上，而在人的特殊詮釋上。按有宋以前，蚯蚓很少入詩，自宋以後，始見增多，禹偁在宋人中可說是第一位寫蚯蚓的詩人。一般寫蚓，常寫它的屈引之形與善鳴之聲，禹偁則特別強調它從土中鑽出的形象，別饒創意。春雷驚蟄，蛇蟲紛出籬落之際，但見蚯蚓不甘寂寞，雖無尖角，仍然力爭出頭，於是翠莓苔上，破土而出，竟有紫氣如虹之勢，眞是蔚爲奇觀。如此一來，無端之爭與觸破之氣，重點不是寫蚯蚓，而是寫副使本人深埋胸中的某種不平之氣的蠢蠢欲動了；但此不平的心境卻寫得富饒趣味，令人莞爾。

經由以上的簡單分析，可以看出禹偁處理自然形象，並不注意形象本身的描繪，而是以心理投影作爲基本的目的。換言之，自然形象原是爲了證明詩人的某種情意觀念而存在；亦卽，如果說禹偁以前的自然詩，並非不想表達「意」，但它們側重的畢竟是「象」的涵詠品味，像「無邊落木蕭蕭下，不盡長江滾滾來」，固然確有其深刻的含意，但它動人的仍是落木長江那形象本身値得令人反復咀嚼的美感經驗。至於禹偁，他也不是捨棄「象」，而是強調「象」的暫時性，媒介性，他企圖影響讀者的是透過這些「象」來思考他所要傳達的「意」。

總之，禹偁的興趣不在使人陶醉於形象中，從而獲得一種情感的共鳴，相反的，他希望達成的卻是讓人認同他的意見而在理智上有所啓發。

這種現象在〈知州廳杏花昨日爛漫，錄事院今日零落，唯副使公署未開戲題二韻〉一詩裏，可以看得更淸楚：

知州宅畔繁如雪，錄事廳前落似梅。
副使官閑花亦冷，至今未有一枝開。（外集卷七，頁四三六）

「繁如雪」「落似梅」都不是特別要讀者細加品味的形象，它們只是爲了表示杏花或開或落的符號，同樣的，「至今未有一枝開」也不是要讀者去欣賞那光是枝葉而無花朶的杏樹本身，作者眞正的用意，乃在戲謔地批評杏花的勢利欺人這個有趣的意念上；知州爲一州之長，自應爲他繁放；錄事雖爲諸曹小官，但掌實權，故亦應開，但是可以早落；至於團練副使，旣屬無權閑職，當然可以一枝不開了！

再看〈和馮中允仙娥峯〉云：

熊耳如當出檻熊，仙姿孤秀壓諸峯。

採芝逋客憐真質，化石佳人妬麗容。
身上霓裳慵整頓，天邊華蓋會裁縫。
常娥月裏休相笑，萬古應無竊藥蹤。（卷八，頁九八）

視熊耳山如出檻之熊，然後用它的威猛反襯仙娥峯的柔麗可人，再用採芝，仙客的艷羨與化石佳人的妬嫉，烘托仙娥之確有仙質麗容。禹偁的處理方式不是讓仙娥峯自我呈現它的美，而是經由比較對照的關係網路來說明它的與衆不同。因此前四句強調的仍是美的一種意念，是一種思考的產物。至於後四句，則是禹偁處理自然景物另一種常用的手法，他把自然形象先轉化成人的活動，讓它具有簡單的戲劇性，從而產生一幅生動而又充滿立體感的畫面：山峯雲彩繚繞轉成女子之慵於整頓衣裳，天邊霞氣籠罩也變成伊人的縫裁傘蓋，甚至進一步與月中常娥也有了對話，認爲不死成仙原不必竊藥奔月，卽此人間便已是仙姿可待。

這種賦予山水自然戲劇性演出的手法也可以在〈獨遊南靜川〉得到印證：

高車嶺上無人見，南靜川中信馬行。
多謝仙娥相管顧，遠擎松雪助詩情。（卷八，頁一〇三）

高車嶺上，南靜川邊，雖然別無人蹤，然而信馬徐行中卻可以領受到遠遠的仙娥（峯）一路相陪，多情地擎舉松雪助人詩興，以致等到禹偁將別商山時，便有「吟愛仙娥最出羣」的讚歎，並油然動起「若有精靈念遷客，暫來河北作行雲」的念頭（〈別仙娥峯〉，卷九，頁一二八)，再如〈筍三首〉之三：

一夜春雷起舊根，亂披煙籜出溪門。
稚川龍過頻回首，認得青青數代孫。(卷七，頁七六)

把春筍紛紛破土萌發寫成「亂披煙籜出溪門」，顯然是要賦予它披衣而出遠門的倉卒，這已經別饒情趣。再加上利用葛洪《神仙傳》所載竹杖化龍的神話情節穿插㊸：飛龍橫天掠過之際，竟已認出小筍就是他的子孫而頻頻回首，那就更富奇趣了。如此的描繪——由筍而竹，由竹而杖，由杖而龍，再由龍反覲筍——已脫離實境而成爲虛構的動作，其戲劇意味當然更爲濃厚。

其他的例子，像〈村行〉的

萬壑有聲含晚籟，數峰無語立斜陽。(卷九，頁一二三)

〈遊虎邱山寺〉的

盡把好峰藏院裏，不教幽景落人間。(卷七，頁七〇)

〈泛吳淞江〉的

唯有鷺鷥知我意，時時翹足對船窗。(卷七，頁七五)

等等，也都巧妙地以人的舉足動作思想意念，把自然形象重新加以詮釋，從而在簡單的戲劇演出中，獲得令人激賞的效果。

如果再簡單地觀察這類作品的遣詞用字，馬上可以看出它們幾乎全是以最通俗的語言來塑造這些自然的形象，然而，在通俗平易中卻又蘊含著相當有趣的創意，由此可見，禹偁詩觀中平易與創新的要求，在他自己的作品裏也得到了具體的實踐，就此而論，翁方綱所謂的禹偁詩歌無論五言七言皆一望平弱的說法，實在值得商榷。

## 五、日常生活的新觀點

禹偁詩另一項重要的特色是對於生活瑣事的特別關心，舉凡風土人情日用器物，甚至以前詩人不屑入詩的題材，他都能與之所至，形諸吟詠。禹偁出身貧寒，自小務農猶不足以維生，有時尚需磨麵添補家計，出仕之後，仍然常感俸祿不足，再加上多年貶謫，大志難伸，以致對身邊瑣細之事轉生一份特別的關心。這種關心日常生活瑣事，尤其是注意那些表面看來並不特具美感的題材，原是整個宋詩的共同特徵之一。追究這種寫作興趣的來源，可以上溯到中唐杜甫元白的首開風氣，禹偁身處初宋，對杜白又拳拳服膺，其為承先啓後的關鍵地位，似乎頗值注意。

這些生活瑣事，有的是日常飲食或器物，如〈又和寄惠藤篋〉（卷十一，頁一六七）、〈橄欖〉（卷六，頁六二）、〈甘菊冷陶〉（卷五，頁五一）；有的是住居問題，如〈賃宅〉（卷十一，頁一七二；外集卷七，頁四四二）；有些是特殊風土景物，如〈海仙花〉（卷十一，頁一六四）、〈后土廟瓊花詩〉（卷十一，頁一六五）、〈啄木歌〉（卷十五，頁一九三）、〈江豚歌〉（卷十三，頁一九四）；有些是園藝勞動，如〈攜稚子東園刈菜因書觸目寄均州宋四閣長〉（卷三，頁二八）、〈種菜了雨下〉（卷九，頁一二七），甚至連借書還書題書也多紛紛入詩，如〈書孫僅甘棠集後〉（卷九）、〈還揚州許書記家集〉（卷十二，頁一八三）、〈酬安秘丞歌詩集〉（卷十三，頁一八九）、〈還楊遂蜀中集〉等等，可以看出，禹偁對於週遭的生活細節，極有興趣，這對以擴大創作題材，廣及人生經驗各個層次與角落的宋詩發展趨勢，不能說沒有先導的積極作用。

這類作品中最富盛名的便是他初貶商州時所作的〈畬田詞〉五首。所謂畬田，根據詩序所述，乃商州南部豐陽、上津一帶，由於深山窮谷，其民例行火種，稱爲畬田。火種之法，先斫去滿山樹木，俟其乾燥後，卽行焚燒，然後趁火尚熾，便著手播種。畬田時彼此互助，雖數百里也自攜農具如期而至，主人備酒肉招待，並且擊鼓喧呼，蔚爲奇觀。禹偁深愛畬田所表現的情義相關，並希望執政者能夠善加推廣，化成天下，庶乎汚萊盡闢，因此，採用通俗易曉的民歌語言，寫成本詩。

一、大家齊力斸孱顏，耳聽田歌手莫閑。
各願種成千百索，豆萁禾穗滿青山。

二、殺盡雞豚喚斸畬，由來遞互作生涯。

莫言火種無多利，樹種明年似亂麻。

三、鼓聲獵獵酒醺醺，斫上高山入亂雲。

自種自收還自足，不知堯舜是吾君。

四、北山種了種南山，相助力耕豈有偏。

願得人間皆似我，也應四海少荒田。

五、畬田鼓笛樂熙熙，空有歌聲未有詞。

從此商於為故事，滿山皆唱舍人詩。（卷八，頁一〇二、一〇三）

從日常生活記錄的角度看，第一首「各願種成千百索」，第二首「由來遞互作生涯」與第四首「北山種了種南山，相助力耕豈有偏」，的確保存了畬田方式的眞實性，它甚至彌補了史料的闕漏。「千百索」句下，禹偁自注：「山田不知畎畝，但以百尺繩量之，曰：某家今年種得若干索。」以索作爲百尺長度單位，他書未見，這不僅對火種這項粗耕的農業生產方式，在空間上可以髣髴想像，同時在詩歌語言的開闢上也大有貢獻。

再從生活素質的角度看，這種粗耕方式的收穫顯然相當有限，但在六百里外的親朋都趕來助耕的濃郁情感交流下，他們深深體會到生活中自有一份豐饒與自足，相對於古詩「日出而作，日入而息，鑿井而飲，耕田而食，帝力於我何有哉」的獨力生產的自求逍遙，禹偁所發現的「自種自收還自足，不知堯舜是吾君」，顯然更能表現農民彼此之間聲息相通休戚與共的同體感。

此外，從禹偁故意用俚俗的語言爲原本「空有歌聲未有詞」的地方歌調作詞，也可以看出他的平民性格來，從序言「欲山民之易曉也」，與詩中「滿山皆唱舍人詩」的希望與自得，充分顯示禹偁的創作意識，並不全然只是提供同階層的知識份子閱讀而已，他已難能可貴地把一般較無知識背景的百姓視爲可愛的讀者了。這種與平民相親的意識，使他寫出了像〈唱山歌〉這類的作品：

滁民帶楚俗，下里同巴音。歲稔又時安，春來恣歌吟。
接臂轉若環，聚首叢如林。男女互相調，其詞非奔淫。
修教不易俗，吾也弗之禁。夜闌尚未闋，其樂何愔愔。
用此散楚兵，子房謀計深。乃知國家事，成敗因人心。（卷五，頁五二）

禹偁在此不但對滁民男女山歌對唱舞蹈的情景——接臂轉環，聚首叢如林，男女互相調——有了簡單的描述，而且對這其樂愔愔夜闌不絕的民俗活動給予極高的評價，認爲國事成敗正繫乎這人心的引導。前文說過，作爲一個有良心的官吏，禹偁特別關心民瘼，常懷有虧職守的慚愧之情，這與此詩的善體民意，因勢利導的用心是完全相同的。

禹偁以日常生活瑣事入詩，常有詼諧幽默的情趣，讀來使人想見他在剛直端正之餘，畢竟不是嚴肅拘執，而是充滿動人的慧心與彈性。例如，有一次他正邊自飲酒邊自吟詩時，突然吏報轉運使光臨，必須親自接待。束帶謁見之際，非但不以爲苦，反而以輕鬆的口吻戲作一絕云：

日高睡足更何為，數首新篇酒一巵。郡吏漫勞相告報，轉輸應不管吟詩。（卷八，頁一一〇）

另一回，多年老友張屯田有弄璋之喜，三日洗兒會已過，竟不會客設宴慶祝，禹偁便戲作七律一首逼迫對方非在滿月請客不可：

布素相交二十年，喜君新詠弄璋篇。
洗兒已過三朝會，屈客應須滿月筵。……
至時擔酒移厨去，請辦笙歌與管絃。（卷十一，頁一六三）

以自備酒肴，甚至把自家厨房搬到對方家裏作為「要脅」，設想相當具有創意，奇趣盎然。

禹偁的諧趣，不只表現在對友朋的調侃上，有時也針對自己，自我戲謔一番。例如貶商州赴任時，路過稠桑坡，不慎翻車，面對滿車散落的書册，禹偁當然頗感悵悵，然而一當口占成詩，卻又轉以自嘲的口吻化解了不快：

稠桑坡險忽摧車，悔戴儒冠出敝廬。
已被文章相錯誤，謫官猶載一車書。（卷八，頁九四）

至於對草木鳥獸，只要它們具有某種特殊性，便予入詩，且能在幽默的觀照中表現他的機智與不俗。如〈初入山聞提壺鳥〉云：

遷客由來長合醉，不煩幽鳥道提壺。
商州未是無人境，一路山村有酒沽。（卷八，頁九四）

〈櫻桃漸熟牡丹已凋恨不同時輒題二韻〉云：

紅芳落盡正無憀，吟遶空枝手重搔。
最恨東君少才思，不留檀口待櫻桃。（卷十一，頁一六五）

前一首從鳥名「提壺」引發詩思，希望該鳥不必自作聰明頻頻提醒謫人合當買醉，一副人與禽鳥大興計較的架勢，而諧趣便油然產生自這種故作計較中；後一首則從櫻桃小口發展想像；已凋之牡丹，其色淺絳，猶如美人之檀口，漸熟之櫻桃，紅艷可愛，亦如佳人之紅唇，二者原本一體，如今一凋一熟，檀口不待櫻唇而先謝，追究殺此風景者，自非毫無才華絕乏想像力的春神東君莫屬了，如此設想，眞是令人叫絕。

更有趣的是一位銜帶御史台殿院的馬饒州，頻頻寄奉祛除白鬚的「黑髭藥」，結果服了數十丸仍然斑白未減，如此特別的日常瑣事，禹偁當然不會輕易放過：

兩州迢遞隔長江，寄藥知君念老郎。

妙術遠慚周柱史，衰容爭奈漢馮唐。
未除凡骨無仙分，欲斷愁根有醉鄉。
多羨繡衣鬚鬢黑，滿身唯帶柏台霜。（卷十，頁一五四）

此詩的諧趣有三點：一、自己服藥後依然鬚白如故，不是「黑髭藥」無效，而是因爲自己與仙無緣；二、因此解除衰容的根治辦法應是另一種藥——醉酒；三、羨慕對方的鬚鬢俱黑，以及滿身肅殺之氣，竟都是拜此「黑髭藥」之賜的關係；禹偁白的是髭鬚，馬饒州白的則是滿身的「柏臺霜」。另一次禹偁頸脖長瘤，翰林學士畢士安寄了治瘤特效藥給他，禹偁感動之餘，自然也認爲是絕好詩材而不願失之交臂：

預憂囊癭病龍鍾，乞得仙方便有功。
縱免項如樗里子，也應頭似夏黃公。……（卷八，頁一〇四）

由於只是藥方，實效與否不得而知，因此禹偁便也從想像入手，表示項癭即使治得好，滿頭白髮終也是奈何不了。此詩的趣味在於借號稱「智囊」的樗里子來自我調侃頸上的「囊瘤」，樗里原爲滑稽之人，這便更增加這個比喻的解頤效果。

這種在日常生活中常保彈性的幽默感，在宋詩中，例如蘇東坡與楊誠齋這類的詩人，有越來越受到重視的傾向；我們知道，東坡與禹偁都是學白有得另立門戶的詩人，白居易詩中疏散豁達頗富諧趣的詩境，在他們的詩中自然是遙相呼應，禹偁先東坡一步發揮樂天此一特徵，卓然可觀，這對宋詩諧趣詩風的拓展，應有一定的貢獻。

## 結　語

斥逐貶謫對於知識份子誠然是不堪的，由此而產生的憤懣與不甘也是可以理解的，禹偁八年三黜，當然不免常有窮愁的悲慨，然而在他深厚的儒道思想基礎外[44]，深深嚮往老杜與樂天的爲人，也使他剛正強烈的個性受到相當程度的感化，從而使困蹇的生命轉化成舒暢可親的坦然。因爲老杜晚年雖然漂泊西南天地間，卻以大量的詩篇創作超越百無聊賴的生活；而樂天安貧樂道，貶謫生涯中也充分表現不爲困境所羈的閒適，而有極多超然物外的佳作。禹偁自兒童時即愛讀樂天詩（見〈不見陽城驛〉序，卷三，頁二八），謫居後更喜吟誦〈示子詩〉自注，卷九，頁一二二），因此，藉著強烈的創作意識之催發，他的謫黜經驗便不僅是一味的沉鬱與歎惋，〈謫居感事〉云：「遷謫獨熙熙，襟懷自坦夷。消息還依道，生涯只在詩。……琴酒圖三樂，詩章效四雖。」按「三樂」語出《列子》，指隱士榮啓期鹿裘帶索，鼓琴而歌，孔子問其何樂。榮答：「天生萬物，唯人爲貴，吾得爲人，一樂也；男女之別，男尊女卑，吾得爲男，二樂也；人生有不見日月不免襁褓者，吾行年九十矣，三樂也。貧者士之常，死者民之終，居常以待終，何不樂也？」[45]「四雖」指白居易〈吟四雖〉雜言詩：「年雖老，猶少於韋長史；命雖薄，猶勝於鄭長水；眼雖病，猶明於徐郎中；家雖貧，猶富於郭庶子。省躬審分何僥倖，值酒逢歌且歡喜。」[46]這種學習榮白二公善於化解困境的生命情調，具體地在詩歌寫作中，尤其是持續而狂熱的寫作中，得到了充分的印證。他在〈還楊遂蜀中集〉云：「上玄茫昧胡爲乎？設施吾道生吾徒。否多泰少是天意，生有述作死不虛。」述作是對治並克服生命空虛的妙方，而窮愁憂患則是刺激述作的有力動因，因爲「盡令富貴陷逸樂」的結果是「蠢蠢戢戢如雞豬」。因此「杜甫奔竄吟不輟」的精神至爲珍貴，友朋相與，自然是「相逢且說文章樂」了（卷十三，頁一九三）。於是，詩成了禹偁的生命中心，他「吟詩深自慰」，因爲吟詠之間使他深覺「天似憫窮途」，他「除卻吟詩百不能」、「身外除詩盡是空」，他相信「詩家權柄敵陶鈞」，而且有把握「他年文苑傳，應不漏吾名」。這種對詩的狂熱執著，使他在宋初那個新時代的開始階段，特別敏於反省並勇於開創。他不滿前一個時代的浮淺，希望獨開風氣，他雅正自期心懷民瘼，他排斥淫艷，高標古淡，他的詩中絕少唐詩常有的歌聲舞態衣香鬢影。他用語平易，充滿溫和的平民氣息，甚至視平民爲他的讀者，而且創意迭出，對自然有特殊的詮釋，並非平弱無力。他善於記錄日常生活細節，卻無瑣碎無聊之弊，而是廣搜詩材，表現諧趣，對於宋詩的發展，顯然具有一定的意義。

## 附　註

❶ 石介《徂徠集》（《四庫全書》，臺北，商務影印）卷五，頁二一六。
❷ 同註❶，卷十五，頁二九一。
❸ 劉敞《公是集》（《叢書集成初編》）卷五一，頁六一三。又劉摯《忠肅集·拾遺》（《叢書集成初編》）〈王開府行狀〉所載亦完全相同，見頁三〇三。
❹ 宋庠《元憲集》（《四庫全書》）卷二三，頁一一二。

❺ 見洪邁《容齋四筆》(《國學基本叢書》)卷一，頁三。
❻ 見《宋史・王拱辰傳》(臺北，鼎文，六七年九月)卷三一八，頁一〇三五九。
❼ 見葉慶炳〈西崑酬唱集雜考〉《書與人》第二輯，一九五期(六一年九月十六)
❽ 《徂徠集》卷十九，頁三一六。
❾ 見李燾《續資治通鑑長編》(臺北，世界，五十年十一月)卷七一，頁二。
❿ 林逋〈讀王黃州詩集〉《林和靖集》(《四庫全書》)卷三，頁六四一。
⓫ 石介〈贈李常李堂〉《徂徠集》卷三，頁二〇〇。
⓬ 黃庭堅〈次韻楊明叔見餞十首之七〉《山谷詩集注》(臺北，世界，五六年五月)詩內集卷十四，頁一四九。
⓭ 同註❷。
⓮ 蔡寬夫《蔡寬夫詩話》。見郭紹虞輯《宋詩話輯佚》(臺北，華正，七十年十二月)，頁三九八。
⓯ 見胡雲翼《宋詩研究》(臺北，宏業影印，六一年二月)第五章，頁三六。
⓰ 見大陸學者《新編中國文學史》(高雄，復文影印，無出版年月)第二冊，頁四一三。
⓱ 見吳之振《宋詩鈔》(臺北，世界，五八年四月)〈小畜詩鈔〉作者介紹評語，頁一。按：吳氏亦以為：「是時西崑之體方盛，元之獨開有宋風氣。」此取其後語。又翁方翁《石洲詩話》亦云：「小畜集雖云獨開有宋風氣但於其間接引而已。」
⓲ 《騎省集》(《四庫全書》)提要云：「騎省集三十卷……陳(振孫)氏稱其前二十卷仕南唐時作，後十卷皆歸宋後作，今勘集中所載年月事迹，亦皆相符。」(頁一)
⓳ 參見梁昆《宋詩派別論》(臺北，東昇，六九年五月)頁一八。
⓴ 《宋史・本傳》卷四五七，頁一三四三二。

㉑ 劉克莊《後村詩話・後集》（臺北，廣文，六十年九月）卷一云：「五言猶難工，林和靖一生苦吟，自摘出十三聯，今唯五聯見集中，……七言十七聯，十逸其三，向非〈摘句圖〉傍證，則皆成逸詩矣。」（頁十）

㉒ 魏野卒於一〇一九，寇準卒於一〇二三，林逋卒於一〇二八。

㉓ 見《石洲詩話》（臺北，廣文，六十年九月）卷三，頁一。

㉔ 見《彥周詩話》（《歷代詩話》，臺北，藝文，四五年六月），頁一五。

㉕ 見《載酒園詩話》，此轉引自《宋詩派別論》，頁七。

㉖ 引用板本爲商務《國學基本叢書》《小畜集》。

㉗ 王禹偁〈示子詩〉（卷九，頁一二三）

㉘ 〈和安邑劉宰君見贈〉（外集卷七，頁四四一）

㉙ 〈覽照〉（卷十，頁一四〇）

㉚ 同註㉑。

㉛ 同註⑰。

㉜ 此處所論，雖在文風演變，然詩運流轉，亦復同步進行，因此混合詩文，互相假借。

㉝ 此詩《國學基本叢書》中之《小畜集》，有目無詩，此據《四庫全書》本。

㉞ 某，《四部叢刊》本作「其」，《四庫全書》本作「集」，按上下語意，當作「某」爲是；此從黃啓方《王禹偁研究》改。（臺北，學海，六八年四月）頁五八。

㉟ 見《宋詩鈔・宛陵詩鈔》，頁一。

㊱ 梅氏之前，林和靖已是「平淡邃美」的詩人（見梅堯臣〈林和靖先生詩集序〉），而禹偁更在和靖之前。

㊲ 見《續資治通鑑長編》卷二八，頁三〇九。

㊳ 見畢沅《新校續資治通鑑》（臺北，世界，五一年十月），卷十五，頁三五七。
㊴ 見陳邦瞻《宋史記事本末》（臺北，三民，六二年四月）卷十七，頁九四引。
㊵ 見《續通鑑長編》卷三四，頁七；卷三七，頁七。
㊶ 參見黃啓方《王禹偁研究》，頁四三～四七。
㊷ 見《漢書》（臺北，鼎文，六七年四月）卷七一〈于定國傳〉，卷五十〈張釋之傳〉。
㊸ 指費長房隨壺公學仙不成，壺公遣送費回鄉，費憂不能到家，壺公乃予所持竹杖騎之，到家後投杖於葛陂中，杖化爲龍。
㊹ 規黃啓方《王禹偁研究》頁二七～三二。
㊺ 《列子集釋・天瑞篇》（臺北，明倫，五九年八月），頁一三～一四。
㊻ 見《全唐詩》（臺北，盤庚，六八年二月）卷四五二，頁五一一五。

# 乙編：思想類

# 張載的生平及其思想

黃錦鋐

## 一、張載的生平

張載，字子厚，長安人，僑居在鳳翔郿縣（陝西省）的橫渠鎮，學者因稱橫渠先生。他生於北宋天禧四年（一〇二〇），卒於熙寧十年（一〇七七）年五十八歲。他的父親曾經做過涪州縣令（四川重慶），卒於任所。他少孤自立，很有豪氣，喜談兵事，很思結合青年，保衞洮西邊疆，在他二十一歲那年，上書當時的執政范文正公，自述他的志向。范文正公一見就知道他器識不凡，是一個可造就的人才，就告誡他說：「儒者自有名教可樂，何事於兵」。並勸他研究中庸一書，張載聽從范文正公的勸告，讀了中庸，然並不很滿足，又研究佛教和道教的書籍，仍無所得，於是又回頭研究六經，在六經中，對他影響最大的是易傳。嘉祐初年（一〇五六）他到達京師，設壇講論易經，聽者甚衆。一日二程子來見，與之講論道學，大爲欽服，就對聽衆說：「今見二程至，深明易道，吾所弗及，汝輩可往師之。」（宋史本傳）即日停止講授，從此，時與二程子講論道學❶，渙然冰釋，說道：「吾道自足，何事旁求？」於是盡棄異學。

嘉祐二年（一〇五七）張載三十八歲，考中進士，曾做過祁州司法參軍和雲巖縣令，他在雲巖令任內，就以敎育者的態度，敎化百姓，所謂「政事以敦本善俗爲先」，又於每月吉日，備酒食邀請一些高年的父老，親自勸侑，談論養老事長的道理，同時詢問民間的疾苦，及告訴所以訓誡子弟之意。❷

熙寧二年（一〇六九）御史中丞呂正獻公（呂晦叔）推薦，說他研究古禮，學問很好，可召見諮詢。那時神宗剛卽位，很想得到有才能的人輔佐，因卽召見，問他爲政之道，張載回答說：「爲治不法三代，終苟道也。」神宗聽了很高興，叫他做崇文院校書。當時王安石執政，對張載說：「新政之更，懼不能任，求助於子，何如？」張載回答說：「公與人爲善，則人以善歸公，如敎玉人琢玉，則宜有不受命者矣。」❸王安石聽了很不高興，剛好那時浙東明州發生苗振貪汚的案件，就派他去審理，事畢回朝，他就託疾辭官，回歸橫渠鎭故居。據宋史記載，那時他一面講學，一面著述。終日危坐一室，左右簡編，俯讀仰思，遇有心得，卽使夜半，也必起坐，取燭書寫，曾經說：「吾學旣得諸心，乃修其辭命，辭命無失，然後斷事，斷事無失，吾乃沛然。」（橫渠先生行狀）志道精思，未嘗須臾怠忽。平居常告諸生說，爲學必立志爲聖人而後止。他認爲：

知人而不知天，求爲賢人而不求爲聖人，此秦漢以來學者之大蔽也。（宋史）

他一生爲學，以易爲宗，以中庸爲鵠的，以禮爲體，以孔孟爲極。告誡學者最重要的一句話，就是「學必如聖人而後已。」（行狀）

熙寧八年（一〇七六）他把多年來硏究學問的結果，集成一書，名曰「正蒙」。所謂

「正蒙」，就是訂正蒙昧的意思，這是他一生最主要的著作，他對宇宙本體的看法、教育的主張，都集中在這部著作裏，可以說是他思想的精華。到了熙寧九年（一〇七七），他已經五十七歲了，因呂大防的推薦，說張載始終發明聖人的遺意，議論政治也有所見，應該復其舊職，以備諮訪。於是再召入京都，任同知太常禮院，終因和上級禮官意見不合，又有病，不久就辭官而歸，中途病劇，到臨潼，自己沐浴更衣而入寢，第二天就去世了。家貧無以為殮，由門人集資買棺，奉喪返故居。嘉定十三年（一二二〇）賜謚曰明公。淳祐元年（一二四一）封郿伯，從祀孔子廟庭。

張載除了「正蒙」以外，還有「易說」、「禮樂說」、「論語說」、「孟子解」等，其中只有「易說」尚存，其餘都散失了；此外還有「理窟」十卷，又稱「經學理窟」，無其他刻本；「語錄」和「文集抄」也都殘缺不全。清人朱軾（可亭）所編的張子全書❹（十四卷），收集了張載的大部分著作，其中第四卷至第八卷就是「理窟」。「正蒙」中有「乾稱篇」上下，張載曾經把其中的兩段，書于學堂的雙牖，左面寫「砭愚」，右邊的寫「訂頑」，程叔子認為這樣寫易啓爭端，改為「東銘」、「西銘」。這「東銘」和「西銘」，雖然是同一時期的作品，但內容深淺，截然不同，所以程子專以「西銘」告示學者，而對「東銘」則沒有提及。張載的著述，大致就是這樣。

## 二、張載的思想

### (一) 宇宙觀

張載的宇宙觀，是從周易和中庸推衍出來的，當然也有他自己的見解。簡單的說，他認爲宇宙是由氣的聚散而產生，氣聚而成萬物，氣散則爲太虛。當氣聚的時候，宇宙萬物是確實的存在，張載稱之曰「有」，乾稱篇說：「凡可狀，皆有也；凡有，皆象也；凡象，皆氣也。」但當氣散時，太虛則空無所有，張載稱之曰「神」❺。太和篇曰：「散殊而可象爲氣，清通而不可象爲神。」那麼，氣是什麼？神又是什麼？其實氣與神是一體的兩面，張載所說的氣，就是太和中所含的陰陽二氣，氣可聚，氣亦可散，氣聚則有形有象，氣散則太虛空無一物。然而這空無一物的太虛，並非無物的眞空，不過是氣散未聚而已，暫時恢復其絪緼的本體，而不是消滅，所以就稱爲「神」。宇宙間一切的事物，都是太虛中陰陽二氣的聚散、活動、變化而產生。太虛與氣是一體，沒有氣，也就沒有太虛。太和篇說：

> 兩不立，則一不可見。一不可見，則兩之用息。兩體者，虛實也，動靜也，聚散也，清濁也，其究一而已。

所謂「一」，就是指太極，太虛。易說云：「有兩則有一，是太極也。」所謂「兩」，就是聚散，動靜的陰陽二氣。氣與太虛，就像冰與水的關係。氣散入太虛，像冰融於水。太虛是本體，氣是作用，兩者不可分。氣的聚散變化，只是臨時的作用，所以稱爲「客形」。太和篇說：

> 太虛無形，氣之本體，其聚其散，變化之客形爾。

又說：

氣聚，則離明得施而有形，氣不聚，則離明不得施而無形。方其聚也，安得不謂之客。方其散也，安得遽謂之無。故聖人仰觀俯察，但云知幽明之故，不云知有無之故。

但是，這種變化萬形的氣，雖然沒有一定，而其產生變化的過程，卻都是遵循一定的規律。動物篇說：

生有先後，所以為天序，小大高下，相並而相形焉，是為天秩。天之生物有序，物之既形也有秩。知序然後經正，知秩然後禮行。

人之生有先後，這是自然之序，所以稱爲天序。及其既生，有小大高下之不齊，相並而相形，這也是自然的分限，所以稱爲天秩。這都是自然的法則，出於不得不然者。太和篇說：

太虛不能無氣，氣不能不聚而為萬物，萬物不能不散而為太虛，循是出入，是皆不得已而然也。

張載稱這不得不然的法則，叫做「理」。太和篇又說：

> 天地之氣，雖聚散攻取百塗，然其為理也，順而不妄。

這裏所說的「理」，是永久存在的。氣的變化雖有二端，但其理則一，並不是氣之外另有理存在。氣與理相須而不相離，就像蘋果掉地下是萬有引力的緣故，而萬有引力就寄托在蘋果掉地下的現象之中，是一樣的道理。自然界如此，人生界亦復如是。因爲人也是萬物之一，人之生，是氣之聚，人之死，是氣之散，聚散雖殊，其爲氣則一，所以氣聚無所增益，氣散也無所損失，知道了這個道理，那麼，生不足留戀，死也不足悲哀了。太和篇說：

> 聚亦吾體，散亦吾體，知死之不亡者，可與言性矣。

誠明篇也說：「盡性，然後知生無所得，則死無所喪。」生與死都是宇宙自然的道理，所以說：「君子夭壽不二，實有所見而然也」[6]。

總而言之，張載對宇宙的看法，認爲整個宇宙是一個空洞無形象的太虛，太虛中充滿著氣，氣有陰陽之分，陰陽二氣相感而有萬物。卽太和篇所說的「氣本之虛，則湛本無形，感而生，則聚而有象」沒有陰陽二氣，就沒有太虛，沒有太虛也沒有陰陽二氣。不過這陰陽二氣必須相感通而後生萬物。太和篇說：

> 感而後有通，不有兩則無一，故聖人以剛柔立本。乾坤毀則無以見易，游氣紛擾，合而成質者，生人物之萬殊。其陰陽兩端，循環不已者，立天地之大義。

知道陰陽二氣相感，故知宇宙萬物之變化無非天道之流行。知道陰陽二氣其本爲太虛，故知天下萬物無非爲一體。張載就是以這個見解，建立他所說的「乾爲父，坤爲母，民我同胞，物我同類」的宇宙觀。

## (二) 人性論

張載的人性論是據自他的宇宙觀及中庸的「天命之謂性」推衍出來。人性既然是由於天命，所以人性與天性也就沒有什麼差別。誠明篇說：

> 天性在人，正猶水性之在水，凝釋雖異，為物一也。受光有小大，昏明其照納不二也。

本性與天性本爲一體，太虛聚而爲萬物，萬物散而爲太虛，西銘說：「天地之塞，吾其體，天地之帥，其其性。」性與天地同流而異行。所以要了解性，必先認識天道，也惟有深切認識天地間變化的道理，才可以理解人性的問題。易說說：

> 乾坤，天地也；易，造化也。聖人之意，莫先乎要識造化。既識造化，然後有理可窮，彼惟不識造化，以為幻妄也。不見易，則何以知天道？不知道，則何以語性。

不過，人性雖與造化同流，但其間仍有不同；與天地造化合一的性，是至善的性，外界物欲不足以蒙蔽之。就是誠明篇所說的「天所性者，通極於道，氣之昏明，不足以蔽之。」張載稱之爲「天地之性」。天地之性無有不善。但當氣變化爲形體時，就稟受種種不同的氣質，那就是太和篇所說的「形而後有氣質之性」。氣質之性因稟受之不同，難免有偏，所以人就有剛柔、緩急、才與不才之分，於是就有善與不善的差異了，這是張載論性的根本主張。或且說：「氣既然是本於太虛，爲什麼氣質之性有善惡參差不齊的區別呢？」張載認爲氣有本，氣也有欲。氣之本湛然純一，氣之欲則是口腹飲食，鼻舌臭味。得之於本者，是湛一的體，得之於欲者，是攻取的用。誠明篇說：

湛一，氣之本；攻取，氣之用。口腹於飲食，鼻舌於臭味，皆攻取之性也。

攻取之性，張載稱爲「氣質之性」。那是因爲氣聚成形，此性墮於其中，則氣質用事。而有純駁偏正善惡的不同了。所以他主張「善反」與「盡性」，以恢復本然的天地之性。誠明篇說：

形而後有氣質之性，善反之，則天地之性存焉。

善反也可以說是盡性的另一種說法，「反」是反回天地之性，但其間必須經過盡性的過程。盡有擴充的意思，孟子所謂「苟能充之，足以保四海」，就是擴充這個本具的天地之性。因爲這天地之性是萬物所同具。誠明篇說：

性者，萬物之一源，非有我之得私也。惟大人為能盡其道。

盡其道也可以說是盡性，這和孟子所說的「盡其心者，盡其性，盡其性，則知天矣」。是同一意義。但是盡性還不足以達到知天地之性的境地，因爲盡性是抽象的原則，窈冥的玄思，必須與窮理相結合，然後盡性才不至於落空，所以又說：

自明誠，由窮理而盡性也；自誠明，由盡性而窮理也。

只談盡性，不談窮理，固易流於玄思，但只談窮理，不談盡性，亦將囿於見聞，惟有窮理與盡性密切結合，然後才能擴大心胸，認識天命流行的道理，這才是人性修養的最高境界。

當然，張載窮理盡性的理論，是據自周易。易繫辭說：「窮理盡性以至於命」。命就是天命流行。張載所說的「自明誠，自誠明」，無非是要達到認識天命流行的地步。三十篇說：「窮理盡性然後至於命」。又說：「盡性者，方能至於命」。都可以說是周易學說的發展。不過，張載的窮理盡性，有更進一步的補充說明。那就是窮理須知順理，盡性還要存乎誠。因爲順性命之理，則人事吉凶都順乎其正。誠明篇說：「莫非命也，順受其正」。誠明篇又說：

德不勝氣，性命於氣，德勝其氣，性命於德。窮理盡性，則性天德，命天理，氣之不可變者，獨死生修夭而已。故論生死，則曰有命，以言其氣也。語富貴，則曰在天，以言其理也。

能夠知道性命之正，天命之理，則可以言天人合一了。然而還須存乎誠，蓋誠能無物，可體天地所以長久不已之道。如是則窮理盡性以至於命，才有著落，而後則可「窮神知化」，知「生無所得，死無所喪」的道理，這是張載人性論主要的觀點。

## (三) 政治觀

張載一生都是在著書講學，所以他的政治目標理想和他的教育思想是相結合的，他的治政之道，首重教化，措施的準則，則在於禮樂，而終極至於孔子的大同世界。玆分述於下：

### (1) 政治與教化合一

張載把人性分爲二，一爲天地之性，一爲氣質之性，天地之性卽本然之性，沒有不善，氣質之性，則有所偏，人性之所以有剛柔緩急，才與不才，都是由於氣質有所偏，所謂「德不勝氣」，但如何能除去氣質之性，保持天地之性呢？他提出「善反」的主張，所謂「形而後有氣質之性，善反之，則天地之性存焉。」（正蒙誠明）至於如何才能做到「善反」，他又提出「變化氣質」的說法，主張用教育的力量來改變氣質之偏，以回復天地之性，所謂「爲學大益，在自能變化氣質」（理窟義理篇）因此他在政治上主張用教育的手段去推行政令，改變民間的風俗，他任雲巖令的時候，據宋史記載：

> 仕為雲巖令，以敦本善俗為先，月吉具酒食，召父老高年者，親與勸酬為禮，使人知養老事長之義，因問民所苦，每鄉長受事至，輒諄諄與語，令歸諭其里閭，民因事至庭，或行遇於道，必問某時命某告若曹某事，若豈聞之乎？聞則已，否則詰責其受命者，故教命出，雖僻壤婦人孺子，畢與聞，俗用丕變。

根據這一段的記載，簡直是在教育百姓，那裏是傳達政令呢？「俗用丕變」，不是偶然的。張載在政治上所以有這樣的措施，其思想淵源是發自「理一分殊」的觀念，萬物形體雖然各不相同（分殊），但都是由於一個根源而來（理一）所謂萬物「雖無數，其實一而已」（乾稱）陰陽之氣，散則萬殊，人莫知其一，合則混然，人不見其殊，宇宙萬物雖千差萬別，但其最後的根源則一。所以張載看天下之物，無一物非物，所以說：「民吾同胞，物吾與也」，既然民是我同胞，物是我同類，那別人的事情，豈不是自己的事情，別人不知道，也就是自己不知道，他怎麼會不急迫的去使人知道呢？所以呂與叔說他：

> 答問學者，雖多不倦，有不能者，未嘗不開其端，可語者，必叮嚀以誨之，惟恐其成就之晚。（行狀）

朱子也說：

> 橫渠教人道，夜間自不合睡，只為無可應接，他人皆睡了，已不得不睡。

張載推行政令，就是根據這些理論出發，所以他施政的措施，不是用政令，而是用教育，不是用刑威，而是用德化，因此風俗爲之丕變。他是把百姓和自己看做一體，深恐百姓無知而觸犯法網，所以盡己所能教化百姓，這不就是仁政的具體表現麼。

(2) 論　禮

張載政令的推行，是以教化爲手段，而政治的措施，則是以「禮」爲基礎，張載一度曾做禮官，但是因爲與當政者不合，才謁告返歸故鄉，其原因是，禮官安習故常，不肯推究古禮之意，據宋史及宋元學案記載：

(張載)患近世喪祭無法，期功以下未有衰麻之變，祀先之禮，襲用流俗，於是一循古為倡，教童子以灑掃應對，女子未嫁者，使觀祭祀納酒漿，以養遜弟就成德。嘗曰：「事親奉祭，豈可使人為之。」於是關中風俗一變而至於古。

張載推行古禮之意在於實踐，禮是形式節文，如果只空談禮的理論，不去實踐禮的精神，那祇是虛禮。從前林放問禮之本，孔子答以：「禮，與其奢也，寧儉；喪，與其易也，寧戚」。儉與戚固然不是禮之本，但由實踐中推求，可得禮之本的深意。張載就是主張從實踐的過程中去體會禮的眞意，所以要教童子從「灑掃應對」的實踐中，去體會禮的重要性，這是孔門爲學的精神，後人以張載「謂周禮必可行於後世，不能使人無疑。」(見宋元學案黃百家語)這是不明瞭張載實行古禮的本意。張載的意思，禮是要出於至誠，不是重視形式，但是不從禮的形式去實踐，誠心就無由表現，因此要使「女子未嫁者，使觀祭祀納酒漿，以養遜弟就成德」，了解這些節文，然後還要親自去實踐，才能表現出至誠的心意。他所說的「事親祭祀，豈可使人爲之」，可爲當世人的當頭棒喝，我們試想禮是表現孝道誠心，所謂孝道誠心，可以請人替代，那禮的意義豈不完全失去了嗎？從實踐中去體會禮的深意，表現出至誠的仁心，這也是張載教育百姓的一種方法，他說：

> 學之行之，而復疑之，此習矣而不察者也，故學禮所以求不疑，仁守之者，在學禮也。（張子全書卷五禮樂）

張載就是用「禮」爲「變化氣質」之道，以「禮」爲「經世之方」，所以說：「禮者，聖人之成法也，除了禮，天下更無別道矣。」（張橫渠先生文集卷六禮樂篇）以後關中學者，相率於正禮文，都是希望實踐禮文，以達到「修己成德，經世化俗」的目標。二程子重在主敬窮理，所以論禮較偏於道德性命；張載論禮重在經世致用，所以多致力於儀文度數之訂定，雖然兩者論禮的重點稍異，但伊川仍稱關中學者「由其氣質之勁，勇於行」，因此禮教漸成風化，這都可以看出張載用禮施在政治上的精神和效果。

### (3) 經濟政策

張載認爲政治的基本因素，除了教養百姓，注重禮文之外，還應該注意到經濟的問題，否則，政治和教育的理想都會落空，所以說：

仁政必自經界始，貧富不均，教育無法，雖欲言治，皆苟而已。（行狀）

所謂經界，就是治地分田，劃分耕種的界限。他主張把土地均平的分配，也就是農地重劃，使耕者有其田，所以說：「今以天下之土，棋畫分布，人受一方。」（理窟）至於原來的田主，則暫時讓他們爲「田官」，來補償他們的損失，這是一種很溫和的土地改革政策，也可以看出張載的政治理想，是建築在教育的基礎上，而要實現教育，則非從劃分土地，使貧富均等不可，這三者，政治、經濟、教育是有關聯性的。他土地劃分的辦法是：

共買田一方，畫為數井，上不失公家之賦役，退以其私，正經界、分宅里、立歛法、廣儲蓄、興學校、成禮俗、救災恤患，敦本抑末。

這可以說是古代井田制度的遺留，這種制度在當時推行起來，當然有許多困難，但卻是均富的有效辦法，可以使民樂從，又使有田的人，利益不會損失，是安定社會的重要政策，正如他自己所說的：

井田至易行，但朝廷出一令，可以不笞一人而定，蓋人無敢據土者，又須使民悅從，其多有田者，使不失其為富，借如大臣有據土千比者，不過封與五十之國，則已過其所有，其他隨士多少，與一官，使有租稅，人不失故物，治天下之術，必自此始。（宋元學案卷十八）

這可以說是體恤人情，顧到各方面的利益，是一種使政治現代化的土地政策，然而當時不能實現，論者爲之嘆息。

總而言之，張載的政治思想，是政治、敎化、禮樂、井田制度，構成一個思想系統，息息相關，缺一不可，而禮更是其中的根本因素，他以禮爲內聖修己之道，由禮發展出經世濟民之學，是一種物質與精神並重的政治思想，禮樂篇說：「欲養民當自井田始，治民則教化刑罰，亦不出禮外。」（文集卷六）可見張載政治思想之內容。他的政治理想，當時雖然沒有見諸實現，但其影響是深遠的，伊川曾稱讚張載說：「子厚（張載字）以禮立敎，使學者有所據守。」（程氏粹言卷一）張載的門人有呂晉伯（大忠）、呂和叔（大鈞）、呂與叔（大臨）都能篤守禮敎，動有法度。呂和叔尙禮文、祭祀、冠婚、飲酒、相見之事，皆不混習俗，一本於禮，節文粲然（伊洛淵源錄卷八呂大鈞行狀）且又喜談井田兵制，以爲治道必自此始。都能得張載之眞傳，以後衍爲關學一派，直到明淸而不衰，不是沒有原因的。

## (四) 敎育觀

張載的敎育觀是根據他的宇宙觀和人性論而來，以窮理盡性以至於命爲立論的主旨。窮理可以說是知識的範疇，是見聞的知，對外界客觀的感受。盡性則是道德的範疇，是主觀的思維，由客觀的感受通過主觀的思維，而進入道德的範疇，使性與天道相結合，這才是眞知。張載稱之曰「德性之知」。大心篇說：

> 見聞之知，乃物交而知，非德性所知，德性之知，不萌於見聞。

聞見之和，只是學習過程所得到的知識，不是眞知。眞知是德性的良知，體事物所以然之理，不是聞見的小知。聞見的小知，是耳目對外界事物的感受，是學，不是道。要達到道的天德良知，必須超出耳目的感受，合內外之知。大心篇又說：

人謂已有知，由耳目有受也。人之有受，由內外之合也，知合內外於耳目之外，則其知也過人遠矣。

合內外之知，才可以消除物我之見，擴大教育的效果。語錄說：

為天地立心，為生民立命，為往聖繼絶學，為萬世開太平。❼

天地本來無心，人通過內外合的認識過程，而對於天地的認識。人能認識天地，也可以說是爲天地立心。然後推及萬民，於是能繼承先民文化，爲人類開創萬世的太平。

然而這種內外合的教育目標，必先具有誠的原動力。張載之學，以中庸爲體，而中庸全書的精神，只是一個「誠」字而已。誠是天地所以長久不已的道，人之能由聞見之知推及德性之良知，都是以誠爲原動力。所以誠明篇說：「故君子以誠爲貴」。

誠的具體表現，則是篤行，天道永恆不息。易曰：「天行健，君子以自強不息。」最能表現誠的精神、行的精神。中正篇說：

行之篤者，敦篤云乎哉；如天道不已而然，篤之至也。

行之篤者，然後能盡性而變化氣質，回復天地之性。這是爲學的目標，也是學爲聖人必由的途徑。張載教育的目標，就是學必至爲聖賢而後止。但其開始則必由學，經學理窟氣質篇說：

> 人之氣質善惡，與貴賤夭壽之理，皆是所受定分，如氣質惡者，學卽能移。今人所以多為氣所使，而不得為賢者，蓋為不知學，則氣無由勝。

義理篇又說：

> 為學大益，在自能變化氣質，不爾，卒無所發明，不得見聖人之奧，故學者先須變化氣質。[8]

爲學是因，變化氣質是果，目標則在求成爲聖人，這是張載教育理想的環節。張載自己，除了短暫時間的從政外，一生都在研究著述，宋史記載他的生活說：

> 終日危坐一室，左右簡編，俯而讀，仰而思，有得則識之，或中夜起坐，取燭以書，其志道精思，未始須臾息，亦未嘗須臾忘也。

他自己曾經說：「吾學既得諸心，乃修其辭命，命辭無失，然後斷事，斷事無失，吾乃沛然❾。都可以看出他重視爲學的精神。朱子曾說：「橫渠之學，苦心力索之功深」。又說：「學者少有能如橫渠之用功者，近看得橫渠用功最親切，眞是可畏」❿。蓋爲學是變化氣質的基礎。語錄抄說：「有志於學者，都更不論氣質之美惡。」

總之，張載的教育觀，是根據他「兩不立則一不可見」的宇宙觀，和分天地之性與氣質之性的人性論，以力學爲基礎，以求變化氣質，而達到聖賢的目標，從而實現他「爲天地立心，爲生民立命，爲往聖繼絕學，爲萬世開太平」的理想。玆述及內容及教習方法如次：

(1) 教育內容

張載的教學內容，最主要的是以易爲宗，以禮爲體。大易篇說：

易有聖人之道四焉，以言者尚其辭，以動者尚其變，以制器者尚其象，以卜筮者尚其占。辭、變、象、占，皆聖人之所務也。

又曰：

易，非天下之至精，則辭不足待天下之問。非深，不足通天下之志；非通變極數，則文不足以成物，象不足以制器，幾不足以成務；非周知兼體，則其神不能通天下之故，不疾而速，不行而至。

又曰：

易一物而三才，陰陽氣也，而謂之天；剛柔質也，而謂之地；仁義德也，而謂之人。

又曰：

> 一物而兩體，其太極之謂歟；陰陽天道，象之成也。剛柔地道，法之效也。仁義人道，性之立也。三人兩之，莫不有乾坤之道。

由此可見張載重視易學的原因。他認爲易之爲書，是聖人窮理極精微之處，天下之理盡於斯。因此他教育學者，以易爲主要的內容。易說繫辭說：

> 乾坤，天地也；易，造化也。聖人之意，莫先乎要識造化。既識造化，然後有理可窮。彼惟不識造化，以為幻妄也。不見易，則何以知天道，不知道，則何以語性。

很明顯的，張載告訴學者，要爲學窮理，必先要認識造化，造化就是宇宙間變化的根源。認識了宇宙變化的根源，才可以體會宇宙變化的規後，才能知天道，論人事。一切的學問，都非要從易入手不可。

其次他並重視禮，認爲禮是天地之德，知禮可以成性，禮也是爲學的基本工夫。語錄下說：「學禮則可以守得定。」不過，張載重視禮，不是注重禮的形式節文，而是要實踐禮的精神。曾說：「強禮，然後可與立。」他自己曾一度做過禮官，但因爲與當政者不合，才謁告返歸故鄉，其原因就是因禮官安習故常，不肯推究古禮之意。當他在關中時，宋元學案曾記載他推行古禮的經過說：

(張載)患近世喪祭無法，期功以下未有衰麻之變，祀先之禮，襲用流俗。於是一循古為倡，教童字以灑掃應對，女子未嫁者，使觀祭祀納酒漿，以養遜弟就成德。嘗曰：「事親奉祭，豈可使人為之」於是關中風俗一變於古。

張載推行古禮之意，是在求實踐，如果空談禮的理論，不去實踐，那只是虛禮。因爲從實踐的過程中，可以體會禮的眞意，所以要教童子從灑掃應對的實踐中，去體會禮的眞意。後人懷疑張載推行古禮，未必可行於後世⑪，這是不明瞭張載推行古禮的本意。禮是要出於至誠，不是重視形式。但如果不去實踐，誠心也就無從表現。經學理窟氣質篇說：「蓋誠非禮無以見。」因此要教女子未嫁者，使觀祭祀納酒漿，以養遜弟就成德。這都是使人從實踐禮文中以表現誠心的方式。從實踐禮文以表現誠心，是張載論禮的特點，也是張載教育的精神。

其他詩、書、春秋、中庸、論孟，也是張載教學的重要內容。他對經書的看法，是以詩能道其志，書能擴大胸襟，春秋可以明百王之大法，正萬世之人心，論孟可見聖人之心意⑫，都是學者必須反復熟讀精思的教材。從這裏也可以看出張載志爲聖賢的精神。

(2) 學習方法

張載教學者學習的方法，大都根據他的認識論及禮記的教學原則而來。他把知識分爲兩方面，一是外界聞見的知識，人所接觸外界事物的感覺，看見會飛的知道是鳥，會流的知道是水。但是如果僅憑外界接觸和見聞，沒有通過思考，就認爲心裏已經知道了，那就會失去心的思考主觀作用。大心篇說：

> 由象循心，徇象喪心，知象者心，存象之心，亦象而已。謂之心，可乎？

荀子曾說過：

> 心有徵知，則緣耳而知聲可也，緣目而知形可也。然而徵知必將待天官之曾簿其類，然後可也⑬。

認識既然不可憑物象而據以爲知，所以張載主張必須內外合，由見聞的知，進入德性的知，這才是眞知。張子語錄說：「聖門學者，以仁爲己任，不以苟知爲得，必以了悟爲聞。」這是學習的良好途徑，近世教育家主張思考教學法、類化教學法，都可以說是張載「合內外」的學習法的發展。

然而德性之知，必須循理而知其原，知道天地萬物產生的道理，不是單由事物的現象去了解，而是要結合主觀的推理而得到。王夫之稱之爲「自喩」⑭。就像我們在暗中用手自指口鼻，不要等待鏡子就可以曉得。但是自喩並不是一蹴可幾，必須勤奮不息，熟悉天理才可。所以張載又主張在學習的開始，必須立志。中正篇說：「志者，教之大倫也。」因爲立志，必精神專一，外界所得的見聞，可以通過內心的分析思考，得到眞知。王夫之稱之爲「熟於天理」。張載稱之曰「德性之知」。爲學能夠熟悉天理進入德性之知，那也就可以變化氣質了。但這都非立志不爲功。語錄抄說：

有志於學者，都更不論氣質之美惡，只看志如何耳，匹夫不可奪志也，惟患學者不能堅勇。

立志不但是學習成功的要素，也是認識事物的基礎。近世教育學家有所謂學習自動原則、熟練原則，都要以立志敦篤不怠爲其基本條件。

另方面就教者而論，必須先了解學者的個性與程度，張載稱爲「至學的難易」。中正篇說：

教人者，必知至學之難易，知人之美惡，曾知誰可先傳此，誰將後倦此，若灑掃應對，乃幼而遜弟之事，長而教之，人必倦弊。惟聖人於大德有始有卒，故事無小大，莫不處極，今始學之人，未必能繼，妄以大道教之，是誣也。

禮記學記曾說：「君子知至學之難易，而知其美惡」。張載根據這個原則，更進一步推論出教者知人知德的重要性。因爲學者的資質，因稟受的差異，各人程度能力必不同，教者必須因勢利導，不可「進而不顧其安，使人不由其誠，教人不盡其材」⑯。語錄抄說：

人未安之又進之，未喻之而又告之，從使人生此節目，不盡材，不顧安，不由誠，皆是施之妄也。

這種人盡其材的教學方法，當然是孔子「因材施教」原則的發展，也是近世教育學家所謂「個性差異」、「計畫教學」理論的根據。

其他張載也主張在學習的過程中，必須有懷疑的精神。理窟學大原篇說：

在可疑而不疑者，不曾學，學則須疑。譬之行道者，將之南山，須問道路之出，自若安坐，則何嘗有疑？

有了懷疑，就必須發問，所以又說：

洪鐘未嘗有聲，由扣乃有聲，聖人未嘗有知，由問乃有知⑰。

這些都是非常寶貴的學習方法。無論在教育理論上，學習方法上，都有很大的貢獻與影響。

總而言之，張載的思想內容，是以易爲宗，以中庸爲的，以禮爲體，以孔孟爲極。他最終的目標，是要「爲天地立心，爲生民立命，爲往聖繼絕學，爲萬世開太平」。可謂求仁致和，純粹博大，尊天立人，自關一宗，影響後世，極爲深遠。尤以改變氣質之說，發前人所未發。朱子說：

氣質之說，起於張（載）程（子），極有功於聖門，有補於後學，前此未曾說到，故張、程之說立，則諸子之說泯。

黃東發也說：

橫渠先生精思力踐，毅然以聖人之事為己任，凡所議論，率多起卓。至於變化氣質，謂形而後有氣質之性，善反之，則天地之性存焉，此尤自昔聖賢之所未發，警教後學最為至者也。

王船山並把他與孟子並稱說：

孟子之功，不在禹下，張子之功，又豈非疏洚水之岐流，引萬派而歸墟，使斯人去昏墊而履平坦之坦道哉；是匠者之繩墨也，射者之彀率也⑱。

這些批評，都非常正確，張載一生都在為傳道、授業、解惑而努力。曾說：「（教者）夜間自不合睡，只因無可應接，他人皆睡了，已不得不睡。」其堅毅刻苦，力學不厭，誨人不倦的精神，留給後人深刻的印象，樹立下永垂不朽的師道典範。

# 附註

❶ 呂與叔作橫渠行狀，有「見二程盡棄其學」之語。伊川曰：「表叔（按張載爲二程子表叔）平生議論，謂與頤兄弟有同處則可，若謂學於頤兄弟則無是事。屬與叔刪去，不謂尚存斯言，幾與無忌憚矣。」（見張子語錄後錄上）

❷ 宋史卷四百二十七本傳云：「政事以敦本善俗爲先，每月吉，具酒食，召鄉人高年會縣庭，親爲勸侑，使人知養老事長之義，因問民疾苦及告所以訓戒子弟之意。」

❸ 見宋史本傳。

❹ 張軾所編的張子全書，中華書局四部備要版計十四卷，正蒙不在其中。日本延寶三年所刊的張子全書，將正蒙與易說、經學理窟等合爲一集，計十五卷，一卷東銘、西銘，二卷至三卷正蒙，四卷至八卷經學理窟，九卷至十一卷易說，十二卷語錄抄，十三卷文集抄，十四卷拾遺，十五卷附錄。

❺ 正蒙太和篇說：「太虛爲清，清則無碍，無碍故神。」

❻ 見和刻本正蒙高攀龍集註。

❼ 一本生民作萬民，往聖作先聖。

❽ 四部叢刊續編張子語錄在不爾之下有「皆爲人之弊」五字，無「故學者先須變化氣質」九字。

❾ 見中華四部備要本張子全書卷十五。

❿ 見和刻本張子全書附錄。

⓫ 見宋元學案橫渠學案黃百家語。

⑫ 見世界版近思錄。
⑬ 見荀子正名篇。
⑭ 見世界書局正蒙王夫之注。
⑮ 四部叢刋續編張子語錄無質字。
⑯ 見中華四部備要本張子全書語錄抄，亦見禮記學記。
⑰ 見中華版張子全書卷十二，亦見禮記學記，文字略有不同。
⑱ 見世界書局正蒙王夫之注序。
⑲ 見四部叢刋續編張子語錄，亦見朱子語錄。

## 參考書舉要


四部備要張子全書。
和刻本張子全書。
世界影印正蒙王夫之注。
四部叢刊續編張子語錄。
世界版近思錄。
商務版宋元學案橫渠學案。
藝文影印宋史張載傳
戴靜山先生橫渠學述（開明梅園論學集）

王雲五氏周程張教學思想（商務中國教學史）

錢賓四氏宋明理學

隋樹森氏中國古代教育家語錄類編

# 孫著「葉文定公年譜」指瑕

周學武

## 一、緒言

研究前人的生平和學術思想，年譜的編寫是最基礎的工作。因爲透過年譜，我們可以清晰地看到譜主的生活背景、師友淵源、思想變遷、以及他和當時學術界的來往情形。一本好的年譜，絕不如一般人想像的那樣，只是刻板地把現存的材料加以堆砌排比而已。編寫的人除了要有豐富的歷史知識之外，還必須具備對於材料的蒐集、考訂、運用的能力。有時，些微的差錯都可能使學者對於譜主的生平及其學術思想產生錯誤的判斷。如果說，編寫年譜是一種繁瑣的、精細的工作，我相信一定會有人同意的。

在前人爲宋儒葉適（一一五〇—一二二三）所編寫的年譜中，清人孫衣言的「葉文定公年譜」，應該是値得注意的一種。雖然，它在材料的蒐集、考訂、運用方面，就今人的尺度來衡量，難免有許多瑕疵；但是與在他之前的葉嘉棆的著作比起來，（葉也著有葉文定公年譜，僅寥寥九頁，三千餘言，缺誤很多，考證也疏略。）卻有很大的進展。孫氏是瑞安人，生平最留意永嘉之學，凡是溫州學者的著述，無不廣蒐細覽，詳加考訂，所以他在這一方面有較好的成就，也是理所當然的。我寫這篇「指瑕」，雖然指出了他在年譜中的一些疏失，但是目的卻在順成他發揚鄉邦之學的志意。挑剔前賢的偶然之失，以彰顯自己的一時之得，絕不是我的本衷，這是我首先要聲明的。

## 二、資料的蒐集

前面說，孫衣言所編寫的葉文定公年譜是一本値得重視的著述，主要的著眼點是他能在零散的資料中披沙揀金，而又能費心的考訂。我們知道，譜主葉適所留存的資料並不豐富。他的墓誌銘、行狀、神道碑等，都沒有被保存下來，卽使是宋史本傳，對他的仕履也交待得非常簡略，而且有些錯誤。在這種情形下，他能參酌三十多種載籍，編寫成書，的確是一件不容易的事。不過，我這樣子說，並不意味著他在這一方面已經做得盡善盡美；起碼，還有一些應該用到的材料，他不曾用到。舉例來說，史浩鄮峯眞隱漫錄中有薦舉譜主最原始的資料，❶呂祖謙東萊集中有譜主與其書信往返的蛛絲馬跡，❷朱子文集中有對浙學及譜主學術思想的批判，❸樓鑰攻媿集中有譜主除國子司業的制詞，❹周密齊東野語中有譜主參與紹熙定禪的始末，❺方回桐江集中有譜主逝世的時日，❻其他如呂皓雲谿稿、無名氏愛日齋叢鈔、李贄藏書、王懋竑朱子年譜、錢大昕二十二史考異、全祖望鮚埼亭集、以及宋元學案、宋元學案補遺中也都有一些材料，可以幫助我們對於譜主的瞭解，他似乎都未曾看到。而有些已經看到的材料，他卻又漏掉了許多重要的部分。（如宋史，他只用到了列傳。）

此外，很可惜的是，譜主的墓碑記，遲到一九五八年才被發現；❼這一部分的材料，孫氏自然無緣看到。否則，可以補足他所編寫的年譜許多的缺憾。例如，譜主的生卒月日，以及除淮西提刑（紹熙三年以淮西提舉兼）、浙西提刑（紹熙三年）、兵部侍郎（嘉泰三年）、轉中奉大夫（嘉泰四年）、提舉隆興府王降萬壽宮（嘉定八年）、轉大中大夫（嘉定十四年）、除敷文閣學士、提舉鴻慶宮、除寶文閣學士、轉正議大夫（嘉定十六年）的時間，都是孫譜所沒有記載的。而孫譜錯誤的地方，如繫知蘄州於紹熙二年（當為元年）、除尚書左選郎官於紹熙三年四月（當為四年十一月）、除湖南運判於嘉泰二年（當為元年）、除華文閣待制於嘉定十二年（當為十年）、除寶謨閣待制提舉上清太平宮於嘉定十五年（當為十四年），也可以因此獲得糾正。但這並不是孫譜的疏失，在這裏，只是附帶的說明而已。

## 三、資料的處理

孫譜最弱的一環，在於資料處理方面。純就這一點來看，對於譜主的學術思想的研究，助益是相當有限的。現在，為了清楚起見，我打算從三方面來加以說明：

1.譜主的作品多未繫年：譜主的著作，有些原本在篇末就已附記了年月，有些雖未附記年月，但卻可以從本身或相關的材料中考知它的作成時日。然而孫譜除了極少數的幾篇文字之外，都未繫年，讀者很難從書中窺知譜主學術思想的發展。舉例來說，如淳熙十一年完成的賢良進卷八卷五十篇，[8]十二年完成的外稿六卷四十篇，[9]大致可以看出譜主經世思想的規模；又如嘉定四年敬亭後記所表現的強烈的反程、朱思想，[10]八年溫州新修學記所揭示的永嘉學統，[11]以及逝世前不久成書而為其畢生心力所萃的習學記言序目，這些重要的文獻，孫譜都未繫入。

2.譜主的學術源流，未加重視：譜主幼年時期曾從劉夙、劉朔兄弟問學，後來又拜在鄭伯熊門下。朔卒於孝宗乾道六年，夙卒於七年，二劉的墓誌銘也是譜主寫的，[12]雖說他們對譜主後來的學術思想沒有很大的影響，但是總不能隻字不提。至於伯熊，他卒於淳熙八年，譜主曾有祭文及哀詩四首，[13]另外，在歸愚翁文集序、及鄭景元墓誌銘中對鄭氏的學術思想更是推尊備至，[14]然而孫氏對於這一部分材料也未加以理會。而譜主的弟子，如丁希亮、錢易直、王大受、孔元忠、孟猷、孟導、滕宬、周南、厲詳、王仲德、薛仲庚、王植等人，孫譜也只是偶然一及其從游的時間而已，他們的學術行誼，幾乎未加介紹。至如其他弟子：宋駒、趙汝讜、趙汝談、邵持正、王度、夏庭簡、徐照、徐璣、吳子良……等人，也無片言之及。孫譜在這一方面，無可諱言的，是過於省略了。

3.譜主與學術界的關係，全然缺略：就現存的資料來看，譜主與呂祖謙、陳亮的關係頗爲密切，與朱子、陳傅良等人也有來往。但是從孫譜中卻找不到一點兒蛛絲馬跡。淳熙二年秋天，譜主曾從祖謙於明招山，當年冬天、三年春天、以及七年之末，都有書信往還，[15]淳熙八年秋天，祖謙在金華去世，譜主的祭文說，他從此喪失了「前路之鄉導」、「旁觀之軌則」；他的習學記言序目又說：「呂氏既葬明招山，（陳）亮與潘景憲使余嗣其學……。」[16]由此可見，他和呂氏的關係極不尋常，而這些材料，孫譜竟然全未繫入。至於陳亮，譜主在幼年時期就和他認識了。淳熙五年，譜主的母親逝世，紹熙三年，譜主的外母逝世，亮都有祭文。淳熙五年的那篇祭文曾提到譜主三十歲以前的學術方向是探究可「與時偕行」的「聖賢之用心」與「英雄豪傑之行事」，[17]紹熙三年的祭文則說到了與譜主長年以來「義同弟昆」的深厚友誼，[18]這些相當重要的文字，孫譜也給忽略了。至於譜主在淳熙十二年所作的抱膝齋詩對陳亮的規箴，紹熙五年陳亮卒於永康時的祭文、嘉泰四年三月所作的龍川集序、嘉定七年所作的龍川集跋、十四年所作的陳同甫王道甫墓誌銘，⑲都可以看到譜主對陳亮的友誼及對他學術的抑揚，可惜孫譜也未注意。再說到陳傅良，他和譜主的關係，大約僅次於呂祖謙和陳亮。傅良和譜主的結識，也在十四、五歲左右，彼此交往達四十餘年之久。雖說：「其術則殊，其論鮮同。」⑳但是二人的交情卻是深厚的。在現存的文獻中，可以參考的還眞不少。例如，淳熙八年十一月，譜主赴浙西提刑司幹辦公事任所，陳傅良曾有詩爲他送行；㉑紹熙初年，譜主在湖北大讀佛書，傅良也曾寄詩表示關切；㉒五年十一月，譜主除太府卿淮東總領，未行，傅良特奏以右文殿修撰或秘閣名目以留譜主；㉓慶元元年，傅良妻死，曾請譜主銘其墓；㉔嘉泰三年十一月，傅良卒於瑞安，譜主寫了祭文；㉕開禧元年三月，傅良安葬，譜主曾有五七言詩各一首寄慨；㉖嘉定元年，又爲傅良作墓誌銘，㉗這些子曲折，孫譜也沒有隻字之繫，僅在淳熙十五年，繫譜主薦傅良等三十四人於朝一事而已。至於朱子，譜主文集中，固然沒有與其往還的記載，但朱子在淳熙十二年與陳同甫書中卻曾提到與譜主有過書信的來往，朱子並且對陳亮表示了要與譜主「商量」學問的願望；㉘另外，朱子文集中還有與葉正則書，㉙王懋竑年譜（卷之四上）繫於紹熙二年辛亥，朱子在書中嚴厲地批評了當時譜主爲人傳誦的著述；次年，朱子在答項平甫書中，又對譜主的學術作了批判，㉚這些文字，都未見孫譜的紀錄。此外，譜主與永嘉四靈的關係也很密切。四靈都是譜主的門人，㉛徐照卒於嘉定四年，徐璣卒於七年，墓誌銘都是譜主寫的，㉜世人都說四靈詩風，譜主有以啓之，爲此，另一門人吳子良曾據譜主所撰的徐道暉墓誌、王木叔詩序、題劉潛夫南嶽詩稿加以辨解，㉝這一件文學史上的小公案，孫譜也未加以參酌。其他如呂皓在嘉定七年曾給譜主一封信，㉞信中明白地提到了譜主對淳熙間朱、陳王覇之辯的態度，如果再能參酌習學記言序目中譜主不滿漢、唐的話語，㉟很容易釐清譜主與陳亮在學術上的界限。然而，孫譜依然未曾給予應有的重視。

## 四、資料的考訂

孫譜在材料的考訂方面是很下工夫的，不過仍然有許多不夠周全的地方。這些地方，或由於歷史知識不足，或由於一時疏忽，或由於運用材料的方式不當，使它的成績多多少少受到了影響。爲了言而有徵起見，我在後面舉幾個較爲顯著的例子：

1. 薛季宣浪語集卷三十五有答葉適書，裏面提到了譜主曾往婺州投書求教的大概。（此書不見於譜主文集）孫譜考證說：「按止齋集薛常州行狀：『公由武昌令調婺州司理參軍，居五年，用樞密使王公炎薦，公懇求之官，不報。於是上在位七年矣。』薛公蓋以隆興元年爲婺州司理，先生方十四歲，及乾道五年，薛公被召，公正二十歲。蓋薛公尚在婺，而公適游婺，因往訪而投以書也。」於是便把這件事繫於乾道五年乙丑了。但是孫氏卻忽略了薛氏答書中的一句話：「王梅谿、鄭著作皆吾鄉之望。」稱鄭伯熊的官銜而不名。據南宋館閣錄（卷七著作佐郎乾道以後）：伯熊於乾道三年任著作佐郎，第二年六月改除吏部員外郎。薛氏既然稱他爲著作，可見他的答書一定在乾道三年六月伯熊除著作佐郎之後，四年六月任吏部員外郎之前。孫譜因受「上在位七年」一語的影響，因此從孝宗隆興元年算起，以爲算到乾道五年首尾正好七年。殊不知孝宗是在紹興三十二年（一一六二）六月卽位的，當年並未改元。從那時算起，至乾道四年（一一六八）首尾已是七年，和南宋館閣錄裏任官的記載正相吻合。孫譜將此事整整延後了一年。

2. 譜主文集中有上西府書，自云上書時間是二十五歲（淳熙元年甲午）。孫譜在譜主二十四歲「如京師」條後考證說：「按西府者，樞密院也。公所上書不知何人。」實際上是他未曾細究。據宋史卷三八四葉衡傳，衡在知建康府後，接著便有戶部尚書之除，不久，又簽書樞密院事，拜參知政事，和書中「近掌地官，不盈月而在右府」的陳述，若合符節。又據宋史卷三十四孝宗本紀二，淳熙元年十一月戊戌，衡以參知政事兼權樞密院事；同月戊申，又以右丞相兼樞密使，可知譜主上書的對象就是葉衡，時當淳熙元年之末。孫譜對於宋史本紀的材料，既全然不用，自然漏掉了可資參考的部分。

3. 淳熙八年辛亥，孫譜繫云：「六月，史丞相浩以先生與薛叔似、楊簡、陸九淵、陳謙、袁燮、趙善譽等十六人同薦召赴都堂審察，先生已改武昌軍節度判官，辭不就。」其後孫氏引證了宋史卷三九六史浩傳，譜主文集卷二十七上趙丞相書，以及畢沅續資治通鑑，並且說：「史言浩薦十五人，與先生書（上趙丞相書）合，通鑑（按當為續資治通鑑）作十六人，蓋十五人。」續資治通鑑實際上是沿襲了宋史孝宗本紀之誤，孫氏斷為十五人自然是不錯的。但是如果能再參證譜主文集卷二十八的祭史太師文、鄮峯眞隱漫錄卷九陛辭薦薛叔似等劄子，證據就顯得更堅實有力了。

4. 淳熙十三年丙午春，陳亮上書丞相王淮，力薦譜主，孫譜繫之於淳熙十年。這件事本來是不容易弄錯的，因為書中明明地說：「近者乙酉、丙戌之和，本非一定之計，而今亦二十一年矣。」[36]乙酉、丙戌是孝宗乾道元二年（一一六五—一一六六），二十一年後陳亮上書，當然是在淳熙十三年（一一八六）。

5.譜主除太常博士，孫譜繫於淳熙十四年，並且考證說：「水心集卷二十六昭慶軍承宣使崇國趙公行狀：公淳熙十四年七月三十日薨於位，……以是年十二月二十三日葬於臨安府餘姚同仕鄉裏山宋宣之原。末云：『奉議郎太常博士兼實錄院檢討官葉某狀。』……又諡議云：『某既狀公之行上之太常，而承乏博士，當以諡配行，其可不信！』蓋行狀作於十五年，其遷太常博士當在十四年。」案譜主所作的諡議，明明說上行狀在「承乏博士」之前，不知道孫譜爲什麼要把它的次序倒過來？據李心傳道命錄卷七、朱子年譜卷三下，林栗是在淳熙十五年六月因論西銘不合，上疏糾劾朱子的，譜主便在當月上疏爲朱子辯護，他的身分就是太常博士。而譜主在同年三月爲蔡瑞所撰的石菴藏書序中則說：「君之從孫武學諭鎬與余同寮，以請而序之。」[37]可見譜主在淳熙十五年三月，還在太學博士任。由此推斷，譜主獲除爲太常博士，必在這一年春夏之間。孫譜繫於淳熙十四年，自然是不正確的。

6.宋史本傳：「除太常博士，兼實錄院檢討官，嘗薦陳傅良等三十四人於丞相，後皆召用，時稱得人。會朱熹除兵部郎官，未就職，爲侍郎林栗所劾，適上疏爭曰：『……。』疏入，不報。」孫譜在淳熙十六年條繫云：「按本傳，先言薦陳傅良，後言爭林栗劾朱子。據道命錄，爭林栗狀十五年六月上，則薦士當在十四年初造朝時也。」很明顯地，這段文字又受了宋史本傳的誤導。據南宋館閣續錄（卷九實錄院檢討官淳熙以後），譜主是在十五年七月，以太常博士兼實錄院檢討官的，爭林栗狀既上於譜主兼此職的前一月，可見宋史本傳記事原本就倒錯了。所惜孫氏不曾發現。又據譜主所撰陳傅良墓誌：「……知桂陽軍。或（案：即譜主）言知名士廢不用者三十三人，公爲其首。執政病之，稍遷提舉湖南常平茶鹽：

…。」[38] 據此，譜主薦傅良，是在傅良知桂陽軍後。又據孫蕖田陳文節公年譜，傅良在淳熙十四年冬赴桂陽軍任，十六年二月改除提舉湖南常平茶鹽，而傅良又因譜主的推薦獲遷，那麼，這件事不能繫於淳熙十四年的道理，是顯而易見的。

7. 孫譜嘉泰三年條云：「先生年五十四，遷知泉州。四月，到泉州。九月，召爲秘閣修撰。」孫譜斷定譜主在此年知泉州，固然有據（詳後），但是認爲譜主在九月赴召後，卽獲除秘閣修撰，則純屬臆測。因爲譜主的除秘閣修撰謝表明明地提到「坐閱寒凉，再徂歲閏」這一句話，[39] 可見譜主除授該職是在嘉泰二年（是年閏正月）。又泉州府志說，譜主是在「嘉泰三年四月抵泉州任，九月赴召」的，[40] 由此可知，譜主除秘閣修撰還在知泉州之前；（據新發現的墓碑記，在除秘閣修撰之後，知泉州之前，另有右文殿修撰之除。）而譜主在嘉泰九月赴召後，所授的職務則是兵部侍郎。

8. 譜主文集卷二有謝除寶謨閣直學士提舉上清太平宮表；譜主上項除授應在嘉定十四年，而孫譜則繫於十五年。並且引宋史本傳：「至寶文閣學士，通議大夫」數語以爲證明。孫譜說：「本傳無『直』字，『謨』作『文』，當從本集。」其實，宋史本傳原本就沒有錯誤。寶文閣直學士是譜主謝世之年所除的，在此事之後。據宋史卷一六二職官志二，寶文閣舊稱壽昌閣，慶曆年間才改稱「寶文」；英宗治平四年，始有學士、直學士、待制之設。至於寶謨閣學士、直學士、待制之設，已晚到了寧宗嘉泰二年。孫譜既混「寶謨」、「寶文」爲一閣，又以爲宋史本傳錯了，顯然是一種疏忽。

以上所舉祇是幾個較顯著的例子，孫譜在考證方面的疏失，當然不止於此。在這裏，爲了避免瑣碎起見，也就不再一一討論了。

## 五、結語

著書為文，錯誤是免不了的，孫譜當然也不例外。我在此文中雖然舉出了它的一些缺失，卻不能因此抹殺它的價值。何況，我自身所犯的錯誤，恐怕也還不少。一般來說，開創或發明的工作較難，指述別人的錯誤較易。希望我這篇文字，不致損傷了傳統的中國讀書人的厚道。

## 附註

❶ 該書卷九陛辭薦薛叔似等劄子，有所薦諸儒姓名，其薦譜主辭云：「新鄂州推官葉適，資禀甚高，博記能文，其學進而未已。」

❷ 參見東萊集卷五與陳同甫。

❸ 參見朱文公文集卷三六答陳同甫、卷五四答項平甫、卷五六答葉正則。

❹ 參見該書卷四〇吏部郎官葉適國子司業制。

❺ 參見該書卷三。

❻ 參見該書卷二讀篔窗荆溪集跋。

❼ 參見一九五八年四月文史哲張一純撰葉文定公墓碑記介紹。

❽ 參見水心別集一—八卷。

❾ 參見水心別集一—一五卷。

⑩ 參見水心文集卷一〇。

⑪ 仝右。

⑫ 參見水心文集卷一六著作正字二劉公墓誌銘。

⑬ 參見水心文集卷七哭鄭丈四首、卷二八祭鄭景望龍圖文。

⑭ 歸愚翁文集序見水心文集卷一二。鄭景元墓誌銘見同集卷二一。

⑮ 參見拙著葉水心先生年譜卷一。

⑯ 參見該書卷五〇文鑑。

⑰ 參見龍川文集卷二五祭葉正則母文。

⑱ 參見龍川文集卷二五祭葉正則外母翁氏文。

⑲ 分別參見水心文集卷六陳同甫抱膝齋二首、卷二八祭陳同甫文、卷一二龍川集序、卷二九書龍川集後、卷二四陳同甫王道甫墓誌銘。

⑳ 水心文集卷二八祭陳君擧中書文。

㉑ 參見止齋集卷二送葉正則赴浙西憲幕。

㉒ 參見止齋集卷三聞葉正則閱藏經次其送客韻以問之。

㉓ 參見止齋集卷二七辭免實錄院同修撰第二狀。

㉔ 參見水心文集卷一四張令人墓誌。

㉕ 仝註二〇。

㉖ 參見水心文集卷七待制中書舍人陳公之亡以山宅須利既遷殯而未葬也後五月乃克葬焉二首。

㉗ 參見水心文集卷一六寶謨閣待制中書舍人陳公墓誌銘。

㉘ 參見朱文公文集卷三六答陳同甫。

㉙ 參見朱文公文集卷五六。

㉚ 參見朱文公文集卷五四。
㉛ 參見林下偶談卷四，四靈詩。
㉜ 參見水心文集卷一七徐道暉墓誌銘、卷二一徐文淵墓誌銘。
㉝ 仝註三一。
㉞ 參見雲谿稿（不分卷）與水心先生葉侍郎書。
㉟ 習學記言序目卷六詩：「以勢力威令為君道，以刑政末作為治本，然則漢之文、宣，唐之太宗，雖號賢君，其實去桀、紂尚無幾也！」
㊱ 參見龍川文集卷一九與王丞相。
㊲ 參見水心文集卷一二。
㊳ 仝註二七。
㊴ 參見水心文集卷二。
㊵ 參見泉州府志卷二六文職官上知州事。

# 二程對孟子知言養氣章闡釋之分析

鍾彩鈞

## 一、前言

孟子知言養氣章篇幅甚長，本文擬就下列部分，以分析二程的闡釋。

孟施舍似曾子，北宮黝似子夏。夫二子之勇，未知其孰賢，然而孟施舍守約也。

孟施舍之守氣，又不如曾子之守約也。

曰：「敢問夫子之不動心，與告子之不動心，可得聞與？」「告子曰：『不得於言，勿求於心；不得於心，勿求於氣。』不得於心，勿求於氣，可。不得於言，勿求於心，不可。夫志，氣之帥也；氣，體之充也。夫志至焉，氣次焉，故曰：持其志，無暴其氣。」「既曰志至焉，氣次焉，又曰持其志無暴其氣者，何也？」曰：「志壹則動氣，氣壹則動志也。今夫蹶者趨者，是氣也，而反動其心。」「敢問夫子惡乎長？」曰：「我知言，我善養吾浩然之氣。」「敢問何謂浩然之氣？」曰：「難言也。其為氣也，至大至剛以直，養而無害，則塞于天地之閒。[1]其為氣也，配義與道，無是，

> 餒也。是集義所生者，非義襲而取之也，行有不慊於心，則餒矣。我故曰告子未嘗知義，以其外之也，必有事焉而勿正，心勿忘，勿助長也。」❷
>
> 「何謂知言？」曰：「詖辭知其所蔽，淫辭知其所陷，邪辭知其所離，遁辭知其所窮。」

二程對孟子知言養氣章屢有引述，其份量佔全書的比例雖輕，然而對二程理氣思想的了解，卻甚有助益。由知言養氣章契入二程理氣說，可觀察二程理氣說的道德實踐背景；而二程思想的不同傾向，在各人闡釋的當中，更是完全的彰顯出來。這是本文寫作的原因，亦是所懸的目標。至於論述方法，則先舉二程早年的思想傾向，再選錄二程遺書（以下簡稱遺書）、二程外書（以下簡稱外書）及二程文集有關知言養氣章的重要段落，加以分析。本文目的在由二程對知言養氣章的闡述，來觀察二程思想，故對是否眞得孟子本義，以及闡釋的是非得失，置之不論。而本文章節的安排亦不依孟子原文的順序，而循著二程的義理系統來開展。

## 二、明道早年的思想傾向

要準確地、扼要地比較二程思想的不同傾向，最好的方法是分析二程早年的作品。明道定性書作於二十八歲，伊川顏子所好何學論作於二十四歲。❸本文擬分析二文，以見二程的早年傾向。本節要討論的是定性書。

明道答橫渠先生定性書云：

承教喻以定性未能不動，猶累於外物。此賢者慮之熟矣，尚何俟小子之言。然嘗思之矣。敢貢其說於左右。

所謂定者，動亦定，靜亦定，無將迎，無內外。苟以外物為外，牽己而從之，是以己性為有內外也。且以性為隨物於外，則當其在外時，何者為在內？是有意於絕外誘，而不知性之無內外也。既以內外為二本，則又烏可遽語定哉？

夫天地之常，以其心普萬物而無心；聖人之常，以其情順萬事而無情。故君子之學，莫若廓然而大公，物來而順應。易曰：「貞吉悔亡，憧憧往來，朋從爾思。」苟規規於外誘之除，將見滅於東而生於西也。非惟日之不足，顧其端無窮，不可得而除也。

人之情各有所蔽，故不能適道，大率患在於自私而用智。自私則不能以有為為應迹，用智則不能以明覺為自然。今以惡外物之心，而求照無物之地，是反鑑而索照也。易曰：「艮其背，不獲其身；行其庭，不見其人。」孟氏亦曰：「所惡於智者，為其鑿也。」與其非外而是內，不若內外之兩忘也。兩忘則澄然無事矣，無事則定，定則明，明則尚何應物之為累哉！

聖人之喜，以物之當喜；聖人之怒，以物之當怒。是聖人之喜怒，不繫於心而繫於物也。是則聖人豈不應於物哉？烏得以從外者為非，而更求在內者為是也。今以自私用智之喜怒，而視聖人喜怒之正，為如何哉？

夫人之情，易發而難制者，惟怒為甚。第能於怒時遽忘其怒，而觀理之是非，亦可見外誘之不足惡，而於道亦思過半矣。心之精微，口不能宣，加之素拙於文辭，又吏事匆匆，未能精慮。當否，佇報。然學大要，亦當近之矣。道近求遠，古人所非，惟聰明裁之。（明道文集、卷三）

此文首先出現的問題是「性」如何能言「定」。假如據伊川「性卽理」（遺書、卷廿二上、七二節）的說法，理本是定的，則性當然也是定的，便沒有「定性未能不動」的問題了。對這個問題，朱子及其後學的解釋是：定性實爲定心。但此說不如以性爲氣質之性的說法爲允當。❹伊川「性卽理」之說顯爲後起，橫渠明道所謂性都還是「氣質之性」。橫渠謂「合虛與氣有性之名」（正蒙、太和篇），明道謂「生之謂性，氣卽性，性卽氣，生之謂也。」（遺書、卷一、五六節）可爲證明。

朱子定心之說，雖未必得明道之意，但提出心字，卻有得於工夫的一面。定性書中，明道對氣質之性的偏蔽，不採克制的方法，而是超越之以契合於「理之是」。能超越氣質偏蔽，而達到普遍無私境位的是心。「夫天地之常，以其心普萬物而無心；聖人之常，以其情順萬事而無情」，明白點出心、情，而「有爲」、「明覺」、「鑑照」諸語，亦皆指心而言。這是因爲心有遍照、順應的功能，故能超越氣質之性的偏蔽，而達到合乎「理之是」的境界。

心雖有如此的重要性，但朱子用「定心」一詞，卻不能掌握明道工夫超越的一面，故仍不可謂恰當。明道不曾如制伏心猿般地去「定心」。氣質之性的偏蔽透過心而發露出來，如「人之情各有所蔽」、「自私而用智」、「非外而是內」、「夫人之情，易發而難制者，惟怒爲甚」皆是。但明道的工夫，與其說是貞定這些心的紛擾，不如說是藉著心的遍照順應的正面功能，而直接契合於「理之是」。如此「亦可見外誘之不足惡」，心的紛擾固然煙消雲散，氣質的偏蔽也將潛弭於無形了。

於此我們體會到明道之學高明的傾向。明道雖主張氣質之性，但他的工夫的出發點不是力圖克制現實的私己（所謂「非外而是內」），而是直接上達於超越的公的立場（所謂「內外之兩忘」）。他當下置身於「天地之常」、「聖人之常」的境界，使心之發用與天理相契合。

## 三、明道對知言養氣章闡釋之分析

### (一) 浩然之氣與天人一貫

明道之學既有當下置身於天地聖人境位的傾向，孟子浩然之氣是人格崇高上達於天的表現，便爲明道所樂於稱述。

> 孟子答公孫丑問何謂浩然之氣曰：難言也。只這裏便見得是孟子實有浩然之氣。若他人便亂說道是如何是如何。（遺書、卷三、一一四節）❺

這是由孟子之難言而證明浩然之氣的能實有於人。

然而氣究何竟指呢？二程所謂氣，主要指生命、不指質料。浩然之氣，孟子意謂人的盛大的、充塞於天地之間的生命力，而明道所指，似不殊於孟子。茲引用明道一段著名的談話爲證：

> 醫書言手足痿痺為不仁，此言最善名狀。仁者以天地萬物為一體，莫非己也。認得為己，何所不至。若不有諸己，自不與己相干，如手足不仁，氣已不貫，皆不屬己。故博施濟衆，乃聖人之功用。仁至難言，故止曰：己欲立而立人，己欲達而達人，能近取譬，可謂仁之方也已。欲令如是觀仁，可以得仁之體。（遺書、卷二上、十七節）

由「手足不仁，氣已不貫」一語看來，氣的確是生命力的意思。❺於是「仁者以天地萬物爲一體，莫非己也，認得爲己，何所不至」，指仁者與天地萬物有生命的感通。而「仁之體」便指合天地萬物爲一體的生命，亦卽氣之一貫、浩然之氣。

> 忠信所以進德，終日乾乾，君子當終日對越在天也。蓋上天之載，無聲無臭，其體則謂之易，其理則謂之道，其用則謂之神。其命於人則謂之性，率性則謂之道，修道則謂之教。孟子去其中又發揮出浩然之氣，可謂盡矣。故說神如在其上，如在其左右。大小大事，而只曰誠之不可揜如此夫。徹上徹下，不過如此。形而上為道，形而下為器，須著如此說。器亦道，道亦器，但得道在，不繫今與後，己與人。（遺書、卷一、十五節）

此段主旨在說明努力進德則天人不二，然而此處擬分析的是浩然之氣在天人關係上的意義。「上天之載，無聲無臭」以下一連串的「謂之」，筆者以爲在列舉之中隱含巧妙的對應。天的易、道、神，相應於人的性、道、敎，分別爲體、理、用的三方面。孟子的浩然之氣則統一了人的性道敎，又統一了天人，使我們對天、人、及其相關性，不止於抽象地理解，而更能具體地把握。浩然之氣貫於天、人，才眞能實現「器亦道，道亦器」的境界。所以「可謂盡矣」。

浩然之氣何以使天人合一不停留於抽象的理論層次呢？天地萬物共爲一個具體的大生命。個人的小我若能超越氣質之性的偏蔽，則不止在精純上能合於天；更以其能與天地萬物完全無礙地相感通，而了悟天地萬物之生命即我之生命，所謂「莫非己也」，這便是浩然之氣。這樣才能具體地達到天人合一，所以說：「神如在其上，如在其左右」、「誠之不可揜如此夫」、「器亦道，道亦器」。

明道又說：

> 學者不必遠求，近取諸身，只明人理，敬而已矣，便是約處。……天人一也，更不分別，浩然之氣乃吾氣也。養而不害，則塞乎天地。一為私心所蔽，則欿然而餒，知其小也。思無邪，無不敬，只此二句，循而行之，安得有差？有差者皆由不敬不正也。
> (遺書、卷二上、五十節)

明道對氣質之蔽採超越而非克治的態度。「只明人理」，是明瞭有「仁之體」的「器亦道」的人理，如此便已置身於天地聖人的境位，故曰：「天人一也，更不分別，浩然之氣乃吾氣也。」此時要有保全的工夫，卽是「敬」。因爲天人本一，故敬是「養而不害」，其實不曾著力，而只要「不害」，卽不「爲私心所蔽」，以免「欲然而餒」[7]。然而不著力之敬仍然是敬，明道特別發揮孟子勿忘勿助一語，來表達這種修養方法的特色。下文將做進一步的分析。

## (二) 勿忘勿助的工夫

明道定性書的方法是當下置身於天地聖人的境位，然而其中已隱含有勿忘勿助的工夫。「勿忘」意謂站在公的立場，應物而不忘卻外物。「與其是內而非外，不若內外之兩忘也」，雖用「兩忘」之語，所指卻是不可「非外」，不可「反鑑索照」，以致不能順應外物，所以其實與「勿忘」相通。「勿助」便是置身天地聖人的境位，「以有爲爲應迹，以明覺爲自然」，順應外物而沒有絲毫的勉強。這個解釋可由下舉談話得證：

> 謝子曰：吾嘗習忘以養生。明道曰：施之養生則可，於道則有害。習忘可以養生者，以其不留情也。學道則異於是。必有事焉而勿正，何謂乎？且出入起居，寧無事者？正心待之，則先事而迎。忘則涉乎去念，助則近於留情，故聖人心如鑑，孟子所以異於釋氏，此也。(外書、卷十二、三五節)

此段談話雖簡，卻可與定性書互相發明。上蔡的「習忘以養生」，便是橫渠的「定性不動，不累於外物」的企圖。此條謂「聖人心如鑑」，定性書亦以鑑喻心。於是可以說，「勿忘勿助」也是定性書「置身天地聖人的工夫」的要約。

勿忘勿助又是存養浩然之氣的方法。明道的代表作識仁篇中，便有勿忘勿助之語。識仁篇云：

> 學者須先識仁。仁者渾然與物同體，義禮知信皆仁也，識得此理，以誠敬存之而已。不須防檢，不須窮索。若心懈則有防，心苟不懈，何防之有？理有未得，故須窮索，存久自明，安待窮索？此道與物無對，大不足以名之，天地之用，皆我之用。孟子言萬物皆備於我，須反身而誠，乃為大樂。若反身未誠，則猶是二物有對，以己合彼，終未有之，又安得樂？訂頑意思乃備言此體，以此意存之，更有何事？必有事焉而勿正心，勿忘勿助長，未嘗致纖毫之力，此其存之之道。若存得便合有得，蓋良知良能，元不喪失，以昔日習心未除，卻須存習此心，久則可奪舊習。此事至約，惟患不能守。既能體之而樂，亦不患不能守也。(遺書、卷二上、廿八節)

「仁」、「理」、「此體」，皆指仁體而言，不是抽象的道理，而是具體的，天地萬物同體的生命，即上節所稱的浩然之氣。識得此理，便是置身高明之地，浩然之氣即此而在。因為其途徑不是克制氣質的偏蔽，而是超越地相契於浩然之氣，於是隨後的存養工夫也是直接涵養此浩然之氣，所以說「以誠敬存之而已」。不須防檢，不須窮索」。此外，「理有未得」，意謂雖已「識得此理」，但未能實有諸己。實有諸己的方法仍不外直接地涵養此理，故曰「存久自明」。又，「以此意存之」意謂存訂頑意思，亦即存萬物皆備於我的仁體。存養工夫的超越性格表現在「必有事焉而勿正心，勿忘勿助長，未嘗致纖毫之力」數語中。這是運用心的正面功能，所謂「良知良能，元不喪失」，而直接地湊泊於仁體。存養工夫只是使得心更熟練，久之便消弭舊習，所以說「存得便合有得」。此理本是「體之而樂」的，故未有不能守者。⑧

## （三）知言養氣

上文敘述了明道的超越傾向，當下以浩然之氣為我之氣，以勿忘勿助為工夫。以下續論明道有關知言養氣的教誨。

明道曾誦養浩然之氣之語，（遺書、卷十一、七節）又解說曰：

> 浩然之氣，天地之正氣，大則無所不在，剛則無所屈，以直道順理而養，則充塞於天地之間。配義與道，氣皆主於義而無不在道，一置私意則餒矣。是集義所生，事事有理而在義也，非自外襲而取之也。告子外之者，蓋不知義也。（遺書、卷一、五九節）⑨

明道之意似謂：天地之氣是已存在於天地之間的，個人的責任是保全其浩然。明道將「以直」屬下句，讀為「以直道順理而養」，正表示養氣只須「不害」，未嘗致纖毫之力。明道以消極的方式說明工夫，不指示如何去配義與道，卻說「一置私意則餒矣」。凡此皆謂此氣本自浩然，只須不去戕賊。「事事有理而在義也，非自外襲而取之」，此謂浩氣非外假仁義而可取得者，故下文卽謂「告子外之者，蓋不知義也。」故有內在的仁義卽有表現於外的浩然之氣。現在的問題是，這是天地自然的正氣？抑或是個人的養氣？筆者以爲明道不分別言之，正因其以浩然之氣爲天人一理更無分別的。養天地正氣與養個人之氣是一以貫之的，故以不着私意這種消極方式來表達養氣的特殊性格。

集義始能養氣，而知言又是集義的前提。明道論知言的工夫，也同樣具有超越的性格：

致知養氣。（遺書、卷四、十二節）

人必有仁義之心，然後仁與義之氣睟然達於外。（外書、卷二、四十節）

並觀以上二條，明道所謂致知，不僅爲了獲得知識，更包括了心的深造於道。如致仁義之知，就要此心合於仁義，而仁義之氣達於外。

由知仁義又推廣爲知言。知言是判斷他人言語是否合道：

自曾子守義，皆說篤實自內正本之學，則觀人可以知言。詖陷遁窮皆離本也。宰我子貢善為說辭，冉牛閔子顏淵善言德行，孔子兼之。蓋有德者必有言，而曰我於辭命不能者，不尚言也，易所謂尚口乃窮也。（遺書、卷三、三九節）

此條主旨在有德者必有言。如曾子守義，篤實自內正本，不僅會有仁義之氣睟然見於面，亦表現爲仁義之言。內外既是一貫的，則觀人可以知言。其人不正，發之於外的便是詖陷遁窮等離本之言，而皆難逃知者的耳目。

孟子知言，正如人在堂上，方能辨堂下人曲直。若自下去堂下，則却辨不得。（遺書、卷十一、八十節）

⑩故明道的知言本於知人之德，必須自己超越氣質偏蔽，上達仁體後，始能觀人而知言。

## （四）志氣的對立

明道指出了天人一貫的浩然之氣，但從「一置私意則餒矣」，「蔽陷遁窮皆離本也」諸語來看，他未嘗不注意個人氣質偏蔽的一面。此時氣成爲志所要率領或超克的對象，便與志成爲對立的兩物。

告子不得於言，勿求於心，蓋不知義在內也。志帥氣也，持定其志，無暴亂其氣，兩事也。志專一則動氣，氣專一則動志，然志動氣爲多。且若志專在淫辟，豈不動氣？氣專在喜怒，豈不動志？故蹶者趨者反動其心。志者，心之所之也。（外書、卷二、三九節）

志動氣者十九，氣動志者十一。（遺書、卷十一、八十節）

志可克氣，氣勝則憒亂矣。今之人以恐懼而勝氣者多矣，而以義理勝氣者鮮也。（九

二節）

北宮黝要之以必為，孟施舍推之以不懼（原注：北宮黝或未能無懼），故黝不如施舍之守約也。子夏信道，曾子明理，故二子各有所似。（八六節）⑪

下引一條，筆者疑爲明道語：

義理與客氣常相勝，又看消長分數多少為君子小人之別。義理所得漸多，則自然知得客氣消散得漸少，消盡者是大賢。（遺書、卷一、十七節）

以上諸條，皆以志與氣爲相對。此處的氣，自然不是前段的「正氣」、「仁義之氣」，而是「客氣」。這是氣質的偏蔽，是義理所要超克的對象，與由義理而養成的浩然之氣正相反對。⑫

綜合本節所言，明道之學以超越地契合仁體爲依歸。仁體卽浩然之氣，是天地萬物同體的生命。於是從理氣的觀點來看，浩然之氣是理的具體表現，故是卽理卽氣的。於是大體說明道之學是一元的。然而明道又注意到和浩然之氣對立的所謂客氣，這是義理所要超克的，故與理爲二元。於是我們可說，明道的理氣一元哲學實含藏了理氣二元的種子。

## 四、伊川早年的思想傾向

伊川二十四歲作顏子所好何學論。茲據以分析伊川早年的思想傾向。其文云：

聖人之門，其徒三千，獨稱顏子為好學。夫詩書六藝，三千子非不習而通也，然則顏子所獨好者何學也？學以至聖人之道也。

聖人可學而至歟？曰：然。學之道如何？曰：天地儲精，得五行之秀者為人。其本也真而靜，其未發也，五性具焉，曰仁義禮智信。形既生矣，外物觸其形而動於中矣。其中動而七情出焉，曰喜怒哀樂愛惡欲。情既熾而益蕩，其性鑿矣。是故覺者約其情始合於中，正其心，養其性，故曰性其情。愚者則不知制之，縱其情而至於邪僻，梏其性而亡之，故曰情其性。凡學之道，正其心養其性而已。中正而誠，則聖矣。君子之學，必先明諸心，知所養，然後力行以求至，所謂自明而誠也。故洪範曰：思曰睿，睿作聖。誠之之道在乎信道篤，信道篤則行之果，行之果則守之固。仁義忠信不離乎心，造次必於是，顛沛必於是，出處語默必於是。久而弗失，則居之安，動容周旋中禮，而邪僻之心無自生矣。故顏子所事，則曰：非禮勿視，非禮勿聽，非禮勿言，非禮勿動。仲尼稱之，則曰：得一善，則拳拳服膺而弗失之矣。又曰：不遷怒，不貳過。有不善未嘗不知，知之未嘗復行也。此其好之篤學之之道也。視聽言動皆禮矣。所異於聖人者，蓋聖人則不思而得，不勉而中，從容中道；顏子則必思而後得，必勉而後中。故曰：顏子之與聖人相去一息。孟子曰：充實而有光輝之謂大，大而化之之謂聖，聖而不可知之謂神。顏子之德，可謂充實而有光輝矣。所未至者，守之也，非化之也。以其好學之心，假之以年，則不日而化矣。故仲尼曰：不幸短命死矣。蓋傷其不得至於聖人也。所謂化之者，入於神而自然不思而得、不勉而中之謂也。孔子曰：七十而從心所欲不踰矩，是也。

或曰：聖人生而知之者也，今謂可學而至，其有稽乎？曰：然。孟子曰：堯舜性之也，湯武反之也。性之者，生而知之者也。反之者，學而知之者也。又曰：孔子則生而知也，孟子則學而知也。後人不達，以謂聖本生知，非學可至，而為學之道遂失。不求諸己而求諸外，以博聞強記，巧文麗辭為工，榮華其言，鮮有至於道者，則今之學與顏子所好異矣。（伊川文集、卷四）

此文和濂溪太極圖說相參，其義始明。⑱首先筆者以爲，伊川此文的「性」尚屬氣質層面。太極圖說論生化曰：「無極之眞，二五之精，妙合而凝」；二五之精屬氣質，與無極之眞對比。而此文云：「天地儲精，得五行之秀者爲人。其本也眞而靜，其未發也，五性具焉，曰仁義禮智信。」恰巧亦以五行之秀爲精，而與其本之眞靜對比。五性與五行相對應，當屬精的層面，亦卽爲氣質之性。未發的五性發而爲七情，及其熾而益蕩，將鑿其性。修養的工夫在「覺者約其情始合於中，正其心，養其性」。

伊川以心與性並列，可見心亦屬氣質層面。然而心與性區別何在？爲何又要特舉心呢？原來心卽知覺，遂爲修養的發動者、指導者、乃至執行者。知行皆有賴於心，而文中修養的關鍵語，如「明諸心，知所養，然後力行以求至」，「學必盡其心」，「思曰睿」等，都是心地工夫。然而心地工夫又不是以自身爲目的，而在於性情調和，所謂的「性其情」。心地工夫的最高境界，乃是工夫的化解，故說：「所謂化之者，入於神而自然不思而得、不勉而中之謂也。孔子曰：七十而從心所欲不踰矩，是也。」

伊川之學在正心養性，以達動容周旋中禮之境。心性皆屬氣，故其學自始便主養氣。動容周旋中禮是「性其情」，乃是由性的率領，使情能得其序而不亂，亦即化粗雜之氣而爲精純。

從理氣關係來看，伊川此時尚主氣質之性。但性未形成之前，與旣形成之後的根柢裏，有所謂的「其本也眞而靜」，此相當於理的一層。眞、性、情的關係，是前者生發後者，而又爲後者的根柢。

與定性書相較，明道始學便有超越的傾向，置身於天地聖人的境界；但伊川卻自處於學者的地位。伊川工夫論有濃厚的現實性格。好學論注意自我的氣質，討論實然的、具有眞、性、情的，乃至於流蕩忘反的人，而謀求其氣質的改善與超越。「覺者約其情始合於中，正其心，養其性，故曰性其情」，一方面約束粗雜的氣，一方面由心性以涵養精純之氣。這種內外交養的工夫，便契合於孟子的「持其志無暴其氣」，由此又可覘知理氣二元的傾向。明道雖也有注意氣質偏蔽的一面，而以義理來克勝對治。但這些言論在其學說中佔次要地位，其主要眼目，乃在超越地湊泊於浩然之氣，而浩然之氣是理氣一元的。伊川思想的成熟期，雖發展出超越的義理之性，但其學仍以變化氣質爲主要著眼點。故不與氣質合併考察，將無法看出義理之性的實踐意義。下文論伊川對浩氣的闡釋，便以理氣關係爲中心。

## 五、伊川對孟子知言養氣章闡釋之分析

### （一）志氣的對立

伊川之學既以矯正氣質之偏爲學問起點，對孟子以志帥氣之說便深有所感。茲舉最具代表性的幾條於下：

> 氣有善不善，性則無不善也。人之所以不知善者，氣昏而塞之耳。孟子所以養氣者，養之至斯清明純全，而昏塞之患去矣。或曰養心，或曰養氣，何也？曰：養心則勿害而已，養氣則志有所帥也。（遺書、卷廿一下、十節）

伊川何時將「性」由氣提升至純理的高度，今已不可詳考。但語錄所載，殆皆成熟期以後的思想。性與心皆屬理的層次，而與氣質相對。故本條先云氣與性的相對，繼云養心與養氣的相對。伊川從未放棄好學論的以性、情（氣）分屬未發、已發的看法，[14]所以性與氣雖然分屬不同層次，互相的連繫並未切斷。此條的涵義似是，氣是自做工夫時首先面對的粗雜的、現實的生命，須養之以至清明純全，而去昏塞之患。因爲性氣的相關，故養氣須以志（心之所之）率之，於是養氣養心可以相通，二者乃是程度之別。養氣是約束既成的粗雜之氣，使得其中，便不免有勉強之處。養心則是涵養吾性，使繼起之氣自然得中。

與明道比較，明道的志勝氣，是消散個人氣質偏蔽，使浩然之氣即爲我之氣，有濃厚的超越性格，而伊川卻照管現實。明道以爲勿害便是養氣，但伊川謂以志帥氣才是養氣。明道要人自然湊泊於浩然之氣，伊川則要人勉強地改造自身偏駁的氣質。

心之躁者，不熱而煩，不寒而慄，無所惡而怒，無所悅而喜，無所取而起。君子莫大於正其氣，欲正其氣，莫若正其志。其志旣正，則雖熱不煩，雖寒不慄，無所怒，無所喜，無所取。去就猶是，死生猶是。夫是之謂不動心。（遺書、卷廿五、四八節）

以志帥氣的意義，此條表現的很淸楚。心之所之爲志，故心之躁便是志。煩慄等都是氣，亦卽現實生命的狀態。心志是氣的主人翁，故正其志則能正其氣，亦卽能使現實生命保持理想的狀態，不受外界絲毫影響，此之謂不動心。

志順者氣不逆，氣順志將自正。志順而氣正，浩然之氣也。然則養浩然之氣也，乃在於持其志無暴其氣耳。（四九節）

此段雙提志氣。志雖生氣，但實然的、已成的氣卻與志對立，而成爲必須控制的對象。故持其志與無暴其氣並提。故伊川又謂「持其志，無暴其氣，內外交相養也。」（遺書、卷十八、九八節）⑮

## (二) 必有事焉

心與氣既相關連，故養心亦可通稱爲養氣。因爲心是自覺的，養的工夫不得不以持志爲主（養心、廣義的養氣），無暴其氣爲輔（狹義的養氣），此卽內外交養。持志便是敬。

伊川與明道同言敬，但伊川更強調「必有事焉」，而不若明道的「勿忘勿助」。而比起明道的以養氣為湊泊於天地正氣，伊川更是視為初階工夫。伊川答橫渠云：

所云：「孟子曰：必有事焉而勿正，心勿忘，勿助長也。此信乎入神之奧。若欲以思慮求之，是既已自累其心於不神矣，惡得而求之哉？」頤以為有所事乃有思也，無思則無所事矣。孟子之是言，方言養氣之道如是，何遽及神乎？氣完則理正，理正則不私，不私之至則神。自養氣至此猶遠，不可驟同語也。以孟子觀之，自見其次第也。(伊川文集、卷五)

故必有事焉尚在以志帥氣的初階。工夫的進展，據此文有氣完、理正、不私、神，諸階段。與前段的引文相較，則相當於氣順、志正、浩然之氣三個階段。既然在工夫的初階，其標舉必有事焉，用意顯然在重工夫不重效驗。伊川又云：

必有事焉，謂必有所事，是敬也。勿正，正之為言輕。勿忘是敬也。正之之甚，遂至於助長。(遺書、卷十五、一八五節)⑯

此段意謂重要的只是必有事，也就是敬。勿正、勿忘、勿助長除了形容敬之外，無其他意義。

有人旁邊作事，己不見，而只聞人說善言者，為敬其心也。故視而不見，聽而不聞，主於一也。主於內則外不入，敬便心虛故也。必有事焉不忘，不要施之重便不好。敬其心乃至不接視聽，此學者之事也，始學豈可不自此去？至聖人則自是從心所欲不踰矩。（遺書、卷十五、八八節）

「不要施之重便不好」，似謂「不要以爲施之重便不好」，卽「不妨施之重」之意。據此，必有事焉帶有許多勉強的成分，只是學者之事。明道謂「未嘗致纖毫之力」，伊川卻主張不妨用力了。伊川亦認爲聖人是從心所欲不踰矩的，故不可謂不了解明道倡導的圓融境界。於是明道之學在自處於天地聖人的位置，而伊川之學在謹守學者的本分，是彰然明白了。

## （三）集義的工夫

上文曾述及伊川分工夫的進展爲氣完、理正、不私、神，或氣順、志正、浩氣，諸階段。必有事焉（敬）只是最初階段。養氣的主要工夫在集義，相當於上文的理正、不私，或志正。

問人敬以直內，氣便能充塞天地否？曰：氣須是養，集義所生。積集既久，方能生浩然氣象。人但看所養如何，養得一分便有一分，養得二分便有二分，只將敬安能便到充塞天地處？且氣自是氣、體所充，自是一件事；敬自是敬，怎生便合得？如曰其為

氣配義與道，若說氣與義時自別，怎生便能使氣與義合？（遺書、卷十八、一〇二節）

此段話的要旨有二。一是氣由義生，一分義養出一分氣，「積集既久，方能生浩然氣象」。但由敬卻不能到充塞天地的境界。二是敬與氣不相合，義與氣卻相合。「其爲氣配義與道」一語，正反映了氣與義非不相管攝，而是能互相結合的。與明道相較，伊川不僅在「必有事焉」處要人「施之重」，在集義處也充滿了困知勉行的意味。明道謂：「以直道順理而養」，「氣皆主於義而無不在道，一置私意則餒矣」，「事事有理而在義，非自外襲而取之也」，諸語玩味其義，皆主保全浩然之氣。與伊川的從人爲逐步積累處立言，實是大異其趣。自明道的立場，「勿忘勿助」與「集義」都爲了湊泊既存的浩然之氣，故兩種工夫無大差別。但在伊川，工夫的目標是養自我的實然之氣，「必有事焉」是初步的持守，「集義」則有日進之益，二者實有消極積極之別。敬氣不相合，義氣相合，也須從這角度來理解。因爲氣是活物，有沛然充盛的性格，故不與只顧持守的敬相合，而與可能積集擴充的義相合。

問敬義何別？曰：敬只是持己之道，義便知有是有非。順理而行，是為義也。若只守一箇敬，不知集義，却是都無事也。且如欲為孝，不成只守著一箇孝字，須是知所以為孝之道，所以侍奉當如何，溫清當如何，然後能盡孝道也。又問義只在事上如何？曰：內外一理，豈特事上求合義也。（一〇一節）

此段指出敬只是持己，義卻有擴充積累的性格。事上合義便是心內合義，故集義可以養浩然之氣。⑰

## （四）理氣心的關係

伊川曾有下列一段談話：

> 或問獨處一室，或行闇中，夜有驚懼，何也？曰：只是燭理不明。若能燭理，則知所懼者妄，又何懼焉？有人雖如此，然不免懼心者，只是氣不充。須是涵養久則氣充，自然物動不得。然有懼心，亦是敬不足。（遺書、卷十八、三七節）

燭理外尚須養氣，可見人心的問題不全是明理所能解決的。然而養氣則有賴於敬，故謂有懼心者是敬不足。伊川以懼爲例，說明明理之外尚須養氣。此處要討論的是伊川流露的理氣二元的傾向。伊川走上此途是可理解的，甚至是應當的。伊川蓋立基在人生體驗上，以爲人生的安頓、道德的實踐，固然當以明理爲本，但僅僅明理，卻不能完全解決人生的問題，仍須以敬養氣。所以如此者，自顏子所好何學論觀之，其爲學之始，便注意到非理性的氣，而求控制與涵養。於是在道德實踐的要求下提出理時，亦不會視氣爲理的附庸，而是視之爲理之外獨立的實在。

理氣既別爲二，與心的關係又如何呢？心與氣相關連而須視爲二物，已見於上文。理與心的關係，則雖爲二物，但關係卻更密切，以致可融合爲一。

不動心有二：有造道而不動者，有以義制心而不動者。此義也，此不義也，義吾所當取，不義吾所當捨，此以義制心者也。義在我，由而行之，從容自中，非有所制也。此不動之異。（遺書、卷廿一下、三節）

勇者所以敵彼者也。苟為造道而心不動焉，則所以敵物者，不賴勇而裕如矣。（五節）

以義制心，是心理爲二。但造道而心不動，卻是心理爲一的表現。理與心可融合爲一，心與氣又互相關聯，於是理與氣是透過心的媒介而相關聯的兩物。總而言之，從早年的顏子所好何學論來看，伊川所覿面相對的是實然的氣，心則是修養的實踐者，性則是修養的根據，心與性是同一層次的。「天地儲精，得五行之秀者爲人」，故性是「氣質之性」。伊川思想的成熟期，修養工夫所直接面對的仍是實然的氣，而又設定了理以爲修養工夫的必然根據。理被推上形上的、純粹的領域，與氣的距離便更遠了。心原是修養的實踐者，此時便成爲理氣的中介。修養的過程，從心氣關係來看，是以志帥氣。從理心關係來看，是心理合一。而由理氣關係來看，是理的法則性發生作用，而逐步地賦於氣之上，使氣成爲合理的。

所謂理的法則性發生作用，是說理雖是形上的、純粹的，但卻非「死理」。今試分析下引一段談話。

性無不善，其所以不善者才也。受於天之謂性，稟於氣之謂才。才之善不善，由氣之有偏正也。乃若其情，則無不善矣。今夫木之曲直，其性也。或以為車，或可以為輪，其才也。然而才之不善亦可以變之，在養其氣以復其善爾。故能持其志，養其氣，亦可以為善。故孟子曰：人皆可以為堯舜。惟自棄自暴，則不可以為善。（外書、卷七、廿三節）⑱

據此，性與氣顯然是二元的，然而値得注意的是二者的相關性。分析木的譬喩，曲直只是原理，非具體的實物。然而曲直的性卻決定了具體的木要如何的生長。可以爲車爲輪是才（能力），是氣稟使然的。然而其所以如此生長，卻是由性所決定。故性非死物，而應以「不動的動因」來理解。回到人世，因爲有性，實然的才始能向善發展—「乃若其情，則無不善矣」；雖然我們也承認實然的世界未能無惡—「才之善不善，由氣之有偏正也」。人與木不同處，在人有心以爲理氣之中介。心的自覺，推動了理的作用，而變化才的偏失—「才之不善亦可以變之，在養其氣以復其善爾」。這樣養成的氣便是浩然之氣。

### （五）浩然之氣

浩然之氣，猶言天地間的正氣，不再是自然的、無理的，而是有合理的體段的。

孟子養氣一篇，諸君宜潛心玩索，須是實識得方可。勿忘勿助長只是養氣之法。如不識，怎生養？有物始言養，無物又養箇甚麼？浩然之氣須見是一箇物，如顏子言如有所立卓爾，孟子言躍如也。卓爾躍如，分明見得方可。（遺書、卷十八、九六節）

識得浩然之氣，而後可以養氣，與明道「識得仁體，以誠敬存之而已」之言相似而實不同。明道的仁體是天地萬物同體的生命，亦卽浩然之氣，這是自然而又合理的。然而在伊川，自然的氣不必合理，須爲浩然之氣而後合理。識得浩氣的理氣合一的體段，才知如何去養。

> 配義與道，謂以義理養成此氣，合義與道。方其未養，則氣自是氣，義自是義。及其養成浩然之氣，則氣與義合矣。本不可言合，為未養時言也。如言道則是一箇道都了，若以人而言，則人自是人，道自是道，須是以人行道始得。（遺書、卷十八、九九節）

義與氣是二元的，須待相養而後合一。以人與道的關係來說，道是義理，人則是氣。以人行道，而後人道合一，換個角度說，實是道帶給人合理的改變。

與明道比較，明道以爲超越私己，存心公平，便湊泊於既有的浩然之氣。浩然之氣是卽氣卽理的，故可謂以理氣爲一元。但伊川卻謂理氣本二，須由工夫去相合。

伊川又說：

> 浩然之氣，既言氣則已是大段有形體之物。如言志有甚迹？然亦儘有形象。浩然之氣是集義所生者。既生得此氣，語其體則與道合，語其用則莫不是義。譬之以金為器，及其器成，方命得此是金器。（遺書、卷十五、四二節）

筆者引此文，意在說明浩然之氣是理氣二物相合的結果。金器之喻，伊川曾有討論：「某欲以金作器比性成形。先生謂金可以比氣，不可以比性。」（遺書、卷三、六八節）伊川反對某人性成形之說，推廣言之，卽反對理生氣之說。其自謂金可以比氣，則器形便該是理了。從這個比喻推論，「浩然之氣是集義所生者」，不能單純地由字面理解。這「生」，並非義直接生出氣，而是義使另一來源的氣，依其模式而成形。於是就「有形之氣」而言，便可說是集義所生。浩然之氣並不是道義的兒子，乃因道義賦於氣上而成。然而斯時氣已是道義之氣了，如金既成器，只能視爲金器。伊川有云：「配義與道：浩氣已成，合義與道。道，本也；義，用也。」（遺書、卷八、四一節）浩然之氣形成時，道義已成爲其體用，與之融合爲一了。

## 六、結論

從定性書與顏子所好何學論，我們看到二程爲學的不同傾向。二程對聖人、賢人、學者品級的概念是相同的，但明道自始便由天地聖賢的立場來立言，以超越地湊泊其境界爲工夫。伊川則恪守學者的本分，以變化自身的氣質爲工夫的起點。

這兩種傾向反映到他們對孟子知言養氣章的闡釋。於是明道以浩然之氣爲天人一體、當下可以承擔的關鍵。其論工夫，則以勿忘勿助來存養浩然之氣。伊川則面對著實然的現實生命，從持其志無暴其氣開始，一分分地集義以養氣，有篤實力學的風範。

分析二程對孟子知言養氣章的闡釋又有個重要意義，就是從實踐的觀點來檢討理氣關係問題。扣緊浩然之氣、養氣等概念，可以證明到二程為止，氣主要是就生命而言的說法。明道以浩然之氣為自然而合理的，便有理氣合一論的傾向。伊川則面對實然的氣，以為自然者不必為合理，須配義與道而後為合理，便開啓理氣二元論之門了。

## 附註

❶ 伊川之讀如此。明道讀似以「以直」屬下句，見遺書、卷一、五九節，卷十九、三一節，請參考注❾。

❷ 伊川之讀如此。明道讀以「心」屬上句。遺書、卷一、六六節：「侯世與云：某年十五六時，明道與某講孟子，至勿正心勿忘勿助長處，云：二哥以必有事焉而勿正為一句，心勿忘勿助長為一句，亦得。」明道後或改從伊川，故伊川答橫渠云：「（橫渠謂）當以必有事焉而勿正為句，心字屬下句。此說與大哥之言固無殊，但恐言之未詳爾。」（伊川文集、卷五）而遺書外書中明道語亦多作「必有事焉而勿正」者。

❸ 朱子說：「伊川好學論十八時作。明道十四五便學聖人，二十及第，出去做官，一向長進。定性書是二十二三時作。」（朱子語類卷九三、六二節）「此書（定性書）在鄠時作，年甚少。」（卷九五、一〇一節）但皆早算了六年。明道中進士在嘉祐二年（一〇五七），廿六歲；為鄠縣主簿在嘉祐三年至五年。定性書當在嘉祐四年作，時年廿八歲。參考楊希閔宋程純公年譜，牟宗三心體與性體（臺北：正中書局，一九七〇）、第二冊、二頁，徐遠和洛學源流（濟南：齊魯書社，一九八七）、廿一、四八頁。顏子所好何學論原注：「先生始冠，遊太學。胡安定以是試諸生，得此論，大驚異之。即請相見，遂以先生為學職。」伊川遊太學在嘉祐元年（一〇五六），

廿四歲，參考洛學源流、五七頁。

❹ 朱子語類、卷九五、一〇一節：「舜弼問定性書也難理會。曰：也不難。定性字說得也詑異，此性字是個心字。」戴景賢北宋周張二程思想之分析（臺大文史叢刊之五三，一九七九）、四四頁：「橫渠嘗問明道曰：『定性未能不動，猶累於外物，何如？』此所謂性，亦兼氣言。黃勉齋曰：『定性當作定心看。』眞西山曰：『定性者，理定於中，而事不能惑也。』皆專以『性卽理』之說論性，恐非其解。」

❺ 外書、卷十二、廿三節與此條類似，當是聞同錄異。

❻ 玆再引用幾條關於氣的材料，以供參考。

「（論日光：）氣行滿天地之中，然氣須有精處，故其見如輪如餅。譬之鋪一溜柴薪，從頭爇著，火到處，其光皆一般，非是有一塊物推著行將去。氣行到寅，則寅上有光，行到卯，則卯上有光，氣充塞無所不到。若這上頭得箇意思，便知得生物之理。」（遺書、卷二上、一四八節）

「若言涉於形聲之類，則是氣也。物生則氣聚，死則散而歸盡。有聲則須是口，既觸則須是身。其質既壞，又安得有此。」（卷二下、三二節）

「凡物之散，其氣遂盡，無復歸本原之理。天地間如洪鑪，雖生物銷鑠亦盡，況既散之氣，豈復有在？天地造化，又焉用此既散之氣？其造化者自是生氣。」（卷十五、一四六節）

「霜與露不同。霜，金氣，星月之氣。露亦星月之氣。看感得甚氣卽爲露，甚氣卽爲霜。如言露結爲霜，非也。」（卷十八、二二五節）

以上引文雖不及詳細分析，但已略可見得氣若非指「生命」，便有「活物質」的意味，不指一般的質料。又可參考市川安司程伊川哲學の研究（東京大學出版會，一九六四）、十一—十二頁。其略曰：「伊川於氣取傳統的解釋態度，卽含有陰陽五行的質料的意味，元氣、精神力、生命力、風潮（勢）的非質料意味。理氣同論時，氣多屬後者；和性同論時多屬前者。」筆者以爲傳統的陰陽五行說亦以非質料意味爲主。

⑦ 明道述及浩氣與天人一貫，本節未引用，亦未見於注解者，尚有遺書、卷十一、一九二節。疑爲明道語者，有遺書、卷二上、一〇八節，一四五節，卷六、五六節，外書、卷十一、十八節。

⑧ 與本大段有關而未及引用之明道語有：遺書、卷一、六六節，卷十一、七九節，一六八節。疑爲明道語者：遺書、卷二上、一〇〇節，一一三節，卷三、三九節，外書、卷十一、七九節。

⑨ 此條原注：「楊遵道所錄伊川語中辨此一段非明道語。」所謂楊遵道錄，卽遺書、卷十九、三一節：「至大至剛以直，此三者不可闕一。……因問見李籲錄明道語中，卻與先生說別。解至剛處云：剛則不屈。則是於至剛已帶卻直意。又曰：以直道順理而養之，則是以直字連下句，在學者著工夫處說卻。先生曰：先兄無此言，便不講論此。」但筆者寧認此條爲明道語，「以直」連下讀，正反映明道與伊川思想的不同。

⑩ 與本大段有關，未及引述，而疑爲明道語者：遺書、卷二上、一七九節，卷八、四二節，外書、卷十一、廿八節。

⑪ 與此條類似的有遺書、卷一、六一節（二先生語），卷十八、一〇〇節，卷廿二上、三一節（皆伊川語），外書、卷二、三八節（明道語）。

⑫ 與本大段有關之明道語而未引述，亦未在注解中指出者：遺書、卷一、五十節，卷二上、九五節，卷二下、三節，卷十一、八七節。

⑬ 朱子周子太極通書後序：「蓋先生之學，其妙具於太極一圖。通書之言，皆發此圖之蘊。而程先生兄弟語及性命之際，亦未嘗不因其說。觀通書之誠動靜理性命等章，及程氏書之李仲通銘、程邵公誌、顏子所好何學論等篇，則可見矣。」（朱子大全、卷七五）劉蕺山屬論顏子所好何學論云：「此伊川得統于濂溪處。」（宋元學案、卷十六、伊川學案下引）

⑭ 如謂：「情者性之動也。」（二程粹言、心性篇、五三節）「自性之有動者謂之情。」（遺書、

卷廿五、十九節）

與本大段有關的伊川語，不及引用者：遺書、卷十五、一節，六五節，九六節，一三九節，卷十七、廿八節，卷十八、四十節，卷十九、五節，外書、卷七、廿二節。

⑯ 遺書、卷十五、五五節略同。

⑰ 與持志集義兩大段有關的伊川語，未及引用者：遺書、卷十五、一一六節，一八〇節，卷廿二上、四一節，卷廿三、二節。疑爲伊川語者：遺書、卷一、六二節，卷二上、九三節，九四節，一八一節，卷二下、十八節，卷六、一二二節，卷九、廿三節，廿四節，外書、卷八、六節，卷十一、廿八節，八十節。

⑱ 與此條相近的有遺書、卷十八、九二節，二程粹言、卷二、心性篇、五四節。

⑲ 與本大段有關的伊川語，未及引用，亦未見於注解者：遺書、卷十五、四二節，卷廿二上、六十節，卷廿五、三六節，外書、卷八、四節。

# 東坡易傳之思想及朱熹之評議

林麗眞

## 壹、前言

論及中國學術思想的流變，從兩漢儒生的經今古文論爭，進入魏晉名士的清談易老莊，再經南北朝隋唐的經學注疏及佛典傳譯，到了宋代，學者們便力圖由儒釋道的三教異同中脫拔而出，求能「爲天地立心，爲生民立命，爲往聖繼絕學，爲萬世開太平。」於是重研儒經，而以義理求之。尤至宋仁宗慶曆以還，學風丕變，新儒倍出，可稱經學變古時代，亦可稱理學方興時代。

眉山蘇軾，字子瞻，號東坡。生於仁宗景祐三年（公元一〇三七年），卒於徽宗建中元年（公元一一〇一），正是經學變古、理學方興之際的一大名家。就其生卒年代觀之，與北宋「道學六先生」可謂同期；較邵雍（一〇一一——一〇七七）年幼二十六歲，較周敦頤（一〇一七——一〇七三）年幼二十歲，較司馬光（一〇一九——一〇八六）年幼十八歲，較張載（一〇二〇——一〇七七）年幼十七歲，較程顥（一〇三二——一〇八五）、程頤（一〇三三——一一〇七）兄弟年幼四、五歲；而與代表「新學」的王安石（一〇二一——一〇八六）也只年幼十六歲。當時東坡與其弟蘇轍被稱爲蜀黨領袖（代表四川學派），與司馬光朔學（河北學派）、二程洛學（河南學派），鼎足而三，並且又和江西學派的王安石等格格不入。他們不只政治派系有別，學術思想也不甚相同，彼此之間存在著極密切又複雜的政治上及學術上的關係。

由於東坡文學造詣斐然，其經史學貢獻往往爲文學成就所掩，而未得當得之重視。其實，東坡一生自以爲豪的，並不止於文章藝術，而是他的經學著作。在他貶謫黃州的次年（一〇八一，年約四十六），即撰成易傳及論語說。他曾在〈上文潞公書〉中略曰：

「到黃州，無所用心，輒復覃思於易、論語。端居深念，若有所得。遂因先子之學，作易傳九卷，又自以意作論語說五卷。窮苦多難，壽命不可期，恐此書一旦復淪沒不傳，意欲寫數本留人間。念新以文字得罪，人必以為凶衰不祥之書，莫肯收藏。又自非一代偉人，不足託以必傳者，莫若獻之明公。而易傳文多，未有力裝寫，獨致論語說五卷。公退閒暇，一為讀之。就使無取，亦足見其窮不忘道，老而能學也。」（東坡前集卷二十九）

同樣，在他〈與滕達道書〉中亦曰：

「某廢閑無所用心，專治經書，一二年間，欲了却論語、書、易。……自謂頗正古今之誤，粗有益於世，瞑目無憾。」（東坡續集卷四）

此言「覃思」、「深念」，言「專治」、「欲了卻」等，具見東坡實以治經爲職志。蘇轍爲作墓誌銘，卽特載此事曰：

「先君（指蘇洵）晚歲讀易，玩其爻象，得其剛柔遠近、喜怒順逆之情，以觀其詞，皆迎刃而解，作易傳，未完疾革，命公述其志，公泣受命，卒以成書，然後千載之微言煥然可知也。復作論語說，時發孔氏之秘。最後居海南，作書傳，推明上古之絕學，多先儒所未達。旣成三書，撫之嘆曰：『今世要未能信，後有君子，當知我矣！』」（欒城後集卷二十二）

東坡初貶黃州，卽撰易傳、論語說；再貶海南，又撰書傳；三書皆成於宦海落泊之際。他所以如此致力於儒家經典的研治，據蘇轍所言，乃在推明上古之絕學，闡釋千載之微言，發表先儒之所未達。而據東坡自述，這也確是他窮不忘道、端居深念、覃思有得的心血之作，故自謂「頗正古今之誤，粗有益於世，瞑目無憾」。足見東坡治經，抱負甚高，用功甚力，思辨甚深，其中必有他獨特的思想見解在。難怪書成之日，竟自撫書慨言：「後之君子，當知我矣！」

因此，欲知東坡者，必不能忽略其經學著作。在東坡身後不久，曾有人標揚其學術成就，而止及於文章，東坡門人秦觀便立卽指正道：

「蘇氏之道，最深於性命自得之際；其次則器足以任重，識足以致遠；至於議論文

章，乃其與世周旋，至粗者也。閣下論蘇氏而止其說於文章，意欲尊蘇氏，適卑之耳！」（淮海集卷三〇〈答傅彬老簡〉）

據此卽知東坡經學之重要性，未始不在其議論文章之上。

而東坡經學之三大著作，今存者有易傳九卷、書傳十三卷；論語說則已亡佚不傳。由於書經多係古代公文檔案，東坡書傳自易寄託政治主張；易經多關天人性命，東坡易傳自易發揮宇宙人生哲學。故秦觀所謂「蘇氏之道，最深於性命自得之際」者，實可經由東坡易傳一書以見。

有關易傳一書之作者問題，素有二說：或謂東坡獨家之作，或謂東坡與其父洵、弟轍合力完成。案蘇籀欒城遺書云：

「公（轍）言先曾祖（洵）晚歲讀易，玩其爻象，……作易傳，未完疾革，命二公述其志，東坡受命，卒以成書。初二公少年皆讀易，為之解說；各仕他邦，旣而東坡獨得文王、伏羲超然之志，公乃送所解於坡，今蒙卦猶是公解。」

是言易傳一書，雖間有洵、轍二人之發明，然斟酌損益，爲之定稿者，則爲東坡。四庫提要謂「此書實蘇氏父子兄弟爲之」，與蘇籀所言，略有出入。今據欒城三集所錄蘇轍易說三篇以校，轍易殊與坡易不同，甚有蘇轍直斥東坡之意見者。[14] 故蘇轍爲東坡作墓誌銘，從未提稱此書爲合力之作。可見蘇轍縱然曾送所解予東坡，東坡也未必全然採用；就算其中一二解如蒙卦之注，東坡或有取於乃父與弟，也只能說是觀點相同，酌加參用而已。故說此書爲三蘇父子合撰則不可，若說東坡間受父弟影響而獨家完成，則較合事實。

據上文所引墓誌銘及欒城遺書，論及東坡注易之動機，皆曰「承父命而成」。固然，父命是激發撰作的主要因由，然則重易、喜易，又論易，也的確是時潮的趨向。北宋初年，因承魏晉隋唐佛道之興，激發理學之成長。故上自君王，下至庶民，皆好談易，易且爲課試之科目。其課易也，每就易中本文，令考生發揮易義，因此義理易學盛極一時，❷其中有援佛理入易者，有據老莊談易者，有本儒理明易者，有參史實證易者，蓋彬彬乎盛矣！而言易之考訂，圖書象數之開創，亦多導源於當代。尤其本易以申性命之學，冀從儒釋道三教異同中尋得天地之理，更是衆心所趨的一代風尚。如北宋道學六先生，即皆有其專門易著：邵雍有皇極經世，周敦頤有通書及太極圖說，司馬光有易說，張載也有易說，程頤有易傳，程顥雖無專著，然其論易粹言，亦多有留傳。蘇洵晚歲治易，又命二子繼其業；而東坡於易傳書成之日易竟自慨言「瞑目無憾」；其父子重易如此，蓋亦時尚使然。因當時名家治學，若不能於易學佔得一席，似乎總覺此生有憾。

東坡在易學上的努力，表現如何？功過如何？地位如何？與當代名家的學術異同又如何？四庫提要云：

「是書一名毘陵易傳。陸游老學菴筆記，謂其書初遭元祐黨禁，不敢題軾名，故稱毘陵先生，以軾終於常州故也。……而其學又雜以禪，故朱子作雜學辨，以軾是書為首。」

據此而言，東坡易傳一遭元祐黨禁，再遭朱子批駁；前者蓋以政治立場故，後者蓋以學術立場故。因此在宋朝甚受貶抑，以致宋元學案亦擯而不予正統地位，視爲雜學，不復案年代序列，而另附於全書之末，與荊公新學略並見。全祖望對此安排說明如下：

「荊公（王安石）淮南雜說出，見者以為孟子；老泉（蘇洵）文初出，見者以為荀子。已而聚訟大起。三經新義，累數十年而始廢，而蜀學亦遂為敵國。上下學案者，不可不窮其本末也。且荊公欲明聖學而雜於禪，蘇氏出於縱横之學而亦雜於禪，甚矣！西竺之能張其軍也。」（宋元學案卷九十八）

王梓材推闡全氏之意，又說道：

「是條序錄，兼蜀學而言之，謝山以其並為雜學，故列之學案之後，別謂之學略云。」（同上）

由全、王二氏所論，即知此書被抑，正以其被重；其遭貶落也深，正以其不容於當時也甚。東坡易傳所以如此不容於當時者，乃因其思想內容與正統理學家所欲提倡者頗不相類。今若分析其易學思想之體系，再舉朱熹之評議加以對觀，自可明白東坡思想之特質與趨向，也可以了解他企圖建立天道性命之學的努力，及其與程朱理學的大異之處。

## 貳、東坡易傳之特質及思想脈絡

錢賓四先生在宋明理學概述一書中，曾論及東坡兄弟之學術特色說：「軾轍本其家學，益自擴大。他們會合著老莊佛學和戰國策士，乃及賈誼陸贄，長於就事論事，而卒無所指歸；長於和會融通，而卒無所宗主。他們推崇老釋，但非隱淪；喜言經世，又不尊儒術。他們都長於史學，但只可說是一種策論派的史學吧！他們姿性各異，軾恣放，轍澹泊。皆擅文章，學術路徑亦相似。他們在學術上，嚴格言之，似無準繩，而在當時及後世之影響則甚大。好像僅恃聰明，憑常識。僅可稱之曰俗學，而卻是俗學中之無上高明者。他們並不發怪論，但亦不板著面孔作莊論。他們決不發高論，但亦不喜卑之毋甚高論的庸論。他們像並不想要自成一學派，而實際則確已自成一學派。……他們是儒門中之蘇張，又是廟堂中之老莊。非縱橫，非清談，非禪學；而亦縱橫，亦清談，亦禪學。實在不可以一格繩，而自成爲一格。這是宋學中所開一朵異樣的鮮花，當時稱之曰蜀學。……他們的言論思想，如珠璣雜呈，纓絡紛披，但無系統、無組織。……在中國學術史裏可說是異軍特起。」[3]筆者初讀東坡易傳，亦有此一印象。因爲東坡注易，喜歡和會融通，卻又自有主見；主張義理求之，卻又兼信圖數；既具疑古精神，卻又好論縱橫。[4]就其注易態度與方法論，嚴格言之，實在不易以一格繩。然而，就其思想理路與內涵論，東坡易傳在絡纓紛披之際，實自有其「自成一格」的一貫主張與立場。

大抵而言，東坡治學，大膽推新，不泥古訓；元氣磅礴，不拘成規。「尚義理，廢詁訓」，可說是東坡易傳的基本特色。其易繫辭上傳注云：

「夫論經者，當以意得之，非於句義之間也。於句義之間，則破碎牽蔓之說，反能害經之意。孔子之言易如此，學者可以求其端矣！」（卷之七）

東坡論注經書，主張以「意」得之，主張「求其端」，此蓋依循王弼義理解經之路線而來，故四庫提要論及坡易之特質，卽曰「大體近於王弼」。

王弼爲了建立義理之新易學，對於易經本理問題的把握，極爲重視。他認爲易經雖然包羅萬象，小者明人事之吉凶，大者闡天道之變化，但絕不是一部漫無條理的大雜燴，其中必有一個「本然之理」可以尋索。若能尋得此一本理，則對卦爻辭之解釋，也就可以「以簡治繁、以一治衆」了。他在周易略例明象篇中卽說：「夫衆不能治衆，治衆者至寡者也；夫動不能制動，制天下之動者，貞夫一者也。故衆之所以得咸存者，主必致一也；動之所以得咸運者，原必无二也。物无妄然，必由其理，統之有宗，會之有元，故繁而不亂，衆而不惑。」這「理一以治衆」的原則，東坡吸收到他的易傳裏，便成爲「先求其所齊之端」的主張。他說：

「陰陽各有所統御謂之齊。夫卦豈可以爻別而觀之？彼大小有所齊矣。得其所齊，則六爻之義，未有不貫者。吾論六十四卦，皆先求其所齊之端；得其端，則其餘脈分理解，无不順者。蓋未嘗鑿而通也。」（卷之七，易繫辭上傳注）

又說：

「象，卦也；物錯之際，難言也。聖人有以見之，擬諸其形容，象其物宜，而畫以為卦。剛柔相交，上下相錯，而六爻進退屈信於其間。其進退、屈信不可必；其順之則吉，逆之則凶者，可必也。可必者，其會通之處也。見其會通之處，則典禮可行矣。故卦者，至錯也；爻者，至變也。至錯之中，有循理焉，不可惡也；至變之中，有常守焉，不可亂也。」(同上)

這裏所謂「有循理」、「有常守」、有「其會通之處」等，卽是析論六十四卦所需先求的「所齊之端」。這也就是「理一以治衆」的「理一」。可見東坡亦如王弼，皆視易經爲一部有系統的哲學書，故其易注旨趣，都是爲了能就義理上的紬繹，探得宇宙本體的奧秘，進而解釋現象世界的繁賾與流變。所以說卦傳注說：

「六十四卦三百八十四爻，皆據其末而反求其本者也。故易逆數也。」(卷之九)

繫辭下傳注更簡截地表示：

「易將明乎一。」(卷之八)

在東坡看，易經六十四卦三百八十四爻雖然爻變不拘。但其形上本體乃是至簡不二的。易經無非是要指導人們懂得去把握這個形上本體——經由「逆數」的思想方式，使能據末返本、由用得體，反從其初。於是，東坡便找出一個兼具至簡義、不二義、究極義、大全義、始初義、無差別相義……，及通同齊一義的「一」字，用以指稱道體，表明道用，並且意涉人生境界。

「一」，可以說是東坡易學體系中最基本的一個概念。要言之，東坡易傳實是一套「本乎一」或「明乎一」的宇宙人生哲學。其論及宇宙的本源本體，每說「道一」、「貞一」、「理一」，或「本一」。論及宇宙的生化律則及終極歸宿，每說「通二爲一」、「推而行之者一」、「世之所謂變化者，未嘗不出於一」，或「極則一矣」。而落實至人生界，則強調「无心而一」、「至其一者无我」的修心工夫與生命境界。因此，下文乃試就東坡所論之「一」，以析述其道體論，道用論與人生論。

## 一、道體論

東坡易繫辭下傳注說：

「夫道一而已，然易之作必因其貳者。」（卷之八）

繫辭上傳注又說：

「天地與人一理也。」（卷之七）

「道者，器之上達者也；器者，道之下見者也。其本一也。」(卷之七)

這裏，東坡不說「道生一」，而直說「道一」，特以有別於「貳」（相對義）的「一」來指稱道體，顯明道的超然絕對。進而強調天道、地道與人道，皆同爲一道，同本一理。認爲形而上的道與形而下的器，本是一而二、二而一的；若說器是道的形下顯現，道便是器的形上本體，故在「道」中觀照所有的「器」，則可見其共相之「一」。——東坡這種論調，建立在「道體器用」的觀點上，乃是富有相當的形上抽象的概念。在他看，天地間的萬事、萬物、萬象，雖然紛然雜陳，變動不拘，或在天成象，或在地成形，或在人而有吉凶悔吝同異成敗興廢之異；但此不過是宇宙本體落實至現象界的「所在」不同所產生的某種外觀（或可謂之「表象」）。這些外觀，有大有小，有圓有方，……各不相同；且在相對世界中，因彼此互相推磨激盪，更促成瞬息不一的變動。實則就其本源本體論，乃皆「出於一」，亦「本於一」。繫辭上傳注便如此說：

「天地一物也，陰陽一氣也。或為象，或為形，所在不同。故『在』云者，明其一也。象者，形之精華發於上者也；形者，象之體質留於下者也。人見其上下直以為兩矣，豈知其未嘗不一邪！繇是觀之，世之所謂變化者，未嘗不出於一而兩於所在也。自兩以往，有不可勝計者矣。故在天成象，在地成形，變化之始也。」(卷之七)

在東坡的認識裏，天地二者，一是形之精華發於上的象，一是象之體質留於下的形，其所以有此一上一下的形象之別，乃是宇宙本體開始運作（化生）以後而有的現象。故若超越時間或空間的限制以探其本源本體，則「天」「地」未形以前，本是混同齊一的；「天」「地」既形以後，也是統攝於道體之「一」的。「陰」與「陽」的關係，也是如此。天地或陰陽，都已是相對世界中的「貳」，道則是超越過「貳」之上的「一」，所以說「道一而已」。然而，東坡心目中的這個「一」，究竟有沒有內涵？這就必須再察看他對神、帝、氣、性、有、無等字的詮釋與理解來推敲了。在易傳中，論到「神」或「帝」時，東坡曾說：

「萬物之盛衰於四時之間者也，皆其自然，莫或使之。而謂之帝者，萬物之中有妙於物者焉，此其神也，而謂之帝云爾。」（卷之九說卦傳注）

「孰鼓之歟？孰舞之歟？莫適為之，則謂之神。」（卷之七繫辭上傳注）

他認爲萬物的盛衰流變都是自然而然的，在它們背後根本找不到任何的主使者或鼓舞者。——這是明確地否認上帝鬼神爲其主宰。在他看，經書上所謂的「神」或「帝」，不過是指萬物之中所蘊藏的一種神奇奧妙的變化功能，而不是指足以讓人心生畏懼並加以頂禮膜拜的神明；因此他很反對各式的鬼神迷信。譬如對於「精氣」「遊魂」，他的了解便是這樣：

「天文地理，物之終始，精氣遊魂，可見者也，故聖人以是三者舉之。物，鬼也；變，神也。鬼常與體魄俱，故謂之物；神无適而不可，故謂之變。精氣為魄，魄為

鬼；志氣為魂，魂為神。」（卷之七繫辭上傳注）

精氣爲魄、爲鬼、爲物，原是「可見」的一種有形質的東西；而志氣則爲魂、爲神、爲變，雖然無適而不可，無拘於一形，但也仍是「可見」的一種變化的功能。「精氣」「遊魂」既然都是「可見者也」，當然屬於形而下的世界，它又怎麼可能是使萬物發生吉凶變化的根源呢？

這麼說來，萬物之中所蘊藏的神奇奧妙的功能究竟從何而來？東坡作爲道體的「一」，究竟何所指？它會不會是指着陰陽兩氣之上的那個「會和沖和之氣」說的呢？如果這樣，那便成爲「氣一元論」了。事實上，東坡並不如此主張。且看他對繫辭上傳「一陰一陽之謂道」一語的註解：

「聖人知道之難言也，故借陰陽以言之，曰一陰一陽之謂道。一陰一陽者，陰陽未交而物未生之謂也，喻道之似莫密於此者矣。……若夫水之未生，陰陽之未交，廓然無一物，而不可謂之无有，此真道之似也。」（卷之七）

案：「一陰一陽之謂道」一語，北宋理學家中，有解作「氣之一陰一陽便是道」者（如張載），有解作「陰陽非道，所以一陰一陽是道」者（如程頤）。[5]東坡謂「陰陽未交而物未生之謂也」，表面看來似乎接近後者，蓋以陰陽之「所以然」爲道，陰陽之「氣」則爲道所派生。故道體之「一」，顯然不可指「陰陽會和沖和之氣」。

然而，東坡的思想，卻和北宋理學家（尤其是程頤）有極大的不同。因爲程頤等人所強調的道體，是建立在主體性與道德性的「性體」上的。他們倡性命之學，主張「性卽理」、「性本善」，東坡深不以爲然。據宋史蘇軾本傳載：宋神宗熙寧四年（公元一〇七一），東坡任職史館，曾上議道：「夫性命之論，自子貢不得聞，而今之學者恥不言性命，讀其文，浩然無當而不可窮；觀其貌，超然无著而不可挹，此豈眞能然哉！蓋中人之性，安於放而樂於誕耳，陛下亦安用之？」言下卽闢駁性命之學的放誕不實。何以然？在乾卦的彖傳注中，他曾如此表示：

> 「世之論性命者多矣，因是請試言其粗，曰：古之言性者，如告瞽者以其所不識也。瞽者未嘗有見也，欲告之以是物，患其不識也，則又以一物狀之。夫以一物狀之，則又一物也，非是物矣。彼惟无見，故告之以一物而不識，又可以多物眩之乎？古之君子，患性之難見也，故以可見者言性。夫以可見者言性，皆性之似也。」（卷之一）

東坡批評性命論者，都是等同在向瞎子描摹物的形狀。因爲瞎子看不見，無法明白，於是便接二連三地舉了許多相近的實物來作譬說明；然而，瞎子至終所能把握到的，仍然只是一種似是而非的東西。而道的超言絕象，原來就極難名狀和言說；如果硬是把道拘執於某種價值判斷的內涵中去陳述，則這道便不再是廓然大道了。因此，像程頤那樣把道說成「理」、「性」、「善」，東坡認爲那是把道侷限在「有」（可知見者）的領域中，而妄以主觀的見解去臆度和詮釋，這樣終究是會把「廓然无一物」的大道給說小、說迂、說死，甚至說走樣了的！

東坡反對道具實質內涵的任何說法，包括神權論、唯氣論、性命論等。於是，他所理解的「道」，便似乎是神秘而不可知的囉。所謂「廓然無一物，而不可謂之无有，此眞道之似也。」這話便很玄。既然是「无一物」了，爲什麼不能稱它作「无有」？那麼，這樣一個「似無而非無」的道，究竟應該如何把握呢？繫辭傳注說：

「且此有自然而然者，天地且不能知，而聖人豈得與於其間而制其予奪哉？」（卷之七）

「貞，正也，一也。老子曰：『王侯得一以為天下貞。』夫貞之於天下也，豈求勝之哉？故勝者，貞之衰也，有勝必有負，而吉凶生矣！」（卷之八）

這是說明宇宙的本體，不是智者經由學問的思辯可以認知的，也不是聖人憑其道德意志可以制其予奪的。他引用老子三十九章「王侯得一以爲天下貞」的話，以「一」指道，也以「一」解貞、正。認爲一（貞、正、道）之於天下，是超越勝負吉凶等相對關係的。可見東坡所說的「貞一」、「道一」，就如老莊筆下的「道」或「自然」，必須游心於是非利害之外，在超越心靈與忘化境界中，完全地無執、無累、無心、無我，才能觀照得明白。以下數段繫辭傳的注文，也可進一步看出東坡對道體之「一」的描繪：

「易有太極，是生兩儀，分而為二以象兩，則其一不用，太極之象也。」（卷之七）

「夫苟不生，則无得无喪无吉无凶。方是之時，易在乎其中而人莫見，故謂之道，而

不謂之易。」（卷之七）

「夫道之大全也，未始有名。而易始開之，賦之以名。」（卷之八）

據此，東坡思想中的道體，乃是「有物之先」的「不用之一」，有時又可稱爲「道之大全」或「易之太極」。若就道體的內涵特質論，它根本無所謂得喪吉凶、是非好壞，也不落形迹，不可言狀，故可說是近乎「至虛極於無」的虛無狀態。但就此一道體所具的性能論，它卻是化生宇宙萬物（由一生二以至無窮）的根源。故好似廓然無一物，卻不可謂之無有，東坡只好勉強以「一」稱之。因爲「一」字可以同時兼具至簡義、不二義、始初義、究極義、大全義、無差別相義等。故藉「一」，可以說明至簡不二的道體具有「先天地生」的邏輯先在性，以及「未始有名」而「人莫之見」的超越性與神秘性；另方面也表明宇宙的太始狀態，原是那樣寂兮寥兮、非有非無、廓然大公、混沌齊一。故此「一」，顯然不是「空無」，但也不是具體的「實有」，而是一種抽象的「通」、「同」、「齊」、「大」、「全」，以及「無待」、「無爲」、「自如」、「自然」等概念的綜合。故謂之「道之大全」可矣！

綜上所述，我們可以得出下面幾點看法：

一、東坡主張道器一體，強調宇宙萬象皆出於一，本於一，這是「道體器用」的主張。

二、東坡說「道一」、「理一」、「本一」、「貞一」、「易將明乎一」，蓋以「一」稱「道」，並指爲宇宙的本體，萬物的形上根據。

三、這作爲道體的「一」，東坡不認爲是帝是神，抑或是物是氣；可見東坡的思想並不依循神權論，也不贊同唯氣論。

四、東坡思想中的「道一」，是經由形上觀照而得的一個宇宙大共相，其中並不含具任何主觀的道德意義與價值判斷。此與程朱理學所以肯定「性」「理」爲價值根源者不同。

五、東坡認爲「道」是「不可見」，且「未始有名」的，它似「廓然无一物」，卻不可謂之「无有」，故以「一」言之。實則此「一」對人來說，乃是神秘而無法言說的。

六、其「一」的內涵特質，與通、同、齊、大、全，以及無待、無爲、自如義近。有同然、全然、超然、自然之旨。此蓋表明「一」是混同是非對待，並且超越時空限制的一種抽象理念，因此，人不能根據學識或道德來把握，必須透過無我之心，在超然境界中來觀照。這種見解主要是依承道家的自然哲學而有的。

## 二、道用論

經由上述，可知東坡的思想基本上是建立在「道體器用」的觀點上。故就本體界言，是即用顯體；就現象界言，則是即體顯用。既然東坡主張道器一本，體用不二；則以「一」名道，除了表明道體的超越玄通、廓然無限外，同時也正表明了道用的神化自如、妙用無邊。因此作爲道體的「一」與作爲道用的「一」，原是不可分說的。而本文所以勉強分說，乃是爲著解析的方便起見。

論到道的發用，東坡很強調萬物皆「出於一」、「本於一」、「歸於一」；並質言之曰：「推而行之者，一之也。」（卷之七繫辭上傳注）在他看，宇宙萬象的生化流變，原是受到一個既「超越於物上」又「內在於物中」的形上律則所支配。這個律則，也就是「一」。但其運作軌迹卻極難描述，因它乃是以一種「廓然大公」、「無爲自如」的方式在無形中進行著的。這也就是當東坡陳述著道由一而二，由二而生變、生異、生多的過程中，所以念念不忘表明變中有則、異中有同、多中有一，卻又未嘗淸楚言明此「一」是何的原因。因此，要明白東坡作爲道用的「一」，一方面我們必須了解東坡所謂的「一生陰陽」、「陰陽交而物生」的宇宙生成論；另方面也須注意其「相反相成」的對立通一原理，以及「致極歸一」的演變律則。必將此一系列的說法合而觀之，方可透視其道用之「一」。

易繫辭上傳注說：

> 「夫道一而已，然易之作必因其貳者，貳而後有內外，有內外而後有好惡，有好惡而後有失得。……一以自用，貳以濟民。」（卷之七）
>
> 「繇是觀之，世之所謂變化者，未嘗不出於一而兩於所在也。自兩以往，有不可勝計矣！」（卷之七）

此謂道「由一而貳」，並謂「自一而兩，自兩以往」，很明顯的，是指道由一而二、而多的生化過程——卽「道之用」。而道之用，就是「易之作」，也就是繫辭上傳所謂「易有太極，是生兩儀，……」的運作。故「易之作必因其貳」的「貳」，乃指兩儀，兩儀卽是「乾」「坤」。乾乃陽之象徵，坤乃陰之象徵。對這「一乾一坤」（亦可謂之「一陰一陽」）與道體之「一」的關係，東坡曾援用繫辭上傳的門戶開合之喻說：

> 「同是戶也，闔則謂之坤，闢則謂之乾。闔闢之間而二物出焉，故變而兩之，通者一

之。」（卷之七繫辭上傳注）

他以門戶比喻道體的「一」；以門戶的一開一合，比喻道體發揮生化功能時，必先產生「一乾一坤」（一陰一陽）的運作。可見乾坤二者，乃是「出於一」而爲萬物生化時的必經過程與依據。在本體界中，乾坤本混然無別而爲一，好像門戶只是一個自體而已，但它卻已隱具開合變易的潛能；在現象界中，乾坤則盼然有分而爲二，好像門戶既經打開，則有闔闢（卽開合）兩面的功用。於是二者相因相緼相推相摩相形相盪，而萬物的繁多不齊與往來流變，乃隨之而生。故謂：

「陰陽相緼而物生。乾坤者，生生之祖也，是故為易之緼。」（卷之七繫辭上傳注）

「相因而有，謂之生生。夫苟不生，則无得无喪无吉无凶。」（同上）

「有生有物，物轉相生，而吉凶得喪之變備矣！」（同上）

「生生之極，則易成矣。」（同上）

乾坤（陰陽）是生生之祖；有生有物，而後物轉相生；則生生之極，宇宙化育的事功便成就矣！因此，乾坤並非專指天地，陰陽亦非專指男女，而是指宇宙萬物所以能夠相形相生的基因。繫辭上傳注卽云：「明乾坤非專以爲天地也。天地得其廣大，四時得其變通，日月得其陰陽之氣，至德得其易簡之善。」（卷之七）可見天地、四時、日月、至德，乃至人事間繁雜的得喪吉凶之變，皆由乾坤相交、陰陽相緼而生。

據此，萬物的化生過程，似可歸納爲以下幾個步驟：㈠道體在靜止未顯的狀態時，原是超言絕象、混沌齊同、沒有時空限制的形上之「一」，旣不可謂之无，亦不可謂之有。㈡當道體開始產生動態運作時，也必先由「一」表現出「陰」「陽」（「乾」「坤」）兩種變化基因。此時陰陽雖不雜，且已隱具派生萬物的潛能，但仍超越於物象見聞之外，僅可說是「生生之祖」。㈢當陰陽之間一屈一伸，開始往來運作時，必相因相緼相摩相盪，乃有可見的實物產生。㈣一有實物，則物交物，又轉相生，於是五花八門的各種現象便陸續出現。這時人們只見到種種有形物象的落實存在，以及種種因變而生的得喪吉凶，卻往往不知其背後一直是有一個旣「超越於物上」又「內在於物中」的陰陽消長律則在無形中支配著。繫辭上傳注所謂「陰陽交然後生物，物生然後有象，象立而陰陽隱矣。」（卷之七）想必涵具此意。

爲什麼這個出於「一」的「陰」與「陽」（「乾」與「坤」）會是萬物相形相生的基因？東坡認爲這是由於「陰」「陽」二者具有相反對立的形態與反向運動的能力使然。他說：

「上而為陽，其漸必虛；下而為陰，其漸必實。至虛極於無，至實極於有。」（卷之七繫辭上傳注）

所謂「其漸」也者，就是一種動態的、持續的、緩慢的作用。「陽」慢慢虛消以至於無，即是陽往陰極運作；「陰」慢慢實長以至於有，卽是陰往陽極運作。而在一陰一陽如此各往對方運作的過程中，「陰」「陽」這相反對立的兩性，便互相吸引，互相滲透，互相統攝，互相轉化，好像又再融通爲一個新的「一」。所以「陰」「陽」的運作，表面看是對立爲二的，其實是通同爲一的。如此由一而二，由二而一，生生不息地運行著，不僅造成各個事物內在的律動與發展，也因物物交感而有許多變易不一的現象發生，甚至帶動了整個宇宙的生化流程。

依此觀之，萬物的消長、強弱、大小、高低、善惡、美醜、吉凶、得喪、躁靜、虛實、同異、離合、成毀、興廢……等，都可說是同在此種「相反相成」的對立通一原則下進展著的。這正是繫辭上傳注所說的：「有成而後有毀，有廢而後有興，是以知吉凶之生於相形。」（卷之七）因此，一切變動不拘的、對立不一的現象，都只不過是宇宙生化流程中所暫時顯露的表象，而不是永恆不變的眞象。欲識眞象，只有超越表象，探其所本，透過陰陽「相反相成」的對立通一原則，把握到那個超然而遍在的形上之「一」，這樣才不致爲萬象的繁複流變所亂。所以，東坡一直強調著說：

> 「夫出於一而至於无窮，人之觀之，以為有無窮之異；聖人觀之，則以為進退晝夜之間耳。見其今之進也，而以為非向之退者，可乎？見其今之明也，而以為非向之晦者，可乎？聖人以進退觀變化，以晝夜觀剛柔。二觀立，无往而不一者也。」（卷之七繫辭上傳注）

又說：

> 「致，極也。極則一矣；其不一者，蓋未極也。四海之水同一平也，胡越之繩同一直也，故致一而百慮皆得也。夫何思何慮？」（卷之八繫辭下傳注）

甚至直截了當地說：

「易簡者，一之謂也。」(卷之七繫辭上傳注)

「易將明乎一。……唯通二為一，然後其一可必。」(卷之八繫辭下傳注)

唯「通二爲一」、「通變爲同」，然後宇宙的究極眞理與形上律則——「一」，才可把握。莊子齊物論篇有云：「物固有所然，物固有所可，无物不然，无物不可。故爲是舉莛與楹，厲與西施，恢恑憰怪，道通爲一。其分也，成也；其成也，毁也。凡物無成與毁，復通爲一。唯達者知通爲一。……已而不知其然，謂之道。勞神明爲一，而不知其同也。」德充符篇亦云：「自其異者視之，肝膽楚越也。自其同者視之，萬物皆一也。」莊子這種「道通爲一」、「萬物皆一」的觀點，顯然就是東坡上文所說的：「二觀立，无往而不一」；「極則一矣；其不一者，蓋未極也」。明乎此，則東坡赤壁賦所標舉的人生哲學——所謂「自其變者而觀之，則天地曾不能以一瞬；自其不變者而觀之，則物與我皆無盡也。」便不難理解。

這麼看來，東坡易傳中所陳述的道用之「一」，顯然受到莊子哲學相當的影響。所不同的，似乎是東坡更懂得使用「通二爲一」的辯證推理方式而已。其實，東坡雖然已經注意到陰陽「相反相成」的對立通一原理，但他並不重視這種「由一而二」「由二而一」的辯證過程，反而在在表明道的運作軌迹是超言絕象，不露形迹、自然無爲的。在其傳注中每有所謂「萬物自生自成」、「道固自如」、「皆其自然」、「貴賤自位」、「剛柔自斷」、「吉凶自生」、「變化自見」……，以及「未嘗有擇」、「未嘗有意」、「莫或使之」、「无心故一」（見卷七、八、九繫辭傳及說卦傳注）……等語，都是表明道以不露形迹、虛無玄妙的形態，完成化育萬物的事功。因此，談到萬物的生成，東坡還提出一個相當奇特的見解，認爲實物界中「水」是最早派生出來的。他說：

「陰陽一交而生物，其始爲水。水者有無之際也。始離於无而入於有矣。老子識之，故其言曰『上善若水』。又曰『水幾於道』。」（卷之七繫辭上傳注）

因爲水是液體，是流動性的，是無常形的，它不囿於一物，能隨外在環境而往來屈伸。——這種特質，好像比較接近道的虛妙玄通性，所以東坡認爲水是「始離於无而入於有」的第一種東西。而且爲了說明這點看法，他甚至還不惜引用「天以一生水，地以六成之」的陰陽數術理論，又參證以「甘水」、「眞液」等金丹方術的經驗，千方百計地去標榜「水」的特質與地位。❻我們若撇開其中所攙雜的怪說不論，特就東坡思想的基本取向看，則從他倡言「水德」的觀念中，似乎可以了解他所描述的道，乃是以「虛妙玄通」爲相的。

因此，東坡思想中的道用之「一」，至少含有兩種意義：㈠就道用的運作規則說：東坡陳述萬物皆「出於一」、「本於一」、「歸於一」。此「一」乃是指一種既超越於物上，又內在於物中的形上律則。更明確地說：當它用以說明萬物的生化流變時，此「一」實指陰陽所以具有「相反相成」性的對立通一原則。㈡就道用所顯之相說：東坡強調萬物皆「自生自成」、乾坤皆「无心而一」。則此「一」乃是表明道用的周全溥大與道相的神妙無方。——總之，道用的「一」，就如道體的「一」，它的內涵特質，也是與通、同、齊、大、全，以及無待、無爲、自如、自然義近的。

由上述「本一」的理論架構，可知東坡甚受老莊思想的影響。他不僅承繼老子的自然觀，更承繼莊子的齊物觀，試圖建立一種「通變爲同」、「通二爲一」的人生哲學，極力追求超然而自然的藝術化人生境界。因此，東坡易傳中討論到心性問題，便相當反對孟子的性善說：

## 三、人生論

「陰陽交而生物，道與物接而生善，物生而陰陽隱，善立而道不見矣。故曰繼之者善也，成之者性也。仁者見道而謂之仁，智者見道而謂之智。夫仁智，聖人之所謂善也。善者道之繼，而指以為道則不可。今不識其人而識其子，因之以見其人則可，以為其人則不可，故曰繼之者善也。學道而自其繼者始，則道不全。昔者孟子以善為性，以為至矣，讀易而後知其非也。孟子之於性，蓋見其繼者而已。夫善，性之效也。孟子不及見性而見夫性之效，因以所見者為性。性之於善，猶火之能熟物也。吾未嘗見火而指天下之熟物以為火，可乎？夫熟物則火之效也。」（卷之七繫辭上傳注）

東坡認爲性之於善，猶火之能熟物，人之能生子；熟物爲火之效，生子爲人之繼；故「善」只能說是「道之效」，或「道之繼」與「成」，並非「道」本身。若指「善」爲「性」，爲「道」，則是體用不分、本繼無別。若學道而自其繼者始，必不能把握「道之全」。

依東坡看，人性的本然狀態，原無所謂善，亦無所謂惡，乃一如宇宙道體，只是一種「不可得見」，又「無以名之」，卻也「消去不能」的眞實存在。乾卦彖傳注卽云：

「夫以可見者言性，皆性之似也。君子日修其善以消其不善，不善日消，有不可得而消者焉；小人日修其不善以消其善，善者日消，亦有不可得而消者焉。夫不可得而消者，堯舜不能加焉，桀紂不能亡焉，是豈非性也哉?!」(卷之一)

又云：

「堯舜之所不能加，桀紂之所不能无，凡可以閑而去者，无非邪也。邪者盡去，則其不可去者自存矣，是謂閑邪存其誠。」(卷之一乾卦文言傳注)

繫辭上傳注亦云：

「性所以成道而存存也，堯舜不能加，桀紂不能亡，此真存也。」(卷之七)

此「堯舜所不能加，桀紂所不能无」的本性，可謂之「眞存」、「自存」或「誠」。——這眞實而自存的誠體，依東坡看，就是一種「廓然大公」型態的「無我之一」，也就是「性」通於「命」而與天道合一的本始狀態與至極境界。在其中，原無所謂死生、禍福、是非、善惡等相對價値與道德判斷。故說：

「死生禍福，莫非命焉，雖有聖智，莫知其所以然而然；君子之於道，至於一而不二，如手之自用，則亦莫知其所以然而然矣！此所以寄之命也。……命之與性，非有天人之辨也；至其一而无我，則謂之命耳。」（卷之一乾卦彖傳注）

君子之於道，若能超越相對的「二」，而達到絕對的「一」，則在道通爲一的境界中，舉凡應對進退各種行止，必能如手之自用，根本不需探察其所以然，亦毋庸思慮其所當然，只要順「性」而動，皆能自然而然地無往而不自在自得！

東坡此種性論，顯然不從儒家的「性善」、「明誠」義入實，故與程朱的「性卽理」說大不相同。程頤謂：「性卽理也，所謂理性是也。天下之理，源其所自，未有不善。喜怒哀樂之未發，何嘗不善；發而中節，則无往而不善；發不中節，然後爲不善。」（二程遺書卷二十二上）朱熹亦謂：「性只是理，萬理之總名。此理亦只是天地間公共之理，稟得來，便爲我所有。」（朱子語類卷五十九）又謂：「繼之者善，言道之所出無非善也，所謂无也，物得是而成之，則各正其性命矣。而所謂道者，固自若也。故率性而行，則無往而非道，此所以天人無二道，幽明無二理，而一以貫之。」（雜學辨第十三條）是皆孟子性善義之發揮。程朱以稟賦之在人者爲性，故理未有不善，性卽未有不善。如此則宇宙界、人生界一貫直下，卽體卽用，卽用顯體，天人無二，形上形下交融無間。其說天卽是理，則在人物身上便各自佔有了一分天理。這是承認性本善，肯定人類皆有修善成聖的可能，其著重點已落在主體道德上，而歸向儒家的人本哲學。東坡則就宇宙論以言人生論，謂：「陰陽交而生物，道與物接而生善，物生而陰陽隱，善立而道不見矣。」顯將「性體」與「善德」分說，否定人類具有先驗的性善，則其偏重點乃在道家模式的本體哲學上。

人類先驗的「性善」既被否定，「明善」的道德實踐工夫也就毋須講究。因此東坡之論人生修養，以爲「學道而自其繼者始，則道不全。」故不講「窮理」、「積善」，而主張先從察照「道之全」（卽「道之一」）入門，這就是他在說卦傳注中所強調的「泝而上之」、「反求其本」、「反從其初」。他說：

「道德之變，如江河之日趨於下也，沿其末流，至於生蓍、倚數、立卦、生爻，而萬物之情備矣。聖人以為：立於其末，則不能識其全而盡其變；是以泝而上之，反從其初。道者，其所行也；德者，其行而有所成者也；理者，道德之所以然；而義者，所以然之說也。君子欲行道德而不知其所以然之說，則役於其名而為之爾。夫苟役於其名而不安其實，則大小相害，前後相陵，而道德不和順矣。譬如以機發木偶，手舉而足發，口動而鼻隨也，此豈若人之自用其身，動者自動，止者自止，曷嘗調之，而後和理之，而後順哉？是以君子貴性與命也。欲至於性命，必自其所以然者泝而上之。夫所以食者，為飢也；所以飲者，為渴也；豈自外入哉？人之於飲食，不待學而能者，其所以然者明也，盍徐而察之？飢渴之所從出，豈不有未嘗飢渴者存乎？於是性可得而見也。有性者，有見者，孰能一是？二者則至於命矣，此之謂逆。聖人既得性命之理，則順之下之，以極其變；率一物而兩之，以開生生之門，所謂因貳以齊民行者也。故兼三才，設六位，以行於八卦之中，天地山澤雷風水火紛然相錯，盡八物之變，而邪正吉凶悔吝憂虞進退得失之情不可勝窮也，此之謂順。斷竹為籥，竅而吹之，唱和往來之變、清濁緩急之節，師曠不能盡也。反而求之，有五音十二律而已；五音十二律之初，有哮然者而已；哮然者之初，有寂然者而已。古之作樂者，其必立於寂然者之中乎?!是以自性命而言之，則以順為往，以逆為來，故曰數往者順，知來者逆。六十四卦三百八十四爻，皆據其末而反求其本者也。故易逆數也。」（卷之九說卦傳注）

所謂「本」「初」，就是「堯舜所不能加，桀紂所不能無」的道體之「一」。所謂「泝而上之」就是撥去形而下的一切蔽障，步步往上推求，以達於道體的「逆」「反」工夫。東坡認爲君子欲行道德（案：此道德二字，不指一般所謂善行美德，乃指人之所行而有成者），須從「逆」「反」工夫入手，才能得見性命之本，也才能據本以治末，理一以治衆，因二以濟民，使性發爲情，皆能順理成章。否則，若立於道之繼，或於道之末流處用心，最多只如機發木偶，雖偶有所動，卻不能自動自止，自順自然。東坡所以藐視程頤爲道貌岸然之假聖賢者，或即此因。他並舉反求飲食之理及管樂之理爲譬，以明易之「逆數」哲學。知逆數，則知據末以反本，必可透識易變之繁賾，上達不易之本體。吾人修道入聖之工夫原在於此。故乾卦彖傳注云：「方其變化，各之於情，无所不至；反而循之，各直其性，以至於命，此所以貞也。……君子之至於是，用是爲道，則去聖不遠矣！」（卷之一）

欲反求其本、反從其初，首要工夫則在撥除一切蔽障。繫辭上傳注云：

「天地與人一理也。而人常不能與天地相似者，物有以蔽之也：變化亂之，禍福劫之，所不可知者惑之。變化莫大於幽明，禍福莫烈於死生，所不可知者莫深於鬼神。知此三者，則其他莫能蔽之矣。夫茍無蔽，則人固與天地相似也。」（卷之七）

這裏東坡列舉一般人所以無法與天地相似相符的三大蔽障：一是不知幽明之故，乃爲天地之無窮變化所亂；二是不知死生之說，乃爲人事之吉凶禍福所刼；三是不知鬼神之情狀，乃爲不可驗證之神靈鬼秘所惑。而據東坡所述，能夠通透宇宙人生之眞諦而盡去此三蔽者，則唯「无心而一」者能達之。故繫辭上傳注又云：

「夫无心而一。一而信，則物莫不得盡其天理以生以死，故生者不德，死者不怨，无怨无德，則聖人者豈不備位於其中哉?!吾一有心於其間，則物有僥倖夭枉不盡其理者矣。僥倖者德之，夭枉者怨之，德怨交至，則吾任重矣。雖欲備位，可得乎？」（卷之七）

无心而一，撥除三蔽，无德無怨，忘我入化，反從初道，則其人生境界必至聖人。

東坡易傳對聖人之描述甚多，玆舉數例如下：

「聖人者亦然。有惻隱之心，而未嘗以爲仁也；有分別之心，而未嘗以爲義也。」（卷之八繫辭下傳注）

「世乃曰：聖人无德業。……夫德業之名，聖人之所不能免也，其所以異於人者，特以其无心爾。」（同上）

「天生神物，聖人則之；則之者，則其无心而知吉凶也。天地變化，聖人效之；效之者，效其體一而周萬物也。天垂象，見吉凶，聖人象之；象之者，象其不言而以象告也。」(同上)

「聖人之於蒙也，時其可發而發之，不可則置之，所以養其正心而待其自勝也，此聖人之功也。」(卷之一蒙卦彖傳注)

「聖人无能，因天下之已能而遂成之。」(卷之八繫辭下傳注)

「聖人之憂也，豈知其中有不憂者？未嘗與其所見者同哉？」(卷之七繫辭上傳注)

「故曰『聖人无功，神人无名。』而大有上九，不見致福之由也。」(卷之二大有卦上九注)

凡此種種，皆見東坡心目中之理想人物，極似莊子書中之聖人、神人、眞人或至人。蓋其無心於仁義而有仁義之德，無心於功業而有功業之名，無心於知幾而有知幾之實，無心於有能而有多能之績，且其憂世也深，卻有不憂者存。則此聖人分明是道家化的聖人，而非儒家的至聖仁人。其精神境界，乃是一種超然物外、無執無累、與道同遊的境界。故述聖人之德，東坡必指其無心、無德、無能、無功、無名、不憂、不言、體一等；大有卦上九注更援引莊子逍遙篇的「聖人无功，神人无名」之言爲證；可見他所標榜的聖人典型，實已超越於一般道德家、政治家、宗教家之上，而入於「與一同體」之人生化境矣。故繫辭上傳注謂：「聖人之德，雖可以名言，而不囿於一物，若水之无常形，此善之上者，幾於道矣！」(卷之九)

東坡此一人生見解，不僅與當時注重人事，不取玄談的歐陽修不同；而且與代表洛學的程頤

「居敬涵養，敬學致知」之入聖工夫也大相逕庭；在宋初諸名家中，東坡的思想可以說是甚爲接近道家的。

## 叁、朱熹對東坡易傳之評議

東坡易傳一書，是東坡表現其思想見解的重要文獻；尤其可以看出他遭貶之後，試圖建立哲學體系的努力。綜上所述，東坡的宇宙人生哲學，實可稱之爲「本一」的哲學。他不僅提出「理一」「道一」「出於一」「本於一」「歸於一」的觀點，說明宇宙的形上本體及生化律則；而且，他還提出「无心而一」、「至其一而无我」的觀念，對性善說加以批評，以建立其道家化的心性哲學。這套「一」的思想架構，若就天道觀而言，即很巧妙地摻合了繫辭傳的「易有太極，是生兩儀」的宇宙生成說，以及老子的「有物混成，先天地生」的本體論，還有莊子的「天地與我並生，萬物與我爲一」的齊物觀，以及王弼的「理一以治衆」的易學原則，而且多少也還受到佛學「一攝一切，一切攝一」說的思想啓廸。再就人生觀而論，亦是十足地傾向佛道兩家，而尤有得於莊子。所謂「反從其本」、「破除三蔽」，豈不就是老子的「爲道日損」、「萬物並作，吾以觀復」，莊子的泯是非、除成見、外死生、通物我，以及佛家的撥去我執、法執嗎？難怪蘇轍在〈亡兄子瞻端明墓誌銘〉中述及東坡的學術淵源，即特別強調：「（東坡）讀莊子，喟然嘆息曰：『吾昔有見於中，口未能言。今見莊子，得吾心矣！』…後讀釋氏書，深悟實相，參之孔老，博辯無礙，浩然不見其涯也！」據此可見東坡雖治儒經，思想路數卻是走向三教合一；故出入儒釋道之間，最終目標無非是要尋得一個超脫、大自在的人生；以便融通一切，神遊四方，無罣無礙，達到性靈生活的眞正釋放與自由。因此，他並未把「帝」、或「氣」、或「理」等作爲宇宙的根本，而特別標舉一個具有通、同、齊、大、全諸義，以及超然絕對義、自然無爲義的「一」來架構其思想。此與理學正宗的批駁釋老莊，顯然站在不同的地位，故被朱熹斥爲「雜學」。

朱熹雜學辨，對東坡易傳曾舉出十八條的批評，其中辨文義者四條，又一條謂蘇說無病，故爲朱熹所不取者，可說僅十三條。而十三條中，評天道論者三條，評心性論者八條，其他見解不合者二條。玆錄其天道論與心性論之重要評語，以觀東坡思想與理學正宗之大別所在。

## 一、有關天道論之評議

東坡注乾卦彖傳「大哉乾元，萬物資始，乃統天」一句，云：「此論元也。元之爲德，不可見也；其可見者，萬物資始而已。天之德不可勝言也，惟是爲能統之，此所以爲元也。」朱熹批駁之曰：

「愚謂四德之元，猶四時之春、五常之仁，乃天地造化發育之端，萬物之所從出，故曰萬物資始，言取其始於是也。存而察之，心目之間，體段昭然，未嘗不可見也。然惟知道者，乃能識之。是以蘇氏未之見耳。不知病此，顧以己之不見為當然，而謂眞無可見之理，不亦惑之甚與！」（雜學辨第一條）

此處朱熹直斥東坡爲「未之見耳」、「惑之甚與」，語帶不屑與藐視。主要原因乃在朱熹以天德爲可體現，東坡則以之爲「不可見」、「不可勝言」。因爲朱熹哲學的特點：在將天道觀與倫理觀合言，認爲宇宙的最高本體就是道德的最高準則或基本根源；因此，他認爲乾元之德，就如四時之春、五常之仁一樣，只要存養省察，則心目之間，體段昭然，必能切實體驗與把握。而東坡所認識的天道，卻是一個超言絕象、通統萬有的「一」，它本不是倫理道德的根源。故在朱熹的眼光中，東坡實是敷淺得不認識天道，也未能在生命中體察出天道來。

尤於易繫辭「一陰一陽之謂道」一語，朱熹注謂：「陰陽迭運者氣也，其理則所謂道。」(易本義卷三)即將「道」與「陰陽」的關係說成「理」與「氣」的關係。而東坡注則謂：「聖人知道之難言也，故借陰陽以言之。……喻道之似莫密於此矣。」又謂：「陰陽未交，廓然無一物，而不可謂之無有，此眞道之似也。」較諸朱注，蘇注出現不少「難言」、「喻」、「似」等語，自是富有一些神密玄虛的色彩，故朱熹批評道：

「一陰一陽往來不息，舉道之全體而言，莫著於此者矣！而以為『借陰陽以喻道之似』，則是道與陰陽各為一物，借此而況彼也。陰陽之端，動靜之機而已。動極而靜，靜極而動，故陰中有陽，陽中有陰，未有獨立而孤居者，此一陰一陽所以為道也。今曰『一陰一陽者，陰陽未交而物未生，廓然無一物，不可謂之無有者，道之似也。』然則道果何物乎？此皆不知道之所以為道，而欲以虛無寂滅之學，揣摹而言之，故其說如此。」(第十二條)

朱熹此評，一謂東坡不知「道」與「陰陽」間的相依不離關係，故借此況彼，好似「道」與「陰陽」有隔而各爲一物。二謂東坡不知陰陽動靜變化之機，故將陰陽獨立孤居起來，而無法見其消息往來之實有生動。三謂東坡不知「道」實掛搭於「陰陽」之上見，則不唯不識「陰陽」，也不識「道」，如此便成一派虛無寂滅之學。

此中，論到「陰陽」，依東坡之見：「陰陽」蓋指道體之「一」開始產生動態運作時，最先表現出來的兩種變化基因；它介於道與物之間，具有派生萬物的潛能，卻是超越於物象見聞之外，僅可說是「生生之祖」，而不能憑著感覺經驗察識得到。對於此種說法，朱熹甚表不然，道：

> 「陰陽盈天地之間，其消息闔闢，終始萬物，觸目之間，有形無形，無非是也。而蘇氏以為『象立而陰陽隱，凡可見者皆物也，非陰陽也。』失其理矣！達陰陽之本者，固不指生物而謂之陰陽，亦不別求陰陽於物象見聞之外也。」（第十一條）

朱熹認爲：「陰陽」固然不是指具體的生物，卻也絕非別存於物象見聞之外。因爲「陰陽」與「物」的關係，雖是不一，卻是不離的。朱子語類中說：「諸公且試看，天地間，別有甚事？只是陰與陽兩個字，看是什麼物事，都離不得。只就身體上看，才開眼不是陰，便是陽，密拶拶在這裏，都不著得別物事。」（卷三）又說：「包羅天地，也是這陰陽。」（卷四）在他看，陰陽乃是普遍地顯現在形而下的物事上，可以說充塞天地，不管有形無形，莫非陰陽，故陰陽是不可離開物象來談的。而東坡所謂「象立而陰陽隱，凡可見者皆物也，非陰陽也。」朱熹便認爲其說是使陰陽與物有間，故於理不通。

由此可見蘇朱兩人天道觀的最大歧異，關鍵乃在朱熹之論道體，強調一個具有道德內涵的「理」（「所以然」與「所當然」之理），而東坡則未如是。再者，即是論到「道」、與「陰陽」、與「物」之間的關係時，朱熹皆徹上徹下地強調其體用一源，顯微無間、互依不離的關係，而東坡亦未能如是。此蓋東坡以一文學作家，粗言宇宙論體系，特假三教合一之見解，目標重在提示其心目中之宇宙精神與生命境界，故對哲學觀念的分析及哲學術語的使用，尙欠周延縝密，易爲朱熹尋其語病進攻。然而，以朱熹之強調道德理性，我們也可以說朱熹是不能了解東坡之觀照心靈與超道德境界的，尤其論及心性問題時，兩人見解的不同便更明朗化了。

## 二、有關心性論之評議

關於心性之論，東坡不講性善，也不講性惡，也不講善惡混或性三品。❼乃大而化之，由性超善惡，以言性之自身非善非惡，無善無惡，而爲堯舜桀紂之所同然者。其解易乾卦彖傳的「乾道變化，各正性命」，即謂「命之與性，非有天人之辨也；至其一而无我，則謂之命耳。」顯然他所強調的，乃是「至其一而无我」的超道德境界。故凡涉及性論之處，每見其言「性難見」，或「性卒不可得而言」，或「聖人之於性也，至焉，則亦不自覺知而已」，或「聖人以爲猶有性者存乎吾心，則是猶有是心也；有是心也，僞之始也」……等。此與朱熹本從「性善」義入實的性理之學，可謂全不相契；故在雜學辨中，朱熹卽再三義正辭嚴地痛加闢斥：

「子思子曰：『率性之謂道。』邵子曰：『性者，道之形體也。』與大傳此章之旨相為終始，言性與道，未有若此言之著者也。蘇氏之言，曲譬巧喻，欲言其似而不可得，豈若聖賢之言，直示而無隱耶？」（第十五條）

「古之君子，盡其心，則知其性矣，未嘗患其難見也。其言性也，亦未嘗不指而言之，非但言其似而已也。……然則蘇氏所見，始徒見其似者，而未知夫性之未嘗有所似也。」（第六條）

「蘇氏以性存於吾心，則為偽之始，是不知性之真也。以性之至者非命，而假名之，是不知命之實也。」（第八條）

「蘇氏不知仁智之根於性，顧以仁智為妄見，乃釋老之說。聖人之言豈嘗有是哉？謂之不見其全，則或可矣！」（第十六條）

「蘇氏初不知性之所自來，善之所從立，……特假於浮屠非幻不滅得无所還者而為是說。……是將不察乎繼善成性之所由，梏亡反覆之所害，而謂人與犬牛之性無以異也，而可乎？夫所以重嘆性之不可言，蓋未嘗見所謂性者，是以不得而言之也。」（第七條）

「如蘇氏之說，則命無所容；命無所容，則聖人所謂至命者益無地以處之。故為是說以自迷罔，又以罔夫世之不知者而已。豈有命在我而不自覺知，而可謂之聖人哉？」（第九條）

朱熹認為：東坡因不知「性即理」，故其性論只不過是一些無根的、不實的、空泛的揣摩語而已。儘管他善於曲譬巧喻，終究不能指明「性」果爲何物。如此，則非但不能倡導心性修養，證成聖人工夫；而且因他否定先驗的性善，也就根本無從說明人間的善德善行何由生、何由成？尤其，對於易繫辭的「繼善成性」之解，東坡曾謂「善」是「道之效」，或「道之繼」與「成」，而非「道」本身。對此，朱熹更直指其悖謬，謂：

「天人無二道，幽明無二理，而一以貫之也。而曰『陰陽交而生物，道與物接而生善，物生而陰陽隱，善立而道不見。善者，道之繼而已，學道而自其繼者始，則道不全。』何其言之繆耶！且道外無物，物外無道。今曰『道與物接』，則是道與物為二，截然各據一方，至是而始相接也，不亦繆乎！」（第十三條）

又謂：

「孟子道性善，蓋探其本而言之，與易之旨未始有毫髮之異，非但言性之效而已矣。蘇氏急於立說，非特不窮於易，又不及詳於孟子，故其言之悖如此。」（第十四條）

這裏，朱熹評議東坡所謂「道與物接而生善」的說法，認爲是將「道」與「物」截爲兩半，而無法一以貫之；而且，對於「善」的起源問題，也認爲東坡說得過分突兀，而無法進探其本。此一指責，直攻東坡易傳的罅隙，可說一針見血，深中肯綮；因爲按照東坡對「道一」的描述，縱算已經表明了天道的「實然」情狀，卻不能保證人道的「應然」法則。換言之，「所以然之理」與「所當然之理」二者間的聯繫，東坡的理論的確無法彌縫得像朱熹的性理學一般地圓通無礙。除非東坡完全置修善成德的問題於不顧；否則的話，如果說道體是超言絕象的「一」，性體也是超善超惡的「一」，則人間的理序究當如何定準？人事的美善又當如何證立？如果「道之體」本非「善體」，則「道之用」難道會產生「善用」嗎？對「道」與「物」之間，或「性」與「善」之間的鴻溝，又當如何尋得一貫的理論依據？——這些問題顯然都是東坡未曾詳加說明的，因此這也就成爲蘇學中的最大理論漏洞，與朱熹攻難的焦點所在了。故而朱熹一再批評東坡「未嘗見性」，只是「游於釋氏」，而以「虛無寂滅之學，揣摹而言之」，不但「自迷罔」，恐將「罔夫世之不知者」。特別是在雜學辨的序言中，朱熹更是語重心長地說：「乾之彖辭，發明性命之理，與詩、書、中庸、孟子相表裏，而大傳之言亦若符契。蘇氏不知其說，而欲以其所臆度者言之，又畏人之指其失也，故每爲不可言、不可見之說以先後之，務爲閃倏滉漾不可捕捉之形，使讀者茫然。雖欲攻之，而無所措其辨。殊不知性命之理甚明，而其爲說至簡。今將言之，而先曰不可言；既指之，而又曰不可見；足以眩夫未嘗學問之庸人矣。由學者觀之，豈不適所以爲未嘗見、未嘗知之驗哉！然道衰學絕，世頗惑之，故爲之辨，以待後之君子。」

由東坡與朱熹論道、論性之不同，卽知理學正宗實承論孟學庸之根本精神而來，東坡易傳則不然。故自朱熹斥之爲雜學後，宋元學案亦將「蘇氏蜀學略」擯置書末而不予正統地位（宋元學案卷九十九）。然而，此之謂「雜」，若指其學不守儒門道統，而欲融通三教則可；若逕謂此書駁雜無章、不成體系，而一概摒斥之，則過矣！縱以朱熹批駁甚嚴，亦未嘗不承認其「大體段尚自好耳」，且言「其於物理上亦有看得著處。」（朱子語類卷六十七）四庫提要亦嘗謂其「推闡理勢，言簡意明，往往足以達難顯之情，而深得曲譬之旨。」故宋元兩朝，凡不專主一家者，如李衡之周易義海撮要、丁易東之周易象義、董貞卿之周易會通等，即皆採錄其說。

## 肆、結　語

平實而論，東坡此書完成在慶曆學風丕變，道學六先生並起的時代，它至少具有兩項意義與價值：

一、就注經方法而論：此書崇尚義理，不守詁訓，獨抒胸臆，大膽標新，實可視爲北宋變古學風之先鋒代表。

二、就思想內涵而論：此書融通三教，不專主一家，但能通過「一」的觀念以貫串其宇宙人生哲學，雖然理論尚見缺漏而未臻周延縝密，卻仍可稱得上是一部有特色、有創見的思想著作。精研此書，一方面可以進探東坡個人的宇宙人生思想，另方面也可以了解北宋理學初建旗鼓時的相對勢力。

總之，在中國經學史與宋明理學史中，東坡易傳雖非劃時代的代表作，但亦有它不可抹煞的價值與特殊地位。蘇轍說：「（東坡）所傳易書之秘，古所未聞，時无孔子，孰知其賢？以俟聖人，後則當然。」（欒城后集卷二十〈祭亡兄端明文〉）陸游亦說：「易道廣大，非一人所能盡，堅守一家之說，未爲得也。漢儒治易，入神要路；宋儒則未免繁衍，或流於術數，或釋老互發，議論荒唐，如人眩時，五色無主矣。惟東坡滙百川文流，滴滴歸源，而滔滔汩汩以出之，萬斛不能量也。易曰：『神而明之，存乎其人。』自漢以來，未見此奇特。」[8]可謂推揚備至。東坡以曠世奇才，經營辭章，固已睥睨千古，而涉足易學，又能有此成就，此在中國學術界，亦不能不說是異軍突起，別放奇彩。

# 附註

❶ 蘇轍〈易說〉三篇，今見《欒城三集》卷第八。其中所說，皆與《東坡易傳》不甚相同；尤於天地之數，卽力主五十五爲天地五行之全數，並指東坡「土不特見」論爲野人之說，謂：「及子瞻論易，……今將求合蓍數而黜土，其爲說疏矣！」

❷ 宋代取士，《易》爲課試科目之一。其課《易》情形，蓋如王安石所出「易策問」之試題云：「問易曰：黃帝堯舜垂衣裳而天下治，蓋取諸乾坤。說者曰：垂衣裳以辨貴賤，乾坤尊卑之義也。夫垂衣裳以辨貴賤自何世始？始於黃帝，獨曰黃帝可也。於堯舜，曰堯曰舜可也。兼三世而言之，吾疑焉，二三子姑爲之解。」據此可見當代學風重義理，不重訓詁；尚新奇，不尚舊說之一斑。

❸ 見錢穆先生《宋明理學概述》，學生書局印行，頁二九至三〇。

❹ 參拙撰〈東坡易傳之特質〉一文，商務印書館發行《鄭因百先生八十壽慶論文集（上）》，頁一至一七。

❺ 張載云：「太和所謂道，中涵浮沉、升降、動靜、相感之性，是生絪縕相盪、勝負、屈伸之始。」又云：「由氣化，有道之名。」類此，以「太和」「氣化」謂「道」，顯然卽視「一陰一陽之運動狀態」及「氣之變化規律」爲「道」。這種見解，與程頤所謂「道非陰陽，所以一陰一陽，道也。」的確大異其趣。——張載語見《張子全書》〈正蒙、太和篇第一〉，中華書局印行。程頤語見《二程全書》〈遺書第三，二程集，伊川先生語〉，廣文書局印行。

❻ 東坡標揚水德，甚或雜揉數術方士之論以爲說，此可參見《東坡后集》中的幾篇文章：如〈送錢

塘偕思聰歸孤山敍〉云：「天以一生水，地以六成之。」（卷九）〈續養生論〉云：「陰陽之始交，天一爲水。凡人之始造形皆水也，故五行一曰水。」（卷九）〈天慶觀乳泉賦〉云：「物老死於坤而萌芽于復，故水者物之終始也。……吾何以知之？蓋嘗求之于身而得其說。凡水之在人者，爲汗、爲涕、爲洟、爲血、爲溲、爲泪、爲涎、爲沫，此數者皆水之去人而外騖，然后肇形于有物，皆鹹而不能返，故鹹者九而甘者一。一者何也？唯華池之眞液下湧于舌底而上流于牙頰，甘而不壞，白而不濁，宜古之仙者以是爲金丹之祖，長生不死之藥也。」（卷八）

⑦ 參蘇軾〈論揚雄〉一文。世界書局印行《經進東坡文集事略》，卷八。

⑧ 陸游評贊，附錄於廣文書局印行《蘇氏易傳》書末。

# 「定性」與「主靜」
## ——濂溪聖功論析評

陳郁夫

儒家稱修養的最高境界為「聖」，到達「聖」境所作的功夫，我們稱之為「聖功」。❶自《論語》、《孟子》以下，儒家每部典籍多多少少都談到一些。濂溪號稱宋、明理學開山祖師，以「定之以仁義中正」（以下簡稱「定性」）與「主靜」二門，開出頗為完密的「聖功」論，同時為程、朱一系和陸、王一系所取法，影響十分深遠。本文就濂溪「聖功」論的實際，分析其得失所在，並探討其偏失原因，希望能藉檢討濂溪「聖功」論的得失，凸顯出宋、明理學扭曲先秦儒學處，從而對孔、孟眞儒學有進一步的了解。

## 一、定性

如依〈太極圖說〉的理論，人之所以須要「聖人」以「仁義中正」來「定性」，是因為在萬物中，人獨得二氣五行之秀，最為靈敏，因而在「形生」「神發」之後，回應外界有善惡的分別；「定性」目的在使「五性感動」，無不善。❷但依〈通書〉的理論，人之所以須「定性」是因為人性各有所偏，不是偏於「剛」，便是偏於「柔」。偏於「剛」的，其「善」

爲義、爲直、爲斷、爲嚴毅、爲幹固，其「惡」爲猛、爲隘、爲強梁。偏於「柔」的，其「善」爲慈、爲順、爲巽，其「惡」爲懦弱、爲無斷、爲邪佞。爲著改善天性的偏倚，「故聖人立教，俾使人自易其惡，自至其中而止矣。」（《通書、師第七》）這兩種理論，看似互不相干，其實互相補，分別說明人須要「仁義」與「中正」定性的理由。以「仁義」定性是積極的「立人之道」，以「中正」定性是消極的「自易其惡」；前者偏重於聖人立教，後者偏重於賢士自修。

濂溪將聖人之所以以「仁義」定性，推本到天道。他說：「天以陽生萬物，以陰成萬物。生，仁也，成，義也。故聖人在上，以仁育萬物，以義正萬民。天道行而萬物順，聖德修而萬民化。」（《通書、順化第十一》）這種「聖人法天」的思想❸，在戰國時期，因陰陽家的提倡而流行起來，到《呂氏春秋》已成爲政治學的主流❹，一直經漢、唐到宋，濂溪猶承繼而不知其弊。

「法天」思想本是專制帝制下用來制衡帝王權威不得已的措施，希望在帝王權之上再安設一個更高的權威叫帝王屈服，並把這個比帝王更高的權威「天」的屬性，定義爲「仁」「義」「公」「誠」等，要帝王效法，以作爲爲民施政的標準。濂溪說：「聖人之道，至公而已矣。或曰：『何謂也？』曰：『天地至公而已矣。』」（〈公第三十七〉）便是這種意思。這種思想更進一層是把「天」的屬性也轉化成人本有的德性「仁」「義」「禮」等，濂溪說，「大哉乾元，萬物資始」是「誠之源」；又說，「誠無爲，幾善惡」，「德，愛曰仁，宜曰義，理曰禮，通曰智，守曰信。性焉安焉之謂聖，復焉執焉之謂聖。」（〈誠幾德第三〉）便是這種做法。這樣便構成一套由上直下的系統，「天」是最高權威，「聖人」其次，常人則要以「天」與「聖人」的「仁義」來「定性」，才不至於有過惡。濂溪說，有過不改爲惡，「惡者，天惡之，彼豈無畏邪？」❺不就是充滿「天」的權威嗎？「童蒙求我，我正果行如筮焉。……山下出泉，靜而清也，汨則亂，亂，不決也。愼哉！其惟時中乎！」（〈蒙艮第四十〉）這是濂溪教蒙童的看法，其中權威式的教育思想溢於言表，與秦漢之前，「教也者長善而救其失也」（《禮記、學記》）、「故凡學（敎），非能益之也，達天性也；能全天之所生而勿敗之，是謂善學（敎）。」（《呂氏春秋、孟夏季、尊師》）這種尊重受教育的天性與人格的教育思想相比，濂溪的權威主義更顯露無疑。

如從「乾道變化，各正性命」與「山下出泉，靜而清也」的立論來看，濂溪未嘗不主張「性善」，但他又認爲除了聖人中和外，其餘不是偏剛，便是偏柔，剛柔各有其善惡，所以要「定之以中正」。如此則「繼善」而「成」的「性」，顯然與「性者剛柔善惡中而已矣」❻的「性」有分別。這兩者間的分別，濂溪並沒有作解說，但在佛家以六道輪廻與業力不滅等善巧的理論，解說現實人生的種種差異時，儒家又不能不對「性善」的理念與實質上人有「不善」提出說明，濂溪說「性者剛柔善惡中而已矣」，便是解說之一途。伊川說：「性無不善，而有不善者才也。性卽是理，理則自堯、舜至於塗人，一也；才稟於氣，氣有清濁；稟其清者爲賢，稟其濁者爲愚。」因而他有「論性不論氣不備，論氣不論性不明」的話。❼橫渠分性爲「天地之性」與「氣質之性」更清楚，他說：「形而後有氣質之性，善反之，則天地之性存焉。故氣質之性，君子有弗性者焉。」❽也是在時代的需求下，所提出的解說。

我們顯然發現伊川和橫渠的理念，與濂溪並不完全相同。濂溪說性的偏剛偏柔，大略相當於心理學上的性格，剛柔的觀念，與外向內向也很近似。伊川的「才」及「氣」，大略相當於心理學上的智商，所以有氣淸則智，氣濁則愚的說明；張載的「氣質之性」，既說「君子有弗性焉」，則係指人類維持生存的本能而言。相當於「口之於味也，目之於色也」等；這些雖也生而具有，但孟子說「君子不謂性也」（盡心下）。比較上，伊川的論點與濂溪較接近，二者都承認人在受生之後便有個別差異，這些個別差異，不論屬性格上，或屬智力上，都造成人不能成賢成聖的妨害。橫渠立「氣質之性」則與濂溪論性有基本上的不同，橫渠的「氣質之性」，雖也是成賢成聖的妨害，但是並沒有說「氣質之性」人人何等不同。然而三人對另一種「性」（「天地之性」），則無不認爲「卽是理」、「純粹至善」。

再進一步分析。如橫渠言，依孟子義，人有「口之於味」等維持生存的動物本能，「性也，有命焉，君子不謂性也」；人也有「仁之於父子也」等維持羣體發展天性，「命也，有性焉，君子不謂命也」❾，這種理論支持孟子「先立其大」的修養論，是儒學正確的理論。這種理論先承認人性的複雜性，有維持生存的動物本能低層系統，也有發展羣體的道德天性高層系統；然後強調人類對自己命運的主宰力，指出「人道」卽在於發展道德高層系統。伊川以智力的賢愚定才氣，雖然說「使肯學」，雖下愚亦可移，但是才氣顯然只有消極限制的意味，不能如孟子、橫渠因氣質之性開展出道德之性。濂溪因性的偏頗而說性格各有善惡，而以糾扳天性之偏至於中正爲修養要點，則又比伊川錯得更嚴重。須知，人因性格上的偏倚，會帶來德行上的偏失，自是對的，因天生性格上有缺失而警惕糾正，也是對的；但人卻不能以糾正性格上的偏失做爲修養的重點。

首先，人類在性格上各有所偏，正是自然界的大智慧。剛猛者進取，柔巽者守成，各有各的社會功能和價值。倘若人人都如濂溪所言的「中正」，則無疑會解消人類社會的活力，阻撓興革之機。太極圖以陰陽的相反相成，說明宇宙間一切事物本身就涵蘊著變化的動力；人類性格的剛柔，不正是整個社會變化的動力所在。濂溪在〈太極圖說〉不是言「乾道成男，坤道成女」嗎？男女有別也是天性的差異，男偏於剛，女偏於柔，我們難道也要求男女都去掉他們的偏，而後成聖成賢嗎？

再說，孔子還沒有被定爲一尊之前，聖人有多種，不是只孔子一類，孟子認爲除孔子爲「聖之時者」外，還有伊尹爲「聖之任者」，伯夷爲「聖之清者」，柳下惠爲「聖之和者」。伯夷的「聖之清」和柳下惠的「聖之和」，很明顯的有濃厚的性格成份在內。由此可知，儒家原本不僅要人以人的性命系統做修養行事的基礎，並且也允許順自己性格發展道德人格，這樣子才開展出一個寬坦和易的人文世界。如依濂溪之言，伯夷勢必努力去除祛他的「剛」，柳下惠也要用力去糾扳他的「柔」，後世就不會有貪廉頑立與和樂近人的二種聖人了。

也許我們把濂溪的話——「故聖人立教，俾使人自易其惡，自至於其中而止矣」，解說成濂溪只要人改掉性格上偏的惡就好，並不是要人成爲剛柔調和的「中」。但循濂溪言語，似乎不是這意思。濂溪說：「性，剛柔善惡中而已矣！」善惡是因剛柔之偏而後有，在剛柔之外另標舉「中」字，然後說：「惟中也者，和也，中節也，天下之達道也，聖人之事也。」(〈師第七〉)分明在說「中」是剛柔調和的「中」，而不是剛去掉剛惡、柔去掉柔惡的「中」。須知，每個人天生性格上就有所偏，「天之生物，必因其材而篤焉。」(〈中庸第十七章〉)這才是儒家正確的思想。倘若每個人以糾扳自己性格偏差爲主要修養目標，則因性格偏差，天生而有，人人有了天生缺陷而力求補救，用力於非必要之地，勢必勞苦而少成。

濂溪的「定性」主張，另一個錯誤在誤解〈中庸〉講的「中」字爲「不偏不倚，無過與不及」（朱子〈中庸〉註）⑩。〈中庸〉言「天命之謂性，率性之謂道，修道之謂教。」「天命」之「性」是人天生而具的內在系統，順著人天生而具的內在系統才是「人道」。「人性」雖係天生，卻必須修習涵養才能成長壯大，所以〈中庸〉又有「修道之謂教（學）」的囑咐。

〈中庸〉的可貴處，在於普遍大家所能知見的外在文明系統之外，點出人類內在的性命系統，並強調㈠性命系統須教學才能成長，㈡我們人的行爲應以性命系統爲主體，不可在因應外部時失去這主體。〈中庸〉提點我們這性命系統的理則是人類一切行爲所不可違背的理則（「道也者，不可須臾離也，可離非道也。」），功能強大且隨時發露（「莫現乎隱，莫顯乎微。」），要人時時着意於此（「戒愼」、「恐懼」、「愼獨」）。「戒愼」、「恐懼」、「愼獨」都是「致中」的功夫，「致中」即是修道之「教（學）」。心性是人類一切事務的基本（「中也者天下之大本」），「致中」是「立本」的功夫。

除了內在心性外，人類尚有一個外在文明系統要適應。文明系統本來也依心性建立，但是當它客觀而成道德、倫理、風俗、法律之後，心性的發露，反而要受到它的制約，於是「發而皆中節」之「和」，便也成爲人類行爲重要的準則。人能內「致中」外「致和」（「致中和」），才能「位」於天地之間，與天地參而並稱三才；才能化「育萬物」，與造化同功。

把「中」解釋爲「不偏不倚，無過與不及」，顯然是從發露上說，與經由「戒愼」「恐懼」「愼獨」所得的誠明本心是兩回事。發露的「不偏不倚，無過與不及」只能說「和」，不能說「中」。嚴格地說，「和」也不行，「和」是指以「中」爲主體去與外在文明系統調適，以不背主體爲原則，又能適應外在情況。光由發露去言「中」，把外在適應得恰到好處，容易成爲「刺之非刺，舉之非舉」的鄉原，也易成爲徒具外表的假道學。

濂溪以「中正」定性的主張，「中正」不建立在心性系統天然自有之「中」，而以外在帝王權威所建立的禮俗制度爲「中」，儒家的人本主義、人文思想便很難在他這個系統下成長。

## 二、主靜

除了上述「定性」之外，濂溪又以「主靜」爲聖功論的要領，這可以從〈大極圖說〉把「主靜」與「定之以仁義中正」並舉得知。在〈通書〉，有人問，聖人可以學得嗎？他答可以。問其要領，他答：「一爲要。」接着解說：「一者無欲也。無欲則靜虛動直。靜虛則明，明則通，動直則公，公則溥。明通公溥，庶矣乎！」（〈聖學第二十〉）這兩處，一說「主靜」，一說「一」，顯然有不同；而兩者都以「無欲」作解說，則又顯然相關密切。

「主靜」是操持心靈使之在「靜」的狀況，就如同「主忠信」，操持心靈讓它在眞誠狀態一樣。「動」「靜」兩觀念，依心靈來說是以受不受外物感動而分；受外物感動，起念成象叫「動」；未受外物感動，不起念成象叫「靜」。「主靜」是以「靜」爲主，「動」爲客，讓心靈儘量保持在「靜」的狀況，後來明道說「無將無迎，物來順應」（〈定性書〉），便是「主靜」很好的解說。「無欲故靜」一自註，一般解說都把「無欲」當作「主靜」的手段。如這樣解說，濂溪何不乾脆說「無欲」呢？「定之以仁義中正」和「主靜」都是功夫，來說無煩惱是成佛之道一樣。濂溪在「主靜」之下「無欲故靜」的自註，產生了太多的誤解。「無欲」是功效，不是功夫。這好比佛家用正見、正思惟、正定等功夫去斷煩惱，不能反過來說無煩惱是成佛之道一樣。

濂溪在答覆作聖之要說「一爲要」，顯然比言「主靜」要好多了。「一爲要」的「一」是指精神專一，後來伊川用「主敬」來替代「主靜」，而言「主一之謂敬」，顯然根據「一爲要」來的。濂溪先言「一爲要」，再說「一者無欲也」，就比較不會有誤解。「無欲」是「一」的效果，在「無欲」的情況下，心靈「靜虛動直」，「明通公溥」，「明通公溥」爲聖人之心，所以說「一」是作聖之「要」。

從功夫論的角度來看，「一」能涵攝「動」「靜」，易於操持，比「主靜」單言「靜」，不易把捉，看似好多了。但是從本體論的角度來看，「主靜」直顯心體，不會如「主敬」易流於「助長」，又比「一」要精微些。未感物前的「靜」，是心的本然，亦卽「動而無動，靜而無靜」的「神」；「明通公溥」，不正是「神」的「妙萬物」？

濂溪的「主靜」之學有二大基本理論，其一，以天道及人的本心「寂然不動」，其二，以情欲爲害道根源，二都不合先秦儒學，是濂溪學的錯誤所在。

佛敎傳入之前，中國從來沒有把道或天（本體或本源）描摹成「寂然不動（靜）」的。《老子》言道「周行而不殆」，〈中庸〉言「至誠無息」，《周易、大象》言「天行健」，無不以天或道動而不息。《禮記》記哀公問：「君子何貴乎天道也？」孔子對曰：「貴其不已，如日月東西相從而不已也，是天道也；不閉其久，是天道也；無爲而物成，是天道也；已成而明，是天道也。」（〈哀公問第二十七〉）把天道的「不已」、「無爲而成」、「久」、「明」等屬性說得更清楚。先秦儒家更進一步說，「維天之命，於穆不已」，天命不已而成性命，率性順命與天同德，濂溪在〈通書、誠上第一〉不也正是這意思⑪？正不必把「誠」說成「寂然不動者」。

濂溪的錯誤在把《周易》〈繫辭傳〉中描寫筮占的文字錯按到心性上。「易，無思也，無爲也，寂然不動，感而遂通天下之故。」這幾句話，連在「易有君子之道四焉，以言者尚其辭，以動者尚其變，以制器者尚其象，以小筮者尚其占」等文之下，用以說明，何以「以占筮者尚其占」。蓍草在易占系統中，被認爲「天生神物，以爲民用」；未用之前，「無思」「無爲」，一旦用來卜筮，則可「通天下之志」，進而「成天下之務」。人心至靈，如蓍占，人心光明，如鏡照，但人心與蓍鏡截然不同。人心是內在性命的工具。性命自身蘊藏著巨量的資訊和指令，多層次且複雜。因此，人心的反應外物具有主動性、選擇性、前瞻性、延宕性，⑫絕不是像蓍般的全由機率來決定爻的六七八九，也不像鏡的纖洪無遺全盤收納。因此，如濂溪所言，以爲心性的本然是一種「寂然不動」的「靜」，是一種錯誤。這種錯誤，使得新儒學者批評佛老枯寂，自己也走向枯寂而不自知。

也許有人要爲濂溪辯解說，濂溪所謂「寂然不動」的「誠」是聖境，不是凡境。明道在〈定性書〉不是爲濂溪作說明嗎？明道說：「人之情，各有所蔽，故不能適道，大率患在自私而用智。自私則不能以有爲爲應迹，用智則不能以明覺爲自然。」如人能免於自私與用智，「廓然大公，物來順應」，則「內外兩忘，澄然無事」，「以其情普萬物而無情」，就不會有應物之累。這樣子「動亦定，靜亦定」，相當於濂溪所謂的「誠神幾」之聖人。明道在這裏確實爲濂溪的「主靜」做了相當好的說明，但是它接近於道家虛明靜一之心，或佛家「寂靜」之心⑬，不是儒家仁體流布之心。

其次，「一則無欲」，說得太快，也錯得厲害。「一」，如我們了解不誤，是精神專一，相當於佛家「於所觀境，令心專注，不散爲性」[14]的「定」。佛家修「定」，要先集六種資糧，身具八種威儀，然後心住所緣之境；心住所緣之境又因心性不同而有不同的對治。依所緣而生九住心，由六力成辦，再具四種作意，才能入「定」[15]。有以上種種條件和過程，所以我們說濂溪「說得太快」。再說，光光修「定」，不修「觀」，決定離不了欲，斷不了煩惱，這是佛家的公論，光「一」就可「無欲」，不是「錯得厲害」嗎？況且，隨欲望而來的五種修惑，依小乘說，從初果見道後到四果阿羅漢都在修道中，都不能立刻斷除；依大乘說，由入初地起，見惑可斷，修惑要經十地，到金剛道後，才能漸斷。所以我們說濂溪「說得太快，錯得厲害」。

儒學與佛教在本質上有所不同。儒學是世法，關心今生現世，不論求自身上達的進德修業，或爲羣體樂利的禮樂刑政，無不本諸人性人情，以求「爲道」而不「遠人」。佛教是出世法，關心超生解脫，不論一己所修的持戒、禪定，或爲羣體而作的布施、忍辱，無不指向涅槃解脫。儒家所依以爲本的人性人情，正是佛教指爲煩惱的根源，而思以種種觀想加以鏟斷。我們這樣分辨，並沒有說誰是誰非的意思，只是想指出：以「出世法」的觀念，用在「世法」是不宜的。單單講「一」爲「聖功」之要，可以；但把「一」與「無欲」扣緊在一起，連說「一則無欲」，則問題便多多了。

秦漢以前的儒者，視「形色」爲「天性」[16]，視內在的「好惡喜怒哀樂」爲「天情」或「人情」，以「欲惡者心之大端也」[17]——「飲食男女，人之大欲存焉；死亡貧苦，人之大惡存焉。」「情」只要「發而皆中節」便是「和」，並不是要「普萬物而無情」[18]；「欲」

但惡其「無節於內」(〈樂記〉)，故外則「制禮樂」，使之有節制⑲；內則「敬以直內」(〈坤、文言〉)、「主忠信」(《論語、學而》)，使情欲順乎理性。人有飲食之欲，爲制宴飲之禮，以序尊卑、同歡樂；人有男女之欲，爲制婚嫁之禮，以成分工、育子孫。欲望在儒家不僅不害道，反成爲成就一切人文的動力。儒家最多主「窒欲」、「寡欲」⑳，不主「無欲」。

現在以「無欲」爲「主靜」或「一」的狀況，「欲」又天生而有，於是每個人在內在發現敵人或使自己羞慚的東西，而思以「主靜」或「一」的功夫去剿滅它們，結果也與「定性」於性格之偏上一樣，用力於不必要之地，盡心盡力，最多只做到「克欲怨伐」不行；「克欲怨伐」不行，「可以爲難矣」㉑，與儒家「肫肫其仁，淵淵其淵，浩浩其天」、「聰明聖智達天德」的聖人㉒，相去甚遠。

有人爲濂溪辯解說，濂溪所謂的「無欲」，不是「無欲望」，只是「無私欲」。若以「無欲」可以具有「明通公溥」之心看，不無道理。但是，濂溪言，「君子乾乾，不息於誠，然必懲忿窒慾，遷善改過，而後乾之用其善。」(〈乾損益動第三十一〉)則分明說，情欲能妨礙「乾之用其善」，(忿是情)；他又說，「民之盛也，欲動情勝，利害相攻不止，則賊滅無倫焉。」(〈刑第三十七〉)情欲同時也是敗德用刑的根由。可知濂溪基本上就認定情欲爲惡，其所謂的「無欲」，不僅限於「無私欲」而已。他在〈養心亭記〉說：「予謂養心不止於寡欲而存耳；蓋寡焉以至於無，無則誠立明通。誠立明通，聖也。」(《全集》卷八頁二)不說得更明白？

儒家之學「內聖」與「外王」一貫，「主靜」「無欲」是內聖修養，如何發露爲外王事業呢？濂溪在此提出「愼動」與「思」的主張。

他認爲「動而正」才叫「道」，「用而和」才叫「德」，其他不合仁義禮智信的「動」，都是「邪動」，一切「邪動」都會受辱，都甚有害，「故君子愼動」（＜愼動第五＞）。他的意思不外乎叫人的行動都合乎道德規範，才不會惹來災禍。

「愼動」只是一個觀念，它的實際功夫全在「思」上。濂溪引＜洪範＞「思曰睿，睿作聖」，解釋說，「不思則不能通微（通達天道），不睿則不能無不通（通達事理）；是則無不通知於通微，通微生於思。」（＜思第九＞）肯定「思者聖功之本」。但是他假定人心的本然是「寂然不動」的「誠」，「無思」才是「本」（「無思，本也。」），「思通」只是「用」，於是便在「靜」與「動」之間，或在「無思」與「思通」之間，插入一個「幾」的狀況，來解說聖人之心「寂然不動」而又能應事達變（外王），合「誠、神、幾」而後稱「聖人」（＜聖第四＞）。

濂溪學的「幾」，最難掌握，卻是最重要的觀念。在＜易傳＞，「幾」本是「動之微吉凶之先見者」（＜繫傳上＞），在＜通書＞，「幾」成爲「動而未形有無之間者」（＜聖第四＞）。旣云「動」則心已感物，卻又云「未形」則未落念慮；它介「動」「靜」之間，故云「有無之間」。濂溪假定聖人可以不經思慮而「無不通」，這種聖人除了講神通的佛敎與講虛靈感應的道家外，儒家的堯、舜、禹、湯、周公、孔子等聖人那有這等本領？這種「無思而無不通」的聖人，除了給予專制帝王方便假借外，不知有什麼正面意義。儒學重「學」，尤在「思」之上，孔子不是說「吾嘗終日以思，不如須臾之學也」嗎？光言「思」而不及「學」，也不合先秦儒學。

## 三、結　語

濂溪以「定性」與「主靜」爲聖功的兩翼，用以「立人極焉」。我們來考察一下他能不能立「人極」？或者所立的「人極」是什麼？

〈中庸〉引孔子的話說：「道不遠人。人之爲道而遠人，不可以爲道。」（第十三章）如以此標準來衡量濂溪的「定性」與「主靜」，「定性」尙合「庸德之行，庸言之謹」之意，「主靜」則「遠人」了。「主靜」「無欲」不是「夫婦之愚可以與知焉」的「人道」，反而是隱微的「天道」。濂溪所立的不是「人極」，而是「天極」㉓。

然而依濂溪的聖功論修行，也會有相當的功效。「定性」可以使人性情中正平和，「主靜」可以使人脫於塵垢之外具有空靈觀照之心；前者成爲社會中與物無忤的善人，後者成爲「出淤泥而不染」的高士。「光風霽月」之懷，常思廉退，死後囊無餘錢㉔，「主靜」「無欲」之學在此效驗分明；「不卑小官」，「短於取名而惠於求志，薄於徼福而厚得於民，菲於奉身而燕及煢嫠，陋於希世而尙友千古」㉕，「仁義中正」也見於行事。境界不能說不高，「存神過化」也不能說沒有，但總有冷然於萬物之上的感覺，不無以老、莊之心行孔、孟仁義之嫌。

依濂溪聖功論修行，智有餘而仁不足。智有餘而僅空智，不能「博我以文」，故雖「學顏子之學」只得「約禮」而已㉖；仁不足則行事無力量，雖「志伊尹之志」，不免流於空言。宋明理學，程、朱則僅有坤道而少乾道，陸、王則流於空虛不學，在濂溪學中，都可看到端緒。

自從朱子表彰濂溪，以爲上能闡發孔、孟心性之精微，下有啓導二程子之功，後代遂推尊爲理學開山祖師。理學有程、朱與陸、王之分，二系爭論千年，至今不休，可是推尊濂溪則沒有不同；由此可知，二系都分別有取於濂溪，但是所取有異。

程、朱學派所重，在於濂溪「使夫天理之微，人倫之著，事物之衆，鬼神之幽，莫不洞然，畢於一貫，而周公、孔子、孟子之傳，煥然復明於當世。」（《全集》卷十一朱子〈江州濂溪書堂記〉）也就是重視〈太極圖說〉及〈通書〉所建立起來的形上學體系；陸、王學派所重則在濂溪「始追尋孔、顏之宗而有『無極而太極』、『定之以仁義中正而主靜』之說。」（見《陽明全集》卷七頁十四〈象山文集序〉）就是重在「主靜」的聖功論。依時代前後與需要，朱子當時，理學初盛，極需一套像〈太極圖說〉的形上學，以對抗佛家天臺、華嚴、禪宗的玄理；陽明當時，儒學衰弊到只成功名的敲門磚，極待濂溪直探心性本源的聖功來掃蕩沉埋。朱子與陽明二人，各取所需；而濂溪也能各供所求，宜乎被推尊為理學的祖師。

程、朱學派所重於濂溪不僅形上學，在聖功論上，雖以「主敬」代替「主靜」，但以為「氣禀之雜」會妨道[27]，與濂溪「定性」的理由相近；相信經典，主張讀書，經典正是「聖人」用來「定性」的東西。程、朱學派在聖功論上，最有取於濂溪「定性」的部份。陸、王學派則深取於「主靜」的部份，白沙由靜坐入道，有「定性未能忘外物，求心依舊落迷途」之語[28]，顯然與濂溪同調；陽明江右弟子聶雙江、羅念菴等主張「歸寂」，都可算「主靜」之學的嫡傳。

濂溪學不由師傳，在不自覺中，綜合了前代學術，開創了一時代學術，不能不說是個偉大的思想家。但他把儒學引導入一個新方向，使人的精神，對內則傾注於性格之偏的矯正與情欲之有的消除，對外則屈從於假「天」與「聖人」的帝王權威，在專制帝制時代，是有安定社會、安頓身心的效果；在今日民主政治下，宜早日指出它不是儒學之正，使眞正孔、孟之道能光大於世。

（一九八八、十二、十三於奇岩居所）

# 附註

❶《周易、蒙、彖傳》云：「蒙以養正，聖功也。」伊川《易傳》云：「未發之謂蒙，以純一未發之蒙而養其正，乃作聖之功也。發而後禁，則扞格而難勝。養正於蒙，學之至善也。」此爲「聖功」的出處。又明儒陳白沙由靜坐入道，稱「作聖之功其在此乎」，本文取義於此。

❷〈太極圖說〉原文云：「無極之眞，二五之精，乾道成男，坤道成女；二氣交感，化生萬物。萬物生生而變化無窮焉。惟人也得其秀而最靈；形既生矣，神發知矣；五性感動而善惡分，萬事出矣。聖人定之以仁義中正而主靜（自註云：『無欲故靜。』）立人極焉。」「五性感動而善惡分，萬事出」，若能「定性」，則「五性感動」無不善，萬事無不妥。

❸〈通書、聖蘊第二十九〉云：「聖同天。」〈刑第三十六〉云「聖人之法天，以政養民，肅之以刑。」

❹《呂氏春秋、季冬紀、序意》引文信侯（呂不韋）之言曰：「嘗得學黃帝之所以誨顓頊矣！『爰有大圜在上，大矩在下，汝能法之，爲民父母。』蓋聞古之淸世，是法天地，……天曰順，順維生；地曰固，固維寧；人曰信，信維聽。三者咸當，無爲而行。行也者行其理也。行數循其理，平其私。夫私視使目盲，私聽使耳聾，私慮使心狂；三者皆私，沒精，則智無由公，智不公，則福日衰，災日隆。」（卷十二頁九）呂不韋製〈十二紀〉要使帝王法天無私，濂溪製〈太極圖說〉，其精神與之相當。

❺見〈愛敬第十五〉。

❻見〈師第七〉。

❼見《宋元學案五伊川學案》頁七十、六十八。

❽見《宋元學案六橫渠學案》頁三十一。
❾見《孟子、盡心下》。
❿濂溪雖無明言，但分析其著作，分明意義與此相當。
⓫「誠者，聖人之本。大哉乾元，萬物資始，誠之源也；乾道變化，各正性命，誠斯立焉。純粹至善者也。」（〈誠上第一〉）
⓬從來論「心」，少有人及此。佛家唯識宗第七末那識，能及於此，但又以爲煩惱染法；以解脫道論，不無道理，以世道論，它爲人格、學養所依，文明所本，不可輒以爲惡染。
⓭佛家修「止」，九住心之第六層。
⓮見《成唯識論學記》卷五頁四十一。
⓯以下所論，參看《菩提道次第廣論》（宗咯巴）第十四卷。
⓰見《孟子、盡心上》。孟子曰：「形色，天性也；唯聖人然後可以踐形。」
⓱見《禮記、禮運》。
⓲明道言。見〈定性書〉。
⓳同註⓱。
⓴「窒欲」見《周易、損》；「寡欲」見《孟子、盡心下》，孟子曰：「養心莫善於寡欲。」「窒欲」言不可讓欲望肆無忌憚發展出來，以欲引欲，最後爲人生大害；「寡欲」的道理亦然。
㉑見《論語、憲問》。
㉒見〈中庸〉。
㉓「極」本是屋之正梁，爲屋的最高處，所以有至高無上之意；又因正梁居屋之中，故「極」又有中正之意。濂溪所謂「人極」，如取至高無上義，則遠離「人道」；如取中正義，則「主靜」「無欲」非儒家中庸之道。

㉔ 見《周濂溪先生全集》（百部叢書集成、正誼堂叢書）卷十〈濂溪先生墓誌銘〉（潘興嗣）。

㉕ 同上書卷〈濂溪詞並序〉（黃庭堅），下引文同。

㉖ 宋、明學者大多順濂溪而下，標榜「顏子之學」，以「克己復禮」爲爲仁之方，又以「非禮勿視，非禮勿聽，非禮勿言，非禮勿動」爲綱目，勿略孔子「博文」的一面。

㉗ 見《朱子語類》卷一二四（葉賀孫記）。朱子評陸象山之學：「看他千般萬般，病只在不知有氣稟之雜。」

㉘ 見《白沙子全集》卷八頁七十四〈次韻廷實示學者〉。

# 論李覯的實用思想

夏長樸

## 一、引言

北宋中期，江西學風以實用爲主，歐陽脩倡之於前，王安石得君行道於後，同爲實用學風的代表人物。年代與歐陽同時，略早於王的李覯[1]，也是江西的大學者，他的思想、見識與條理都不在歐陽、安石之下[2]，某些獨到的見解更是有過之而無不及[3]。可惜由於時運不濟，雖有范仲淹、余靖等人的大力推薦[4]，卻始終得不到朝廷的重視，沒有一展抱負的機會，以教學終其一生。關於李覯的事跡，宋史儒林傳雖然爲他立傳，但卻語焉不詳，未能把握他的學術精神；宋元學案則僅列於高平學案之下，並未單獨另立學案[5]，因此後世知者不多，其著作也有散亡之虞[6]，一直到胡適作「記李覯的學說」一文[7]，大力表彰李氏的思想，才使他從長久的湮沒不彰中顯現出來，他的哲學思想與政治思想也重新受到學界的注意。

本文寫作的目的，主要在對這位江西學派的重要學者的實用思想作較深入的探討，希望藉着這個探討能確定李覯思想的價值，進而對北宋中期的學術有更清楚的了解與掌握。

## 二、李覯的實用思想

重視人事、強調有爲是李覯思想的主要特色，這一點在他的人性論中表現得最爲顯著，他說：

性之品有三：上智，不學而自能者也。中人者，又可以為三焉：學而得其本者，為賢人，與上智同。學而失其本者，為迷惑，守於中人而已矣。兀然而不學者，為固陋，與下愚同。是則性之品三，而人之類五也。（李覯集卷二，頁十二，禮論四，漢京文化事業公司本，下引同。）

在這裏可以看出：李覯基本上承襲了韓愈的性三品說❽，將性分爲上智、中人、下愚三品，然而卻有所更動，將中人又細分爲三類，於是成爲「性之品三，而人之類五」的局面。這種更動乍看之下沒有什麼特別之處，細思之，李覯重視人爲的精神正顯現在其中，而其關鍵就在於聖人與賢人這兩個概念上。所謂聖人，就是「不學而自能」的上智，「能」的內容卽是仁、義、智、信，他說：

仁、義、智、信者，聖人之性也。……賢人之性，中也。揚雄所謂「善惡混」者也。安有仁、義、智、信哉？同前李覯認爲：聖人生而具有仁、義、智、信四者，賢人之性則沒有仁、義、智、信四者。換言之，只有聖人是性善的，而中人以下是不具仁義之性的。在這裏，李覯用的是仁、義、智、信，既非孟子的仁、義、禮、智四端，也不是仁、義、禮、智、信等五常，所以如此，其原因在於他對於禮有特別的看法❾。他認爲禮不同於仁、義、智、信四者，仁、義、智、信是聖人與生俱有的內在本質，禮卻是聖人會合此四者創造出來的，既是後天制作的，當然就不是性❿，而是人爲的法制，他說：

> 聖人率其仁、義、智、信之性，會而為禮，禮成而後仁、義、智、信可見矣。仁、義、智、信者，聖人之性也。禮者，聖人之法制也。（李覯集卷二，頁十一，禮論第四。）

由此看來，禮是聖人制作的法制，「法制者，禮樂刑政也。」⓫法制既立之後，才有各種具體的物⓬，「備其物，正其法，而後仁、義、智、信炳然而章矣。」⓭由是可知，仁、義、智、信四者不能自見，唯有藉着法制，在具體的制度、事物中才能顯現出來，他說：

> 今夫木大者可以為棟梁，小者可以為榱桷。不以為屋室，則朽於深山之中，與樸樕同，安得為棟梁榱桷也？溫厚可以為仁，斷決可以為義，疏達可以為智，固守可以為信。不以為禮，則滯於心之內，與無識同，安得謂之仁、義、智、信也？屋既成，雖拙者，必指之曰：「此棟也，此梁也，此榱也，此桷也。」禮既行，雖愚者，必知之曰：「此仁也，此義也，此智也，此信也。」（李覯集卷二，頁十一，禮論第四。）

藉着棟梁榱桷與屋室的譬喻，李覯很明確的指出性與禮的關係：性是天然，禮是人爲；性在內，禮在外。性是天生，不能自見，但聖人可將性會合而成禮；禮是人成，本無其事⑭，待聖人制法而後成。所謂「性畜於內，法行於外，雖有其性，不以爲法，則曖昧而不章。」⑮說明的卽是這種關係。從以上的討論可以看出：李覯將禮的概念擴充到最大，成爲一切法制的總稱，他所強調的無非是後天人爲的重要⑯。而主導人事，掌握制禮之權的不是玄遠的天，而是立法定制的聖人，所謂「聖人爲天之所爲」⑰，正是此意。

生而知之的聖人畢竟不多，大多數人都是可上可下的中人，因此學而得之的賢人也就更值得注意，他說：

> 賢人者，知乎仁、義、智、信之美而學禮以求之者也。禮得而後仁、義、智、信亦可見矣。……始之所以異者，性與學之謂也。中庸曰：「自誠明，謂之性；自明誠，謂之敎。誠則明矣，明則誠矣。」自誠明者，聖人也；自明誠者，賢人也。（李覯集卷二，頁十一，禮論四。）

賢人雖無仁、義、智、信之性，但是賢人能知仁、義、智、信之美，由知其美而學禮，由學禮也可求得仁、義、智、信等德性，及其學成，與生而具有仁、義、智、信之性的聖人並沒有任何不同，所謂「聖與賢，其終一也，」⑱卽是這個意思。這種用人爲的努力爭取與天生相同的結果，正是李覯所極力提倡的。他說：

本乎天謂之命，在乎人謂之性；非聖人則命不行，非教化則性不成。是以制民之法，足民之用，而命行矣；導民以學，節民以禮，而性成矣。（李覯集卷四，頁六十六，删定易圖序論六。）

命與性雖出之於天，而命之所以能行與性之所以能成則有賴於人力。因此，李覯看重後天外在的工夫（學），尤過於先天內在的本質（性）。這種態度表現在人事上就是對學習的重視，他說：

性不能自賢，必有習也；事不能自知，必有見也。習之是而見之廣，君子所以有成也。（李覯集卷三，頁三十三，易論第四。）

習與見都是學習活動。李覯認爲，常人之性原本沒有仁、義、智、信，必須透過習、見從生活經驗中取得。因此所謂賢與不肖，不是天生注定的，應該是後天習染的結果。一個人只要不是下愚，如果能努力學習，「習之是而見之廣」，自然就有可能成爲君子甚或賢人[19]。三代以上之所以風俗淳厚，民多君子，並不是三代之人資質高於後世，而是因爲「古之王者，建國君民，教學爲先。」[20]「仁義禮樂之敎浸淫於下，自鄉徂國，則皆有學。師必賢，友必善，所以養耳目鼻口百體之具莫非至正也。」[21]在「立人以善，成善以敎」的前提下，「家可使得孝子，國可使得忠臣矣。」[22]他說：

夫民之情性有地氣矣，是之謂風也。敎而使之在君長矣，是之謂俗也。聖王不擇民而敎，賢將不擇士而使。擇民而敎，是國無顏、冉，未可學也。擇士而使，是世無賁、育，未可戰也。水，至柔也，揚之以風則可使覆舟；金，至剛也，冶之以火則可使成器。顧所用之方略何如耳。（李覯集卷十七，頁一五七，強兵策第四。）

李覯認爲物類不同，各有其性，若能順其性而變化之，自能發揮各自的長處，水能覆舟、金能成器，人能尊君敬長卽是因材而變化（敎化）的結果，要緊的是針對該物的特性，選擇適當的方法。聖王、賢將之所以不選擇施敎的對象，正是因爲他們知悉因材施敎的道理所致。不過，必須說明的是：後天的敎化學習只能順應人性，發揮人性的特點，使人能學得某些原本欠缺的美德，如仁、義、智、信等道德概念，以提升人的德行，但它並不能改變人性的本質，去其所有而易之以其所無，所謂「性生於內而學成於外，非學問之能移性也。水之湍者，決之也，而聚鄭、白之工，不能以流涸澤；刃之芒者，礲之也，而盡南山之石，不能以利鉛刀。本之弗善，末無及也。」㉓正是具體的說明。敎化學習雖說有此局限性，但無可否認的是，在使「命行性成」這方面來說，它所扮演的角色是不可或缺的，這也是人之所以能參與天地化育，而與天地鼎足而立的唯一原因。就此觀點而言，李覯提出「天之生民未有無能者也」這個光輝燦爛的命題，㉔強調「人莫不有才，才莫不可用」㉕，其積極有爲進取不已的精神，的確是值得後人肯定的。

秉持這種積極有爲的信念，李覯極爲反對棄人事聽天命消極退縮的作風，他說：

彼卜相之言禍福受之天，而不可變者也。雖其知之，無益於事。士之言禍福在乎人，而足以有為者也。幸而聞之，則禍可轉而為福，危可復安，亂可復治，茲有益之大也。（李覯集卷二十七，頁二七七，上富舍人書。）

「善卜筮者，能告人以禍福，不能使禍福必至於人。」㉖在這種情形下，以「禍福受之天」的人，可能因「喜福而怠脩，則轉而之禍」；以「禍福在乎人」的人，反而因「恒禍而思戒，則易而爲福。」㉗由此可見卜相之事並不一定可信。這麼一來，決定個人禍福的不是天命而是人力，推而廣之，社會安危，政治治亂也莫不如此。有鑑於時人不能體察古代聖人重人事的用心，偏信卜相無稽之言，將禍福治亂委諸天命的消極態度，李覯強調：

吉凶由人，乃易之教也。「黃帝、堯、舜通其變，使民不倦，神而化之，使民宜之。是以自天祐之，吉，無不利。」若夫釋人事而責天道，斯孔子所罕言。古之龜筮雖質諸神明，必參以行事。南蒯將亂而得「黃裳元吉」，穆姜棄位而遇「元亨利貞」。德之不稱，知其無益。後之儒生，非史非巫，而言稱運命，矯舉經籍以緣飾邪說，謂存亡得喪一出自然。其聽之者，亦已荒矣。王制曰：「執左道以亂政，殺；假於鬼神時日卜筮以疑衆，殺。」為人上者，必以王制從事，則易道明而君道成矣。（李覯集卷四，頁六十六，刪定易圖序論六。）

這種激烈，反對將「存亡得喪一出自然」的態度，充分顯示出李覯重人事的特色。他認爲唯有面對實際，承認禍福皆由人致，才能在積極有爲的精神下，掌握易禍爲福，轉危爲安，化亂爲治的契機。也正因爲如此，他著易論十三篇，「援輔嗣之注以解易，蓋急乎天下國家之用。㉘篇篇都講人事論實用㉙，把周易從迷信傅會中解救出來，還原成一部專論實際人事的經典。他說：

聖人作易，本以教人，而世之鄙儒忽其常道，競習異端。有曰我明其象，則卜筮之書未為泥也；有曰我通其意，則釋、老之學未為荒也。晝讀夜思，疲心於無用之說，其以惑也，不亦宜乎？包犧畫八卦而重之，文王、周公、孔子繫之辭，輔嗣之賢從而為之注。炳如秋陽，坦如大逵。君得之以為君，臣得之以為臣。萬事之理，猶輻之於輪，靡不在其中矣。（李覯集卷三，頁二十七，易論第一。）

李覯認爲易道廣大，萬事之理莫不在其中，君臣上下若能得之而行，自然能各正其位，恰如其分。俗儒捨此而不學，自謂能明其象、通其意，競習異端、無用之說，其惑甚大，將使「聖人作易，本以教人」的主旨微而不顯。他所指的異端、無用之說，應是釋老與圖書之學。因此，他一方面猛烈抨擊當時風行的劉牧的易數鉤隱圖一書㉚，認爲這部書「力穿鑿以從傀異，考之破碎，鮮可信用。大懼詿誤學子，壞隳世教。」㉛刪落劉書五十五圖中的五十二圖，僅只保留河圖、洛書、八卦三圖。並且另撰刪定易圖序論六篇以批駁劉說，發揮修人事而明王道的旨意。另一方面則對魏晉以來風行朝野，影響遍及整個中國社會的佛、道二教（主要是佛教）㉜，展開無情的攻擊㉝，當時孫復著儒辱篇，石介著怪說三篇，力排佛老，斥責佛老以死生禍福虛無報應之論惑人，絕滅仁義，屏棄禮樂，破壞君臣父子夫婦之大倫㉞。李覯不僅有類似的言論，㉟並且從實用的觀點批評佛老，他說：

古者祀天神，祭地祇，享人鬼，它未聞也。今也釋老用事，率吾民而事之，為緇焉，為黃焉，籍而未度者，為之民役者，無慮幾百萬。廣占良田利宅，媺衣飽食，坐談空虛以誑曜愚俗。此不在四民之列者也。（李覯集卷十六，頁一三八，富國策第四）

又說：

天下名山水域，為佛墜者什有八九，其次一泉一石，含清吐寒，粗遠塵俗處，靡不為桑門所蹈藉。蓋佛之威靈赫赫於世，僧之辯慧者有以得之。故國不愛其土。民不愛其財，以劃以裂，奉事之弗暇。（李覯集卷二十四，頁二六七，修梓山寺殿記。）

他指摘釋老不事生產，廣占良田利宅，「浮屠之居，貨賄竭天下，宮室僭王者」㊱，侵蝕社會經濟基礎，妨害國計民生甚大。朝廷對此情形不僅不加制止，反而推波助瀾，因循唐人惡習，不惟官賣度牒㊲，而且鬻官修寺㊳。這種現象對力主實用的李覯來說，是難以容忍的。因此他強調釋老與官府之姦（冗官）、方術、聲伎一樣，都是社會上冗食的游民㊴，並且指出「緇黃存則其害有十，緇黃去則其利有十。」㊵他所謂的十害是：

男不知耕而農夫食之，女不知蠶而織婦衣之，其害一也。男則曠，女則怨，上感陰陽，下長淫濫，其害二也，幼不為黃，長不為丁，坐逃徭役，弗給公上，其害三也。

> 俗不患貧而患不施，不患惡而患不嗇，民財以殫，國用以耗，其害四也。誘人子弟，以披以削，親老莫養，家貧莫救，其害五也。不易之田，樹藝之圃，大山澤藪，跨據略盡，其害六也。營繕之功，歲月弗已，驅我貧民，奪我農時，其害七也。材木瓦石，兼收並采，市價騰踊，民無室廬，其害八也。門堂之飾，器用之華，刻畫丹漆，末作以熾，其害九也。惰農之子，避吏之猾，以傭以役，所至如歸，其害十也。（李覯集卷十六，頁一四一，富國策第五。）

檢討李覯所謂的十害，可以很明顯的看出，除了第二項、第五項屬於人倫道德外，其餘完全集中在經濟及社會範圍內，可見李覯排佛老的着眼點主要還是在「用」的上面，他自己說，「去十害而取十利，民人樂業，國家富強，萬世之策也，何憚而不爲哉？」[41]就是最好的證明。

基於實用的觀點，很自然的李覯相當關切與「用」有密切關連的幾個概念——時、權、變，並且做了深入的討論，他說：

> 時乎時，智者弗能違矣。先時而動者，妄也；後時而不進者，怠也。妄者過之媒，怠者功之賊也。（李覯集卷三，頁三十七，易論第六。）

李覯認爲在行事制禮時，「時」的掌握是必要的，先於時固然不可，後於時也同樣不宜，唯有把握適當的時機，才能一舉而成，有功而無過。由此可知，當時間有所變化時，原先存在的法制（禮）可能就會不合時宜，甚而完全不能適用，在這種情形下，一切的法制就必須順應時勢的不同，做相應的調整改變，才能切合實際，不至有過或不及的狀況出現。他說：

或曰：「司馬法文王時所作，而周公敢變之，何也？」曰：「夫孝者，謂能承其志意，非必盡循其政令，膠柱而不改也。況文王雖作司馬法，而未之施行乎！文王在岐為諸侯，見商祚將盡，知天命在己，故經始司馬法，待其即天子位而行之。文王大勳未集，武王克紂而崩。周公攝政，乃取其書而述傳之。可則因，否則革，廣以衆制而為周禮焉，益無過也。」曰：「文王聖人也，其為書安有否而可革者乎？」曰：「聖人因時制宜，文王之時與周公之時異，故文王以其時而言，周公以其時而變也。」（李覯集卷十九，頁二一二，平土書。）

司馬法是否文王所作，周禮是否周公據司馬法「而述傳之」這是資料眞僞的問題，在此無關宏旨，可暫置不論。但是李覯提出的「時有變，事有宜」的命題[42]，卻是值得注意的。他認爲文王與周公固然親爲父子，但兩人的所行所爲卻並不一定要全同，文王因時而制法，周公也因時而變文王之法，他們之間所以會有不同的原因並不在於周公好奇，而是周公之時與文王之時已有所不同，所面對的環境與形勢既不同，當然不可能因循守故，相沿而不變；或者假孝之名，行保守之實，所謂「幹父之事，不可大小損益，一依父命，當量事制宜，以意承考而已。」[43]正是周公所以變更父法的最好寫照。李覯強調「聖人因義制事」[44]，在「古今時異，沿革事殊，凡有沿革，當求折衷」的態度下[45]，適度的修正更改是不可避免且必要的。他又舉文景之治爲例，對因時而變做了進一步的說明，他說：

> 時有不同，事有通變，用之不足，則禮從而殺，亦聖人之意也。……儉非聖人之中制，有時而然，不得已也。故孝文帝躬衣弋綈，革舄韋帶，所幸慎夫人，衣不曳地。欲為一臺，度用百金，廢而不為。夫豈不知説耳目，便身體，極至尊之用哉？蓋念不傷財，不害民，損上益下之道也。故其十二年而賜民租税之半，明年遂除民田之租税。孝景之時，乃令民半出田租，三十而税一。至武帝之初，七十年間，人給家足，都鄙廩庾盡滿，而府庫餘財，京師之錢，貫朽而不可校；太倉之粟，陳陳相因。語後世之盛王，必稱文景，其故何哉？以能適時之變，過自菲薄而然也。（李覯集卷十六，頁一三四，富國策第一。）

李覯認爲「王者無外，以天下爲家，尺地莫非其田，一民莫非其子，財物之在海內，如在橐中。」㊻在這種情形下，天子的器用、財賄、燕私之物等衣食奉養與天下的經費歲入息息相關，必須心存至公而忘己私，「當其有餘之時，用之可以盈禮；過於不足之際，則宜深自菲薄。」㊼視國家財經之狀況，做適度的調整。過於節儉對於天下之君而言，畢竟不是「聖人之中制」，文、景之作風，也是不得已而然，這就是視時事而做適當的變通措施。也正因爲文、景當漢興殘破之餘，能「清淨恭儉，安養天下，」㊽從而締造了史上罕見的太平盛世，究其所自，卽在於文、景能「適時之變」。治天下當如此，執刑罰亦當如此，他說：

刑罰之行尚矣，積聖累賢未有能去者也，非好殺人，欲民之不相殺也；非使畏己，欲民之自相畏也。然而憲令所加，寬猛或異，苟失權時之制，則致遠恐泥矣。故大司寇之職：「掌建邦之三典，以佐王刑邦國，詰四方。一曰：刑新國用輕典。」「新國者，新辟地立君之國。用輕法者，為其民未習於教。」「二曰：刑平國用中典。」「平國，承平守成之國。用中典者，常行之法。」「三曰：刑亂國用重典。」「亂國，篡弒叛逆之國。用重典者，以其化惡伐滅之。」蓋四海之內，千八百國，國政或異，人心豈同，苟執一以御之，是膠柱而鼓瑟，欲盡五聲之變不可得也。（李覯集卷十，頁九十六，周禮致太平論，刑禁第一。）

禮記以禮、樂、刑、政四者為治國之大法[49]，李覯則以樂、政、刑三者為禮之三支[50]。雖有這種差異，但是對於治國不能去刑罰一事，則是共同的認知。李覯認為刑罰雖不能不用，但在執法之時必須要考量當時的政治環境，然後纔能因時因事而決定用刑之或寬或猛，這樣就不會有膠柱鼓瑟不知變通之弊。漢高祖劉邦初入關，與秦民約：「法三章耳：殺人者死，傷人及盜抵罪。餘悉除去秦法。」[51]是刑新國用輕典；周穆王命甫侯作刑「五刑之屬三千」[52]，是刑亂國用重典。這都是權時而用刑的具體例證[53]。因此，李覯強調：「洪範三德：『一曰正直，二曰剛克，三曰柔克。平康正直，彊弗友剛克，爕友柔克。』皆聖人所以適時之變也。奈何以三尺之書，齊萬邦之政，俗雖殊而弗察，事雖變而弗知，治之不及古，豈不有由也哉！」[54]鑒古而知今，憂國憂時之情自然溢于言表，有不能已於言者。

從上述的討論可知，由於時異勢遷，將導致法制的不切實際，因而會有產生流弊的可能。李覯認爲「救弊之術，莫大乎通變。」[55]此時就必須當機立斷，採取應變措施，以補救常法之不足。李覯說：

> 事有不可不然，亦不可必然，在度宜而行之耳。（李覯集卷三，頁三十，易論第二。）

所謂「度宜而行之」，指的就是「行權」。在易論第八中，他藉著問答的方式表達出對「常」與「權」的看法，他說：

> 或曰：天有常，故四時行；地有常，故萬物生；人有常，故德行成。而事或有變，勢或有異，以常待之，其可乎？
>
> 曰：常者，道之紀也。道不以權，弗能濟矣。是故權者，反常者也。事變矣，勢異矣，而一本於常，猶膠柱而鼓瑟也。……若夫排患解紛，量時制宜，事出一切，愈不可常也。（李覯集卷三，頁四十一，易論第八。）

李覯認爲人事與天地運行一樣，都有其一定的規律法則，這即是所謂的「常」。但是人事並非始終如一的，形勢也會因客觀環境的變化而有所不同，此時就不能膠柱鼓瑟守常而不變，必須「量時制宜」，行「權」以補「常」之不足。「權」固然是反「常」，卻有濟「常」之窮的功能，因此先王在制禮之時，已經考慮到「權」的必要，在批評孟子所云：「男女授受不親，禮也；嫂溺援之以手者，權也。」一事時[56]，他說：

> 孟子據所聞為禮，以己意為權，而不謂先王之禮，固有其權也。自今言之，則必曰：「男女授受不親，禮也；嫂溺援之以手，亦禮也。」喪服四制曰：「父在，為母齊衰期者，見無二尊也。……百官備，百物具，不言而事行者，扶而起；言而后事行者，杖而起。身自執事而后行者，面垢而已。禿者不髽，傴者不袒，跛者不踊，老病不止酒肉。凡此八者，以權制者也。」若是，則先王之禮豈無權乎？（李覯集卷二，頁十八，禮論第六。）

「夫權，智之動，義之會也。」[57]智與義就李覯而言，都是禮的異名，也都在禮的範圍之內[58]，所以「權」仍然是禮，因此他不同意孟子的說法。但這並不表示先王有禮而無「權」，李覯以禮記喪服四制為例，證明先王之禮中，本來就有「權」的存在。這麼一來，在實際人事運作中時或出現的以「權」濟「常」，自然就取得經典上的依據，不再有離經叛道的顧忌。由於這個緣故，他對當時學界保守的作風相當不滿，他說：

> 學者大抵雷同，古之所是則謂之是，古之所非則謂之非，詰其所以是非之狀，或不能知。（李覯集卷二十九，頁三二六，原文。）

李覯覺得當時學者在討論問題時有唯古是尚的心態，以古人的是非爲是非，卻未針對問題做適當的價值判斷，有時甚至連古人定是非的原因都不一定清楚，就毫無保留的全盤接受。以這種態度論事時，不僅沒有客觀的權衡是非可否，反而是「不求於己而專責於人，不用其長而專攻其短。適時則謂之達禮，從權則謂之壞法。」[59]這種作風與孔子論管仲能功過互見，權其輕重的作法，是大相逕庭的[60]，他不能苟同類此崇古非今的想法，他說：

> 三代之政可得而言歟，曰：民不知之也。商因於夏，周因於商，損之益之，未嘗與衆忤也。周公之制，諸侯因舊國而大之，百姓因舊田而廣之，天下得不和乎哉？世俗之說者必曰復古，古未易復也。商鞅之除井田，非道也，而民從之，各自便也。王莽之更王田，近古也，而民怨之，奪其有也。孔子曰：愚而好自用，賤而好自專。生乎今之世，反古之道，如此者，災及其身者也。（李覯集卷三十四，頁三七六，常語下。）

李覯認爲世俗學者動輒曰復古，其實並未眞正考慮到古是否可爲今用，也沒有想到一般民衆是否能接受古制，三代號稱盛世，而彼此禮制已有損益的情形；周公之制禮，也有因舊而制新的現象。由此可見法制是否適時，並不在於古今，要緊的是合不合宜？能不能用？而宜與用則完全繫於民衆的接受與否，這纔是眞正的關鍵所在。因此，商鞅變古廢除井田與王莽復古更定王田，同樣是變法，而前者成功後者失敗，原因就在於商鞅了解「治世不一道，便國不法古」[61]，能通權達變，掌握現實需要；王莽則一心師古，「誦六藝以文姦言」[62]，惟知抱殘守缺，不切實際需求。得失之間，其理粲然可見。在此，李覯凸顯出民意的重要性，主張法制的興革損益不能脫離現實環境，這種重視實際的觀點是值得注意的。

此處必須特別說明的是：李覯雖強調因時行權，但絕不是毫無原則的爲變而變，在變與不變之間有其一定的脈絡可尋，他說：

時雖異矣，事雖殊矣，然事以時變者，其迹也。統而論之者，其心也。迹或萬殊，而心或一揆也。若夫湯湯洪水，禹以是時而濬川；黎民阻饑，稷以是時而播種；百姓不親，契以是時而敷五敎；蠻夷猾夏，皐陶以是而明五刑。其迹殊，其所以為心一也。……時旣屢遷，迹亦皆變。苟不求其心之所歸，而專視其迹，則散漫簡策，百紐千結，豈中材之所了邪？（李覯集卷三，頁四十六，易論第十一。）

在這裏，李覯很清楚的表明了自己的看法：他把人事中的「迹」與「心」二者對列起來，「迹」是會變的，因時因事而有不同的面目（作法），如禹之濬川，稷之播種，契之敷五敎，皐陶之明五刑等作爲都是所謂的「迹」。在這種種不同的作爲的背後有一個看不見但卻卻存在的動機，那就是這些聖人所以要有上述行爲的基本用意，所謂的「心」，「心」是不變的。所以，權時而變的只是外在的作爲－「迹」，而內在的保民愛民的「心」是不變的。因此，要了解古人不能從變化萬殊的「迹」上看，必須從不變的「心」上去找答案。他以養老之禮爲例，做了進一步的說明，他說：

夫養老之禮，自古帝王未始不隆之也。王制曰：「凡養老，有虞氏以燕禮，夏后氏以饗禮，殷人以食禮，周人脩而兼用之。五十養於鄉，六十養於國，七十養於學，達於諸侯。」「有虞氏養國老於上庠，養庶老於下庠。夏后氏養國老於東序，養庶老於西序。殷人養國老於右學，養庶老於左學。周人養國老於東膠，養庶老於虞庠，虞庠在國之西郊。有虞氏皇而祭，深衣而養老。夏后氏收而祭，燕衣而養老，殷人哻而祭，縞衣而養老。周人冕而祭，玄衣而養老，」凡四代之制雖時有改，然其道則莫之變也。（李覯集卷十三，頁一一二，周禮致太平論，教道第二。）

藉著王制的說明，李覯明白的指出：有虞氏、夏后氏、殷、周四代養老之制雖因時而變，表現相當程度的不同，而所以要養老之「道」則是不變的。由此可見「迹」與法制（禮）是同一回事，是可以因時因事而變的，因而需要用「權」來行其宜。至於「心」與「道」所指的則是制禮之「意」，不受時空所限，因此是永恒不變的。這種不變的「心」或「道」的存在，顯示李覯依然謹守儒家傳統，是一個典型的儒家學者，而他所表現的實用色彩，也正是先秦以來儒家重視經世的傳統，這與後來的理學家注重心性之學的學風是各異其趣的。

## 三、結　語

以上已就李覯的實用思想做過討論，此處擬就其要點再略加說明。

重視人事、強調有為是李覯思想的主要特色，這個特色可由他的人性論看出來。他承襲韓愈的性三品說，分人性為上智、中人、下愚三品。三品中唯有聖人（上智）生而具有仁、義、智、信之性，中人以下是闕如的。聖人本其天性制禮，藉著禮而將先天而有的仁、義、智、信之美表現在外。李覯把禮的範圍擴充到最大，成為一切法制的總稱，其用意即在強調人為的重要。而主導人事，掌握制禮之權的不是天，而是立法定制的聖人，所以說「聖人為天之所為」。

至於不具仁、義、智、信的賢人，雖然有此缺陷，但卻能通過學禮而獲取仁、義、智、信。這種用人爲的努力取得與天生相同的結果，正是李覯極力提倡的。

有感於性命出之於天然，必須輔之以人爲修養纔能有成，因此，李覯看重後天外在的工夫（學），尤過於先天內在的本質（性）。這種態度表現在人事上就是對學習的重視。他認爲所謂賢與不肖不是天生注定的，應該是後天習染的結果。一個人只要不是下愚，若能努力學習，「習之是而見之廣」，自然有成爲君子或賢人的可能。但是教化學習並非萬能的，李覯也承認後天的學習只能順應人性，發揚人性的特點，以提升人的道德，但卻不能去其所有而易之以其所無。雖說如此，但在使「命行性成」這方面來說，教學所扮演的角色仍是不可或缺的。基於此，李覯提出「天之生民未有無能者也」這個光輝燦爛的命題，強調「人莫不有才，才莫不可用」。這種積極有爲進取不已的精神，的確是值得後人肯定的。

秉持積極有爲的信念，李覯極爲反對當時學界棄人事聽天命的消極作風，力言卜相之言不可信，決定個人禍福、社會安危、政治治亂的不是天命而是人力。在「吉凶由人，乃易之教也」的前提下，他著易論十三篇，完全講實用，把周易從迷信傳會中解救出來，還原成一部專論人事的經典，彰顯出「聖人作易，本以教人」的主旨。有鑒於俗儒競習異端，疲心於無用之說的流弊，李覯同時也針對當時風行的圖書之學及釋老二教做了徹底的批判。

基於實用的觀點，李覯也討論了幾個與「用」有密切關連的概念，如「時」、「變」、「權」等。他認爲在行事制禮時，「時」的掌握是必要的。當「時」有變化時，舊有的法制（禮）可能就不合宜，甚而完全不適用。此時，法制就必須順應時勢，做適度的調整，以切合實際的需要。他強調「救弊之術，莫大乎通變。」當法制不合適時，不能膠柱鼓瑟守「常」

不變，必須量時制宜，行「權」以補救常法之不足。「權」固然是反「常」，卻有濟「常」之窮的功能，因此先王在制禮之時，就已將「權」包含在內。由於這個緣故，李覯對當時學者排斥改革，「適時則謂之違禮，從權則謂之壞法」的保守作風深表不滿，他認爲世俗學者動輒曰復古，其實並未深思熟慮。他指出法制是否適時，並不在於古今，要緊的是合不合宜？能不能用？而宜與用則繫於民衆的接受與否，這纔是關鍵所在。在此，李覯凸顯出民意的重要性，主張法制的興革損益不能脫離現實環境，這種觀點是相當重要的。值得注意的是：李覯雖強調因時行權，但並非毫無原則的變。他認爲法制（迹）是可變的，而聖人制禮的道（心）卻是永恒不變的。由不變的「心」或「道」的存在，顯示李覯依然謹守儒家規範。而他所表現的實用色彩，也正是先秦以來儒者重視事功的傳統，這和後來的理學家重視心性之學的學風是各異其趣的。

## 附註

❶ 歐陽脩生於宋眞宗景德四年（西元一〇〇七年），卒於神宗熙寧五年（西元一〇七二年）；王安石生於眞宗天禧五年（西元一〇二一年），卒於哲宗元祐元年（西元一〇八六年）；李覯生於眞宗大中祥符二年（西元一〇〇九年），卒於仁宗嘉祐四年（西元一〇五九年）。以年代相較，李覯約與歐陽同時，卻長安石十二歲。

❷ 胡適「記李覯的學說」云：「李覯是北宋的一個大思想家。他的大膽，他的見識，他的條理，在北宋的學者之中，幾乎沒有一個對手！」（胡適文存第二集，卷一，頁二八，遠東圖書公司本。）

蕭公權也說：「兩宋之功利思想雖以王安石爲中堅，而致用之風氣則歐陽脩倡之於先，李覯廣之於後。李氏之勳名遠遜荆公，其立言之富有條理，則有過之。」（中國政治思想史第十四章兩宋之功利思想，第二節李覯，頁四七九，聯經出版事業公司本。）日本學者諸橋轍次則更認爲李覯在慶歷年間是學術活動的中心點，在宋代儒學史上有特殊的地位。（儒學之目的與宋儒之活動，唐卓羣譯本，南京國民印務局，民國二十六年七月）。足見胡、蕭及諸橋等人對李覯的評價是相當高的。

❸ 陳鐘凡卽說：「統觀其（李覯）說，以禮制爲立國之大經，富強爲行政之埻的。吾國儒先，自孟子以言利爲非，董仲舒以謀利計國爲戒，直至李氏，始起而昌言矯正之。不可謂非政論上一大進步也。」（兩宋思想述評，第十一章江西學派，頁一五七，華世出版社影印本。）薩孟武則說：「李覯不恥言利，此乃宋儒所不能言，而亦不敢言。其富國強兵的思想確是深中時弊。」（中國政治思想史第五篇宋元的政治思想，第一節北宋進取派的政論，頁三八九，三民書局本。）蕭公權也有類似的言論（見前書，頁四八四）。可見李覯的重禮、樂利及富國強兵的主張是不同於一般宋儒的。

❹ 見李覯集外集卷一，頁四六八，薦章四首。漢京文化事業公司影印本，下引同。

❺ 宋元學案卷三，高平學案李覯條下王梓材案語云：「盧氏所藏學案原底，于先生門人孫介夫傳標云盱江，知謝山嘗立盱江學案。檢原底序錄，士劉諸儒學案條有『江楚則有李覯』句，後定刋本又節之，蓋以盱江併入高平爾。」（華世出版社景點校本，頁一五六）可見全祖望原有立盱江學案之意，後又變更計畫，將李覯改列高平學案下。

❻ 李覯門人陳次公撰李泰伯先生墓誌銘云：「先生之名大顯，世之顯人及有道之士莫不知者，下至農工、負販、士女、釋老盡能誦其文章。」（李覯集外集卷三，頁四八七），足見李覯在當時名聲甚顯。但到南宋時，情形就有所不同，除少數有心學者外，知李覯其人者已經不多，其作品也

有湮沒之虞，呂祖謙編「宋文鑑」一書，收入李氏作品六篇。祖謙從子呂喬年撰「太史成公編宋文鑑始末」一文，說明祖謙編撰原則云：「或其人有聞於時，而其文不爲後進所誦習，如李公擇（常）、孫莘老（覺）、李泰伯（覯）之類，亦搜求其文，以存其姓氏，使不湮沒。」（宋文鑑頁三，商務印書館，國學基本叢書本。）即透露此一訊息。

⑦ 胡適文存第二集，卷一，頁二十八，遠東圖書公司本。

⑧ 韓愈的性三品說見於其所著「原性」：「性也者，與生俱生也；情也者，接於物而生也。性之品有三，而其所以爲性者五；情之品有三，而其所以爲情者七。曰：何也？曰：性之品有上中下三：上焉者，善焉而已矣；中焉者，可導而上下也；下焉者，惡焉而已矣。其所以爲性者五：曰仁，曰禮，曰信，曰義，曰智。」（韓昌黎文集校注卷一，頁十一，河洛圖書出版社影印本。）

⑨ 關於李覯對禮的看法，筆者另撰有「李覯的重禮思想及其與荀子的關係」一文，（臺大中文學報第二期）有較詳細的討論，請參看。

⑩ 李覯集卷二，頁十五，禮論第五云：「天生聖人，而授之以仁、義、智、信之性。仁則憂之，智則謀之，謀之既得，不可以不節也，於是乎義以節之。節之既成，不可以有變也，於是乎信以守之。四者大備，而法制立矣。法制既立，而命其總名也，安有禮之性哉？」

⑪ 同前，卷二，頁十六，禮論第五。

⑫ 李覯集卷二，頁十六，禮論第五云：「樂、刑、政各有其物，與禮本分局而治。十二管，五聲八音，干戚羽旄，樂之物也；號令官府，軍旅食貨，政之物也；鈇鉞刀鋸，大辟、宮、刖、墨、劓、剕、鞭、扑、流、贖，刑之物也。」至於禮之物則是：飲食、衣服、宮室、器皿、夫婦、父子、長幼、君臣、上下、師友、賓客、死喪、祭祀等，即是李覯所謂禮之大本。

⑬ 同前，卷二，頁十六，禮論第五。

⑭ 李覯集卷二，頁十四，禮論第五云：「禮者，虛稱也，法制之總名也。」

⑮ 李覯集卷二，頁十一，禮論第四。

⑯ 李覯集卷三，頁三十九，易論第七云：「獨陰孰始，獨陽孰生，萬事云爲，未有不因人以成。」

⑰ 李覯集卷四，頁六十六，删定易圖序論六。

⑱ 李覯集卷二，頁十一，禮論第四。

⑲ 參看馬振鐸「論李覯的哲學思想」，載中國哲學史研究，一九八七年二月，總二十七號，頁六十一—六十九。

⑳ 李覯集卷十八，頁一七〇，安民策第二。

㉑ 李覯集卷二十七，頁二八二，與章秘校書。

㉒ 李覯集卷十三，頁一一一，周禮致太平論，敎道第一。

㉓ 李覯集卷十七，頁一六五，強兵策第十。

㉔ 李覯集卷六，頁七十七，周禮致太平論，國用第三。

㉕ 李覯集卷十七，頁一六四，強兵策第九。

㉖ 李覯集卷二十，頁二一五，潛書十五篇之三。

㉗ 同前。

㉘ 李覯集卷四，頁五十二，删定易圖序論。

㉙ 如易論第一論爲君之道，第二論任官，第三論爲臣之道，第四論治身之道與治家之道，第五論遇於人，第六論動而無悔之道，第七論因人，第八論常與權，第九論愼禍福，第十論招患與免患，第十一論迹與心，第十二論卦時，第十三論以人事明卦象。所有篇目都不離人事實用。詳請參李覯集卷三，頁二十七—五十一，易論十三篇。

㉚ 劉牧（西元一〇一一—一〇六四），字先之，號長民，衢州西安人。牧以范仲淹爲師，又從孫復學春秋，與石介爲友。牧受易學于范諤昌，諤昌本于許堅，堅本于种放，實與邵雍同所自出。其

門人有吳秘、黃黎獻等人。牧有易解十五卷，卦德通論一卷，鉤隱圖三卷，先儒遺事九論一卷。今存者僅鉤隱圖，先儒遺事九論二書。傳見王安石臨川集卷九十七「荆湖北路轉運判官尚書屯田郎中劉君墓誌銘」及宋元學案卷二泰山學案。納蘭成德三衢劉氏易數鉤隱圖序云：「其爲圖采摭天地奇耦之數成之，釋其義於下，凡五十有五。……當慶歷初，吳秘獻之于朝，有詔優奬。當其時，田況序其書，秘之通神，黃黎獻之略例、隱訣，徐庸之易緼，皆本劉氏。逮鮮于侁稍辨其非，其後論易者交攻之，而以九爲河圖，十爲洛書，宋之羣儒恒主其說。……」（通志堂經解册一，大通書局影印本）足見劉牧易圖在當時之盛行。

㉛ 李覯集卷四，頁五十二，删定易圖序論。

㉜ 余英時「中國近世宗教倫理與商人精神」一文云：「大體說來，自魏晉至隋唐這七、八百年，佛教（還有道教）的出世精神在中國文化中是佔有主導地位的。儒家雖始終未失其入世的性格，但它的功用已大爲削減，僅限於實際政治和貴族的門第禮法方面。以人生最後的精神歸宿而言，這一時期的中國人往往不歸於釋，卽歸於道。」見氏著中國思想傳統的現代詮釋，頁二七一，聯經出版事業公司本。

㉝ 李覯集中闢佛、老的文章極多，且多精闢之見，此處不能詳說，擬另撰專文討論。

㉞ 孫復儒辱篇云：「儒者之辱始於戰國，楊朱、墨翟亂之於前，申不害、韓非之徒雜之於後。漢魏而下，則又甚焉，佛老之徒橫乎中國，彼以死生禍福虛無報應爲事，千萬其端，給我生民，絕滅仁義，以塞天下之耳；屛棄禮樂，以塗天下之目。……且夫君臣父子夫婦，人倫之大端也。彼則去君臣之禮，絕父子之戚，滅夫婦之義。以之爲國則亂矣，以之使人賊作矣。儒者不以仁義禮樂爲心則已，若以爲心，則得不鳴鼓而攻之乎？」（孫明復小集，總頁一七六，商務影印四庫全書本。）石介怪說上云：「彼其滅君臣之道，絕父子之親，棄道德，悖禮樂，裂五常，遷四民之常居，毀中國之衣冠，去祖宗而祀遠裔，汗漫不經之教行，妖誕幻惑之說滿，則反不知其爲怪。既

不能禳除之，又崇奉焉。」（徂徠集卷五，總頁二一六，商務影印四庫全書本。）

㉟ 李覯指摘釋老挾報應之說以惑人，滅仁義，棄禮樂，壞人倫的言論甚多，可參看集中潛書、廣潛書及富國策等篇，文繁不錄。

㊱ 李覯集卷二十三，頁二五五，重修麻姑殿記。

㊲ 頒發度牒，始於唐代。有度牒的僧人，纔是「官度」僧人，具有官方認可的出家身分，否則即是不具合法身分的「私度」僧人。「鬻牒」之事始於唐玄宗時。舊唐書卷四十八，食貨志上載：「及安祿山反於范陽，兩京倉庫盈溢而不可名。楊國忠設計，稱不可耗正庫之物，乃使御史崔衆於河東納錢度僧尼道士，旬日間得錢百萬。」（總頁二〇八七，鼎文書局本）宋代鬻牒事集中在中葉以後，宋會要輯稿與宋史有具體的記載，不一一列舉。請參看郭朋所撰宋元佛教一書，頁十七—二十六。福建人民出版社，一九八一年八月。

㊳ 李覯本人就有親身經驗，李覯集卷二十七，頁三〇〇，寄上范參政書云：「寺觀所須，未嘗盡見。唯前年在京，值修開寶寺耳。觀其所用，誠難定數，然以意論之，害亦大矣。且時賣官，雖大理評事，無慮一萬緡耳。假如此寺祇費十萬緡，亦當十員京官矣。彼十員京官，以常例任使，數年之後，便當臨民，以爲萬戶縣尹，則十萬家之禍；又以爲十萬戶郡守，則百萬家之禍矣。若輟一寺之費而不賣十員京官，是免百萬家之禍。佛如有靈，豈不歡喜？一寺尚爾，其他可知。」

㊴ 李覯集卷十六，頁一三八，富國策第四。

㊵ 李覯集卷十六，頁一四一，富國策第五。

㊶ 同前。

㊷ 李覯集卷二十九，頁三三五，策問六首之三。

㊸ 李覯集卷三，頁三十五，易論第四。

㊹ 李覯集卷十九，頁二一二，平土書。

㊺ 李覯集卷二十九，頁三三三，太學議。

㊻ 李覯集卷六，頁七十六，周禮致太平論，國用第二。

㊼ 李覯集卷十六，頁一三四，富國策第一。

㊽ 資治通鑑卷十六，頁五四七，漢紀八，世界書局影印本。

㊾ 禮記樂記：「禮節民心，樂和民聲，政以行之，刑以防之，禮樂刑政四達而不悖，則王道備矣。」藝文印書館影印十三經注疏本，卷三十七，總頁六六七。

㊿ 李覯集卷二，頁七，禮論第一云：「（樂、政、刑）是三者，禮之大用也，同用於禮而輔於禮者也。不別不異，不足以大行於世。是故節其和者，命之曰樂；行其怠者，命之曰政；威其不從者，命之曰刑。此禮之三支也。」

51 史記卷八，頁三六二，高祖本紀。世界書局影印本。

52 尚書注疏卷十九，總頁二九五，呂刑第二十九。藝文印書館影印十三經注疏本。

53 李覯云：「漢興，高祖初入關，約法三章曰：『殺人者死，傷人及盜抵罪。』蠲削煩苛，兆民大說。此非刑新國用輕典者邪？周道既衰，穆王眊荒，命甫侯度時作刑，以詰四方。五刑之屬三千，蓋多於司刑所職五百章。此非刑亂國用重典者邪？」見李覯集卷十，頁九十六，周禮致太平論，刑禁第一。

54 李覯集卷十，頁九十七，周禮致太平論，刑禁第一。

55 李覯集卷三，頁二十八，易論第一。

56 孟子集注卷七，頁二八四，離婁上。大安出版社影印四書章句集注本。

57 李覯集卷二，頁十八，禮論第六。

58 李覯集卷二，頁七，禮論第一云：「溫厚而廣愛者，命之曰仁；斷決而從宜者，命之曰義；疏達而能謀者，命之曰智；固守而不變者，命之曰信。此禮之四名也。……言乎人，則手足筋骸在其中矣；言乎禮，則樂、刑、政、仁、義、智、信在其中矣。」

59 李覯集卷十七，頁一六四，強兵策第九。

60 李覯集卷二十九，頁三二六，「原文」云：「夫子於管仲三歸具官則小之，合諸侯正天下則仁之，不以過掩功也。」

61 史記卷六十八，頁二二二八，商君列傳。

62 漢書卷九十九下，頁四一九四，王莽傳。世界書局影印本。

# 朱子理學在明代前半期的變化與發展

古清美

## 一、緒言

北宋周濂溪、程明道、程伊川、張橫渠之理學至南宋朱子（西元一一三〇～一二〇〇年）可謂集大成。朱子雖吸收、綜合四家之說，然特別心契於伊川，於其說多所闡述發明，後人稱爲「程朱理學」。朱子以其深厚的學力、精詳的辨析、豐富的學問內容、沉潛篤實的風格，卓然成一大家，終蓋過當時看似氣燄甚盛的陸象山之學而蓬勃發展。雖一度被誣爲「僞學」而遭禁，然解禁後其學更盛。朱子歿後不到三十年（西元一二二七年），朝廷詔行朱子四書集注於天下，其聲勢地位自是定於一尊。入元之後，更經學者的提倡，使朱說成爲科舉考試的標準。至明永樂年間，又有四書大全等書的編纂，作爲士子必讀必遵之聖學範本，獨霸之勢更是屹立不搖。直至明中葉陽明（西元一四七二～一五二八年）之學興起，朱學雖仍是八股取士的標準，然王學遍天下，人人能道良知之說，朱學的權威及聲勢面臨空前的挑戰與考驗，以朱學爲宗主的風氣有了轉變，王學從表面上看來，陽明學固是由於不滿朱子格物窮理之說而另闢蹊徑，其所倡「心卽理」、「知行合一」、「致良知」之說又與陸象山立大本、發明本心之精神意趣極其相似，後人稱「陸王心學」。在宋，朱陸曾經多番辯論溝通而終格格不入，朱子謂象山爲禪、爲告子，象山謂朱子支離、不見道，二家對峙不相容之勢甚爲明顯；而在明初，朱學不但在朝爲國家考試範本，在野又不乏多位德高望崇、高蹈潔行的學者尊奉倡行，並以之教弟子，在這樣的氣氛及環境下，前有陳白沙、後有王陽明，他們還要時時面對自象山以來指責心學空虛、近禪的一貫的批評攻擊，竟仍走出一條心學的路，帶出一股巨大激盪的學術風潮。明史儒林傳云：

「原夫明初諸儒，皆朱子門人之支流餘裔，師承有自，矩矱秩然。曹端（月川）、胡居仁（敬齋）篤踐履，謹繩墨，守儒先之正傳，無敢改錯；學術之分，則自陳獻章（白沙）、王守仁始。」（卷二八二）

黃梨洲明儒學案則云：

「有明之學，至白沙始入精微。……至陽明而後大。」（白沙學案）

皆以白沙、陽明之興起是理學史上一大突破，爲明代學術開一新局；言「性卽理」的程朱之學與主「心卽理」的心學似是涇渭分明、截然殊異。我們若由明儒學案一書以窺明代學術之堂奧，看到的幾乎是一部以姚江學脈爲主的學術史，卷一爲崇仁吳康齋（與弼），因其爲白沙之師，且與陽明有關係（陽明曾問學於康齋弟子婁一齋（諒）），故曰「微康齋，焉有後時之盛」。中以姚江爲主脈，從卷十到三十六，分述各地王門弟子，末則殿以修正王學的東林及梨洲之師蕺山之學。早期的程朱學者—崇仁、河東諸儒皆被他視作「一稟宋人成說」、「無甚透悟」❶；中期以程朱學爲宗主的學者皆著錄於「諸儒學案」，陪襯於白沙及王門之後，而東林學派提倡朱學甚力，亦被視作贊同良知而修正王學而已❷，故從明儒學案一書得來的印象是明代學術是心學的天下，其所謂「有明事功文章，未必能越前代，至於講學，余妄謂過之」（見明儒學案序）「無姚江，古來之學脈絕矣」（姚江學案），在在表揚心學之成就。然當我們離開他這個觀點而直接面對明學，會發覺程朱理學實相當程度的影響、籠罩了明代學術。誠然，我們也會看見歷史背景在變，朱學也隨之而有各種不同重點和方面的展現；如近代學者陳榮捷提到朱學成爲官學和方孝孺壯烈殉難之事件使自尊自覺之儒者走向內省及嚴格的操存涵養之途❸。錢穆先生則謂明儒矯元代儒學風氣而不再循博覽廣學、箋注章句之途，故偏向約禮一邊而少博文之功❹。然而重視踐履、操存和心學的興起是否有必然之關係？錢先生就曾謂「朱學中自可有此一途」（見❹）；因而我們又不得不追究到有關其義理分際及異同分合的問題。關於這個問題，近代學者亦有論及，然多集中於陽明學與朱子的淵源及關係上❺，本文由學術史的角度，選擇了幾位明代前半期❻的儒者，從他們的學說去觀察程朱理學之心性論及工夫論❼逐漸變化的軌迹，並注意其與心學講「心」之異同處如何發生、擴大而至陽明學成熟產生。希望這變化過程軌迹之探索和追尋，能爲宋明理學發展史提供一些參考意見。

## 二、朱子「心與理一」與陸王「心卽理」的工夫問題

朱子之論心、性、理，向來學者所論已周詳備至，無煩再贅，然此文爲要尋溯其與明儒之異同，故簡要地提出朱子論心及其相關的工夫論以供比較考量。

人皆知伊川、朱子講「性卽理」，「性」只是理，「性」和「理」是至善、不變、淨潔空濶，是一切事物終極、至善之則，但卻是高懸而不動的，若要認知、要實踐、要成全這「性」，全須靠可活動、有作用的「心」，因此，朱學工夫論的問題，可以說都是「心」的問題，也就是說，朱學講工夫和他們如何看待「心」有絕對的關係。

朱子孟子盡心注：

「心者，人之神明，所以具衆理而應萬事。」

語類中又有云：

「性是理，心是包含、該載、敷施、發用底。」(卷五)

先說「心具萬理」，朱子常用皮包餡⑧、「心是虛底物，性是裏面穰肚餡草，性之理包在心內」(語類卷六十)，這類譬喻，尤可以讓我們知曉能「包含、該載」的「心」雖廣大，

但與「性」或「理」絕非一體。其次，心是「敷施、發用底」，是能應萬事的靈妙作用，湛然虛明（四書或問卷二：「人之一心，湛然虛明，如鑑之空、如衡之平」）、靈明不昧。總之，心是無所不包、無處不運的廣大、靈妙。故錢穆先生「朱子新學案」中卽云：「朱子之學徹頭徹尾乃是一項圓密宏大之心學」（「朱子論心與理」）卽是指，朱子極道心之廣大靈妙、涵括並主宰一切，朱子又曰：「心與理一，不是理在前面為一物。理便在心之中，包蓄不住，隨事而發。」（語類卷五）因此，從朱子對心的這番敘述表面看來，實在很難不和心學論「心」發生混淆。故在此，我們最好先看看朱學和心學二邊論工夫的歧異，可以助於我們回頭領略朱子講「心」的要義：

「理在物與在吾身只一般。」（語類卷十八）

「不可去一上尋，須是去萬上體會。」（語類卷二十七）

「不欲就事窮理，而直欲以心會理，故必以格物為心接乎物，不欲以愛親敬長而易其清淨寂滅者……此蓋釋氏之學為主於中。……物理皆盡，則吾之知識，廓然貫通，無有蔽碍，而意無不誠，心無不正矣。……訓格物以接物，……今日一與物接而理無不窮，則亦太輕易矣……而非為吾之所謂窮理者。」（朱子文集卷四十四答江德功）

「萬物皆備之説……若不責之處心行事之實，而但欲反心以求衆理，而想像安排，使其備於此焉，則將何所據以為實？」（四書或問卷三十八）

心既是「具萬理」，但卻不能「反心以求理」；既是「理」在物與在我心一般，卻必須「就事窮理」，須就萬殊體會，絕不可以心會理，不可去一本上尋。既是「心與理一」、「萬物皆備」，何以「反心求理」便落於想像安排；且以面對事物之時，心並不能窮理，必須借用「已知之理而益窮之」（大學章句格物補傳），就是要借用聖賢經書之教，方足以窮格那些心中已具之理。當朱子並譏當時陸象山立大本之說爲空有穿錢之索而無錢可穿[9]。這些問題可使我們對朱子「心具衆理」及「心與理一」之說有一些斟酌。且理有未窮，知有不盡，物欲、氣質之偏蔽必不能盡去，必不能「盡心」，不能使心純乎義理，不能眞正做到「誠意正心」「反身而誠」，這些說法使朱子論工夫確乎須取足於學問、知識，不如此則必不可；故黃梨洲說他「借外在聞見以塡補其靈明」（姚江學案）不是沒有根據的。

但朱子並不以爲他的學說是分心、理爲二的，他曾說：

> 「吾以心與理為一，彼以心與理為二。亦非固欲如此，乃是見處不同。彼見得心空而無理，此見得心雖空而萬理咸備也。近世一種學問，雖說心與理一，而不察乎氣稟物欲之私，是見得不真，故有此病；大學所以貴格物也。」（語類一二六卷）

近世學說指的是象山之學。他認爲陸學說「心與理一」，但沒有格物工夫、不知氣稟物欲之私，就是「心空而無理」。唯有能窮理格物，去其氣稟物欲之私，方是萬理咸備，心雖空而與理爲一。從上段的引述，我們看到朱子倚重窮理致知方能反身而誠、萬物皆備，在說工夫時，心的意義只著重其爲意識活動的主體的一面，故只說其「靈明不昧」之作用（此處亦說心空），不可因「心具衆理」、「心與理一」而就可以反心求理（因所反求的心是空的）。所以，朱子所謂「心包理」、「心具理」，只是說「心」本來應該有「理」，但因氣質亦與生俱來，氣質偏蔽既使現前之心必然不能純全，「心應該具有理」只是一個難以企及的理想狀態，除非已經到「物格知至」的境界。不然，「心與理一」、「心卽理」是決不可隨便講的。

朱子及其後朱學學者秉持著心與理的這種關係來講工夫、來批評陸王之學者不明白心與理的關係和分際，只把在朱學看來只是「虛明靈覺」、「虛底物」、如鑑空衡平的心來作主，必流於知覺、情識，而致於空寂、肆蕩，對於象山「此心此理，至當歸一，精義無二」（文集卷一）、陽明「良知是天理自然明覺發現處」之主張，絕不能同意。

朱子教人看重氣質之拘、物欲之蔽，當下意識作用的「心」必須加以馴服、規範、教育，方能向著性、理的至善之域行去。才是眞正「心與理一」。陸王並非無視於當下一心有偏駁、放失之危，其直捷地賦「心」以天理、天性、天道之善義，反是冀能借此一心之感通（於天道、天理）啓動義理的沛然之力以振拔起現實中隨時可能下墮的人心。而朱學的這種趨向必然減損了人對道德內在的、主動的、自覺的啓發之力，且人落在現狀（心）和至善之境（性、理）的期許和嚮往而又矛盾分裂的距離中，使聖賢之學成一項曲折、艱苦而又幾乎看不到盡頭的追求過程，在這過程中所能秉持的根據只有象徵著性、理的至善完美的聖賢之教，而不是當下能體會的心。

陸王言工夫則曰：

「居象山，多告學者云：女耳自聰、目自明，事父自能孝，事兄自能悌，本無欠闕，

不必他求，在自立而已。」（象山全集卷三十五語錄）

「理，一而已，以其理之凝聚而言則謂之性，以其凝聚之主宰而言則謂之心。」（傳習錄卷中答羅整菴書）

「知是心之本體，心自然會知，見父自然知孝、見兄自然知弟，見孺子入井自然知惻隱，此便是良知，不假外求。」（傳習錄卷上）

心爲什麼「自然會知」？爲什麼當下能孝能悌？這不是信口一言能知便知了，這正是象山、陽明經過鞭辟入裏、親切工夫而指「心」可以是當下稟賦著天理、天命之性，作自己的主宰。陽明並批評朱子「卽物窮理」是析心理爲二，唯有「致吾心良知之天理於事事物物」方是「合心與理爲一者也」（見答顧東橋書）；故陸王以爲在現實中道德實踐的當下，「心」就是天命之性、至善天理，反而不是一個應具理而尚未具的、「虛底物」的心，有待格致以明理；尤其是陽明，通過朱子「心與理二」、「心具理」，把理凝鍊爲當下可知可證的至善天理，而說「心卽理」，並出之以「良知」。朱子把性、理推到極高、極精處，而現實的「心」終被隔在氣質、物欲的拘蔽中，靠著靈明能認知的作用，從這裏慢慢地突出去，由格物、窮理、讀書、涵養，在最高的權威法則的聖賢之敎中獲得「理」，從而規範領導、提昇並完成自己，這是朱子理學的工夫途徑。象山曾曰：

「晦翁之學，自謂一貫，但其見道不明，終不足以一貫耳，吾嘗與晦翁書云：揣量摸寫之工、依倣假借之似，其條畫足以自信，其節目足以自安，此言切中晦翁之膏肓。」（象山全集卷三十四）

以此說朱子本人未必然，但用來說朱學易生的流弊則可謂切中；朱子亦承認象山之學講尊德性。也許在個別事理的規矩法則未必能做到準確而絲毫不苟，甚而會由於太過重視主觀的心而流於辭氣粗率、過於自信之失，然對道德大本的啓發和把握，則不得不推心學之說爲直接有力。尤其後來朱學成爲官學，不論誠心向學或趨求功利者皆治朱學，故朱學之盛，未必是朱學之福。朱學私淑弟子魏了翁卽曰：

「書日多而說日明，僞意者勦說得道，可以欺世，不必深體篤踐也，故予不以喜而以憂。」（宋元學案卷八十鶴山學案）

故凡朱子弟子中眞欲尊重、把握朱學精神者，無不遵其窮理致知、反躬實踐之敎；而凡用志於踐履之功，必提其主敬涵養之道，也自然更詳於其心性論之闡發，但在當時，論心論性，仍與其論歷史事變制度等並列，而其踐履之功，亦與著述之業並重。元代大儒吳草廬（澄，宋元學案卷九十二）和會朱陸而勤治其經傳之業，許魯齋（衡，宋元學案卷九十）尊奉朱學，則先治章句之學，而後極力倡導小學之敎；眞正殫慮精思而畢全力於心性涵養之功的自是明代儒者，而理學到心學中間最根本處的歧異和變化，也要等他們來發現、解決和完成。

## 三、朱學的實踐——明初諸儒的窮理居敬之學

### 甲　薛敬軒（瑄，西元一三八九～一四六四年）

明儒學案謂：「河東之學，悃愊無華，恪守宋人矩矱」，而首爲薛敬軒。敬軒有讀書錄十卷、續錄十二卷，其中對太極圖說及正蒙中太極、陰陽、乾坤、及朱子理氣論皆辨析甚多，重視客觀知識宇宙論問題的傾向甚爲明顯[10]，其心性論則舉一「性」以爲宗旨，常謂：

「天下無性外之物而性無不在，故道不可離。」（讀書錄卷一）

「中夜忽思天下無性外之物而性無不在；君臣父子……皆物也，而其人倫之理卽性也。」（同上）

「天地萬物惟性之一字括盡。」（卷二）

「聖人之所以教、賢人之所以學，性而已。」（卷三）

既以「性」該括萬事萬理，則學問自是以「知性」爲標的。故遇事而格，觀山勢、石崖、鳥獸草木、四時寒暑之理皆有以資其進德之學，更遑論義利之辨、忠奸之別，故其論格物及盡心之說云：

「格物所包者，廣自一身言之，耳目口鼻身心皆物也、……推而至於天地萬物皆物也……以至於草木鳥獸昆蟲則當格其各具之理，又推而至於聖賢之書、六藝之文、歷代之政治……又當各求其義理精粗、本末、是非、得失，皆所謂格物也。然天下之物衆矣，豈能遍格而盡識哉，惟因其所接者，量力循序以格之，不疎以略、不密以窮、澄心精意以徐察其極，今日格之、明日格之……潛體積翫之久，沉思力探之深，已格者不敢以為是而自足、未格者不敢以為難而遂厭，如是之久則塞者開，蔽者明，理雖在物而吾心之理則與之潛會而無不通。始之通也，見一物各一理，通之極也，則見千萬物為一理，朱子所謂衆物之表裏精粗無不到，而吾心之全體大用無不明者，可得而識矣。」（讀書錄卷二）

此說幾全是朱子格物的重述，無改易，亦無創新，確乎不失朱學矩矱。其解「盡心知性知天」云：

「盡心工夫全在知性知天上，蓋性卽理，而天卽理之所從出，人能知性知天，則天下之理無不明，而此心之體無不貫。苟不知性知天，則一理不通而心卽有碍，又何以極其廣大無窮之量乎！是以知盡心工夫全在知性知天上。」（讀書錄卷一）

如果循著上段格物之方以窮理，「知性知天」方能盡心，與孟子擴充四端之心爲盡心以知性知天之說不能無異，卻是完全符合朱子再三強調，必須窮盡衆理之妙，方可以盡此心之全（四書或問卷二）之主張。但是敬軒於知識的努力和興趣之外，其涵養工夫亦極其專注且親切近裏，加以力行日久功深，亦時而道出其境界：

「湖南靖州讀論語，坐久，假寐既覺，神氣淸甚，心體浩然，若天地之廣大……幾與天地同體，其妙難以語人。」（讀書錄卷一）

「學至於心中無一物則有得矣。」（卷二）

「虛明廣大氣象到人欲淨盡處自見，匪言所能喻也。」（卷六）

「性本自然，非人所能強為也，順其自然所謂行其所無事也，有所作為而然則鑿矣。」（卷一）

「萬起萬滅之私，亂吾心久矣。今當悉皆掃去，以全吾湛然之性。」（卷一）

此類言語，眞極似白沙或王學集中所見，但竟出諸於嚴密篤實、謹遵朱學的敬軒之口，不免讓人注意。又有詩曰：「夫君本自一心空，舒卷如何葉未窮，自是根株通大化，故教有象顯無蹤。」（詠芭蕉，見敬軒文集卷五）又有「一室無塵靜有餘，清風頻度小窗虛，韋編讀罷心如水，閒看浮雲自卷舒」、「早知大道心無外，始覺身閒樂有餘」（絕句三首之二）、「土床羊褥紙屏風，睡覺東窗日已紅，七十六年無一事，此心惟覺性天通」（皆見卷五）。前一首觀芭蕉無心以通大化，以有象顯無蹤，甚有見道之意味，其中二首洋溢悠然樂道之趣，而末一首中更用明道詩[11]而末二句尤似澈悟之語，此在朱子決不肯道。梨洲亦謂「此定非欺人語，可見無事乎張皇耳」[12]。

敬軒這種傾向，我們也可以說是其在生活見趣上亦頗受程明道之影響，然在論學旨趣上仍明顯是在伊川朱子的體系內，他曾說：

「反身而誠最為難事，反身而誠則實有諸己矣。」（讀書錄卷七）

「居敬有力則窮理愈精，窮理有得，則居敬愈固。」（讀書錄卷三）

「事事物物皆有理，就事物上明得理透徹，斯可處事物各得其當矣。」（續錄卷二）

「水清則見毫毛，心清則見天理。」（讀書錄卷二）

他強調「性卽理」，以「性」括一切事理，以知性、復性括聖學的大端和統緒，然心清方可以見理，在性、理的法則下求「反身而誠」，故須掃淨一切萬起萬滅之私，其中自有無盡之工夫。但如果他晚年所云「此心惟覺性天通」爲「實有諸己」，則見其終究以一生中一切所爲，連讀書窮理之功，都是在貫通成就性天之道後了無一事可得，是自證此心確可以貫通性天之道而一之。

敬軒在明，嚴守朱學軌轍而爲河東學派之開山，其行止爲時人敬服，其「薛夫子」之聲望而是連鄉人老僕皆知愛仰。（見河東學案敬軒傳）而其於心性學說並無創新開展，論學自始至終只道性學，正因守住「性」之宗旨，在性學的藩籬之內，書册、經訓、歷史事變等的客觀之道德法則決不被輕視，這種學風近在河東弟子（見河東學案），旁及於與陽明同時的朱學學者羅整菴（欽順）⑬，遠及於明末東林論學重提性之旨⑭，都發揮了相當大的影響。但我們也看到這位學問風格、規模最近朱子理學的明儒，在心性的體驗上已經跨出一步，把心性涵養的境界做出來，並說出來，使後學知道心性之說一定需要脫離理論往前走，而涵養實踐之路確是可以達到「心無一物」、「行所無事」、「此心惟覺性天通」這種不必避高虛之譏的境界，可見朱學入明後逐將顯現的不同風貌，及朱學變化的端倪。

## 乙　吳康齋（與弼，西元一三九一——一四六九年）

明儒學案首卷卽述崇仁吳康齋之學，以其爲明代學術之開山。康齋看來純然一鄉村老儒，不輕著述（嘗歎箋注之繁無益有害）、不求仕進（讀伊洛淵源錄，有志於道，遂棄舉子業），但篤志聖學，體貼於身心之際。康齋集共十二卷，有七卷是詩，書記誌銘等四卷、日錄僅一卷。若要條理、分析康齋思想並不容易，因康齋既棄箋注之事，又何肯在心性上多加分解議論，連考索天地萬物、歷史人物、制度文獻的讀書格物工夫亦不見，比薛敬軒或連康齋自己的弟子胡敬齋皆不若，但教人讀小學、四書，講工夫只是簡單之語：「心要常涵養」、「整理心下，使瑩淨」，「敬爲首要」（皆見康齋文集卷十一日錄），連讀書亦屬其次。其實「日錄」即今所謂日記，記錄自己進德修業的問題，感受和考察，我們在其中看到的是康齋如何觀察自己剛忿的習氣，痛下克治之功，也看到他在貧寒勞苦、家計窘迫中如何思唯其理，一分分克服自己因之而起的煩惱計較之心，進而超脫之，自認本分，辛勤力農，素貧賤行乎貧賤，但隨分讀書而不動心。比較可注意的倒是他在貧窮困苦的生活中，耕種、休憩、讀書、散步，俯仰之間卻常是一片快活之意：

「南軒讀孟子甚樂，湛然虛明，平旦之氣，略無所撓，綠蔭清晝，薰風徐來，而山林閴寂，天地自闊，日月自長。邵子所謂『心靜方能知白日，眼明始可識青天』，於斯可驗。」（康齋文集卷十一日錄以下皆同）

「晴窗親筆硯，心下清涼之甚，忘却一身如是之窘也。康節云：雖貧無害日高眠。」

「觀百卉生意可愛。」

「玩聖賢之言，自然心醉，不知手之舞、足之蹈也。」

「夜臥閣思朱子云『閒散不是真樂』，因悟程子云『人於天地間並無窒礙處，大小大快活』，乃真樂也。勉旃勉旃！」

這番與天地生意一體、胸次悠然的境界頗似程明道，然康齋並無有關「識仁」、「渾然同體」、「內外兩忘」的理論。且明道身在官宦之家，康齋勞碌農事、時而貧病交攻，連生活的安足無虞都說不上，要突破功利窮達這一關而達到安貧樂道之境，更需操存涵養的眞功力，而康齋確在這種歷練中成就其學問和品格：

「每日勞苦力農，自是本分事，何慍之有，素貧賤行乎貧賤。」

「讀罷，思債負難還，生理蹇澀，未免起計較之心…則為學之志不能專一矣…此生將何堪！於是大書『隨分讀書』於壁以自警，窮通得喪、生死憂樂一聽於天，此心澹然，一毫無動於中可也。」

「七月十二夜枕上思家計窘甚，不堪其處，反覆思之，不得其方，日晏未處，久方得之，蓋亦別無巧法，只隨分、節用、安貧而已。誓雖寒餓死，不敢易初心也，於是欣然而起。又悟：若要熟也，須從這裏過。」

「窮通壽夭一聽於天，行吾義而已。」

「人生但能不負神明，則窮通死生皆不足惜矣。欲求如是，其惟慎獨乎！董子云：人之所為其美惡之極乃與天地流通往來相應，噫！天人相與之際，可畏哉！」

「精白一心，對越神明。」（以上皆見日錄）

這眞是一個求道過程的忠實紀錄。從貧窘勞苦的憂惱，從而思惟、克治，並超越之，以至於隨分、守分的操持，從素位、無求的奉行，踐履到義命之辨的覺悟，終而凝鍊此心到對越天命神明的精純、光明，再回來呈現一個安貧樂道、無愧無憂、不怨不尤的人格。康齋就是「從這裏過」的。人每愛舉稱其「淡如秋水貧中味，和似春風靜後功」（亦見日錄）之詩，其實「精白一心，對越神明」八字更可見出他在平淡的生活後面內在光明，精純、堅強、醇厚的心靈和學問。從此，我們不但可以了解他說「閒散不是眞樂」，眞樂與天地相通無隔的胸懷；也可以明白他不訴諸辨析解說心、理、性、情，但以他最眞實親切的實踐內容來呈現其心性之學——以超越窮通憂樂，融貫天理的「精白一心」，與天道、天命流通感應融爲一體，這便是康齋實有諸己、而渾融無迹的「心與理一」的踐履和驗證。劉蕺山（宗周）謂康齋是明儒中「醇乎醇」者（見明儒學案師說），洵非虛譽。

錢穆先生謂康齋「一意尊朱而不墮箋注之繁，敦踐力行而亦不墮於心學之玄」是極有見地的；又謂康齋有「把考索注解、博物洽聞過分擱置一邊」的趨嚮，「遂成此下明儒風氣終於道問學、博文一邊疎了」（見注❹）。康齋常自恐歲月時光不足，進德修業未成而老之將至[15]，自無心亦無暇於考索注解博物洽聞；常謂「隨分讀書」、「讀書亦佳」，讀書確有助於克治稟習，提撕精神，堅定意志，但根本康齋心中已有一份信之極篤，居之不疑的對道義之本的肯定與把握，「人苟得本心，隨處皆樂」（見日錄），一語道破，何必待泰州王門說得光景畢現，了無餘蘊？故其「精白一心」是讀書涵養來的，也是仁義內在，性理本具而隨處流露的，康齋宗仰程朱，教人讀書明理、涵養心地都不出朱學之域，然其謹嚴精苦的工夫全然渾化於一平淡安分、曠然自足的人格表現中，而幾乎完全不講格物致知、窮究物理，不可不說是明代朱學的一種變化；同時，也給予明代學者一份極深遠的影響和啓發。

### 丙　胡敬齋（居仁，西元一四三四—一四八四年）

吳康齋最有名的三個弟子，一是胡敬齋，一是婁一齋（西元一四二二—一四九一年）、一是陳白沙。其中以敬齋最爲謹守居敬窮理之途轍，而於婁、陳之學深致不滿[18]。明儒學案述敬齋：「嚴毅清苦，左繩右矩，每日必立課程，詳書得失以自考，雖器物之微，區別精審，沒齒不亂」，（明儒學案卷二胡居仁），故不止其學說思想、連此重條理、嚴持守之性格、作風都見其爲遵奉程朱理學，毫不通融含糊的學者。敬齋於「心與理一」、「窮理居敬」之說皆一本程朱，往往連用辭、語氣都不必更換，全然只作爲程朱學說之宣講者：

「心雖主乎一身，體之虛靈足以管乎天下之理；理雖散在萬事，用之微妙實不外乎一人之心，知此則內外體用一而二，二而一也。」

「涵養本源與窮索義理實相交涉。蓋人心只有許多義理，更無別物。涵養既至則天理自明；窮理既精，本心愈安。」（皆見居業錄卷一）

「聖賢工夫雖多，莫切要如敬字，敬有自戒慎底意思，敬有肅然自整頓底意思，敬有卓然精明底意思，敬有湛然純一底意思，故聖學就此做根本，凡事都靠著此做去，存養省察皆由此。」（居業錄卷二）

故以敬齋學說大要而言，從表面看來，就只是遵奉朱子心含衆理而發爲作用、涵養窮理二端交養，而以主敬爲根本諸說。但我們也不難察覺，敬齋所奉持的朱學與原貌形似而精神卻有所轉移；詳細一點說，就是敬齋把格物窮理的範圍縮小了，而注重講求內心涵養境界之體驗。在最可見其學問內容的居業錄一書中，雖可依內容分類而分心性、學問、聖賢、帝王、古今、天地、老佛、經傳八卷，但其以「心性」爲重，不同於近思錄以「理氣」爲學問所先當窮究，次卷「學問」則多講存心之功，且於自然現象如陰陽變化、乾坤太極較少興趣（居業錄中「天地」一卷最少，僅二十三條，「學問」一卷則約有一九〇條），而其他有關人事者至少與道德人倫有關，可以攝入善惡義利之辨，而於義理之學有所資助。可見敬齋雖不拒絕著述，而對經書典籍，一事一物的興趣與工夫遠不逮朱子；亦曾謂朱子不當爲「參同契」、「陰符經」等書作注，敬齋雖絕意仕途，布衣終身，其一生精力時間之所傾注之方面，顯與朱子不同，他讀書窮理必求切近於身心性情之際，以資其涵養省察之功。曾謂：

「程子之學是內裏本領極厚，漸次廓大以致其極，朱子之學是外面博求廣取，收入內裏，以充諸己。譬如人家，程子是田地基業充實自然生出財穀以致富，朱子是廣積錢穀，置立田地家業以致富，用力雖異，其富則一也。但朱子喫了辛苦，明道固容易，伊川亦不甚費力。」（居業錄卷三）

敬齋對朱子博求廣取、花費太多力氣於外的工夫，自是有所察覺和收斂的，故曰：

「學者先當理會身心此是萬事根本。」

「體驗二字學者最親切，讀書皆須體驗，故自己身上來，不然書自書、我自我矣，濟甚事？」

讀書若於身心了不相干，這是敬齋之師康齋常訓誡弟子的「人患不知反求諸己，書自書、我自我，所讀之書爲口耳之資，則大失矣」（康齋集卷八復曰讓書）。康齋之所注重於讀書，是要字字句句收歸自我，體帖於身心之際，無有半分流向外去作爲口耳見聞之談。敬齋崇奉程朱之教而以康齋爲師，有此趣向是自然的。

敬齋之學還有一個値得注意的地方，就是對陳白沙的批評，他認爲白沙之學近禪，曾曰：

「自家大本不立，見得道理不分明，未有不入異教者，如陳公甫、婁克貞皆是儒者陷入去。朱子曰：只為這裏工夫欠缺，奈何心不下，故如此。」（居業錄卷七）

「孔子敎人忠信篤敬，程子敎人整齊嚴肅，著實做得，自然心安體舒；道理明瑩。今人多是無頭腦之學。」（居業錄卷三）

「禪家……絶滅思慮，真求空寂，空寂之久，心能靈通，殊不知空寂之中，那些靈通只是自己精神意見，全不是道理，故他之心已與理二矣。若儒家存心愈熟則察理愈精，久則心與理一。」（同上）

「吾儒心與理為一，故心存則理明……釋氏則心與理二，故心雖存亦無理。」（居業錄卷一）

敬齋謂白沙不肯循聖賢教人之序，由忠信篤敬、愛親敬長以立本，不能心安理明，奈何此心不下，所以只好由靜坐求空寂，這種「大本不立」、「無頭腦」之學必非儒學之正；而其所求之心，只是空寂無理的心，與理爲二，而非「心與理一」。這些說法，與朱子批評象山如出一轍。陳白沙在當時頗有名望，敬齋依朱子之說法，肯定白沙爲背離聖學，故效朱子辨陸學對白沙不客氣地大加撻伐：

「公甫陳先生名重海內，不意天資過高，入於虛妙，遂與正道背馳……只是一個儱侗自大之言，非真見此道之精微者，乃老莊佛氏之遺緒。……」（胡文敬集卷一與羅一峯）

「竊觀近年以來……學者立心稍高而不能仔細體驗聖賢切實工夫而妄意聖賢，故遂入於空虛玄妙。……以為天地萬物無非此理，無適而非道，凡其知覺運動，視聽云為無非至神至妙。……又有懸空想出一個道理在虛空杳冥之中，以為無極之真、太極之妙，此乃吾之真性，不生不滅，無有始終窮盡；其曰物有盡而我無盡，即此意也。不意此等亂賊生於吾世，非但為我、兼愛而已，其與天地人倫物理俱已離絕，非但無父無君而已，不知一峯何故反尊信之！……」（同上復張廷祥）

敬齋再三指責白沙立心高，不作切要工夫，不能奈何此心故轉而要求虛靜境界，向內照看，不暇即事窮理，而其所謂的「理」只是懸空想出，以爲至神至妙；以此虛無高妙之論來講儒學，導人於虛，簡直罪大於楊墨之無父無君，故詆之爲「亂賊」。敬齋如此用孟子之氣勢、襲朱子之觀點，以衞道之姿態所發之論，可說是明代理學和心學對立之始；使得講「格物窮理」和「返求本心」之異，和如何方是「心與理一」的問題又繼續爭辯並發展下去。當然這個問題在宋和在明不盡相同，如朱子和敬齋不同之一端，在於朱子格物窮理的興趣和範疇遠超過敬齋，自有一些必須知識廣博、工夫精深方能窮究的客觀事理；而敬齋把窮理的範圍縮小至人倫道德之理，時時要求納入身心體驗，並處處強調「心與理一」，姑不論其論「心」句「理」亦如朱子有分合虛實之異，但這種講法與其向內的趨向，對於講求立道德本心的心學，不僅距離不遠反近，幾乎可說反而助長了注重講求心體的心學之發生。

## 四、朱學的轉手──陳白沙、王陽明的困思和銷融

### 甲　陳白沙

白沙受學於吳康齋，康齋以學者當身體力行、奮發精進惕勵白沙，而白沙亦甚服康齋之高風⑰，但白沙有他自己的疑問不能解決；曾自述求學的經過，謂：

「僕年二十七，始發憤從吳聘君學，其於古聖賢垂訓之書，蓋無所不講，然未知入處。比歸白沙，杜門不出，專求所以用力之方，既無師友指引，惟日靠書冊尋之，忘寐忘食，如是者亦累年，而卒未得焉。所謂未得，謂此心與此理未有湊泊脗合處也。」

（白沙子全集卷三復趙提學僉憲）

這一段經過，對於白沙學問的形成，關係極大，甚至可以說，我們可以從此處看到白沙學問來處。誠然，似乎後半段才曙光露現：

「於是舍彼之繁，求吾之約，惟在靜坐。久之，然後見吾此心之體，隱然呈露，常若有物，日用間種種應酬，隨吾所欲，如馬之御銜勒也，體認物理，稽諸聖訓，各有頭緒來歷，如水之有源委也。」

如果以為他的學問是完全棄去前半段——他過去的一切所學，然後在靜坐中自己另外得來，並不是十分正確的。明儒學案云「白沙出其（康齋）門，然自敍所得，不關聘君，當為別派」（崇仁學案一），即持此論。

但白沙云從康齋處學而「未知入處」，確是實語。康齋於心性理論不但沒有開展創新，甚而不作分辨解析，（白沙謂康齋於聖賢經訓無所不講，觀其文集，可知康齋只是體驗、指點的講法）只是將這套學問渾化成他一個醇乎其醇的品格而呈現。一個學者要學康齋，或伊川、朱子，或孔孟，若只從外在的聞見之知識或言動的規矩法則去學，豈不是「揣量模寫之工、依倣假借之似」，又豈能作成眞正的聖賢？聖賢的言語是聖賢的、老師的境界是老師的，這些道理如何學成我自己的，作聖的「入處」究竟在何處？白沙至此，實不能不有他自己的疑惑、苦悶和困思。在康齋門下，他徘徊在程朱之說中，歸白沙後杜門苦學，也還在書册上尋索，他期望在其中找到一個「欛柄」，使這些學問、道理眞實地落在自己身上，所以他雖還找不到，但他自己明白，「吾此心與此理未有湊泊脗合處」，就是他最關鍵、核心的問題。他曾曰：

「人要學聖賢，畢竟要去學他。若道只是個希慕之心，卻恐末梢未易湊泊，卒至廢弛。若道不希慕聖賢，我還肯如此學否？思量到此，見得個不容已處，雖使古無聖賢為之依歸，我亦住不得，如此方是自得之學。」（白沙子全集卷三與賀黃門）

這裏可以看見白沙於自己心性上省察到極細密入微、極根本處。此段話其實不甚易看，他指出，人說要學聖賢，就當眞實的去作聖賢。若只是希慕，從枝節模樣上去學，哪能表裏一體的學得好？學者應該從頭自問：爲什麼要學聖賢（是否不為考試仕進，不需作文章，不需表現）？是人云亦云？是治舉業所習、還是自己眞實地當作是人生追求的至善理想目標？如果就是不需希慕聖賢，自己是否會一樣孜孜不懈、不容自已、不厭不倦的做下去？若是，這學問才是眞正爲自己。反省到此，才見到自己心內那股自發的力量，才是求學、作聖的根源。白沙又曾曰：

「前輩謂學貴知疑，小疑則小進，大疑則大進。疑者覺悟之機也。」（白沙語要）

「疑而後問，問而後知，知之真則信矣。故疑者，進道之萌芽也，信則有諸己矣。論語曰：『古之學者為己。』」（白沙學案上語錄）

象山亦曰「爲學患無疑」⑱，而所疑者不在文字章句，也不在對老師的信心，而在自己如何臻於聖境。以白沙而言，像康齋、敬齋對程朱那份理所當然的信仰，他是重新檢討過的，自問是否有個排除功利目的的眞心，澄治認清了那個純淨的本心，對於聖學的尋求、學習才能自動自發、眞信眞行。這才是「實有諸己」，才是「自得」，也才是「自然」（不必模倣、把捉）。然後，聖賢教訓、人倫物理一一回歸此純淨的心上，合爲一體。因此，他靜坐時，並不是盡拋過去一切所學，在一己小我心上去想像、造作出另一番道理出來。白沙云：

「是故善求道者，求之易；不善求道者，求之難，義理之融液，未易言也；操存之洒落，未易言也。夫動，已形者也；形斯實矣；其未形者，虛而已。虛，其本也，致虛之所以立本也。」（全集卷三後張東白內翰）

白沙道出，要做到義理之銷融貫通，操存之洒落自然，從精髓處把握作聖之功，不是易事。人看到的是從已形的動（如整齊嚴肅）學起，他卻以爲應從尙未形於動以前去把握，雖然朱子也說未發之前要涵養；白沙卻認爲未動前當「致虛以立本」，這並不是將宋儒所言已具的理「虛」掉，而是正因涵養之理論太多，要先把一向居之不疑、習焉而不察的議論言語、意見成說暫先放下，準備好一個潔淨無礙的「心」去進行銷化融攝的作用，等到醞釀融合成熟，這些現成的理重新「呈露」而爲「一心」，如此，使「此理」與「此心」終能「湊泊胳合」。同門胡敬齋說他「大本不立，陷入異敎」、又說今人「未得先放，是無頭腦之學」（居業錄卷三），認爲聖賢敎訓才是大本，才是頭腦之學，白沙反認爲這只是迹，還是要到自心上尋得融會運用「理」的根本。人看這種自悟自得之學都是離經叛道，師心自用，這空洞的心上無有一物，自也無理，怎可爲本？朱學所說的「心具衆理」，敬齋所說的「心與理」都要在窮理和涵養到一定程度後才算數。其實白沙又豈是以靜坐空諸心思去求一個空無內容的悟；他從此心此理如何渾合湊泊的追尋開始，經一番消化轉手的工夫，使「理」由一個作爲客觀外在認知追求的對象轉成存之於心，操之在我的本心呈露，天理、天道就是此心的頭緒、來歷、源委；而「靜中養出端倪」（全集卷三與賀克恭黄門）的「端倪」也是這「本心呈露」。當然，此心是在「不著一物」、「在無物處」、「致虛」的涵養方法下而爲潔淨開濶，不囿於念慮私欲、成見，濂溪講「主靜」、「無欲」，明道講「內外兩忘」，橫渠講「大其心，可以體天下之物」，又何曾相違，也唯有如此一心，性、理才能在此處完全不被扭曲地眞實呈現；故呈露之後，「終日乾乾，只是收拾此而已，此理干涉至大，無內外、無終始。……無一處不到……往古來今，四方上下都一齊穿紐、一齊收拾，隨時隨處無不是這個充塞。……此理包羅上下，貫徹始終……自玆以已，更有分殊處，合要體會，毫分縷析，義理儘無窮，工夫儘無窮……」（白沙子全集卷四與林郡博）；白沙於甘泉所提之旨——「日用間隨處體認天理」，亦欣然贊許（見全集卷三與湛民澤）；由此觀之，貫徹始終，不離此理，就是白沙「自家體帖出來」的理。此理既是至大無內外，朱學講一事一物，分辨區處之物理是其「分殊處合要體會」，只是先後不同，又豈是棄而不顧？而白沙要貫通萬理萬事而以心作把柄，工夫路向、先後次第儘有不同，而在一轉手之間成爲「自得」之學，其規模，來源又豈能離開理學？所以他也曾云：

「聖人之學，唯求盡性，性卽理也，盡性至命，理由化遷，化以理定，化不可言，守

之在敬，有一其中，養吾德性。」（全集卷六與民澤）

聖人所言的性、理，全在大化的生生遷流之中，人但養德、持敬，以淵默之一心守之盡之，卽是盡性至命，又豈能以其靜坐澄心求其本源之工夫而謂爲釋氏空寂之學？

理學所講的內心涵養步步深入到最眞切精微處，會走出一個陳白沙來，實是很自然且必然的現象。白沙處於四周上下充斥著程朱之學的注解章句、程朱之敎的依倣假借所形成的極嚴格而束縛人的氣氛中，他不做著書的鄭康成（白沙詩：「莫笑老慵無著述，眞儒不是鄭康成」，「他年得遂投閑計，只對青山不著書」（皆見全集卷八）），如同其師康齋一般，他集中有大部份是詩（四言、五言、六言、七言均有，並極慕陶潛），而無系統性的論著和對心性理氣的分說注解，他說的「靜坐」、「不著」、「惺惺」是方法，其宗旨「自然」、「養出端倪」、「自得」看來又全似無頭公案，他以爲程朱成說太多，不必再添糟粕，源委、來歷、頭緒始然具在，還是那至善純一的天道、天理，他只須點明的是，學者應該返回自心，銷融此理而呈顯於此心，以此一心作把柄、作主人，可以眞正的立大本、應萬事。

最後我們要說的是：白沙自己的心學工夫不只是議論而是可以見效驗的，在當時學行皆著的名儒如羅一峯（倫），章楓山（懋），莊定山（昶），賀醫閭（欽）皆慕而從遊，其中羅、章還是宗信朱學之徒。明儒學案並謂：「羅一峯曰：『白沙觀天人之微、容聖賢之蘊、充道以富、崇德以貴、天下之物可愛可求，漠然無動於中』，信斯言也，故出其門者，多清苦自立，不以富貴爲意，其高風之所激，遠矣」（卷五）。觀此，可見白沙實亦可謂得其師吳康齋精神風貌之一端。

## 乙 王陽明

王陽明的出現，似是理學到心學中間一個極明顯的交界點；心學的理論體系也要等到王陽明才建立起來；此處不須詳為開闡陽明之說，只就陽明由朱學轉手過來的過程作一些說明。

陽明求學過程稟受於朱學處實極多。十八歲謁婁一齋問學⑲，一齋是吳康齋入門弟子，告以宋儒格致之學，並謂「聖人可學而至」，自幼自志做第一等事的陽明始而立志從朱學上達聖學之域，二十一歲格竹子而不成，其後數年結詩社、務辭章、習騎射、研兵法，其中兩次考試不第，而準備考試所研讀者還是程朱學問。至二十七歲讀至朱子上光宗疏中所云「居敬持志為讀書之本，循序致精為讀書之法」，又自責自己未能善學朱學，當於書中義理從容涵泳，求其條暢浹洽。於是陽明再經用功精思，但「物理吾心終判為二」，這種隔碍不通的苦悶和疑惑，使他又病，再轉而求道家養生。幾近十年斷續的研讀朱學，竟還是不能貫通無疑。以陽明的聰明才智來看，實在很難令人相信。從此時（二十七歲）到龍場之悟又是十年，中間他學道家，終又覺「簸弄精神」而罷，思欲出世，又責佛教「斷滅種性」，他還是肯定並立志追尋「志伊尹之志，學顏子之學」的儒家聖賢之道⑳；他考慮、探索理學所用的精神心思又豈在少？但他也道出了問題關鍵：「心」和「理」不能合一是他始終不能融入聖賢之學的主要原因。這和陳白沙簡直如出一口。我們應該可以說，這是朱學之下的大問題，（雖然不是每個人會問——有些人不必問，有些人問不出來。）因為這種學問既然再三告訴你：每個人性上具足眾理，同於聖賢，而性、情又統之於心。你如果真的相信，不把它當作閒議論或應付考試的話，必會反身而求，驗之於己。對學問目標要求愈高，對這些道理愈當眞，不肯含混或訴諸權威，且對「理」的探究越深越切近，則「理」要如何融爲己有，卽「心」和「理」能不能合一？如何合一？這問題越是無法忽略。白沙、陽明都希望從心做出發點，道德的問題才能講，道德實踐的路才能走，此處若不眞、不切，聖學亦恐是僞是妄。所以他們都要先找個工夫的關鍵處——把柄。這問題一再被提出，也可以看到朱學格致與誠正、知識與道德、外與內、理與心之間必得找到一更直接以融合一貫的途徑。這個問題的突破和解決，不能單靠言語議論（反而是先放開言語議論）而求諸於己。我們看到象山讀孟子而「自得」、陳白沙的滿腹疑團，活的典範（康齋）和書本經教皆在眼前仍「未知入處」，王陽明更是萬死千生得一良知：白沙不必師象山，陽明不言白沙，並非他們目空古人，而是實須自疑自尋、自思自悟；白沙借用靜坐，擺落陳言枝葉、教條章句之後，貫注著理的本心方挺然露現，王陽明則在現實中重重艱困險惡、生死患難的折磨和歷練後方悟「聖人之道，吾性自足」，理和心的分裂對立才渙然冰釋而融貫爲一。他們這一轉手而自己走出來的路，不再是程朱舊轍，但他們都是從程朱理學的學習過程中發現問題，而解決問題的心靈又是以相當多的時間和精神在程朱理學的學習思考中飽含營養，陽明對朱子心性學的修正意見，卽是使「心」不止有虛明靈覺的作用，更使其「具衆理」的「具」更能當下、直接，而實實在在的昭顯出來，而爲「心卽理」。這至善又至靈的「良知」或「本心」，不再委曲折衷於氣質的偏駁，亦不因周全顧慮於現實意念發動常不得其正，而減損其作爲道德主體的力量及尊嚴，這本心、良知能令人「見父知孝，見兄知悌」便是「具衆理而應萬事」的完整眞實的注腳。以此一心指點學者作聖之路，雖然不免同時也隱含了因簡易而空疏，因自信而忽視客觀道德法則的可能性，但開發心性大本，令學者身受啓發、奮起感激，不容自已而當下受用，因而在籠罩了幾百年的程朱理學的當時，激盪起一股極大的心學風潮。這雖是心學由啓明、醞釀而至發生的過程，卻又是朱子理學入明以至於明代中期的發展和變化。

## 五、餘 論（明代中期以後朱學的隱顯起伏）

前面的敍述與討論至陽明學的發生而止，但這也並不意謂陽明學的發生即佔領了明代學術界而完全掩蓋了朱學。陽明自己固是淵源朱學，經過困思、銷融和轉化而來，由批評其「心與理二」、「卽物窮理」之失而立「心卽理」、「致良知」教，而自別異於朱學，然當時其他學者仍依違於理學和心學之間，調和的色彩極濃如魏莊渠，（校，西元一四八三—一五四三年，明儒學案謂其私淑胡敬齋）。一面講整齊嚴肅、內外交養、培養根源、窮究節目，一面又講「天根之學」，謂「人生而靜」爲天根，其機只在心上，「心體太虛，身如一塵」（莊渠遺書卷十一），將朱學重外在事理的趨向極力扳向心學；梨洲且謂江右王門聶雙江（豹）歸寂之學當導源於此（見崇仁學案三）。和陽明及陽明弟子歐陽南野（德）辨之甚疾的羅整菴（參見注十二）在當時儼然朱學之護法，反覆指責陽明以知覺爲良知爲誤，而其修正朱學格物之說，謂「物格則無物」，以歸攝一心。而白沙最著名弟子湛甘泉（若水，西元一四六六—一五六〇年）與陽明甚多異同辯論，其「隨處體認天理之說」，雖得白沙印可，但於融攝而呈露的本心，並無其師的親切體驗，故於陽明言心體及良知處不能了解，指陽明說爲徒守其心，無經說可驗；且論格物兼知行、涵養進學並重，警切之處不若陽明而理論分解之詳備反似朱學。

再說王門中被黃梨洲許為最得陽明之傳的江右弟子中，聶雙江、羅念菴主張主靜、歸寂，且謂良知當為未發的性體，不當由知善知惡的已發而言，影響江右王門之風，至王塘南提出「透性為宗，研幾為要」（明儒學案卷二十），更到明末顧涇陽（憲成）、高景逸（攀龍）建東林書院講學，一面因對治浙中、泰州王門之弊，一面因涉及政治是非，臧否人物，不但大力倡性善、性卽理之說，講「格物」又在修身及家國天下上提出客觀的道德法則為必要，影響所及，朱學為之一盛。至明朝既亡，王學末流束書不觀，空談心性的弊害幾乎被視為亡國的原因之一，在清代朱學還是統治者的工具，從經世之學到訓詁之風，經史百家的訓釋，注疏、考證、校勘，窮究入微，不管合乎朱子治學精神及目標幾分，至少大大發揮博物洽聞、考索注解這種道問學的朱學特色，而為朱學的另一種型態之變化與發展。

## 附註

❶ 明儒學案卷一崇仁學案：「康齋倡道小陂，一稟宋人成說。卷十姚江學案：「有明學術，從前習熟先儒之成說，未嘗反身理會，推求至隱，所謂『此亦一述朱、彼亦一述朱』耳。高忠憲云：『薛敬軒、呂涇野語錄中，皆無甚透悟。』亦為是也。」

❷ 黃梨洲東林學案選顧涇陽、高景逸之說，皆側重在二人救正陽明學易生弊端處之言論，而於二人着重言善、性卽理及萬殊事理而近程朱者幾乎皆不選錄，將東林學派視作一王學的修正者而不視作程朱學之復興提倡者；詳拙文「黃梨洲東林學案與顧涇陽高景逸原著之比較」（孔孟月刊十三

卷一期）。

❸ 見陳榮捷先生「朱子論集」中「早期明代之程朱學派」。

❹ 見錢穆先生「中國學術思想史論叢(七)」「明初朱子學流衍考」。

❺ 指明陽明學與朱子理學之密切關係者學者甚多，早些如唐君毅中國哲學原論原性篇中論朱、陸、王學之異同關係，約之於「陽明學與朱子學」一短文中（見於陽明學論文集），近時如劉述先「朱子哲學思想的發展與完成」一書，其末附錄「論陽明哲學之朱子思想淵源」闡之尤晰。又有蒙培元有「論朱熹理學向王陽明心學之演變」一文（見哲學研究雜誌，一九八三第六期），認爲陽明心學是發展完成朱子學中所蘊含的主觀唯心論之思想。

❻ 明代由西元一三六八至一六四四若分前後應以一五〇六（正德元年）爲中界，約當陽明三十五歲（謫龍場驛之年）。本文只選擇吳康齋、薛敬軒、胡敬齋、陳白沙作代表，因他們對其後較有影響力並爲人所注意。其他學者年代前後的對照請參見附表。

❼ 理學本應當包括宇宙論，明初諸儒論理氣較多者唯有曹月川和薛敬軒。但促使心學的產生應屬心性論和工夫論具較大的影響力量，且亦爲明代學者討論的重心問題。本論文乃以明代理學與心學異同問題爲重點及範圍，故暫將理氣皆置而不論，故於薛敬軒亦只注意其心性論。

❽ 朱子語類卷五：「心以性爲體，心將性做餡子模樣」。

❾ 朱子語類卷二十七說論語「一以貫之」章，謂：「江西學者偏要說甚自得，說甚一貫……須是積得這許多散錢了，卻將一條索來一串穿，這便是一貫。若陸氏之學，只是要尋這一條索，卻不知道都無可得穿……若不積得許多錢，空有一條索，把什麼來穿！」

❿ 錢穆先生「明初朱子學流衍考」中謂敬軒乃從朱子上窺濂溪、康節、橫渠，故多論宇宙自然理氣之問題；康齋、敬齋則是從朱子上窺二程偏重日常人生以至治平教化。

⓫ 明道有詩：「閒來無事不從容，睡覺東窗日已紅，萬物靜觀皆自得，四時佳興與人同」。見程氏

文集卷三秋日偶成）。

⑫ 黃梨洲於薛敬軒之學的看法有些自己都不能確定之處；既因敬軒篤實之作風而信其「此心唯覺性天通」當非欺人之語，但梨洲一方面又因其言性不言心，在敬軒「心清則見天理」一語下案曰：「云見則二之」，希望「起而質之」，認爲敬軒於心學實有一間之未達；在姚江學案中引高景逸語「薛敬軒、呂涇野語錄中，皆無甚透悟」，而謂「亦爲是也」。因而在河東學案中云「河東有未見性之譏」，皆可見梨洲對敬軒的矛盾；但從另一方面說，我們卻正可由此看見薛敬軒在理學進入明代，漸漸著上心學色彩而顯現出來的一個現象。

⑬ 羅整菴宗信朱子而有意修正朱學，對薛敬軒的理氣論加以注意並批評（困知錄卷下），對於敬軒「性體無爲，人心有覺」之語則頗受啓發，曾云：「人心有覺，道體無爲，熟味此兩言，可以見心性之別矣。」（困知錄卷上）並依此而建立其人心、道心之論。

⑭ 東林學者高景逸尤重性理之學，亦特標擧「性」字。曾曰：「學問要的處只一性字」（高子遺書卷八上）「學問起頭要知性，中間要復性，了手要盡性，只一性而已」（遺書卷八下）此類言論頗多。年譜載其曾精讀敬軒讀書錄並摘其要，可見所受之影響。景逸論學並主明朝文成(陽明)、文清（敬軒）爲不同兩路，並謂後者爲「在人倫庶物，實知實踐」，不同於陽明在「虛明靈覺，默識默成」可見其對敬軒之宗仰。

⑮ 康齋於自己進德要求之迫切常見於文。日錄曾曰：「中夜夢中痛恨平生不曾進學，卽今空老，痛哭而寤」，「看朱子六十後長進不多之語，恍然自失。嗚呼！日月逝矣，不可得而追矣」。此類語有六七處之多。

⑯ 敬齋於居業錄卷七老佛及胡文敬集卷一有多封書信批評婁、陳之學。

⑰ 白沙子全集中白沙述康齋仍充滿敬意，曾謂其「一代人豪」（白沙子全集卷二書玉枕山詩話後）。

⑱ 象山全集卷三十五語錄：「爲學患無疑，疑則有進，孔門如子貢，卽無所疑，所以不至於道。

……顏子仰之彌高，末由也矣，其疑非細，甚不自安，所以其殆庶幾乎。」此疑則似白沙，爲入道之疑。

⑲ 以下有關陽明生平皆見陽明全集年譜。

⑳ 陽明三十三歲主考山東鄉試，見全集卷三十一「山東鄉試錄」，於儒家之道多所發揮。

# 張橫渠的工夫歷程與實際

張　亨

宋代新儒學主要的開始於一個基本的信念，即：聖人可學而至。自漢末魏晉以來都認爲聖人是「生而知之」，不是可以學至的❶。而周濂溪通書則云：「聖可學乎？曰：可。曰：有要乎？曰：有。」（聖學第二十）程伊川作「顏子所好何學論」也說：「然則顏子所獨好者，何學也？學以至聖人之道也。聖人可學而至與？曰：然。」（河南程氏文集卷八）這種信念促使宋儒有一個明確的努力方向。「二程從十四、五時，便銳然欲學聖人。」❷程明道「自任之重，寧學聖人而未至，不欲以一善以成名。」❸張橫渠「學必如聖人而後已。」❹都可以顯見他們對於這一信念的堅持。而所謂學之之道，則不過是「正其心，養其性而已。」❺「心」「性」是可學的根源和依據，可謂是「本體」方面的問題；「正」、「養」則是實踐「工夫」方面的問題。實際上，二者不過是一體的兩面，並不能嚴予區分。只是由於工夫的進路不同，對本體的體認也會有異，這就影響到各家思想上的差別。而其基本意願學爲聖人則無歧異。

因此，在討論這些儒者的思想的時候，應該特別注意他們的實踐工夫。而問題在於一般泛言工夫的固然不少，卻極少述及其個人的工夫歷程。這方面的資料就不多見。只有張橫渠留下比較多的資料。他的經學理窟和語錄中都說到他實踐工夫的經驗。雖然仍覺簡略，大致可以幫助我們理解他由工夫到實際（或稱「真際」。謂本體。見正蒙乾稱篇。）的歷程。

首先看他經學理窟自道篇❻的第一段：

某學來三十年，自來作文字說義理無限，其有是者皆只是億則屢中。譬之穿窬之盜，將竊取室中之物，而未知物之所藏處，或探知於外人，或隔牆聽人之言，終不能自到，說得皆未是實。觀古人之書，如探知於外人，聞朋友之論，如聞隔牆之言，皆未得其門而入，不見宗廟之美，室家之好。比歲方似入至其中，知其中是美是善，不肯復出，天下之議論莫能易此。譬如旣鑿一穴已有見，又若旣至其中却無燭，未能盡室中之有，須索移動方有所見。言移動者，謂逐事要思，譬之昏者觀一物必貯目於一，不如明者擧目皆見。此某不敢自欺，亦不敢自謙，所言皆實事。

這段話用極簡單的譬喩，說明其學的三個階段。平實眞切，所以朱子說：「橫渠工夫最親切，程氏規模廣大」❼實在不錯。在這裏張載並沒有從他的幼年讀書認字算起，而是從二十一歲見范仲淹之後約略計算的。語錄下有云：「某只爲少時不學，至今日勉強，有太甚則反有害，欲速不達，亦須待歲月至始得。」❽可見這裏說「學來三十年」應不包括少時在內。張載這時大概是五十歲左右，在學問上已是深造自得，才能反省所學的過程，而說得如此從容。

所謂的學，自然不是現代讀書求知的意思，而是學爲聖人的工夫。自道篇云：

某向時謾說以為已成，今觀之，全未也。然而得一門庭，知聖人可以學而至，更自期一年如何？今且專以聖人之言為學，閑書未用閱，閱閑書者，蓋不知學之不足。

這段話在自道篇編在上引一大段的後面，所謂「向時」是否指前一大段時而言，不得而知。詳其文意，似不必然。不過一定是在經過多年實踐工夫之後，新得到的體認。在這裏主要的是為說明他所謂「學」的意義。「得一門庭」，就是經過多年努力之後已得到門徑，更有了信心，才再預期一年，看自己的進境如何。至於所謂不閱閑書，只是在這階段中為求專心精進而言，並非反對博覽。張載也曾說：「惟博學然後有可得以參校琢磨，學博則轉密察。……學愈博則義愈精微。」[9]因為在學的過程中，情況各異，所著重在也就不一樣，然而不是自相牴牾。總之，對於張載的學不能從知識的累積，或純粹思想的發展方面去理解。他是一方面實踐，一方面思考，思考是深思熟慮和體認，而非抽象觀念的構設。實踐隱含着反省和理解並非純然直覺的行動。

其次，在這一大段話裏，張載是強調他新的進境，對過去近三十年之學，以為不是；雖然不是自謙，但過去的「億則屢中」卻不應忽略。實際上，「比歲」之所以能有進境，也是由過去這類工夫積累而來。即使多由「觀古人之書」或「聞朋友之論」而得，未盡「自到」，然其屢中者還是有所「到」的。只是張載對於「自到」的要求也越來越嚴罷了。所以在氣質、義理、學大原、自道諸篇及語錄中許多涉及工夫的話，雖然無法確知是什麼時候說的，仍可加以尋繹，以了解張載之學如何進展的情況。至於有些似是對弟子或一般學者之言，也多是他自己體驗所得，同樣足以參考。事實上，正蒙各篇也莫不是張載從工夫體驗中得來的結晶，只是那些篇客觀性較強，可視爲他學成的結果，在說明他的工夫過程的時候暫不涉及。

上面所謂「自到」的「自」字，是張載在學的過程中最爲重視的，無論自始學到有成，他都強調這「自」字。「自」的表面意義是指自己、個人。同時也涵蘊着自我決斷，意志，乃至存在的自我，別人所無法取代的等意義。基本上可以說出於「古之學者爲己」的觀念，不過張載尤其強調個人的獨特性。義理篇云：

> 為學大益，在自求變化氣質，不爾皆為人之弊，卒無所發明，不見得聖人之奥。故學者先須變化氣質，變化氣質與虛心相表裏。⑩

「氣質之性」是張載的一大發明。（參見正蒙誠明篇）變化氣質是初學必要的工夫，但這工夫必須「自求」，否則所學也成爲爲人之學而非「爲已」。更無由學至聖人。張載曾說：

> 氣質猶人言性氣，氣有剛柔，緩速，清濁之氣也。質，才也。氣質是一物，若草木之生亦可言氣質。惟其能克己則為能變，化却習俗之氣性，制得習俗之氣。……某舊多使氣，後來殊減，更期一年，庶幾無之。如太和中容萬物，任其自然。⑪

這裏張載自言，顯然不是初學之時，不過可見其自求變化氣質的工夫。前文所引「某只爲少時不學，至今日勉強，有太甚反而有害……」也是指同樣的工夫而言。又宋元學案橫渠學案附錄載：

⓬橫渠嘗言：「吾十五年學箇恭而安不成」。明道曰：「可知是學不成有多少病在。」

學恭而安也是變化氣質的工夫，這是要長期努力去做的。張載由於個人禀性剛直，對這一點特別意識到自求變化。朱子就曾說：

橫渠說做工夫處，更精切似二程，二程資禀高明潔淨，不大段用工夫。橫渠資禀有偏駁夾雜處，大段用工夫來。觀其言曰：「心清時少，亂時多，其清時視明聽聰，四體不待羈束而自然恭敬。其亂時反是。」說得來大段精切。

又云：

……若天資大段高，則學明道、若不及明道，則學伊川、橫渠。⓭

由於張載氣禀偏駁夾雜，所以在踐履工夫感受到的問題多，說來才令人感到「親切」。這也是因爲張載從自我的省察着手，自求克己，才能如此。張載教人則重學禮。他所謂「禮」卻不是禮俗，而是由學禮而變俗。他說：「某所以使學者先學禮者，只爲學禮則便除去了世俗一副當世習熟纏繞。譬之延蔓之物，解纏繞卽上去，上去卽是生明矣，又何求！苟能除去了一副當世習，便自然脫灑也。……⓮」因此他又說：

為學須是要進有以異於人，若無以異於人則是鄉人。雖貴為公卿，若所為無以異於人，未免為鄉人⑮。

能除去當世習而有以異於人才是爲學，然這並非自強自是，而是訴諸對自我進德的要求。從這一觀念推展的結果，甚至聖賢所言的義理都必須經過自己的體會和理解，而不能只現成的、被動的接受。

當自立說以明性，不可以遺言附會解之。若孟子言「不成章不達」及「所性」「四體不言而喻」，此非孔子曾言而孟子言之，此是心解也。⑯

張載並不是要人創立新的思想，而是認爲這樣才能切己有得。他甚至教人：「學者潛心略有所得，卽且誌之紙筆，以其易忘，失其良心。若所得是，充大之以養其心。立數千題，旋注釋，常改之，改得一字卽是進得一字。……」⑰這就把讀書之學和修爲工夫聯接起來。使學者必須通過自己去尋求，去思考，所以又說：

聞見之善者，謂之學則可，謂之道則不可。須是自求，已能尋見義理，則自有旨趣，自得之則居之安矣。⑱

學者能自己尋見義理，自有旨趣，必就涵着創造發明的意思，——創造是自我德性的創造，發明是義理的發明。而不是任意去空想出一套理論系統來。故張載又云：

> 志於道者，能自出義理，則是成器。⑲

程伊川答橫渠先生書說他「有苦心極力之象，而無寬裕溫厚之氣。非明睿所照，而考索至此。」（二程集頁五九六）正是由於張載之學原是如此求得。朱子也說：

> 橫渠之學，是苦心得之，乃是致曲，與伊川異。
>
> 明道之學，從容涵泳之味洽；橫渠之學，苦心力索之功深。⑳

而張載苦心力索，自出義理的結果，自然也就產生新義。所以他也不諱言求新。

> 義理有礙，則濯去舊見以來新意。
>
> 學者觀書，每見每知新意則學進矣。
>
> 多求新意以開昏蒙。㉑
>
> 學貴心悟，守舊無功。㉒

張載甚至作一首詩來說明他這種求新的主張和工夫，題名為「芭蕉」（張載集頁三六九）：

芭蕉心盡展新枝，新卷新心暗已隨。願學新心養新德，旋隨新葉起新知。

他在這裏非常巧妙地將芭蕉生長的暗喻和個人的情志結合起來。新葉、新枝將「新」字變成了顯豁的意象，同時特意用了七個新字強調他求新的願望。而其中養新德是主要的目的，新知則是隨新德而起的。張載這種力求創新的意念，一方面使他在修爲工夫上常有進境；一方面在對義理的體會和發明上益臻精微。

除去自出義理，自求新意這種工夫的要求之外，另有一個貫穿張載全部工夫歷程的觀念就是「虛」。

張載所謂虛，是從虛心的工夫做起。「變化氣質與虛心相表裏。」（見上引）可見虛心就是變化氣質的工夫。

立本既正，然後修持。修持之道，既須虛心，又須得禮，內外發明，此合內外之道也。㉓

凡所當為，一事意不過，則推類如此善也；一事意得過，以為且休，則百事廢，其病常在。謂之病者，為其不虛心也。㉔

心既虛則公平，公平則是非較然易見，當為不當為之事自知。㉕

下學而上達者兩得之，人謀又得，天道又盡。人私意以求是未必是，虛心以求是方為是。㉖

虛心實在是下學中最主要的工夫，若不能虛心則是有固必意我之見，學無由進。

> 今天自强自是，樂己之同，惡己之異，便是有固必意我，無由得虛。學者理會到此虛心處，則教者不須言，求之書，合卽是聖言，不合則後儒添入也。㉗

虛心跟除去執着、自私意義是相近的。張載又云：

> 人當平物我，合內外，如是以身鑒物便偏見，以天理中鑒則人與己皆見，猶持鏡在此，但可鑒彼，於己莫能見也，以鏡居中則盡照。只為天理常在，身與物均見，則自不私，己亦是一物，人當脫去己身則自明。……今見人意、我、固、必以為當絕，於己乃不能絕，卽是私己。……己未正而正人，便是有意、我、固、必。鑒己與物皆見，則自然心弘而公平。……㉘

因此從最根本上說虛心也就是去私。然而這其間有極大的工夫，並不是徒知此觀念就能做到。張載有一段體會云：

> 求心之始如有所得，久思則茫然復失，何也？夫求心不得其要，鑽研太甚則惑。心之要只是欲平曠，熟後無心如天，簡易不已。今有心以求其虛，則是已起一心，無由得虛。切不得令心煩，求之太切則反昏惑，孟子所謂助長也。孟子亦只言存養而已，此

非可以聰明思慮，力所能致也。然而得博學於文以求義理，則亦動其心乎？……㉙

虛心雖是易知，卻不易求；「今有心以求其虛，則是已起一心，無由得虛。」這是極深入的體驗。而且必須是在做虛心的工夫很久之後才能發現的。實際上，張載的意思並不是要人去求個空空的虛心，虛心不過是養心——養那個義理之心，是非之心。故云：

求養之道，心只求是而已。蓋心弘則是，不弘則不是，心大則百物皆通，心小則百物皆病。悟後心常弘，觸理皆在吾術內，覩一物又敲點着此心，臨一事又記念着此心，常不為物所牽引去。視燈燭亦足以警道。㉚

所以在工夫開始時要求虛心是不要意我固必，而「毋四者則心虛，虛者，止善之本也，若實則無由納善矣。」㉛但是在進一步工夫的時候則要：

道要平曠中求其是，虛中求出實，而又博之以文，則彌堅轉誠。㉜

因此這種「虛」的工夫便轉化成了「實」。這「實」是德之實，跟上面說「若實則無由納善矣」之實是不同的。這是在虛之至的境界中才能顯見之實。所以說：

誠者，虛中求出實。

> 虛者，仁之原，忠恕者與仁俱生，禮義者仁之用。
> 敦厚虛靜，仁之本；敬和接物，仁之用。
> 虛則生仁，仁在理以成之。
> 靜者善之本，虛者靜之本。靜猶對動，虛則至一。[33]

因爲「虛心則無外以爲累」，「虛心然後能盡心」。[34]所以經過初步的虛心工夫就能轉致誠、仁之實，再進而到盡心之境便可體認太虛。

> 人生固有天道，人之事在行。不行則無誠，不誠則無物，故須行實事。惟聖人踐形為實之至，得人之形，可離非道也。
> 與天同原謂之虛，須事實故謂之實，此卽其兩端而竭焉，更無去處。
> 天地之道無非以至虛為實，人須於虛中求出實。聖人虛之至，故擇善自精。心之不能虛，由有物榛礙。金鐵有時而腐，山岳有時而摧，凡有形之物卽易壞，惟太虛無動搖，故為至實。[35]

從心虛到太虛是張載由工夫到本體的過程。太虛是本體，所以說「太虛者天之實也，萬物取足於太虛，人亦出於太虛。」[36]同時太虛是從虛心的工夫轉成的所以說「太虛者，心之實也。」[37]貫通天道和人道是張載的基本意圖。也是他思想的一大關鍵。但是如果不能從他的實踐工夫上着眼，他所謂的太虛本體便只是空論，而沒有實質的意義。對於正蒙的太和篇等也不易有相應的了解。現在從張載求虛心的工夫歷程推展到太虛，就構成一個明白的脈絡。這是張載經過長期的思考和體驗才提出來的，並非檢拾前人一個空泛的名詞。這個「太虛」之名是否曾見於其他典籍，如道家的莊子或佛教的壇經，都不重要。重要的是張載如何從實踐工夫上賦予它眞實的內涵。「虛心」乃是下學上達，徹上徹下的工夫，可以說是理解張載之學的管鑰。

上面論及張載之「自求」——求新及「虛心」，可視爲張載工夫中的基本原則。此外他更具體地談到初學的工夫。如讀書（博學）及與朋友問難方面。雖然在本節開始引到的一大段話裏，他認爲這兩者是不夠的，實際上卻是相當重要的。他曾經反覆論列過。

他重視讀書博學並非爲增長見聞之知，而是爲「多識前言往行以養其德，」㊳所謂「且滋養其明，明則求經義將自見矣。又不可徒養，有觀他前言往行便畜得已德，若要成德，須是速行之。」㊴更具體地說：

> 讀書少則無由考校得義精，蓋書以維持此心，一時放下，則一時德性有懈，讀書則此心常在，不讀書則終看義理不見。書須成誦精思，多在夜中或靜坐得之，不記則思不起，但通貫得大原後，書亦易記。所以觀書者，釋己之疑，明己之未達，每見每知所益，則學進矣。於不疑處有疑，方是進矣。㊵

張載是以博學才能考校精義，所謂「惟博學然後有可得以參較琢磨。」㊶明道曾說「子厚則高才，其學更先從雜博中過來。」㊷博學而精思密察可以轉誠轉信，則有益無害。不是泛觀，所以須成誦。「經籍亦須記得。……故記得便說得，說得便行得，故始學亦不可無誦記。」[43]只要理解透徹記誦不難。「書多閱而好忘者，只爲理未精耳，理精則須記了無去處也。」[44]而「觀書以靜爲心，但只是物，不入心，然人豈能長靜，須以制其亂。」[45]所以他常在夜中靜坐，這些話都是他自己的經驗之談。

所謂「於不疑處有疑」實在是體會眞切之言，因爲

> 不知疑者，只是不便實作，既實作則須有疑，必有不行處，是疑也。譬之通身會得一邊或理會一節未全，則須有疑，是問是學處也，無則只是未嘗思慮來也。[46]

通常只把「疑」作爲思辯性的問題，張載則從「行」處着眼，疑是指實踐上發生問題而言。因此，「疑」只是過程中的問題。到達某一階段後卻要不疑。

> 人能不疑，便是德進。蓋已於大本處不惑，雖未加工，思慮必常在此，積久自覺漸變。學者惡其自足，足則不復進。[47]

讀書只是德行踐履的工夫，須始終不懈，不能自限。

> 今且只將尊德性而道問學為心，日自求於問學有所背否，於德性有所懈否？此義亦是博文約禮，下學上達，以此警策一年，安得不長！每日須求多少為益，知所亡，改得

少不善，此德性上之益。讀書求義理，編書須理會有所歸著，勿徒寫過，又多識前言往行，此學問上益也，勿使有俄頃閒度，逐日似此，三年庶幾有進。㊽

雖然學須精進不息，但不宜急切。所以說「有急求義理復不得，於閒暇有時得，蓋意樂則易見，急而不樂則失之矣。」「觀書且不宜急迫了，意思都不見，須是大體上求之。」㊾等到達相當程度之後，可進而體認到「凡經義不過取證明而已，故雖有不識字者，何害爲善！」㊿甚至說：

人之迷經者，蓋己所守未明，故常為語言可以移動。己守既定，雖孔孟之言有紛錯，亦須不思而改之，復鋤去其繁，使詞簡而意備。[51]

這不僅是陸象山的先聲，幾乎還要激烈，——竟要修改孔孟之言！當然張載之意不過是揭示大本，學在進德，不是徒爲記誦經文而已。接着他就說：

學者信書，且須信論語孟子。[52]

又云：

要見聖人，無如論孟為要。論孟二書於學者大足，只是須涵泳。[53]

除論孟外，六經當然也重要：

> 由學者至顏子一節，由顏子至仲尼一節，是至難進也。二節猶二關，然而得仲尼地位亦少詩禮不得。孔子但學詩學禮，以言以立，不止謂學者，聖人既到後，直知須要此不可闕。不學詩直是無可道，除是穿鑿任己知。詩禮易春秋書六經直是少一不得。[54]

張載自云：

> 某觀中庸義二十年，每觀每有義，已長得一格。六經循環，年欲一觀。[55]

這應該是張載四十餘歲說的話。對照他對學者云：「故唯六經則須着循環，能使晝夜不息，理會得六七年，則自無可得看。若義理則儘無窮，待自家長得一格則又見得別。」[56]可見都是張載自身體驗到的心得，所告訴學者的工夫，也就是他自己做過的工夫。

讀書之外，張載極重視朋友切磋。這可能跟他自己無所師承，而與二程問難討論有關。他說：

> 人之有朋友，不為燕安，所以輔佐其仁。……故於朋友之間主其敬者，日相親與，得效最速。[57]

> 學不長者無他術，惟是與朋友講治，多識前言往行以畜其德。[58]

> 義理有疑，則濯去舊見以來新意。心中苟有所開，即便劄記，不思則還塞之矣。更須得朋友之助，一日間朋友論著，則一日間意思差別，須日日如此講論，久則自覺進

也。59古人欲得朋友與琴瑟簡編，常使心在於此，惟聖人知朋友之取益為多，故樂得朋友之來。60

這已足以說明張載以與朋友講論乃進德之一途，這種態度裏涵着虛心和求問之意。所謂

學者大不宜志小氣輕，志小則易足，易足則無由進；……以未知為已知，未學為已學。人之有恥於就問，便謂我好勝於人，只是病在不知求是為心，故學者當無我。61人多是恥於問人，假使今日問於人，明日勝於人，有何不可！如是則孔子問於老聃、萇弘、郯子、賓牟賈，有甚不得！聚天下衆人之善者是聖人也，豈有得其一端而便勝於聖人也！62

向人求問是取他人之善，故虛心，無我以求是爲心，自然不會有恥於就問。張載年既長於二程，又爲長輩，而殷殷求問不以爲非，正是這種態度。（早年問明道「定性未能不動，猶累於外物。何如？」明道答以「定性書」。時明道不過二十七、八歲——見姚名達程伊川年譜。商務。）他又說：「善取善者，雖於不若己采取亦有益，心苟不求益，則雖與仲尼處何益！君子於不善，見之猶求益，況朋友交相取益乎？」「於不賢者猶有所取者，觀己所問何事，欲問耕則君子不如農夫，……但臨時己所問學者，舉一隅必數隅反。」63他反覆的提到這一點，可見他是如何重視問學的工夫。

然而讀書和與朋友議論不過是學的初步工夫。「觀古人書，如探知於外人，聞朋友之論，如聞隔牆之言」，如此「終不能自到」。所以必須經過長期的涵泳，體之於身，驗之於行，久久不息，乃能有進。張載進德之功最是勇毅，曾自言：「載則比他人自是勇處多。」❻❹甚至廢寢息。

人到向道後，俄傾不捨，豈暇安寢？然君子向晦入燕處，君子隨物而止，故入燕處。然其仁義功業之心未嘗忘，但以其物之皆息。吾兀然而坐，無以為接，無以為功業，須亦入息❻❺

朱子稱他：「橫渠教人道，夜間自不合睡，只爲無可應接，他人皆睡了，已不得不睡。他做正蒙時，或夜裏默坐徹曉，他直是恁地勇，方做得。」又云：「學者少有能如橫渠輩用功者，近看得橫渠用功最親切，直是可畏！」❻❻張載這種勤勉的工夫到晚年仍是如此，自道篇云：

日無事，夜未深便寢，中夜已覺，心中平曠，思慮逮曉。加我數年，六十行道於家人足矣。❻❼

這時張載五十餘，已深造有得，所謂「比歲方似入至其中，知其中是美是善，不肯復出。」不再是探知外人或聞隔牆之言了。下面幾條都應該是這時期說的：

近來思慮大率少不中處，今則利在閒，閒得數日，便意思長遠，觀書到無可推考處。道理今日却見分明，雖仲尼復生，亦只如此。今學者下達處行禮，下面又見性與天道，他日須勝孟子，門人如子夏、子貢等人，必有之乎！68 某比來所得義理，儘彌久而不能變，必是屢中於其間，只是昔日所難，今日所易，昔日見得心煩，今日見得心約，到近上更約，必是精處尤更約也。69 某比年所思慮事漸不可易動，歲年間只變得些文字，亦未可謂辭有巧拙，其實是有過。若果是達者，其言自然別，寬而約，沒病痛者。不是到了是不知。知一物則說得子細必實。……然某近來思慮義理，大率億度屢中可用，既是億度屢中可用，則可以大受。……70

這些話跟本節開始所引自道篇的一大段對照起來，便可以見出來大致都是張載晚年之言。經過了三十幾年學的工夫他自己感覺到實有所得。所以說「此某不敢自欺，亦不敢自謙，所言皆實事。」張載自然不是以爲自己已經到了聖賢的境界，他只是自覺得一門庭，似入其中，所思慮多能億則屢中而已，當然其所以道理見得分明，還是經過篤行實踐的結果。如此即使不如「明者」之「舉目皆見」，或「達者」之寬約沒病痛；卻是有諸己。從虛心的工夫進而求得太虛本體，正出自精思力行；其所以創發正蒙太和，乾稱一套綿密的形上系統跟他的修持工夫是有密切關係的。也必須從這一基礎上去理解，才能把握住正蒙眞實的意義。朱子語類卷九八有云：

橫渠謂「天體物而不遺，猶仁體事而無不至」。此數句是從赤心片片說出，荀揚豈能到。

朱子對正蒙頗多微辭，而這句話最能夠說明張載的思想是出於眞誠的工夫，所以不是一般思想家所及。研究張載之學這一點是非常重要的。

## 附註

❶ 參看湯用彤魏晉玄學論稿「謝靈運辨宗論書後」一文。李翺復性書（李文公文集）已有聖人可學至之論。

❷ 近思錄卷十四。

❸ 呂大臨撰明道哀詞。（河南程氏遺書附錄、二程集頁三三七）

❹ 呂大臨橫渠先生行狀。（里仁書局本張載集頁三八三）

❺ 程伊川「顏子所好何學論」。（河南程氏文集卷八、二程集頁五七七）

❻ 汪偉橫渠經學理窟序云：「所謂文集、語錄及諸經說等，皆出於門人之所纂集。若理窟者，亦分類語錄之類耳，言有詳略，記者非一手也。」則篇目亦後人所加，今姑從之。

❼ 宋元學案卷十七橫渠學案附。

❽ 張載集頁三三一。

❾ 經學理窟氣質篇。張載集頁二七〇。

❿ 張載集頁二七四。

⑪ 張載集頁二八一，學大原上。
⑫ 張載集頁三三八。
⑬ 宋元學案橫渠學案附錄。
⑭ 張載集頁三三〇，語錄下。
⑮ 張載集頁二七九，學大原上。
⑯ 張載集頁二七五，義理篇。
⑰ 張載集頁二七五，義理篇。
⑱ 張載集頁二七三，義理篇。
⑲ 張載集頁二七四，義理篇。
⑳ 朱子語類卷九十三。又宋元學案橫渠學案附錄。
㉑ 以上並張載集頁三二一，語錄中。
㉒ 張載集頁二七四，義理篇。
㉓ 張載集頁二七〇，氣質篇。
㉔ 張載集頁二八七，學大原下。
㉕ 張載集頁二八〇，學大原上。
㉖ 張載集頁二七九，學大原上。
㉗ 張載集頁二七二，義理篇。
㉘ 張載集頁二八五，學大原下。
㉙ 張載集頁二六九，氣質篇。
㉚ 張載集頁二六九，氣質篇。
㉛ 張載集頁三〇七，語錄上。

㉜張載集頁二六九，氣質篇。
㉝張載集頁三二四、三二五，語錄中。
㉞張載集頁三二五，語錄中。
㉟張載集頁三二五，語錄中。
㊱張載集頁三二四，語錄中。
㊲同注㉝。
㊳張載集頁二七〇，氣質篇。
㊴張載集頁二七五，義理篇。
㊵張載集頁二七五，義理篇。
㊶張載集頁二七〇，氣質篇。
㊷張載集頁三三六，後錄上。
㊸張載集頁二七七，義理篇。
㊹張載集頁二七九，學大原上。
㊺張載集頁二七七，義理篇。
㊻張載集頁二六八，氣質篇。
㊼張載集頁二七〇，氣質篇。
㊽張載集頁三七六，近思錄拾遺。
㊾張載集頁二七六，義理篇。
㊿張載集頁二七七，義理篇。
51 同注㊿。
52 同注㊿。

53 張載集頁二七二，義理篇。
54 張載集頁二七八，義理篇。
55 張載集頁二七七，義理篇。
56 張載集頁二七八，義理篇。
57 張載集頁二六八，氣質篇。
58 張載集頁二八四，學大原下。
59 張載集頁二八六，學大原下。
60 張載集頁三七七，近思錄拾遺。
61 張載集頁二八七，學大原下。
62 張載集頁二八三，學大原下。
63 張載集頁二六七，氣質篇。
64 張載集頁三七七，近思錄拾遺。
65 張載集頁二七一，義理篇。
66 朱子語類卷九十三，又宋元學案卷十八橫渠學案附錄。
67 張載集頁二九一。又頁二八九云：「思慮要簡省，煩則所存都昏惑，中夜因思慮不寐則驚魘不安。某近來雖終夕不寐，亦能安靜，卻求不寐，此其驗也。」
68 張載集頁二八一，學大原上。
69 張載集頁三一七，語錄中。
70 張載集頁三二九，語錄下。「沒病痛者。」「者」本作「有」，據周張全書本改。

**宋代文學與思想**／國立臺灣大學中國文學研究所主編
--臺北市：臺灣學生，民78
10,768 面 21 公分
宋代文學與思想學術研討會於民國78年1月20至22日在臺北市國立臺灣大學舉行
ISBN 957-15-0002-X（平裝）：新臺幣 520 元--ISBN 957-15-0003-8（精裝）：新臺幣 570 元

1.中國文學—歷史—宋（960-1279）Ⅰ.宋代文學與思想學術研討會（民78：臺北市）Ⅱ.國立臺灣大學中國文學研究所主編
820.9051/8446

宋代文學與思想（全一冊）

主編者：臺灣大學中文研究所（宋代文學與思想學術研討會）
出版者：臺灣學生書局
發行人：丁文治
發行所：臺灣學生書局
臺北市和平東路一段一九八號
郵政劃撥帳號〇〇〇二四六六～八號
電話：三六三四一五六・三六三一〇九七
本書局登記證字號：行政院新聞局局版臺業字第一一〇〇號
印刷所：淵明印刷廠
地址：永和市成功路一段43巷五號
電話：九二八七一四五
香港總經銷：藝文圖書公司
地址：九龍又一村達之路三十號地下後座
電話：三一八〇五八〇七

定價 精裝新臺幣五七〇 平裝新臺幣五二〇

中華民國七十八年八月初版

8352

ISBN 957-15-0003-8（精裝）
ISBN 957-15-0002-X（平裝）